Johannes Wüsten · Rübezahl

EXILLITERATUR

Herausgegeben
von Hans-Albert Walter
und Werner Berthold

Band 10

GERSTENBERG VERLAG · HILDESHEIM

Johannes Wüsten

Rübezahl
oder
Der Strom fließt nicht bergauf

Historischer Roman

GERSTENBERG VERLAG · HILDESHEIM 1979

Aus dem Nachlaß herausgegeben und bearbeitet
von Horst Wandrey
Mit 22 Illustrationen von Erika Müller-Pöhl

4. Auflage 1979
Lizenz-Nr. 384-220/26/79
LSV 7101
Schutzumschlag: Günter Pietsch, Hildesheim
Einband: Werner Haferkorn, Rudolstadt
Printed in the German Democratic Republic
Lichtsatz: INTERDRUCK Graphischer Großbetrieb Leipzig – III/18/97
Druck und Bindearbeit: LVZ-Druckerei „Hermann Duncker“, Leipzig
Gesetzt aus der Korpus Times-Antiqua
Bestell-Nr. ISBN 3-8067-0799-5

Erster Teil

I.

Da ... auf dem schneefreien Wipfel der Eiche sitzt es jetzt. Der Mann unten am Weg rührt sich nicht. Langsam rieselt es braun durch die von Schnee und Rauhreif umwachsenen Zweige, die in unförmigen weißen Wucherungen herabhängen. Schuppe auf Schuppe schält das Eichhörnchen von dem Zapfen. Es dreht ihn dabei in den Vorderpfoten wie eine Spindel. Die Sonne neigt sich am wolkenlosen Himmel schon tief dem Horizont zu. Das rostrote Fell mit dem buschigen Schwanz dort oben leuchtet auf. Der Frost zeichnet alle Konturen so scharf, als sei keine Luft da. Plötzlich ... ein helles Keckern; der halbgeschälte Zapfen fällt herunter. Das Eichhörnchen saust durch die Äste – zwei, drei davon fallen herab – erwischt den Zweig der nächsten Fichte, rast ihn entlang, krallt sich den Stamm hinauf zur Krone, läßt sich von da abstürzen ... und immer hinter ihm her ein langgestreckter Körper. Nicht weniger geschickt im Springen, Klettern, Stürzen. Aufwirbelnder Pulverschnee zeigt die Spur der Hetzjagd. Todesangst peitscht die Muskeln des Eichhörnchens, beißender Hunger die Sehnen des Marders.
Im Wald fällt ein Schuß. Der Mann am Weg fährt zusammen. Vor ihm treibt Dampf aus dem Dunkel des Waldes. Er greift unter den Mantel, aber er hat die Pistole vergessen. Er vergißt sie meist, obgleich sie gar nicht schwer ist, verglichen mit der alten, die er früher trug. Man bekommt jetzt wunderschöne leichte Pistolen mit zwei Läufen – englische natürlich.

Wenn jetzt ein Wilddieb ... An Wölfe will er gar nicht erst denken. Verfluchter Leichtsinn, man geht nicht im Winter hier aus ohne Waffe! Immerhin, er ist nur noch eine Viertelstunde von Agnetendorf entfernt. Und so lange ist es ja hell, besonders bei diesem klaren Frost.
Als ihm die große Schneewehe an der Straße die Sicht endlich freigibt, sieht er den Schützen vor sich her stapfen. Frische Bluttropfen betupfen den Schnee in langen Abständen. Der Mann will nicht rufen, so hustet er. Der Schütze wendet den Kopf mit der dicken Fellmütze und bleibt stehen, grüßt höflich: „Herr Wost ... die hohe Ehre."
„Was hat Er geschossen, Tschapek?" fragt Peter Wost vergnügt den alten Wildheger.
„Ein halbes Lot Marder", lacht der Alte. Zwei gelbe Vorderzähne entblößen sich dabei, die einzigen, die er noch hat.
„Und was trägt Er da vorn in seinem Pelz?"
Tschapek wiegt den Kopf und krabbelt mit den Fingern zwischen Pelz und Rock: „Ein rotes Fichtenmännchen, seht Ihr, Herr, ein Nußäffchen! Der Marder purzelte gerade mit ihm durch die Äste ... da, an der Schulter, hatte er's schon gerissen. Aber das heilt sich aus. Haha, die kleine Bärbel wird es pflegen. Es macht sich possierlich im Käfig, so ein Wichtel mit seinen runden Äugelchen."
Tschapek wischt etwas Blut, das unter die schwarzen Nägel lief, am Riemen seiner Flinte ab. Dann zieht er den Fausthandschuh über: „Den Marder hat das seinen Schwanz gekostet. Er wird ohne ihn nicht mehr lange jagen."
Peter, als er die Beute sieht, lacht: „Da hat der Luchs ja gut daran getan, gleich, als Gott ihn schuf, auf den Schwanz zu verzichten. So könnt ihr Nimrode den nicht mehr kupieren, – so elend unweidmännisch." Tschapek zeigt wieder seine beiden Zähne: „Es war mit der Kugel, Herr Wost, und in der Hast. Sonst hätte es ni dem Wichtel hier das Leben erhalten." Peter lacht von neuem: „Er läßt sich

wenigstens nicht frozzeln, Tschapek. Ich weiß, Er ist ein sicherer Schütze. Und auch, was das Eichhörnchen anbelangt, so hat Er recht. Es wird im Käfig wohl noch oft an diese letzte Stunde denken, die es im Wald verbracht hat."

Der alte Tschapek schielt nach seinem Begleiter. Aber nichts in Peter Wosts Gesicht verrät den doppelten Sinn seiner Worte. Der Doppelsinn indes ist da. Der Jäger fühlt neben der Wärme, die durch den Rock dringt, den hastigen Schlag des ängstlichen kleinen Tierherzens.

„... man kann es ja im Frühjahr wieder aussetzen", brummt er zögernd. Peter, kopfschüttelnd: „Man hat sich bis zum Frühjahr daran gewöhnt, den Käfig voll Leben zu sehen. Man wird vielmehr dafür sorgen, ein zweites Wichtelchen zu fangen, mein lieber Tschapek, zum Männchen das Weibchen. Und deren Kinder – das beruhigt –, die wissen dann schon gar nichts mehr vom Wald."

Der Schnee knirscht unter ihren Stiefeln. Sie sind nicht mehr weit von den ersten Häusern. Aber es dämmert nun schon stark.

„Ihr arbeitet jetzt in Agnetendorf?" fragt der Wildheger.

„Für eine Weile, ja. Die Frau Gräfin wünscht eine Vedoute vom Gebirge im Winter." Tschapek will nicht fragen, was das ist. Und Peter Wost scheint es zu aufdringlich, das nachträglich zu erklären. Man kommt zuwenig mit den Leuten zusammen, da verlernt man es eben, sich richtig auszudrücken.

„Trinkt Er einen Bitteren mit mir?"

Tschapek nimmt geschmeichelt an. Er wolle nur das Wichtel ins Forsthaus hinübertragen.

Eine Weile stand Peter Wost allein im Schnee. Aus den Bauden und Hütten fiel das matte Licht der Ölfunzeln. Rak, kerak, kerak ... Von nah und fern drang aus jeder Wohnung das Klappern der Webstühle. Irgendwo brüllte eine Kuh im Stall, meckerte eine Ziege.

Die Dächer gingen sanft gewölbt in die Felder über. So viel Schnee lag, daß man die Fenster an der Windseite hatte ausschaufeln müssen. Aus allen Kaminen stiegen Fäden von gelbgrauem Rauch senkrecht empor. Also würde wohl auch die Kälte steigen.

Immer noch hob sich der Steilabhang des Kammes vom Horizont ab, doch da und dort verlief er schon wie ein Nebel in dem sich nächtlicher färbenden Himmel. Wie sanft wölbt sich der Riesenkamm, von hier gesehen, zur Schneekoppe! Wie zierlich geschwungen neigt sich die Koppe zum Melzergrund!

Und doch ... wer würde es wagen, auch nur bis zu ihrem Fuß vorzudringen?! Das wagt man kaum im Sommer.

Winzig, von hier aus wie ein Sandkorn, erhebt sich auf der Schneekoppe die Kapelle Sankti Laurentii. Und er hat sie unberührt gelassen, der Unhold, er hat sie nicht in den Melzergrund hinabgeschmettert oder in den Aupakessel gestürzt. Aber warum auch gerade diese Kapelle? Stehen nicht in seinem Reich Kirchen im Überfluß? Und ist sein Gebiet nicht auch hier?! Hier, wo ich eben warte, ich, Peter Wost, derzeit Kupferstecher im Auftrag der Gräfin Schaffgotsch, die mich am Hintern lecken soll mit ihrer neuen Vedoute! – Kann nicht der Gnom hier erscheinen? Daherkommen als armer Hausierer, als braver Holzknecht? Und plötzlich fährt ein Feuerstrahl auf wie zehn Blitze, und sein brüllendes Gelächter macht die Ohren taub?! ...

Da – Schritte ... Wie man doch bei derlei Gedanken gleich vor allem erschrickt!

„Tschapek, ich habe Ihn fast für den ..."

„Pst", macht Tschapek, „ni berufen!"

„Wenn man zu zweit ist, denkt man ruhiger über ihn. Ist das nicht lächerlich? Was können zwei, was zwanzig, was viel mehr noch gegen *ihn*?!"

II.

In der Schankstube ist frischer Sand gestreut. Es sind nur wenig Gäste da. Exners Gaststube und Ausspann hält auf alles, was schmeckt, besonders wenn es Bier und Schnaps betrifft.
„Zwei Stonsdorfer Bitter!"
„Zu dienen, Herr Wost. Frische Weißwurst ist da und auch Preßkopf." Peter bestellte. Des alten Tschapek beide Zähne erwiesen sich tauglich genug. Nur manchmal war in der Sülze ein Stück Sehne, aber dann spuckte Tschapek kräftig in den Sand. Den Stonsdorfer hatte er schnell hintergekippt.
Peter sah dem Kauenden zu. Er hätte den Kopf gern einmal gezeichnet. Aber mit der Fellmütze, nicht so wie jetzt, mit den mühselig aufgedrehten Schläfenlöckchen und dem dünnfasrigen Zopf der Perücke, die sich vorn am Stirnansatz schon aufrollte wie ein altes Pergament. „Sonntags klebe ich sie vorn fest", meinte Tschapek, den der Blick ein bißchen genierte. Peter wollte ihn nicht verlegen machen. „Sie ist noch ausgezeichnet", beschönigte er.
„Nee, nee, Herr Wost. Mit Verlaub, nach so viel Jahren kann sie ni mehr gut sein", der Schnaps begann den höflichen Ton aufzulockern, „trotzdem ist sie königlich."
Peter lächelte: „Gewiß, auch Könige, im Dunkeln zum Beispiel, könnten sie noch ganz gut tragen."
„Nee", beharrte Tschapek, „ich meinte den Ursprung jetzt. Der ist königlich, königlich preußisch, jawohl. Das muß man wissen: wie wir sind abgedankt worden, nach dem verdammten Krieg, da hat's geheißen: wer eine Glatze hat, vortreten! Und dann ist eine Order verlesen worden, daß jedem, vom Korporal aufwärts, wo hat in den glorreichen sieben Jahren seine Haare verloren, dem läßt der König eine Perücke machen. Denn darum, Herr Wost: wer ein Bein verloren hat, kriegt ja auch einen Stelzfuß. Also die Haare, wo sie doch unser Herrgott hat alle selber gezählt, die sind ni geringer zu achten."

Peter bestellte jetzt eine Flasche. Von der Ofenbank kam der Baß des Fuhrmanns Weise: „Das müßt Ihr richtig nehmen, Herr Wost. Wie wir sind jung gewesen, da haben wir uns jedweden Dreck auf den Kopf geschmiert, um daß die Haare sollten ausfallen wegen dem Militär. So einen nahmen sie ni, so einen mit Glatze. Bis dann im Krieg, da haben sie uns gleich die Zöpfe in den Hut eingenäht, aus Flachs welche. So war das, Prosit – mit Verlaub!"
„Ja, ja, so war das", nickte Tschapek, „so war manches. Ich hab mal von einem russischen Offizier, der war gefallen... von dem die Perücke, die hat mir gepaßt. Wunderbar! Aber weil ich wie ein Leutnant gegen diese Flachsköpfe ausgesehen hab, da mußte ich sie weggeben, die schöne ... Aus Frankreich war so ein Stempel drin. Nischt hab ich gewonnen in dem Kriege, ni einen Dukaten!"
„Bloß deine gute Stelle vergißt du", brummte der Baß am Ofen.
„Meine Stelle? Die hättest du auch haben können, Weise. Ni neidisch sein! – Wildheger? Nee, mit so einem Hungerposten durfte dir ja niemand kommen! Ein paar alte Gäule mußten es sein – und dann sein eigner Herr!"
„Der bin ich auch", sagte Weise patzig. „Wenn ich vor den Herren stramm stehe – aus freiem Willen! Wenn ich den Forstmeister grüße – aus Anstand!"
„Und wenn du Schulden machst – aus Zwang", ergänzte Tschapek, „weil dir am Monatsersten ni einmal die paar Taler sicher sind, für die du dich hast abgerackert."
Weises Baß brummte zum Schanktisch: „He, Exnerwirt! Hast du schon einmal die Kreide übern Ersten stehen lassen beim Weisefuhrmann?"
Exner strich sich verlegen das Doppelkinn: „Nu nee, nu nee, ihr Leute! Kein Zank dawegen."
Tschapek setzte sein Glas hart auf die Holzplatte: „Mir sprichst du anders, Exnerwirt. Mir lamentierst du vor, daß dich die Fuhrleute ruinieren mit ihrem Saufen in die Kreide. Is gut, is ja deutlich jetze."

Peter Wost wurde es unbehaglich. Er fühlte sich für seinen Gast verantwortlich und zog ihn am Arm: „Wer jemand in den Beutel sieht, der kitzelt ihm die Zunge."
Aber Tschapek stand bereits auf und rückte den Stuhl schabend durch den Sand der Diele: „Der alte Tschapek bleibt ni, wo man ihn bescheißt!"
„Aber so sei Er doch gemütlich! Niemand hat Ihn angeschmiert!" Tschapek stülpte die Mütze über die Ohren: „Ihr meint es gut, Herr Wost ... nur die tiefern Gründe, die erkennt Ihr eben ni."
Als er gegangen war, herrschte eine Weile Schweigen. Exner wusch klappernd ein paar Gläser. Peter stemmte die Ellenbogen auf den Tisch und faltete die Hände unter dem Kinn. Weise sah ihn an und lächelte: die hohe Stirn des Künstlers lag bis zum Haaransatz in Falten, die grauen Augen hatte er halb zugekniffen. Wohl aus Ärger? Soll er sich nur ärgern! Man hält die Sitten besser, wie sie üblich sind. Üblich ist zum Exempel, einen Forstbeamten, überhaupt Beamte, aus der Herberge zu lassen. Jetzt hat er den Ärger, der Wost. Scherben klirrten. Exner war ein Glas entglitten. Er knurrte was, dann rief er Käthe.
Käthe langte sich einen Besen. Exner mußte hinter dem Tisch hervor. „Beide zusammen seid ihr zu fett", dröhnte der Baß Weises. Käthes frisches Gesicht wurde von der gebückten Haltung noch röter, gar erst als sie merkte, daß der Fuhrmann ihr in den Brustausschnitt schielte.
„Schmeiß die Scherben ins Forsthaus", knurrte Exner, „von dort sind sie her."
„Was?" Käthe steckte eine Haarnadel fest. Da mischte sich Peter Wost ein: „Ich bezahl das Glas."
„Ihr? Ihr habt doch keine Schuld." Exner trat freundlich an Peters Tisch. Er kratzte sich die Stoppeln: „Hm, das is nämlich so, mit Verlaub; Beamte klettern gern an unsereinem hoch. Jetzt hat er was zu melden, der Tschapek. Dem Exnerwirt seine Steuern sind zu niedrig. Versteht Ihr?"
Peter machte ein betrübtes Gesicht. Exner stemmte die

Hände in das Fett seiner Hüften: „Ni so schlimm, Herr Wost. Bei mir stehn sie alle in der Kreide. Nur die Beamten ... seht Ihr, wenn von denen einer in die Stube kommt, da brauch ich ni mal mehr die Kreide. Noch kein Glas Wasser will da jemand hier."

Weise stand auf und schlug den Mantelkragen hoch. Dann zahlte er und fragte Käthe wie ein gemütlicher Vorgesetzter nach den Pferden. In der Tür drehte er sich noch einmal um: „Was bei uns ein anständiger Soldat war, Herr Wost, der hat beim Abschied keine Stellung ni angenommen. Der hat sich abfinden lassen. Ni weil ich's bin, sage ich das. Nee, nee! Aber Beamte und Schinder stammen aus derselben Wieg. Und die war ni aus Holz gebaut... die is aus Knochen gedrechselt. Man spricht, es sollen sogar Menschenknochen drunter sein. Nischt für ungut, Fremde können das ni wissen, wie's im Preußenlande üblich is. – Habt Ihr was auf Warmbrunn mitzunehmen? Ich fahr in einer halben Stunde. Nischt für ungut", wiederholte er noch einmal, und sein Baß klang sanft brummend.

Peter wollte etwas erwidern; aber er lächelte nur schwach und schüttelte den Kopf: nach Warmbrunn war heute nichts mitzunehmen.

Sein Blick blieb an der Decke hängen. Längs der Tragbalken waren Sinnsprüche in verblaßter roter Farbe aufgemalt und mit bäuerlich stilisierten Blumen bunt verziert. Aber er las sie nicht. Er sah sie kaum, so wenig, wie er die Bordbretter mit ihren Zinnkrügen und Tongefäßen, den geschnitzten Schrank, die leuchtenden Ofenkacheln oder sonst etwas sah. Seine Augen tränten. Und in dem Wasser verschmolz das Ganze zu einem hellen Kristall, in dem alles durcheinander schillerte.

‚So sieht das vielleicht aus, wenn man zehn Jahre weg ist', dachte er, ‚ein buntes Schillern bleibt von Exners Stube – vom Gebirge ein sehr weißes.' Er blinzelte ein paarmal, dann war wieder alles klar zu sehen. Aber es lag ein Erlebnis zwischen den Sekunden. Er holte tief Luft.

„Herr Wost hat gefragt?“ Käthe stand neben Peter. Der lachte: „Ich? Was gefragt?“
„Nach meinem Lohn, glaube ich? Ich bin zufrieden!“ Und dabei sah sie nach der Tür hin, durch die Exner gerade im Stall verschwand.
„Jetzt auch noch?“ Peter lächelte.
Käthe senkte das Kinn: „Hm ...“ Ihre Augen waren selbst in diesem Licht noch deutlich blau. Die Grübchen auf den Backen vertieften sich. Peter wurde leiser: „‚Hü‘ und ‚Brr‘ kennt jeder Gaul, Käthe. Aber bei ‚Hm‘, da steht der Reiter wohl vor einem Kreuzpfad.“
„So muß er auf den Wegweiser achten.“
„Auf dem steht ‚Hm‘, Käthe.“
Sie sahen sich eine Weile schweigend an. Die Tischkante zog Käthes Röcke über den Oberschenkeln straff.
„Warum wollt Ihr meinen Lohn wissen? Wollt Ihr mir eine Zulage geben?“ Der Ton klang höhnisch. Peter wunderte sich: „Ich habe nicht nach Ihrem Lohn gefragt, das war ein Mißverständnis.“
Käthe sah zum Fenster hinaus. Ihre Finger glitten auf der Tischplatte umher, als wäre ein Fleck fortzuwischen. „Was denkt Ihr eigentlich, wer ich bin?“ sagte sie langsam.
„Das, was du aus dir machst.“ Peter wunderte sich selbst, daß er sie duzte. Käthes Blicke versuchten immer noch, die nachtschwarzen Scheiben zu durchdringen. „Nein“, sagte sie, und es klang, wie wenn eine Katze leise warnend faucht, weil der Streichelnde sie quält, „nein ... was ich aus mir machen würde ... du lieber Gott!“ Plötzlich zischte sie dicht an seinem Ohr: „Oder was die andern aus mir machen wollen und vielleicht machen können, weil sie viele sind – das ist es! Heda, wir sind allein! Tut doch dem Exner den Gefallen! Greift mir in den Brustlatz! Unter die Röcke! Ich lauf nicht weg, nein, nein! Ich brülle nicht. Brüllen darf eine Kuh, wenn sie den Bullen nicht will!“
Peter streichelte ihre Hand. Auf seiner Stirn standen Perlen von Schweiß. Käthe blickte ihn fast ängstlich an. Dann richtete sie sich auf und verschwand im Stall.

Peter wurde so heiß, als habe er Fieber bekommen. Er wollte in seine Kammer hinauf. Aber er war außerstande, aufzustehen: ‚Weil sie so viele sind', das heißt: weil ich allein bin. Im Schloß zu Warmbrunn war *er* allein. Unter vielen Edelleuten. War er wirklich allein? In Warmbrunn lebten nicht nur Aristokraten, und selbst unter diesen ... Elisabeth de Launay beispielsweise ... Und dann war da doch Jäkelsberg, der Meister, der das Menschenrecht verteidigte, und ...
Von der Tür her wurde kurz gegrüßt. Ein hagerer Mann trat ein, schob den Dreispitz in den Nacken, setzte sich, die Luft aus den Lungen blasend, auf die Ofenbank und scheuerte den Rücken wohlig an den warmen Kacheln. Er streckte dabei seine dürren Beine weit von sich. Sein Gesicht war fleischlos bis auf die vollen, schön geschwungenen Lippen, die, durch die Kälte blutleer geworden, auf den starken großen Zähnen lagen. Die Nase bog sich wie ein Habichtsschnabel zwischen den Augen ab. Er hustete scharf und verschleimt: „Niemand da?"
Vom Stall her schrie jetzt eine Frauenstimme jämmerlich auf. Der Hustende drehte langsam den Kopf: „Käthe kriegt verdroschen", stellte er fest, „nun ja, man kann nur immer einen Menschen bedienen." Der sachliche Ton des Dürren reizte Peter womöglich noch mehr als der erbarmungswürdige Aufschrei. Er sprang auf.
„Was wollen Sie?"
„Was ich will? Ruhe will ich da drin haben!" Aber ehe er die Stalltür erreicht hatte, war es dort still geworden. Peter lauschte noch einen Augenblick. Dann fuhr er sich mit dem Handrücken über die Stirn. Der Mann am Ofen hob seine schweren Augenlider. Die fleischigen Lippen zog er nach innen. Es sah aus, als verkniffe er ein mitleidiges Lachen. Nicht unfreundlich sagte er: „Wer helfen will, muß helfen lernen."
Peter stand jetzt vor den dünnen Beinen, die in festen, ölgetränkten Schaftstiefeln steckten. Die weiße Stoffhose erinnerte an Grenadiere. Der Mann schien nur aus diesen

Beinen und dem ausgemergelten, scharf geprägten Kopf zu bestehen, denn alles übrige umwickelte die Formlosigkeit eines grauen Radmantels mit aufgeschlagenem blauem Kragen.
Peter steckte die Hände in die Taschen und wippte mit den Absätzen: „Haben Sie denn helfen gelernt?"
„Ich?" der Magere grinste. „Gelernt habe ich, Unheil anzurichten." Er hustete wieder trocken. Auf seinen Jochbeinen lag es wie rote Schminke. Peter dachte: ‚Ein Soldat, der dem Blei entronnen ist, und den sich die Seuche nun holt.'

III.

Allmählich kamen mehr Gäste. Ein paar Tische waren schon besetzt. Exner erschien wieder und bediente eilfertig. Peter ging an seinen Platz zurück. Die meisten bestellten Schnaps, gossen ihn mit einem Ruck in die Kehle und ließen gleich wieder füllen. Da und dort fiel ein Wort über den Frost. Blauer Rauch quoll aus den langen Tonpfeifen.
„... drei Sechser für die Elle ... bloß drei Sechser ..."
Peter hörte es leise einen kleinen Weber sagen, der sich an den Nebentisch zum Bauer Kaschel gesetzt hatte. Der blies sich noch den Schneestaub vom Rock und bestellte, zum Schanktisch rufend: „Ein Gewürzei, Exner, und Stonsdorfer!"
Exner trug das Ei und zwei Schnitten Brot zu Kaschel. Der kleine alte Weber kauerte neben ihm, trank seinen Schnaps und sah mit herausstehenden Augen zu, wie Kaschel das Ei schälte und in Scheiben zerschnitten auf das Brot legte.
„Drei Sechser für die Elle ist ein halber Sechser weniger, als du woanders geben mußt, Kaschel."
Der Bauer sah die hungrigen Blicke: „Das kannst du auch fressen, Vater Wiesenhütter." Der Alte ließ die Unterlippe hängen. Braune Zahnstummel wurden sichtbar.

„Ich freß doch auch nur auf Pump“, kaute Kaschel und schob Wiesenhütter ein Stück Brot zu.
„Weil du eine Kuh hast und einen Satz Ferkel. Und einen Ackerstreifen in Pacht. Wer pumpt denn auf einen Weberstuhl!“
„Nu ja, nu ja“, gab Kaschel zu, „um Agnetendorf rum sind mehr Weberstühle als Kühe.“
Ein Mann kam an den Tisch. Er legte seine breiten Hände auf die Platte. Die Knöchel traten gelbweiß aus der roten Haut hervor. Sein Zopf stand in einer Kurve vom Rücken ab, weil er den Kopf meist etwas nach vorn gesenkt hielt. Unter den Brauen lagen graue Augen, die einen jederzeit forschend ansahen. Selbst jetzt, im Winter, sprenkelten ihm Sommersprossen in großer Zahl Stirn und Backen.
„Was sagst du, Fiebig, sind mehr Weberstühle oder sind mehr Kühe im Gebirge?“ fragte Kaschel obenhin.
„Bei den Häuseln meinst du?“ Fiebigs Nase schnüffelte. „Bei den Häuseln? Ich weiß nur eins: was die Kühe sind, da gibt's genug. Bloß daß sie alle aufs Dominium gehören. Dafür sitzt in jedem Häusel ein Ochse und webert.“
Exner hatte alle Hände voll zu tun. Die Gaststube war jetzt dicht besetzt. Aber an den Tischen trank man langsam. Wer sich betrinken wollte, blieb gleich vorn am Schanktisch.
„Keine unziemlichen Reden ni“, wehrte Kaschel ab, „wer da webert, is noch lange kein Ochse ni.“
Fiebig blickte ihn fest an: „Und wer da eine Kuh im Stall hat, is noch lange kein Grundherr.“
„Wenn du's so meinst? Es klang mir bloß so wie ein Angriff auf die Herrschaft.“ Kaschels furchige Backen versuchten versöhnlich zu lächeln.
„Und wenn es ein Angriff war?“ Fiebig preßte die Finger zusammen, daß sie knirschten. Kaschel wurde wiederum unruhig. Er goß aus Verlegenheit einen Schnaps in die Kehle. Sein Adamsapfel wippte noch eine Weile auf und ab. Dann brummte er: „Ich weiß ni, was ihr wieder spintisiert. Die reine Unruhe is in euch, wie beim Schiffel. Davon kommt's wohl, weil ihr den ganzen Tag das hin und

her müßt sausen lassen, da gebt ihr selber schließlich keine Ruhe mehr."

Der alte Wiesenhütter kicherte: „Keine Ruhe geben wir ni, das stimmt. Von früh halb fünfe bis bald zur Mitternacht ... nee, keine Ruhe geben wir ni – wir ni dem Weberstuhl, und der Magen ni uns."

Er hatte Kaschels Arm umklammert. Der riß sich los. „Kneif mich doch ni so", bellte er, „du bist ja schon halb besoffen. Ich weiß ni, ihr Webersleute ... nach zwei, drei Gläsern läuft euch schon das Gehirn ins Maul!"

„Nee, nee" grinste Wiesenhütter weiter, „keinen Schnaps sind wir ni groß gewöhnt. Das sei unserm Herrgott gedankt. Wenn's dann wie heute is, da kostet uns der Rausch ni viel."

Kaschel stand auf und ging durch den Stall. Exners Kühe lagen schon und kauten friedlich wieder. Warmer Schleim troff ihnen aus den Mäulern. Es roch würzig nach Heu. Über dem Verschlag der Ziege hockten die Hühner auf einer dicken, verkrusteten Stange. Ab und zu drehte eine aufgewachte Henne ihren Hals nach der Hintertür und sah den Webern zu, die ihr Wasser abschlugen.

Als Kaschel frostbebend wieder hereinkam, stand an seinem Platz der Dürre von der Ofenbank und redete mit Fiebig. Jetzt gingen beide nach dem Schanktisch.

„Wer is denn der mit den weißen Hosen?" Kaschel drehte sich zum Peter: „Sieht aus wie ein ... na, vielleicht war er Offizier." Wiesenhütter kicherte durch seine Zahnstummel: „Der hat dem lieben Herrgott für die Epauletten längst gedankt." Dann drehte er den Kopf besorgt zum Ofen, ob man ihn dort nicht etwa gehört habe. „Ich muß den doch schon gesehen ...", auch Kaschel wisperte. Wiesenhütters Stirn wurde zu einem Gewirr von Falten: „Er is aus Hirschberg gebürtig, sein Vater war Schlosser", er schluckte, das Wort zerreißend, auf.

„Mehr willst du mir ni vorlügen?" grinste Kaschel. „Der is ni aus Hirschberg. Und sein Vater war auch ni Schlosser." „Es heißt aber so!" beharrte der Weber.

Kaschel wurde unsicher: „Was hat er denn mit Fiebig?“
„Da mußt du eben hingehen, Kaschelbauer, da mußt du eben zufragen, was er mit dem Fiebig hat.“ Wiesenhütter wurde plötzlich einsilbig.
„Und warum schwindelst du, sein Vater war Schlosser?“
Wiesenhütter schielte zu Peter, der sich vorgebeugt hatte: „Das hab ich ni geschwindelt. Schlosser, nee, das hab ich ni gesagt. Schloßherr, so war's gemeint.“ Kaschel kniff ein Auge zu, um anzuzeigen, daß er diese Blödelei nachsichtig aufnahm. Aber dann wurde sein Blick wieder unsicher.
Der Hagere stand jetzt neben Fiebig, er war ein wenig größer als der. Beide gingen lachend nach dem Stall. Unter dem langen Radmantel sah man nun deutlich die vergoldete Scheidenspitze eines Degens.
„... aus Hirschberg, sagst du? Da müßte ihn doch sonst noch jemand hier kennen. Ein bissel ludrig sah er aus ... aber wenn er so geht ...“
„Aus Hirschberg is er“, beharrte Wiesenhütter, „bloß ni aus unserm.“
Peter dachte plötzlich an den letzten Abend im Warmbrunner Schloß. Beim Flötenkonzert – da saß doch so ein hagerer Kerl, der Flötenspieler hatte ihn meist verdeckt. Und nach dem Konzert war Peter gleich gegangen. Aber was suchte ein Warmbrunner Kavalier hier bei den Webersleuten?
Vom Schanktisch grölte jetzt ein junger Mann: „Jawohl! Aufbegehren müssen wir!“ Ein anderer hielt ihm rasch den Mund zu: „Ruhig bist du, Anton!“ Gleich darauf zog er die Hand mit einem Fluch zurück: Anton hatte ihn gebissen. Andere nahmen Partei: „Aufbegehren, jawohl! Dreieinhalb Sechser die Elle! Und du schlägst ni ein?!“
Kaschel, statt Wiesenhütter zu antworten, schrie zum Schanktisch: „Euch geht's wohl schon wieder zu fett!“ Aber jetzt stierte er in das wutverzerrte faltige Gesicht eines alten Zwerges. Wiesenhütter war nicht wiederzuerkennen. Er schlug mit der Faust auf den Tisch. Schaum vor dem Mund: „Fett hast du gesagt? Du Ackersklave, du

Schweinehüter?" Er tobte so, daß die ganze Stube sich nach ihm umdrehte. „Fett hast du gesagt, wo's in ganz Agnetendorf keine Katze mehr gibt, die ni schon gefressen wär! Dein Scheißdreck hat noch mehr an Fett, als bei uns auf eine Schnitte kommt!"
Kaschel war ganz in sich zusammengekrochen: „Ich hab's ni so gemeint ... ich habe bloß so zum Spaß ..." Weiter kam er nicht. Der Zwerg sprang auf den Schemel. Er lachte aufkreischend. Seine Augen waren nur noch zwei Schlitze, aus denen Wasser lief:
„Ihr Webersleut, hört ihr's? Er hat's ni so gemeint! Beruhigt euch! Er hat's ja nur zum Spaß gesagt. Der Kaschelbauer is ein ehrlicher Kerl! Aber ich! Ich bin der Lump! Drei Sechser hab ich ihm auf die Elle rechnen wollen! Ni einmal für Fett! Nur für Milch, ein bissel Milch für die Lotte, das Kindel hat doch seit der Mutterbrust kein Tröpfel Milch ... Wo sie jetzt krank is! ... Ihr Leute! Schlagt mich ni ... ich muß ja weiter webern ..."
Er lachte schon lange nicht mehr, er heulte wie ein Irrer. Dann sank er vom Schemel herab, als wären ihm die Knochen aufgeweicht, legte die Hände unter das Gesicht und schloß die Augen, still vor sich hinwinselnd.
Peter sah sich gequält um. Fiebigs Augen fingen seinen Blick vom Ofen her ein. Er trat näher: „Das braucht euch ni zu erschrecken, der Vater Wiesenhütter is ein guter Mensch." Fiebigs Hände streichelten die zuckenden Schultern des Weinenden. Dann raunte er Peter ins Ohr: „Wenn's Euch auf eine Preßkopfscheibe ni ankommt, vielleicht, daß er sie noch ... Also seht mal, wenn man von früh an bloß so mit einer Brotsuppe webert, da hätte der Kaschel ni anfangen dürfen von Fett. Es ist ihm schlecht geworden, dem alten Wiesenhütter, und dabei kommt man manchmal in die Wut."
Peter drängte sich sofort zum Schanktisch durch, bestellte Preßkopf mit Backpflaumen und Brot. Er mußte eine Weile warten. Die glasigen Augen eines Betrunkenen stierten ihn an, der mit seiner schmutzigen Hand nach der Wurst griff.

Exner stieß ihn mit dem Ellenbogen in den Magen, wollte den Teller selbst fortschaffen. Aber Peter lehnte das ab. Er stellte es sich indes immer noch leichter vor, als es war. Von allen Seiten fraßen Blicke den Teller leer, fraßen an Peters Händen. Zitternd setzte er schließlich das Essen vor den alten Wiesenhütter, zitternd auch vor Sorge, wie er die Blicke weiterhin auszuhalten vermöchte. Der Alte aber nahm keine Notiz mehr von dem Teller, so sehr ihn auch Fiebig schüttelte. Er schlief, von Arbeit und Alkohol zu Tode erschöpft.

„Wer helfen will, muß helfen lernen."

Peter drehte sich um. Da stand der Hagere mit dem Habichtskopf vor dem vornübergebeugten Weber: „Er kann vor Hunger nicht essen."

Peter wurde unter den Blicken des anderen rot: „Ich wußte nicht, daß sie sich vor Hunger betrinken." Der Hagere holte tief Atem: „Warum wollen Sie denn durchaus helfen? Sie kommen ja doch zu spät, sei es bei Prügel oder Preßkopf."

Peter fand den Menschen unverfroren. Er war es doch nicht, der sich zu schämen hatte: „Ich habe meinen Beruf auch nicht in wenigen Tagen erlernt, mein Herr."

„Soso." Der Kavalier mit den dürren Beinen schloß die Augen zu einem blitzenden Blinzeln. Aber Peter wich dem Blick nicht aus. Er war viel zu aufgebracht jetzt. Was wollte jener eigentlich von ihm? „Sie haben Ihren Beruf gut erlernt, weil Sie Begabung für ihn haben. Ich warne jeden, das Helfen zu lernen, der dafür nicht begabt ist. Es ist gefährlich zu helfen. Auch für den Helfer."

Peter bekam zwei steile Falten des Zorns bis hinab zur Nasenwurzel. Er sagte kurz: „Unheil zu stiften ist auch gefährlich. Und außerdem noch niederträchtig."

Da lachte der andere plötzlich wie ein lustiges Kind: „Es freut mich, daß Sie alles so ernst betreiben, die Künste wie die Wahrnehmung der Menschenwürde." Freundlich lächelnd wiederholte er: „Es freut mich wirklich sehr, Peter Wost." Er nahm den Dreispitz, grüßte und ging.

Peter sah ihm nach, dachte: ‚Fiebig wird es mir natürlich auch nicht sagen, woher der Kerl mich kennen mag.' Ein Gaul wieherte am Fenster vorbei. Fiebig kam zurück, und Kaschel nahm einen mutigen Anlauf: „Darf ich's fressen, Herr Wost?"
Peter nickte gleichgültig. Fiebig, der hinzutrat, grinste: „Solange der Nördlingen da war, hast du dich ni getraut. Jetzt frißt du's, weil der Bauer immer noch besser dran is als der Weber. Den Rotlauf wünsch ich deinen Säuen."
Peter, das andere nur noch halb hörend, hatte den Namen förmlich aufgesogen: Nikolaus von Nördlingen?
Kaschel unterbrach das Schlingen: „Wat hat der gnädige Herr denn in Agnetendorf zu schaffen? Was hat er sich mit den Weberleuten abzugeben? Heda, Fiebig, friß den Rest und sag mir dafür das Ende!"
Fiebig aß trotz des offenbaren Heißhungers sehr sittsam. Zwischendurch sagte er zu Peter: „Ich habe Euch nachher etwas zu bitten – wegen dieses Herrn."
„So? Dann besser gleich!" Peter war sehr gespannt. Aber Fiebig konnte nun nichts mehr reden, denn an der Tür kreischten Weiberstimmen. Exners breiter Leib stemmte sich gegen den Türrahmen. Zoll für Zoll drängte er die Frauen wieder hinaus.
„Meinen Mann will ich ..." Eine Stimme begann zu winseln, „er versäuft's bei dir, du verfluchter Schnapsbrenner!"
Exner prallte zurück. Eine kleine Frau mit aufgelösten Haaren stieß ihn gegen den Bauch. Sie schrie mit wilden Blicken durchs Zimmer: „Davon also setzt du deinen Speck an! Dir sprengt er die Hosen, und uns rutscht alles von den Knochen runter!"
Exner, in seiner Bedrängnis, ergriff das Spülfaß und goß es gegen die offene Tür. Die kleine Frau fing zu gurgeln an. Sie troff wie ein nasses Tuch.
Ein Weber rief lallend: „Recht so, Exner! Ersäuf die Alte! Nischt mehr gönnt sie einem!"
„Halt die Schnauze, Krause!" Fiebig, der den Lallenden

so anschrie, war mit einem Satz an der Tür. Man hörte ihn draußen zu den Weibern reden. Drinnen lamentierte der Betrunkene vor sich hin: „Bis sie zu Hause ist, hat sie's zusammengefroren wie einen Eiszapfen, ni wahr?! Bis sie zu Hause ist, geht sie kaputt bei dem Frost. Darauf is doch Verlaß, auf den Frost?!"
Peter stand musternd vor dem Mann: „Ist das Seine Frau, Krause?!"
„Gewesen, Herr, gewesen! Grade friert sie's zusammen, daß die Seele keinen Platz mehr hat in ihrer Gusche."
„Er ist ein Hundsfott!" brüllte Peter. Dann ging er erregt zur Ofenbank.
Fiebig kam wieder herein.
„Was ist mit den Frauen?"
Fiebig runzelte die Stirn: „Dasselbe, was mit den Männern is, dasselbe, bloß ohne Schnaps in der Kehle, dafür mit Kinderwinseln im Ohr!"
Peter starrte lange vor sich hin. Er wußte jetzt, Exners Gaststube würde nicht mehr aus seinem Gedächtnis weichen. Er wäre am liebsten schlafen gegangen, aber seine Kammer lag über dieser Stube. Müde sagte er: „Die Weber sollten wirklich lieber Lebensmittel kaufen."
Fiebig sah ihn erstaunt an: „Glaubt Ihr etwa auch das Märchen, daß die Weber ihre Sechser versaufen? Das sind ni viele, die das tun. Und es gibt wohl auch Edelleute, die Ihrs versaufen. Nein, die paar Kreuzer Schnaps am Samstag soll ihnen keiner mißgönnen. Besonders jetzt im Winter. Wir sehen doch die Welt bloß durch das Fadenwerk am Weberstuhl – die ganze Woche. Was is sonst noch? Ein wahres Glück, wenn sonst nichts is, Herr Wost. Das könnte nur was Böses sein! Nein, die paar Gläser Schnaps ..."
Peter hatte das Gefühl, daß Fiebig anders sprach, als er dachte.
Plötzlich sauste ein junger Bursche keuchend durch die Tür. Alle sahen ihn sofort, alle verhielten den Atem. Der Bursche sprach gar nicht laut. Er konnte vor Herzklopfen auch gar nicht laut sprechen. Aber man verstand jeden

Hauch seiner Lippen, wie dicht am Ohr: „Ihr Leute ... dem Krause seine ... mitten auf der Straße beschreit sie ihn!" Er öffnete die Tür um einen Spalt. Von fern hörte man die Stimme erschreckend deutlich:
„Rü-be-zahl!"
Ein Zittern lief über den Rücken der Männer.
„Das Maul muß man ihr zuhalten!"
„Du hast schuld, Exner, die Kälte hat sie verrückt gemacht!" Die Schreie verstummten. Niemand wagte hinauszugehen. Kaschel räusperte sich kratzig: „Wenn er's gehört hat?" Exner lachte mutig: „Ihr Leute, macht doch weiter! Wenn er's gehört hat, geht's auf meine Kappe." Aber während er sich umsah, mußte er feststellen, daß sein Lachen in den starren Blicken seiner Gäste spurlos unterging.
„Das is ni raus, ob das auf deine Kappe geht", murmelte Kaschel, „vielleicht hat er sie selber schon am Genick."
Der junge Bursche lehnte noch immer an der Tür. Exner bot ihm einen Schnaps an. Aber er schüttelte sich, lauschte nur: „Er is berufen worden, das steht fest ..."
Peter fragte: „Kommt er denn immer, wenn man ihn beruft?"
Da sprachen alle, fast zur gleichen Zeit: „Eher bleibt der Teufel aus als der. Er nimmt sich nur manchmal Zeit!"
„Besser, er kommt sofort", lispelte ein Alter, „wenn er sich Zeit nimmt ... o je. Ich hab's erlebt ..."
„Erzähle!"
„Nischt erzähl ich!" Der Alte kroch mit dem Kopf in seinen Kragen. Die Augen hatten große Tränensäcke. Die Hände waren krumm wie Hühnerkrallen und schienen sich jetzt, in der Erinnerung, noch mehr zusammenzukrampfen. Kaschel wußte, warum der alte Hirse schwieg. Dennoch ermunterte er ihn: „Dir hat er doch nischt getan, Hirsevater!"
„Ich hab ihn ja auch ni beschrien!" Hirse sah sich ängstlich um: „Er kommt ja freilich ni bloß, wenn man ihn beschreit – er kommt ja auch von selber, wie's ihm passen tut, wie

ihn sein Geistergemüt grade treibt." Die Worte waren nur noch gehaucht. Ein dumpfer Druck preßte in allen Kehlen, unerträglich. In der Ofenecke wimmerte plötzlich eine Stimme: „Vater unser, der du bist im Himmel."
Das ganze Vaterunser wimmerte die Stimme herunter. Niemand unterbrach sie. Manche hatten die Hände gefaltet, manche die Augen geschlossen. Nach dem Gebet wurde die Stille noch beklemmender. Nur ganz allmählich löste sie sich in ein flüsterndes Gemurmel auf.
Jemand sagte leise zu Hirse: „Gegen alle Geister gibt's doch einen Ruf."
Hirse zog die Oberlippe in den Mund, kaute an den Bartstoppeln, die mindestens eine Woche alt waren: „Ja, ja, wenn die Geister erforscht sind nach ihrem Wesen. Bei den bösen Geistern, nu ja, da hilft ein Vaterunser und so ein Glaubensbekenntnis, vielleicht auch Weihwasser, wenn einer is katholisch. Und bei den guten Geistern – ach Herrjesusnee – da fehlt's schon beinah, daß sie überhaupt noch erscheinen ..."
Peter wartete interessiert, aber der Alte setzte seine Belehrungen nicht fort. Erst als man weiter in ihn drang, rückte er heraus, zögernd, als könnte ihn jedes falsche Wort in tiefes Ungemach stürzen.
Aller Blicke hingen indes an seinen Lippen, denn Hirse hatte unleugbar gewisse Erfahrungen. Nun räusperte er sich leise:
„So is das: Er erkennt was an, wie alle Geister. Vielleicht eine Wurzel, vielleicht ein Metall. Wir wissen aber nischt, rein gar nischt. Und er hat keine Ursach zu sagen, wie er sich bannen läßt. Kirchen jedenfalls sind ihm egal. Gegen Weiber is er anständig, sehr sogar. Gegen unsern Herrgott hat er's ni. Er is also auch ni seinerzeit mit Luzifer gefallen. Er is wohl mit der Erde selbst entstanden, dann is er Natur; und was ein Naturgeist is, das weiß kein Bibelbuch, darüber kündet keine Kanzel."
Einige nickten. Im Ofen knackte ein Holzscheit. Nur des alten Wiesenhütters ruhiges Schnarchen war zu hören.

Jeder in der Stube wäre gern daheim gewesen. Keiner wagte es, in die Nacht hinaus zu gehen.
Bis zum Morgen würden sie nun hier hocken bleiben, jeder mit einer anderen Ausrede, das wußte Exner. Auch seine Knie bebten, das machte ihn ärgerlich und zugleich verzagt. Die Krause hatte den Berggeist berufen, und das litt der nicht – so weit war die Sache klar. Aber er packte nicht immer den Rufer, oft grade den, der diesen Ruf verursacht hatte. Er konnte nicht allwissend sein, Pfarrer Kramer hatte das einmal erklärt. Nur Gott der Herr ist allwissend. Aber was so ein Naturgeist ist, der fängt sich die Gedanken manchmal ab! Dann weiß er zwar nicht alles, aber genug. Exner, der sehr selten trank, goß sich ein großes Glas voll. Als er es an die Lippen setzte, zitterten auch seine Hände. Viele hatten das Zittern gesehen und daß Exner Schnaps verschwabberte. Der Gastwirt ging in den Stall. Die Blicke waren ihm unerträglich – lieber Kühe sehen als solche Menschenaugen ...
Kaschel begann auf dem Dielensand zu scharren: Geräusch mußte sein.
Ein strafender Blick von Hirse traf ihn: „Laß doch!"
Fiebigs Augen gingen zum Fenster. Von jenseits der Straße sah man ein paar Lichter. Manche weberten also noch immer. Fern, aber deutlich klang das Rak-kerak. Vom Wald kam ein leichtes Rauschen, ein sanfter Wind machte sich auf, den Weg ins Tal zu suchen. Man hörte ihn schon im Ofen. Würde das Wetter doch umschlagen?
Plötzlich: lähmender Schrecken in der Stube. Aus dem Stall drang wüstes Poltern ... ein fürchterlicher Schrei, dann ersticktes Winseln. Die Hühner gackerten vor Entsetzen, und ihre klatschenden Flügelschläge vermischten sich mit dem dumpfen Aufbrüllen der Kühe. Dazwischen ein meckerndes Gelächter – entsetzlich für die überempfindlich gewordenen Ohren der angespannt lauschenden Weber. Keiner betete jetzt. Aber viele lagen auf den Knien. Einige waren hastig an die Ausgangstür gesprungen.
Fiebig hatte den Kopf, aufs höchste überrascht, der Stalltür

zugewandt. Peter hielt seinen Arm umkrampft, aber beide merkten das gar nicht.
Kurz war das alles, sehr kurz. Aber das Grauen ist selbst in Sekunden der Ewigkeit gleich. Das Grauen braucht keine Zeit für seinen tiefen Riß in die Seele des Menschen. Und es gibt keine noch so lange Zeit, die diesen Riß je wieder heilt. Er vernarbt ... aber die Narbe bleibt empfindlich. Etwas vom Grauen ist mit ihr verwachsen wie der Splitter eines Geschosses.
Peter rannen kalte Tropfen von der Stirn. Hirse hatte den Kopf ganz in den Kragen gezogen. Kaschels Hände bedeckten bebend die Augen. Krause, käseweiß, wankte ein paar Schritte und kotzte dann würgend in den Sand der Diele. Saurer Geruch stach die Nasen, die ohnehin kaum zu atmen wagten ... Herrgott! Die Stalltür öffnete sich ganz langsam, Zoll für Zoll: Erbarmen! Krause winselte auf: „Er holt mich!"
Langsam kam Exner. Die Perücke trug er in der Hand. Der kahle Schädel blinkerte klatschnaß. Die Backen waren blaurot angelaufen, und über dem linken Auge wuchs zusehends eine Beule.
„Was guckt ihr mich denn an wie einen Toten?" Exners Stimme pfiff, nach Atem ringend. Starres Schweigen antwortete ihm. Er begriff. „Ach, so denkt ihr, ach so! Nee, ihr Narren allesamt!" Er schüttelte seine triefenden Ärmel: „Nischt is gewesen, als daß der Ziegenbock mich hat gestoßen ... und die verfluchte Käthe ... grade heute erst hat sie den Wasserbottich aufgefüllt! Nee, nee, ihr abergläubisches Gemächte ihr! Gleich in die Stube kotzen! Und Hirse, so ein alter Mümmler, hat sich eingepißt! Nee, nee ihr!" Exner lachte, als müßte er ersticken.
Peter sah, wie Hirse langsam aufstand. Ein dünnes Rinnsal zog sich längs des Hosenbeins am Strumpf herab bis zu einer dunklen Lache. Hirse ging, das eine Bein ein wenig schleppend, auf Exner zu: „Ich bin noch lange ni so naß wie du!" Dann blieb er betrachtend vor ihm stehen: „Nu, dich hat er ja ordentlich in der Mache gehabt, mein lieber

Exnerwirt – trotzdem er noch ganz milde war. Noch mal eine Weberfrau wirst du wohl ni begießen.“
Exner rang nach Luft: „Nee, hört doch, Leute, der glaubt wirklich ...“ Hirse unterbrach ihn zweifelnd: „Du hast ihn vielleicht ni selber gesehen, weil ... ehe du zum Besinnen bist gekommen, da hat er dich schon drin im Bottich gehabt. Da hast ihn dann freilich auch ni lachen hören.“
„Nee, lachen – Leute! Dem Hirsevater fehlt der Trost!“ Exner sah sich nach Zustimmung um.
Da stand Fiebig auf. Auch seine Backen glühten von dem Erlebnis, aber seine Stimme klang ohne jede Erregung. „Exnerwirt, uns mußt du das ni klar machen wollen! Uns ni! Grade jetzt hast du deinen Arsch dem Ziegenbock vor die Hörner praktizieren müssen, grade in den Wasserbottich mußte er dich schubsen! Ni wahr, ihr Leute, was andres hat kein Mensch hier ni gedacht!“ Seine Augen zwinkerten herum.
Kaschel fing ungeniert laut zu lachen an. Alle brüllten jetzt vor Lachen, sie krümmten sich zusammen, streckten sich lang, fielen einander um den Hals. Sie lachten sich die verhaltene Angst aus dem Leib, bis sie vor Schweiß dampften.
„Krause, bück dich einmal!“ schrie der junge Bursche, der die Nachricht gebracht hatte. Krause stellte sich mit gebeugtem Kopf vor Exner. Der Bursche ging auf alle viere nieder, meckerte wie ein Ziegenbock und rannte seinen Schädel in Krauses Hintern. Krause heulte lustig auf, bohrte seinen Haarschopf bis zu den Ohren in Exners Bauch. Die Weber tobten sich heiser. Exner wurde gelb vor Schmerz, verbiß ihn aber und überschrie dann alles: „So war es, Leute, ganz genau so war es.“
„Bloß daß dein Bauch ein Schmalzfaß is, mein Lieber!“ quietschte der alte Hirse. Er stand auf der Ofenbank und preßte die genäßten Kleidungsstücke an die Kacheln. Exner schwoll jetzt förmlich auf vor hilfloser Wut: „Bringt mich doch ni ins Gerede, ihr unvernünftiges Volk!“ Sein Blick klammerte sich plötzlich an Peter: „Bezeugt Ihr doch,

Herr Wost, was hier gewesen is! Ihr seid ein weitgereister Mann. Erklärt das doch mit dem Verstand!"
Peter fühlte geradezu die Blicke der andern. Sein Herz begann zu pochen: „Man kann hier nichts mit dem Verstand erklären." Er wunderte sich über den ruhigen Klang seiner Stimme. „Ich kann bezeugen, was ich sah und was ich hörte ... hier an dieser Stelle. Vielleicht, wenn Er die Stalltür offen gelassen hätte, Exner ..." Dem Gastwirt verschlug es den Atem. Auch dieser hatte Zweifel?
In die Stille schlug Fiebigs Stimme: „Das mit dem Ziegenbock mag nu der Exner halten, wie er will. Eins weiß ich: Vorhin wäre keiner von uns ums Verrecken ni heimgegangen. Jetzt? ... Das is wie nach einem Gewitter."

IV.

Wenige Minuten später, vor der leeren Stube, drückt Fiebig Peters Arm: „Ihr möchtet Euch doch, Herr Wost, ein bissel um den sein Häusel bekümmern. Das läßt Euch der Herr von Nördlingen schön bitten."
Peter sieht Fiebig lange nach, wie er Schritt für Schritt die Straße hinauf den wankenden Wiesenhütter vor dem Ausgleiten schützen muß. Vielleicht ist der Fiebig so eine Begabung im Helfen, denkt er.
Die Straße, mit Asche bestreut, zieht sich wie ein schwarzes Band zwischen den weißen Schneemassen dahin, über die der Wind jetzt abtastend fährt, Pulver aufwirbelnd und im Kreise drehend. Der Mond, blendendes Silber, aber schon einen Tag nach der Fülle, hat in seinem Umkreis alle Sterne ausgelöscht. In kleinen Gruppen treiben Lämmerwölkchen vom Kamm her in unvorstellbarer Höhe. Der steigende Rauch am Abend hat getrogen, morgen werden dicke Wolkenkissen dasein, grau herabhängend und zum Bersten mit Schnee gefüllt. Morgen wird der Wind nicht mehr tänzeln – morgen wird er den Bäumen an die Äste springen, die Kamine ausfegen und den Schnee in breiten Schwaden vor sich herjagen. Peter kennt die Zeichen des

Wetters von Hollands Ebenen und Meeren her, er hat sie in den Alpen oft genug beobachtet. Alle Dinge tragen ihre Zeichen vor sich her wie der Ritter seine Wappen. Aber wer kann alle Wappen lesen?
Ordnung müßte jemand machen, eine Fibel der Zeichen schreiben. Der Nördlingen zum Beispiel. Seltsam, denkt Peter, wie habe ich mir den doch vorgestellt? Gar nicht. Jemand schreibt ein Buch. Aber während ich es lese, hat es niemand mehr geschrieben. In meinem Kopf leben die Menschen, lachen und leiden. Sie wurden niemals geboren, aber sie leben in einer bestimmten Zeit. Obwohl sie gar nicht handeln können, weiß man schon, daß sie handeln müssen. Der Form nach ohne Wirklichkeit, beginnen sie die Wirklichkeit zu formen ... Peters Blicke schweifen nach dem Wald hinüber. Dann kehrt er sich fröstelnd der Tür zu.
Peter steigt die knarrenden Stufen zu seiner Kammer hinauf. Das Bett ist aufgedeckt. Die Dielen sind blank gescheuert. Es riecht in allen diesen Zimmern gleich: nach Lavendel und Holz.
Er holt mit einem Span aus der Ofenglut Feuer. Die Kerzenflamme kriecht erst in sich zusammen bis an den Anfang des Dochts – blau mit einem winzigen Kern, der gelb bleibt – und steigt dann, milde strahlend, hoch empor. Auf dem Tisch werden Blätter, Pinsel, Stifte sichtbar. Das Fenster glitzert. Eisblumen mustern es bis an die Holzrahmen. Man braucht eigentlich keinen Vorhang. Aber Peter zieht ihn dennoch zu: es sieht so kalt aus. Außerdem können die Blumen schmelzen, wenn er neue Scheite anlegt.
Im Flur knarrt die Diele leicht. Ein Finger klopft zage an die Tür.
„Ja?"
Käthe tritt ein: „Ich wollte fragen, ob Ihr noch etwas braucht." Er schüttelt den Kopf: „Wann hört Ihr Dienst eigentlich auf?" Sie zuckt mit den Schultern: „Wenn alle schlafen."

„Will Exner denn heute gar nicht schließen? Es ist doch schon weit über Mitternacht.“ Sie lächelt: „Exner? Der hat doch schon alles zugeriegelt. Ein ganzes Bierglas voll Schnaps hat er getrunken.“

„Dann ins Bett, Mädchen!“

Käthe neigte den Kopf wie heute in der Gaststube. Ihre Grübchen vertiefen sich. „Hm“, sagt sie.

Unter dem dicken Pelzmantel, der ihr auf den Schultern verrutscht ist, hat sie nur ein Leinenhemd. Peter fragt still: „Kommst du, weil der Exner dich geschlagen hat?“

Sie schüttelt kaum merklich den Kopf mit den gelben Flechten. „Oder, Käthe ... brauchst du Geld? Sag, wieviel brauchst du?“

Im Kerzenschein beobachtet er, wie ihre Augen langsam sich füllen und dann überquellen. Zwei Tränen rollen bis in die Backengrübchen. Peter geht zu ihr hin, streicht ihr über das Haar: „Käthe. Sag es mir.“ Sie zieht den Mantel an sich: „Ja, ich sage es. Keine Scham is dran, so etwas zu sagen.“ Der Pelz gleitet auf den Boden. Peter fühlt die Wärme ihres Fleisches durch seine Kleider dringen. Sie streichelt seine Schläfenlocken, seine Stirn. Sie küßt ... küßt ...

Das Licht ist tief herabgebrannt.

„Ich zünde ein neues an.“

„Nein, ich!“ Käthe will aufstehen. Peter drückt sie sanft zurück. „Jetzt hast du nicht zu bedienen, verstehst du!“

Sie legt ihr Ohr auf seine Herzgrube: „Das hat so rasend gepocht vorhin ... jetzt ist es fast zu leise.“ Sie schmiegt sich plötzlich wie furchtsam an ihn: „Du, wann wirst du abreisen? Ich meine, für immer?“

„Oh, eine Weile werde ich schon noch bleiben.“

„Hast du noch viel zu zeichnen?“

„Ja, viel.“

Halb belustigt sagt sie plötzlich: „Bald bin ich wieder Stallmagd.“ Peter drückt ihren Kopf an seinen Hals, küßt ihren Scheitel. Auf einmal ist es stockdunkel.

„Das Licht ist im Fett ertrunken.“

„Hättest du mich nur aufstehen lassen und Magd sein! Jetzt ist alles Nacht!“
Am Fenster tropfen die Eisblumen. Sie hatten auch ge-

tropft, als es hell war. Aber erst im Dunkeln hört man es.
„Graut dir nicht, Peter?"
„Jetzt nicht. Jetzt graut mir nicht."
„Aber wann?"
„Wann? Wenn ich denke, daß ein Licht im Fett ertrinken kann, daß Menschen vor Hunger nicht essen können. Oder es schreibt jemand ein Buch – und andere, die es lesen, nehmen eine Pistole und erschießen sich..."
„Wegen des Buches?"
„Ja, wegen einer erfundenen Geschichte. Käthe, was meinst du: kann man ein Bild malen ... von einem Liebespaar zum Beispiel ... und jemand, der das Bild sieht, erschießt sich?" Käthe sinnt nach. Dann hebt sie vorsichtig den Kopf: „Vielleicht eins, damit jemand hingeht und *andere* erschießt. Und das könnte sogar gut sein."
„Käthe, was wirst du dir noch ausdenken!" Sie aber blieb dabei: „Es wäre vernünftiger. Aber das können vielleicht weder Dichter noch Maler. Es ist auch viel schwerer, als jemand in den Selbstmord zu treiben."
„Wie alt bist du, Käthe?"
„Sechsundzwanzig. Und du?"
Er streckt sich: „Schon über vierzig ... Du hast es wohl nicht gut hier?"
„Und auch nicht schlecht. Gut ist, daß ich schon daheim manches verstehen gelernt hab."
„Wo bist du denn her?"
Käthe sieht nach dem Fenster. „Ich muß jetzt aufstehen. Komm, laß mich!"
„Erst sag, wo du zu Hause bist."
Sie küßt ihn, aber es ist kein Kuß der Liebe. Mütter, die ihre Kinder beruhigen wollen, küssen so. Er spürt deutlich, ihre Antwort würde die Wahrheit sein, Wahrheit, ja, aber nur die Schale, nur das Drum und Dran!
„Ich bin von hier", beginnt sie heiter und fließend, „nur von der böhmischen Seite. Mein Vater hatte eine Schneiderei, gute Kundschaft, weißt du, viel vom Bürgerstand und Adel dazu. Aber man hat da so ein Modehaus eröffnet. Mit

Modellen aus Paris. Da konnten wir nicht mehr mit. Dabei hat die Innung aufgedeckt, es war Schwindel, und die Sachen aus Paris waren in Wahrheit aus Dresden und Prag. Aber vor Gericht hat das Modehaus feierlich beschworen, daß alles echt sei. Und das Gericht selber, verstehst du, das wollte gar nicht wissen, was echt und unecht ist. Nun ja, jetzt macht mein Vater nur noch Flickarbeit, so wie die meisten andern. Und was er sich erspart hatte, davon hat sich der Advokat den größeren Teil genommen. Vom Rest zehrt der hier."
„Wer? Der Exner?"
„Ja. Eine Hypothek ist drauf vom Vater. Sonst hätte ich die Stelle gar nicht gekriegt."
„So, so ... er zahlt keine Zinsen, aber er prügelt dich, damit du ..." Käthe stützt sich mit den Armen über ihn: „Nicht einmal so kann ich dich sehen. Nein, mich hat noch keiner gekriegt, ohne daß ich's zugelassen hätte!"
„Und hast du es oft zugelassen, Käthe?"
Sie seufzt: „Was nennst du oft?! Ich habe wenig Zeit zum Lieben gehabt. Einmal mit siebzehn Jahren. Und später noch ... ah was, ich muß jetzt aus den Federn."
„Aber Käthe, es ist Sonntag. Der Exner ist doch besoffen. Und schlagen ... schlagen darf er dich nun nicht mehr."
Sie lacht: „Willst du es für ihn besorgen?" Mit einem Sprung ist sie über Peter hinweg: „Außerdem, wenn er es zu toll treibt, schlage ich zurück."
Peter unterbricht sie: „Ich habe noch keine Frau geschlagen. Ich will ... will nicht, daß Menschen sich schlagen."
Er richtet sich auf. Käthe kauert vor dem Ofen und bläst in die Asche. Sie hält einen Streifen Papier an die Glut. Er kniet neben ihr nieder. „Wie schön das aussieht, der Lichtschimmer auf deiner Haut ..."
„Geh ins Bett, Peterle, hast ja vom Weisefuhrmann gehört: ich bin zu dick."
Peter bläst mit. Plötzlich fragt er: „Warum hast du mich nur so belogen?" Sie lacht: „Das ist so, wie ich in die Glut hier blase: entweder es gibt Funken, oder der Mann hat

seinen Ekel weg. Besser, man zeigt erst das Schlechte ganz deutlich, damit ..." Beide halten den Atem an und tragen den brennenden Papierstreifen zu dem neuen Licht. Der milde Schein macht die Kammer freundlich warm.
Käthe nimmt den Mantel um: „Ins Bett, du!"
„Nein, dann helfe ich dir lieber!"
„Was? Kühe melken? Hühner füttern?"
„Das, das geht aber doch nicht! Eben bist du noch meine ..." Sie lächelt glücklich von der Tür her: „Was geht nicht, Herr Wost, weil ich eben noch Eure ...?"
„Du mußt du zu mir sagen! Als Menschen, die sich so nahe gewesen sind ..."
Käthe streckt ihm die Zunge heraus: „Ich denke, Ihr seid schon über vierzig Jahre?" Dann leiser: „Wenn wir uns wieder ... nahe sein mögen, dann! Wenn wir wieder Menschen sind."
Die Tür schließt sich. Peter steht verlegen in der Stube. Die Augen flimmern ihm vor Müdigkeit. Als er ins Bett zurückkriecht, fühlt er die Leere neben sich.
‚Warum darf ich nun schlafen? Und sie muß ...'
Dann beginnt es ihn wohlig heiß zu überrieseln, fast wie im Fieber. So sanft und schnell wie ein Stein, den man ins Wasser gleiten läßt, versinkt Peter Wost in Schlaf.

V.

Über den Kamm wälzen sich Nebelmassen, kollern hinab in die Wälder. Einzelne Fetzen wehen so dicht über die Häuser, daß man in sie hineingreifen kann, in ihr feuchtes Nichts. Der Nebel kriecht durch die Fugen der Türen, füllt die Ställe. Er kriecht in die Ärmel, er sickert durch den Mantelkragen.
Peter stapft die Landstraße hinunter. Die Bäume scheinen um das Doppelte gewachsen zu sein, sind gespenstisch anzusehen in ihrem Rauhreif: Wunderwerke des eisigen Atems, der von Nordwesten her sie behaucht, Wunderwerke kristallischen Schliffs: Glas und Porzellan ...

Aus dem Nebel tauchen Urtiere auf, phantastische Riesenpferde. Ihre Nüstern jagen Dampfstrahlen gegen den Boden. „Hü hott!" Eine Peitsche knallt. Peter erkennt die Stimme des Fuhrmanns. „Brr! Verschnauft euch, ihr Teufel, ihr mistgeborenen!"
Weise stapft zur Satteltasche: „Ein Brief, Herr Wost!"
Peter besieht den Brief interessiert, der neben der Aufschrift ein unauffälliges Zeichen trägt, einem Steinmetzsiegel gleich, und gibt dem Fuhrmann einen Groschen Trinkgeld. Auf den Messingscheiben des Geschirrs beginnt der Nebel seine Filigranarbeit. Jeder der vier Gäule ist ein Pumpwerk, man sieht durch das Fell, wie die Lungen arbeiten. Peters Handschuh streichelt einen Hals. Das Pferd sieht ihn mit großen klugen Augen an und schnobert an dem Mantel.
„Gut durch den Schnee gekommen, Weise?"
„Nicht überall, Herr! Die Straße ist böse verweht gleich hinter Warmbrunn. Am Kynast hatte ich schon zwei Stunden Verspätung. So lange hat man schaufeln müssen. Dann kam der Nebel, Herr, das war ni immer geheuer." Er beugt sich zu Peter vor: „Hier soll's ja noch hoch hergegangen sein am Samstag? Nee, daß ich noch zur rechten Zeit bin weggekommen!"
Peter lächelt: „Es ist niemandem etwas geschehen."
„Nu, nu", grinst Weise verstohlen, „auch ni dem Exnerwirt? Er soll's ja ni schlecht mit ihm getrieben haben. Unter uns: dem sei's gegönnt! Nee, eine alte Frau mit Wasser zu begießen bei dem Frost!"
„Er schwört aber, daß es nur ein Ziegenbock gewesen ist."
Weise sieht verständig drein: „Ich möcht es auch schwören, freilich." Dann brummt er bedächtig weiter: „In Hermsdorf erzählen sie, daß hernach, wo der Ziegenbock is gestanden, da haben ein paar vertrocknete Rüben gelegen. Nu ja, nu ja, er nimmt doch die Gestalt an, die ihm grade paßt. Warum ni eine Ziege? Ein Edelfräulein von Warmbrunn is gar einmal auf ihm gesessen, nur weil sie

dachte, es wäre ein großer Stein. Also, auf einmal läßt der Stein, mit Erlaubnis zu sagen, Herr Wost: läßt der Stein einen Furz fahren, wie ihn das Fräulein wahrscheinlich überhaupt noch ni gehört hat. Und stinken tat's bis in die nächste Baude, und die war gar ni so nahe. Ein Leutnant, mit dem war sie ausgeritten, der hat mit seinem Degen gleich – nu eben, weil er immer noch ni drauf kam, sonst möcht er sich ja gehütet haben – also weil er denkt, hinter dem Stein liegt jemand, und das Fräulein möchte sonst gar denken, er selber hätt so laut gefurzt, da hat er mit seinem Degen gleich zugestoßen. Was geschieht? Der Stein ist weg, und das Edelfräulein sitzt auf ihrem Edelarsch zu blanker Erde. Der Leutnant aber hat mit der Degenspitze eine alte Rübe durchbohrt."

„Woher weiß man denn das?" Peter schmunzelt, aber Weise kennt den Sachverhalt genau: „Die Baudenleute haben erstens zugehört. Dann sind die Reitpferde durchgegangen, man hat sie erst in Krummhübel wieder eingefangen. Und drittens is die Rübe doch ni wieder vom Degen abgegangen. Man hat zuerst gedacht, es wär Majestätsbeleidigung, mit einem königlichen Säbel auf eine Rübe einzustechen. Drum hat der Offizier lieber alles gleich gestanden, und man hat ihm bloß den schlichten Abschied gegeben. In Hirschberg liegt das Protokoll darüber ... Brrr!" ruft er plötzlich, da die Vorspannpferde anziehen. „Die Tiere wollen heim, zumal sie nichts von unsern artigen Geschichten verstehen."

Weise spitzt die Lippen skeptisch und sagt:

„Nu, nu, die Tiere, mein Herr! Gedenken wir an Bileams Esel. Auch an die Säue bei unserm Herrn Christus, wo ihm sind die Teufel reingefahren, von Elias' Raben ganz zu schweigen oder gar der Paradiesesschlange, nee, nee, und die Offenbarung Johannis wimmelt geradezu von Tieren. Ich trau noch eher Menschen zu, daß sie nicht wissen..."

Peter grüßt lachend. Das Gespann zieht kräftig an. Die Räder des schweren Planwagens graben weiter breite

Spuren in den festgebackenen Schnee. Langsam löst sich das Fuhrwerk wieder im Nebel auf.
Peter biegt in einen Seitenpfad. Rechts und links erheben sich steile Schneewände. Man geht wie in einem Laufgraben. An dessen Ende ist eine Tür. Hell scheppert die Glocke. Das Häusel des alten Wiesenhütter ist ein kleiner Bau aus Fachwerk und Lehm, es liegt jetzt unter den Schneemassen völlig vergraben. Trocken-kühle Luft umstreicht Peter, als er in die Stube eintritt. Alles riecht nach Leinwand.
Der Alte dreht sich auf seinem Sitz herum und macht einen Kratzfuß. Der große Webstuhl verbreitet plötzlich eine feierliche Stille. „Die hohe Ehre, Herr Wost!"
Im Rahmen der Tür, durch die Stille alarmiert, steht eine Frau. Sie ist nicht eben groß. Das angegraute Haar ist glatt zurückgekämmt. Die Nase ist fleischig und breit. Die braunen, lebhaften Augen sind beobachtend auf Peter gerichtet. „Mein Weib, Herr Wost."
Peter reicht der Frau die Hand, sagt dann möglichst sachlich: „Ich brauche ein paar Ellen Leinen."
Der Alte springt lebendig herum: „Mutter, hol mal, los, los!" Die Frau verschwindet.
Peter setzt sich neben den Weber. Jetzt erst hört er vom kalten Ofen her ein Kind. Das ist von der Stille aufgewacht und beginnt leise zu weinen.
„Ruhig, Lottchen ... ein feiner Herr is hier. Ja, ja, kriegst gleich deine Wassersuppe, gleich, gleich, mein Kind."
Lotte reißt die Augen weit auf, große erstaunte Kinderaugen. Die Bäckchen glühen vom Schlaf: „Das is ja ni wahr, Großvater, da gibt's doch jetzt keine Wassersuppe ni. Das is ja noch ganz helle draußen." Peter beugt sich zu der Kleinen. Sie sieht ihn erschrocken an: „Hast du schon Wassersuppe gekriegt heute, Onkel? Ni wahr, noch ni?"
Peter versucht sie anzulächeln: „Dein Großvater hat aber doch recht, es gibt bald Suppe."
„O bittschön, ja ... das wär aber mal! Bist du der Onkel Doktor?"

„Hm. Was fehlt dir denn, Lottchen?“
„Sie hat ein bissel das Fieber, Herr Wost“, erklärt Wiesenhütter, „das is so ein Kreuz bei uns. Wir hatten sechse. Aber keine wollte in der Weberstube bleiben. Unser Herrgott hat sich wohl ausgedacht, daß er möcht noch ein paar Engel brauchen. Trotzdem, man hat sie ni grade gerne hergegeben, so eins nach dem andern ... nee.“
Frau Wiesenhütter kommt mit dem Leinwandballen. Er strömt Kälte aus. Sie nimmt die Elle zur Hand, sieht Peter fragend an.
„Zehn Ellen bitte.“
Ihr Mann schubst sie aufgeregt in die Hüften: „Los, los, der Herr will hier ni übernachten!“ Sie sieht mit halbgeschlossenen Augen Wiesenhütter an und reibt sich unauffällig die gestoßene Stelle. Im Abmessen fragt sie: „Wie kommt Ihr dazu, mein Herr, grade bei Wiesenhütter einzukaufen?“ Die Stimme klingt tief und hart, der Ton ist freundlich.
„Frag auch noch, ob der Herr zu uns hergefunden hat ... ob er überhaupt hier is, du neugierige Hexe! Bei Wiesenhütter is es billig, ni wahr, Herr Wost? Ihr denkt an den Preis, den ich dem Kaschelbauern angeboten habe!? Drei Sechser die Elle ... das gilt weiter.“ Die Frau senkt den Blick.
Peter sieht gradeaus: „Ich zahle, was die Weberleute angesetzt haben: dreieinhalb Sechser, und habe außerdem noch etwas abzugeben ... von einem Menschenfreund.“
Wiesenhütter wird bleich vor Erregung. Seine Frau rollt schweigend die abgetrennte Ware zusammen. Dann fragt sie ruhig, aber doch mit einem vibrierenden Unterton: „Ist dieser ... Menschenfreund ein großer, sehr schlanker Herr?“
„Das Maul hältst du endlich, ihr Weiber schafft nur Unheil mit der Zunge!“ Wiesenhütter faucht. Seine ungeflochtenen Haare hängen in verfilzten Strähnen auf die Schultern nieder. Sie haben sich inzwischen völlig aufgelöst. Peter zieht zwei Taler aus der Börse und legt sie auf den

Tisch. Während der Alte das Silber noch fassungslos anstiert, greift seine Frau nach dem Geld. Wiesenhütter sieht sie drohend an.
„Nicht wahr, es ist von einem Menschenfreund?!" sagt die Frau und sieht Peter, um Bejahung flehend, dabei an. Er nickt. „Und die Leinwand sendet mir bitte bald zu." Dann geht er rasch. Kaum hat er die Tür geschlossen, hört er die Stimme Wiesenhütters aufbrüllen. Eine unerklärliche Sorge treibt Peter zurück. Lotte fliegt ihm entgegen... klammert sich an seine Beine. Auf dem Boden vor dem Webstuhl, halb kniend, liegt die Frau, nur ein stilles Stöhnen von sich gebend. „Her damit, du grindige Sau!" Ihr Mann hat sie am Hals gepackt und schlägt mit der Elle immerzu auf ihren Kopf ein. Peter schreit auf: „Ist Er verrückt geworden?!"
Endlich wendet sich Wiesenhütter um, keucht verlegen: „Herr, sie hat das Geld gestohlen ... die blanken Taler alle beide, für die ich Tag und Nacht gewebert habe ..."
Peter hilft der Frau auf die Füße. An den Knöcheln der rechten Hand ist die Haut aufgeplatzt. Sie öffnet sie erst jetzt. Die Münzen sind voller Blut.
„Es ist des Kindes wegen ...", noch liegt etwas von Würde in ihrer harten Stimme, „soll von dem Geld wieder bei Exner eine Flasche leer werden? Entscheidet das selber, Herr!"
Sie legt die Taler auf den Tisch, nimmt das Kind, das vor Entsetzen nicht mehr schreien kann, und geht an den Eimer beim Ofen, um sich die Hand zu waschen. Wiesenhütter steht am Tisch. Große Tränen quellen aus seinen Augen, rinnen unaufhörlich.
„Was hat Er getan, Wiesenhütter?!"
Der schluchzt laut auf: „Was habt Ihr getan, Herr?"
Peter senkt den Kopf. Schweigen ist um ihn, Schweigen in ihm: das Schweigen eines Schuldigen vor seinem Richter. Plötzlich kniet der Alte vor ihm nieder, nimmt Peters Hand und küßt sie. Peter reißt sie ihm weg. Der Alte legt die verkrampften Finger auf den Boden: „Und vergib uns

unsre Schuld ... wie wir vergeben unsern Schuldigern."
„Amen", sagt Peter.
Vom Lager des Kindes kommt die tiefe Stimme der Frau: „Er schlägt mich nie, Herr!"
Wiesenhütter geht zu ihr, umarmt sie schweigend. Sie streichelt seine Stirn. Auf dem Tisch glänzen matt die beiden Taler, verklebt von Blut und Tränen.

VI.

Endlich hielt der Wagen auf dem buckligen Pflaster. Peter stieg ein paar steinerne Stufen hinauf. Das schwere, geschnitzte Tor wurde sofort von einem Diener geöffnet, der Peters Mantel und Dreispitz in Empfang nahm. Kurz hinter ihm folgte ein kleiner Herr mit runden Schultern und rundem Gesicht. Über den Schläfen trug er, sorgfältig gepudert, drei Locken. ‚Zwei wären auch genug', dachte Peter, ‚es macht ihn nur breiter.' Aber auch sonst schien der runde Herr gern etwas mehr zu geben, als geschmackvoll ist: die Schnallen an den Schuhen zum Beispiel – mußten sie mit Glassteinen besetzt sein? Man trägt sich so einfach wie möglich als Bürger.
Sie standen sich eine Weile gegenüber, beide ein bißchen verlegen. Man müßte sich doch wohl vorstellen! Da kam aus der Tür schon Alfred Schröder, der Hausherr. Er faßte die Hände des Runden und schüttelte sie. Schröder wirkte etwas größer, aber keineswegs schlanker. Sein dunkelvioletter Gehrock spreizte sich über der Atlasweste erheblich:
„Ausgezeichnet, mein Bester, daß Sie eingetroffen sind. Beschwerlich, die Reise? Oh, die Herren sind sich noch fremd? Peter Wost – Gotthelf Fritsche. Bitte doch gütigst, sich herein zu bemühen!"
Im Salon brannten bereits die Leuchter. Ihr Schein lag auf zierlichen Möbeln, deren reiche Polster um einen Ton dunkler waren als die goldbraunen Tapeten. Peter kannte die meisten Anwesenden. Man sprach gerade von einer

Ausgabe der Minna von Barnhelm mit den Kupfern Chodowieckis. „Da kommt ja der Fachmann", rief der alte Jäkelsberg und legte den Arm auf Peters Schultern, „ich sagte, es ist trockenes Zeug, ich wiederhole: es ist einfach phantasielos. Illustrieren kann der Meister nicht!"
Ein schlanker Herr in rostrotem Seidenrock nahm graziös ein Doppelglas und hielt es vor die Stiche. Er hatte eine scharf gemeißelte Nase und sehr schmale Lippen, die ein wenig breiter geschminkt waren. Ein besorgter Ausdruck trat in sein Gesicht.
„Nun, nun, bester Doktor Lambrecht", lachte Jäkelsberg, „es ist ja wohl keine falsche Bilanz, die zu prüfen wäre. Kunstfehler sind von allen Fehlern die erträglichsten."
Der rostrote Gehrock richtete sich steif auf: „Ich allerdings halte Fehler der Kunst für das schlimmste Vergehen. Die einzige nicht zu vergebende Sünde ist die wider den guten Geschmack. Wie sonst unterschiede sich wohl der Mensch von den Tieren! Und mit den Stichen hast du leider recht. In Berlin kann man nicht illustrieren." Seine Stimme wurde schärfer: „Exerzieren – jawohl! Nun, der Meister Chodowiecki mag sich überlegen, ob er seine Kunst versäuern lassen will. Sehe einer nur die Maniriertheit der Bewegungen ... gar diese unsinnigen Blumengirlanden über den so töricht ovalen Ausschnitten! Vermittelt dies Oval ein Bild der Bühne etwa?! Nicht doch! Flach und gequält ist jedes Blatt. Nein, glaubt mir, Berlin liegt viel zu nah an Potsdam, nie werden Musen sich dort niederlassen!"
Breitschultrig schob sich ein dunkelblauer Samtrock zwischen sie: „Laßt mich mal sehen!" Das Doppelkinn des Dunkelblauen ragte fast so weit vor wie die Unterlippe. Aus seinem Haar rieselte beständig Puder auf den Samt: „Was diese Frauenzimmer alles anhaben, he? Wo bleibt da die natürliche Schönheit, wo bleibt das wahrhaft Erhebende?!"
Der rostrote Doktor sah dem Doppelkinn in die zwinkernden Äuglein: „Du allerdings, mein guter Klatte, liebst die

Künste nur, wenn sie dir ein Glied erheben, das alle anderen Glieder dann beherrscht."

Das Doppelkinn empfand, daß Lambrecht ihn als Kunstfreund degradieren wollte. Er ging sofort zum Angriff über: „Bruder Wost wird euch bestätigen: ich habe nur beste französische Stiche: Boucher, Fragonard ..." Lambrecht unterbrach: „Wir wissen, allerdings hauptsächlich die verbotenen." „Verbotene ... verbotene", schnaufte das Doppelkinn, „wir kämpfen doch für die Freiheit!" Peter korrigierte ihn scheinheilig: „Für die nackte Freiheit!" Die Perücke Klattes puderte heftiger. Doktor Lambrecht sah ihn ernst an: „Die Freiheit ist die Tochter der Moral, schreibt Nikolaus von Nördlingen."

Der Dicke retirierte nicht: „Unsinn, gedruckter Unsinn! Moral, hehe ... Moral ist für die Freiheit eine Fessel! Überhaupt dieser Nördlingen! Was soll so ein Roman, so eine Utopie, so ein – wie heißt das Buch? ‚Morgen im Abendland'? –, so ein Gefrozzel mit verdrehten, auf den Kopf gestellten Worten?"

Der alte Jäkelsberg legte die Finger behutsam auf die Lippen: „Vorsicht im Urteil, guter Bruder Klatte." Das Doppelkinn schwieg eingeschüchtert: alle sahen nach dem Ratsherrn. Der kleine runde Fritsche drängte sich neben ihn: „‚Morgen im Abendland'? Ist davon die Rede? Meine Tochter Antoinette und sogar meine Frau sind ganz begeistert. Ich selber komme leider nicht dazu ..." Der rostrote Lambrecht warf mitleidig dazwischen: „Sie lesen sicher nur Kontobücher." Fritsche lächelte verbindlich: „Die Kanzlei meiner Manufaktur wird immer mehr zu meiner Bibliothek. Um so lieber ergreife ich die Gelegenheit zu hören, was andere lesen. Ich möchte mir ein Urteil bilden." „Sie möchten Ihre Bildung verurteilen", entgegnete verweisend der Rostrote, „nein, selber müssen Sie das lesen. Es ist allerdings ... es ist das Gegenteil von einem Kontobuch." Fritsche fragte beflissen: „Geht es glücklich aus? Ich habe mir von Werthers Leiden mal erzählen lassen ..."

Der alte Jäkelsberg lachte rücksichtslos auf. Dann meinte er, sich gleichsam entschuldigend:
„Ja, also es geht glücklich aus." Er sah sich heiter um, man nickte ihm vergnügt zu. „Sehr glücklich geht es aus ... Das einzig Betrübliche ist hier der Anfang. Verstehen Sie? Nein, Sie verstehen nicht. Der Anfang in dem herrlichen Buch fehlt, er fehlt ganz konsequenterweise. Weil wir den Anfang machen sollen."
Fritsche war froh, daß die Standuhr mit ihrem melodischen Schlagwerk einsetzte und dadurch plötzlich alle Gespräche verstummten. Mit dem letzten Schlag öffnete sich eine Tapetentür. Schweigend ging einer hinter dem andern eine steinerne Treppe hinab.
Ein Leuchter mit einem einzigen Licht steht vor dem Meister. Schwarz ist die Decke des Tisches, schwarz sind Tapeten und Boden, schwarz die Kutten der Brüder. Nur um die Lenden hat jeder einen kleinen weißen Schurz gebunden. Vor ihnen liegen Werkzeuge: Kellen, Hämmer, Zirkel und unbehauene Steine.
Leise und ernst klingt ihr Lied, mehr gemurmelt als gesungen. Der Meister erhebt sich. Er prüft die unbeweglichen Gesichter, soweit es die Schwärze des Raumes zuläßt, die alles Licht aufsaugt.
„Im Namen des Hohen Stuhls einer Bauhütte von Straßburg!" Alle erheben sich. Jäkelsberg bläst das Licht aus. Peter überrieselt ein Schauer. Immer, wenn ein Maurer frei werden soll, ist es ihm, als umstünden ihn alle Geister der Hütten von einst bis heute, die Geister aller, die der Freiheit des Menschengeschlechtes Wege bahnten, Brücken schlugen, Tempel erbauten ...
Leise Schritte auf den Teppichen.
Hat man wohl Fritsche schon hereingeführt? Ihm die Binde von den Augen genommen?
Plötzlich zucken die Pulse heftiger: dem Meister gegenüber erscheint ein Skelett. Sein Gebein leuchtet matt. Es schreitet auf die Mitte des Saales zu. Wird Fritsche die Probe bestehen? Die Probe auf Leben und Tod? Peter

gedenkt der eignen Probe. Nicht reden ... selbst im Angesicht des Todes schweigen, wenn es die Hütte befiehlt.
Das Skelett holt mit der Hippe aus. Es läßt dem Opfer Zeit, Zeit zum Schreien – Zeit zur Flucht. Dann, mitten im Schlag innehaltend, geht es schrittweise zurück zur Mauer und verschwindet. Der Lobgesang klingt feierlich, fast jubelnd ins Dunkel. Der Meister schlägt den Feuerstein, der Zunder glimmt auf unter seinem Atem, die erste Flamme leuchtet.
Im Schein der Kerze steht Fritsche. Peter und Schröder gehen zu ihm, um ihn mit der Schürze zu gürten. Fritsches Stirn steht voller Schweißtropfen, die kunstvollen drei Schläfenlocken sind von der Binde zerdrückt. Der neue Bruder zittert noch an allen Gliedern. Als er sein Hüttenzeichen in die Rolle eintragen soll, muß ihm Peter die Hand führen wie einem Schulkind. Dabei klappert der kleine runde Kaufmann mit den Zähnen.
Dann hebt der Meister den Leuchter empor, die Anzahl der Maurer erneut zu prüfen. Die Stunde der Hütte hat begonnen. An den Wänden werden Lichter angezündet. Füße beginnen gelockert zu scharren, Ellenbogen werden auf den Tisch gestützt, Gespräche wachen auf, gehen von Nachbar zu Nachbar, bis der Hammer des Meisters mahnend zur Ruhe klopft.

VII.

Es ist dicht an Mitternacht, als Peter und der alte Ratsherr über den Markt schreiten. Fast schweigend sind sie vor dem Patrizierhaus angelangt. Peter will sich grade verabschieden, aber Jäkelsberg schüttelt den Kopf: „Du fährst morgen zurück in dein Dorf. Wir haben zuvor miteinander zu reden." Das war nicht nur sehr freundlich, es war fast feierlich gesagt.
Peter ist noch nie beim alten Rat gewesen. Das Zimmer zeigt eine einfach zu nennende Einrichtung: einige Polsterstühle, einen großen Schreibtisch mit – so scheint

es – hundert Fächern und Schubläden. Längs der Wände ziehen sich hohe Regale hin, bis unter die Stuckdecke stehen die Bücher in lückenlosen Reihen. Nur zwischen den beiden Türen ist freie Tapete, dort hängt eine große Radierung vom Straßburger Münster. Peter studiert sofort ihre bis ins kleinste ausgeführten Details, während Jäkelsberg eine Flasche Rotwein entkorkt und zwei Tonpfeifen zurechtlegt.

Der Ofen mit blaugrünen Fayencekacheln strahlt trotz der späten Stunde eine wohlige Wärme aus. Das ganze Zimmer riecht nach feinem altem Leder, Wachs und einem herben französischen Parfüm.

„Du bist schon wieder im Reich der Kunst? Erlabe dich zuvor an der Natur!“ Jäkelsberg hebt das Glas. Peter setzt sich ihm gegenüber.

„Ich kann dir nachher eine Mappe Hogarth zeigen, die ich vor kurzem in Prag erworben habe: das Leben eines Lüderlichen.“ Peter sagt nur höflich „ach“. Der alte Herr lächelt: „Es klingt nicht sehr verlangend, dein Ach. Nun ja, die Kunst entzückt mich auch nicht allzusehr bei unserm lieben Herrgott Hogarth – indessen die Moral! Mein lieber junger Bruder, er geißelt unsere Schwächen trefflich. Das ist verdienstvoll. Nur wenn der Mensch sich selber zügelt, kann er die Glaubensfesseln sprengen.“

Peter setzt sein Glas nieder: „Meister, du willst vermutlich nicht nur über ein Credo diskutieren. Türken und Chinesen stehen uns so nahe oder fern darin wie ein Katholik oder Lutherischer. Wir bauen für alles, was Mensch heißt.“ Der Alte nickt: „So ist es, junger Bruder. Aber zuvor müssen noch viele ihre Fesseln zersprengen; der Bauleute sind noch gar wenige.“

Peter horcht auf. Er läßt Jäkelsberg sein Glas leeren und wieder füllen. Peters eigenes Glas ist noch nicht einmal leer geworden. Starr sieht er in die Flammen der Kerzen.

„Über was sinnst du nach, junger Bruder?“

Peter wird ein wenig unmutig: „Ich habe mancherlei auf der Zunge“, sagt er. Der Alte schaut in seinen Wein. Da war ein Unterton in der Stimme, der ihm das offene Wesen des Künstlers jetzt unbehaglich macht. Jäkelsberg blickt ihn an, freundlich und verstehend, nicht zurechtweisend, nicht als Meister. Es ist ja immerhin so, daß er etwas von ihm will. Aber er schweigt, weil Schweigen reizt. Zwischen ihnen flackert das Licht. Die Schwaden des hellen, würzigen Tabaks ziehen wie ätherisch gewordene dünne Fäden um die Flammen. Mag so die Milchstraße sich zur Sonne verhalten, ein ätherischer Schwaden von Lichtstaub? Angeblasen von einem Gott? Absurdes Bild: der alte Jäkelsberg als rauchender himmlischer Vater.

Aus schweren Lidern sieht der Ratsherr nach dem Bild der Kathedrale. Peter spinnt seinen Gedanken weiter: der liebe Gott, das war der Alte heut in der Sitzung gewesen, ja, die gütige Vorsehung; Achtung, wem Achtung gebührt. Sie gebührt erstens dem, der etwas leistet, zweitens dem, der alt geworden ist. Drittens dem, den blinder Zufall dazu ausersehen hat, beispielsweise eine Krone zu tragen; mitunter genügt das Wörtchen „von".

Der Alte trommelt mit den schlanken Fingerspitzen auf der Seide seines Hosenbeins. Lautlos trommeln seine Hände, streichen das Gewebe glatt. Dann treffen sich die Blicke ...

‚Er hätte wohl nie gedacht, daß ich so unverschämt sein kann, der ehrwürdige Meister', denkt Peter, während sein Blick immer fragender wird, so fragend, daß der Ratsherr plötzlich, ohne es zu wissen, den Mund befeuchtet. Die Augen Peters ziehen ihm die Worte aus den Lippen, er gibt das Gefecht des Schweigens auf und flieht in die Sicherheit der Sprache, mit ein wenig Freude über den Sieg des Jungen.

„Ich möchte, daß du mit dem Nikolaus von Nördlingen bekannt wirst. Wir wissen, daß ihm deine Kunst gefällt. Wir wissen mehr: du gefällst ihm."

Peter schweigt, nun aus Verwunderung.

„Wir brauchen diesen Mann. Wer solche Bücher schreibt, der darf nicht abseits stehen, es sei denn", der Ratsherr

macht eine Pause und betont dann jedes Wort: „Es sei denn, daß er gar nicht ... abseits steht."
Peter kämpft gegen eine plötzliche innere Heftigkeit, erstickt sie, fragt freimütig nicht ganz ohne Ironie: „Ist es soweit, daß die Bauleute einander nicht mehr erkennen vor lauter Konspiration?" und steht auf; die Erregung, aus dem Wort gebannt, hat sich in die Muskeln gestürzt. Und jetzt fühlt sich der alte Meister seines jungen Bruders endlich Herr werden. Zwanzig Jahre mehr lösen zwar die Zunge manchmal leichter, aber die Glieder sind bereits von der Natur gebändigt.
Peter weiß, daß gleich eine Mauer niederbrechen wird, in deren Schutz er sich bisher geborgen fühlte, die das Dach trägt, unter dem er wohnt. Bricht die Mauer, so steht er im Freien oder liegt unter ihrem Schutt begraben. Dennoch: er kann nicht mehr atmen innerhalb dieses Steinwerks, er erstickt, und so stemmt sich alles in ihm dagegen. Die Adern der Stirn treten hervor: „Meister, wir bauen am Tempel der Freiheit. Was haben wir heute getan? Wir haben einen frei gesprochen, der nichts als Kontobücher liest. Neben mir saß ein Nuditätensammler, dessen feistes Doppelkinn in seiner geilen Sattheit allenfalls der Würde eines Mastschweines nahe kommt. Es wurde beschlossen, der Bruderloge in Schmiedeberg eine seidene Schürze zu stiften, jenem Bruder eine Hypothek zu gewähren, den Prozeß des Bruders Soundso dem Bruder Ypsilon zu überweisen. Es wurde gegen das Wassergesetz der Regierung protestiert, es wurde der kommunale Straßenbau verteilt – aus dem Stadtsäckel in die Privatsäckel der Brüder Bauunternehmer –." Peter fühlt, wie die Mauer zu bröckeln beginnt. Er keucht. Ist er zu scharf mit seinem Druck gewesen? Er sieht vor sich hin, die Augen halb geschlossen. Falls etwa Angst in seinem Blick jetzt ist – der Meister braucht derlei nicht zu sehen.
Dieser saugt indessen an seiner Tonpfeife und wird bei jedem Stoß des anderen erfreuter. Er liebt es – nicht nur um der Seltenheit willen –, wenn ein Mauerbrecher unter

ihnen endlich zur erlösenden Tat schreitet. Auf keinen noch ist das Mauerwerk herabgestürzt. Keiner freilich außer den Meistern weiß, daß er nur ein Tor stemmt, ein Tor in dem Raum, der hinter der Mauer liegt. Und dieser Raum ist ein Saal mit sehr großen Fenstern, mit herrlichen Blicken auf arkadische Landschaften. Kaum je ist von einem, der das enge Dunkel verlassen hat, verlassen unter Todesangst – kaum ist von einem bemerkt worden, daß auch der große Saal ganz ohne Türen ist.

Als Peter die Augen wieder angstfrei weiß und Jäkelsberg fast herausfordernd ansieht, begegnet er einem dankenden Gruß. Der Alte nimmt Peters Hand, schüttelt und streichelt sie. Dann gießt er beide Gläser voll: „Dir zum Gruß, Peter Wost. Du hast den Schutt durchbrochen. Die große symbolische Probe liegt hinter dir. Die Angst nämlich, wider die Satzung zu verstoßen! Setze dich, höre!"

Peter sinkt in den Polsterstuhl. Ein offenes Lächeln formt seinen Mund jetzt reifer, über die Jahre seines Lebens hinaus, formt zugleich die ersten Faltungen der Augenlider. So ist das also: Mut muß man haben zur Wahrheit, Haß gegen die Stickluft!

„Sieh, Peter", beginnt mit warmer Stimme der Alte, „deshalb schrieb ich dir ja noch besonders, daß du kommen müßtest. Ich fühlte dein Reiferwerden zu höheren Graden. Alles, was du sagst, stimmt wie die Winkelsumme eines Dreiecks. Die meisten Brüder denken, wenn sie ‚Menschenwürde' sagen, an die Werte ihrer Kontobücher. Doch auch derlei ist nötig; man braucht Steinträger, Mörtelmischer, Erdarbeiter. Man spricht mit allen freundlich in der Hütte. Der letzte Knecht ist noch ein Bruder Knecht. Die Pläne aber hat nur der in Händen, der sie deuten kann, der den Bau zu leiten fähig ist – von Geschlecht zu Geschlecht, bis der Tempel vollendet sein wird."

Peter begreift: alle hohen Ziele liegen vor ihm. Es ist nicht, wie er angsterfüllt geglaubt hatte. Die Bruderschaften sind festgefügt und weise gegliedert, selber ein Bauwerk mit Fundamenten, Toren, Pforten, Mittelschiff und Chor, mit

Dach und Türmen. Oh, das begreift er: nicht jeder kann eine Säule stellen, einen Bogen wölben ... In langen, durstigen Zügen trinkt er nun endlich sein Glas leer. Freundlich füllt es der alte Meister. Ein wenig zittert ihm dabei die Hand mit den bläulich starken Adern. Er lächelt dabei: „Nicht oft genieße ich den Wein zu dieser späten Stunde. Mein eigenes Lebenswerk ist weit vorangeschritten, und oft schon muß ich ruhen. Dann schaue ich vom hohen Bau herab ins Ehemals. Bruder, wir hatten einst viel Macht. Die Hütte galt den Menschen mehr als heute. Sie baute in die Ringmauern der Stadt den Dom. Kein Fürst, kein König hat uns damals widerstanden." Dann wird seine Stimme bitterer: „Ratsherr heiße ich! Lach auf, mein Bruder! Das Wort ist die Schale einer ausgehöhlten Nuß!"
Er geht mit weichen, aber zielsicheren Schritten zu einem der Bücherregale, legt ein altes Buch vor Peter, schlägt in steigender Erregung Seite um Seite darin um: „Das sind die Jäkelsberger, Bruder. 1286 ins Gebirge eingewandert; der erste suchte hier nach Gold und fand Silber. Aber es wurde zu Gold, indem er Häuser baute und handelte. Sieh da den Holzschnitt! Dieser Jäkelsberg hat den Hussiten vor Lauban fast die ganze Beute abgekauft. Der schmale Kopf mit der hohen Stirn ohne Haar ... glaub mir, wenn ich die Perücke absetze, so sehe ich ihm ganz besonders ähnlich."
Die Seiten fliegen unter seinen Händen, Jahrhunderte ... „Der Johann Albrecht Jäkelsberg hat den Junkern hier herum das Gold entzogen. Wie ein Schröpfkopf auf den Adern hat er ihre Burgen leergesaugt, bis einer nach dem andern in den Dienst der Städte unterkroch. Das war im Schmalkaldischen Krieg, mein Teurer, Gold zerbrach da bereits Schwerter, Schuldscheine aus Papier zerstörten feste Schlösser. Und danach kamen die dreißig befruchtenden Jahre. Wir wechselten die Landeserben wie die Hemden, wir lieferten den Kaiserlichen Brot und den Schweden Pulver, wir kauften von Frankreich Waffen und von Polen Pferde. Lies nur, lies!"
Peter liest nicht, Peter lacht rücksichtslos, und der Ratsherr

lacht mit: „Ja, die Zeit war für uns, spürst du das?! Mit uns, den Städtebauern. Aristokraten?!“ Er legte den Zeigefinger lustig belehrend an die Nase: „Was sind sie denn, die Fünfzackigen, die Siebenzackigen, die Neunzackigen?! Die Adelskrone ist eine Fessel um den Kopf, angeschmiedet an den Thron des Königs, des Königs, der das Gold zu diesen Fesseln sich bei uns kaufen muß. Denn nur wir schürfen die Erde, nur wir schmelzen das Erz! Haha, da hält sich jeder Potentat so einen Alchimisten, der ihm ein Elixier erfinden soll, Gold zu machen!“

Der Meister sitzt in seinem Stuhl weit vorgebeugt. Alle Falten der Stirn, der Augen, des Mundes haben das Antlitz umgeprägt zu einem Phantom der Weisheit. Im Kerzenschein unwirklich, wie bei einem Bildwerk, haftet der Blick im Leeren:

„Es gibt ein Elixier, das alles wandelt, ein einziges!“ Er hält inne, Peter, in tiefer Ehrfurcht, möchte niederknien: ‚Sprich, Weiser!‘ Jäkelsberg bewegt kaum die Lippen: „Schweiß heißt das Elixier ...“

Peter senkt die Augen. Jede Erkenntnis treibt aus einem Paradies. –

Als er die schwergewordenen Lider wieder hebt, sitzt Jäkelsberg vornübergebeugt. Die Perücke ist ihm bis zu den Augenbrauen vorgerutscht, der Zopf steht wie der Fühler einer Schnecke empor. Aus dem geöffneten Mund – noch offen vom Spruch der Weisheit – dringt regelmäßiges Schnarchen, gesund und friedlich. Ein bißchen Speichel läuft am Kinn entlang und tropft schließlich auf die Atlasweste. Die eine Hand hängt schlaff herunter, die Beine sind sanft nach innen gekehrt, mit den großen Zehen nebeneinander. Der linke Strumpf hat sich gelöst. Zwischen den Falten, die er zieht, und der Knieschnalle sieht man spannbreit die dichtbehaarte gelbbraune Haut mit einem Gewirr violetter Äderchen.

Peter gesteht sich: den Meister derart zu betrachten heißt, ohne wahre Ehrfurcht vor ihm zu sein. Er kommt sich vor wie Ham bei Noah. Dennoch zögert er, sich von dem

Anblick zu lösen. Erst als das ruhige Schnarchen in ein schweres Atmen übergeht, steht er auf und weckt ihn: „Laßt uns zu Bette gehen, Meister." Jäkelsberg lallt, nur langsam formen sich seine Worte zum Sinn: „Peterbruder ... die ausgehöhlte Schale wird zu einem neuen Kerne kommen. Bald, bald wird ihr ein neues Reis entsprießen ... und dann ... dann habe ich dir noch zu sagen ... der neue Saal hat keine Türen."

„Welcher neue Saal?"

Der Alte kichert: „In den du heute eingetreten bist. Doch die Aussicht aus den Fenstern ... siehst du sie? Schön, schenk mir noch einmal ein." Er reckt sich, als schaute er in eine weite, angenehme Landschaft hinab, legt dann den Arm um Peter: „Da unten laufen sie, die klugen Leute alle, doch außerhalb des Baus, für sich allein. Was nutzt die Freiheit da! Auch Nördlingen mit seinem guten Buch läuft dort ... den hol herauf."

Peter geht auf das Bild des Berauschten ein. „Wie denn, wenn der Saal doch keine Türen hat?"

„Spring zum Fenster hinaus", lacht Jäkelsberg, „es ist ohnehin die letzte Probe ... und auch die schwerste. Wir hausen hoch, Brüderlein, merk dir, mit zerschundenen Knochen kommt man nirgendwo weit." Peter macht es Spaß, das umnebelte Hirn zu prüfen: „Und selbst, wenn ich heil hinabgelange, Meister, wie kommt dann Nördlingen herauf?" Der Alte sieht ihn mitleidig an: „Peterbruder, bist du denn so töricht? Man kann doch ein Seil ans Fenster binden."

Es ist Peter, als hätte ihn jemand in den Rücken gestoßen: Halt! Sieh dir deinen Meister an! Die Menschenwürde taumelt bei ihm zwischen Goldrausch und Magie! Peter fährt unziemlich hart auf: „Ich greife nicht zum Strick als letzter Ausflucht." Und heiser: „Diebe klettern so."

Der Alte sieht ihn schräg von unten an: „... und Liebende!"

VIII.

Im kleinen Pavillon steht Peter am Tisch mit der Brokatdecke und breitet seine Zeichnungen aus. Das helle Schneelicht dringt fast zu scharf durch die hochstrebenden Fenster. Aber die Gräfin verlangt Licht, viel Licht für ihre Augen, die ihr heute besonders schwach zu sein scheinen.
„Krummhübel? Gut ist der Vordergrund mit dem zerbrochenen Zaun ... der Himmel erscheint mir etwas düster. – Was sagst *du,* meine Teure?"
Elisabeth de Launay zuckt leicht mit den Schultern: „So

befiehl doch dem Maler einen helleren Himmel." Sie sieht Peter dabei an, der linke Mundwinkel hebt sich ein wenig. Ihr Deutsch ist klar, aber mit dem reizvollen Akzent der Französin. Da nimmt die Gräfin eine Prise. Der Turm ihrer Locken beginnt zu wackeln mit sämtlichen Schleifen, Spitzen und Federn, als sie zweimal mit ganzer Hingabe niest. „Ah, das macht frei", sagt sie erfreut, „jetzt haben meine Augen einmal ordentlich geträntt, nun sieht das alles viel heiterer aus. Sogar der Himmel! Er ist ein Künstler von Gottes Gnaden, Wost." „Zu Befehl", verneigt sich Peter.
„Die Muse hat Ihn sehr gnädig geküßt. Er gereicht Warmbrunn zur Zierde. Wer hat Ihn empfohlen? Weißt du es noch, Elisabeth?"
„Ich glaub, ich weiß es", sagt die langsam und schaut vor sich hin, nimmt dann plötzlich eines der Blätter zur Hand: „Sieh nur, wie empfindsam dieser Baum gezeichnet ist, wie unter seinem Wurzelwerk der Wildbach rauscht, als wäre er ein Teil der stürmischen Schöpferkraft, die solch gewaltige Bäume aus der Erde treibt."
„Liest du statt der Bibel jetzt Rousseau?" fragt die Gräfin. Sie sieht die Komtesse neugierig an. Ihr Mund stülpt sich komisch auf. „Übrigens, wer hat uns nun diesen Künstler empfohlen?" Die Komtesse nimmt ein Praliné. „Wenn du es genau wissen willst, es war so ein dicker Kaufmann mit einem Doppelkinn. Klatte heißt er und hat sehr viele weibliche Dienstboten."
„Ah so", resigniert die Gräfin, „ich dachte, wir hätten ihn in Leipzig oder Dresden eingehandelt." Ihr Blick geht prüfend an Peter auf und ab: „Kennt Er den Klatte schon lange?"
Peter hat sein Auge auf das Pflästerchen an ihrer linken Wange gerichtet. Es stellt einen kleinen Halbmond dar und schimmert dunkel unter dem feurigen Rot, mit dem die Schminke das gut gewölbte Jochbein nachmodelliert. Dann sagt er betont langsam und nachdrücklich: „Ich habe ihn erst hier kennengelernt."
„Ah so", die Gräfin schnupft abermals, wartet indes ver-

geblich auf das Niesen. Elisabeth bietet Peter die Porzellanschale an. Er nimmt artig ein Stück kandierter Orange. „Warum sind Sie so ernst?"
Peter hält im Kauen inne und blickt ihr gradewegs in die Augen. Er sieht ihr Gesicht immer wieder gern an. Die Nase ist vollendet gerade, mit sehr beweglichen Flügeln. Die Lippen mag man zu voll finden, man kann sie auch schön finden, gerade wegen der Fülle. Unbestreitbar schön aber ist die Form der Wangen bis hinab zu dem Kinn. Der Stirn kommt die neue englische Haarmode sehr zustatten, sie macht alle Stirnen hoch ohne Strenge. Die Locken fallen frei in langen Schrauben über den Nacken und seitlich der Ohren am Hals herab. Sie fragt noch einmal: „Wirklich, Sie sind so besonders ernst heute?" Sie versucht dabei zu lächeln. Er hilft ihr, er lacht wirklich. Keineswegs laut, aber die Gräfin sieht ihn doch befremdet an. Dabei verschlägt es ihr fast den Atem: dieser Mensch verglich soeben den Ansatz ihres Busens mit dem Elisabeths. Seine Blicke wanderten von einem Ausschnitt zum andern und wieder zurück.
Sie braust auf:
„Was untersteht Er sich!"
Elisabeth, die inzwischen in eine Zeitung vertieft war, hebt erstaunt den Kopf: „Was hat er getan, Tante?"
Peters Gesicht ist das eines unschuldig Angeklagten. Die Komtesse steht auf, über ihren grauen Augen ziehen sich die Brauen scharf zusammen: „Ich liebe nicht Kasernen-Konversation."
„Und ich keine Unverschämtheiten", versetzt die Gräfin. Elisabeth nimmt ein Riechfläschchen und atmet tief. Die Gräfin schnupft so heftig, daß ihr die Nase tropft.
„Ich will nun wissen, inwiefern dieser Herr unverschämt gewesen ist", sagt Elisabeth so, daß Antwort durchaus gegeben werden muß. Die Gräfin beginnt beleidigt: „Er hat mich begehrlich angesehen ..." Weiter kommt sie nicht. Elisabeths Erregung weicht augenblicklich einer nur schwer beherrschten Heiterkeit. Sie preßt die Lippen fest

zusammen. Um ihre Augen zucken ganze Gewitter von Spott. Dann wendet sie sich wieder den Zeichnungen zu: „Diese Landschaft bitte ich Sie für mich auszuführen. Es ist das ganze Gebirge in ihr, dies wilde Land mit seinen armen Menschen."
Da fährt die Gräfin hoch: „Arm nennst du uns? Arm? Was mißfällt dir in Warmbrunn? Worüber klagst du? Undankbare, eine Vorstadt von Paris sind wir hier, ein schlesisches Versailles! Die besten Architekten, Maler, Schneider, Coiffeure ... Mein Gott, du willst uns beschimpfen, du willst uns zur Barbarei stempeln!"
Sie zieht ihr Spitzentaschentuch hervor und wischt sich die schnaufende Nase.
Elisabeth schürzt die Oberlippe. Sie sieht nicht minder spöttisch auf die Klagende, wie vorhin auf die Befehlsgewaltige, deren Schultern nun stark zu vibrieren beginnen. Dann besinnt sie sich und meint aufrichtig tröstend: „Ich habe euch nicht gemeint."
„Du hast gesagt: Dies wilde Land mit seinen armen Menschen", jammert die Gräfin.
„Nun ja?"
„Wir sind nicht arm!" Die Tränen fließen unaufhörlich aus den Augen und aus der Nase.
Elisabeth hat es jetzt satt, sie geht zur Tür: „Ich habe euch weder arm genannt, noch ... *Menschen*!"
Kaum ist sie draußen, so versiegen die Tränen.
„Setze Er sich endlich!"
Peter nimmt Platz, schlägt ein Bein über das andere und steckt die Hände leicht in die Hosentaschen. Die Gräfin stößt noch ein paarmal das Schlucksen.
„Meine Nichte ist gereizt, versteht Er?! Sie soll nach St. Petersburg. Weiß Er, wo das liegt? Also! Nun läßt sie ihre Wut an mir aus. Sie haßt im Grunde alles, was jenseits des Rheins liegt." Sie wischt sich eine letzte Träne vom Gesicht. „Menschen hat sie uns genannt..."
Peter unterbricht sie: „Sie hat ja das Wort zurückgenommen."

„Hat sie?“ Die Gräfin sieht ihn an wie eine alte, liebevoll besorgte Tante: „Er ist von Natur ein Kavalier, Wost!“
„Und von Geburt ein Bürger“, ergänzt Peter.
„Mach Er sich nichts draus!“ Sie bietet ihm ihre Tabatiere an: „Er hat mir vorhin beinahe imponiert mit seiner Dreistigkeit.“ Sie atmet tief, ihr Korsett knirscht. Dann niesen sie fast zu gleicher Zeit. Natürlich müssen sie beide lachen.
Da kommen über den Schnee gedämpfte Schritte. Ein Lakai öffnet die Glastür; Baron Nostitz-Wartenberg stapft herein. Die Gräfin streckt ihm sofort die Hand zum Kuß hin. Peter bleibt nichts übrig, als wieder aufzustehen. „Ah, Kunst?“ Der Baron schiebt sein Einglas in die zahllosen Fältchen seines linken Auges: „Sehr brav ... ich sehe, Er war fleißig. Braucht Er besondere Befugnisse? Was? Ich meine wegen verbotener Wege?“ Peter verneint, die Forstverwaltung habe ihn jederzeit zuvorkommend behandelt. Der Baron zieht das Kinn an: „Zuvorkommend braucht die Behörde nicht zu sein, sie soll nur ihre Pflicht erfüllen, basta.“ Dann grunzt er zufrieden, als ihm die Gräfin Süßigkeiten anbietet: „Danke gehorsamst ... aber die Zähne eines alten Soldaten werden übel gestimmt, wenn sie auf Zucker geraten.“ Die Gräfin wehrt sogleich vorbeugend ab: „Bitte keine Kriegsgeschichten, heute auf keinen Fall! Ich bin in sentimentaler Stimmung. Ich habe bereits geweint ...“
„Herrje!“ Der Baron sieht sie beunruhigt an: „Doch hoffentlich nicht wegen der Verwaltung?!“ Sie klatscht auf sein Knie: „Mit Ihnen bin ich bestens dran! Nein, es war ein tiefer Schmerz, der mir angetan wurde ... rütteln Sie ihn nicht aufs neue wach.“
Er nimmt derweilen eine Prise. Peter sieht, wie die breite Brust des Barons ausholt ... schon niest er laut brüllend. Die Gräfin hält sich jammernd die Ohren zu. Der Schnurrbart, den der Baron wie viele preußische Offiziere der Mode zu Trotz trägt, trieft von braungefärbtem Schleim. Er wischt unschuldig an ihm herum und reinigt die Finger

am Uniformfutter. Die Gräfin hält ihm Parfüm hin, er reibt sich die Hände ein und lacht. „Herrje, herrje, ich bin schier explodiert wie eine Mine." Die Gräfin jauchzt jetzt auch: „Ich vermeinte, der Berggeist sei in Sie gefahren!"
„Der?" Die karminroten Aufschläge heben und senken sich mitsamt dem Ordensstern, der über dem Herzen strahlt. Die Falten um den Mund nehmen härtere Formen an: „Der? Dem werde ich schon das Ein- und Ausfahren abgewöhnen!"
Die Gräfin kratzt sich konsterniert im Nacken. Die schweren Ohrgehänge pendeln. „Sprechen Sie nicht so, Baron, wir leben in seinem Bereich."
„Wir leben im Bereich Seiner Majestät des Königs von Preußen. Wir leben auf dem altvererbten Boden derer von Schaffgotsch. Andre Herren des Gebirges gehen mich nichts an!" Seine Kommandostimme klingt gewaltig. Beruhigter fügt er dann hinzu:
„Außer unserm himmlischen Herrgott natürlich." .
Die Gräfin sieht derweil zu den hohen Scheiben hinaus. Im klaren Frost zeichnet sich die weiße Linie des Kammes scharf gegen den azurblauen Horizont ab. Und wie zum Gebirge hin spricht sie jetzt: „Baron, Sie stammen aus einer Gegend, wo man so reden darf." Der Degen des Barons klirrt hart gegen das Parkett: „Zum Teufel, man darf auch hier, man muß sogar! Seit ich die Güter verwalte, existiert auch eine Sonderkommission zum Studium des vermaledeiten Gespenstes. Ich lasse mir genau von jeder Untat berichten – durch Männer, die den Pulverdampf von Torgau und von Leuthen sehr gut zu unterscheiden wissen von den Nebeln der Phantasie. Warten Sie nur ab, das Gebirge will ich nehmen, wie die Schanzen von Prag! Mal sehen, ob der Berggeist vor dem Kampfgeist einer Kompanie Grenadiere nicht ein für allemal ins Erdreich fährt!"
Seine Augen schießen Blitze. Die Gräfin, von diesen Blitzen getroffen, verliert viel von ihrer Angst – viel, wenn auch nicht alles.

Peter hat inzwischen in Gedanken die Augen des Barons gezeichnet, umreißt jetzt die Konturen der Lider, setzt die hellblaue Iris ein mit einem Glanzlicht und einem Reflex, in die Mitte die kleine Pupille, pechschwarz und rund ...
„Was fixiert Er mich?" poltert der alte Offizier. Peter lächelt: „Halten zu Gnaden, das ist eine Berufserscheinung. Ich beginne oft unversehens ein Porträt zu malen."
Der Baron setzt das Einglas wieder ein. Sein Blick gleitet an Peter herab: „Er malt nur, wenn Er beauftragt ist, ansonsten hat Er gradeaus zu sehen und so zu tun, als wäre Er Luft. Verstanden?" Peter sagt langsam und verbindlich: „Zu Befehl, Euer Gnaden."
Nostitz stemmt daraufhin beide Arme in die Seiten:
„Ist Er Preuße?"
„Rheinländer, Euer Gnaden."
Der Baron sinnt nach. Im Augenblick ist ihm nicht ganz klar, wie weit dort Preußen reicht. Peter bemüht sich, ernst zu bleiben, selbst als jener sich schließlich an die Gräfin wendet: „Rheinländer, das sind Franzosen, die deutsch sprechen. In meinen Augen ist er jedenfalls kein Preuße." Das letzte ist schon wieder halb zu Peter gesagt, in einem Ton, der mildernde Umstände erkennen läßt. „Nun packe Er sich und zeichne Sein Zeug da in dem ... na, wo haust Er grade?"
„In Agnetendorf."
Der Baron fährt mit dem Kopf weit aus dem Kragen: „Ah, sieh einer an! Da kennt Er doch sicher den Gastwirt Exner?!"
„Ich wohne bei ihm."
„Er ... ei Potztausend!"
Die Gräfin bemerkt die neue Spannung: „Ich bitte, keinen Streit!" Ihre Ohrgehänge schlenkern heftig, so schnell wendet sie das farbenprächtige Antlitz hin und her. Aber der Baron beruhigt sie: „Im Gegenteil, ein lehrreiches Beispiel! Im Hause dieses Exner hat der Berggeist gepoltert. Die Untersuchung ist fast abgeschlossen!" Dann interessiert zu Peter: „Was weiß Er von der Angelegenheit?"

Peter wundert sich, als er die weitaufgerissenen Augen der Gräfin auf sich gerichtet sieht. „Von welcher Angelegenheit, Euer Gnaden?“ fragt er erstaunt.
Nostitz kneift die Augen zusammen und mustert Peter scharf: „Ich will wissen, was es auf sich hat mit dem Gerücht, daß der Berggeist sich in eine Ziege verwandelt und den Exner in einen Wasserbottich gestoßen hat?“
Peter lächelt: „Ziegenböcke sind bekanntlich launisch und stoßen, wenn es ihnen gerade paßt. Exner wird am besten Auskunft geben können.“
„Dergleichen zu entscheiden überlasse Er gefälligst mir“, schnarrt der Baron. „Nenne Er mir die Leute, die während des Vorfalls in der Gaststube anwesend waren.“
„Euer Gnaden erwarten nicht, daß ich sämtliche Namen von Exners Kunden kenne!“ Peters Stimme ist höflich-kühl. Der Baron läuft rot an. „Kennt Er auch nicht den Namen Nikolaus von Nördlingen?“
Peter zuckt die Schultern: „Ich habe bis heute nicht die Ehre gehabt, einem Herrn dieses Namens vorgestellt zu werden.“
„Ich habe diesen Herrn in Verdacht, seine Hände in dieser Berggeistaffäre im Spiel gehabt zu haben, aber ich werde ihm das Spiel verderben“, sagt der Baron höhnisch.
Die Gräfin fährt auf: „Unterstehen Sie sich nicht, Nikolaus von Nördlingen in diese Angelegenheit hineinzuziehen.“
„Ich behalte mir vor, über jeden noch so kleinsten Verdacht Meldung zu erstatten.“ Die Antwort des Barons klingt steif, aber die Gräfin scheint plötzlich alle Geduld zu verlieren: „Ich will jetzt wissen, ob Sie den Namen angeben werden, ich wünsche es sofort zu wissen!“ Ihre Schultern biegen sich zurück, der Busen wölbt sich stark nach außen, die kleinen Hände ballen sich zu Fäusten.
Der Offizier zeigt die untere Zahnreihe. Leise, zischend fast, sagt er: „Im Interesse der Untersuchung ...“
Die Gräfin stampft mit dem Fuß auf:
„Sie sind Verwalter hier, nicht Grundherr! Soll ich Bericht einreichen über Sie?“

Der Baron erhebt sich, verneigt sich kurz und militärisch, um zu gehen. Da trifft ihn ein Praliné an die Stirn. Genau am Ansatz der Perücke platzt es. Ehe er weiß, wie ihm geschieht, ehe er schützend den Arm erheben kann, saust es ihm wie eine Kartätschenladung gegen Gesicht und Rock. Sogar der Ordensstern wird angeschossen. Dann klirren die Splitter der Bonbonniere zu Boden. Eine Chinavase folgt. Die Gräfin lehnt sich erschöpft in die Polster zurück. Nur ihr Mund bombardiert noch weiter: „Scnweineaas verfaultes ... maßt sich an, Aufsichtsrat zu spielen, dieser diebische Soldatenstrolch. Wieviel hast du schon unterschlagen, he? Daß du solche unverschämte Reden wagst! Ich laß dich aus dem Schloß peitschen, verlauster Habenichts!“ Dann sinkt sie hintenüber. Als der Baron ihr Wasser reicht, wacht sie plötzlich auf, schlürft gierig das halbe Glas und speit es ihm ins Gesicht.

Er trocknet sich würdig ab, grüßt die wieder Ohnmächtige respektvoll und stapft in den Schnee hinaus.

Peter neigt sich zu der Gräfin nieder. Sie kommt diesmal nicht so schnell zu sich. Er fühlt ihren heftig schlagenden Puls, hebt ihren Fächer auf und weht ihr frische Luft zu. Böse Jahre, denkt Peter, böse Jahre, man muß den Frauen mancherlei zugute rechnen. Immerhin, sie könnte jetzt fragen „Wo bin ich“ und dann meinetwegen noch eine Weile erschöpft sein ...

„Wost? Wost? Ist er noch da?“

„Er oder ich?“ fragt Peter dumm. Sie schlägt die Augen auf: „Gebe Er mir mein Riechsalz! Ich danke Ihm – er ist ein honetter Mensch, Er hat dem alten Schurken nichts gesagt.“ Peter zuckt bedauernd mit seinen breiten Schultern.

„Er hat vielleicht nicht wollen – vielleicht nicht können“, sagt sie tonlos. Peter horcht auf.

„Vielleicht nicht können“, fährt sie lebhafter fort. Und dann sieht sie ihn plötzlich an, befehlend und ängstlich bittend zugleich: „Er wird nie können, versteht Er mich! Der Nikolaus von Nördlingen ist unser Gast!“

IX.

Die spiegelnde Fläche des großen Teiches hat wenig Gelegenheit, Fackeln, Laternen und offene Feuer zu reflektieren. Eine brodelnde Menge von blauen, gelben, roten, grünen Röcken, Mützen und Pelzen quirlt lachend, schreiend und quietschend auf ihm herum. An den Ufern ist der Schnee zu weißen Wällen zusammengefegt. Unter einem Zelt in der Mitte des Eises glitzern Posaunen, Kesselpauken und die Silbergriffe der Oboen, Klarinetten und Fagotte. Aber nur, wenn der Wind ihnen günstig ist, dringen die Tänze und Märsche bis an die Buden, die hinter dem Schneewall in verwirrendem Durcheinander aufgebaut sind und deren Lärm Peters Ohren betäubt.
Ein Arm schiebt sich unter den seinen. Klatte schleppt Peter an eine Wurstbude: „Sieh dir das an, als Mensch und Künstler, wie die Maurer fressen, hähä ..." Schröder und Fritsche schreien auf Peter ein: „Hallo, noch immer hier? Gut bekommen gestern?" Klatte quetscht Peters Arm, zwinkert: „Wohl ordentlich den Kalk mit dem Meister befeuchtet, hähähä, mit rotem Naß?" Und ins Ohr: „Der Meister sagt, du bist ein Glückskind." Peter sieht ihn fragend an: „Was für Reden! Deutlicher, muß ich bitten." „Nein, nein!" Alle lachen, auch Doktor Lambrecht, der einen ebenso rostroten Mantel trägt, wie gestern sein Gehrock war. Klattes Doppelkinn trieft vor Wurstsaft: „So ist das, meine Brüder: keine Manufaktur muß man haben wie unser Peter, dann erst lebt man menschenwürdig!" Lambrecht nickt: „Allerdings, allerdings ..." Peter lacht mit, doch er weiß nicht, worauf sie anspielen. Dann versucht er mit Worten dahinterzukommen: „Wenn man Talent hat, braucht man Auftraggeber. Schon mancher Künstler ist verhungert."
Klatte stopft ihm eine Wurst in den Mund: „Ein Maurer wird niemals verhungern. Der Bruder weiß, was er dem Bruder schuldet." Hinter Klatte murmelt eine Stimme: „Einen Bissen für den Hunger, hoher Herr!" Auf einem

kleinen Holzgestell rutscht ein Mann ohne Beine, hebt die Hände bittend empor. Über den Handrücken hat er breite Lederstreifen, die ihm, wenn er sie vorwärts stemmt, gleichsam als Schuhe dienen. Klatte erfaßt eine Schnur mit Würsten: „Holla, spring!" Ein Kreis schließt sich um beide. Klatte hält die Wurst in die Höhe von Peters Schultern: „Mal sehen, wieviel Kraft so ein Stummelarsch noch besitzt ..."
Des Bettlers hohle Augen schielen gierig nach oben. Zwei Zoll fehlen ihm noch, wenn er sich ausreckt. Er stößt sich von der Erde ab. Aber ehe er die Arme erhoben hat, sinkt der Rumpf schon wieder zurück. Es sieht erbärmlich komisch aus. Fritsche meckert als erster los. Immer wieder springt der Beinlose. Schweiß tritt auf sein Gesicht.
Peter packt plötzlich Klattes Arm: „Genug!"
Aber der schüttelt ihn ab: „Er kriegt sie schon noch. Alles will verdient sein!"
Ein Menschenauflauf ... Köpfe stieren über Köpfe in das Rund um Klatte und den Krüppel. Einige feuern an: „Hopp! Hopp!" Peters Augen tasten die Menge ab: Ist da niemand, der so fühlt wie er selbst? „Hopp! Hopp! Hähähääää ..."
Der Krüppel fällt plötzlich auf den Rücken, verdreht die Augäpfel, schlägt den Schnee in ohnmächtiger Wut mit den Fäusten und beginnt zu stöhnen.
Betretenes Schweigen. Dann zerreißt die vordere Reihe: eine kleine, zerlumpte Frau kniet sich neben den Stöhnenden hin, nimmt seinen Kopf in ihren Schoß: „Vaterle. Komm wieder zu dir!" Sie sieht bedrückt zu Klatte auf: „Seid ihm ni böse, Herr ... er hat halt nach dem Kriege so ein schwaches Herz gekriegt, ni wahr, mein Alter?"
Der Alte streichelt ihre Hand. Die Menge um sie löst sich auf. Klatte läßt die Würste niederfallen, sagt noch belehrend vorwurfsvoll: „Was zieht er in den Krieg!" Die Frau rafft zwei, drei von den Würsten an sich, die andern werden unversehens in den Schnee getreten.
Schröder schüttelt den Kopf: „Unser Peter hat das krumm

genommen. Klatte konnte doch nicht wissen, daß der Veteran herzschwach war. Sieh mal, Peter, Klatte hat das an sich löbliche Prinzip, alle Miseren des Lebens von der lustigen Seite zu nehmen... Komm, einen Schnaps drauf!"
Fritsche seufzt im Gehen: „So ist das Dasein: einem gibt das Schicksal Beine und ein starkes Herz, dem andern nimmt es beides. So ist das Dasein: einer hat Talent und kann den schönen Künsten dienen, der andere muß Ware produzieren und sieht von aller Schönheit selten mehr, als auf einen Taler geprägt wird."
„Allerdings", nickt Doktor Lambrecht, „doch auch Kontobücher entspringen dem menschlichen Genius." Fritsche ist sofort still. Er hätte Lambrecht leidenschaftlich gern gehaßt, aber man soll unter Brüdern nicht hassen. Außerdem braucht man diesen Advokaten in der nächsten Zeit wahrscheinlich häufig.
Peter kramt stumm in den Auslagen einer Bücherbude. Endlich holt ihn Schröder: „Wir sind nachher in der Goldenen Linde, wenn du noch immer das übel nimmst ..."
Peter nickt stumm. Dann aber geht er nach der andern Richtung zum Teich. Sein ganzer Körper ist gleichsam auf der Flucht. Kaum kann er es erwarten, daß die Schlittschuhe festsitzen. Dann eilt er in langen, eleganten Bogen über das Eis.
Köstlich die kalte Luft, das sanfte Schneiden der Eiskanten in die spiegelnde Glätte, die Auflösung alles Holprigen in Schritt und Geste – ein Fliegen fast. Ob wohl die Menschheit einmal fliegen lernen wird? Nicht mit Ballon, wie man es jetzt versucht, nein – nicht dem Zufall preisgegeben. Es müßte doch möglich sein, so wie die Vögel durch den Äther zu segeln ...
Fast hätte er ein Fräulein umgerannt, das ebensolche Bogen zog wie er. Ein vor sie hingeplumpster Junge saust auf dem Hosenboden weiter. Das Fräulein dreht in einer kurzen Kurve bei und klammert sich an Peter: „Fast hätte ich Sie umgerissen, mein Herr!" Er fühlt weiches Pelzwerk

sein Gesicht streifen und erkennt die Komtesse de Launay.
Sie lacht entschuldigend: „Ja, mein Lieber, ich bin unter das Volk gegangen, indes, man meidet mich. Darf ich um Ihre Gesellschaft bitten?"
„Zu Befehl", sagt Peter.
Sie lacht: „Ich hoffe, zum Vergnügen!"
Peter schwebt mit ihr über das Eis. Sie sieht ihn manchmal von der Seite an. Dann fragt sie: „Sind Sie Preuße?" Jetzt lacht er: „Das hat mich gestern auch der Baron gefragt." Dann ernster: „Komtesse, man kann wohl auch Preuße sein, ohne preußisch zu werden." Sie drückt seine Hand ein wenig fester: „Ja, Preuße zu sein ist ein Unglück; preußisch zu sein ein Verbrechen. Belehren Sie mich, wenn Sie es können."
„Ich werde es nicht können", lacht er wieder, aber es ist kein frohes Lachen. Sie spürt das. „Man hat gestern wieder Proben erlebt", sagt sie leise. „Vom Pavillon hat es bis in mein Kabinett nach Potsdamer Kasernenhof geklungen. Dann habe ich den sonst so Allgewaltigen auf der Retirade gesehen ...", sie wiegt den Kopf spöttisch, „zusammengeschossen. Es ging wohl wieder einmal um den Hofpoeten? Nun, jeder Fürst will heute sein Versailles und Weimar. Wie gefällt der Nördlingen übrigens Ihnen?"
„Ich finde, sein Buch ist eine Tat, die wiederum zu Taten führen muß", erwidert Peter betont sachlich. „Noch niemand hat die Kolonien so studiert wie er, noch niemand hat mir besser klar gemacht, daß in Europa eine sublimierte Form der Sklaverei herrscht. Dem freien Weber ist nicht einmal sein Futter sicher, dies hat also der echte Sklave ihm sogar voraus."
Sie nickt betrübt: „Ich bin noch nicht am Ende des Buches, Herr Wost. Aber ich begreife bereits, warum der Baron den Nördlingen so abgrundtief haßt. Er wird, trotz aller Freundschaft unserer Gräfin, sehr bald weichen müssen. Mit Schokoladenfeuer ist da nicht viel zu entscheiden."
Peter kneift die Augen zusammen: „Es steht mir nicht zu,

die Duellformen der Warmbrunner Aristokraten zu kritisieren."
„In Paris halten es viele schon für eine Schande, adlig zu sein." Und da er schweigt, fragt sie direkt: „Welchem Stande würden Sie angehören wollen? Bei freier Wahl? Sie müssen mich nicht so ansehen; Bürger kann man ja werden, man braucht nur auf den Titel zu verzichten. Nein, ich möchte es von Ihnen wissen, ganz ehrlich: Sind Sie stolz, ein Bürger zu sein?"
„Nein", sagt Peter sofort.
Elisabeth schweigt enttäuscht. Sie stehen bei einer Fackel, sehen in das wehende Feuer und die langen, rotbeleuchteten Rauchschwaden.
Er hat ihren Arm losgelassen: „Komtesse, es gibt auch unter den Bürgern Halunken genug."
„Ah so!" Sie atmet auf, und dann sehen sie einander so lange an, daß Peter sprechen muß: „Ich halte alle Standesschranken für erbärmlich. Aber ich respektiere sie."
„Einstweilen?" Sie fiebert förmlich auf seine Antwort. Er schaut angelegentlich in die Fackel.
„Einstweilen? – Ja, bis sie einmal fallen werden."
„Und Sie werden dazu helfen, daß sie fallen?" Wieder

sehen sie sich lange an. Dann sagt er kurz: „Preußisch ist jedenfalls, die Menschenrechte mit Soldatenstiefeln niederzutreten" und fühlt gleich, daß die These so nicht stimmt.
Denn schon legt sie die Hände auf seine Arme, fragt, fast ängstlich: „Nicht wahr, mein Lieber, Preußen, das ist schon ein Stück vom Zarenreich. Früher, als ich das las, wollte ich es kaum glauben. Aber ich mußte sehen, Eure Dichter und Moralisten haben recht."
Das leicht knisternde Feuer zieht die Augen immer wieder magisch an. Sie steht ganz still. Nur mit dem Schlittschuh zieht sie manchmal eine kleine Rille ins Eis, wohl aus Nachdenklichkeit. Peter sieht in ihre vom Feuer beleuchteten Augen: „Was haben Sie früher von unseren Dichtern gelesen?"
„Oh, – Klopstock, Goethe, Schiller, Winckelmann und Herder ... den besonders gern. Auch Lessing; von ihm wohl sogar alles." Peter fragt zweifelnd: „Dafür fast sicher nichts von Klopstock, hoffe ich wenigstens. Sonst sind Sie mir weit überlegen." Sie lacht, zieht einen großen Bogen rückwärts um Peter, und er bewundert ehrlich die Grazie, die sie dabei entfaltet. Die mausgraue Seide ihres Rockes legt sich wie eine Welle in den Rhythmus des Schwunges, den sie ihrem schlanken Körper gibt. „Wundervoll", sagt er und blickt sie an, indes sie scheinbar schwerelos auf dem Eis schwebt als Zentrum wallender Seiden und Pelze. Dann streckt sie beide Hände nach ihm aus: „Es wird leerer, sehen Sie? Die Leute gehen zeitig schlafen hier. Nun wollen wir ganz große Bogen fahren, ja?"
Tief füllen sie die Lungen mit der kalten, erfrischenden Luft. Zuweilen, wenn ein Sprung im Eis den gleitenden Schuh unsicher macht, drückt sie seine Hände.
Peter fühlt sich glücklich. Der üble Eindruck, den ihm Klatte bereitet hat, ist ausgelöscht. Die Partnerin gehört ins Reich der Kunst. So jedenfalls empfindet er es oder wünscht es: man trifft sich in den Gefilden der Malerei, Musik und Dichtung und schwebt dabei gemeinsam über

die erstarrte Oberfläche eines schmutzigen Gewässers, von dem man nichts mehr wahrnimmt. Der sumpfige, faule Grund mag vergessen sein – jetzt ja! Wenn die Komtesse vergißt, daß sie mit einem Bürger ..., dann darf er jetzt wohl doppelt viel vergessen: die Webstuben, die wassertriefende Alte und Wiesenhütter. Wäre Elisabeth ein Mann, er würde sie in alle Dörfer schleppen, ihrem Auge nichts ersparen. Aber diese hier, mehr Elfe als Weib, mehr Duft als Blüte ... bleiben wir mit dieser in Arkadien! Halten wir das Riesengebirge für den Parnaß! Zwischen den Gesetzen der Natur und denen der Moral ist die Ästhetik angesiedelt – Kant hat ganz recht. Hier ist ein lebender Beweis.
Sie sieht den heiteren Ausdruck um seine Augen: „Woran denken Sie?“ Er lacht wie ein Junge nach einem geglückten Streich: „Ich denke, daß Sie ein Kunstwerk sind, Komtesse.“
Da zieht sie die Lippen zu komisch betrübten Falten: „Ich wäre lieber ein Werk der Natur. Aber vielleicht haben Sie recht.“ Sie wird ernst und still, wie er es auch wird, als er nun sagt: „Es ist eine große Bevorzugung, wenn man die unerbittlichen Gesetze der Natur nicht immer wirken sehen muß.“
„Ja“, sagt sie, „es ist eine Gnade.“
Da beginnt Peter ernstlich zu zweifeln. Er sieht echten Schmerz ihr Gesicht Zug für Zug umprägen. Augen und Mund zumal scheinen ganz reif, niemand könnte sie unwissend nennen.
„Haben Sie verstanden, was ich gestern nachmittag der Gräfin sagte: ‚Dies wilde Land mit seinen armen Menschen!‘ Doch, Peter Wost, Sie sind zusammengezuckt, Sie sahen mich ganz erregt an. Und nun haben Sie das vergessen wollen. Wenn ich ein Kunstwerk bin, dann nur in Ihren Augen. Da darf ich es auch wohl sein.“ Ihr Blick wird wieder weit und voll Vertrauen: „Sie meinten es nicht verächtlich, ich weiß.“ Er beugt sich schweigend über ihre Hand, die er küßt.
Dann gehen sie. Der Schnee knirscht unter ihren Füßen im

zunehmenden Frost. Das Firmament, von allen Wolken frei, strahlt und flimmert. In der Allee, die zum Schloß führt, bleiben sie stehen, die Köpfe nach hinten geneigt, überwältigt von abertausend Sternen.
„So sieht man es nur im Winter“, sagt Peter ehrfürchtig. Elisabeth beginnt zu zittern: „Ja, das ist die Ewigkeit!“
Peters Aufhusten klingt nach Verlegenheit: „Nicht wahr, man kommt sich reichlich klein vor!“ Aber sie schüttelt sanft den Kopf: „Mitunter freilich. Aber nicht wegen eines einzigen dieser Sterne hat Jesus am Kreuz gehangen, sondern wegen unseres aberwitzigen kleinen Herzens. Dafür hat er gelitten, das hielt er für erlösenswert. Ist das nicht unfaßbar?“
Peter fand es unfaßbar. Was sonst sollte er dazu sagen? Trotzdem verriet ihn der Ton.
„Ah, Sie glauben nicht an die Erlösung?“ Ihre Frage ist wie eine Klage. Er nimmt einfach ihren Arm: „Kommen Sie, Sie frieren!“
Er spricht im Gehen rauh und bewußt energisch. Er sagt, daß er an die Erlösung glaube, schon um nicht zu verzweifeln. Und jeder Mensch, der helfen wolle, sei ihm recht. Auch jeder Gott.
Die alten Linden, die den Weg säumen, verlieren sich mit dem Filigran ihres Astwerks im Schwarzblau der Nacht. Das erleuchtete Musikkabinett des Schlosses schimmert durch die Zweige. Peter sagt dann, wie verstehend: „Sie sind Katholikin?“
„Der Taufe nach“, ergänzt sie langsam, aber so sicher, als müßte er nun alles begreifen, „bald habe ich an nichts mehr geglaubt. Bis ich nach Herrnhut kam, um mir das anzusehen und ein bißchen zu spotten. Das wurde mein Damaskus. Weil dort gelebt wird, was man glaubt. Armut und Reichtum sind verschwunden, der Adel ist abgeschafft, es gibt nur noch Brüder und Schwestern.“ Sie drückt unwillkürlich seinen Arm, denn sie spürt sein Verwundern. Sie drückt ihn, als habe eine liebevolle Geste mehr Überzeugungskraft:

„Sie haben sicher auch gedacht: Unmöglich! Das Christentum hat doch längst versagt. Nein, Peter Wost, nur die Christenheit hat versagt. Das Werk von Zinzendorf beweist durch Taten.“ Sie lächelt ihn glücklich an, fährt eifrig fort: „In Herrnhut bin ich die Schwester Elisabeth Launay. Da habe ich ein Zimmer bei einer brüderlichen Familie. Die Fenster blicken auf den Garten der Schule, in die alle Kinder gehen dürfen. In jeder Pause ist da ein Tumult von gesunden, lebensfrohen jungen Menschen. Niemand leidet in Herrnhut Hunger, niemand braucht einen Richter, niemand hat Angst. Nicht einmal vor dem Tode hat man Furcht. Er ist ein Übergang ins bessere Jenseits, so wie die Brüdergemeinde selbst ein Übergang ist in ein besseres Diesseits. Sehen Sie, so lernt man Jesus verstehen. Und man muß ihn dann lieben, wenn man auch erst nicht an ihn glaubte, wie ich ... wie Sie.“

Peter sieht ihr noch eine Weile nach, als sie hinter dem schmiedeeisernen Gittertor dahingeht. Leicht federn ihre schmalen Fesseln. Wenn Watteau den Winter gemalt hätte, denkt Peter, dann wäre dies ein Bild für ihn gewesen: die feinen Stäbe des Tores, die moosbewachsenen Bäume, im Hintergrund die verschneiten Ornamente der Schloßfassade, und auf dem Wege diese Frauengestalt. Ein Kunstwerk ist sie, ich empfand schon richtig: ein fleischgewordenes Kunstwerk.

X.

Die Post nach Agnetendorf hat Vorspann. Dennoch geht es oft im Schritt, nur das erste Stück auf der Straße von Warmbrunn nach Hermsdorf konnte man schneller vorankommen.

„Hoe-i-hott!“ Die Peitsche knallt immer wieder ermunternd. Aber die Schneewehen reichen oft schon bis ans Trittbrett. Die Gäule dampfen.

Im Schlitten auf den abgeschabten Polstern sitzt Peter, in seinen Mantel verkrochen bis an die Ohren. Er ist der

einzige Fahrgast. In die dick befrorenen Scheiben weite Löcher zu hauchen hat er aufgegeben. Er läßt sich schütteln und schaukeln.
„Hoe-i-hott!"
Der Schlitten hebt sich vorn ein wenig, dann steckt er fest.
Der Postillon springt ab, zerrt an der eingefrorenen Tür.
Peter steigt aus, ist im Grunde froh, die steifen Beine etwas bewegen zu können.
Der Fuhrknecht handhabt die Schaufel.
„Wir sind nicht weit von Hermsdorf. Dort drüben liegt die Papierfabrik. Wir haben hier sicher eine halbe Stunde zu schwitzen."
Peter dankt ihm und geht die paar Schritte zu dem Gebäudekomplex. Über dem Kontorhaus hängt ein kunstvolles Schild: „Königlich und Gräflich privilegierte Manufaktur für feine und andre Papiere von Heinrich Klatte."
Der Kontorvorsteher ist ein kleiner Mann mit Bauch und dünnen Beinen. Der Zopf, scharf gewickelt, steht ihm starr vom Rücken ab. Er schiebt die Brille auf die Stirn. Von allen Pulten sehen die Schreiber einen Augenblick auf, dann kritzeln die Federn sofort wieder weiter. Peter grüßt. Der Kontorvorsteher, als er den Namen hört, verbeugt sich devot. Seine Stimme klingt erkältet: „Aber bitte gehorsamst... Wir haben nur nicht ganz vollen Betrieb. Das Wasserrad am Hadernschneider ist uns heute nacht doch endlich eingefroren."
Sie gehen über den Hof auf eine offene Tenne zu. Der Wind fegt dicke Staubwolken aus ihren Toren, der Schnee davor ist mit lauter Fasern bedeckt. Regelmäßiges Klatschen klingt ihnen entgegen. Peter sieht zu, wie die Dreschflegel auf einen Lumpenhaufen niedersausen, der dabei aufstäubt, als wenn Geschosse in Sand schlagen. Rechts und links liegen Berge von Hadern, Wollzeug, Flachs und Leinenresten. In ihnen wühlen Kinder herum und tragen, soviel ihre Ärmchen fassen können, zu den Dreschern. Sowie die eine Pause machen, eilen die Kleinen herzu und

schleppen die entstaubten Lumpen über den Hof. Da ihre Kleider diesen Lumpen völlig gleichen, unterscheidet man oft nur das rotgefrorene Fleisch der Glieder und Köpfchen in der Masse. Peter hält eins der Kinder an. Schwere, übermüdete Augen richten sich unter den Haarwuscheln auf ihn.

„Wie heißt du?"

„Anna Kränzel, Herr." Ihre Backen glühen, sie hält die Hand vor den Mund und hustet.

„Wie alt bist du denn?"

„Acht Jahre, Herr." Anna Kränzel sieht verlegen an sich herab, als Peter ihr Kleid mustert, das aus allerhand bunten Flecken zusammengenäht ist. Die Beinchen sind nackt und die Füße mit ein paar blauen Lappen umwickelt. Der Kontorvorsteher sieht den ängstlichen Blick nach den Füßen:

„Hergeben, schnell, schnell!"

Das Kind zieht eilig die blauen Lappen von den Füßen und duckt sich dann, als erwarte es Schläge. Aber der Kontorvorsteher hat ein Herz für die Kleinen: „Daß ihr immer wieder stehlen müßt!" sagt er ganz traurig, dann ermunternd: „Nun an die Arbeit, schnell, schnell!" Die nackten Füßchen trampeln im Schnee so eilig, als sei der glühend und nicht eiskalt. Er erklärt Peter: „Sie verwöhnen sich nur, die Kinder." Dort, wo diese Kinder das gereinigte Material hinschleppen, sitzen Frauen und sortieren es nach Farben. Ihr Atem dampft. Die Unterhaltung bricht jäh ab, als die Männer eintreten. Die blauen, roten, die gelben und braunen Lappen fliegen gesondert einer Bank zu, wo sie von tastenden Händen aufgegriffen werden.

„Herr Klatte ist ein Wohltäter", erklärt der bauchige Vorsteher und schiebt die Brille wieder vor die Augen. Er prüft rasch einmal die Stoffberge, aber nur aus Gewohnheit. Er weiß, daß die Blinden, die hier sitzen, sich mit den geschickten Fingern nie irren: „Hanf fliegt zu Hanf, Wolle zu Wolle. Woanders müssen sie betteln oder fallen den Behörden zur Last. Aber Herr Klatte, wie gesagt, ist ein

Menschenfreund. Er läßt die Armen sogar hier schlafen."
„Hier?" Peter sieht sich um. Die kahlen Ziegelsteine sind mit Reif beschlagen. Nur in der Nähe des Ofens, wo die Männer sitzen, sind die Steine abgetaut, tropft das Wasser auf den feuchten Lehmboden.
„Wo schläft Er?" fragt Peter unvermittelt einen der Sortierer. Der wendet die toten Augen nicht einmal in die Gegend des Sprechenden: „Wo er jetzt sitzt, Herr. Sowie die Glocke schlägt, Herr. Manchmal auch schon früher."
„Soso", brummt der Bauch gutmütig, „und wer macht dann deine Arbeit?" Der Blinde grinst: „Meine Pfoten können auch im Schlaf sortieren. Hanf und Wolle – Floh und Laus, erst im Grabe ist das aus."
Er murmelt weiter vor sich hin, an seiner Nase hängt ein kalter Tropfen. Neben ihm meldet sich ein Baß, ähnlich dem des Fuhrmanns Weise: „Herr, habt Ihr vielleicht einen Schluck Schnaps?" Peter sieht eine fürchterliche Narbe, die von der linken Schläfe über die Augenhöhlen nach der rechten Backe zu verläuft. Er greift nach seiner Börse.
„Gott behüte!" fällt der Vorsteherbauch ein, „unterstützt nicht diese elenden Säufer, Herr Wost!" Aber die Hände des Entstellten tasten bereits die leere Luft vor Peter ab, umklammern gleich darauf ein Geldstück und stecken es in den Mund. Dann sortieren sie weiter.
„Kaufe dir wenigstens was zu essen dafür, hörst du? Versprich mir das", bittet der Vorsteher. Der Narbige bläht den Mund, der nur noch einen Vorderzahn hat. Auf dem kahlen Schädel wuchert an einzelnen Stellen Haar wie Schimmel. Die Zunge streichelt das Geldstück in der Backe.
Kaum sind sie gegangen, ertönt hinter ihnen wildes Schreien und erstickendes Gurgeln. Peter kehrt sich erschrocken um. Aber der Bauch neben ihm sagt beruhigend: „Es ist nur, daß sie jetzt versuchen, ihm das Geld aus dem Maul zu ziehen. Man muß ihnen solche Freiheiten lassen, es sind ja arme Blinde schließlich. Und wenn sie es zu laut treiben ..."

Da: die Stimme eines Aufsehers, brüllend wie ein Korporal, fährt unter die Blinden. Peter, der kurzerhand die Tür aufgerissen hat, sieht, wie ein Rohrstock gleich einem Säbel nach rechts und links schlägt. Jammerlaute antworten ihm, die Leiber fahren zuckend auseinander. Über die Backe des Narbigen rinnt Blut, das er mit dem Handrücken abwischt. Fauchend steht der Korporal vor ihm: „Das Geld her!"
Da der Blinde nicht folgen will, würgt er ihm kurzerhand den Hals ab, bis er die Augäpfel verdreht. Dann greift er ihm wie ein Bader, der Zähne ziehen will, in die Mundhöhle und steckt das Geldstück ein. Jetzt ist es Peter, der schreit: „Das Geld her!"
Der Bauch mischt sich begütigend ein: „Herr Wost, der Aufseher liefert das Geld nur im Kontor ab. Der Mann bekommt es ratenweise, sonst, mit Verlaub, säuft sich das Volk hier voll, und die Arbeit bleibt morgen liegen. Ich denke, es ist besser so für alle Teile."
Der Narbige, als er Peters Stimme hört, spuckt roten Schleim aus: „Herr, hier hat sich noch keiner vollgesoffen, glaubt das nicht. Wir betteln bloß um *Schnapsgeld,* weil sich das so besser anhört, so wahr mir der Husar bei Kunersdorf die Augen ausgeschlagen hat!"
„Und warum habt ihr euch herumgebalgt?" forscht Peter, „wie kann man euch noch etwas schenken, wenn es so ausgeht!"
Plötzlich sieht er Wiesenhütter vor sich, der um des Geldes willen seine Frau prügelte, dann weinte ..., und nun weinen auch die Männer hier aus ihren erloschenen Augen:
„Was hat man in der Kälte, Herr, als Schnaps! Was hat man gegen die Länge des Tages? Der Hund hier war bei Kunersdorf, stimmt! Aber nicht einen Tropfen hätte er uns abgegeben. Jetzt kommt das schöne Geld ins Kontor, und alle Hoffnung ist aus ... Oh, Herr Jesus nee ..." Die Stimme geht in einem Hustenanfall unter.
Peter verläßt den Raum, gequält vom Anblick der verheulten Augen. Neben ihm wippt der Zopf des Kontor-

vorstehers: „Man kann hier nicht helfen, Herr Wost. Mit Respekt: Ihr kennt die Leute in den Bergen nicht. Es hält schwer für einen Christenmenschen, zu glauben, daß so ein Schicksal von Gott unserm Herrn zur Prüfung auferlegt wird. Weber, Bauern, Arbeiter ... ich weiß, was sechzehn Stunden Tätigkeit am Tag zu bedeuten haben, auch achtzehn bei Hochbetrieb. Aber man darf doch um so weniger die paar köstlichen Stunden Schlaf durch Schnaps vertilgen! Der Schnaps ist unser allergrößter Feind! Wir hatten es schon einmal geschafft, den Leuten überhaupt keinen Lohn mehr zu zahlen. Sie kriegten alles in Produkten. Aber dann haben sie im Gasthaus eingebrochen, beim Kaufmann lange Finger gemacht, allerorts: Schnaps, Schnaps ... sie kennen keine andere Lust mehr. Und deshalb straft sie wohl auch Gott unser Vater so hart."
Im Hauptraum beginnt der Hadernschneider eben wieder zu arbeiten. Männer mit Äxten stehen herum. Sie haben seit drei Stunden den vereisten Bach draußen zerhauen, die Lager der Achsen mit heißem Wasser begossen. Inmitten des Raumes steht der große Kugelkocher und bläst dicke Dampfwolken aus, die pestartig stinken. Weiber, alte wie junge nur mit Hemd und Rock bekleidet, hocken auf Trittleitern und werfen sich armweise die gepreßten Stoffklumpen zu, die der Lumpenwolf zerfasert und gereinigt ausspeit. Feuchte Hitze läßt ihnen Stirn und Hals triefen. Die Hemden sind ebenfalls klatschnaß von Wasserdampf und Schweiß. Die Haare, geflochten oder geknotet, stecken in bunten Kopftüchern. Die meist nackten Beine sind mit Lehm und Lumpenschlamm verkrustet. Es ist ein überaus malerisches Bild, dies Auftauchen und Verschwinden der Körper in den Dämpfen ... dazu das hellodernde Feuer unter dem Kessel. Wenn die Ofentür zum Nachlegen geöffnet wird, leuchtet der ganze Raum goldrot auf. Nur der Gestank, verstärkt durch die Leimerei und die großen Farbbottiche nebenan, legt sich Peter schwer auf die Schleimhäute. Er weiß den Hustenreiz kaum noch zu unterdrücken. „Gewohnheit", lächelt der Vorsteher, „auch

wir vom Kontor kriegen es hier mit dem Husten zu tun, doch wenn man das früh bis spät betreibt, dann riecht man gar nichts mehr."
Halbwüchsige Jungen bringen Holzscheite auf einem Karren von draußen hereingefahren und stapeln sie neben dem Kugelkocher auf. Sie sehen Peter mit neugieriger Unverfrorenheit an. Einer zupft ihn von hinten am Rock: „Herr, meine Mutter ist verunglückt, gebt mir um Christi willen einen Sechser für ein bißchen Fleisch!"
„Für Schnaps meinst du!" Peter wendet sich empört von ihm ab. Der Junge zieht eine Fratze wie ein Satan und schiebt die Karre hinaus. „Was ist das für ein Kerl?" fragt Peter den Vorsteher, dessen Blicke inzwischen über eine Mädchenbrust tasteten, die sich unter dem nassen Hemd besonders deutlich abhebt. „Der? Ah, das ist Konrad ... ein netter Bursche, seine Mutter hat sich vorige Woche den Arm verbrüht. Jetzt möchte er am liebsten für zwei schuften. Ja, ja", seine Blicke haften bereits wieder an einer strammen Wade, „das ist halt ein besonderes Kreuz, wenn die Leute krank werden. Was soll man da tun? Nur Gott unser Vater weiß es."
„Geschehen viel Unglücksfälle?"
Der Vorsteher wiegt den Zopf: „Nein ... Nur so gegen Wochenende, da etwas mehr. Die Leute haben dann den Sonntag schon im Kopf und passen nicht mehr ordentlich auf. Richtige Unglücke sind selten; verbrannte Finger und dergleichen kann man ja nicht rechnen. Nur das Blutspukken nimmt manchmal überhand ... vorige Woche gleich zwei junge Mädchen. Man hat es von ihnen gar nicht erwartet. Dann sind die Leute meist sehr schwach und müssen einen halben Tag pausieren. Herr Klatte hat das so angeordnet. Es ist auch besser, sie verlieren einen halben Tag Lohn, als daß sie schlechte Arbeit liefern ..."
An der Tür wird gerufen. Der Zopf des Vorstehers wippt herum. Er legt die Hand ans Ohr:
„Ja ...? Die Post, Herr Wost! Ihr könnt fort!"

XI.

Wenn Peter von der Arbeit aufsah, blickte er in die treibenden Schleier der dichten Flocken. Der Schnee lag im Tal schon über zwei Ellen tief. Und seit einer Woche schneite es mit kurzen Unterbrechungen beständig.
Käthe machte sich am Ofen zu schaffen, dann setzte sie sich auf den Stuhl neben Peters Arbeitstisch. Ihre Stricknadeln klapperten, während sein Bleistift über das Blatt fuhr. „Du zeichnest viel, du gönnst dir kaum eine Pause, seit du zurück bist."
Er blickte nicht auf, streckte nur die Beine aus: „Aufträge aus Hirschberg und Warmbrunn, Käthe. Eigentlich müßte ich schon stechen. Aber zwei Zeichnungen wollen noch vollendet sein. Mit der einen werd ich gleich Schluß machen."
„Und die andere?" Auch sie sah nicht auf. Sie mußte Maschen zählen.
„Die andere, Käthe, die werde ich wohl gar nicht fertigbringen!"
„So? Das sagst du?! Aber ich glaube es nicht. Du kannst alles fertigbringen in deiner Kunst."
Er hielt das fertige Blatt vor sich hin. Sie sah jetzt doch auf: „Oh, das gefällt mir, weißt du, das ist der Park in Warmbrunn – das Gittertor. Und die Dame? Vielleicht Komtesse Elisabeth? Man müßte sie von vorne sehen."
Peter drehte das Blatt um und hielt es gegen das Fenster, lachend: „Bitte!" Käthe warf ihn mit dem Wollknäuel: „Mach dich lieber an das zweite!"
Er zündete sich eine Tonpfeife an und streckte sich behaglich aus: „Wie das schneit bei euch! Jetzt haben wir Ende Februar. Und es ist Winter wie im Dezember."
„Das bleibt so auch noch eine Weile."
„Und wann wird es Frühling?" Er sah der Strickenden zu. Die blonden Haare schimmerten. Eine kleine Strähne hatte sich gelöst und hing in die Stirn, wie Goldfäden gekringelt.
„Frühling? Im Tal Ende März. Und auf dem Kamm im Mai,

wenn es vernünftig zugeht. Vielleicht gibt es Hochwasser, mein lieber Peter, dann kannst du was erleben."
„Ich erlebe ohnehin hier viel. Käthe, sag mal, was ist das eigentlich mit der Komtesse? Kennst du sie?"
Käthe lächelte sanft: „Jeder kennt sie doch, die heilige Elisabeth. Nun, jeder nach seiner Fasson, sagt der König von Preußen!"
„Was du alles weißt, Käthe! Welche Fasson hast du denn zum Seligwerden? Die katholische?"
„Weil ich aus Böhmen bin. Und du hast gar keine, mein Peter, weil du für die Pfaffen schon zu klug bist. Aber gehe der heiligen Elisabeth nur aus dem Weg. Sonst mußt du dich bekehren, und das wäre sehr schade. Dann dürftest du nicht mehr rauchen und nicht mehr trinken, nicht tanzen und ... das andre darfst du auch nur, wenn du dich verheiratest und Kinder haben willst. Sonst ist es Fleischeslust." Er lachte: „Woher hast du diese Weisheit?" Sie sah ihn aufmerksam an: „Das sind doch die böhmisch-mährischen Brüder, Graf Zinzendorf hat sie bei sich angesiedelt. Die sind so. Gegen alles Irdische – einfach ein großes Kloster, bloß eben evangelisch. Sie dürfen heiraten. Sonst gehört alles allen gemeinsam. Jeder holt beim Bäcker Brot, jeder holt Fleisch und was er braucht, umsonst. Was sie verdienen und verkaufen, kommt in *eine* Kasse. Wenn sie nicht arbeiten, beten sie. Mehr Gottesdienst ist wohl in Herrnhut als in Rom. Und siehst du, zu denen gehört die Komtesse Elisabeth. Weil sie so hübsch ist, macht sie den Kavalieren in Warmbrunn das Leben sauer. In Herrnhut übrigens auch den Brüdern. Ich glaube, darum ist sie meistens weg von dort. Sie wollen, daß sie heiratet, schon weil sie viel in die Kasse brächte. Denk mal, ein Viertel des Geldes bei Schaffgotsch soll von den Launays geborgt sein. Vielleicht noch viel mehr. Ja, so sieht das aus. – Nun mache dich an das zweite Bild. Ich sehe zu gern, wenn du zeichnest."
Aber Peter hatte die Hände aufgestützt. Jetzt schob er wie in Abwehr die Stifte von sich:

„Es wird nichts werden mit dem zweiten Bild, Käthe."
„Und warum nicht?"
Er seufzte so ernsthaft, daß sie fast besorgt wurde: „Fühlst du dich nicht wohl?" Oh, er fühlte sich wohl. Viel zu wohl. Und eben deshalb ging es nicht mit dem Bild. Es sollte ein schöner Stich werden vom Fabrikraum bei Klatte, koloriert sogar. Der große Kugelkocher in Betrieb mit wehendem Dampf und lauter fleißigen, starken Menschen. So ein Bild, wie man es den Geschäftsfreunden sendet als Zeugnis der blühenden Industrie.
„Und das kann ich nicht, Käthe! Auf dem Bild fehlt der Gestank und die Hitze..., da fehlt die Frau, die sich den Arm verbrüht, da fehlen die Kinder, die vor Müdigkeit umfallen, und die Blinden, die sich aus Schnapsgier niederschlagen, Käthe..." Er stand auf, ging erregt herum: „Käthe, warst du schon einmal dort? Das ist ja wie die Hölle!" Sie zuckte die Achseln: „Jede Manufaktur. Wer erst drin ist, den erlöst nur noch der Tod. Auf den braucht man nicht allzulange zu warten. Fünf, sechs Jahre, dann bist du fertig, verhungert oder hast die Lunge ausgespuckt... vielleicht noch besser zu webern – man weiß nicht."
Sie strickte ganz ruhig weiter, während sie das erzählte. Sie verstand nur nicht, was er gegen das Bild habe. Die Kunst müsse ja das Häßliche vermeiden. Und da schaffe man eben schöne Menschen!
Er legte die Hand auf ihre Schulter: „Käthe, wenn das meine Aufgabe ist, dann bin ich ein Giftmischer, der aus der Schönheit ein Betäubungsmittel braut."
Sie sah ihn scharf an, durchdringend. Dann nickte sie: „Schnaps für die Augen, ja. Wer einmal wach wird, nimmt den Strick. Oder schlägt Schädel ein. Peter, du denkst gering vom Schnaps. Weil du den ganzen Tag von deiner Kunst betäubt bist. Weil du das Leben nicht zu sehen brauchst. Und wenn du es schon einmal siehst, so brauchst du es noch lange nicht zu leben. Du kannst dem Leben ausweichen."

„Und du?“ rief er plötzlich dazwischen.
„Ich?“ sie lächelte seltsam: „Ich weiche so aus, wie ich kann.“ Da mußte er plötzlich auflachen.
Ihre Augen folgten den seinen, die über das Bett hinstrichen, dann über ihren Leib.
Aber sie blieb ernst, meinte nur: „Das ist das einzige, worum sogar Gespenster uns beneiden. Selbst der Berggeist wurde ja wie von Sinnen. Er blieb nach seinem Liebesleid fast tausend Jahre in der Erde.“ Dann huschte ein Lächeln auch in ihre Augen: „Ich habe übrigens die schöne Emma nie verstanden. Wenn mich der Berggeist begehrt hätte – na, schon aus Wissensdrang ...“
Peter hielt ihr die Lippen zu: „Wirst du?! Außerdem war doch die Emma in den Fürsten Ratibor verliebt. Und bei Verliebten ist schlecht schlafen.“
„Hm“, sagte sie und sah ihn an, „nun weiß ich wenigstens, was schuld ist.“ Sie ging zur Tür.
„An was denn, Käthe?“
Sie lachte schon halb draußen: „Nun, dann versuch es nur mit deiner heiligen Elisabeth.“
„Käthe ... du Närrin!“
Aber sie war schon die Holzstufen hinunter und sang ein Lied im Stall.

XII.

Sturm über dem Kamm. Die Höhe des Gebirgsmassivs lag ständig unter grauen Wolken. Sie wälzten sich sichtbar in die Täler – fegten dann in Fetzen über die Täler hin. Der Abend dämmerte herein und eine Spur von Rot. Je leiser die Tagesgeräusche wurden, um so deutlicher vernahm man das Brausen.
Am Fenster der Gaststube stand Fiebig und sah nach dem Wald hinüber. Die Stämme der Fichten standen unbeweglich, eingeeist und bis zur Spitze hinauf mit Rauhreif gepanzert. Aber es knackte oft bedrohlich im Geäst. Im Ofen war ein Johlen wie von tausend Käuzen. Wer die Stubentür

öffnen wollte, mußte sich mit dem ganzen Gewicht seines Körpers dagegen stemmen.
„Ich habe so etwas noch nicht erlebt", sagte Peter, „nicht einmal in den Alpen!" Fiebig pfiff durch die Lippen: „Das sagt jeder, der hier bei uns war. Solche Stürme gibt es kaum woanders. Der Sturm prallt auf die Bergwand auf. Das macht ihn wohl so rasend."
Plötzlich donnerte es vom Waldrand her, dazwischen helles Splittern. Eine der hundertjährigen Fichten war gefallen. Das Wurzelwerk hatte das Erdreich trotz der ungeheuren Schneelast aufgesprengt. Peter schauerte zusammen.
„Halten denn die Häuser das aus?" Fiebig bewegte kaum die Lippen: „Auch nicht immer. Aber man baut sie möglichst so, daß sie im Winde stehen. Nur, die Öfen werden leer gefegt, im Nu ist alle Glut raus. Dann geht das Frieren los."
„Am besten, die Leute kriechen ins Bett", meinte Peter. Fiebig sah ihn an: „Und wer webert inzwischen? So ein Sturm dauert manchmal tagelang. Da hilft nur, heißes Wasser trinken. Solange man Holz dazu hat. Manch einer ist schon am Webstuhl erfroren. Einfach erfroren. Ein schöner Tod soll es sein. Die man wieder zum Leben gekriegt hat, sagen es."
„Und ehe man erfriert, geht man doch lieber ins Bett", beharrte Peter. Fiebig erklärte sachlich: „Die Leute sind zu müde. Dann schlafen sie auf dem Sitzbrett ein. So ist das. Sie wollen nur für fünf Minuten ausruhen. Sie ruhen dann für Zeit und Ewigkeit."
Peter flog plötzlich ein Bild durch den Kopf. Das mußte man zeichnen: einen Weber, der am Brustbaum lehnt, eingeschlafen. Und der Tod steht hinter ihm. Oder sollte man den Tod gleich an den Webstuhl setzen?
„Hat man Euch wegen neulich vernommen, Herr Wost? Ich meine, wegen der Sache mit dem Berggeist?"
Peter war nicht gleich im Bilde. Dann besann er sich. Wieviel zu sagen war gut? „Vernommen nicht grade, Fiebig."

Der blickte eine Weile starr zum Fenster hinaus. Leise, aber sehr deutlich sagte er nun: „Es würde gut sein, Herr Wost, wenn Ihr klare Stellung einnähmt. Ich bin nicht der Baron Nostitz.“ Dann wandte er sich vom Fenster ab. Peter zu: „Setzen wir uns, wenn's beliebt. Ich weiß, Ihr seid ein Menschenfreund – nicht nur mit der Zunge. Wenn Euch der Herr von Nördlingen empfiehlt, dann ...“

„Dann?“ Peter fühlte, dies ging ihn mehr an als alles, was bisher im Gebirge zu ihm gesagt worden war.

„Dann soll man zu Euch Vertrauen haben.“

„Ihr zu mir?“ Peter sah, wie Fiebig in seinem ruhigen Gesicht die Lippen schmalpreßte. „Ihr sollt zu mir ... Vertrauen haben?“ Peter wiederholte das noch einmal. Es erschien ihm wie die Umkehrung des Bestehenden. „Wer seid Ihr denn?“

Fiebig sah ihm ganz offen in die Augen: „Wir sind ... nun sagen wir, die Frau des Wiesenhütter und ich ... Oder besser: wir sind weder Exner noch der Wildheger Tschapek oder einer von denen, die bloß saufen. Versteht Ihr?“

Peter erkundigte sich: „Ihr seid mithin die, denen der Nördlingen hilft?“

„Jawohl, Herr Wost. Wir sind die Führer von denen, die er Europas Sklaven nennt in seinem Buch und deren Befreiung er verlangt im Namen der Menschenwürde.“

Peter schloß die Augen halb. Wie lauernd fragte er: „Ihr seid also Verschworene?“ Dann, da Fiebig doch ein wenig zuckte: „Ich habe nichts verraten.“

„Und Ihr wolltet auch nichts verraten.“ Der Weber blickte auf den Tisch, als er weitersprach, und zeichnete mechanisch mit dem Fingernagel Figuren, Sterne, die man mit einer Linie machen kann, fünfmal gewinkelt.

„Ich will Euch sagen, was ich weiß. Der Nostitz hat Euch ausgefragt, ob Nördlingen hier zugegen war, als der Berggeist den Exner vorhatte. Ihr habt den Namen Nördlingen nicht genannt, der Tschapek und der Exner aber haben beide zu Protokoll gegeben, daß er hier war. Das will ich Euch zur Kenntnis bringen.“

„Und was folgt daraus?“ Peter wußte wirklich nicht weiter. Fiebig übrigens auch nicht, und was er noch sagen wollte, brachte er nur schleppend heraus – immer stockte er wieder, bis er sich endlich mit einem Ruck erhob. Fast tonlos, wie anfangs, kamen endlich seine Worte: „Wir möchten den Herrn von Nördlingen nicht verlieren.“
Peter lehnte sich, auf dem Holzstuhl schaukelnd, zurück: „Haltet Ihr ihn denn für gefährdet?“
Er sagte das leichthin, aber nicht leicht genug: Fiebig fühlte ehrliche Besorgnis in Peters Stimme. Er kam ganz nahe, fast bis an Peters Ohr, und zischte scharf:
„Wenn ihm was geschieht, brech ich dem Baron den Hals! Gleichgültig, ob ich an den Galgen komm!“
Peter packte Fiebig gerührt bei den Schultern, schüttelte ihn heftig: „Seid nicht närrisch, Mann, der Nördlingen hat Schutz genug! Der Gräfin sind die Künstler unentbehrlich wie ... wie ein Rauschgift!“
Er sah, wie Fiebigs Augenlider ein paar Tränen aufzuhalten versuchten. Vergebens. Die Tränen rollten über seine hageren Backen.
‚So liebt er ihn?‘ Peter begriff das kaum. Aber Fiebig, der mit den knochigen Fingern die Augen blankwischte, erklärte ohne Scham: „So ist das, Herr Wost, wir sind zuwenig und zu unerfahren. Wenn einer da mehr als Worte macht, das geht uns armen Leuten durch und durch. Die meisten im Gebirge sind zu elend, um noch was zu begreifen oder gar stolz zu sein ... Die meisten sind keine Menschen mehr, Herr Wost, die Weber und die Arbeitsleute sind nicht einmal mehr Sklaven. Tiere sind sie, die wie Menschen aussehn; manche sehn nicht mehr aus wie Menschen. Ob’s einen Gott im Himmel gibt oder einen Teufel in der Hölle, was geht das die noch an! Den Teufel sehn sie jeden Tag, sowie sie Leinwand liefern. Und Gottes einzige Wohltat ist die Branntweinflasche!“
Er hatte sich in Hitze geredet – jetzt hielt er betroffen inne. Als er merkte, daß Peter ganz bei ihm und seinen Worten war, fuhr er fort, doch gefaßt wie anfangs:

„Es ist kein Licht mehr zu sehen gewesen. Ich hab meinen Vater am Webstuhl abgelöst, so wie der den seinen früher mal. Elf Jahre hab ich schon gewebert. Dann sprach mich mal beim Pilzesuchen dieser Herr von Nördlingen an. Gefragt hat er mich, ob ich lesen kann. Ob viele hier lesen können, wenn sie als Kinder schon so schuften müssen. Wir Fiebigs hatten früher noch ein bissel Acker dabei, und ich hab in Warmbrunn gedient zwei Jahre als Hausknecht. Also er gab mir sein Buch ... Herr Wost, seht Ihr, da habe ich zum erstenmal gespürt, es gibt auch unter feinen Röcken Herzen. Und noch viel mehr: man darf nie und nicht verzagen, nie und nicht! Jetzt sind in jedem Dorf schon ein paar Webersleute ... und selbst in den Fabriken, die sind nicht Tiere mehr, nein. Die wissen, daß sie Sklaven sind. Das ist ein großer Segen."
Peter riß die Augen auf: „Ein Segen?"
Fiebig krallte die Finger in die Handflächen, schüttelte die Fäuste: „Wer weiß, daß er ein Sklave ist – oho, mein Herr, der weiß auch, er ist ein verkaufter Mensch. Schon in der Bibel ist die Sklaverei verflucht, und Sklaven sind nicht immer das geblieben, was sie waren. Tiere freilich, die können sich nicht erheben, bloß mit den Hörnern stoßen, mit den Hufen um sich schlagen! Aber Menschen! Das ist es!"
Peter wußte nichts zu antworten. Er starrte das Gesicht des jungen Webers an. ‚So mag Karl Moor zu spielen sein', dachte er, ‚oder ein Bauernführer im Götz von Berlichingen, so – ganz voller Leidenschaft, ganz ohne Komposition und angelernte künstliche Bewegungen. Wie die Natur uns immer neu belehrt! Hingegen, was er sagt, wie anders soll ich es begreifen als durch die Kunst? Das Schicksal bewahre ihn vor Taten dieser Art, noch nie hat ein Aufstand dem Volke Brot gebracht – stets nur dem Henker.' Er reichte Fiebig die Hände hin:
„Wenn Ihr Hilfe braucht, Hilfe, die ich leisten kann ..."
Fiebig packte die Hände: „Dann geht zunächst mit Euern Talern anders um, Herr Wost. Als der Teufel das Almosen

erfunden hatte, ließ er sich vor lauter Freude taufen. Das Christentum war nichts mehr wert."

Peter empfand das als ungehörige Zurechtweisung. Aber er schwieg. Wie alt mochte dieser Fiebig sein? Um dreißig wahrscheinlich; ein Naturkind, im Verkehr mit Gebildeten unbewandert.

„Fiebig, welche Hilfe soll ich leisten?"

Hinter dem Schanktisch wurde Käthe sichtbar. Sie sah Fiebig sonderbar fragend an, trat dann langsam auf den Tisch zu: „Vom Birnbaum hat es die Krone abgebrochen, und die Tür zum Stall heraus ist zugeweht. Mein Gott, es zerreißt die Vögel in der Luft!"

Sie sah durch das Fenster zu, wie ein Krähenschwarm vergeblich gegen den Sturm anzufliegen versuchte. Mit schwerfälligen Flügelschlägen, bald rechts, bald links abgetrieben, suchten die großen Vögel ihre Schlafstellen im Wald zu erreichen. Aber einer nach dem andern senkte sich nieder. Die sonst so scheuen Tiere landeten mitten auf der Dorfstraße hinter einer Schneewehe, wo sie erschöpft hin- und hertrippelten.

„Das arme Viehzeug! Auf den Feldern versinken sie mit ihren dünnen Stelzen. Und hier... was sollen sie hier zu fressen finden?" Sie holte ein paar Brotreste und Knochen, wollte die Haustür öffnen. Fiebig mußte sie ihr aufstemmen helfen. Draußen hörte man mattes Krächzen. Dann ging eine ehrwürdige Balgerei der Schwarzröcke um das Futter los. Gleichwohl erwischte nicht einer der vielen Sperlinge, die sofort hinter jeder Planke hervoräugten und sich zwischen die Krähen mischten, auch nur ein Krümchen Brot, eine Faser Fleisch, höchstens einen warnenden Schnabelhieb, dem er schnell auswich.

Käthe schüttelte den Pulverschnee ab, der ihr ins Gesicht und auf die Kleider geweht war, trocknete den Brustausschnitt: „Wie kalt das auf der Haut schmilzt!"

Alle drei setzten sich auf die Ofenbank und lehnten die Rücken schabend an die Kacheln. Hinter denen saugte der Sturm die Luft durch die Züge, obwohl die Eisenklappen

fest geschlossen waren. Unter den Türritzen, durch die Fensterrahmen preßte er Schnee herein, der schmelzend den Dielensand näßte.
„Wo bleibt eigentlich Exner?“ Peter fragte es so hin.
Käthe zuckte mit den Schultern: „Wo er sich wohler fühlt als hier.“
Exner hatte, was Peter entgangen war, sich nach dem Verhör mit Tschapek befreundet. Die Gutsverwaltung wünschte das so. Mochte Exner seine Bücher führen, wie er wollte ... Peter ging zum Flaschenregal und goß drei Stonsdorfer ein, lachte: „Wir müssen von innen her heizen.“
Sie stießen an. „Auf die rechte Hilfe“, rief Peter. Fiebig nickte: „So ein Sturm, der müßte in den Menschen sein, das wäre ... wenn sie *den* saufen könnten!“
Peter sah den Weber vor sich hinstarren.
„Aber Fiebig, Ihr werdet doch nicht ein Aufrührer werden wollen!“ Der Weber hob den Kopf langsam: „Steht das bei mir? Ihr habt noch keinen Aufruhr miterlebt, wie?!“
Käthe wurde von der Kälte geschüttelt. Sie holte eine große Pferdedecke. Alle drei krochen eng aneinander und wikkelten sich bis zur Brust ein. Zögernd tasteten Peters Finger nach Käthes warmen Schenkeln. Sie schloß die Augen, legte ihre Hand auf die seine.
„Einen Aufstand? Nein“, sagte Peter in die Dämmerung, die jetzt rasch im Zimmer zunahm, „was sollte der auch?“
Fiebigs Stimme klang reger: „Lest einmal die Chroniken, Herr Wost. Schon mancher Aufstand hat den rechten Wandel geschaffen. Die alten Innungen, die wissen viel davon. Und früher die Hussitenkriege! Aber ... es ist uns was verlorengegangen ... versteht Ihr: Wir wissen nicht mehr, wie die das angepackt haben und wie beendet. Ihr habt vielleicht gehört, wie vor zehn Jahren es drüben im Böhmischen losging – die Weber und die Bauern –; ich war ein Bursche so von achtzehn.“
Käthe nickte: „Das weiß ich alles noch wie gestern.“ Dann

schwiegen sie. Aber Fiebig und Käthe anders als Peter. Der fühlte sich plötzlich ausgeschlossen: So? Käthe wußte alles noch wie gestern?! „Weiter, erzähl doch!“
Sie lachten beide trocken auf, mit glänzenden Augen.
„Es ging schlimm aus für die armen Leute?“
Fiebig und Käthe sprachen auf einmal erregt und durcheinander: „Seht Ihr, so berichtet man von uns! Wie schlimm es für die Reichen war, das sagt man nicht. Natürlich, zum Schluß haben wir dagelegen. Aber unter den Trümmern lagen auch andre!“ Seltsam pathetisch fuhr Fiebig fort: „Wenn Simson seine Glieder reckt, dann stürzen Paläste auf seine Ketten.“
Peter begriff nicht den Grundton der Begeisterung: „Was nutzt das, wenn der blinde Simson tot ist?“
Aber Fiebig begann sachlich zu erläutern; doch *was* er sagte, ließ ihn von Satz zu Satz erregter werden:
„Man muß dazu ein Leben am Webstuhl hinter sich haben. Oder vor sich. Man muß Soldat sein oder Arbeiter. Man muß in Lumpen laufen und Wassersuppe löffeln. Man muß ein Weib haben mit Bluthusten und seine Kinder auf dem Friedhof wissen. Die reichen Leute haben ihre Jagden. Und wenn's weiter nichts wäre, als daß so ein Aufstand unsere Jagd ist, wenn's gar nichts andres wäre, als daß die Racheträume in Erfüllung gehen ...“
Er blickte in das Viereck des Fensters, der letzten hellen Stelle im Dunkel der Gaststube, schwieg lange, und Peter wartete ... Käthes Hand lag ganz still auf der seinen, er fühlte, daß sie nicht an ihn dachte jetzt, daß Fiebigs Bilder ihren Geist entführt hatten: in die Vergangenheit? in die Zukunft? Peter wurde es unheimlich. Das Bergvolk webte noch andere Fäden, webte verruchtes Tuch: Fahnentuch des Aufruhrs, Leichentuch des Totentanzes. Davor mußte man die Armen schützen. In diesen letzten Abgrund durfte sich das Volk nicht stürzen, Selbstmord und Mord zugleich begehend ...
Alle drei verharrten im Schweigen. Um sie her kroch das Dunkel und hauchte sie eisig an. Aus den Kacheln verflog

die letzte Wärme. Höhnend heulte der Sturm im Ofen, prasselte gegen die Scheiben, wütend an ihnen rüttelnd. Winselnd klagte er in den Ritzen der Tür. Die Ketten des Viehs im Stall klirrten leise und vertraut. Es freute sich seines Obdachs.
Endlich, klar und ruhig, kam Peters Stimme: „Man muß das Äußerste verhindern, Fiebig, man muß verhindern, daß sich Menschen gegenseitig schlachten. Sie sind geboren, sich zu lieben."
Ebenso klar, ebenso deutlich antwortete Fiebig: „Dann liebt Herrn Klatte, liebt Herrn Jäkelsberg und den Baron von Nostitz. Streichelt die Hand, die Euch das Fressen wegnimmt ... haltet die rechte Backe hin, wenn Euch die linke aufgeschwollen ist ..." Plötzlich riß er die Decke von sich, packte den Mantel, zerrte ihn über sich und keuchte: „Lieber im Sturm erfrieren, als diesen weichen Teig da backen!"
„Was habt Ihr denn, Fiebig?"
„Ich? Sorge hab ich, daß sich der Herr von Nördlingen in Euch geirrt ..."
In der Tür brüllte der Sturm mächtig auf. Glitzernder Staub wirbelte für Sekunden bis zur Decke auf, dann war der eisige Strom wieder ausgesperrt.
Peter saß wie gelähmt, seine Zähne klapperten. Er bohrte die Hände in die Achselhöhlen. Käthe schlug Feuer. Die Funken gleißten auf wie Sternschnuppen. Man brauchte auf den Zunder kaum zu blasen, er glomm fast von allein ab ... „Komm schlafen, Peter!"
Sie räumte die Gläser weg, hantierte, wie um Zeit zu gewinnen. Dann, da Peter sich nicht rührte, ging sie. Er hörte die Stiege knarren, die Kammertür ins Schloß fallen.
‚Was für Menschen!' Es schüttelte Peter von innen her. Er begann entsetzlich zu frieren, nur die Stirn brannte heiß. In den Handflächen stand kalter Schweiß.
‚Und warum zürne ich dem Fiebig nicht? Ein Aufwiegler, ein rachgieriger Mensch voller Blutdurst in den kalten Augen ... und zugleich ein jammervoll Verirrter, ein Aus-

wegloser mit dem flehenden Blick eines kranken Kindes. Dies Gemenge aus Feuer und Wasser, wie hat es in den Menschen Platz?! Dieser Fiebig zeigt meist nur eine klare, ernste Stirn, kleidet sich möglichst säuberlich und wacht über die saufenden Weber wie über dumme, kleine Geschwister ...‘

Fröstelnd stand Peter auf und tappte die Holzstiege hinauf. Durch die Ritzen seiner Kammertür drang warmes Licht. Hier schien alles weniger kalt als in der Gaststube. Auf dem Stuhl lag sein Nachthemd. Er riß den Rock auf, warf schnell die Weste ab und fingerte eifrig an der Nadel des Halstuches. Bei all dem zitterten seine Hände. Ein Frösteln überkroch die Haut, griff ans Herz.

Im Bett lag die große kupferne Wärmflasche. Er hätte sie streicheln mögen: sie fühlte wohl, wie er Wärme brauchte, gerade jetzt.

Plötzlich stand er wieder im Zimmer, klopfte an die Wand: „Käthe?“ Sie kam. Er zog sie eng an sich, stopfte das Deckbett fest um sie beide, schob es bis zum Kinn hinauf. Lange streichelte er – immer noch vor Kälte bebend – ihre Schultern, ihren vollen Rücken. Sie war ohne Widerstand. Aber sie rührte sich auch nicht. Nichts war zu hören als das Toben des Sturms.

Plötzlich sagte sie dicht an seinem Ohr: „Du mußt es dem Fiebig nicht nachtragen. Er hat es gesagt aus Verzweiflung über dich. Ja, du begreifst noch so wenig und weißt nicht, wohin du gehörst ... Du bist auch kein Bürger. Ein Bürger hat ein Geschäft, ein Handwerk, verstehst du?“

„Ja, Käthe.“

„Du bist ein Handwerker, der freie Kunst macht. Also bist du überhaupt nichts. Du stehst zwischen allen. Und das bekommt dir schlecht, mein Peter. Zwischen allen, da ist man ewige Unrast.“

„Käthe, man muß ehrlich sein. Ich gehöre auch nicht zu euch. Ich bin Weltbürger.“

Ihre Arme lockerten sich. Peter wurde erregt: „Gehörst denn du zu denen? Du liest und schreibst, du kannst wie

eine Bürgerin dich kleiden ..." Sie legte die Hand auf seine Brust, als müßte sie etwas auswischen da. Dann blieb die Hand auf dem Herzen liegen: „Du hast recht. Ein wenig tiefer stehe ich genauso zwischen allen wie du. Oder – man muß ehrlich sein, hast du gesagt – da stand ich einmal ... Peter, so ist kein Weiterkommen."
„Weißt du denn weiter?" Peter drückte ihr Handgelenk. „Weißt du es denn? Ihr treibt zum Aufruhr. Ich glaube nicht an seine Wirksamkeit!"
In die anhaltende Stille sagte sie, gedankenversunken: „Du weißt nicht, wie es ihm manchmal geht, dem Fiebig. Jeder gerät einmal außer sich. Besonders wenn Hunger und Frost ihn rechts und links begleiten."
Peter sah den hageren Weber vor sich, der jetzt vielleicht noch wanderte in seinem dünnen, abgeschabten Mantel mit nichts im Magen als einem Schnaps – um in einem Holzschuppen auf Stroh und Lumpen endlich unterzukriechen, sich einzuwühlen wie ein Waldtier ... und am Morgen ohne wärmenden Napf weiter zu wandern. Er hatte keinen Webstuhl mehr, der Fiebig, keine Eltern, nichts als eine Frau, ein überzartes Geschöpf, das fast oben auf dem Kamm in einer Viehbaude Ordnung hielt – für die Schaffgotsche, die mitunter auf der Jagd dort Wetterschutz suchten.
„Kann man denn für den Fiebig gar nichts tun? Vielleicht mit einem guten Mantel oder derlei?"
„Mit derlei auch; aber nicht für lange", meinte sie. „Er schenkt es schnell weiter."
„Mit was sonst?"
Sie zog Peter plötzlich wieder an sich. Ihre Lippen preßten sich auf die seinen, ihre Finger wühlten in seinen Schläfenlocken: ‚... schweig du! Die Welt zerfiele ohne Leiden.'
Dann, als er wieder still an ihrer Seite lag, am Rande des Schlafes, dachte er: ‚Habe ich je so umarmt, als ich noch liebte? Wer liebt, hat Angst ...'
Noch einmal zuckte das Wachsein in ihm auf: ‚Ja, Angst habe ich, Angst um die armen Leute hier.'

XIII.

So war es gewesen, wenn die Mutter sich am dunklen Wintermorgen erhob, um dem Vater das Frühstück zu bereiten. Dann rollte Peter sich in die warme Mulde, halbwach blinzelnd, weil dann das Kerzenlicht sich in lange Strahlen auflöste ... danach die Augen wieder ganz schließend und sich wohlig rekelnd. –

Er ist kein Kind mehr. Neben ihm das Licht wird leise aus der Stube getragen.

„Käthe? ... Käthe! Ich muß doch aufstehen, du weißt, ich fange heute zu stechen an."

„Warte ein Weilchen, bis geheizt ist."

Wie einsam es plötzlich ohne sie ist! Er dreht sich ganz lang, dann springt er auf. Im Ofen ist die Asche vom Sturm ausgefegt. Als Peter die Eisentür öffnet, spürt er ihn wieder. Das Fenster ist zur Hälfte mit Schnee verweht, die Fugen sind förmlich verkittet.

Als Käthe in Morgenrock und Haube eintritt, schimpft sie

sogleich: „Du sollst nicht meine Arbeit tun!" Er schmunzelt belustigt: „Da ich doch nicht liebe, so kann es dir gleich sein." Käthe neigt lächelnd den Kopf. Er sucht sie zu fassen: „Laß deine verdammten Blicke!" Sie entwindet sich ihm rasch: „Soll es mir auch gleich sein, ob du Suppe oder Kaffee bekommst?" – „Nein ... heute muß es Kaffee sein, verstehst du, recht starker Kaffee!"
Er legt die Brennschere auf den Ofen, öffnet die eiserne Röhre und stellt Wasser hinein. Die Platten glühen, zischend fahren die Tropfen vom Rand des Gefäßes weg und tanzen als Kugeln herum, bis sie, immer winziger werdend, im Dampf vergehen. ‚Das hat der Nördlingen so schön beschrieben: Kleine Welten sind diese Kugeln ... Er ist ein froher Dichter' – Peter schnallt sich die Hosen über den Knien zu –, der Nördlingen sielt sich noch in den Federn, sicher ... gestern war Konzert im Schloß. Er wird bis Mittag schlafen ... Lassen wir das. Er mag sich in mir geirrt haben ... oder auch nicht. Ich lebe nicht nach seinem Richtscheit, meine Zirkel haben ihren eigenen Radius, einstweilen gilt für mich noch immer Jäkelsberg als Meister.'
Käthe kommt schon mit dem Kaffee. Sie hat nicht viel Zeit. Exner ist sinnlos betrunken. Er kümmert sich um nichts mehr. Seit dem Vorfall mit dem – also, mit dem Ziegenbock hat er zu allem noch das Saufen gekriegt und Zeichen von Gelbsucht. Und wenn er schlagen will, so fährt ihm etwas in die Hände; er läßt sie kraftlos sinken, zitternd tasten sie zur Flasche. So oder so hat ihn der Berggeist doch gepackt.
Peter schlürft inzwischen die Tasse leer. Dann ordnet er die Grabstichel und beginnt sie zu schleifen. Aber je näher er der Stecharbeit kommt, desto weniger weiß er, mit welcher Zeichnung er beginnen soll. Mit dem Baum über dem schäumenden Bach für Elisabeth de Launay? Oder mit Elisabeth im Schloßpark ... für sich?
Mechanisch fast ergreift er statt der Kupferplatte ein Papier – statt der Stichel Zeichenstifte. Ein Bild bewegt

ihn so, daß er es erst entwerfen muß. Es ist weder für Elisabeth noch für ihn.
Wärme durchrieselt ihn, Gedanken jagen einander, die Hand fliegt. Er sieht nicht auf, sieht nicht um sich. Stunden verrinnen. Nur wenn er Holz nachlegen, die Stifte schärfen muß, unterbricht er seine Arbeit, stellt sie vor sich hin und kritisiert. Er ist mit sich zufrieden ... besorgt zufrieden allerdings. Was er da macht, liegt nicht mehr im Bereich *der* Kunst, der er bis jetzt gelebt hat.
Plötzlich steht Käthe hinter ihm, lange und stumm. Auch sie sieht nur das Blatt. Endlich fragt sie: „Wie bist du denn darauf gekommen?“ Ihre Hand liegt auf seiner Schulter.
„Durch Fiebig. Wie gefällt es dir?“
Sie macht ein zweifelndes Gesicht: „Peter, ich versteh ja nicht viel von den Künsten. Was du sonst zeichnest, ist schön. Nymphen unter Wasserfällen. Schäferinnen unter hohen alten Bäumen. Das alles ist Arkadien, so heißt es wohl: Arkadien in unseren Bergen.“
„Nun?“ fragt er, da sie innehält, nicht weiter kann oder nicht weiter will. „Dies ist nun nicht arkadisch.“
Sie faßt Mut: „Nein, ganz gewiß nicht. Aber darum verstehe ich es wohl, und weißt du, es ist nämlich falsch. Ja, verzeih, es ist falsch. Der Tod sitzt nicht am Webstuhl.“
Peter schüttelt mißbilligend den Kopf: „Es ist symbolisch gemeint.“ Sie wird ganz eifrig: „Eben deshalb! Peter ... Wie hart ich jetzt zu dir bin!“ Er ist erstaunt und gereizt. Nun er mit der Arbeit aufgehört hat, bemerkt er erst, wie abgespannt er ist. Dazu diese sinnlose Kritik! Er will sich nichts anmerken lassen, aber sein Ton klingt gequält: „So sage schon, was falsch sein soll, sag es schon, du!“
„Peter, der Tod sitzt nicht am Webstuhl. Am Webstuhl sitzt der Weber ... bis er tot ist. Der Tod steht hinter ihm, verstehst du? Er hetzt, er schindet, droht, reißt Schuß und Kette entzwei, wirft das Essen um, bläst Frost auf die müden Finger, stiehlt Garn. So ist er. Setze dem Tod eine feine Perücke auf, wie sie die Handelsherren tragen. Gib ihm eine Peitsche in die Knochenhand. Laß seinen Fuß in

den Suppennapf treten ... ja, so!" Sie glüht. Peter stützt den Kopf in die Hände, sieht sie lange an und schweigt. Plötzlich steht er auf. Sie weiß nicht mehr, woran sie ist, will aber auch nicht fragen. Vielleicht hat sie etwas sehr Törichtes getan, sich in seine Arbeit zu mischen. „Bist du mir böse?"
Er schüttelt den Kopf vom Fenster her. Leise nimmt sie die Tasse und geht. Er bleibt am Fenster stehen. ‚Was hat mich nur übermannt?' denkt er, ‚das Volk soll keine solchen Bilder sehen, weil sie von Schaden sind.'
‚Für wen von Schaden?' fragt etwas in Peter.
Er kennt diese Stimme in sich. Sie hatte von ihm verlangt, der Gräfin auf den Busen zu sehen ... den Baron mitleidlos zu fixieren. Sie hatte ihm befohlen, beim alten Jäkelsberg sich gegen die Mauer zu stemmen, zu rebellieren unter Todesfurcht und den Betrunkenen sich spöttisch zu betrachten. Dieser Stimme folgend war er Klatte in den Arm gefallen, als der den Invaliden springen ließ; diese Stimme hatte sachlich von Elisabeth de Launay festgestellt: ein Kunstwerk!

Als er zu Tisch gerufen wurde, wankte Exner aus der Stube herein. Trotz vielen Räusperns war seine Stimme rauh und stark verschleimt. „Hallo, Herr Wost ... das war ein Sturm die Nacht, was?"
„Ja, ja. Er wankt jetzt noch, scheint mir." Exner lachte: „Man konnte sich so und so nicht auf den Beinen halten. Wenn's schon die Vierfüßigen nicht mehr trafen!"
„Wieso?"
„Den schönen Jagdhund mit den langen Ohren hat's zusammengefroren. In seiner Hütte hat er gelegen, und in dem Sturm hat man es nicht vernommen, ob er gejault hat oder nicht. So hat's ihn zugeweht. Die Weber fressen ihn grade. Der Tschapek hat's ihnen nicht abschlagen wollen. Bei der Kälte müssen sie auch mal was Fleischernes im Topf haben." Er schneuzte die Nase mit den Fingern und goß Schnaps ein.

„Wo bleibt denn die Käthe?“ erkundigte sich Peter.
„Einkaufen ist sie. Auf die Nacht wird sie wieder da sein.“ Exner kniff dabei ein Auge zu und lachte ungeniert. Peter sagte unvermittelt:
„Es freut mich immerhin, daß Er sie nicht mehr schlägt, Exner.“ – „Nu nee, nee, Herr Wost!“ Das feiste Kinn des Gastwirts wabbelte, „man weiß doch, daß die Herrn ni gern blaue Flecke streicheln. Man muß doch auf die Kundschaft seine Rücksicht nehmen.“
Peter sah ihn ohne Ausdruck an: „Kuppelt Er gern?“ Exner wurde trübsinnig: „Unter Männern, mit Verlaub: wo sich was kuppeln läßt, warum ni, Herr Wost. Aber mit dem Luderstück, mit dieser Käthe hab ich nur Pech gehabt. Bei mir seid Ihr der erste, wo's geklappt hat. Und darum: so lange will ich sie auch noch behalten, wie Ihr da seid. Auch länger, wenn Ihr sie bereden könnt, daß sie ins Forsthaus später mitgeht. Es wär – weiß Gott! – keine Schande, mancher Taler wartet dort.“
„... den Er auf ihres Vaters Hypothek zu zahlen versäumt“, unterbrach ihn Peter. Exner schnappte wie ein Karpfen: „Das hat sie Euch eingeblasen! Das ist eine Frechheit von ihr. Die Stellung hier is ni umsonst; wenn eine bei Fleisch ist, wie die Käthe, da kann sie gut einsparen hier. Im Sommer kommt so mancher Herr vorbei. Bloß, wer sich Schrullen in den Kopf setzt, wer immer gleich als feine Dame will behandelt sein – oje, hab ich sie jedesmal verdroschen. Na ja, man sieht, es nutzt endlich.“
Er schenkte sich wieder ein, wollte Peter in gutem Mut auch ein Glas zuschieben. Aber der schüttelte den Kopf: „Ich muß noch sehr viel arbeiten, Exner. Übrigens, wenn Er glaubt, daß Er mir die Käthe zugeprügelt hat, dann täuscht Er sich.“ Exner war so ehrlich betroffen, daß Peter lachen mußte.
„Aber dann weiß ich wirklich ni!“
„Nein, Er weiß wirklich nichts! Und Er hat auch nichts zu wissen, versteht Er! Im Gegenteil, Er hat in jedem Fall zu schweigen!“

Exners Unterlippe fiel aufs Kinn: „Das wird ni allzu teuer sein, Herr Wost ... sagen wir: zwei Gulden."
„Ich glaube nicht", meinte Peter und wunderte sich über die Ruhe, mit der er auf Exner einging. „Ich glaube vielmehr: Wem der Berggeist ohnehin schon eine Lektion erteilt hat ..." Weiter kam er nicht. Exner lief blaurot an, schleuderte das Glas zu Boden, erhob sich schwer – um gleich darauf über einen Schemel zu stürzen. Breit lag er da. Aber statt zu toben, begann er zu winseln. Als er sich endlich, nicht ohne Peters Hilfe, erhoben hatte, liefen ihm große Tränen über die runden Backen: „Herr Wost ... Ihr seid genauso schlecht zu mir wie alle anderen!" Er heulte jetzt laut: „Man hat mir meine Reputation genommen! Jeder, der Exner sieht, fängt an zu tuscheln, und lange dauert's ni, da meckert einer los, so wie ein Ziegenbock!"
Peter half ihm auf einen Stuhl: „Was mußte Er auch das arme Weib begießen!"
„Das war mein Hausrecht, Herr!"
„So! Und die Kuppelei und die Erpressung – all das ist Sein Hausrecht, was?!" Peter sagte das mitleidlos. Der Gastwirt jammerte: „Denkt Ihr vielleicht, das ist so leicht, dem Webstuhl zu entgehen? Das is ni leicht!" Peter sah zur Decke. Es würgte ihn förmlich. Gerissen und brutal sein oder weben müssen: das war das Schicksal dieser Bergbewohner. Wo war der Weg, auf dem die Hilfe sich in die verfluchten Elendstäler wagen konnte? Auch dieser Exner war ein Tier geworden, ein Allesfresser, dem Schweine gleich – und doch ein jammervoller, angstzerwühlter Mensch, ein Deserteur der Weberei.
„Lassen wir das alles, Exner, hier meine Hand!"
Exner ergriff sie, küßte sie, daß Peter sich gleich wieder losmachte: „Wir müssen alle gut sein, helfen ... daß alle hier so glücklich werden, wie sie jetzt elend sind, was, Exner?" Der schluchzte: „Nee, Herr, so hat noch keiner auf mich eingeredt ... das sind gar fremde Worte ... daß man ganz gläubig werden möcht, wie manchmal sonntags in der Kirche. Oje, Herr Wost, wenn bloß die Schinder bald

krepieren möchten. Auch unsereins hat eine Seele, wir im Gebirg sind kein schlechtes Volk, wir möchten keinem was zuleide tun!" Er wischte sich die Nase: „Hier hat in früheren Zeiten niemand ni gewebert. Das waren alles gute Bauersleute mit Acker und Vieh. Bis alle diese Kriege sind gekommen. Besonders dieser letzte. Herr, sieben Jahr Krieg, da mußte ja der letzte Mann zugrunde gehen! Dann machten sie sich breit bei uns, die Kaufherrn und Fabrikbesitzer, die Schinder allesamt ..." Die Stimme ging wieder in Weinen über.

„Er legt sich besser noch mal nieder", sagte Peter, jetzt nicht mehr so ungerührt, „ein Gast wird bei dem Wetter doch nicht kommen, es ist alles zugeweht."

Peter arbeitete wieder in seiner Kammer. Ein merkwürdiger Eifer hatte ihn ergriffen. Konturen tauchten auf, erst in losen Strichen. Dann konzentrierten sie sich, rundeten sich zur Gestalt. Peter dachte: ‚Ich folge einer fremden Stimme. Seit ich meine Meister verließ, habe ich so etwas nicht versucht. Wo bleiben die Lehren des großen Pierre Drevet? Was ist schön? Das Erhabene ist schön. – Ist ein Gehetzter erhaben? Ist ein die Peitsche schwingender Tod... Und warum höre ich auf eine Stallmagd? Man hat mich gerufen, um Europa die Herrlichkeit der schlesischen Berge zu verkünden. Warum folge ich nicht der Komtesse? Oder folge ich ihr doch?! Europa soll es vielleicht durch mich kennenlernen: das wilde Land mit seinen armen Menschen ... Oh, nicht nur diese Stallmagd sprach von Armut, nicht nur Käthe zuliebe zeichne ich das. Auch Elisabeths wegen! ... Habe ich Käthe eine Stallmagd genannt? Ja, schade, Käthe! Es wäre schön sonst, bei dir zu bleiben – ganz. Elisabeth ist ein bigottes Kunstwerk. Und ich bin ein haltloser Wicht, ein Leisetreter und ein Grobian. Bleibt übrig der Nördlingen, vor dem ich Angst habe. Er ängstigt alle Menschen in Warmbrunn, sogar den Nostitz. Sie werden sich vielleicht noch duellieren.'

Peter starrte prüfend auf das Blatt: ‚Mein Bild ist fertig.

Jetzt die ›Schäferin an der Quelle‹ daneben! Dies bin ich nun: Arkadien und die Gosse.
Man muß das eine Blatt zerreißen, man muß!
Wer muß das tun! Ich etwa? Ich muß durchaus nicht! Die Stallmagd mag es tun. Oder die Edeldame. Nur der Nördlingen wird's nicht ...'
Peter hatte seine Arme auf den Tisch gelegt und ruhte seinen heißen Kopf auf ihnen aus. Er tobte nicht mehr gegen sich. Er wußte: seine Kunst zerbrach in zwei Teile. Sie war schon zerbrochen. Wie kann man noch an Götter glauben, wenn man den Menschen gesehen hat! Und plötzlich, aus seiner Stille, stöhnte er auf. Dann lauschte er seinen eignen Worten, sie klangen bitter wie alle Abschiedsworte: „Und der Mensch sprach: Lasset uns Götter machen, ein Bild, das uns gleich sei ..."
Er stand auf, zog den großen schweren Radmantel an und ging ins Dorf hinab. Die Kälte zog durch das Leder der Schuhsohlen, aber die Füße blieben vom Laufen warm. Schneeflocken umtanzten ihn, setzten sich auf den Hut, die Schultern, schmolzen in den Augenbrauen und auf den Wangen. Nicht weit vom Krämerladen stand Käthe und überzählte die eingekauften Pakete. Eine Laterne ließ die Flocken blaßgelb um sie wirbeln.
Als sie ihn sah, lachte sie: „Holt Ihr mich etwa ab?" Er schob die Hand unter ihren Arm, in den großen Muff hinein: „Bei dir ist immer Wärme, Käthe." Sie wehrte ihn sanft ab: „Peter, wir können doch nicht auf der Straße so gehen." Er hielt ihre Hand im Muff noch fester, sein Arm preßte den ihren: „Käthe, die Zeiten sind vorüber, wo du eine Stallmagd warst. Ja, einen Stall hast du mir ausgeräumt, einen Augiasstall voll göttlichen Unflats. Ich habe gegen dich und mich und alles auf der Welt gewütet, alle Regeln der Kunst verhöhnt."
Sie sah seine übermüdeten, dennoch vor Leidenschaft zuckenden Augen:
„Peter, laß meinen Arm los ..."
„Nein, Käthe, nun nicht mehr!"

Sie lehnte sich im Gehen schwer an ihn. Er fühlte ihre Hüften, manchmal sogar ihre Schenkel.
„Peter, du, wenn uns die Leute sehen... ein Liebespaar!“
„Nein, eine Stallmagd anstelle der Muse!“
Sie lächelte sich alle ihre Grübchen ins Gesicht: „O weh, das ist ein schlimmer Scherz. Ich habe mir das den ganzen Nachmittag vorgeworfen: wie konnte ich dir in dein Bild reden!“ Er küßte kurzerhand ihre Backen mit den Schneeperlen: „Wie du das konntest? Es liegt in deiner Art. Du kannst ja mancherlei. Wenn ich daran denke, wie du damals nachts in Pelz und Hemd dastandest ... Was dich natürlich anmutet, davon redest du.“ Obwohl sie rot wurde, fragte sie fest: „War es nicht gut so?“
„Ja“, sagte er still, „und ich ahne, daß es auch heute gut war.“ Er zögerte eine Weile, dann kam es, fast traurig: „Es wäre wohl leichter für mich, wenn das neue Blatt nichts taugte. Denn so ... so habe ich in meinem Leben eigentlich erst ein Werk, das sich lohnt, ein einziges.“
Sie sah ihn an: „Peter?“
„Ja?“
„Peter ich glaube, was du da sagst, ist närrisch ... ja. Wenn die Leiter unten keine Sprossen hätte, könnte man sie nicht ersteigen.“ Sie wollte gleich, als sie zu Hause waren, das Blatt ansehen. Aber er hatte plötzlich Bedenken: „Nein ... erst wenn wir viel Zeit haben. Ich kann mich nicht wieder so von dir kritisieren lassen, und dann läufst du weg ... nein!“
Er half ihr, damit es schneller ging, und fütterte das Vieh. Als sie ihn zum Abendbrot rief, hatte er brennende Backen und rotgefrorene Hände, Heuhalme hingen ihm im Haar und auf den Kleidern, Mist an den Schuhen: „Wie bei einem Stallknecht“, lachte er, als sie ihn zurechtzupfte. Dann saßen sie am Tisch bei der Ofenbank und aßen. Käthe tat, als wäre es ein Fest. Sie hatte Schinken, Wurst und Käse aufgetischt. Zum Schluß öffnete sie ein Glas mit kandierten Waldbeeren. Dann ging er schweigend das Blatt

holen, und als sie das duftende Kompott aufgefüllt hatte, stellte er die Zeichnung einfach an die Lehne eines Stuhls.
Sie aß langsam weiter, bis der Teller leer war. Dann lehnte sie sich an seine Schulter, nahm seine Hand und drückte sie an ihr Herz. Endlich, endlich sah sie zu ihm auf und lächelte ganz glücklich: „Peter, wenn du weiter solche Bilder machst, die einen ergreifen – was meinst du wohl, was dann bald sein wird?“
„Nun?“
„Dann wirst du selber bald so hungern wie die Weber.“
Sie sprachen nichts mehr, gingen hinauf in die Kammer. Er hing das Bild an die Wand, so, daß sie es, in seinen Armen liegend, sehen konnte. Im Zimmer war es kalt geworden. Der Lichtschein flackerte, gespenstische Schatten an Wände und Möbel werfend. „So hat noch niemand die Weber hier gezeichnet. Es wird alle in Erstaunen setzen. Aber ich fürchte im Ernst, du wirst bald Hunger leiden. Bilder, die das Herz rühren, Bilder, die den Geist anklagen ... wer soll sie wohl kaufen?“
Er küßte sie auf die Stirn. „Ich glaube, jetzt ist das, was du sagst, närrisch. Vom Elend anderer gerührt zu werden, das ist für viele Leute ein Pläsier, das sie sehr hoch bezahlen. Wer geht nicht alles ins Theater, nur um sich auszuweinen. Nein, Käthe, derlei Sorgen brauchst du nicht zu haben. Sorge macht mir allenfalls die Haltung des Barons ... Käthe, wir sind in einem wunderlichen Preußen.“
„Oh“, sagte sie, „dann bring es nicht in Druck jetzt.“ Aber Peter schüttelte energisch den Kopf: „Du, wenn es etwas gibt, das Nördlingens Roman an Wert entspricht, dann dieses Blatt. Soll ich, nachdem du mich fast mit Gewalt auf diesen Weg gestoßen hast, soll ich jetzt feige sein, ganz gegen meine Einsicht – nur weil der alte Preußenstiefel gegen mich treten wird? Ah, was heißt feige! Soll ich die Leistung verleugnen, die einzige bis jetzt, die beweist, daß ich nicht nur den Aristokraten dazu diente, die gequälte

Erde in schöne Nebel zu verhüllen. Käthe, so seltsam ist das Leben: vor ein paar Stunden noch habe ich von dir und mir in der Welt nichts mehr wissen wollen – dieses Bildes wegen. Inzwischen hat es mich selbst so verwandelt ... Käthe, lache nicht! Es muß wohl auch Geburten von Ideen geben. Sie haben ihre Schmerzen und ihr Glück. Man kann ein Kunstwerk schaffen, aber dann beginnt es sein eignes Dasein zu entfalten. Auslöschen kann man es nicht wieder. Das Bild vor uns wird wachsen, wird Menschengeister wecken zu Haß und Liebe ..." Sie richtete sich plötzlich auf und blies das Licht aus, sagte dann nachdrücklich und ernst ins Dunkel: „Das, Peter, solltest du in unseren Bergen lernen: zu lieben und zu hassen."
Er schwieg betroffen, meinte dann, zögernd: „Ich habe von meinen Lehrern gelernt, in allen Dingen Maß zu halten. Aber ..." Da er sich selbst unterbrach, setzte sie fort: „Entweder halten alle Maß, oder die Maße werden zerbrochen. Sieh, das gefällt mir so an unserm Berggeist. Du weißt, er hat einst unter Menschen leben wollen nach Menschenmaß. Er schloß die redlichsten Verträge mit Bauern, Hirten, Priestern, Richtern. Bis er sah, daß die Redlichkeit meist nur ein Vorwand war, die andern auszuplündern. Der Bauer ließ ihn täglich länger schuften, der Hirte gab ihm immer weniger zu essen, der Priester verpraßte die Almosen der Armen, der Richter sprach frei, wer ihn bestach. Die Menschen hätten unsern guten Gnomen fast verdorben in seinem redlichen Gemüt. Doch lernte er sehr rasch und setzt seither auf einen Schelmen anderthalbe. Dem, der ihm seine rechte Backe streicht, schlägt er sofort die Zähne ein." Sie hielt inne. Peter zog sie langsam wieder in die Kissen zurück, zu sich. –
Er neidete ihr den Schlaf, der ihn floh. ‚Nein ... nicht Gewalt anwenden! Mag es Käthe, mag es Fiebig ... mag es sonstwer und in aller Namen auch der Berggeist! Ich glaube an den Menschengeist. Man muß ihn zwingen durch die Waffen der Verachtung.'
Endlich, gegen Morgen, schlief er ein, heimgesucht von

schweren Träumen. Ein steiler Pfad führte ihn zum Kamm hinauf. Schweißtriefend über Felsen kletternd, redete er vor sich hin: ‚Der Mensch sprach: Lasset uns Götter machen, ein Bild, das uns gleich sei. Und da sie ihm wirklich glichen, ergrimmte er über die Götter, denn sie waren sein Spiegel.' ... Nun stand er oberhalb des großen Teiches, und plötzlich rutschte er mit rasender Schnelle, klatschte in eisiges Wasser, und seine Zähne klapperten rak-kerak wie Wiesenhütters Webstuhl. Doch Peter sank noch nicht unter, er saß auf einem Holzgestell und hatte an den Händen breite Leder wie der Krüppel in Warmbrunn. Damit ruderte er verzweifelt, bis er schließlich doch absackte. Da schrie er vor Angst auf: ‚Rübezahl, Rübezahl!' Und kaum war der Schrei vom Echo aufgenommen, da hockte es sich ans Ufer, das Gerippe aus seinem Bild, und schlug mit einer langen Peitsche nach ihm. Es traf ihn auf die rechte Backe, und Peter schloß vor Schmerz die Augen. Da kam ein riesenhafter Ziegenbock und stieß den Tod von hinten in den Teich. Peter schrie mit letzter Anstrengung: ‚Berggeist, Berggeist! Rette mich!' Da wurde der Ziegenbock ein Riese, ein Riese mit glühenden Augen und einem brennendroten Bart, aus dem ein breites Gebiß traurig herausbleckte. „Das kann ich nicht, dich retten. Wer weder liebt noch haßt, der gehört ins Wasser, aber nicht zu uns auf die Erde."
Das Wasser stieg Peter gurgelnd an den Hals. Er brüllte auf ... starrte ins Leere, ins schwarze Nichts. Aber das Wasser war heiß, und plötzlich hörte er Käthes Stimme ganz nah und voller Sorge. Dann flammte Licht auf.
„Peter?"
Er zuckte frierend mit den Schultern: „Ich habe ihn im Traum beschrien, und er hat mich beinah ersäuft droben in den Bergen, beim großen Teich ..."
Fiebernd sank er zurück in die Kissen.

XIV.

„Den Quatsch bilde dir ni ein, du!"
Krüger wurde rot. Noch vor kurzem war er weiß vor Kälte gewesen. Er stemmte sich mit den dicken Schenkeln gegen die Tischplatte, die kleinen Gläser neigten sich und klirrten. Krüger kam schwer ins Reden, aber dafür dachte er leicht: ‚Stenzel wird bei seinem Vorsatz bleiben wie immer – der Quatsch wird gar nicht sein gelassen ...'
Vier von den Männern spielten Karten, nicht laut wie in den Kneipen. Sie halfen sich nur warten.
Die Baude, hoch, nicht sehr weit von der Kammhöhe gelegen, hatte einen Wohnraum und eine Kammer. Die Bretterfugen waren gut verschmiert, der Wind konnte nirgends hindurch – so wenig wie ein neugieriger Blick.
Hier oben hauste die Schäferin Juliane, hier kochte sie, bewahrte Karten und Schnaps auf, Lebensmittel und Kleider. Die andern Dinge hier gingen sie nichts an; die lagen unter dem Kammerboden, und es gehörten mehrere starke Männer dazu, die Bretter anzuheben, die den Eingang zum Keller deckten.
Juliane wirtschaftete aus dem vollen. Man war gewohnt, sich in diesem Kreise satt zu essen; auch nahm man der Familie gern ein paar Eier mit, Käse, ein Huhn, was gerade da war, oder etwas für besonders arme Leute im Dorf.
Jetzt knetete sie Klöße rund, derweilen briet eine Rehkeule. Die Männer hatten Hunger, und Stenzel aß für zwei.
Krüger steckte den Kopf durch die Kammertür:
„Zwirn noch nicht da?"
Sie stemmte den feisten Arm mit dem Kochlöffel in die Hüfte: „Zwirn kommt mit Stenzel oder gar ni." Sie kniff eins ihrer lustigen Äuglein zu und schnappte mit den Lippen. Krügers Kuß war von beträchtlichem Zeitmaß. Endlich schob sie den runden Mann auf einen Stuhl und legte ihm ein Stück Streuselkuchen vor; der war zwar altbacken, aber sehr süß. „Pflaumenmus dazu?"
„Nee, bloß zur Nacht vielleicht. Ob ich hier bleiben kann?"

Sie fischte fertige Klöße aus dem Topf: „Wenn du den Zwirn ni wieder störst beim Schlafen ... Er hat gesagt, wenn das noch einmal is, daß wir ihn wecken, da zieht er aus, und wenn er draußen müßt im Schnee erfrieren. Es wär keine Art ni von uns beiden, wo er die älteren Rechte hätte auf das Bett. Und dabei muß ich sogar zu ihm halten, er is mein Mann, und seine Ruhe braucht er."
„Nu ja auch", nickte Krüger und biß vor Verlegenheit ein zu großes Stück vom Kuchen ab. Unfähig, ein Wort herauszubringen, stapfte er in die Stube zurück, von wo man ihn laut gerufen hatte: „Ehe sie dich haben zum Militär geholt, was warst du da?"
„Lehrer."
Der Frager triumphierte: „Seht ihr's, recht hatt ich!"
„Und einmal werd ich's wieder sein", ergänzte Krüger. Es klang ihm selbst etwas überheblich, aber er war sich diese Hoffnung schuldig.
„Nu ja, nu ja, das wird sich alles finden. Jetzt sollst du uns bloß sagen, was du von der Geschichte meinst!" Das rief einer, den sie Narbe nannten, vielleicht der Pocken wegen, die ihm als Kind das Gesicht gezeichnet hatten.
„Wo ihr schon Quatsch dazu gesagt habt?" Krüger, der sonst gern einen Rat gab, zog sich enttäuscht zurück. „Das hat der Stenzel so entschieden!"
„Nee, nee, was andres! Dem Jirak haben sie erzählt von dem, was so ein Schulmeister von unserm Berggeist aufgeschrieben hat. Da sollst du deine Meinung sagen."
Jirak, aus Prag gebürtig, als Fischereiaufseher im Gebirge angestellt, war beim Kassieren einer klösterlichen Teichwirtschaft zu weit gegangen. Nun saß er hier. Unter großer Anteilnahme der andern gab er seinen Bericht: „Also, daß wir den Berggeist haben hier, so schreibt dieser Mensch, das is euch auch von einem solchen Krieger her aufgekommen. Da war so ein Soldat in alten Zeiten desertiert. Wie sie versucht haben, ihn zu fangen, is er ihnen immer höher ins Gebirge gestiegen, es war den Häschern sehr beschwerlich und den Behörden bald zu teuer, so haben

sie's in die Akten gegeben, daß er ein verschollenes Individuum sei und man auf ihn vergessen möchte. Er hat sich lange verborgen – bloß daß die Köhler manchmal Rauch und Feuer sahen von dem, was sich der Deserteur gebraten hat. Bis ihm ein Kleid verschlissen is, so hat er sich's aus Fell ersetzt, und schließlich hat er nur noch so ein Pelzzeugs angehabt. Auch is ihm das Haar gewachsen wie bei Weibern, und er hat's zu einem Zopf zusammengegeben, daß er, herich, den Bart in seinen Gürtel stecken konnte, so lang war der geworden. Drauf, als ihm genügend Jahre um gewesen sind, hat er sich manchmal rausgewagt auf einen Acker und Rüben ausgezogen. Er möcht heut Kartoffeln bevorzugt haben, aber es hat noch niemand an Amerika gedacht, und man hat sich die Erdäpfel damals mit Rüben ersetzen müssen. Die Menschen haben ihn für einen Gnom gehalten und auf den Zopf hin Rübenschwanz genannt, was damals Rübenzagel hat geheißen. Wie sich's der Rübenzagel überlegt hat, daß ihn die Leute scheuen, so hat er's bald getroffen, Kinder und Beerenweiber in Angst zu bringen; was sie liegen ließen, hat er sich behalten.
Mal aber hat er so eine saubere Jungfer Emma angetroffen, daß er ist drüber ganz verdreht geworden, hat um sie schöngetan und scharwenzelt, bis sie ans Dorf gekommen sind. Dort aber haben sich die Hunde an ihn herangeschnuppert, und weil sie einen fremden Menschen rochen, so haben sie ihn angefallen. Natürlich hat's dem Rübenzagel nicht dafür gestanden, für eine Herzenssache eine Beißerei mit diesen Kötern anzufangen, wo noch dazu die schöne Emma herich die Viecher auf ihn hetzte. Drauf hat er sich zurückgezogen, und alles hat ihn so verdrossen, daß er sich niemand mehr gezeigt hat. Er is vielleicht gar ausgewandert. Doch weil's die Weiber so brauchen konnten für ihre Kinder, daß sie im Walde folgen sollten, so haben sie fort gerufen: ‚Der Rübezagel wird euch holen!' Das wäre herich alles, was wahr an unserm Berggeist sein möcht, und wer es ihm besser wüßte, solle ihm schreiben, dem Schulmeister."

„Er möcht sich ni vor Briefen retten können“, grinste Juliane, die von der Küchentür her zugehört hatte. „Oje ... er möchte selber Augen machen, wenn’s umgeht hier und faucht und blitzt.“
„Dich hab ich ni gebeten“, sagte der Pockige, „der Krüger soll’s uns nach der Vernunft ausrichten.“
Des einstigen Lehrers Zunge löste sich rascher, als das die Männer bei ihm gewohnt waren; er lachte sogar verschmitzt: „Das ist eine artige Kunde, man nennt es hohe Aufklärung – so wie da neulich ein Abbé geschrieben hat, die meisten Heiligen sind eine Sage und haben nie gelebt. Manche auch, wie Sankt Georg beispielsweise, der ist ein Halbgott von den alten Griechen her mit Namen Perseus. Und gar die Jungfrau Maria, da wäre eine Göttin, Isis geheißen und aus Ägyptenland. Mit sowas kannst du alles dir erklären, ich habe nichts dawider. Bloß darfst du nicht vergessen, daß dein Soldaten-Rübenschwanz halt auch so ein Phantasiegebilde ist. Daß sich’s gut reimt, macht deinen Vers nicht wahrer.“
„Was möchtest du so von den Geistern halten?“ erkundigte sich Jirak, da ging die Tür auf. Stenzel trat ein und mit ihm ein Mann, bei dessen Anblick klar wurde, warum er Zwirn hieß. Sowie dieser dürre Mensch hinter Stenzels massiger Gestalt sichtbar wurde, roch es nach Schnaps. Es war dem Zwirn erlaubt, jederzeit zu trinken, denn er wurde nie betrunken. Unsicher im Gang hingegen und zittrig in den Händen war er bei Nüchternheit.
Stenzel grunzte den andern zu und öffnete den Mantel. Zwirn rief mit hoher Stimme nach Essen, und Juliane brachte einen Berg Teller. Nach einem Blick auf Stenzel errötete sie plötzlich: „Das is ... kann man sagen ... nu nee! So despektierlich brauchst du ni zu sein, auch wenn’s bloß ich bin! ... Derart ohne Scham!“ Alle folgten ihren empörten Blicken: aus Stenzels Hosenlatz hing in voller Länge heraus, was den Männern eigen ist. Er sah an sich herab, tat selbst etwas geniert, brummte: „Pardon“, nahm ein Brotmesser vom Tisch, ein kräftiger Schnitt, und er

warf das beanstandete Etwas achtlos auf die Diele. Frau Juliane färbte sich zusehends weiß, bleckte die Zähne und plumpste mit ihrer ganzen Fülle nieder, ehe sie jemand halten konnte.

Sie schlug sich viele blaue Flecken und verstauchte die rechte Hand, aber sie kam durch den Schmerz rasch zu sich. Alle grölten. Stenzel leistete zerknirscht Abbitte. Sie verstand eine ganze Weile überhaupt nicht, was er redete, und schloß sofort die Augen wieder, als Zwirn ihr etwas vor die Augen hielt: „Sieh doch, Julia, es is nur von einem Kuheuter. Ein fauler Witz, so richtig von Stenzel, den kennst du ja ... nu, es sah sehr echt aus, sehr natürlich. Ach Mutter, nee, der Stenzel wird sich doch ni selbst verstümmeln." Als sie den Irrtum endlich erkannte, ging sie beleidigter noch als zuvor hinaus.

„Ein Luder bist du, Stenzel. Wo du bloß immer all die Rackereien her hast", beschwerte sich Krüger, „mich hätt's – ganz ehrlich – fast genauso umgelegt, wo ich's doch ohnehin schon mit der Niere habe."

„Nu, nischt für ungut", brummte der Hüne, schob sich einen Stuhl zurecht und legte eine schöne Schweizer Taschenuhr vor sich, „in einer halben Stunde ..." Dann begann er zu essen.

„In einer halben Stunde, was?"

„Frag ni so dumm, mein Krüger."

„Ich frag ni aus Dummheit." Er schielte zu den anderen, und Stenzel verstand jetzt: „So?" Er sah mitten im Zubeißen auf, ein halber Kloß stand ihm vor dem Mund.

„Die Kumpanei hier will nicht glauben, daß sie das Vorwerk heute nacht keinen Dreck nicht angeht." Nun sahen sie alle zu dem Esser.

Der halbe Kloß fiel in die Tunke zurück. Gutmütig schmatzte er: „Keiner braucht ja von euch. Mir sind die Waffen wichtiger. Der Mond scheint helle, kalt is, ganz leichte Arbeit. Zwirn übernimmt den Posten draußen; wenn's sein muß, mach ich schon das andre allein. Keinen Gezwungenen kann ich ni brauchen."

Einige erhoben dennoch Einspruch: „Es is, daß wir meinen, von Waffen haben wir genug."
Der bärenhafte Mensch zerbrach einen Knochen und sog ihn aus: „Es is, daß ich meine, wir sind jetzt im Vertrag mit Fiebig, und der braucht die Gewehre."
„Kann die Meierei ja lachen", gab der Pockennarbige enttäuscht zurück. Stenzel setzte den Teller an die Lippen und leckte ihn leer: „ . . . kann lachen. Besonders, wenn ich denke, daß sie bis übermorgen einhundertfünfzig Schafe wird verkaufen."
„Bargeld?" Krüger pfiff begeistert. „Und wieviel müssen's sein von uns?"
„Soviel als heute mitgehn", brummte Stenzel satt. „Jetzt macht euch sachte fertig." Er wischte mit dem Handrücken das Fett vom Munde. Die Männer gingen in die Küche. Der Pockige stieß Stenzel im Vorbeigehen an:

„Bei uns zu Hause is kein Krümel mehr zu fressen, die haben sich auf mich verlassen für morgen. Und was is gar mit Anton? Der wird gesucht, der kann gleich gar ni mehr nach Hause."
Stenzel stand auf: „Hol dir bei mir daheim, was du gebrauchen tust. Und Anton bringst du mit auf'n Boden derweil. Ach, ihr Kerle! Keine Ahnung habt ihr, was die Waffen jetzt bedeuten! Kann sein, auf später heult ihr mir was vor aus Dank. Es is doch ni für ewig, daß wir als Banditen leben können!"
Jeder, der aus der Küche zurückkam, hatte ein pechschwarzes Gesicht, aus dem die Augen hell herausblitzten. Gewehre wurden überprüft, Messer am Ölstein nachgeschliffen.
„Wer ist denn das, der jetzt beim Exner wohnt? Ob der Geheimdienst macht etwa?"
Stenzel sah gar nicht auf, er verpackte Patronen:
„Der? Maler is er doch, ni wahr?"
„Ja ... von Warmbrunn aus angestellt. Er schmeißt mit Geld herum, macht sich an Leute, die ihn nischt angehn."
„Tun wir auch", nickte Stenzel. „Ich kann ja Zwirn mal sagen, daß er rumhorcht. Zum Geldrausschmeißen haben's die Geheimen ni. Und was ein Künstler is – die sind doch meistens halbe Narren. Jetzt los!"
Bläulich und blendend strahlte der Schnee das Licht des Vollmonds wider. Die Luft war jetzt so eisig, daß man sogleich die Nase mit der Hand schützte.
Lautlos wanderten die Männer dahin, dem Walde zu, der sie rasch schluckte. –
Eine halbe Stunde horchte Juliane in die klare Nacht. Dann fielen Schüsse, hart bellend. Sie faltete die Hände: „Herr Jesus", flehte sie, „sieh es ni an jetzt, was sie tun! Sind alles arme Schlucker, unsre Männer! Sieh's ni als Raub an! Vergib die Sünde ..."
Da hörte sie endlich einen Schuß nachhallen, das Zeichen des geglückten Überfalls, und heiße Danksagung stieg aus ihrer gequälten Brust:

„O du mein Gott und Trost, der du den Arm des Schwachen stärkest, daß seine Feinde fallen wie Gras vor der Sichel!“

XV.

Der Physikus von Warmbrunn war persönlich gekommen, die Gräfin verlangte genauen Bericht.
„Also vielleicht der Temperaturwechsel in der Manufaktur, wie? Ja, der ist sehr ungesund. Oder seelische Erregung? Auch die erzeugt leicht Fieber. Viel Schlafen, ja. Und das zu heiße Blut muß heraus!“
Peter ließ das linke Bein aus dem Bett hängen, Käthe stellte eine Schüssel warmes Wasser unter den Fuß. Sorgsam umwickelte der Arzt die Wade, der stählerne Zahn des Schneppers schlug an. Die ersten roten Tropfen sprangen bis über den Schüsselrand. Sorgsam prüfte der Physikus den Druck des nachquellenden Blutes. Käthe wurde das Atmen schwer, der Geruch des Blutes machte sie bleich. Peter sanken bald die Lider zu. Die Muskeln wurden bleiern vor Mattigkeit. „Wie? Ja ... Hühnerbrühe, Reis ... und für den Hals Kamillen. Sorgt Sie für ihn? Ja, also gut. Sie schickt mir täglich Nachricht mit der Post!“
Das Fieber wütete in Peters Körper. Ohne Schmerzen, meist auch ohne Besinnung, lag er zwei Tage und Nächte. Während die Scheiben der Fenster vom Sturm gefegt wurden, während das Holz beständig im Ofen prasselte, während Käthe nicht mehr aus der Kammer wich, bekamen seine Wangen Gruben. Die Tränensäcke lagen bald blau unter den tiefen Augen. An den Schläfen schimmerten die Adern mit jedem Tag deutlicher durch die Haut.
Tief war sein Schlaf, tiefer noch sein Wachen. Es holte weit aus. Die Gegenwart sank ab. Das Gewesene wurde zum zweitenmal. Die Ewigkeit gab ihre Toten wieder.
Peters Bruder kam als erster, der kleine dunkellockige Knabe: ‚Burgen haben wir aus Ton gebaut, weißt du noch? Und sie bemalt und dann beschossen. Hui – batsch!

bröckelte der stolze Bau. Der Dunkellockige bekam ganz runde Augen und knallrote Backen. Ja, das ist das Haus in der Langengasse, hinten reicht der Garten bis an die Wehrmauer, dort steht die Laube aus Geißblatt ... an den Rosenstöcken sind runde Glaskugeln, die sonderbar komisch die Gesichter verzerren ... sieh nur hinein!' –

„Meine Mutter war eine schöne Frau, Käthe, sie konnte aber auch sehr schimpfen. Sogar mit Vater ... Viermal hab ich einen Vater gehabt. Einmal, als ich mit dem lockigen Thomas auf dem Markt Brezeln gestohlen hatte. Da weinte die Mutter. Und der Vater nahm mich auf sein Zimmer, in dem er immer schrieb, und schlug mich, bis ich mich am Boden wälzte. Doch es war gut, denn ich konnte mit Umschlägen zu Bett liegen, und Mutter streichelte mich und sang mir Lieder vor und glaubte auch, daß ich kein Verbrecher würde deshalb ...

Und als ich zwölf Jahre alt war, da hat Vater einmal Zeit gehabt und mit mir abends Schach gespielt und geschmunzelt, weil er mich nicht gleich besiegen konnte. Ich wurde stolz auf meinen Vater. Als Thomas gestorben war, hat er sehr geweint. Und zur Mutter hat er gesagt: ‚Nun habe ich nur noch einen Sohn. Er soll studieren.'

Und schließlich, aber da war ich schon aus Paris zurück, und er war nicht mehr im Amt, der Herr Magistratssekretär Johann Gotthold Wost, saß in meinem Zimmer und sah aus wie ein Greis. Mutter schrie und schlug auf den Tisch, daß die Tabaksdose umhersprang: ‚Elender Wicht, dein Sohn soll es hören, daß du auf deine alten Tage ... nein, nein ...'

Und er sah von der Mutter zu mir mit bekümmerten Augen und war gar kein Herr mehr: ‚Mein Sohn, sie glaubt mir nicht, daß ich dem Fräulein nur die Nelken aus dem Garten brachte ... nie etwas Ehrloses getan ...'

‚Nein', jammerte die Mutter, ‚es ist ja alles in Ehren – daß du sie täglich zwei Stunden besuchst, um mit ihr zu beten ... und ihr ein Darlehn ...' Noch nie hatte Mutter so geweint, und ich spürte zum ersten Mal: Vater ist ein Mensch und kann Fehler begehen. Hörst du noch, Käthe?"

„Ich höre, Peter.“ Sie hielt seine Hand und suchte sich durch das hindurchzutasten, was sich ihm immer mehr verwirrte, als wäre er selbst in allem wieder gegenwärtig. „Und vor Paris, meine Flucht ... Als ich grade ins Haus will aus dem Garten, kommt vorn ein Korporal herein, kräht: Achtung! Und dann der Werbeoffizier. Vater verneigt sich und liest ein Schriftstück, sagt: ‚Wenn es die Obrigkeit befiehlt ... Ich wollte ihn studieren lassen.‘ Sie haben auf mich gewartet, daß ich nicht weg konnte. Mutter packt alles, hat einen roten Kopf vor Erregung ... näht mir Dukaten ein, ruft mich ins Nebenzimmer: ‚Peterle, du gehst erst mit, damit der Vater hier kein Ungemach hat.‘ Und dann: ‚Mein Einziger, du sollst nicht töten – gar in Amerika und für die Engländischen. Und nicht getötet werden. Ich werde in Gedanken bei dir sein ... der Herr segne dich und behüte dich, er lasse sein Angesicht über dir leuchten und sei dir gnädig, Amen!‘
Marschieren ... marschieren ... Staub, Staub, Bauernburschen, Handwerker, Studenten. Neben mir der breite Dachdecker mit dem roten Gesicht ... wie ihm die Fäuste zucken, immer wieder. ‚Gegen Morgen‘, wispert er. Wie es dunkel noch ist, kriechen wir aus unsern Decken. Der Dachdecker, dachte ich mir, hat selbst im Dunkeln noch rote Backen. Und der eine Student, wie hieß er noch? ... Ich sehe ihn so deutlich, er hatte die Auszehrung damals schon. Zur Wache sage ich: ‚Wir müssen mal!‘ Der Posten, so müde, so müde, ein hageres Bürschlein mit zutraulichem Gesicht und auf sein Gewehr gestützt wie auf eine Krücke, war wohl auch nur in den bunten Rock gepreßt. Aber den Dukaten wagte er nicht zu nehmen, den ihm der Student hinhielt. Und das war ein Zeichen, das er selber gab ... Die Faust des Dachdeckers trifft ihn hinter das Ohr wie ein Hammerschlag, und ihm brechen die Knie ein. Er dreht sich halb um sich und streckt sich dann im Grase aus ... Ich kann vor Seitenstechen keinen Schritt mehr laufen. Wir sind schon dicht an der Grenze ... und der Dachdecker steckt dieselbe Faust durch meinen Arm und zerrt mich

so ... marschieren, marschieren bis Paris. Und damals war ich zwanzig Jahre alt ... und es ist zwanzig Jahre her." Peter war jetzt ganz wach. „Käthe, es könnte soeben geschehen sein. Was ist die Zeit? Diese Flucht von kaum zwei Tagen steht immer wieder vor mir – und viele Jahre sind vergangen, und ich weiß deren Inhalt kaum. In Paris war es lustig, solange die Dukaten reichten. Dann kam die Kellerwohnung, in der das Wasser von den Wänden tropfte. Die Kupferplatten beschlugen, und das Papier war nie ganz trocken. So kam die Dachkammer, in der das Papier stets trocken war, aber die Hände wurden steif von der Kälte, und statt zu stechen, mußte man ins Bett, sich wärmen. Und wäre nicht Yvonne gewesen ... sie war elf Jahre älter als ich ... Aber wenn ich heute bedenke, daß sie zu meinen Eltern fuhr und ihnen die ersten Stiche brachte und die Zeugnisse der Lehrer und mir das Geld von daheim und Nachricht, ich könnte nun getrost schreiben, ich hätte es lange schon können, denn bei unsrer Flucht sei gar kein Mord geschehen und Vater habe insgeheim sogar ein Lob erhalten, denn alle Ratsherren haßten die Soldatenwerber mitsamt dem Landesherrn ... Yvonne – wenn ich sie nun geheiratet hätte, Käthe, sie ist einundfünfzig Jahre alt, falls sie noch lebt; sie hatte einen kranken Magen. Ich war ihr herzlich dankbar, und sie wurde voller Haß. Da haßte ich sie auch, weil sie die Dankbarkeit verhöhnte. Mit zwanzig Jahren kann ein Mann nicht richtig lieben. Mit zwanzig Jahren ehrt er seine Lehrer ... Pierre Drevet beherrschte die Akademie, obwohl er längst gestorben war ..." Peter horchte plötzlich; Käthe sah, zu Tode erschrocken, wie sein Gesicht sich gleichsam durch die Wände bohrte. Er richtete sich auf, wollte aus dem Bett, sie hielt ihn nur mit Mühe. Er redete auf sie ein: „Warum lacht dieser Hendrik Lough so hämisch? Ich habe gehungert für die Technik Drevets. Ich habe auf Reisen verzichtet! Ich habe meine Stunden der Liebe entzogen und sie in Quälerei verbracht, geübt habe ich wie ein Besessener, um Punkte zwischen Linien gravieren zu lernen! Ich habe tagelang den Arm nicht heben können, von dem breiten Backenstichel überanstrengt. Und dieser blonde Hund lacht! Dieser brabantische Bulle brüllt, was ich da mache, sei ein miserables kaltes Handwerk, geleckte glatte Hofkunst! *Radieren* hat die Zukunft? Kein Mensch von wirklicher Begabung sticht? – Den Drecksmalern redest du zu Munde! Deinem Rembrandt, deinem Ruisdael und Jan Steen! – Braut Ihr nur Eure Säuren, ätzt mit Vitriol! Der Stichel ist für Armeleutemaler viel zu schade... Besseres Eisen als dein Degen... lüpf ihn nur nicht, ha! Ich bin an Stahl gewöhnt... Platz, Freunde... laßt den Stecher stechen...

Hendrik Lough ... das haben wir doch nicht gewollt?! Oh, hättest du mich doch nicht so gereizt! Nimm *meine* Lunge, hörst du ... oh, du darfst nicht sterben ..."

Käthe konnte den Weinenden kaum halten. Er sank in sich zusammen.

Sie wischte den strömenden Schweiß von der Stirn, gab ihm zu trinken.

Allmählich atmete er stiller.

Dann fragte er plötzlich: „Käthe, war niemand hier? War ..."

„Hendrik Lough?" Er unterbrach sie gleich: „Ja, habe ich von ihm geträumt? Von unserem Kampf, nicht wahr? Höre, wir wurden später die besten Freunde, der Hendrik Lough und ich. Nie hat er nämlich meine Kunst für endgültig genommen: ‚Peter, werde älter! Die Menschheit wird dir einst die Würde aberkennen, für sie gekämpft zu haben: Mit seiner großen Fertigkeit ist er zu Hof gekrochen, ihm hat das Laster seiner Zeit wie Rosenduft gerochen', das sang er oft. Doch an dem Stich meines Degens starb unsere Feindschaft. Ich habe um ihn gelitten, als er siech lag. Aber ich habe mich ihm nicht gebeugt. Göttinnen grub ich ins Kupfer. Lieblichen Frauen wurde die Jugend erhalten im Bilde. Und niemals bin ich zu Hofe gekrochen! Oh, wenn das wahr ist, was du stets gelehrt hast, Hendrik Lough, dann komme ich zu dir ins Reich der Schatten mit einem einzigen Blatt Papier, laß mich, laß mich! Geh wieder nach Amerika, in dein Grab unter dem Sockel deines schönen Denkmals, und warte auf mich!“

XVI.

In diesen Tagen, in denen das Fieber nicht sinkt, sitzt Käthe meist neben dem Bett. Sie heizt nur die Kammer und holt ihm das wenige, was er ißt. Selten sind die Stunden, in denen er wach mit ihr spricht. Meist sieht er an ihr vorbei in das helle Rechteck des Fensters, das sie mit einem Tuch verhängt hat. Bunte Kastanienblüten und grasgrüne Blätter sind auf den Kattun gedruckt, und ihre grotesken Formen fesseln das Auge des Kranken. Er stellt sie zu neuen Figuren zusammen, sieht Gesichter, Gestalten, Landschaften in und zwischen den Ornamenten. Dann und wann ist Peter mit freundlichen Blicken bei ihr, lächelt wie ein ganz Gesunder, bittet um einen Schluck Milch, betastet ihr Haar und streichelt ihre Hände.

Exner läßt sich nie sehen. Krankheiten sind allesamt ansteckend – gar eine Krankheit, von der man den Namen nicht weiß. Außerdem hat Käthe ihm alle Haus- und Stallarbeit überlassen, sie macht sie einfach nicht. Nun, man wird es sich bezahlen lassen! Vielleicht reicht es zu einer zweiten Ziege, das Fieber.

Fast Tag und Nacht brennt Licht bei Peter, denn die Tage sind von einem triefenden Grau. Manchmal, wenn Käthe vor die Haustür tritt, um ein wenig Bergluft in die Lungen zu pumpen, sieht sie die Sonne wie einen öligen Fleck in der gleichmäßig verwaschenen Farbe des Himmels, an dem sich keine Kontur einer Wolke mehr abhebt. Und auch alles andere ist ineinander geschwemmt. Berge, Wälder, Felsen und auch die Talmulden – als stünde die Welt stille in diesen Tagen und warte ab, ob man noch länger im Winter verharren oder bald mit dem Schmelzwerk beginnen solle.

Tschapek stapft vorbei. Er ist für den Waldgang fertig,

grüßt Käthe: „Nun ja, Mamsell … auch Schweres wird wieder leicht.“ Er ist väterlich-höflich seit Peters Krankheit. Es habe sich im Forsthaus mancherlei herumgesprochen von Warmbrunn her, Herr Wost stehe in großer Gnade bei der erlauchten Frau Gräfin. „Man hört, man hört, Mamsell … nu ja, Fräulein Käthe, Ihr habt einen guten Verstand, Euch mit den Menschen richtig zu schikken. Ihr habt, wenn man so sprechen soll, ein feineres Blut in den Adern als hier die Leute so.“ Und er schielt, halb lächelnd, halb besorgt, wie sie es nehmen würde, nach ihren Augen. Die lachen nicht und weisen auch nichts zurück. Exner mag inzwischen wohl sehr bemüht gewesen ein, das Ansehen Käthes zu heben. Niemand wagt mehr, ihr einen frechen Blick zu senden, geschweige denn ein zweideutiges Wort.

„Geht Er in den Wald?“

Tschapek zuckt nicht einmal, er nimmt die Anrede wie eine Selbstverständlichkeit. Sie kann ihn jetzt mit „Er“ anreden, sie kann, ja, ja. Man ist ein alter Korporal. Und so ein Frauenzimmer, das steigt auf, das wird noch manchen mit „Er“ anreden oder auch gar nicht mehr vielleicht. Mitunter muß man sich doch wundern, was aus dem Weiberfleisch so wird. Den Hintern hier hat er schon zweimal fast gestreichelt. Das darf man gar nicht mehr bedenken jetzt, daß man sich sowas unterstanden hat. „Nu ja, in den Wald, Mamsell … es sind wieder viel Wölfe rübergewechselt. Die vorige Woche haben wir einen gefangen, mager wie ein Skelett. Auf'm Friedhof zu Hermsdorf hat er bei so einem frischen Kindergrabe gekratzt, wo er dachte, die Erde is noch ni durchgefroren. Und rüber auf die Baberhäuser zu, da hat eine von den Arbeitsfrauen, die hat Blut gespuckt in'n Schnee – ni wenig, verflucht ni wenig. Da haben die ganze Nacht ein paar Wölfe keine Ruh ni gegeben und allen Schnee gefressen. Aus den Bauden hat sich so ein junger Bursche rausgemacht mit einer Sense und hat in ihre Beine reingemäht, wie wenn's Getreide wär. Sind auch ein paar liegen-

geblieben. Aber wie er den einen nu vollends totschlägt, da kommt eine ganze Meute an. Er is noch schnell ins Haus, der junge Mensch mit dem toten Biest, da kratzen die andern schon an der Tür. Es soll sich furchtbar angehört haben, draußen das Gejaule von den verwundeten Viechern, die sie zerrissen haben, und das Knurren und Schmatzen, wenn sie die Knochen zerbrachen. Na, denen drinnen hat es auch ni schlecht gemundet. Man gönnt es ihnen ja – wenn sie nur möchten die Felle abliefern, diese Banditen! Aber sie schaben die Haare dran runter und verkochen die Haut dann zu Sülze. Als wenn so ein Wolfsfell ... nu eben, das is doch ein guter Pelz, man kann doch ni alles gleich fressen wollen, zudem, was dem Herrn gehört. Nu adje, Mamsell, und respektierlich wünsch ich Gesundheit dem Herrn Wost. Und wenn er sich vielleicht erinnern tut ... das Eichhörndl von seinerzeit, das hat sich gut eingewöhnt, es frißt mir aus der Hand wie ein Mensch."
„Fressen Ihm die Menschen aus der Hand?" fragt Käthe und zieht die Augenbrauen hoch. Tschapek lächelt verlegen mit seinen beiden Vorderzähnen: „Nu, man spricht bloß so, Mamsell, weil diese Eichkater beinah wie die Affen ... sie haben doch kleine Pfoten richtig; bloß so, versteht Ihr? Nee, nee, daß mir die Menschen haben aus der Hand gefressen, is lange her, wenn man Rekruten will als Menschen nehmen."
„Wenn's schon an dem ist", lenkt Käthe ein, „dann sollte man vielleicht die Biester, die man fängt, in die Bauden geben." Aber der alte Hilfsjäger schüttelt bedauernd den Kopf: „Das geht bloß ausnahmsweise mal und wenn wir's doch nimmer ändern können. Das möcht sonst ... nu ne! Von was sollen denn unsre Hunde leben? Etwa von Brot und Kartoffeln?"
Er stapft grüßend bergauf. Die Fangeisen auf seinem Rücken klappern, und zwischen ihnen hängt der Schwanz seiner königlich-preußischen Perücke, dünn, aber steif gewickelt.

Käthe schiebt die frierenden Arme unter die Schürze, geht wieder hinauf. Als sie den heißen Tee vor Peter stellt, erschrickt sie: das Fieber ist gestiegen.
„Peter ... Peter?“
Er neigt nur wenig den Kopf, die Augen öffnen sich müde – schließen sich, nachdem sie lange auf Käthe geruht haben. Auf Käthe? Sie weiß nicht einmal, ob er sie erkannt hat. Der Puls ist bald matt, dann wieder heftig pochend.
„Peter, soll ich den Bader holen? Zu einem Aderlaß? Ach, ob ein Aderlaß jetzt gut ist?“
Er schüttelt leise den Kopf.
Ist das derselbe Mensch, der noch vor wenigen Tagen neben ihr lag? Ist das noch ein Lebender, dem die Augen so eingefallen sind, dessen Augen, halb gebrochen, glanzlos lächeln? Dessen Hände – oh, diese schmalen, wachsfarbenen Hände – nur an den Knöcheln noch ein wenig gerötet sind, an den Knöcheln, die man so deutlich durch die Haut schon sehen kann ... „Peter!“
Seine Augen öffnen sich, sie erkennen. Große Tränen rollen über Käthes Wangen. Sein Mund zieht sich zu einem tröstenden Lächeln zusammen.
Eine Stunde, zwei, drei verrinnen. Die Lichter brennen, nur leise knistert das eine oder andere. Der Kranke atmet schwach und langsam, aber er atmet ...
Käthe, überempfindlich durch versagten Schlaf, spürt: das ist die Krise, das geht jetzt um Leben und Sterben – das sind vielleicht die letzten Stunden eines Mannes, von dem man gar nichts weiß, als daß man ihn liebt.
‚Ich liebe diese gewölbte Stirn, die gerade Nase, den feinen Mund, die starken, breiten Schultern. Und immer als erstes die Augen, die ... oh, habe ich sie schon zum letztenmal gesehen?‘ Bebend vor Erregung, bebend vor entschlossener Kraft sinkt Käthe neben Peter nieder, nimmt seinen Kopf in ihre starken Arme, legt ihn an ihre Brust, wiegt ihn sanft hin und her: „Peter, du mußt dableiben, hörst du? Weil ich dich liebe wie noch keinen Mann. Ich konnte dir das doch noch nicht sagen, du!“

Ist es Sinnestäuschung? Stockt sein Atem wirklich? Sinkt die Hitze? Sinkt sie nicht viel zu rasch? – Käthe hebt seinen Arm, der schlaff herabfällt. Wo ist der Herzschlag, wo? ... Da schreit sie auf: „Vater im Himmel! ... Nicht ihn! Nimm mich um meiner Liebe willen! Nimm, was ein Geschöpf dir nur opfern kann! Gib das Leben zurück!" Sie schreit, sie befiehlt, sie stöhnt es wie in einem Krampf: „Das Leben zurück ... zurück!" Sie preßt seinen Körper an den ihren: „Ich dulde nicht, daß er kalt wird und starr! Ich bin ein Weib, bin fähig, Leben zu erzeugen! Man muß nur Glauben haben, felsenfesten Glauben ... Der Glaube hat Lazarus erweckt, den Jüngling zu Nain! Nicht Christus, nein, der Glaube war es. Ich glaube ... glaube ..."
Dann wird sie still. Sie ist am Ende aller Kraft. Es ist nur noch ein Warten in ihr und ein Horchen – und dann erstickt sie in einem Strom von Tränen, der sie löst. Das Herz des Mannes pocht weich und regelmäßig, der Atem wird tiefer.
Hat sie einen Toten dem Schattenreich entrissen? Hat Gott sie erhört und ein Wunder getan?
Sie weiß nur, daß Peter lebt, daß die Krise hinter ihm liegt, daß das Fieber fällt, daß er ... horch, er redet?!
Sie hält ihr Ohr an seinen Mund, so leise spricht er und so zart: „Elisabeth? Ich muß ... und ich will wieder lieben."
Käthe bettet Peters Kopf behutsam in die Kissen. Die eine der beiden Kerzen hinter ihr knistert heftig. Dann zieht sich die Flamme zusammen bis auf den Grund und erlischt. Die Helle des Raumes nimmt plötzlich um die Hälfte ab.

XVII.

Eine seltsam weiche Luft weht vom Kamm her, aber nicht von Norden: aus Böhmen weht sie heran. Zum erstenmal seit Wochen weiß man, daß es bald tauen wird. Noch nicht lange: um Mittag ein paar Stunden, aber heute und morgen und weiter, so daß der Schnee zusammensinkt Zoll um Zoll.

Käthe steht am Fenster. Aus dem Wald kommt Tschapek. Er hat die Fallen abgeholt, die Fallen von gestern. Von gestern? War es nicht ein anderes, ein früheres Leben, in dem sie sich begegneten? –
Heute früh ist Peter aufgewacht, erschöpft wie nach einem Marsch von vielen Meilen, aber fieberfrei. Er hat ein wenig Milch getrunken und Weißbrot gegessen. Seitdem schläft er wieder.
Tschapek grüßt herauf und winkt. Käthe geht hinunter. Exner schielt sie verlegen an: „Wie steht es oben?"
„Gut", sagt Käthe. Gut? Das Herz will ihr versagen, als sie das Wort ausspricht.
Vor der Tür weht es sie an, kosend zart ist die Luft nach dem harten Frost. Tschapek legt die Hand an die Mütze: „Wie steht es oben?"
„Gut!" schreit Käthe auf. Die Tränen springen ihr ins Gesicht. Der Alte vermutet Schlimmes, wie sie jetzt hilflos dasteht. „Nein, Tschapek, es ist nur Müdigkeit." Und sie lenkt schnell ab: „Hat Er denn nichts gefangen?"
Tschapek spuckt ärgerlich in den Schnee: „Alles is rausgefressen. Von Wölfen oder Webern. Viel Blut war auf dem Boden, Mamsell, viel Blut. Der Winter is hart. Und der Herrgott möchte ein zeitiges Frühjahr geben mit ni zuviel Wasser."
Er richtet die Augen auf die Straße, wo ein Reiter auf einem mächtigen Rappen herantrabt.
„Nu, der kommt hierher ... der steigt hier ab. Da will ich ni erst weiter stören." Tschapek geht leise brummend und ein wenig scheu zum Forsthaus.
Auch Käthe hat in dem Reiter den Herrn von Nördlingen erkannt. Jetzt schwingt er sich aus dem Sattel, wirft die Zügel über den Kopf des Gauls. Die hageren Beine stapfen auf sie zu, er streckt die Hand aus: „Kann ich den Patienten sehen?" Exner verbeugt sich devot und füllt die Krippe.
Käthe geht die Stiege voran. Sie treten leise ein. Peter schläft, und Nördlingen sieht ihn sich lange und, wie es

scheint, mit viel Wissen um Krankheiten, an. Dann holt er Atem, und seine tiefe Stimme fragt langsam:
„Es geht ihm besser? Seit wann?"
„Seit heute nacht." Käthe wird plötzlich blaß. Er schiebt ihr sogleich einen Stuhl hin, zieht einen zweiten heran. Dann betrachtet er eine Weile die Kammer.
„Ihr habt eine schwere Pflege hinter Euch, Käthe ... und eine schwere vor Euch", setzt er still hinzu.
„Es geht ihm ja besser", versucht sie zu lächeln. Das verrät sie vollends. „Ihm ja", sagt Nördlingen. Sein Blick ruht auf ihr, wohltuend.
Sie spürt, daß sie nicht zu antworten braucht.
Dennoch, nach einer Weile, sagt sie: „Er war auf den Tod elend ...", und da schießt ihr wieder das blanke Wasser in die Augen. Aber sie wendet das Gesicht nicht ab. Nördlingen greift plötzlich ihre Hand und drückt sie fest: „Ich danke Euch, Katharina, man sieht es an Euch, wie schwer er gelitten hat und... daß er Euch wohl den Odem verdankt, der wieder ruhig durch seine Lungen weht."
„Oh", wehrt sie ab und wird fast heftig in ihrer Stimme, „er wird es bedauern, schlafend vor Euch gelegen zu haben." Nördlingens Augen sehen geradeaus. „Wenn er nichts anderes zu bedauern hat ..."
Sie versucht zu parlieren: „Er hat mir mancherlei von Euch erzählt, Herr."
„Hm, soll ich Euch mancherlei von ihm erzählen?"
Käthe hatte für Sekunden die Nacht vergessen, jetzt treffen Nördlingens Worte, spitzen Nadeln gleich, ihr Herz.
„Ihr müßt Euch niederlegen", sagt er. Wie ein Arzt sagt er das, vielleicht auch wie ein gütiger Vater. „Ihr habt Euer Leben aufs Spiel gesetzt – bitte sehr, dazu ist kein scharfes Auge nötig. Ich werde Wiesenhütters Frau holen lassen, die soll Euch ablösen."
„Ich werde gar nicht schlafen können, Herr!" Sie sieht ihn so voll Angst an, daß er innehält. Dann steht er still auf und streicht über ihr gelbes Haar:
„Wenn es Euch zu schwer wird, allein das zu tragen,

Katharina... Ihr wißt, wo ich zu finden bin. Kommt heute, morgen, wenn es not sein sollte. Wollt Ihr mir das versprechen?"
Sie sieht zu ihm auf. Ihre Augen sagen ja, ihr Mund kann es nicht. Der hagere Mann neigt seine Lippen auf ihren Scheitel und küßt ihn. Dann legt er die Hände auf ihre Schultern: „Ihr werdet nicht zu kommen brauchen. Ich glaub Peter Wost zu kennen ... und Euch." Dann – zögernd, fragend: „Die Krankheit wird wohl mancherlei kosten. Sein Gehalt ist auf Gesundheit eingestellt. Andererseits weiß ich von einigen Leuten, die Arbeiten von ihm erwerben wollen. Darf ich die Mappe durchblättern?"
Käthe wird sachlich: „Ich weiß nicht, Herr, ob er Stiche hier hat. Es werden nur Zeichnungen sein, die er vermutlich nicht verkaufen möchte."
Aber Nördlingens Lippen spitzen sich plötzlich zu einem leisen Pfiff, dann preßt er sie fest zusammen und zieht die Stirn in Falten. Käthe wagt kaum zu atmen, als sie den Grund für des Dichters Veränderung wahrnimmt:
„Er hat das kurz vor der Krankheit gezeichnet", sagt sie flüsternd, denn die Spannung ist kaum zu ertragen: Nördlingens schweigende Miene und das sanfte, regelmäßige Atmen dessen, der dort liegt und diesen Augenblick verschläft ... ‚Als sei er verblichen und die Nachwelt urteilte', denkt sie sekundenschnell, ‚und vielleicht ist es gut, daß er schläft.'
„Das hat er ... jetzt schon gezeichnet?"
Käthe will das Urteil, das Urteil auch über sich selbst. Hat *sie* denn nicht ... aber es bedarf keiner Frage mehr. Das Blatt liegt in der Hand des Dichters wie ein Gewicht, als er Käthe ansieht: „Schade, schade, daß man ihn nicht wecken darf. Weiß er, was er gewagt hat?" Sie befürchtet: „Flucht und Hunger." Er legt das Blatt vorsichtig in die Mappe zurück: „Hunger wohl kaum ... übrigens gebt mir bitte einen kleinen Imbiß!" Drunten ißt er schweigend ein Gewürzei. Käthe sitzt am Ofen und betrachtet die hohe

Stirn und die Habichtsnase. Er kaut bedächtig mit mächtigen Zähnen. Dann wischt er sich kurz den Mund ab und schüttelt ihr die Hand. Wortlos auch steigt er auf den Gaul. Plötzlich beugt er sich nahe an sie heran: „Den Tod, versteht Ihr, den Tod wird er später wohl anders noch zeichnen: in die Weber, ja, in sie hinein. Aber das Ganze ... ah, welche gewaltige Leistung. Dafür darf man krank werden, dafür selbst mit dem Tode ringen."
Es ist ein sehr bitterer Stolz, den Käthe vergeblich in sich niederzuwürgen versucht. Sie sieht dem Reiter nach ... sie hätte ihm nachschreien mögen.

Zweiter Teil

I.

Klatte hätte Fritsche nicht erkannt und umgekehrt. Sie prallten am Ausgang des großen Stadthaussaales fast aneinander. Dann umschlangen sie sich und lachten sich rot – waren im Augenblick von Elfen umgeben, die ihre Schleier um die beiden wanden. Fritsche rutschte dabei der Hut mit den Hermesflügeln auf die Nase. Die Flügel an den Beinen waren schon vor Stunden beim Tanz zerrissen.
„Trefflich, mein Lieber“, flötete Fritsche und musterte Klatte von neuem. Der feiste Mann steckte in einem rosa Trikot, die Lenden mit Weinlaub aus Wachspapier umwunden. Um die bekränzte Stirn hingen Trauben. Die Nase war künstlich gerötet wie auch die Backen. Zwischen den Haaren sah man kleine Hörner, und nur das hängende Doppelkinn war eigentlich noch Klatte.
„Hast du den Alten schon gefunden, den Jäkelsberg, he?“
„Der sitzt drin auf dem Olymp neben Wotan. Sie würfeln um die Weltherrschaft, komm nur!“ Unter einem Tempeldach, von korinthischen Säulen getragen, spielte eine Faunenkapelle bocksfüßig und mit nacktem Oberkörper. Dort tanzten die Masken in beängstigender Menge.
„Götter und Geister! Ein genialer Einfall!“ Klatte brüllte und schnappte nach Luft zwischen zwei Musen, die ihm Wein kredenzten. „Allerdings“, lächelte Perseus im goldenen Harnisch und mit einem ihn sehr behindernden Drachenschild. Andromeda lehnte sich dennoch an ihn.
„Hähähääá“, bog Klatte sich, „das allerdings ist Lam-

brecht." Perseus, ein wenig kurzsichtig ohne Glas, stieß fast den Wein um. Plötzlich kratzte ihn ein seltsames Etwas am Hals. Er fuhr herum, ein großer Sperberkopf krächzte: „Trinkt, Seelen, trinkt!"
„Osiris", staunte Fritsche und glaubte, es sei Schröder. Klatte fand die Maske bedauerlich. Schön war ja wohl der Einfall, „aber ich bitte euch, wie will er saufen, wie will er küssen, hähää! Kommt nach Elysium, Brüder!" Sie drängten sich durch die Tanzenden in einen Seitensaal. Die Kapelle setzte eben aus, und ein Orpheus mit der Leier begann zu singen. Seine schmelzende, italienisch geschulte Stimme verströmte eine Arie von Gluck, vibrierend in Seligkeit und Schmerz, sie ließ alle Gäste einen Augenblick verstummen und ertrank dann in den Stürmen des Beifalls.
Das Elysium konnte Klatte und seine Freunde nicht mehr aufnehmen. Die Ufer des murmelnden Baches mit Hunderten künstlicher Blumen waren dicht besetzt mit Nymphen und Heroen. In einer Felsgrotte saß die Gräfin als Hera. Wundervoll schimmerte ihre Stirn im Glanz des Perlendiadems. Drei schwere Locken fielen prächtig vom Scheitel auf die üppig geschwungenen Schultern. Neben ihr stand ein hochgewachsener, sehr hagerer Priester, graue gekräuselte Locken unter der Stirnbinde, eine Opferschale in der Hand. Er besprengte die Nymphen mit Düften und fütterte Hera gelegentlich mit Früchten, die, von ersten Konditoren geformt, in den Palmen und Lorbeerhainen zwischen zierlichen Blüten angebracht waren. Mondlicht umfloß die Szenerie jetzt – dann ging die Sonne auf. Rotflammend stieg sie rasch vom Horizont zum Zenit empor, um gelbweiß aufzustrahlen und sich alsbald gegen Westen zu neigen. Klatte, dem der wunderbare Wechsel der Gestirne ehrliches Staunen abnötigte, schätzte die Maschinerie auf ein Vermögen. Er hätte wirklich gern hier ausgeruht, denn der Wein hatte ihn bereits sanft in seiner Gewalt und ... „hähähäääää, mein Fritschebruder, mein Hermesgöttelchen: die Mädchen, oh, diese halb-

nackten Weiber! Wie soll ich denn mit meinen fünfzig Jahren so viel auf einmal ..." Die Stimme ging in glucksende Töne über. Fritsche rang mit einer Bacchantin, die es sich offenbar zur Pflicht gemacht hatte, den Silen Klatte im Wein zu ertränken. Fritsche war machtlos gegen sie, sie riß sich los und ging mit Klatte schamlos um. Öffnete er nicht gutwillig das Doppelkinn, so preßte sie ihm Trauben in die Nasenlöcher. Wenn er dann atemlos nach Luft rang, hatte er gleich einen Flaschenhals im Mund. Fritsche, der von neuem Hilfe bringen wollte, bekam einen Stoß gegen den Bauch, der das Maß der Harmlosigkeit weit überschritt. Sein Schmerz zog Perseus an, der Schröder mitschleppte, und mit dem kamen wieder andere Brüder der Loge. Sie jubelten der Bacchantin zu und umtanzten sie begeistert. In wenigen Minuten hatten diese dem Klatte einen ganzen Liter schweren Süßweins eingeflößt. Sie füllte ihn weiter mit schmeichelnder Kaltblütigkeit. Man

munkelte jetzt bereits von stiller Rache, die dieses Weib wohl nahm für irgendeine dunkle Untat des dicken Bruders. Jetzt packte sie den trunkenen Silen zu einem Tanz, und da er nicht gleich begriff und sich erhob, zog sie ihn in äußerst unanständiger Weise empor, doch so, daß dies fassungslose Aufspringen Klattes unwiderstehlich komisch wirkte. Der wirbelnde Tanz brachte das Doppelkinn zum Keuchen, der Schweiß rann Klatte durch das Trikot. Lambrecht hielt sich die Ohren schmerzlich zu: „Mein Gott ... wie ein Bulle!" Da sank Klatte bereits mit speichelndem Maul in sich zusammen.

Lächelnd stand die Bacchantin vor ihm und goß allen Wein, den sie greifen konnte, über den Ohnmächtigen. Mit blaurotem Gesicht lag er in der starkduftenden Pfütze, und nur sein breiter Brustkorb hob und senkte sich, anzeigend, daß das Opfer lebte. Fritsche hielt Schröders Arm umklammert: „Das war echtes Bacchantentum ..." Angst überfiel ihn. Lambrecht sah es, sagte zynisch: „In Kontobüchern ist das Leben nicht gebucht. Das Leben nicht!" Dann zog er aus, Andromeda zu suchen, die ihm listig entführt worden war. Er fand sie bald – nicht die von vorhin zwar, aber an Andromeden war kein Mangel.

Klatte war nicht das einzige Opfer des Dionysos und seiner Priesterinnen: bald da, bald dort wankte ein Silen, ein Jason oder Herakles. Und ihnen gesellten sich streitbare Einherjer aus Walhall mit Ochsenhörnern auf dem Helm und Bärenfellen um die Lenden. Sofern die Beine sie noch zu schleppen vermochten, suchten sie den Siebenten Himmel zu erreichen, einen mit allen Künsten Arabiens ausgestatteten Raum, wo die Helden Mohammeds den stärkenden Mokka mit den Göttern und Geistern des Abendlandes schlürften. Paradiesische Huris kredenzten ihn heiß, schwarz und unsagbar stark.

Auf der Höhe des Olymps aber hockten unentwegt Zeus und Wotan. Warum sollten sie auch den Platz wechseln? Es gebrach ihnen an nichts; es gab Ganymeds und Walküren zur Genüge und für alle Wünsche. Die beiden

Göttervāter unterhielten sich unterdessen über die Schlacht bei Leuthen. „Sei glücklich, ein Preuße geworden zu sein, göttlicher Zeus", tobte Wotan und klatschte dem Olympier auf das nackte Knie, daß es rot anlief. Zeus lachte mit schmerzverzogenem Mund: „Gott ist mein Zeuge – mithin ich selbst –, daß ich an Preußens Fahnen keinen Ruhm geheftet..." – „Geholfen zu haben", ergänzte Wotan brüllend. „Ich weiß, du bist ein verdammter Obermeister, Weltbürger und dergleichen, so kann es dir schon ganz egal sein, ob du nun Preuße bist! Zum Wohl!" Und Zeus und Wotan, uneins über Leuthen wie je zuvor, vereinten sich im Toast auf die Armee und auf die preußischen Weltbürgerlogen.
Wotan sann nach:
„So 'n Obermeister ist doch beinah Kommandeur... Tja, was ich fragen wollte... wieviel Mann hat so 'ne Loge eigentlich?"
Zeus, der Donnerer, lächelte süffisant: „Wir zählen nach Geistern." – „Na, na", Wotans Brustkorb hob sich, er zog das Kinn an, „bei uns gibt's nur den Geist von Potsdam und allenfalls den Geist des Ruhms, doch der ist, glaube ich, so 'n Symbol, was? Ich bin Belehrungen zugänglich, göttlicher Verwaltungsbruder. Was hältst du von den Geistern in natura – ganz ohne Spaß, ich bin ja noch nicht lange hier im Amt und mache mir Gedanken. Zum Beispiel über diese Dichter. Kennt Er, pardon: kennst du den Nördlingen? Welche der Musen hat den wohl in seinen dürren Arsch gezwickt?"
Zeus zuckte mit den Augenbrauen: „Mein Mitgott kann ihn selber fragen, der Dichter weilt ja unter uns." Und er sandte einen Boten nach Elysium. Wotan bemerkte, daß Zeus klar dachte und nur unklar redete.
Es wurde ihm ungemütlich. „Was mich die verdammte Locke über den Augen stört! Und übrigens, ich sehe gar nicht ein..." Damit holte er aus den Falten seines Fells das Einglas hervor und klemmte es ins Auge: „Endlich sieht man wieder was, Donnerdoria... der reine Fleischsalat mit

Kinkerlitzchen vom Theater, mein Gott, man weiß bloß nicht, was nun bei so ’ner Maskerade Edelleute sind!“
„Das weiß man auch ohne Maskerade nicht“, sagte Zeus resolut. Wotan wurde fast nüchtern durch diese Dreistigkeit. Da kam sein Bote mit dem hageren Priester der Hera. Der neigte sich leicht gegen die Götter, und Zeus sprach ihn an: „Seher der Hera! Der Vater des Nordens möchte die Zukunft durchschauen.“
„Bravo! Gut improvisiert den Hexameter oder was das nun so ist!“ Wotan suchte gute Miene zu machen. Die hohe Stirn des Priesters blieb ohne Falten. Der Blick ruhte auf den Göttern, als er begann: „Auge um Auge verlang ich. Für Weisheit das eine, für Taten tausche das andre!“
Wotan grinste breit: „Könnte so passen, ein blinder Wotan.“ „Der Volksmund sagt“, lächelte der Seher, „auch eine blinde Kuh fände manchmal eine Erdbeere. Um wieviel eher findet ein Gott, was er sucht, zumal er allen Leiden gegenüber ohnehin blind ist.“
„Lästerung eigentlich“, knurrte Wotan. Aber Zeus legte sich ins Mittel:
„Was weiß denn ein Seher von Blindheit. Tun wir, was den Göttern geziemt.“
„Und was geziemt den Göttern, he?“
Der Seher hob kündend die Hand: „Statt des Wissens den Glauben zu fördern. Dabei riskiert kein Gott ein Auge.“
Zeus schmunzelte höchst angeregt.
Wotan sah stur drein und folgte dem hinwegschreitenden Priester mit feindlichen Blicken.
Der kehrte nach Elysium zurück. Sehnsüchtig wartete Hera auf ihn. Sie hatte eben heimlich eine Prise genommen; den Liebesspielen zuzusehen war sie überdrüssig, es war ihr des Küssens und seligen Stöhnens zuviel. Als der Priester sich ihr nahte, seufzte sie:
„Ganz allerliebst das alles, mein Trefflicher, aber sage: was bleibt uns noch an Schauern, wenn das hier schon erhaben ist? Das himmlische Elysium mag dauerhafter sein, doch kaum vollkommener ... Die Menschen hier sind satt in

jeder Weise. Sie ergreift die Sucht nach Schlaf. Und schlafen, o mein Priester, heißt das nicht wahrhaft im Lande der Erfüllung weilen?" Sie sah traurig zum Himmel: „Beständigkeit kennt nicht einmal der Schmerz, wie süß er auch sein mag. Warmbrunn wird nie Weimar werden, o Unglück!"

In diesem Augenblick erklang vom Hauptsaal her ein mächtiges Rasseln der Kesselpauken und Trommeln, dazu das tiefste Aufheulen, dessen die Blasinstrumente fähig waren. Vom Olymp und aus Walhall, dem Siebenten Himmel und den elysischen Gefilden eilten die Götter und Geister herbei. Selbst Trunkene erwachten und krochen oder wankten in die Nähe des Schauplatzes.

II.

In das Rondell der Mitte zieht unter rhythmisch pochenden Schlägen der Pauke und dem gemütvollen Brummen der Fagotte eine Schar von Gnomen zwergenhaften Wuchses: bucklige, feiste, magere, dicknasige, rüsselnasige – alle mit gewaltigen Bärten. Sie tragen Fackeln, Spaten und Spitzhacken, Erzklumpen und edles Gestein. Ein-, zweimal ziehen sie im Kreise, einen grotesken Tanz vollführend, die Kapuzen und kurzen Bergmäntelchen schleudernd, und künden das Lob ihres Herrn. Dann fangen sie emsig zu hacken und zu packen an, und in erstaunlich kurzer Frist ist ein Muschelbecken aufgebaut, von lieblichem Gebüsch umrahmt. Die Musik beginnt in süßen Flötentönen und Geigentrillern Vogelstimmen zu imitieren, und plötzlich springt aus der Muschel ein silberner Springbrunnen auf. Der zarte Strahl stäubt das glitzernde Naß zurück in die große Schale, im Saal verbreiten sich Wellen betäubenden Duftes.

Nun tanzt unter dem frühlingshaften Jubel der Instrumente in abgemessenen Schritten eine Märchenprinzessin mit ihren Gespielen in den Saal. Graziös sich wiegend und neigend pflücken sie Blumen am Rande des Beckens. Dann

beginnt sie sich tanzend der Kleider zu entledigen – Stück für Stück sinkt von ihr ab, bis ein schlankes Mädchen von bezaubernder Schönheit unter einer sehnsüchtigen Melodie in das Muschelbecken steigt. Leidenschaftlich wird der Gesang der Vögel, perlender springt der Brunnen, und betörend glitzert ihre Haut nun unter dem sprudelnden Naß, während der reizende Mund sich zu einer Liebesarie öffnet, die den Morgen in den Bergen besingt, von den

Stimmen der gefiederten Sänger begleitet. Sie preist den Prinzen Ratibor, den edelsten von allen Helden, den sie an ihr zartes Herz zu drücken begehrt. Indes sie badet, singt der Chor ihrer Mädchen: „Wie des Beckens Silberfläche, Wie die Quelle selbst so rein, Soll erfreut mit Liebesfreuden Jeder Tag des Lebens sein!" Da plötzlich, kaum daß der letzte Ton verklungen ist, reißen sich tobende Donner aus dem Orchester los. Pechschwarze Nacht, von grellen Blitzen zerrissen, hüllt die Verwandlung ein. Dann flackern überall Fackeln auf. Der liebliche Garten mit dem Muschelbecken ist verschwunden. Auf einem rauhen Felsen liegt die schöne Prinzessin Emma jetzt, leise jammernd und sich die Ohren ängstlich zuhaltend vor dem Gesang der Gnomen, in deren Bässe sich winselnde Schreie von Eulen und Katzen mischen. Und ehe die Prinzessin noch recht weiß, wo sie ist, naht sich ihr ein greulicher Riese, verneigt sich täppisch und stellt sich als Berggeist vor, dessen Herz sie entfacht, dessen Sinne sie verwirrt habe.

Mit ihrem hellen Sopran klagt sie ergreifend, um den Scheußlichen zu rühren. Umsonst – er fordert von ihr einen Tanz. Sie fügt sich schließlich zum Schein und hat nur noch einen Wunsch: er möge ihr genau die Rüben zählen, die um sie her in reicher Fülle wachsen. Mit polterndem Lachen macht sich der Berggeist an die Arbeit. Aber die kleinen Gnomen, inzwischen alle in Rüben verkleidet, beginnen aus Mitleid für das betrogene Menschenkind ihren Herrn zu betrügen. Sie ziehen ihre Wurzelbeinchen aus der Erde und tanzen in einem langsamen Vierviertelstakt den Reigen der Rüben. Schneller, immer schneller wird das Drehen. Der taumelnde Berggeist stolpert haschend und jagend, in den lustigen Gesang der Rüben mischt sich ein wilder und klagender Bergschrei und wird zum Duett mit der immer heller lachenden Stimme Emmas, zu der sich bald ein Bariton gesellt: von einem prächtig gezäumten Rappen steigt Prinz Ratibor herab. Es folgt ein Zweikampf mit dem torkelnden Riesen. Der wehrt sich mit einem Baumstamm vergeblich gegen den zierlichen Degen. Die Klinge sticht ihn durch die unförmige Nase. Und während er sich in grotesken Sprüngen von dem Stahl zu befreien versucht, ihn nach beiden Seiten zerrt und so überhaupt nicht bewegen kann, springt das Liebespaar auf das Roß. Herrlich klingt noch einmal, nun im Doppelgesang, das Liebesmotiv von der Muschelschale auf und mischt sich ins Finale: Die Wälder verkünden dem Herzen den Mai! Indem sie hinausreiten, verschlingt der Abgrund den heulenden Berggeist mit all seinen Gnomen. –

Rasender Beifall! Aus dem Palmenhain des Orchesters trat ein kleiner Herr, das Gesicht wie aus verknittertem Pergament, und verbeugte sich. Man rief dem Komponisten bravo zu, der winkte bescheiden ab, schritt trippelnd zur Saaltür und gab den Dank an einen breiten Menschen mit kurzem Hals und prallem Bauch weiter.

Fritsches heiser gebrüllte Stimme krächzte an Schröders Ohr: „Wer?"

„Der Dekorationsmeister von der Dresdener Oper!"

„Der Fettwanst?"

„Jawohl! Ein Meister aller Maschinen, was! Bravoooo!"

Dann, als der Beifall verrauscht war, setzten sie sich in den Siebenten Himmel und tranken sich an Mokka vollends nüchtern. Berauscht waren sie jetzt von der Musik und von dem Geschehenen. „Allerdings", sagte Lambrecht, „es dürfte ein artiges Vermögen gekostet haben, die Vorrichtung im Saal, und alles nur für eine kurze Stunde!" – „Der Eindruck aufs Gemüt ist unbezahlbar", beteuerte Fritsche. „Das war ein Höhepunkt des Lebens! Worum Klatte nun gekommen ist", sagte er dann verträumt. „War das Weib wirklich nackt? Ich habe es die ganze Zeit nicht rausgekriegt."

Schröder sah ihn liebevoll an: „Was wettest du?"

„Jetzt nichts mehr", meckerte Fritsche auf, „aber vorhin! Man stellt sich doch ganz anders ein zur Kunst, wenn man weiß: das ist Fleisch und nicht Trikot. Na, der Klatte hätte es gleich gewußt ... Was *der* versäumt hat!"

Im Saal klang als Tanz immer wieder die Musik des Finales auf. Da und dort begann man, sich wiegend, mitzusingen: „Die Wälder verkünden dem Herzen den Mai." Plötzlich stand Zeus neben den Brüdern, greisenhaft verfallen und mit überreizten Augen: „Brüder, ich gehe!" Er lehnte den Mokka entschieden ab, es sei schon drei Uhr.
„Und Wotan?" fragte Schröder.
„Wotan hat einen Gichtanfall vom Knie bis zur Ferse. Greulich für den Armen! Die Throne der Götter stehn verlassen, sie selbst sind verbraucht. Was sagt ihr übrigens zum Berggeist? Nicht wunderbar, das alles? Vor der Kunst verblassen die Götter zu Schemen, die Künstler sind die eigentlichen Götter ..."
„Na, na", lachte Schröder, „ein echter Gott hat eben unsichtbar zu sein, nur von der Sichtbarkeit kommt die Verwirrung."
Zeus nickte vor sich hin: „Nur von der Sichtbarkeit. Gott wußte schon, warum er sich sein Bild verbat." Lambrecht, im Grunde frommer Protestant, lenkte ab: „Wenn nur die Sache mit dem Berggeist keine Folgen hat!"
„Folgen?" Alle waren überrascht. Der Olympische trank nun doch einen Mokka, allerdings nur halb. Lambrecht wollte nicht bigott erscheinen: „Nun ja, ich meine nur, die Kräfte der Erde und des Himmels soll man nicht unnötig verspotten, besonders, wenn sie nicht erforscht sind. Ein Aperçu ist schnell gegeben, der Mensch neigt heute grundsätzlich zur Rebellion und schlingt die Dummheit in sich, wenn sie nur nach Frivolitäten schmeckt. Frivol sein heißt jedoch, sich selbst vergiften!"
Schröder schüttelte den Kopf, keiner der Brüder war noch derartig nüchtern. Da wurde Lambrecht deutlich: „Im Leben des Berggeistes gibt es eine wahrhaft tragische Geschichte, die mit der schönen Emma. Es ist zwar nach der Bibel nicht erlaubt, daß sich die Dämonen mit den Töchtern der Erde mischen; vor echtem Liebeskummer allerdings soll man Respekt bezeigen."
Zeus tat sehr ernsthaft plötzlich, und er wußte selber nicht,

ob es nur Spottsucht war: „Gesetzt den Fall, der Berggeist existiert, dann wird er diesen Abend – allerdings – sehr übelnehmen.“
„Wem?“ ängstigte sich Fritsche sogleich. Zeus machte ein unerforschliches Gesicht: „Vermutlich allen, die das Spiel gesehen und geduldet haben. Vom Beifall ganz zu schweigen.“ – „Meiner galt nur der Prinzessin, nur ihrer Schönheit galt er!“ Fritsche quiekte förmlich vor Schreck. Zeus bekam von Schröder Hilfe: „Der Nördlingen war klug. Der hat sich gedrückt“, sagte er sinnend.
„Wer... wieso?“ Schröder flüsterte scheu: „Na, der Priester der Hera.“ Wie Fritsche ihnen aufsaß, war wirklich amüsant. Lambrecht aber wurde ganz ernst: „Ich möchte wirklich einmal die Herzen untersuchen – der Aufgeklärten und der Gläubigen, der Atheisten und Deisten –, wer insgeheim nicht doch dem Berggeist ...“
Dröhnendes, meckerndes und auch ganz stilles Lachen antwortete ihm. Lambrecht lief rot an, nie hatte man ihn so erregt gesehen: „Ich für mein Teil möchte es entschieden ablehnen, den Namen dieses Koboldes irgendwo in seinem Reich zu beschwören!“
Das offene Geständnis machte mehr Eindruck, als vorauszusehen war. „Na ja, man fordert keine unbekannten Kräfte der Natur heraus. Im Grunde sind wir alle ...“
Nur von Klatte wurde behauptet, er sei ein vollendeter Materialist, scheue vor keiner Gottes- wie Teufelslästerung zurück, habe keine Todesfurcht, glaube nicht einmal an eine Seele.
„Ich glaub auch kaum, daß er eine nennenswerte Seele besitzt.“
Alle wandten sich um. Der Priester der Hera stand hinter ihnen. Sein Blick ruhte auf dem schnarchenden Klatte, der in der Wärme des Siebenten Himmels zwar wieder trocken, aber nicht mehr nüchtern geworden war. Eilig bekundeten die Brüder, daß Klatte doch im Grunde ein famoser Mensch sei, „jeder darf schließlich glauben, was ihm ansteht ... indessen, freilich ...“ Zeus verneigte sich weltmännisch:

„Keiner der Herren hier wird so weit gehen, das Seelenleben zu leugnen..." Der Priester schritt bereits von dannen. „Was mischt der sich in unsere Angelegenheit", keifte Fritsche unvorsichtig. Aber Schröder, mit einem Blick auf Zeus, meinte, es habe genügt, den besoffenen Klatte so weit in Schutz zu nehmen, und es sei eigentlich eine Schande für einen Bruder, nein, eine Zierde der Loge sei der Klatte wirklich nicht...

„Aber doch die Goldader im Gestein unseres erhabenen Baus!" Lambrecht rieb sich auf im Dienst von Wahrheit und Gerechtigkeit. Der Zeitpunkt, wo er deshalb mit jedermann zerfallen würde, war vorauszusehen.

„Die Wälder verkünden dem Herzen den Mai!" Zeus suchte Ablenkung und wiegte sich zu den Klängen, dann wandte er sich dem Saale zu, die Müdigkeit raubte ihm fast das Bewußtsein. Undeutlich sah er auf seinem Thron jetzt Hera im lebhaften Disput mit Wotan. Nördlingen schritt eben auf sie zu. Dumm, daß der Peter Wost gerade zum Fest krank geworden war. Heute hätte er Gelegenheit gehabt, dem langen Kerl die Nieren abzutasten. Es war nicht rücksichtsvoll, jetzt krank zu werden. Mühselig hielt der Greis die Augen offen, ließ sich den Pelz reichen und kletterte in eine Sänfte draußen. Schon vor drei Stunden hatte er sie herbestellt. Die Wälder verkünden... los! Tatata... dem Herzen tata... den Mai...

Hera lehnte sich zurück und lächelte den Seher an: „Wie geht es ihr?" Der Priester neigt sich höflich: „Sie schläft, wie zu erwarten war, schon seit Stunden."

„Wirklich?" Hera wünschte diesen Fall erklärt. „Ein junges, ein sozusagen schönes Mädchen verschläft ein solches Fest? Seelenfreund, begreifen Sie derlei?"

„O ja", der Priester nickte nur, „wer sie in Paris beobachtet hat, dem ist es nicht verwunderlich, daß sie so..., hm..., vermutlich hat sie sogar Gott gebeten, uns zu verzeihen."

„Wer?" wollte Wotan endlich wissen.

„Elisabeth de Launay."

„Ach so. Der wäre es wohl die größte Freude, wenn uns die Sache hier mißlungen wäre. Der Herrgott hat ..."
„Ein Auge zugedrückt", grinste der Hagere. Wotan richtete das Einglas starr auf ihn. Der ließ sich nicht stören: „Der Herrgott hat mitunter sonderbare Pläne."
„Was für Pläne?" schnarrte es.
Der andere erklärte sachlich: „Ich bin kein Gott. Nicht einmal ein Berggeist ... Die Pläne beider sind mir unbekannt."
Sie ließen sich keine Sekunde aus den Augen. Heras Busen begann sich eifriger und deutlich sichtbar zu heben und zu senken. Wotan entschied sich für Waffengewalt und erwog: Der Eckertsberg ist um zehn Jahre jünger, ein tadelloser Fechter ... Mag er sich das Verdienst erwerben, die Dichterseele aus dem dürren Leib zu stoßen. Was meint er nur mit Berggeistplänen? Ahnt er was von meinem Verdacht? Mal sehen! „Der Rübezahl sah despektierlich aus mit seinem Degen in der Nase", dröhnte er, zur Gräfin schauend, „wie ein Menschenfresser, hahahaaa." Hera sah ihn scharf an: „War das nötig? In der Oper kann auch der Teufel artig vorgenommen werden. Aber dann hat Schluß zu sein! Ich wünsche diesen Namen nicht zu hören!" Der Priester lächelte unverschämt. Wotan fühlte eine grimmige Wut aufsteigen. Das fehlte noch, von diesem Weib gerüffelt zu werden! Wie dieser scheußliche Affe ekelhaft grinste!
„Zu Befehl, meine Göttin!" Wotan hatte in der preußischen Armee gelernt, die Wut zu konservieren. Und er kannte Heras Art, er wünschte keineswegs öffentlich mit Lebensmitteln beworfen zu werden. So verließ er seinen Thron und brummte was von Kaffee, den er jetzt trinken wolle. Es war zu bemerken, daß er den Priester im Vorbeigehen anzurempeln gedachte. Aber der wich im rechten Augenblick zur Seite, der Stoß ins Leere machte Wotan torkeln: der Helm mit den Flügeln rutschte ins Genick, die kahle Stirn glänzte auf, das Einglas entfiel dem Auge, und Wotan vollführte ein rasches Fangspiel mit den Händen nach ihm,

das überaus possierlich wirkte. Alle lachten ihm Beifall und meinten, er habe einen Floh gejagt. Schweigend entschwand er, wohl wissend, daß ihm im Augenblick jedes beleidigende Wort der Lächerlichkeit überantwortet hätte.
Die Brüder hatten den Siebenten Himmel geräumt, immer mehr Aristokraten ließen sich in ihm nieder. Bald nachdem Wotan eingetreten war, rief man dort ungestüm und lachend nach dem Priester der Hera. Was wenige erwartet hatten: er kam mit geruhsamen, langen Schritten. Die Maurerbrüder hielten an, denn kaum war Nördlingen in Sicht gekommen, als eine seltsame Stille im Siebenten Himmel eintrat. Der Seher mußte sogar fragen, wer ihn denn eigentlich zitiert habe. Da endlich trat ein griechischer Held hervor, der eben noch mit Wotan gesprochen hatte. Er sagte laut:
„Da dem Seher Verborgenes offenbar ist, so möchte ich fragen, ob Herr von Nördlingen vorhin das Singspiel ausgenutzt hat, um die Komteß de Launay in ihrem Schlafzimmer zu besuchen!“ Schweigen. Der Priester entnahm seinen Rockfalten langsam ein Geldstück, legte es lächelnd vor den Frager: „Hier haben Sie einen Obolus für blutstillendes Pflaster.“ Und ehe jemand begriffen hatte, was gemeint sein konnte, taumelte der griechische Held von einer Ohrfeige getroffen und brach auf einem Diwan zusammen. Blut spritzte ihm aus beiden Nasenlöchern.
„Das allerdings“ lispelte Lambrecht den fahlgewordenen Brüdern zu, „das ist ein sozusagen nackter Tatbestand. Die Folgen dürften auch unsern Meister in Erregung bringen ...“
In die Nacht hinaus klang die Musik, einschmeichelnd, sehnsüchtig:
„Die Wälder verkünden dem Herzen das Blei“, parodierte Lambrecht. Keiner der Brüder lachte. Nur Fritsche brummte vor sich hin: „Selbst das hat der Klatte verschlafen.“

III.

Durch das Fenster sieht Käthe, daß der Wagen vorfährt. Sie sagt es Peter.
Er hat bereits den Radmantel an, aber noch keinen Hut auf. Plötzlich nimmt er Käthe in die Arme: „Du, es ist ja nicht für lange. Und wenn ich wiederkomme, nicht wahr, dann ist alles wieder so, wie es gewesen ist!“ Sie sagt nichts. Sie drückt nur wie beruhigend seine Hände. Aber er ist noch nicht zufrieden: „Wird es so sein, Käthe? Nicht wahr, in der letzten Zeit – das war meiner Krankheit wegen. Ich muß bekennen, daß ich nicht einmal für kurze Zeit von hier weg mag. Das Stübchen ... mein Gott ... alles so anheimelnd, so belebt und beseelt. Ich habe so selten das Gefühl, irgendwohin zu gehören, und hier ...“
Sie versucht zu lächeln, es gelingt ihr auch: „Vielleicht wirst du wirklich manchmal zurückdenken. Das würde mich freuen.“
Exner holt die beiden Handkoffer, Peter geht hinter ihm her die Stiege hinab. Das war wieder dieser fast überlegene Ton bei ihr. Seit der Krankheit ist Käthe verändert. Ob sie sich zu sehr anstrengen mußte? Oder ob sie etwa inzwischen ...
Im Hausflur steht Weise, sonntäglich das Haar geflochten und gepudert, kaum zu erkennen so. Die Kutsche ist geöffnet, die Koffer sind verladen.
Exner schüttelt Peter beide Hände:
„Also die Kammer bleibt Euch, Herr, wenn Ihr nicht anders schreiben solltet.“
„Nein, keinesfalls ... ich muß noch viel hier zeichnen.“
Exner sieht, daß Käthe einen Handkuß von ihm erhält, wie eine Dame. Er wendet sich ab, geniert vor Käthe und Peter, der dieses Frauenzimmer so emporhebt. ‚Er hat ihr Flöhe ins Ohr gesetzt, die sie noch böse stechen werden, wenn er weg is, oje ... Schon manche hat wieder runter gemußt, und Liebchen is nu mal Liebchen; auch wenn's so ein Mann ni wahrhaben möcht.‘

Weise klettert in seinen hohen Stiefeln schwerfällig zum Bock hinauf: „Hüo!"
Peter dreht sich, winkt mit dem Dreispitz. Exner winkt auch, schielt dabei zu Käthe. Sie scheint ein bissel nasses Auge zu kriegen, nu ja, Liebe is eben Liebe ... Ich werde noch ne Weile gut zu ihr sein, auch für den Fall, der Herr kommt wirklich noch mal wieder. Gelernt hat das Mädel ja jetzt für den Sommer ... so besehn war's kein Schade, nu jaja ... man muß mit allem Frauenvolk Geduldigkeit üben. „Na, komm nu rein, Käthe, verkühl dich ni!"

Die Kutsche war alt und solide und weich gepolstert. Peter saß äußerst bequem, wie ihm Weise verheißen hatte. Der Radmantel wurde ihm fast zu warm. Der Himmel schimmerte in einem metallischen Blau, feine Wölkchen zogen hoch in den Lüften. Hier im Tal war kaum noch Schnee zu sehen. Nur auf den höher gelegenen Feldern tauten noch große, schmutzig geränderte Fladen. Blendend weiß hingegen glitzerte das Gebirgsmassiv.
Eine solche Wagenfahrt hatte er sich in den Krankheitstagen immer erträumt. Nun war sie schnell zur Wirklichkeit geworden – und die Wirklichkeit zum Märchen. Oder ist der Kamm etwa kein Märchen? Noch nichts von seiner sommerlichen Formation trat hervor.
Wo war das Hohe Rad? Wo die Große Sturmhaube? Sanfte Wölbungen deuteten sie an, und die Steingebilde waren noch tief vergraben.
Die Landstraße bestand aus grauen Kotrinnen mit breit aufgeworfenen Rändern. Tausend Pfützen bedeckten sie wie ein System von Seen. In den Gräben flossen kleine Gewässer. Von jeder Wiese erhielten sie Zustrom. Erdig duftete die Grasnarbe. Noch zeigte sie nur das grüngelbe Gefaser des vergangenen Herbstes. Aber das war vollgesogen bis in die kleinste Wurzel. In den Vorgärten der Weberhäuser und Bauden wurde die Erde umgegraben. Aus den Stuben drang das Klappern der Stühle lauter, denn die Fenster standen offen.

Hinter Hayn ging es durch Hochwald. Rauschend schossen die Bäche durch das Unterholz, ufervoll. Aber es gab heuer ein gesundes Schmelzen, nirgendwo waren die Wasser übergetreten. Nachts gefror der Überschuß, manchmal sogar für ganze Tage, und die Bäche hatten Zeit, ins Stromgebiet abzufließen. Da sproßten nun überall aus der dicken, vom Schnee zu Filz gepreßten Humusdecke die Keime empor, starke grünliche, rötliche, bläuliche Keime. Gott mochte ihre Namen alle wissen und zu was sie sich entfalten würden. Nur die gelblichweißen, dicken Ähren der Pestwurz konnte man schon unterscheiden; hier also würden die ungeheuren Blätter am Bachufer stehen.

Vorfrühling im Fichtenwald ... Die Pferde zogen im Schritt bergan. Die alten, flechtenbesponnenen Stämme hatten gut überwintert. Nur da und dort war einer der uralten Riesen in einem der Stürme zerspellt. Das war freilich kein Wunder, denn die Massen von Schnee und Eis hielten den Wald wie in einem starren Panzer, er konnte sich dem Sturm nicht beugen, er konnte ihm nur unbeweglich trotzen, oder die Stämme barsten splitternd bis ins Wurzelwerk.

Sanfte, schwarzgrüne Finsternis dämmerte im Innern der meilentiefen Wälder. Haselsträucher streckten ihre gelben Gehänge hervor, Weidenkätzchen prunkten mit Knospen aus silberfarbener Seide. Und von Ast zu Ast schnellten sich die Finken, fiebernd vor Frühling, die Brust rostrot gefärbt, die Schwingen frisch mit Schwarz und Weiß gebändert. Sie schmetterten, daß man meinte, die kleinen Kehlen müßten bersten. Mitunter balzten sie um ein Weibchen, sausten wie Federbälle durch die Zweige. Aber es gab ausreichend Weibchen; in jedem Baum fast saß eins und hoffte ungeduldig ...

In Arnsdorf vor dem Kretscham hielten sie an. „Schon einen zum Morgen, Weise?“

„Weil Sonntag is, Herr Wost. Soll ich Euch einen bringen lassen?“

Peter dankte. Er wußte, es ist das stille Vorrecht dieser

Bergfuhrleute, an jedem Wirtshaus haltzumachen. Der Fahrgast hat Rücksicht zu nehmen.
Peter stieg aus, um die Beine zu rühren. Der Platz vor der Schenke war sauber gefegt. Die mächtigen Linden vor dem Eingang hatten schon viel Saft gezogen. In den Frühbeeten spazierten die Stare mit gleißendem Gefieder, und am Stalldach war der Taubenschlag in unerhörtem Betrieb. Das turtelte und balzte, schlug Räder und blies den Kropf auf, als seien die Freuden der Liebe einzig an diesem Vormittag zu haben. Peter klatschte lachend in die Hände: der ganze Schwarm hob sich in die Luft, und nun kreiste er über dem Haus, schlug Kurven, hob sich, senkte sich, drehte nach rechts, nach links Spiralen. Als sich die Tauben endlich auf ihren Schlag setzen wollten, jagte sie ein neuer Schrecken auf: ein Posthorn schmetterte Signale.
Vierspännig kam der große gelbe Wagen von Krummhübel her. Ein Forstbeamter saß neben dem Postillion. Im Innern war kein Fahrgast heute, es stieg auch hier niemand ein. Nur Briefe waren abzugeben. Das ging still-geschäftig und mit etwas Schnaps, vom Bock herab und herauf. Die alte Wirtin hatte offenbar nicht die geringste Lust zu einer Unterhaltung. Als sich das große Gefährt in Bewegung setzte, musterte sie Peter beinah grob: „Der Herr schon bedient?"
Peter dachte plötzlich an Kaffee.
Die Alte wurde nicht freundlicher: „In zehn Minuten, Herr."
Nach fünf Minuten ging Peter in die Gaststube. Sie war geräumig, niedrig und kühl. Es roch hier nach frischem Brot und abgekochter Milch, nach Tabak und Schnaps. Der Sand der Dielen war säuberlich verstreut. Weise und der Wirt unterhielten sich. Als sie Peter eintreten sahen, verstummten sie, begannen dann vom Wetter zu reden: „Nu herrje, wir sind ja gut durch. Ein bissel Frostschaden is immerdar. Und das Wetter zieht ab."
Der Wirt, ein stämmiger Fünfziger, hemdsärmelig, aber sonst schon sonntäglich gekleidet, brummte:

„Bloß oben liegt verflucht viel, Weisefuhrmann! Ehe das ni runter is ...“

„Nu, ni bange machen“, brummte Weises Baß, „hat auch geheißen, daß im Tal ein bissel allzuviel gelegen is – und den Saaten is es gut, siehste.“ Beide ereiferten sich über das Wetter, als hätten sie nichts andres zuvor geredet.

„Bloß regnen darf's eben ni, wenn oben hernach die Schmelze losgehn tut ...“ Dem Wirt schien es am besten, auf alles einen Einwand vorzubringen. Jetzt rief sein Weib grob von der Küche her: „Die Reden möchten euch noch schmelzen, daß die Zunge ersäuft!“ Der Wirt stand behäbig auf und brachte dann Peter den Kaffee. Der trank, so rasch es eben ging. Dann verließ er den Raum, um jene ihr unterbrochenes Gespräch beenden zu lassen. Weise ließ denn auch nicht lange mehr auf sich warten.

Bald fuhren sie abwärts bis zur Lomnitzbrücke. Brausend tobte der Wildbach. Fast nichts mehr war von den großen Steinen zu sehen, die sonst aus seinem Bett ragten. Gischt wälzte sich in der stark geneigten Bachrinne, nichts als brodelnder, gelbgrauer Schaum. Nur selten sah man in einem der gurgelnden Wirbel das klare, eisige Wasser. Sprühende Tropfen trieben wie ein zarter Schleier über seinem Lauf, und wo die Sonnenstrahlen sich in ihm brechen konnten, da leuchteten die Farben kleiner Regenbogen.

Auf den Bohlen der Holzbrücke ließ Peter halten, um eine Weile den Blick in die Fluten zu senken, dem Lauf der Wirbel und Stürme zu folgen und ihre gewaltige Kraft zu bewundern.

„Nu jaja“, brummte Weise laut durch die Donner des schäumenden Wildbachs, „is gut, daß die Brücke hat keine Pfeiler. Vor ... nu, sechs Jahre sind es her, da hat sie's beinahe weggerissen vom Ufer her, so voll war die Lomnitz.“

Peter maß mit den Augen: gut zwei, drei Ellen. Er schrie zurück: „Da wäre noch viel Wasser nötig!“

„Geht aber manchmal elend schnell, Herr, wenn so die

richtige Vorflut kommt und die sich stauen tut. Und stauen tut sie sich leicht. Da genügt eine Stunde hier, und alles, was drüber war, is drunter!"
„Na, na", lachte Peter, „in einer Stunde steigt kein Wasser um drei Ellen!"
„Nu, nu, ich hab's ni mit der Uhr gemessen", brummte Weise. „Aber mein Häusel liegt gar tief. Man steht dann aus, Herr. Ni schlechte Sorgen steht man aus!"
Weises Zunge war nun gelöst. Und auf der stillen Straße brummelte er so lange seine „Ach" und „Nuherrjesus", daß Peter fragen mußte.
„Ja, mit Verlaub, Herr Wost ... Ihr könnt mir ja auch keine Antwort ni drauf geben. Ihr wart ja krank."
„Na, Vater Weise, meint Er, mein Gehirn sei dadurch schwach geworden?"
Weise drehte sich auf dem Bock halb herum:
„So ni, Herr Wost, aber Ihr habt das ni erlebt, was Ihr sonst wüßtet!"
„Herrgott, sag Er es schon." Peter lachte, er traute Weises besorgter Miene gar nicht.
„Es is, daß ich es auch ni richtig glaube, Herr Wost. Aber selbst vorhin der Schankwirt meint, daß was dran sein muß an dem Gerede."
Peter drängte nicht mehr, er wußte, daß Weise seine Zeit brauchte zu umständlicher Einleitung:
„Das is, als sollte es dieses Jahr ni zur Ruhe kommen mit dem Gerede, Herr. Es geht Euch schon wieder um mit *dem*!" Dazu wies er mit der Peitsche über das Gebirge. „Die Leute sprechen, das sei doch nu ein bissel ein Einfall von Tollwut gewesen, daß sie haben zu Warmbrunn unter sich nichts andres vermocht auszuhecken ... Ihr wißt doch, das Fest über Götter und Geister, wo Ihr habt ni hin gekonnt, um daß Ihr krank gewesen seid in der Zeit gerade." Jetzt raunte er nur noch: „Sie sollen einen als den Berggeist angezogen haben und lausig veralbert, die ganze schöne Geschichte mit der schönen Emma als ein Theater ... Da is doch, worum er seinen Namen hat und sozusagen seine

große Liebe. Nee, sowas zu machen! Sie haben Euch aus der ganzen Grafschaft jedweden Krüppel eingefangen und wie einen Erdgeist zurechtgemacht ... Das soll ganz ludermäßig ausgesehen haben ..., dann zum Schluß den Berggeist verdroschen und ihm die Nase abgehackt. Auch welche sind, die sprechen, sie haben ihm aus Übermut einen Säbel durchs Maul gespießt. Von den armen Krüppeln, die wo unten fronen gehen, sind welche vorher zum heiligen Abendmahl gegangen aus Angst. Andere im Land haben sich versteckt gehalten die ganze Zeit – und beim Fest, wie's soweit war, da hat doch noch ein halbes Dutzend gefehlt. Was muß wahr dran sein. Der den Geist gemacht hat, soll aus Dresden sein ... Für den is es egal, was kommt, denn daraus kann nichts Gutes erblühn."
Peter hatte dem Geschwätz nur halb sein Ohr geschenkt. Jetzt tröstete er: „Was muß das die Leute hier kümmern, Weise. Wenn es der Berggeist übelnehmen sollte, dann doch den Herren in Warmbrunn." Aber Weise schüttelte das Haupt, und der Zopf flog energisch hin und her: „Wenn da eine Schlacht wo is, Herr: wer muß die Knochen hinhalten und die Schubladen aufmachen? Immer der Untertan. Dem stürzen die Kühe, dem reißt es das Dach vom Häusel. So is das, Herr."
„Na, warten wir es ab. Vielleicht ist der Geist der Berge im Innern seines Reiches gewesen und weiß von all den Dingen nichts."
Des Fuhrmanns Baß aber wurde wieder beschwörend: „Nee, nee, im Innern is der jetzt ni! Die Zeit ist wieder einmal um, Herr Wost. Das is, wie Sankt Johannes spricht in seinem Buch der Offenbarung: da sind die Engel gebunden an den Wassern Euphrat und Tigris. Und hernach sind sie losgelassen ... Überall is sowas. Sprechen müßtet Ihr mit'm alten Hirse in Krummhübel. Der weiß was, oje! Der hat das sechste und siebte Buch Mosis. Und auch Kabbala von den Juden her, die manchmal bei den Laboranten sind ... und die Venediger. Man spricht, in Krummhübel, da sind mehr Hexenmeister, als zu Walpurgis sonst

das ganze Land im Harz zusammenbringt. Nun ja, was wahr sein wird, das weiß man ni ... zum Jüngsten Gericht vielleicht. Ich kann nischt sagen, bloß die Himmelsbriefe aus Krummhübel, wer davon einen hat, der is gesichert. – Nicht einer is im Kriege umgekommen ... nicht einer, Herr."

„Aber Weise", lachte Peter, „Krummhübel ist ein Laborantendorf, sonst nichts. Man macht da Arzneien aus Kräutern zur Gesundheit von Mensch und Vieh."

„Nu jaja, Herr Wost, Ihr seid, mit Verlaub, ein Aufgeklärter ... ich weiß schon. Bloß das schützt ni ... das nimmt vielleicht die Angst ein bissel über Tag weg. Aber ich möcht ni wissen, wie's zur Nachtzeit aussehn tut."

Peter lachte gradeheraus: „Mit der Aufklärung?" Weise knallte mit der Peitsche, grinste und rieb sich die heute so ungewohnt glatt rasierten Backen:

„Eben ja. Wenn Ihr's ni übel nehmt ... ich hab bei Kunersdorf so einen Kapitän gehabt, Herr Wost, der hat Euch nichts geglaubt im Leben, außer er konnte es fressen und saufen oder untern Bauch legen. Schon an Orden hat er ni geglaubt, die hat er Protektionsgestirn geheißen und nach'm Silberwert taxiert. Er war ni schlecht zu den Leuten, für einen Offizier schon gar ni. Aber bei Kunersdorf hat er einen Hieb über den Kopf gekriegt von so einer Kosakenpeitsche mit Blei vorne dran ... durch Helm und Haare bis auf die Knochen. Und statt tot hat er gelebt, und darüber is er um die ganze Aufklärung gekommen. An seinen Schutzengel hat er sich erinnert und is zum Beten gegangen. Und weil ihm sein Pastor auch war noch zu aufgeklärt, da is er bei denen in Herrnhut jetzt und gar so fromm, daß er schon ganz mager is und lauter Extragelübde tut, wo si ni einmal dort verlangen. Kein Schweinefleisch und keinen Fluch kennt er mehr. Ni einmal ein Weib. So kommt's mitunter bei der Aufklärung raus! Deshalb is es besser, wenn ..." Er merkte wohl, daß seine Schlußfolgerungen anfingen, die Grenzen der Höflichkeit zu überschreiten.

Peter indessen schien das entgangen zu sein. Mit stiller Heiterkeit saß er in den Polstern, und nur ein Wunsch beseelte ihn, daß nämlich die Fahrt durch den Vorfrühling kein Ende nehmen möge.
Gegen Mittag tauchte der Pfarrkirchturm von Schmiedeberg auf. Die ersten Vorwerke zeigten die üppige Fülle der gesegneten Landschaft. In den Gutshöfen tummelte sich das Federvieh im bunten Durcheinander der Rassen, rostrot, perlgrau, weiß und pechschwarz schillernd, und auf jedem Tümpel, selbst in den Pfützen schnatterten die Enten.
Schon sonntäglich gekleidet, hockten die Knechte auf den Bänken, schnitzten an Flöten und Stöcken oder malten in den Sand und die feuchte Erde Herzen, Pfeile, Buchstaben. Der vorüberfahrenden Kutsche widmeten sie alle Aufmerksamkeit, denn die Freizeit war ihnen Ungewohntes, das Reden nicht minder.
Die nassen Erdfurchen zogen sich weit in die Gassen hinein. Erst als man schon dicht am Markt war, begann das holprige Pflaster mit vielgestaltigen Wasserlachen. Einstöckige Fachwerkhäuser, strohgedeckt und moosbewachsen, säumten rechts und links den Weg. An den in zarten Farben getünchten Lehmwänden war sorgsam Spalierobst, dann und wann auch Efeu oder Wein bis unter das Dach gezogen. Die frischgekalkten Obstbäume leuchteten kraftstrotzend aus den kleinen Gärten. Die Fensterläden, meist mit bunten Bauernblumen grell bemalt, standen weit offen, mitunter auch die Fenster selbst, denn die Mittagssonne wärmte heute bereits mehr als sonst um diese Jahreszeit.
Unter den Lauben der unteren Stockwerke saßen und standen rauchende Männer jeden Alters. Kinder spielten an den Rinnsteinen der Pumpen mit Schiffchen aus Papier oder Borke, und von Zeit zu Zeit erscholl eine mütterliche Ermahnung aus den Fenstern, wenn die Kleinen die frischgestärkten Hemden oder die Schnallenschuhe bespritzt hatten.

Irgendwo auf dem Markt hielt Weise plötzlich an mit lautem Brr. Dann sprang er umständlich vom Bock und öffnete den Verschlag seines Wagens.

IV.

Peter sah sich neugierig um. Ein schön geschnitztes, mit breiten Eisenbändern kunstvoll beschlagenes Tor öffnete sich. Ein stämmiger blonder Bursche trat heraus und stürzte sich auf Peters Koffer. Hinter ihm trat Fritsche aus dem Haus, prächtig frisiert – wieder mit drei Schläfenlocken an jedem Ohr –, in einem Gehrock aus scharlachrotem Samt, die Borten mit golddurchwirktem Brokat eingefaßt. Er faßte beide Hände Peters und überschüttete ihn mit Fragen der Höflichkeit. Ehe Peter recht zu sich kam, stand er im Hausflur, der mit langen Bordbrettern voller Geschirr und Zinn und mit mächtigen dunklen Eichenschränken ausgestattet war, und da stand auch schon eine stark gerundete Dame mit hoher Frisur und auffallend geschnürtem Busen, mit apfelroten Backen und Grübchen in Wangen, Kinn und Mundwinkeln:
„Aber gerade zur rechten Zeit, mein Herr, aber gerade hat die Küche das Ihre geleistet. Gott sei der Dank dafür, Herr Wost, daß Sie gesund in unserm Heim angelangt sind. Welch weiter, steiniger und schmutzstarrender Weg, oh, welches Opfer, das Sie uns darbringen, durch die morastige und durch den Winter entstellte Landschaft zu fahren!"
Peter versicherte der appetitlichen Frau, daß das Opfer ganz auf ihrer Seite liege sowie auf der ihres gastfreien Hauses, daß der Weg durch den beginnenden Frühling ... und dergleichen mehr. Während er vorbrachte, was ihm an höflichen Redensarten geläufig aus dem Mund wollte, stand er bereits in einem Stübchen – eine eichene, wachsduftende Holztreppe hoch –, einem Stübchen mit niedriger Decke, mit blauweiß geblümtem Tischtuch, blauweiß karierten Bettvorhängen, einem zierlichen Sekretär aus goldgelbem Kirschbaum und kolorierten Kupferstichen an den

Wänden in ebenfalls kirschbaum-polierten Rahmen. Alles roch nach feinen Stoffen und Lavendel.
Unter diesem Zimmer schien die Küche zu liegen, denn von daher hörte er resolutes Hasten. Und während er sich wusch, frisch puderte und parfümierte, zogen infolge seines in der Kutsche leergerüttelten Magens Vorstellungen von Gesottenem, Gebratenem und Gebackenem durch seinen Sinn.
Kurze Zeit nach dem Eintritt in den Salon, in dem Fritsche schon wartete, kam ein Junge von vermutlich dreizehn Jahren mit Stimmbruch und zahlreichen Pickeln, die dick überschminkt waren, Fritsches Sohn. Das hätte Peter niemand erst zu sagen brauchen: dieselbe fleischige Nase und von Haus aus niedrige Stirn, dieselben sehr schön geformten Lippen und in der Kleidung die gleiche Übertreibung im Modischen. Nur daß der Junge das Haar nicht puderte, sondern die aschblonden Locken ungeflochten im Nacken sich wellen ließ.
„Englisch hält er für besonders bürgerlich", erklärte Fritsche nachsichtig, „mein Sohn ist im Alter des betonten Standesbewußtseins." Die Tochter Fritsches dagegen war um gute vier Jahre älter als der Sohn, mit rieselnden blaßgelben Locken, wenig geschminkt und in einem Kleid der letzten Machart, das in den Hüften locker und natürlich gefaltet bis zu den Füßen herablief. Der mädchenhafte, aber nicht zu kleine Busen war fast bis zu den Knospen sichtbar unter einer dezenten Säumung von Brüsseler Spitzen. Große blaue Augen mit einem Ausdruck fragender Sehnsucht, der Mund, anscheinend väterliches Erbe, hatte bei ihr die Neigung, ein wenig offen zu stehen. Man sah so meist einen Schimmer der Zähne. Ihr Lachen war still und nicht so, als nähme der übrige Körper Anteil.
Fritsche machte in bescheidener Weise seinen Hausrat herunter: „Nicht viel, mein Bruder, was man erlesenem Geschmack anzubieten vermag. Das Beste ist von meinem Schwiegervater geerbt, der reiche Sammlungen besitzt, freilich mehr auf numismatischem Gebiet ... tja, also das

wirst du später, wenn's beliebt, in Muße betrachten können. Der Wandschrank dort ... ganz braves Stück, wie? Pariser Arbeit. Der Leuchter ebenfalls."
„Aber erlaube ... das sind prächtige Stücke ... Intarsien aus Rosenholz und Elfenbein, sogar Perlmutt-Einlagen."
„Wirklich, wirklich?" jubilierte Fritsche, „höre, Angtoanette, es sind prächtige Stücke, die du in deinem Elternhaus um dich hast; das sagt ein Kenner. Ja, mein Herr Schwiegervater hat viel Geschmack." Peter dachte: ‚Wie oft mag er schon so jubiliert haben.' Antoinette schien ähnliches zu denken, wie ihr schmerzliches Lächeln verriet. Währenddessen hing sein Blick an einem Gemälde, das mit offenbarer Meisterschaft einen Herrn darstellte, der an einer geborstenen griechischen Säule lehnte. Hinter ihm in den Bergen trieb ein Hirte Schafe ins Feld, während eine grazile Magd Wasser aus einem Quell schöpfte.
„Dies ist er, der Herr Vater meiner teuren Gattin. In Rom gemalt ... von der Kauffmann."
„Ich dachte es mir schon", sagte Peter.
„Ja, ja, die göttliche Angelika ... Mein Schwiegervater trieb viel Studien in Rom. Sage deine Meinung zu dem Kunstwerk, Peter, dessen Ähnlichkeit du freilich glauben mußt, denn wenn du auch den alten Herrn noch kennenlernen wirst, so kann man heute nur noch ahnen, was er einst gewesen ist."
Peter begann zu loben, was er lobenswert fand: die edle Haltung, die für den Forscher gut gewählte Umgebung, die fehlerfreie Zeichnung aller Gegenstände.
„Fehlerfrei, hörst du, Angtoanette, ein fehlerfreies Werk! Wer das bei anderen erkennt, der muß schon selbst imstande sein, ein fehlerfreies Werk zu schaffen, und sei es nur in Kupfer."
„Nur?" lächelte Antoinette zögernd zu Peter. Ihr Auge bat um verstehende Nachsicht. Und Fritsche beeilte sich: „Aber selbstredend meine ich nicht, daß dies weniger sei. Im Gegenteil weiß ich sehr gut, daß viele Kenner die Stechkunst höher werten als die Malerei. Nun, unser Freund

versteht mich schon." Fritsche hatte sich feuerrot geredet; das Gefühl, taktlos gewesen zu sein, brachte ihm Herzklopfen ein, und sein Appetit war verscheucht, als jetzt Frau Fritsche, mit allen Grübchen lächelnd, zum Mittagsmahl bat.

Der blonde Hausknecht, der Peters schwere Koffer wie leichte Federkissen getragen hatte, servierte die Suppe. Peter hätte ihn kaum wiedererkannt, er trug Livree, hatte die Haare unter einer grauen Perücke stecken, die rissigen Hände in weißem Glacé. Erst nach der Suppe erschien, auf einen Krückstock gestützt, sonst rüstig anzuschauen, der alte Herr Plesius, der von der Kauffmann gemalte Numismatiker mit seinem blühend geschminkten Pergamentgesicht. Wie weiland Karl der Fünfte hatte er nur einen einzigen Vorderzahn, was ihn am Zermalmen der Schleien und des nachfolgenden Geflügels nicht hinderte. Überaus zierlich wußte er die fleischigen Knöchelchen in die Sauce zu tauchen und dann abzunagen. Er sprach nicht viel, nahm von dem Gast nur höflich Notiz und ihn wohl nur zum Anlaß, sich nach der Komtesse de Launay zu erkundigen, die seine Münzen angelegentlich betrachtet habe. Fritsche versicherte ihm sofort, er habe nicht versäumt, die junge Dame nachdrücklich zum Kaffee einzuladen: „Sie ist seit einer Woche hier wegen des Hospitals."

„Das soll man ihr ausreden", begann der alte Herr erregt, während er den Kalbsbraten in winzige Würfel zerschnitt. „Sie ist eine so kluge Demoiselle. Derlei Philanthropie ist des Königs Sache. Im grauen Mittelalter haben sich Frauenzimmer wohl so betätigt, nun ja, in jenen grauenvollen Zeiten voll Barbarei und Pest. Doch heute hieße es das Altertum verleugnen! Es paßt nicht, es paßt nicht! Haben die Griechen Hospitäler errichtet? Meine Kinder, könnt ihr in den erhebenden Hainen, unter Marmorsäulen wandelnd, euch Bucklige und Blutspucker vorstellen?!" Er sah sich mit dem Blick eines Adlers um, der an der geschlagenen Beute sitzt. Der Dreizehnjährige nickte: „Weder Blutspucker noch Greise mit nur einem Zahn!"

Er sagte das so ehrlich zustimmend, daß Fritsche den Sinn erst begriff, als der alte Plesius seinen Teller wegschob und trotz aller Fragen und Bitten des Ehepaars wortlos hinausstapfte. Dem peinlichen Schweigen, nachdem die Tür hart geschlossen worden war, machte Antoinette ein Ende.

„Er hätte die Komteß nicht anzugreifen brauchen. Sie interessiert sich für die Münzen viel weniger als der Junge. Dem aber zeigt er sie nie.“ Frau Fritsche verlangte dringend und laut nach dem zweiten Fleischgang und nötigte Peter, der eigentlich nach der Schleie schon satt war, ein großes Stück Schweinslende auf. Die Augen der Dame schossen inzwischen Blitze nach dem Sprößling. Fritsche tat das Klügste: er hielt eine ironisierende Rede über den Drang der Jugend, vorlaut zu sein, und die traurige Pflicht, die hieraus den Eltern erwachse.

„Es war nur leider nicht vorlaut, mein teurer Gotthelf!" Frau Fritsche war außerstande, die Sache nur mit Blitzen abzutun.

„Aber zutreffend, meine Liebste! Den Ton selbstredend und schlechtgewählten Ort wird man noch kritisieren ... indessen geht es doch nicht an, die alten Griechen dauernd das Dasein der modernen Menschheit regulieren zu lassen."

„So, so!" Sie wurde belehrend und damit kam sie vom Peinlichen ab: „Wenn aber ein Genius wie Winckelmann es doch gewesen ist, der diese Forderung gestellt hat?!"

„Welche?" erkundigte sich Fritsche ahnungslos. Sie sah lustig aufseufzend zu Peter: „Vergeben Sie ihm seine Unbildung, der Alltag überlastet ihn." Darauf deklamierte sie in wohlmeinendem Ton zu Fritsche: „In allem, was du auch tun mögest, sei dessen eingedenk: Was hätten die alten Griechen dazu gesagt?"

Da wandte Antoinette ihre sehnsüchtigen Augen der Mutter zu: „Was hätten die alten Griechen wohl zu der Nachfolge Christi gesagt?"

„Das ... das ...", Fritsche stockte der Atem. Schließlich fragte er nur entsetzt: „Muß das sein?" Selbst seine Gattin wandte sich hilfesuchend Peter zu. „Muß das sein?" fragte Fritsche von neuem.

Er war sich der Albernheit seiner Worte klar, aber er hatte keine anderen. Er wartete auf die Rettung durch den Gast, der mit Mühe noch dem Anstand Genüge tat und in seinen überfüllten Magen Konfitüren stopfte. Er war vor Übersättigung schon müde und suchte ganz ergebnislos nach einem Übergang. Schließlich, den

Kompotteller wegschiebend und die Hände vor sich legend, glaubte er ihn gefunden zu haben und begann artig: „Es ist Ihnen vielleicht nicht unbekannt, daß Rafael Mengs einst eine griechische Malerei imitierte und sie Winckelmann als alte Ausgrabung vorlegte. Diese zum Scherz hergestellte Fälschung ist von Winckelmann als ein besonders großartiges Werk der Antike gepriesen worden. Was hätten wohl die alten Griechen dazu gesagt?!" Fritsche beugte sich vor und stemmte die Ellbogen ungeniert auf den Tisch. Zum erstenmal in seinem Leben interessierte ihn Winckelmann. Der Dreizehnjährige stieß seine Schwester in den Rücken. Frau Fritsche lächelte tiefverstehend:
„Sie haben unverhüllt, wenn auch nicht ungalant, Ihre Meinung dargetan, mein Herr. In der Tat, ich pflichte Ihnen bei: die alten Griechen hätten sicher ihres genialen Interpreten gespottet."
„Dies vermutlich auch", erwiderte Peter höflich. „Ich meinte allerdings, daß man sich die Zeit von damals doch wohl anders vorstellt, als sie war. So wie man sich das Heute wünscht, soll die Vergangenheit gewesen sein. Das ist verständlich, aber nicht historisch gedacht."
Frau Fritsche war froh, daß der Käse kam, und ihr Gatte erklärte, man serviere ihn auf eignem Porzellan. Die delikateren Speisen vertraue er einstweilen seinen Produkten noch nicht an. Doch hoffe er, die Muster, welche Bruder Wost entwerfen werde ... Nun, er denke nicht gleich an Weltberühmtheit, aber alles habe ja einmal bescheiden begonnen. In diesem Sinne gesegnete Mahlzeit allerseits!
Fritsches Weste saß stramm, als er sich erhob. „Wollen wir den Wein zum Mokka mit in den Salon nehmen, mein teurer Bruder?" Peter hatte nur im Sinn, jetzt endlich auszuruhen, und vermutete dies Gefühl mit Recht auch bei seinem Gastgeber. Als er dann in seiner Stube die Bettdecke über sich zog, schlief er trotz des starken Kaffees schnell ein und mußte zum Nachmittag geweckt werden.
Schlaftrunken spülte er sich den Mund mit einer scharfen

Essenz, zog Riechsalz durch die Nasenlöcher und war dann endlich wieder so weit bei sich, daß er die Verwünschungen gegen die Schlafstörer unterdrückte, ein Lied zu summen begann und angelegentlich zum Fenster hinaus sich die Gegend betrachtete. Der Blick auf den Markt mit der Pfarrkirche und die sich darüber erhebenden Waldberge war überaus reizvoll. Er hatte sich in die Betrachtung versenkt, als ihm plötzlich einfiel, daß Elisabeth de Launay ja eingeladen war. „Oho, dann kleiden wir uns aber an ... den braunen Samtrock bitte! Und das Valencienner Jabot, die Nadel mit der Perle!" Sorgfältig zog er sich die Brauen nach und wählte für die Lippen einen besonders roten Stift, schliff und polierte die Nägel, puderte auch sanft den Handrücken.
Im Salon wartete bereits Fritsche. Er hatte noch vor der Mittagsruhe eine Partie „nach der Buche" vorgeschlagen. In der Küche war darum ein geschäftiges Klirren von Geschirr, und das nicht endende Mahlen der Kaffeemühle drang als Unterton wie ein summendes Insekt durch alle Gespräche. „Ja, die Damen, teurer Bruder! Ich wette, keine hat der Ruhe gepflogen, nur mit der Toilette fertig zu werden. Dabei ... was gibt es schon für einen Landausflug zu schmücken und zu zieren!" Peter legte seine Hände auf den Rücken: „Nun ja, nun freilich."
Ihm gegenüber hing ein Aquatinta-Blatt von Debucourt, „La Matinée du jour de l'an". Fritsche sah Peters Augen nach: „Ein Lieblingsblatt meines Schwiegervaters. Er verehrt die Franzosen, er hält sie für die Griechen der modernen Zeit. Er liebt sie, nun ... wie etwa unser König, den Gott bald selig haben wird, vermute ich ... jaja, mein Bruder, wem es mit dreiundsiebzig nicht zum Besten geht! Nun, uns geht es ja auch nicht gut – auf andre Weise –, und er kann uns nicht helfen, von Industrie versteht er ohnehin sehr wenig ..." Peter fragte: „Ich hörte oft, er fördere Manufakturen und Fabriken besonders?"
„Und Grundbesitz und Kartoffelanbau und französische Zollpraktiken?" Fritsche wurde ganz beredt: „Mein lieb-

ster Bruder Wost, zwei Dinge versteht er leidlich, unser Fridericus: Flöte blasen und Kriege anzetteln! Was er gut versteht, das weiß man nicht, hingegen ..." Wieder war es Peter, der dazwischen fragte: „Ich dachte, daß die Unternehmer am wenigsten zu klagen hätten. Die Edelleute vielleicht ausgenommen, die sich ja auf ihre Güter zu beschränken haben..." Aber nun war Fritsche nicht mehr zu halten; dieser Künstler, sonst so trefflich gebildet, war offenbar, was Wirtschaft anbelangte... nun, möge er die rechte Belehrung empfangen: „So ist das, Peterbruder: Edelleute oder Unternehmer! Der Doktor Lambrecht spottet über unsere Kontobücher. Ich will ihn nicht bepetzen, den geistreichen Herrn Advokaten, der von unsern Prozessen aufs beste lebt. Aber er möge einmal Kontobücher richtig lesen! Haha, sieh dir die Gegend hier nur an, du Sohn und Geliebter der Musen! Da hast du den Eisenbergbau, da hast du die Teppichfabriken, da hast du die Spinnereien und meine Manufakturen. Wir wissen Bescheid, Bescheid von Oppeln bis Stettin, vom Rhein bis zur Weichsel. Doppelt so groß, zehnmal so reich wäre alles bei uns! Aber da sind die verfluchten – du mußt schon vergeben – die gottverfluchten Standesprivilegien!" Fritsche stand erregt auf, ging mit vorgestrecktem Bauch hin und her und formte energisch an jedem weiteren Satz mit den dicken Armen: „Gewiß, wir lassen dem Adel, was ihm zukommt... o gewiß! Er mag sich um den Boden bekümmern, um die Verwaltung, um Rinder und Rekruten – das ist Klattes Wort: um Rinder und Rekruten! Aber der Hände Werk und alle Wissenschaft muß frei sein! Ist denn Leibeigenschaft nicht Sklaverei?! Ist das noch Sittlichkeit, von Humanismus ganz zu schweigen?!"

Fritsche blieb vor Peter stehen und wollte eine Antwort. Aber dem kam grade das letzte, die Beschwörung des Ethischen, so fremd vor, so ungesund in eines Kaufmanns Mund, daß er nur wieder hätte fragen müssen. Er wurde indessen jeder Äußerung enthoben. Im Korridor hörte man begeistertes Begrüßen: „Komtesse ... liebe Komtesse!"

V.

Von der „Buche“ hatte Peter schon mancherlei gehört, die Aussicht von ihr war ebenso berühmt wie der Baum selbst.

Er ging ein wenig abseits. Die Fahrt in zwei Kutschen, das Ungemach, Frau Fritsches klassische Bildung neben sich zu haben, dafür vorn Elisabeth zu wissen ... Nachher die Massen von Gebackenem, der sentimentale Vortrag eines Gedichtes, auf dem Frau Fritsche bestand und den Antoinette erst widerstrebend, dann mit einer gewissen Hingabe zur Unterhaltung beitrug – das alles hatte ihn stark ermüdet. Nein, ermüdet war er eigentlich nicht. Aber allein war er. Sein Auge suchte Agnetendorf. Dort hinten mußte es liegen ... Seltsam, er hatte das Gefühl, dort wohne er, dort sei er daheim. Er dachte an die Kammer, an die Winterwochen mit Käthe. ‚Ich habe doch schon in den Armen mancher Frauen geschlafen, Käthe, was ist denn an dir?! Die rote Samtkappe wirst du bald einmotten müssen ... und gnade Gott, Exner, wenn ich Klagen hören sollte. Grüß auch den Fiebig, diesen harten, weichen Kerl aus Sehnen und Sommersprossen ...‘

„Nun, du sinnst? Du hast Inspirationen?“ Fritsche baute sich gutmütig neben ihm auf: „Ich möchte nicht den Künstler stören, der vielleicht mit seiner Muse gerade ...“

„Keineswegs!“ Peter wollte den Wohlgenährten nicht abweisen, zumal die Damen ihn offenbar allein gelassen hatten.

„Mein Teuerster, die Sonne wird sich bald neigen zu einem flammenden Abendrot!“ Fritsche betrachtete wetterkundig den Himmel. „Ja“, meinte Peter wortkarg. Im Westen zogen lange schwimmende Wolkenbänke auf. „Sie werden sich goldgelb färben, zinnoberrot und dann tiefviolett – über dem rauhen Land mit seinen armen Menschen.“

Das sagte er halblaut vor sich hin, und Fritsche faltete die Hände über seinem Bauch: „Jaja, es ist ein rauhes Land. Und gar die Menschen ...“

„Wer nicht in den Windeln oder im Sarg liegt, der webert. Wie stellst du dir eigentlich die Behebung dieses Elends vor?“
„Behebung?“
„Also, du weißt es auch nicht.“
„Nein“, meinte Fritsche, „so wenig wie ich weiß, wann das begonnen hat. Es ist so aufgekommen, die Weberei hat keine Zukunft gehabt ... jeder durfte. Die Weber sind frei ...“ „Frei?!“ lachte Peter auf. Fritsche erschrak über dieses Lachen: „Na ja, gegenüber den Bauern, meine ich. Die Weber gehören nicht dem Grundherrn.“
„Er kann sie mithin wegjagen, wenn es ihm beliebt?“
Fritsche nickte empört: „Das kann er freilich. Da siehst du, was ich gesagt habe, am Beispiel demonstriert! Die Kaufleute, die von dem Fleiß der Weber leben ...“
„Wie belieben?“ unterbrach Peter.
„Ich meine, die den Handel mit der Ware doch erst geschaffen haben ...“
„Nein“, Peter bestand darauf, „sag nur wie vorhin: ‚die von dem Fleiß der Weber leben‘!“ Fritsche zuckte mit den Schultern: „Wie du es ansiehst ... also diese Kaufleute können mit dem Gesetz von einem Tag zum andern ruiniert werden. Der Grundherr braucht die Weber nur zu vertreiben.“
„Ah“, Peters Brauen zogen sich zusammen, „was machen dann diese Ärmsten?“ Fritsche schob die Unterlippe vor: „Tja. Sie machen ihre Kontore zu oder, was meist geschieht, sie bieten dem Grundherrn Geld.“
„Verzeih, ich meinte nicht euch!“
„Ach, die Weber? Ja lieber Gott! Amerika ist groß ... und wir verlieren unsere Arbeitskräfte. Nun sage mir bloß, wozu du dies alles wissen willst?“
Peter sah ihn an: „Ich bin Freimaurer.“
„Ja, ja“, meinte Fritsche unsicher. „Übrigens, es ist schon lange nicht mehr zu solch harten Edikten gekommen, im Gegenteil, alles was recht ist, der König würde das kaum zulassen.“

„Siehst du!“ belehrte nun Peter. „Ich will bekennen, ein weniges mehr als du halte ich doch von ihm. Ich rede dabei keineswegs für eigene Rechnung. Du weißt, daß er die deutschen Künstler gar nicht schätzt, und zu seiner ganzen Lebensart hätten die alten Griechen einstimmig nein gesagt. Indes, mein lieber Bruder: Fehler hin, Fehler her. Ein schlechter Landesvater ist er nicht, solange er das Handwerk gegen – pardon, Bruder – gegen die Manufakturherren schützt. Wo bringt denn der Fabrikbetrieb die Menschen hin?! Bei Klatte hörte ich mit Staunen, daß euer Ideal ist, keinen Lohn zu zahlen.“ Peter hörte mitten in der Rede auf, er fühlte, daß er sich zu Äußerungen hinreißen ließ, die den andern verletzen mußten. Aber Fritsche war nicht verletzt: „Du siehst die Dinge nur als Philanthrop, mein Bruder. Niemand zerstört das Handwerk, selber zerstört es sich. Ja, selber! Mit ganz verrückten Zunftgesetzen. Meinst du, ich würde Porzellan herstellen, wenn ich Tonzeug machen dürfte? Aber dazu müßte ich ein Töpfermeister sein und alle Leute im Betrieb gelernte Innungstöpfer, verstehst du? Solche Vorschriften geben sie aus. Was macht da ein Kaufmann? Er macht eben Porzellan – das wenigstens ist frei, das war ihnen nicht ‚ehrlich‘, dieses Alchimistenzeug. Natürlich, heute möchten sie das auch verbieten, sie haben nicht bedacht, daß unser Porzellan einmal alles Tongeschirr beiseite räumen würde. Ja, so ist das in allem.“ Selbstbewußt schritt Fritsche vor der alten Buche auf und ab. „Wir sind schuld am Niedergang des Handwerks? Oh, mein Lieber! Ja, warum darf ich keinen von den arbeitslosen Töpfern einstellen? Warum muß ich mich mit ausrangierten Soldaten, mit Bauernlümmeln, Weibern, Kindern abplagen?! Warum darf das Sägewerk dort drüben keine Zimmerleute, keine Tischler halten, warum Schröder keine Tuchmacher?! Weil die überzähligen Gesellen in den Städten zur Ehre ihrer alten Innungsfahnen hungern müssen. Verbot, Verbot, Verbot, wo du nur hinsiehst, wo du nachfragst. Für uns bleibt der Abschaum, dem man dann freilich am besten keinen Lohn bezahlen würde. Ja, Bruder, das klingt hart und wäre doch ein Segen. Man sollte Nahrung, Kleidung und Obdach geben, mehr nicht!"

„Mithin die Sklaverei einführen!" Peter war eigentlich erleichtert von dem, was Fritsche da sagte: nur immer weg mit allen verbergenden Schleiern! „Wenn du willst, Sklaverei!" sagte Fritsche ganz ruhig. „Sklaverei, verursacht durch die Niedertracht der Zunftgesetze. Uns Fabrikanten wäre wohler, wenn wir die Dinge so beim rechten Namen nennen dürften. Wir sind nicht schuld, wenn ganze Menschenschichten so weit herabgesunken sind, daß sie den Namen Mensch nicht mehr verdienen – woraus sich mancherlei von selbst berichtigt, zum Beispiel dieser Hospitalbau der Komtesse. Für Menschen: ja. Für Vieh, das menschenähnlich aussieht, etwa auch?"

Peter sah Fritsche forschend an. Aber in dem gepolsterten Gesicht suchte er vergeblich nach einem Zug von Bosheit oder Grausamkeit. Im Gegenteil: dieser kleine Herr Bruder von der Loge zu Hirschberg hatte die reine, wenn auch betrübliche Wahrheit gesagt. Persönlich hätte er gern viel geändert, indessen: „Ich kann Porzellan machen, die Schöpfung ändern kann ich nicht", wie entschuldigend kam es nach.

Peter, nicht mehr auf der Lauer liegend, zog nur noch das Fazit: „Man müßte demnach resümieren: Wer nur Fabrikarbeit noch leisten kann, der ist kein Mensch mehr. Wir müssen ihn zum Reich der Tiere rechnen und ihn behandeln ... etwa wie ein Pferd."

„So ist es leider", sagte Fritsche, „und wenn Gott ganze Gruppen von Tieren schon zum Aussterben verurteilte, ja, große Völker ausrotten ließ, so mag es seiner Allmacht wohl mitunter nötig erscheinen, auch ganze Menschenklassen zu vernichten. Wer kann seine Wege ermessen und seine Weisheit erforschen!" Fritsche atmete tief. Fromm schaute er in den abendlichen Himmel, als müßte Gottes Antlitz da jetzt zu sehen sein. Er war ein wenig verwundert, als Peter ihm die Hand auf die Schulter legte:

„Fritschebruder, du hast doch nicht etwa inzwischen das Buch des Nördlingen gelesen?"
„Demnächst, demnächst bestimmt", eiferte der entschuldigend.
„Aber nicht doch", sagte Peter mit einer seltsamen Gelassenheit, „du bist ein so gefestigter Charakter mit einem ungetrübten Blick für alles Menschliche ..."
„Ja?" erkundigte sich Fritsche geschmeichelt, „dann brauche ich es also wirklich nicht zu lesen, meinst du?"
„Das meine ich. Zumal das Gegenteil von dem drinsteht, was du gesagt hast."
„Aber!" Fritsche verwunderte sich ehrlich. „Es soll doch so ein gutes Buch sein?"
„Was macht das aus!" Peter zuckte gleichmütig mit den Schultern. „Du hast doch vorhin selbst die Sklaverei verdammt, die du jetzt gutheißt." Da Fritsche sich räusperte: „Jawohl, du hast gesagt, die Grundherren hielten Leibeigene, und das sei Sklaverei und sittenlos."
Fritsche unterbrach eilig: „Aber welches Mißverständnis. Oh, wie wenig kennst du unsere Arbeitsleute! Bauern? Bauern sind Menschen! Von denen redet doch bereits die Bibel. Bruder, hast du jemals einen Weber in seinem Haus gesehen? In seinem Haus, sage ich. Ich meine: in seinem Wohnloch! Und die Weber stehen sozusagen noch über den Fabrikarbeitern. Kennst du Manufakturen, ja? Dann müßtest du wissen, daß man keinem Bauern einen solchen Vergleich antun darf. Der Bauer sät und erntet, der Bauer bildet einen Stand; wenn auch den untersten, so doch das Wurzelwerk der andern Stände. Nein, nein, ihr Künstler denkt doch seltsam!"
Peter legte den Kopf schief: „Fritsche, und *du* bist ein guter Mensch."

VI.

Peter war in den Anblick des Sonnenuntergangs versunken. „Es scheint ein großes Feuerwerk geben zu wollen, nun

aber schiebt sich Wolke über Wolke – ah, den Blick von dieser Buche will ich mir einprägen."
„Den haben sich schon Generationen eingeprägt", lachte sanft Elisabeths Stimme hinter ihm. Er drehte sich um. Antoinette hing am Arm der Komtesse, die auf den riesigen Buchenstamm deutete:
„Wie viele Herzen, wie viele Namen. Die Liebe der Menschheit hat ihn mit tausend Narben bedeckt."
„Ja", sagte Peter, „die Liebe von Wesen, die ihn nicht das geringste angingen." Alle schwiegen und studierten die Rinde. Ziemlich weit oben erregte ein Pentagramm Peters Aufmerksamkeit, wie es seinerzeit Fiebig mit den Fingernägeln auf der Tischplatte gezeichnet hatte. Über der Figur stand deutlich die Jahreszahl 1685. „Um so viel ist der Baum in genau hundert Jahren gewachsen. Nun, Mesdames, wie er aussieht, wird er wohl auch uns noch überdauern."
„Oh!" Antoinette zitterte an Elisabeths Arm. „Reden Sie nicht von der Vergänglichkeit, ich flehe Sie an!"
Elisabeth legte die Hand um ihre Hüfte: „Aber Kleines, der Tod ist doch nichts Schlimmes."
Fritsche griff sich an den Kragen: „Gewiß, gewiß, Komtesse, gewissermaßen die Erlösung von allem Erdenleid."
„Dem Heiland entgegen, Amen." Elisabeth sah Peter an, und eine merkwürdige Scham stieg in ihr auf, eine entsetzlich quälende Scham, vor diesem Mann gelogen zu haben, bewußt gelogen, schon damals in Warmbrunn – und wieder und wieder zu lügen. Denn ihr Herz war erfüllt von grauenhafter Todesangst. Sie wollte nichts als leben, leben, ewig leben! Wenn man die Schönheit der Schöpfung erkennt und Anteil an ihr fühlt: die starken Äste dieses Baumes, das Keimen im Boden ... Schultern, wie dieser Mann sie hatte, eine Sprache, die so vibrierte – alles in ihr war in Aufruhr: Nie, niemals sterben müssen! Und sie log doch nicht? Sie wußte doch: der Himmel wartete auf sie, Jesus, köstlicher als alle Menschen und wahrhaft unsterb-

lich ... Und sie log doch nicht? Sie wußte: Der Tod hat keinen Stachel mehr, Sterben ist Gewinn, das Diesseits lohnt nicht einen Atemzug. Und sie log doch! Jede Ader, jeder Nerv in ihr war voller Haß gegen den Tod. Peter bemerkte den Kampf in ihren Zügen, das Schmerzliche, Verkrampfte, das sich nicht lösen konnte. Er sah sie forschend an, aber sie schüttelte gleich, matt lächelnd, den Kopf: „Man soll auch für – das Leben dankbar sein. Und ich bin dankbar."
Sein Blick war schwer zu ertragen. Sie sah in die Landschaft hinaus, die von greifbarer Klarheit war.
Sie setzte sich auf die Holzbank, die um die Buche herum gezimmert war, lächelte plötzlich ganz frei zu Peter hin: „Das Geäst im Frühlingsblau ... Wissen Sie, Peter Wost, wann wir solch Geäst schon einmal sahen, Geäst vor funkelndem Gestirn?"
Der Ton, in dem er es bejahte, war ein werbendes Geständnis. Da sah sie weg, denn sie fürchtete, ihre Augen würden zuviel sagen. Aber vor sich hin wiederholte sie noch einmal, einer Beschwörungsformel gleich: „Man soll für das Leben dankbar sein ..."
Und dann sah sie ihn doch an.
Noch ehe es ganz dunkel war, begannen die ersten Tropfen zu fallen. Fritsche hatte es verstanden, für die Rückfahrt eine ihm genehmere Ordnung zu lancieren. In der ersten Kutsche fuhr jetzt seine Frau mit Antoinette und dem Jungen zusammen.
Die dicken Lederverdecke waren aufgestülpt, auf denen man bald das dumpfe Trommeln des Regens hörte. Es begann empfindlich kalt zu werden. In immer heftigeren Stößen fegte der Nordost daher. Aber unter den dicken Wolldecken war es warm. Peter und Elisabeth saßen nebeneinander, Fritsche hatte das so eingerichtet zum horrenden Ärger seiner Gattin. Fritsche hatte seine Gründe: ‚Wieso, Angtoanette?! Künstler ladet man zu Gast, wenn man Gemälde oder derlei braucht, damit die Nachfahren wissen, wie man ausgesehen hat. Aber nicht, damit sie

selber Nachfahren erzeugen! Angtoanette einem Künstler geben? Wahngebilde einer überhitzten Griechenseele! Auch Klatte hatte sofort abgeraten. Auf Jäkelsberg berufst du dich? Hat der mir je schon einen ernsten Rat gegeben? – Gut, zugegeben. Adlige Damen können sich so einen leisten mit Weltruhm und derlei. Porzellanfabriken brauchen sichere Hypotheken und tätige Schwiegersöhne. So wie die englischen Fabriken muß meine werden ...'
Nach diesem Resümee der Rede, die er gestern abend seiner Gattin vorgedonnert hatte, und der energischen Abwehr vorhin beim Einsteigen, sah er sich den Künstler friederfüllt an: ,Was kümmert es so einen, daß bei uns die Brennöfen viel zu kalt werden. Zu beneiden, zu beneiden, wie so einer im Leben sitzt! Er braucht nichts zu können, ein bißchen Ausbildung vielleicht, denn die Begabung liegt ja zugleich in der Wiege. Verdienstlos zugefallen wie ein Adelstitel. Dann reist der Herr Künstler herum, legt sich in fremder Leute Betten, und weil die Mode das so vorschreibt, muß man ihn mit ernähren. Alles wegen der Musen! Dabei leistet so ein Maler immerhin noch Sichtbares. Die Dichter hingegen leben allein von der Faulheit ihrer Mitmenschen, die sich nicht mehr allein beschäftigen können und so tun, als wär das Bücherlesen ein Genuß.'
„Wie ist es denn eigentlich mit dem Herrn von Nördlingen ausgegangen?"
„Was?" Elisabeth und Peter fragten gleichzeitig.
„Ich meine ... vermutlich wird doch ein Duell ...?" Fritsche stockte plötzlich, weil ihm die Ursache jener Ohrfeige nicht gleich gegenwärtig war.
„Aber weswegen denn? Bitte!" Peter wurde ganz erregt.
„Das ... das habe ich nicht hören können. Irgendein Wortwechsel, und es war geschehen. Toll! Das Blut ist nur so gespritzt. Eckertsberg soll er heißen. Ich bitte, das Blut möchte noch wegzuwaschen sein – aber die Blamage!"
Elisabeth schüttelte immer wieder den Kopf. „Irren Sie sich auch nicht? Auf dem Fest, sagten Sie?" Dann nachsinnend: „Die Gräfin hatte Herrn von Nördlingen zu mir geschickt,

so gegen das Ende hin wohl, ich möge mir doch wenigstens das Singspiel anhören. Da war bestimmt noch nichts derlei geschehen."

„Ja, ja, das Singspiel!" Fritsche griff nach dem Thema, nur um von der anderen Sache loszukommen: „Das ist ja auch so eine ... wie soll ich sagen ... Der Berggeist ist so ein besonderer Geist. Ich bin bei Gott nicht scheu. Aber mit manchen solchen ... sagen wir: Naturgewalten ... sollte man nicht spielen!"

Ein heftiger Windstoß riß an den Lederklappen. Fritsche fuhr zusammen: „Nein, nein, ganz gewiß nicht", schrie er eilig, und dabei trat ihm der kalte Schweiß auf die Stirn: „Es war ein sehr schlechter Einfall!" Seine Angst teilte sich den beiden andern mit. Elisabeth griff unwillkürlich nach Peters Arm und schloß die Augen.

Peter selbst war es jetzt keineswegs froher zumute. Mußten diese verdammten Halunken da in Warmbrunn –? Schließlich, wenn sie schon im Bereich einer völlig unerforschten Naturkraft wohnten, dann brauchten sie die nicht noch frech herauszufordern. Und das bei Exner war vielleicht doch echt gewesen und nicht ein Zufall, wie er dem Nostitz versichert hatte! Zum Kuckuck, der Berggeist würde doch nicht ... Elisabeth und er hatten an dem Ulk nicht teilgenommen ... Wie das plötzlich stürmt, und wie die Fichten ächzen! Wie diese Frau hier bebt! Mein Gott, man fühlt förmlich, hier geschieht etwas, das ist nicht mehr geheuer. Am Ende sitzt er den Pferden auf und jagt die Kutsche in einen Bruch ...

Die Angst brachte Peter zugleich in Wut. Nichts verabscheute er mehr als Angst. Und wahrhaft würdelos hockte Fritsche da in seinen Decken, die Augen stier herausgedreht nach jedem Schatten, die die Kutschlaternen schwankend warfen, kindisch vor sich hinblubbernd: „Wir haben alle unsere Fehler ... wir werden gleich zu Hause sein ... wir haben alle unsere Fehler ... wir werden gleich", dabei klapperten seine Zähne, „zu Hause sein?"

Sie waren wirklich bald zu Hause. Schon ratterte das

Pflaster unter den Wagenrädern. Jetzt erst bemerkte Peter, wie fest sich Elisabeth an ihn geklammert hatte. Als der erste Lichtschein einer Straßenampel durch den Wagen huschte, fragte sie: „Wo haben Sie nur diese gottselige Ruhe her, Peter Wost? Ich bin vor Angst vergangen, der Berggeist ist ja sozusagen immer neben uns gewesen."
„Sehr richtig", kreischte Fritsche auf, „geradezu fühlbar! Da darf man wohl ein wenig transpirieren!" Er wischte mit dem Ärmel seine Stirn ab: „He, Kutscher, was ist? Hat Er nichts bemerkt?"
Der Kutscher, sonst ein geruhsamer Mann, sah Fritsches kalkweißes Gesicht, die immer noch zitternde Elisabeth und begann plötzlich vor Angst zu schlottern: „Ei, das kommt davon, Herr ... ja, davon allein, und nun haben wir nischt mehr zu lachen. Nu is er los! Oje, oje, ihr Leute!"
Peter rief überlaut und stampfte mit dem Fuß auf: „Es ist doch gar nichts geschehen! Sei Er doch still!"
Der Kutscher winselte vor sich hin: „Kann sein, die Gäule sind schon morgen lahm! Ihr Leute, ach!" Auf einmal schwang er drohend seine Peitsche nach Warmbrunn zu: „Die haben's ausgerichtet, die!"
Im Hause empfing sie Fritsches Frau. Das Speisezimmer war erleuchtet. Sie stellte Kristallgläser auf die Damastdecke. Schweigend hörte sie den Bericht ihres Gatten an. Ihr Blick war ohne Mitleid. Ihm war nach ihrer Ansicht recht geschehen – mitsamt seiner ganzen Wagenladung.
„Stärkt euch", versuchte sie liebenswürdig zu sagen. Aber nach dem ersten Schluck konnte sie einen Verweis selbst vor den Gästen nicht mehr zurückhalten. „Du weißt doch, daß der Herr Baron von Nostitz jedes Spukgerücht von Amts wegen untersuchen läßt; mußt du da vor dem Kutscher ..." Von der Küche her vernahm man allzulaut die Stimmen der Mägde, Frau Fritsche eilte, nach der Ordnung zu sehen. Als sie die Tür öffnete, drangen die Worte des Dreizehnjährigen laut und verständlich in den Salon: „Der Berggeist hat den Vater beim Genick gehabt und jämmerlich gezwiebelt!"

VII.

Elisabeth nahm das angebotene Zimmer, nachdem es sich erwiesen hatte, daß man nicht bis zum Gasthof gehen konnte, ohne völlig durchnäßt zu werden.

Große breiige Flocken mischten sich beständig in den Regen, und so bedeckte den Erdboden ein zolltiefer, wässeriger Schlamm. Das Zimmerchen ging nach dem Garten, es war nicht groß, aber bequem eingerichtet. Es lag direkt unter dem Dach, und der Regen erzeugte ein leises, einschläferndes Rauschen.

Aber Elisabeth konnte nicht schlafen. Lang ausgestreckt lag sie auf dem Rücken, die Hände hinter dem Kopf verschränkt. Sie mußte Ordnung in sich machen. Die letzten Tage hatten Stimmungen und Erkenntnisse in ihr geweckt, die sie nachdenklich machten: Klatte also gibt nichts für das Hospital, Fritsche gibt nichts. Die in Warmbrunn würden nur geben, wenn alte Soldaten ..., der Magistrat in Hirschberg nur, wenn unter keinen Umständen Soldaten ...

Sie hatte einstweilen nur die behördliche Genehmigung, es einzurichten. Ihr eignes freies Geld reichte gerade für den Bau, für sonst nichts. „Heiland, ich flehe dich an, laß mich nicht ermatten. Du siehst das Elend dieser Berge und weißt, man muß den Menschen helfen, wenn sie an dich glauben sollen ..."

An die Tür war leise gepocht worden. Antoinette trat ein.

„Kannst du auch nicht schlafen?"

Das schlanke Mädchen schüttelte die Locken: „Und warum soll ich auch schlafen, wenn du hier bist, wenn ich dich endlich einmal ganz, ganz nahe weiß."

Sie setzte sich in den Lehnstuhl und zog die Beine unter den Mantel, den sie umgehängt hatte. Ihre Augen spiegelten das Licht in sanfter Feuchtigkeit.

„Elisabeth, so also siehst du aus, wenn du im Bett liegst? Reizend siehst du aus ..."

„Aber du bist doch nicht deshalb gekommen!"

„Nein. Nein, Elisabeth. Ich muß dir vieles beichten. Kannst du mir helfen?“
„Wie soll ich das wissen. Aber Jesus kann helfen!“
„Elisabeth, ich höre seine Stimme nicht mehr!“ Antoinette brach in Tränen aus. „Und das ist kein Wunder! Wenn man seinen eigenen Vater so haßt!“
Elisabeth richtete sich halb auf: „So etwas mußt du dir nicht einreden. Komm, gib mir deine Hand. Ich kenne solche Stimmungen der Seele – sie sind ein Gaukelspiel der Hölle, damit man in Verzweiflung gerät und aus Verzweiflung dann an Gott verzagt.“
„Meinst du? ... Wie er den Bruder geschlagen hat, so roh! Und dann abends, als er Angst bekam, da sah er wahrhaft erbärmlich aus. Und ich mußte immerzu denken: Von diesem Manne stamme ich ab, von diesem gemeinen Feigling, von diesem Mundwerkchristen, der alles verachtet, was nicht Geld heißt. So muß ich selber werden, wenn Gott mich nicht errettet! Du weißt nicht, wie wir alle leiden, die Mutter, der Bruder!“
Elisabeth wußte nichts zu antworten. Die Klage des Mädchens klang so echt. Und dennoch fühlte man, daß Antoinette in einem Rausch redete. „Toni! Toni, du mußt nicht so weinen, hörst du! Wir haben unsere Väter von Gott und müssen ihnen Ehre erweisen.“
„Auch Tyrannen? Auch Lästerern? Ich kann nicht mehr. Alles an diesem Menschen ekelt mich bis zum Erbrechen!“
Elisabeth schlug die Decke zurück: „Komm, Toni, du wirst ja eiskalt sonst.“ Sie sagte das fast energisch. Antoinette rutschte sogleich aus dem Mantel, schmiegte sich an die andere, weinte leise und hemmungslos. Elisabeth ließ sie, bis die Tränen zu versiegen begannen. Deutlicher noch als vorhin empfand sie, daß in diesen Abscheu Gefühle eingewachsen waren, wie Kerne im Apfel. Fritsche war durchaus ein Mann, um einem Männer zu verleiden, besonders wenn man keine kannte. Plötzlich stockte ihr der Atem für eine Sekunde, dann fragte sie

sachlich und riet dabei zugleich: „Du hast vor allen Männern Angst ... das ist kindlicher Aberwitz. Sieh mal, auch Jesus war ein Mann ..."
„Nein!" schrie das Mädchen auf: „Laß das! Jesus ist Gottes Sohn, ein Freund und Heiland der Seele, Elisabeth, wie kannst du derlei sagen, – du! Wo ist je ein Mann gewesen, zart und liebevoll wie er! Nein, die Natur hat sie zu Wüterichen geschaffen, wehe uns!"
Elisabeth unterbrach sie still: „Glaub mir, wir Frauen tun den Männern oft mehr Leid an als sie uns."
Antoinette stützte sich plötzlich auf die Hände. Ängstlich sah sie die Freundin an: „Liebst du?"
Elisabeth lächelte unmerklich. Statt einer Antwort zuckte sie ein wenig mit den Schultern.
„Und er liebt dich?" Antoinettes Augen waren qualvoll weit aufgerissen. Elisabeth strich ihr über die Stirn: „Kleines scheues Reh du, habe keine Sorge um mich. Das

ist nicht meine erste Liebe. Vielleicht die erste, die sich lohnt. Nun immerhin, mein Herz ruht an dem Herzen Jesu. Es wird mich niemand mehr in einen Abgrund stoßen."
Perlende Tränen tropften erneut über Antoinettes Wangen. Elisabeth zog sie an sich: „Warum das nun?"
„Weil ich dich bald verlieren werde – dich auch, mein Herzeleid! Elisabeth, ich habe dich unendlich lieb, darf ich dich denn nicht lieben, lieben über alles ... du? Durch dich habe ich Jesus gefunden, nur durch dich empfinde ich die Gegenwart des Heilands! Wenn du so daliegst ... oh, so hat Raffael ihn oft gemalt. Die Wunden seiner Dornenkrone muß ich küssen! Ich küsse Jesus durch dich, Liebste", weiche Lippen brannten auf Elisabeths Stirn, auf ihrem Mund und den Flächen ihrer Hände, „dort, wo die Nägel ihn durchbohrten ... Und du – einmal die Grube seines Herzens kosen dürfen ..." Ehe Elisabeth wußte, was das fiebernde Mädchen wollte, lagen deren heiße Lippen unter ihrer Brust, tasteten sich hinauf in einer Kette von Küssen bis auf die Höhe der Knospe.
Einen Augenblick glaubte Elisabeth, es würden ihr die Sinne vergehen. Sie wand sich abwehrend, preßte beide Hände in Antoinettes Haar und zwang den küssenden Mund von sich weg, starrte die trunkenen Augen an, in denen sogleich eine neue, entsetzliche Angst aufstieg. Indessen kein Wort des Vorwurfs kam über Elisabeths Lippen, keine Geste der Ablehnung mehr, nachdem sie den Ansturm beschworen hatte. Still hielt sie des Mädchens Hände in den ihren.
Draußen tropfte es von den Dachziegeln, unablässig rann der Regen an den Scheiben.
„Weil ich nicht mehr weinen kann, weint der Garten", sagte leise Antoinette nach einer Weile. „Elisabeth, es ist ja alles, weil – weil ich ... heiraten soll."
„Du sollst? Warte nur, bald wirst du wollen! Wirst ihn lieben, und er wird dir zeigen, wie Liebe sein kann!"
Das Mädchen wurde immer stiller: „Meinst du wirklich, ich würde einen Mann lieben können?"

„Aber Toni! Natürlich wirst du! Wenn diesen etwa nicht, dann einen andern.“

Antoinette sagte sanft: „Mutter hat es sich so ausgedacht. Nun, dann vielleicht doch keinen andern, dann doch vielleicht diesen. Meinst du, er wird gut zu mir sein?“

Elisabeth lächelte: „Wer denn? Du bist ja schon halb mit der Wahl zufrieden, wie?“

Nun lächelte auch Antoinette. Es klang sogar ein vibrierender Ton wie von zu erwartendem Glück in ihrer Stimme. Sie legte den Mund dicht an Elisabeths Ohr: „Peter Wost“, hauchte sie.

„Ah. Weiß er es?“ Elisabeth streichelte das Haar der jungen Freundin weiter. „Ich denke, ja“, sagte Antoinette still vor sich hin. Wie im Rhythmus des Regens streichelte Elisabeth sie unablässig, bis jene schlief.

Dann lag sie reglos Stunde um Stunde. Die Ruhe, die sie jetzt überkam, zog durch ihre Nerven wie ein betäubendes Gift. Unaufhaltsam wurde dunkel, was gestern in Elisabeth zu strahlen, wurde kalt, was gestern zu glühen begonnen hatte.

‚Man soll für das Leben dankbar sein!‘ Sie hatte die Antwort in Peters Augen falsch gedeutet. Ach – im Wagen war sie dem Berggeist so dankbar gewesen bei aller Angst für den Druck seiner furchtlosen Arme. ‚Mein Herz ruht am Herzen Jesu, es wird mich keine Macht mehr in den Abgrund stoßen ...‘ Das Mädchen hier hat geglaubt. Wann habe ich gelogen? Gestern, als ich jede Todesangst geleugnet hatte. Nun ist das keine Lüge mehr! Nun wird das andere zur Lüge, das zuvor Wahre: Mein Herz ist mir entglitten. Nicht noch einmal versinken! Nicht nach so vielen Jahren die Qualen der irdischen Liebe, nur weil sie sichtbar, tastbar, küßbar ist – o nein! ‚Ich bete an die Macht der Liebe, die sich in Jesu offenbart! Ich geb mich hin dem vollen Triebe, mit dem ich Wurm erlöset ward, ich will, anstatt an mich zu denken, ins Meer der Liebe mich versenken ...‘

Ihre Hände, erst wie im Krampf verschlungen, lösten sich:

‚Nie möge einer schwesterlichen Seele um meinetwillen Gleiches widerfahren ...‘
Das Grau des dämmernden Tages zeichnete immer deutlicher ein dunkles Kreuz ins Fenster.

VIII.

Peters schabende Zeichenkreide war eine Weile das einzige Geräusch im Salon. Fritsche, steif im Sessel zurückgelehnt, verkniff sich dann und wann ein Gähnen.
„Die Mundpartie ist so weit fertig, du kannst nun wieder reden.“ Fritsche blickte Peter dankbar an: „Wir sollten noch einen Kaffee trinken. Anscheinend haben wir alle schlecht geschlafen heute nacht, nach der Erregung. Sag mal, gibt es nun Gespenster oder nicht? Ich meine, wenn man jetzt so hier sitzt, am hellichten Tage – das heißt, hell ist es ja gerade nicht –, was meinst du?“
„Hm ... gibt es nach dem Mittagsmahl Hunger? Alles hat seine Zeit“, sagte Peter und verrieb dabei die Schatten um den Halsansatz. „Sie sind wohl ziemlich alle an die Nacht gebunden. Oder zumindest an dunkle Räume.“
„Der eben nicht“, Fritsche fuhr sich streichelnd über die rasierten Wangen, „soweit man Sagen glauben darf. Nein, wie das regnet! Sieh nur, das nennt sich Markt! – Pastor Neubert hat eingehende Studien über den Berggeist gemacht. Traurig, wenn man das liest. Dann glaubt man nämlich, daß er existiert, der Gnom. Es ist aus der Bibel zu beweisen. Verdammt viele Geister muß es geben. Was denken eigentlich wir Freimaurer?“ – „Worüber?“ Peter war mit seiner Zeichnung zu beschäftigt. Jetzt machte er eine Pause und reckte sich: „Ja, das war aufregend gestern. Was wir über Geister denken? Du bist doch selbst bei der Zunft. Aus welchem Grunde übrigens ... Du hast mir davon noch gar nichts erzählt. Verbindungen?“
Fritsche wiegte den Kopf: „Auch! Andererseits, man wünscht doch schließlich die Läuterung. Sieh mich nur nicht so ungläubig an! Nur die Fabrik und die Familie, da

bleibt trotzdem etwas leer ... wo früher mal die Religion gesessen hat. An Sakramente kann ich nun einmal nicht glauben. Brot ist Brot. Und Wein ist Wein. Und wenn sich das tatsächlich wandeln sollte, dann ist es eine Abart von Menschenfresserei. Siehst du, bei meiner Konfirmation, da habe ich zu sehr an so etwas geglaubt und habe mich nachher übergeben müssen. Ich bin nun mal ein Freigeist, aber läutern muß man sich natürlich, wie gesagt."

Er seufzte tief und fuhr fort, da Peter jetzt offenbar interessiert zuhörte: „Du meinst vielleicht, man sei bloß so ein Sklavenhalter. So ist das nicht. Man möchte gern helfen. Die Leute in der Manufaktur ... also, ich muß oft wegsehen, ich kann den Anblick solcher Elendskreaturen kaum ertragen. Aber wovon soll der Fleischer leben, wenn er sich zu schlachten fürchtet?! Hat er die Kuh zur Kuh gemacht?"

„Das Los der Sklaven geht dir doch zu Herzen? Da muß ich dir wohl innerlich manches abbitten, Bruder Fritsche."

Dessen Augen bekamen einen klagenden Ausdruck: „Erinnerst du dich an den Bettler seinerzeit in Warmbrunn auf dem Markt? Da sagte ich dir doch: ‚Dem einen gibt das Schicksal Beine und ein starkes Herz, dem andern nimmt es beides.' Ich war erschrocken damals, denn eigentlich bin auch ich so ein Krüppel. Ich hab gelacht vor Entsetzen. Mein Vater hat mir mein Herz so zerprügelt, daß ich meinen Sohn nur mit ärgster Überwindung strafen kann. Wenn ich ihn schlage, verbeiße ich mir jedesmal ein inneres Wimmern und gebe immer zehn Hiebe mehr aus Furcht, ich könnte zu schwach sein. Siehst du, und mit meinen Beinen ist es ähnlich, sie kennen nur einen Weg: den um Geld. Ich muß im Grunde nach jedem Auftrag so albern springen, wie seinerzeit der arme Invalide nach den Würsten – und falle oft genug genau so auf den Rücken. Nur daß dann keine Frau kommt, die mich streichelt. Daß einem nichts geschehen ist bis dato und daß man doch vorangekommen ist, verdankt man seinem Schutzengel." Er seufzte tief: „Den

wenigstens muß es geben. Er hat auch sicher gestern, falls dieser Berggeist ... nun ja, dann hat er eingegriffen."
Peter nahm die Zeichnung wieder zur Hand: „Trotz allem Für und Wider, Fritsche, ich hätte nichts verlauten lassen, weißt du. Der Nostitz ist tatsächlich ..." Fritsche unterbrach entschuldigend: „Ja, wenn ich nicht so aufgeregt gewesen wäre! Der Zustand war doch unnatürlich, du warst doch auch ... ich meine ..." – „Ja", sagte Peter, „nimm es nicht als Vorwurf. Ich bin nur schon in eine solche Affäre verwickelt. Und der Baron sucht nach Personen! Verstehst du, er will den Geist entlarven, das ist doch jetzt in Schwung bei guten Preußen, seit Kant den Swedenborg zu attackieren suchte."
Fritsche sah auf: „Das ist doch schon zu meiner Jünglingszeit gewesen?!"
„Ja", bestätigte Peter. „Aber es benötigt seine zwanzig Jahre, ehe die königlich preußischen Offiziere davon Kenntnis nehmen; es handelt sich schließlich um philosophische Probleme. Der Wahrheit übrigens die Ehre: Bei der Entlarverei ist ein gut Teil der Edelleute swedenborgisch geworden. Natürlich sind es mehr die älteren Herren. Es ist im Grunde doch ganz angenehm zu wissen, wie es im Jenseits aussieht. Die Bibel läßt ein bißchen im unklaren darüber; wallende Gewänder und unentwegtes Hallelujasingen! Wie soll ein friderizianischer Major sich da wohl vorkommen?! Bei Swedenborg kriegt er Trommeln und Pauken, ganz wie er will, da ist das Jenseits um kein Haar anders als das Diesseits. Du hast ihn nicht gelesen? Das hole nach. Du wirst vermutlich nach dem Tode wunderbares Porzellan herstellen."
Unsicher fragte Fritsche: „Glaubst du denn, was er schreibt?"
Peter sah auf: „Glauben? Er hat mich völlig überzeugt. Das Jenseits ist genau so, wie er es beschreibt, falls ..."
„Falls?" Fritsche war ganz Ohr. „Falls?"
Peter sah seufzend in den Regen hinaus: „Falls es ein Jenseits gibt."

„Aber, aber“, Fritsches Brust weitete sich, „natürlich gibt es ein Jenseits! Wie kannst du nur zweifeln!“
Peter lachte: „Du regst dich auf wie über eine fragliche Rubrik im Kontobuch. Du bist ...“
Da meldete der Hausknecht, daß der Wagen vorgefahren sei. Fritsche erhob sich sofort. „Wir werden nach Tisch weiterreden! Oder komme nachher ins Kontor. Ich schicke den Kutscher zurück. In einer guten Stunde, ja?“
Frau Fritsche trat ein, hinter ihr das Mädchen mit Kaffeegeschirr. Die Dame, im schlichten Morgenrock aus blaßblauer Seide, chinesisch bestickt, küßte ihren Gatten betont flüchtig zum Abschied und wandte sich, noch während er da war, Peter zu:
„Nun müssen Sie noch einmal Kaffee trinken, ja? Mit mir und meiner Tochter!“ Sie sah das begonnene Bild an: „Oh, sehr ähnlich schon, nach so wenigen Strichen ...“
„Du kommst also nach, mich zum Mittag abholen! Abgemacht?“ Fritsche stand im Mantel unter der Tür, suchte seine Frau mit energischen Blicken zu fassen, bemerkte aber, daß die Situation von ihr beherrscht wurde. So kroch er schnell unter das Plandach der Kutsche, von dort noch einmal zurückrufend: „Das muß ich fertig hören, von Swedenborg und wie es im Jenseits steht mit Porzellanfabriken.“
Frau Fritsche hatte inzwischen den Kaffee eingegossen, Antoinette grüßte still und schüchtern. Ihre Mutter sagte bedauernd: „Denken Sie, Herr Wost, die Komtesse ist abgereist. Ganz früh. Sie hat nur ein Billett hinterlassen, daß sie nach Herrnhut fährt. Es hat ihr sicher etwas bei uns nicht gefallen. Oh, sie ist ein engelhaftes Wesen, so zart! Bei uns ist zuviel Gottlosigkeit für eine Heilige. Meinen Sie nicht auch? Sie ist eine Heilige. Oder sie wird eine. Man darf ihr deshalb nichts übelnehmen, nichts. Was bei andern beleidigend wirken könnte, so eine Abreise zum Beispiel, das ist bei ihr unerforschlich. Was sagen Sie?“
Peter sagte nichts dazu. Er habe nur geglaubt, die Komtesse wolle noch mehrere Tage hier verweilen.

„Eben, eben ... denken Sie nur!“ flötete Frau Fritsche. „Oh, es ist etwas geschehen. Nach Herrnhut ... gleich so weit!“ Peter war ärgerlicher, als er zugeben wollte. Irgend etwas sah hier nach Intrige aus, denn soweit kannte er Elisabeth doch schon: Poltersprünge und Kobolzschießen waren sicher nicht ihr Metier. Im Gegenteil, sie war voll klarer Vernunft, voll gesunder Abneigung gegen Schwärmerei, trotz ihrer Jesusliebe. Denn diese gerade erschien ihm sehr echt, sie mußte wohl großen Seelennöten entsprungen sein, eine Art Legierung zum Schutze des Herzens. Aber auch nur hierfür, das fühlte er. Nun gut, das Herz schütze jeder auf seine Weise ...
„Wie bitte?“ Er hatte Frau Fritsches Frage völlig überhört. Ja, ja, es sei ihm recht, er habe eine gute Stunde Zeit. Also setzte er sich Antoinette gegenüber. Sie errötete fortgesetzt, bis er ihr sachlich erklärte: „Ich sehe Sie an, mein Fräulein, wie man eine Statue betrachtet, anders nicht.“ Dennoch wurde der Blick des Mädchens immer unsicherer. Ein paarmal tränten ihre Augen heftig. Schließlich bat sie leise: „Es wird nichts werden heute, mein Herr. Verzeihen Sie!“
Peter hatte keine Neigung, bei Fritsches länger zu verweilen, als es seine Aufträge nötig machten.
„Pausieren wir“, sagte er zuredend. „Sie werden sich bald an meine Arbeit gewöhnen. Ein schönes Mädchen zeichnet man gern.“ Da lächelte sie, mutig Anlauf nehmend: „Ach, wenn ich nur schön wäre!“ Peter meinte vor sich hin: „Die eigene Schönheit genügt keinem weiblichen Wesen. Schöner möchte selbst Aphrodite noch sein, als sie ist.“
Antoinette sah ihn plötzlich an. Die großen Augen waren schwer und die halbgeöffneten Lippen übervoll von Sehnsucht. Peter sinnierte: ‚Wer diese Knospe einmal – wie die Dichter sagen – nun ja, dem wird daraus wohl eine köstliche Blüte ...‘ Da sah er Frau Fritsche ihn eingehend beobachten: „Lieblich, einer Elfe gleich, gestalten Sie das Antlitz. Nun ja, ein solcher Künstler ...“
„Was ist damit?“ Peter zog den Mund zusammen.

„Bei dem ist es kein Wunder", fuhr sie fort, „wenn er zu hohen Ehren aufsteigt. Mein Mann hat mir davon berichtet ..." Plötzlich stockte sie, aber Peter sah sie forschend an. Sie rang die Hände: „Vergessen Sie, was eben meine übervolle Seele unbedacht verriet. Man hat es mir ja selbst nur tiefvertraulich angedeutet."
Peter fragte nicht weiter, weil er nicht glaubte, daß sie etwas ausgeplaudert habe. Aber sie blieb zu seiner Verwunderung beim Schweigen und überließ es ihm, sich unter hohen Ehren etwas vorzustellen, was er wollte.
Er schob nach kurzem Besinnen alle Gedanken beiseite, selbst als diese eine ähnliche Situation heraufbeschworen. Wie war das damals? Ja, der Klatte hatte ebenso geheimnisvoll getan! ‚Du bist ein Glückskind!' Nun, das Glückskind steht, wie Käthe richtig wußte, im Range eines Lakaien am gräflich Schaffgotschen Hof, und hat ansonsten geradeaus zu sehen, als sei Er Luft'. Weiß Gott, so einer wie der Nostitz hat eine gesunde Fresse. Aber der Tag wird kommen, wo man ihm einen genauso gesunden Hintern zeigen wird: ‚Leck Er! Ansonsten hat Er geradeaus zu sehen!'
Es schellte laut im Hausflur. Der Kutscher war zurück. Schon eine Stunde um? Peter legte das Arbeitszeug unwillig weg. Er hatte sich endlich in die noch so schwierig zu erfassenden Formen der jugendlichen Modulation eingefühlt. Einen Augenblick erwog er, dem Kutscher abzusagen. Doch als er Frau Fritsches Freude darüber bemerkte, stand er auf; er wolle gegen ihren Gatten nicht unhöflich sein.

IX.

Kaum saß er im Wagen, fühlte er die Arbeitsstimmung weichen und einer abgespannten Sorglosigkeit Raum geben. ‚Hm, also die Komtesse ist abgereist. Hat sie denn gestern nicht gefühlt ...? Nun, man irrt sich da oft. In manchem gleicht sie Yvonne. Sie ist schlanker. Und klüger. Und sentimentaler. Doch Jesus macht sie stark und mutig. Ein Hospital! Das ist wirklich ein Einfall. Ja, sie ist eben klug. Ich bin auf ein Hospital nicht gekommen. Ich habe den Kranken Geld gegeben. Eine miserable Hilfe ist das, Nördlingen hatte ganz recht.'

Ein lang heulender Hornruf flog ihnen nach. Der Kutscher hielt einen Augenblick und sah sich um. Da hörte Peter auch die Glocken der Pfarrkirche. Das Gesicht des Kutschers verdüsterte sich.

„Was ist?" Peter spürte, hier war soeben etwas geschehen, das bestimmte Entschlüsse brauchte.

Der Kutscher sagte nur immer vor sich hin: „Jetzt schon?" Dann, als sei das nun nicht mehr nötig: „Wir können ja weiterfahren."

„Mann, sag Er doch, was dieses Tuten zu bedeuten hat!" Peter machte der aufregende Ton des Horns immer erregter.

Er wandte sich bald nach dieser, bald nach jener Seite. „Hochwasser!" Man sah Leute in großer Hast; Männer mit Leitern und langen Stangen, an deren Enden eiserne Reißhaken hervorragten. Sie trugen die Stangen wie Spieße über den Schultern. Alle liefen in eine bestimmte Richtung. Endlich fuhr der Kutscher wieder an:

„Seit heute nacht hat der Wind gedreht. Auf Süden! Is Tauwetter droben!"

Unter der Eglitzbrücke donnerten die Wasser. Aber das Bild glich dem von gestern an der Lomnitz.

„Es ist nicht gestiegen", sagte Peter.

„Nun ja. Drum läuten sie Sturm."

„Darum?" Peter fand keinen Sinn in der Antwort.

„Doch darum, Herr! Es müßte gestiegen sein. Nu is es wieder, daß die Vorflut sich wo staut. So mit allen Hölzern und Geröll ... das manscht sie dazwischen und baut sich Wehre. Und hernach, wenn sie brechen, nu he!"

„Ziehen deshalb die Männer aus?"

Der Kutscher nickte nach hinten: „Die dämliche Forstverwaltung! Ehe die sich getraut, die Leute zu rufen! Nu

ja, sie könnten vielleicht einen Hasen stehlen. Freilich, die Försterhäuser stehn sicher. Das spült bloß dem armen Mann seine Bude weg."
Plötzlich sah Peter einen Reiter auf dem Hals seines Gauls die Landstraße entlangrasen. Er rief den Männern mit den Stangen etwas zu. Da machten die kehrt und rannten, was sie konnten, nach den Talhütten. Hinter dem Reiter spritzte der Dreck in zähen Brocken. Der Hut war ihm vom Kopf geflogen, und wie eine Reitgerte wippte ihm sein Zopf auf dem Rücken. Im Vorübersausen erkannte man die Uniform der Schaffgotsch-Förster. Der Kutscher wechselte ein paar Worte im Dialekt mit ihm, die Peter nicht verstand. Aber gleich darauf fuhr der Wagen sehr eilig.
Peter reckte sich trotz des strömenden Regens aus der Kutsche. Die schäumende Wassermasse im Eglitzbett bot einen imposanten Anblick. Aber was Peter jetzt sah, erfüllte ihn mit größerem Staunen: aus allen Bauden und Häusern schleppten die Leute in fieberhafter Eile Bettzeug, Möbel und Geschirr an den Berglehnen hinauf. Zwischen dem Hausrat schrien Kinder jeden Alters, gackerten Hennen, quietschten Schweine und brüllte Rindvieh. Die höher liegenden Schuppen und Wohnungen nahmen auf, was vor dem Regen gesichert werden mußte, solange sie noch etwas faßten. Weiter oben bemühte man sich schon, aus Leinen Zelte zu errichten. Pflöcke wurden eingehauen, Steine herbeigewuchtet. Und immer wieder rannten die Menschen hinab zur Talsohle.
Vor der Porzellanfabrik stauten sich die Fahrzeuge: Karren und Handwagen mit halbfertigem Geschirr, mit Bücherregalen und Schreibpulten. Zwischen ihnen hockten wie gelähmt ein Dutzend Schreiber und ein paar alte Invaliden – allesamt unfähig, diese offenbar von einem festeren Willen und stärkeren Armen hier aufgetürmten Sachen wegzuschaffen. Mit einknickenden Beinen lief ein alter Herr der Kutsche entgegen.
„Was ist denn hier los?" Peter sprang aus dem Wagen. „Wo ist Herr Fritsche?" Der Alte, aschfahl im Gesicht, klap-

perte mit den Unterkiefern. „Herr Wost! Seid Ihr Herr Wost? Oh, Herr ...“

Peter packte den Schlotternden ermunternd bei den Schultern: „Ja, ja! Ist denn Herr Fritsche drin?“

Da Peter immer noch keine Antwort erhielt, ging er entschlossen auf das Tor zu. Aber dort stellte sich ihm ein kleiner, hochschultriger Schreiber entgegen:

„Das große Schaufelrad – ist gebrochen!“

„Nun und? Wo ist denn Fritsche? Herrgott!“

Der Bucklige riß wie mit Gewalt seinen Kopf nach oben: „Ja, Herr. Beim Gott, da wird er wohl jetzt sein. Es hat ihn dreimal rumgeschleudert ...“ Peter wurde weiß: „Das Rad?“

„Das Schaufelrad! Herr Fritsche war mit unserm Wassermeister draußen, nachsehen, ob man es abstellen sollte. Da ist er ausgeglitten auf der durchnäßten Planke ... Gleich hat der Wassermeister die Schleuse gerissen, aber die Flut, mein Herr, die hat so dagegen gedrückt, daß die Bretter gebrochen sind. Und dann natürlich auch das Rad.“

„Fritsche ... Fritsche!“ schrie Peter auf, „er muß doch da sein!“ Der Schreiber zuckte mit den hohen Schultern: „Ja, Herr, es is nicht leicht zu fassen, daß ein Mensch einfach weg ist, ein Mensch, mit dem man eben noch ... Nicht mehr da.“ Der Schreiber starrte auf die Erde: „Ein Wunder, Herr – ein furchtbares Wunder; niemand von uns kann es begreifen.“

Peter drohte der Kopf zu bersten. Er wußte nur eins: Man mußte die Leute täuschen, um das Nötigste zu tun; denn noch glaubten sie nicht, was sie wußten.

Und es gelang ihm. Er sprach davon, man habe weiter unten einen Mann aus der Eglitz gefischt und versuche, ihn zum Leben zu erwecken. Er sei, natürlich ahnungslos, um wen es sich da handeln könne, an der Szene vorbeigefahren. Was aber wäre wohl, wenn Fritsche späterhin vernehmen würde, daß seine Untergebenen den Kopf verloren und vor der Flut mit gefalteten Händen gesessen hätten?! Und indem er ihnen den Toten lebendig log, begann er zugleich

mit ruhigen Kommandos: „Zuerst die Bücher!“ Als er das sagte, sah er vor sich Doktor Lambrechts grinsendes Gesicht: ‚Natürlich die Kontobücher zuerst!‘
Bald rollte Karren auf Karren weg. Die Schreiber und die Invaliden mußten alles selber tragen und ziehen, denn die Arbeiter waren beim ersten Alarm nach Hause gerannt. Peter ließ die Kutsche mitarbeiten, alles Wichtige in ihr verstauen. In einer halben Stunde war viel getan, viel allerdings noch übrig ... Da begann es in der Ferne dumpf zu donnern, wie bei einem Gewitter, nur daß der Donner nicht verhallte, sondern ständig an tobendem Rollen zunahm.
„Auf die Straße! Auf die Straße! Schnell!“
Der Kopf der Vorflut, bis jetzt irgendwo in den Bergen gestaut, brach ins Tal. Von der erhöhten Landstraße bot sich ein unvergeßlicher Anblick: Vor ihr, über ihr ein undurchdringlicher Nebel aus zersprühtem Wasser. In einem schrägen Winkel, etwa drei Meter hoch, raste die Vorflut heran. Das Donnern kam von zentnerschwerem Gestein, das sie mit sich wälzte wie kleine Kiesel. Dazwischen hörte man schon das klirrende Splittern von Holz. Baumstämme sprangen in ihr auf wie Delphine im Meer, legten sich, zurückfallend, quer und wurden dann in Späne zerrissen, die surrend wie Geschosse durch die Luft fuhren. Kleinere, aber immer noch armdicke Knüppel sausten manchmal bis auf die Landstraße.
In zwei Minuten war die Porzellanfabrik umtost, von Steinen und Stämmen eingerammt. Und dann geschah, was Peter noch abwarten wollte; der schon in Weißglut stehende Ofen explodierte. Zunächst schoß eine Dampffontäne hoch und hob einen ungeheuren Ascheberg mit sich in schwindelnde Höhen. Dann erbrach die Muffel ihren Inhalt; in vier, fünf Garben schleuderte sie rotglühende Geschirrteile wie ein Vulkan in die Luft. In diesem grandiosen Feuerwerk versank der Rest von Fritsches Porzellanfabrik. Was noch etwa stand, neigte sich jetzt, unterspült und vielfach geborsten, und versank, scheinbar ohne einen Laut. Eine brodelnde, lehmige Flüssigkeit, weißen

Schaum verspritzend, rollte, kochte, braute und stieg ständig höher. Schon senkten sich am ehemaligen Waldrand große Fichtenstämme. Ihr Wurzelwerk, von aller Erde freigewaschen, verklammert nur noch in Felsritzen, konnte den Wirbeln nicht mehr Widerstand leisten.
Peter gab den Auftrag, nach Schmiedeberg zu fahren. Der Kutscher, mit den Augen ständig im Tal, hielt nach kurzer Zeit schon an: „Die Brücke ist weg, Herr!"

X.

Peter hatte einen Gaul gemietet. Jetzt suchte er in scharfem Trab die Eglitz hinunter nach einem Übergang. ‚Und wenn ich in Erdmannsdorf die Steinbrücke benutzen würde? ... Man kann doch die Familie Fritsche nicht ...' Eine nagende Wut fraß in ihm: da drüben lag Schmiedeberg, zum Rufen nahe. Aber wer würde den Ruf eines Menschen im tausendfachen Donner hören?! Die Katastrophe hatte ihren besonderen Aberwitz: wegen dieser hundert Ellen quer hinüber mußte er vielleicht drei Meilen reiten.
Sein Radmantel hing über dem Rücken des Pferdes bis fast zum Schwanzansatz. Noch war er innen trocken, aber der Regen machte ihn immer schwerer. Vom Dreispitz triefte es Peter über das Gesicht. Wenn dieser Regen nur endlich aufhörte!
An jedem Hang hasteten Bauern, Weber, Arbeiter umher mit bepacktem Rücken, Karren schiebend oder ziehend. Niemand war laut, nicht einmal die Kinder schrien, sie waren schon zu matt. Manche weinten leise. Wo nur irgend sichere Häuser standen und ein wenig Platz noch gewährten, stapelte sich der Hausrat. Allerorts wurden Planen ausgespannt, verseilt, wurde Stroh herangeschleppt.
Auf der Straße winkte Peter ein Mann entgegen, er möge anhalten: „Herr, über den Berg! Hier rutscht der Hang!"
Peter stellte sich in die Steigbügel: „Wo?" Es hätte der Frage nicht bedurft. Auf der Straße lagen bereits große

Felsstücke und Erdbrocken. Ständig prasselte es vom Hang nach.
Sollte er es dennoch versuchen? Es wäre ein Ritt durch das Feuer von Batterien. Aber über den Hang – eine Stunde Umweg!
„Herr, seid Ihr wahnsinnig?!“ Der Mann wollte Peters Pferd an die Zügel. Aber der hielt es bereits selbst zurück. Über seinen Kopf hin war ein Stein von der Größe eines Bierfasses geflogen – geflogen wie ein Federball, hatte eine Fichte am Wegrand getroffen und den dicken Stamm geknickt wie einen Kienspan. Die schwere Krone mit den dunklen Ästen neigte sich ächzend …
Jetzt erst brach Peter der Schweiß aus.
Als er endlich wieder die Straße im Tal erreichte, begann es zu dämmern. Am Rand des brodelnden Gischtes standen Leute, einige hockten, andere knieten. Ein Kind rief zum Pferd hinauf: „Seid Ihr der Herr Doktor?“ Alle wandten sich Peter zu.
Der sprang ab, beugte sich nieder. Inmitten der Menschen lag jemand. Man hatte ihn mit Stangen aus dem Wasser gezogen. War das Fritsche?
Die Kleidung schien nur noch ein Gewirr zerfetzter Lumpen. Der Fuß des rechten Beines zeigte nach hinten, die eine Hand fehlte ganz, die andere war bis zum Ärmel ein Gewirr von Sehnen und Knochen. Der Unterkiefer lag mit entblößten Zähnen dort, wo die Nase sein müßte.
Die Frauen waren mit ihren Kindern zurückgewichen, bis die Männer einen Tuchfetzen um den Kopf des Verunglückten gewickelt hatten.
Jetzt drängten sie sich wieder mit vor Angst und Neugier verzerrten Gesichtern in den Kreis.
‚Seltsam‘, dachte Peter, ‚wenn einer so entstellt ist, dann wirkt er nicht mehr schrecklich.‘ Er hatte darauf bestanden, die Taschen, soweit sich solche noch feststellen ließen, zu untersuchen. Wieder schüttelte er den Kopf. Die Steine hatten den Armen so entstellt, daß ein Identifizieren selbst an Stoffresten unmöglich war: ein Knopf, den

er noch fand, glich sowohl den seinen als auch solchen der Männer, die herumstanden. Im Randstreifen eines Strumpffetzens stand ein Monogramm. Es konnte G F heißen, Gotthelf Fritsche; Peter zeigte es den andern. Unter ihnen war der Schulze von Erdmannsdorf. Wenn sonst kein C F oder G F vermißt wurde, dann mußte dieser Rest eines Leichnams Fritsche sein. Fast nüchtern stellte Peter fest, daß der Anblick nun absolut nichts Grauenerregendes mehr für ihn bot. Eine ertrunkene Ziege, die er kurz zuvor sah, hatte ihn mehr gerührt; der sah man die sterbende Kreatur an. Dies hier verriet nichts Kreatürliches mehr; dies war, selbst wenn es lebend der Fritsche gewesen war, nicht vom Tode heimgesucht. Tot konnte nur etwas sein, was zuvor Leben hatte.

Peter kletterte wieder auf den Gaul, dem er eine schärfere Gangart nur noch für kurze Strecken abzwingen konnte. Der Boden war ein einziger kotiger Brei, in den das Pferd bis über die Hufe einsank. Mitunter meinte Peter, der Regen setzte aus; man hatte sich so an ihn gewöhnt, daß man sein gleichmäßiges Rieseln kaum noch wahrnahm.

Dann jagten wieder neue Schauer daher, und Hütten, Wege und Bäume verschwanden wie hinter dichten Schleiern.

Endlich konnte man die Erdmannsdorfer Brücke ausmachen. An ihren beiden Aufgängen standen Menschengruppen, Fuhrwerke und Viehherden. Der gewölbte Brückenbogen war nicht mehr sichtbar, das Wasser ergoß sich bereits wirbelnd über die Geländemauern. Niemand wagte mehr, hinüber zu reiten. Es hieß, daß sie, wenn der Strom sie nicht bald wegrisse, gesprengt werden müsse. Baumstämme, geborstene Hüttenwände, Hausrat und Tierleichen verfingen sich im Geländer.

Ein Revierförster ging mit seinen Leuten umher und paßte scharf auf, daß ihm kein Wild entwendet wurde. Aber die Weber und Arbeiter waren heute nicht auf das Wild angewiesen. In der Dunkelheit verschwanden die Kadaver unbemerkt, ganze Kühe wurden weggeschleift, Schweine, Ziegen, einmal sogar ein Verschlag mit Gänsen.

„Wie kommt man denn nach Schmiedeberg?“

Der Förster besah sich den Reiter, der sich das Recht herausnahm, ihn rundweg anzureden.

„Seid Ihr ein Landfremder?“ Der Ton war schnarrend und rauh.

„Wenn es so aussieht, ja!“

Der Förster lenkte ein: „Verzeiht, mein Herr, aber bei solchen Katastrophen fischt mancher gern im Trüben.“

Peter wischte sich den Regen von den Backen. „Ich sehe, daß die herrschaftliche Jagd ohnehin ein Fischereibetrieb geworden ist – mit solchem Wissen ist mir nicht gedient!“

Der überlegene Ton machte den Förster jetzt eifrig: „Mein Herr, nach Schmiedeberg? Nur über Hirschberg vermutlich – vermutlich, sage ich. Wenn Ihr noch eine Brücke über die Lomnitz findet! Die Eglitz ist nicht mehr passierbar.“

„Da muß ich ... ja auf Warmbrunn zu?“

„Jawohl, Herr, über Stonsdorf am besten! Aber Ihr müßt eilen, sonst sitzt Ihr hier in unserem Dreieck fest. Die meisten Täler sind schon voneinander abgeschnitten!“

„Danke!“

Peter drückte den Gaul auf einen Feldweg. Lange mußte er im Schritt reiten, denn es war so finster, daß er kaum die Ohren des Pferdes wahrnahm. Dann, hinter einem Wald, sah er in der Ferne die Feuer in der Richtung, die er suchte.

Die Lomnitzbrücke war nur aus Holz, doch die Ufer, die sie verband, lagen hoch. Trotzdem jagten die gurgelnden Wasser kaum noch eine Elle unter ihr dahin. Aber sie zu passieren war aus anderen Gründen schwer möglich: die fliehenden Menschen mit ihrer Habe stauten sich breit am Weg, stießen und quetschten sich, je näher sie der Brücke kamen, desto wütender und rücksichtsloser. Schrittweise nur geriet man in den Menschenstrom, wen er aber erfaßt hatte, der war ebenso gefährdet wie im reißendem Fluß. Vergebens suchten Bedächtige immer wieder den Leuten

zuzureden. Die Furcht, die Brücke werde weggerissen, ehe man in das rettende Hügelland zwischen Lomnitz und Zacken gelangt sei, war zu groß. Peter ritt nach zwei vergeblichen Versuchen seitlich an die Brücke. Ein grauenhaftes Bild: der lebendige Strom, der sich den Holzbohlen nahte, wurde von selbst in sich zusammengepreßt ... erst begannen die Kinder zu schreien, dann die Weiber, schließlich auch die Männer. Das Vieh, ebenso gepreßt, überbrüllte den Chor der Menschenstimmen. Auf jedem Kuhrücken hockten Kinder, so viel ihrer nur Platz hatten. Unglücklich jene, die an den Geländern entlanggeschoben wurden. Zweimal sah Peter dort welche hinabstürzen, offenbar erdrückt oder mindestens ohnmächtig. Sie klatschten ins Wasser, ohne daß von der Brücke her sich auch nur eine Hand hätte nachstrecken können.
Endlich, nach einer Stunde vielleicht, geschah das Entsetzliche, was längst zu erwarten und nur wie durch ein Wunder noch nicht eingetreten war: die Geländer brachen – erst das eine, und gleich darauf durch den rasenden Gegendruck der halb Wahnsinnigen auch das andere.
Plötzlich war die Brücke fast leer. Wenige Geistesgegenwärtige lösten sich aus der allgemeinen Lähmung am Ufer heraus und rannten wie wild über die Planken. Auch Peter jagte seinen Gaul mit wilden Peitschenhieben hinüber. Aber dann fiel er aus dem Sattel vor Beben. Der Anblick dieser plötzlich nach rechts und links ins Wasser taumelnden Menschen- und Viehmassen, ihre gellenden Todesschreie, das zappelnde Tauchen und gurgelnde Brüllen im Fluß überstieg den Widerstand, der Augen und Ohren vor allzu Gräßlichem schützt. Auf der Brücke und bedacht, sich und das Pferd eilends ans andere Ufer zu retten, war er ins Zentrum der Katastrophe geraten, war er für Sekunden gleichsam umschlungen vom erntenden Tode, der nur zuviel zu tun hatte, um ihn mit zu erdrücken. Aber er hatte seinen tödlichen Odem gespürt, der das Blut erstarren machte, die Haare zu Berge stehen ließ und den Schweiß durch die Poren preßte. Peter rutschte vom Sattel, beugte

sich über einen Wurzelstock und erbrach sich würgend. Dann lehnte er halb bewußtlos an einem Felsen, und es dauerte lange, bis sein Geist wahrnahm, was seine Augen sahen: die Brücke wurde endlich so benutzt, wie es ver-

nünftig war: in ihrer Mitte wanderte eine schmale Linie Menschen rasch über sie hin.
Peter schüttelte sich ... Genau dieselben Menschen – wären die schützenden Geländer noch da – würden sich wie eine Horde von Besessenen hinüberquetschen.
Tränen standen in Peters Augen, angstvolle Tränen. Das Tal hinunter trieben die Ertrunkenen; so groß die Zahl der Opfer auch sein mochte, viel weniger waren es bestimmt, als bei der Pfercherei noch erdrückt worden wären. Das große Unglück war das kleinere, die schauerliche Gewalt des Geländerbruchs erwies sich nun als Milde des Schicksals.
Ohne Flüche und Stöße, ganz ohne Toben, ja, fast liebevoll half jeder, den andern umfassend, damit er nicht zu weit von der Mitte des Steges abkäme. Alle hörten auf die Ordner, alle hatten Zeit, Geduld. So schnell lernt man im Elend!
An Peter vorbei zog der Strom aus Leibern, Lumpen und Lasten einstiger Habe. Was da im Schein der Fackeln auf und nieder tauchte, das war gestern noch ein wärmendes Bett für die müden Glieder, ein Topf auf dem Herd, ein Kleid für den Sonntag. Und um die Habe gehüllt das, was man noch hatte: Leinen. Breite und schmale Ballen Leinen, grau und gebleicht. Leinen – das war das letzte Stück Ware. Das war Aufschub des Hungers, war der erste Balken zu einem neuen Webstuhl. Leinen, das war die Last der Jahre, Sommer und Winter, Seufzer und Gelächter, Bibelwort und Witz, Raunen zum Freund, Fluch gegen die Obrigkeit, Gebet zu Gott, Liebeswort zum Weibe.
Auf das Leinen mochte der Regen prasseln – es wird trocknen. Auf das Leinen mochte der Kot spritzen – es wird gewaschen werden.
Auf die Menschen, die unter den Leinenballen gebeugt, dahinwankten, prasselten nicht nur Regenhiebe, spritzte nicht nur Straßenkot. In ihren Eingeweiden knirschte der Hunger, und ihre Haut zitterte vor Kälte. Ihr Herz aber bebte bereits von etwas anderem. Da und dort prägte sich

schon ein Antlitz um. Die Lippen wurden schmal, die Augen scharf und hart. Aus dem Elend, übergroß geworden, schlug der Funke des Hasses.

XI.

Der Zug der Obdachlosen wurde dünner, je näher man nach Stonsdorf kam. Es schlug zehn Uhr, als Peter vor dem Kretscham anhielt. Er mußte dem Gaul etwas Ruhe gönnen.
Die Menschen standen trotz des Regens zusammengeballt auf der Straße. In der Gaststube war kein Fußbreit freier Boden mehr. Der Wirt hatte sie räumen lassen und Stroh aufgeschüttet. Weiber und Kinder lagen fast übereinander auf der Diele. Von der Decke hing eine Öllampe herab, Kerzen hatte der Wirt verboten; den Eintritt von Männern auch. Eine Anzahl Burschen halfen dem Wirt in stillem Einverständnis.
Peter warf einen Blick in die Stube. Die Luft war erfüllt von saurem Schweiß- und Säuglingsgeruch. Sie drohte Peter den Magen von neuem umzukehren.
Der Wirt stand vor ihm, ein kleiner, dürrer Mann mit grauen Bartstoppeln und freundlichen, klugen Augen. Er regierte mit großer Umsicht im Haus. „Zu dienen, Herr, soweit ich noch dienen kann. Wie? Ja, ja, es will alles verquer laufen, mein Herr, aber eben das muß man verhindern. Die Nacht, mein Herr? Besonders schlimm, bei Tage wird es besser werden. Ich habe alle Räume belegt, nun, das gehört sich so, denke ich." Der dürre Mann lächelte, kratzte sich die Backen, die Stoppeln waren ihm offenbar ungewohnt. Peter erbat seinen Rat, ob er hier übernachten könne oder wie und wohin weiter.
„Nach Schmiedeberg? Unmöglich! Soeben ist von Hirschberg Post gekommen. Eglitz und Bober bilden bei Schwarzbach schon einen See. Von Hirschberg selber bis nach Lähn ist keine Brücke mehr passierbar. Man hat es mit Kähnen probiert, aber wo die Strömung einsetzt, ist man

machtlos und wird abgetrieben. Morgen sollen Pioniere nach Hirschberg kommen, außerdem arbeiten die Zimmerleute und Maurer auch schon an Notbrücken. Übermorgen werden Sie schon nach Schmiedeberg können."
„Und nach Warmbrunn?" fragte Peter beunruhigt.
„Nach welchem?" meinte der Wirt, „es gibt jetzt eines rechts von Zacken und eines links. Versucht in der Kirche zu übernachten, mein Herr, Euch wird man vielleicht hineinlassen."
Der Gaul begann bereits zu frösteln. Peter kletterte in den nassen Sattel. Kaum war er aus dem Menschenhaufen heraus, tauchte aus dem Dunkel vor ihm ein Reiter auf: „Hallo, Herr Wost!" Peter zog die Zügel an: „Herr von Nördlingen? Wie konnten Sie mich in der Dunkelheit so schnell erkennen?"
Nördlingen lachte: „Ich sah Sie schon von weitem bei den Feuern. Wo wollen Sie denn heute noch hin?"
„Nach Warmbrunn."
Nördlingen schüttelte den Kopf. „Ich rate Ihnen ab. Alle Rinnsale sind Flüsse und alle Flüsse tückische Strudel."
„Aber ich habe keine Unterkunft, und wenn ich eine fände, nicht einmal Geld genug bei mir." Peter schwenkte an Nördlingens Seite. Vom fernen Feuer glitzerten die Metallteile des Geschirrs. Nördlingen lächelte: „Darf ich Ihnen aushelfen? Sie haben schon so vielen geholfen."
Peter schluckte: „Mit Geld? Ich mußte inzwischen oft genug einsehen, wozu die Taler verhelfen. Wenn Sie im übrigen hier Unterkunft suchen – es liegt auf jedem Brett ein Mensch. Der Wirt ist offenbar ein wackerer Mann, der sich die Not nicht zum Geschäft werden läßt. Aber sein Haus ist zu klein für das Elend."
Nördlingen nickte: „Das wohl, aber in meines Vaters Haus sind viele Wohnungen." Er klopfte mit dem Stiefel vom Pferd her an eine Tür, sah erst dann die Glocke und riß an ihrem Draht, daß es alarmierend schepperte.
Sogleich erschien ein alter Mann am Fenster.
„Der Herr Pastor ist nicht zu Hause."

Nördlingens Stimme klang wie die eines preußischen Regimentschefs, sie begann und schloß mit einem zehnelligen Fluch, zwischen dem allein die Worte „Schlüssel, Kirchschlüssel“ verständlich waren. Der Mann drinnen hastete vom Fenster weg und erschien wenige Minuten später in viel zu großen Stiefeln und mit einem Regenschirm. Jetzt merkte Peter, daß sich ein Menschenauflauf hinter ihnen gebildet hatte. Nördlingen drehte sich im Sattel, fletschte dann die mächtigen Zähne Peter zu:
„Sehen Sie sich das nur an! Der seltsamste Kirchgang, den ich je mitgemacht habe!“
Vor dem Portal stieg Nördlingen ab. Irgendein Bursche hielt ihm den Gaul, als müßte das so sein. Der Schlüssel knirschte, und im Dunkel der Kirche verschwand der hagere Dichter mit dem Küster. Nach wenigen Minuten schon floß milder Lichtschein durch die farbigen Gemälde der schmalen gotischen Fenster.
Und dann läuteten die Glocken mächtig rufend in die Nacht hinaus. Man hörte sie bis zur Lomnitzbrücke hin. Sie ließen die Köpfe sich erheben, sie machten die Schritte fester, Verzweifelte wurden wieder mutig, Hingesunkene wieder aufgerüttelt. Auf allen Wegen wankten sie heran.
Bald loderten um die Kirche Feuer auf. Ihr Schein sprang flatternd am Gemäuer in die Höhe und machte sichtbar, was die Glocken verhießen. Gelbgrauer Rauch, vom Regen flachgedrückt, zog wie Nebel um die alten Grabsteine und schmiedeeisernen Kreuze. Nördlingen hockte sich eine Weile neben Peter auf eine alte Steinbank. Die anfängliche Scheu vieler Obdachloser vor dem heiligen Bau war schon im Weichen; die Kirche wurde zur Herberge.
„Sehen Sie, Peter Wost, wie schnell man sich an Besitz gewöhnt! Die Armut ist das wahrhaft Fremde, verstehen Sie, ein unwürdiger Zustand, den eigentlich kein denkendes Wesen begreift.“ Er hatte das Kinn in die Hände gestützt, seine Augen glänzten. Nach einer Weile stand er auf: „Was, meinen Sie, würde geschehen, wenn jetzt je-

mand versuchen wollte, die Menschen wieder aus dem Bau zu jagen? Sie würden als ihr unbestreitbares Recht verteidigen, was sie vor einer Stunde noch nicht in Besitz zu nehmen wagten, eine Schlacht würden sie schlagen und ihr Leben opfern." Er dehnte die Arme weit aus und schob den Mantel wieder zurecht: „Jetzt wollen wir uns erst einmal unterbringen."
Der Küster hatte sich bereits ins Pfarrhaus geflüchtet und der Gattin des abwesenden Pastors Bericht erstattet. Sie war dunkelrot, als die beiden Männer eintraten. Mit verschränkten Armen hörte sie die Vorstellung: „Nikolaus von Nördlingen. Peter Wost, ein Freund der Gräfin Schaffgotsch." Ihre Arme sanken zu einer höflichen Entschuldigung herab, die große Spitzenhaube wedelte und der wattierte Morgenrock fiel vorn auseinander wie ein Talar. „Die hohe Ehre, meine Herren, zu so später Stunde! Sie werden sogleich heißen Tee ..." Sie machte ständig kleine Verbeugungen, gleichzeitig trafen den Küster höchst vorwurfsvolle Blicke.
Nach kurzer Zeit schon saßen die Herren in Schlafröcken des Pastors da. Er mußte merkwürdig viele Schlafröcke haben: Nördlingen trug einen rot geblümten, Peter einen chinesisch bestickten voller Drachen, Vögel und blühender Zweige. Man sah sich belustigt an, und der Frau Pastorin begann die Abwechslung Spaß zu bereiten. Als sie den Tee holte, freute sich Nördlingen: „Nur weiter so, nur weiter so. Das Ende kann ich zwar noch nicht übersehen, aber ..."
„Handeln Sie nach eigenem Ermessen", unterbrach ihn Peter vergnügt. „Wie man will, ich habe das Hochwasser nicht verursacht."
Die Pastorin servierte selbst, da das Mädchen die Betten im Fremdenzimmer herrichtete: „Ich denke, daß mein teurer Gatte völlig Ihres Sinnes sein wird, meine Herren – wie auch wohl anders!" In ihrer Stimme klang der Wunsch nach einer Vollmacht leise mit, und Nördlingen antwortete: „Es ist ein überwältigender Anblick für einen

Christen, zu sehen, wie in Zeiten solcher Not die Gotteshäuser auch dem leiblichen Elend zu steuern vermögen. Wie viele Seelen wurden durch die Wasser des Grauens herangespült, sie werden in Zukunft die heiligen Räume als Hort ihrer Zuflucht preisen. Groß ist der Herr Zebaoth, der die Armen errettet aus ihrer tiefen Not."
„Amen", sagte die wohlgeformte Frau. Sie wußte weniger als zuvor. Aber das Bild von den herangespülten Seelen hatte sie ergriffen, und schließlich, was ging die Sache sie als schwaches Weib an. Die Herren waren aus Warmbrunn, der eine sogar adlig. Zu ihrer völligen Beruhigung kam jetzt der Schulze. Sein Äußeres erinnerte Peter an Klatte: der gewaltige Bauch, die strammen Waden und über der breiten Brust, gleichsam ohne Hals, ein aus Fett modellierter Kopf. Das Äußere indessen trog. Der Schulze verneigte sich ohne besondere Unterwürfigkeit: „Sehr in Ordnung ... sehr zu Recht. Soeben wird gemeldet, daß auch in anderen Orten die Leute in die Kirchen einziehen; ein gutes Beispiel hat Stonsdorf gegeben. Das Wasser steigt noch immer." Artig, mit abgespreizten kleinen Fingern trank er Tee: „Nein, so ein Wetter, seit vielen Jahren nicht mehr so! Nicht mal die Zahl der Toten ist zu übersehen, vom andern Elend ganz zu schweigen. Grade fing das Land an, sich von dem großen Krieg zu erholen. Eine Freude, wenn man es bescheidentlich eine Freude nennen will, da und dort schon wieder eine Kuh, mitunter gar ein Pferd beim Bauersmann zu sehen! Jetzt sind die Gemeinden hin. Und wenn die Regierung ni einsteht ..."
Die Pastorin sah ihn an: „Die Regierung wird natürlich! Und vor allem die Kirche." Aber da hob der Schulze plötzlich den Kopf, und die Stimme verlor jede Dämpfung: „Zu Gnaden, die Herren, aber unsere verehrte Frau Pastorin sieht das wohl ein bissel zu rosig. Ich bin seit beinah zwanzig Jahren Amtsvorsteher. Ich habe alle Bittgesuche in der Zeit rauf und runter gegeben. Wenn sich die Herren das zu Herzen reden ließen, was sie hier sehen, es ist doch zu... wenn das ni zum Erbarmen is, was soll die

Menschheit dann noch rühren? Vielleicht is das der Anfang einer neuen Einsicht, daß man die Kirche hat behördlich öffnen lassen. Ich weiß das sehr zu würdigen, auf einen Schulzen drückt halt alles doppelt: die Not von unten und die Unkenntnis von oben. Die Unkenntnis, meine Herren, mehr sage ich ja ni, mehr zu sagen nehme ich mir ni raus. Ich habe vorhin zwei Fuder Stroh in die Kirche geliefert, aus Gemeindevorrat, meine Herren. Wenn's morgen angefordert wird ... Gemeindevorrat is Armeevorrat – ich kann's ni leugnen. Aber soll ich die Kinder auf dem nackten Steinboden frieren lassen?!"
Peter dachte: ‚Wieviel braves Herz unter soviel Fett, Klatte kann sich schämen.' Währenddessen bekam der Schulze fortwährend verweisende Blicke von der Pastorin zugesandt. Nördlingen griff ein, denn es war klar, daß der Schulze seine Gelegenheit wahrnahm, mit einem vermeintlichen Beamten zu verhandeln: „Liefere Er, was die Not erfordert! Ich werde bei den Behörden für Ihn einstehen."
Kaum war der Amtsvorsteher gegangen, als die Pastorin nicht mehr an sich halten konnte: „Der ist ein Herrnhuter, der Schulze. Mein Gatte sieht ihn gar nicht gern sich um das Kirchenvolk bemühen. Oh, welche Verwirrung der Gemeinde! Aber ich sage ja, das ganze Unglück kommt von der Intoleranz." Nördlingen musterte sie unverhohlen. Sie zupfte unsicher an sich herum, fuhr dann eifrig zu reden fort: „Nicht wahr, wenn alle eifern und toben dürfen? Ach, leider selbst mein Mann mitunter! Ich sage immer: Liebster Martin, wir müßten jeden Christenglauben respektieren, wir sind ja alle Kinder eines Vaters. Aber sehen Sie, er weist mir dann die schlimmsten Sekten vor, und wenn ich trotzdem nur auf Frieden hoffe, dann wird er eben intolerant und zürnt mit mir wie ein Prophet. Oh, welche Verwirrung der Gemeinden. Liegt uns nicht ob zu lieben?"
Nördlingen erhob sich: „Amen" sagte er. Seine Augen strahlten in tiefer Frömmigkeit, seine Hand barg sorgsam die gähnenden Kiefer.

XII.

Es war eine geräumige Dachstube, in der Peter und Nördlingen Quartier erhalten hatten. Aber statt schlafen zu gehen, saßen sie sich in ihren bunten Schlafröcken gegenüber und schmauchten von dem pastörlichen Tabak und aus den langen Pfeifen, deren ein ganzes Dutzend an der Wand hing.

„Hier oben macht er sicher seine intoleranten Predigten. Kennen Sie ihn? Krämer heißt er." Peter verneinte.

„Er ist ein bibelfester Bösewicht", berichtete Nördlingen weiter, „wenn er in Warmbrunn weilt, stinkt er penetrant nach Scheiterhaufen. Er soll es in Breslau wirklich zuwege gebracht haben, so ein armes Weiblein zu verbrennen. Hier im Gebirge toben der Geister so viele, daß es für einen Hexenriecher, der nicht brennen darf, eine wahre Qual sein muß."

„Hoffentlich darf er wirklich nicht mehr", erkundigte sich Peter. Nördlingen zuckte die Achseln: „Zur Zeit herrscht auch hier zwischen beiden Kirchen ein Wettbewerb in Duldsamkeit. Fast möchte man daraus auf eine große Zukunft schließen. Alles läuft sonst zu den Pietisten. Sie sehen ja, Herrnhut bricht selbst in Stonsdorf ein. Außerdem hat sich hier eine Sache zugetragen, die den Brennern Vorsicht angeraten sein läßt. Das war kurz nach dem Krieg und die Sitten angeblich noch besonders rauh – immerhin hat ein katholischer Hexenrichter acht Tage nach einer Exekution seine Seele durch den Kamin ausgeraucht, in dem er, die Beine nach oben, gefunden wurde. Er war buchstäblich geräuchert worden, und nur der Selcher war nicht zu eruieren. Schließlich schob man es einer Räuberbande, die ohnehin schon mancherlei zum Segen des Volkes vollbracht hatte, in die Schuhe. Apropos, Segen: was halten Sie eigentlich von Herrnhut?"

„Ich?" Peter war überrascht: „Hm – was ich selber kennenlernte, machte einen ernsten Eindruck."

Nördlingen sah ihn freundlich an: „Sie denken an Fräulein

de Launay. Ja, diese Krankheit macht bei ihr einen ernsten Eindruck, wenn auch keinen gefährlichen. Dennoch ..."
Er schwieg eine Weile, dann sagte er: „Sie sind Freimaurer, nicht wahr?"
Peter war von der Wendung betroffen. Aber er faßte sich, bejahend: „Die Bauarbeit ist wohl Männerwerk, so wie der Krieg."
Der Dichter erhob sich, ging mit großen Schritten auf und ab. Dann blieb er beim Fenster stehen und sah in die flackernden Lichter um die Kirche. Langsam und betont sagte er: „So alt die Hüttenlehre sein mag, das Christentum ist älter. So jung die Hüttenlehre sein mag, das Christentum ist jünger. Das Christentum ist edler, hilfreicher und besser. Oder wollen wir lügen wie dieser Jäkelsberg? Verhauene Steine als Ecksteine setzen? Oder gar Pfützen mit dem Lot messen? Das Christentum ist wie ein schlechtes Werkzeug, von dem man blasige Hände bekommt. Die Freimaurer aber besitzen nichts als Symbole."
Peter wurde aufgeregt: „Wissen Sie das so genau?"
„Ja", sagte Nördlingen, „und weil ich Ihr Blatt mit dem Tod gesehen habe, deshalb rede ich so. Die anderen Brüder in Hirschberg gehen mich nichts an. Sie sind so edel, hilfreich und gut zu sich, wie die Aristokraten es sind. Das ist in Ordnung. Aber wozu das Volk bemühen? Jeder beutet den andern aus, jeder möge, wo die eigene Kraft nicht ausreicht, Bünde gründen, um sich die Sache zu erleichtern."
„Und wer hilft dem Volk?" Peter stand nun auch auf. Der andere schnalzte mit der Zunge: „Ich zweifle daran, daß es das Volk gibt." Nach einigem Zögern fuhr er beinahe traurig fort: „Ich stand einmal nicht weit von den Herrnhutern. Verstehen Sie, das Reich des Friedens hat es mir angetan. Und wo es aufzutauchen scheint, da bin ich auch zu finden. Das beim Zinzendorf, das sah nach etwas aus: alles gemeinsam an Nahrung und Kleidung und Glauben. Kein schöner Glaube, dieser Christenglaube, aber dehnbar, anpassungsfähig. Die Ausmerzung der Armut zu

studieren, das schien mir lohnend. Wer aber Herrnhut studieren will, der muß nach Afrika gehen. Es war nicht leicht anfangs. Ich habe in meinem Buch ja behauptet, daß heute überall das Christentum zur Sklaverei zurückführt. Ein seltsames Phänomen bei einer Religion, die einst ein Sklavenglaube war. Was hat diese Wandlung verursacht? Ein unlösbarer Widerspruch mit der bestehenden Welt? Ich sah jedenfalls mit eigenen Augen, was Mission bedeutet. Auch bei den Herrnhutern. Seelenheil wird gegen Elfenbein und Geld getauscht, es wird gestohlen und geraubt; mit Kreuz und Knute wird kolonisiert. Die Eingeborenen nämlich sind Knechte wie die Fabrikarbeiter, für die Kultur so empfänglich wie die Weber, so dumm und unbotmäßig wie Soldaten. Nun, sie sind schwarz, – diesen nur äußerlichen Unterschied will ich gelten lassen."
Er setzte sich in einen Ohrensessel und streckte die Beine lang aus: „Ja, lieber Peter Wost, mein Buch hat einen verdammten Fehler. Es wendet sich ans Volk. Also zur Zeit an niemanden."
Er zog die Stiefel aus und kroch aus dem Schlafrock. Peter entkleidete sich ebenfalls.
Als es dunkel war, hörte man den Regen seine Böen über das Dach treiben.
„Das Wasser wird trotzdem bald fallen", sagte Nördlingen, „der Regen allein reicht nicht aus. Die Schneeschmelze war schuld, dieser Südwind! Ich habe das mal in den Rocky Mountains erlebt, allerdings in menschenleeren Tälern, dort als erhabenes Naturschauspiel, was hier zur fürchterlichen Katastrophe wurde."
„Warum wohnen die Leute nur so nahe am Wasser? Kein Ameisenstaat wird an gefährdeten Stellen sich immer wieder einrichten."
„Die Ameisen", brummte Nördlingen, „sind auch nicht eingeborene Untertanen einer Grundherrschaft. Die Leute wohnen, um es paradox zu sagen, in Flußbetten, die meist leer sind. Anders kann man Täler doch nicht nennen, in denen solche Wassermassen dahinbrausen."

Peter kam endlich dazu, seine Erlebnisse von Schmiedeberg und der Lomnitzbrücke zu berichten. Nördlingen hörte aufmerksam zu, dann meinte er: „Und schließlich haben wir uns getroffen. Hm – man hätte das früher haben können, aber als ich Sie besuchte, waren Sie krank. Und auf dem Fest – nun, unter Göttern und Geistern wäre es auch nicht das Rechte gewesen.“ Er gähnte laut.
„Haben Sie damals noch Ungemach gehabt? Der arme Fritsche sagte mir ...“
„Ah, Sie meinen die Affäre mit dem Eckertsberg? Die steht noch aus ... für ihn.“
„Sie wollen sich schlagen?“
Nördlingen kicherte still vor sich hin. „Nein, ich will wirklich nicht. Aber was nutzt das! Der alte Nostitz will doch. Die Provokation ist derart angelegt, daß mir nichts übrig bleibt, als die erste Forderung auszutragen, und zwar so, daß ich nicht jede Woche eine neue kriege.“
Peter richtete sich halb auf: „Aber wenn es so ist ... Verzeihung, haben Sie besondere Gründe, Ihr Leben hier in Warmbrunn aufs Spiel zu setzen?“ Nördlingen war gerührt: „Ja, ich habe Gründe, mein Leben aufs Spiel zu setzen. Wo, das ist gleichgültig zur Zeit. Sehen Sie: Peter Wost und Nikolaus von Nördlingen als Weltbürger, das ist zweierlei. Ich bin ein Renegat meiner Klasse.“
Peter schüttelte den Kopf: „Sie sind ein Volksfreund!“
„Nein, mein Herr! Allenfalls bin ich ein Freund einer anderen Klasse – einer kommenden, wie mir scheinen will. Ein Freund und Kombattant des dritten Standes, falls er die Sklaverei abschafft. Sonst werde ich mit ihm umspringen wie mit der Aristokratie. Oder mich spießen lassen.“ Er verschränkte die Arme hinter dem Kopf. Peter konnte dessen Umriß wahrnehmen, von der Kirche her leuchtete genügend flackerndes Licht herüber. Noch nie war Peter der magere Kopf mit den jetzt ungeflochtenen Haaren dem eines starken Raubvogels so ähnlich erschienen, eines sturmgewohnten Adlers mit klaren, unerbittlichen Augen.

„Ich fürchtete, als ich Sie damals in Agnetendorf sah, daß Sie sehr krank seien ...“
Der Adler drehte langsam den Kopf: „Und inzwischen sind Sie krank geworden. Nun, ich sah damals nicht zum besten aus. Ich *war* krank, ja – in den Tropen. Aber das ist vorüber. Gelegentlich packt mich ein kurzes Fieber noch.“
Nach einer Weile, als Peter schon dachte, jener schliefe, begann der ganz wach zu fragen: „War ich Ihnen zu scharf vorhin? Mit meinem Angriff auf die Freimaurer? Dann verzeihen Sie den Tonfall. Sie kennen Herder. Wir liegen desselben Themas wegen oft im Streit. Auch er sitzt auf zwei Pferden – ist Christ und Freimaurer.“
„Das ist kein Widerspruch.“
„Doch!“ Der Adlerkopf war unerbittlich. „Man kann nicht Heide sein und Christ. Man kann nicht edel sein und gleichzeitig duldsam.“
Peter wurde zum erstenmal scharf: „Sollte man nicht lieber froh sein, daß es endlich wieder Bünde gibt, die Edelmut und Güte zur weltumspannenden Idee erhoben haben?! Wenn Christus vor den Christen noch zu retten ist, dann nur durch uns, die Ewigen!“
„Die 1717 gegründet wurden!“ Nördlingen ging an die Grenze des offenen Hohns. Aber Peter war außerstande, die Richtung des Angriffs zu erkennen. Er war jetzt ganz Abwehr. Inzwischen nahm Nördlingen wieder das Wort: „Ich weiß natürlich, daß die Hütten uralt sind. Alles, was die Menschen neu gestalten, wird mit Ahnen ausgestattet, und in England mit besonders vielen! Petrus auf dem Berge der Verklärung: was sagte er? Lasset uns drei Hütten bauen! Sie denken, ich witzele? Nein, Peter Wost, mir tut das Herz weh. Ich weiß, wieviel eines einzigen Menschen Sehnsucht an Beweisen anhäuft, wieviel mehr erst die Sehnsucht einer Menschheit. Sie sucht das Reich des Friedens, das tausendjährige. Sie kommt ja auch aus einem solchen Reich ... soweit das Reich des Kindes schon aus Träumen in die Wirklichkeit hineinragt – das Reich der tausend Tage.“

Er sprach jetzt zu sich, gar nicht laut, gar nicht kämpferisch: „Traumgestalten leiten uns. Wir wissen nichts von irgendeinem Ding, als unsern Traum von ihm. Die Philosophen deuten Träume, so gut sie können, die Dichter formen ständig an ihnen. Es ist der Zustand kurz vor dem Erwachen: verwirrtes Hinirren an der Grenze, die aus dem Paradies ins Tal des Todes führt ... in die Erkenntnis, daß der Tod das Merkmal unseres Lebens ist. Denn nur wer sterben kann, kann leben. Verstehen Sie? Nicht wer sich überfallen läßt vom Tod, sondern wer mit ihm rechnet als einer produktiven Macht, ihn einsetzt oder ihn verbietet. Der Menschheit im Augenblick des Erwachens – verzeihen Sie – hilft keine Bauhütte, die von Vergangenem träumt. Auch die Menschheit wird einst wieder träumen. Aber es werden gerufene Träume sein, gelenkte. Sie wird sich manchen frühen Traums von selbst erinnern, und ganz besonders des erhabenen Traums von einem Bund, der alle Menschen aufrief zum Kampfe für die Menschheit, hören Sie: zum *Kampf*!"
Nördlingen schwieg. Peter schwieg. Draußen zerrissen die Wolken, da und dort tauchte ein Stern auf. Der Regen hatte aufgehört zu prasseln. Manchmal drang ein verwehter Laut vom kirchlichen Lager her in die Dachstube.
Peters Augen brannten vor Schlaflosigkeit, aber er blieb auf seiner Mauer. Die Hütte ein Traum der Vergangenheit?! Ohne Kampfwert für die Zukunft? Warum stockte der Angriff Nördlingens schon? Peter wartete ... nein, kein neuer Anprall. Es war überstanden. Jener hatte nichts vermocht. Für jede Mine des Zweifels gab es die Kontermine des Glaubens. Peter wollte keine unterwühlte Mauer halten. Er wäre gewichen, hätte sich ergeben. Aber nur der Wahrheit.
Seit seinen Zweifeln in der Nacht bei Jäkelsberg war alles klar zum Abwarten in ihm bereit. Die große Probe mußte kommen. Nun war sie gekommen, von den Höhen des Gebirges, vom Himmel selbst! Ein Bruder war ertrunken, sein Haus zerstört. Das Land lag weithin im Elend. Aber

es hatte eine Bauhütte ... ja, es hatte eine! Und bald werde ich mit dem Nördlingen rechten als ein guter Maurer. Dann mag er nur von Träumen der Vergangenheit reden, wenn die Hämmer klingen werden, um Dörfer und Städte aus dem Schlamm von neuem erstehen zu lassen.
Ein oberflächlicher Schlaf benahm ihm für einige Stunden die Sinne. Als sich Peter erhob, füllte bereits eine trübe Dämmerung den Raum.
Der Dichter rührte sich noch nicht. Wie ein scharfer Schnabel ragte seine Nase zwischen den geschlossenen Augen hervor. Als Peter den halbgetrockneten Mantel um die Schultern gehängt hatte, blieb er noch einmal vor dem Schlafenden stehen. Dann nahm er aus des Pastors Mappe ein Blatt Papier, schrieb darauf: „Dem noch Träumenden ein schon Erwachter!" Er setzte statt des Namens sein Hüttenzeichen unter den Gruß, ging leise und lächelnd. Unten gab er dem Hausknecht sein letztes Geld und schwang sich in den Sattel.

XIII.

Elisabeth stand am Fenster. Fröstelnd wickelte sie sich in den Morgenrock. Da drüben, hinter der Lindenallee, lag der Teich. Dort lag er, solange ihn eine Eisdecke in die Ufer hineingedrückt hatte. – Dann war das Eis geborsten.
Gestern hatte sich der See, der anstelle des Teiches jetzt in der Niederung nach Ufern suchte, ohne welche zu finden, bis an die ersten Bäume der Allee herangetastet. In kleinen Wellen erst. Dann hatte er Bäche gleich langen Fangarmen ausgesandt. In alle Wassergräben fühlten sie vor, bis sie eine Mulde fanden, einen tiefgelegenen Acker oder eine Wiese, in die sie wie in eine Schüssel strömten. So zerschnitt der Teich endlich auch die Allee in der Mitte, einer Senkung folgend. Er kam vorsichtig auf das Schloß zu. Elisabeth hätte nicht mehr weit unter dem schwarzen Geäst gehen können, mit niemandem mehr ... mit niemandem ...

Sie wandte sich rasch um. Ein Brief wurde gebracht. Also kam die Post wieder irgendwo durch. Sie hielt das Kuvert gleichgültig in der Hand. Werden die Wasser auch die Wurzeln ertränken? Soweit das Auge reichte, blinkte der Seespiegel, bis an die Bergkette, bis an den Horizont. Kleine Inseln ragten aus der silbergrauen Fläche, Sträucher und Bäume wuchsen, statt aus der Erde, nun aus einem anderen Element. Weiße Möwen mit schwarzen Köpfen segelten durch die Lüfte, Wildenten ruderten in Herden zwischen den Inseln, flogen auf wie emporgeschnellte Bleigewichte und senkten sich klatschend zu ihresgleichen. Dann schwammen sie die Allee hinauf, in deren Ästen Meisen und Krähen freudig tobten.
Elisabeth fröstelte erneut. Das Getier der Erde und der Wälder war verjagt, hungernd irrte es durch die Gefilde des Todes. Denen aber, die da draußen flogen, bedeutete die Katastrophe ein Glück ohnegleichen, der Tod hatte ihnen ein herrliches Mahl bereitet, das Chaos Lebensraum geschaffen. In ihren Nestern würden bald viele Eier liegen, ihrer Brut wird es an nichts gebrechen. Liebestrunken schnatterten die Erpel in ihrem Prachtkleid, elegant glitten die Lachmöwen dahin, schwärmend und tänzelnd im taumelnden Frühlingsreigen sonderten die Paare sich ab und stiegen zu unsichtbaren Höhen empor.
... Ah, da war der Brief. Elisabeth bückte sich und öffnete ihn nun endlich. Ihre Lippen waren fest geschlossen, beherrscht: es ist Pflicht, daß man erhaltene Briefe liest.
„In Christo geliebte Schwester, meine einzige Elisabeth! Wenn Du diese Zeilen lesen wirst, dann ist das erste Weh dahin. Es ist nur der Anfang einer Prüfung, und ich habe schon keine Fragen mehr im Herzen. Es ist nur der erste Schmerz – und ich habe schon keine Träne mehr.
Welches Maß von Schuld lastet auf meiner Seele! Nur Du weißt das. In höllischer Verstrickung fluchte meine junge Seele dem Vater, und nun hat Gottes Ratschluß ihn von uns gerissen. Zu der brennenden Schuld gesellt sich die Qual, den Vater nicht einmal an seinem Grabe um Verzeihung

anflehen zu können. Die Wasserströme haben ihn verschlungen, und seine Ruhestätte kennt nur Gott allein. Unfaßbar ist es uns, Elisabeth. Wenn nur ein dunkler Schrein dastünde, man würde ihn als Unterpfand besitzen. So aber vermeint jeder von uns noch Schritt und Stimme zu hören. Wir müssen glauben, daß er tot ist. Welch ein Glaube!

Laß mich, so gut es gehen mag, von Tatsachen berichten. Von unserer Fabrik steht kein Stein mehr auf dem andern, ihr Erbauer hat sie mit sich in die Flut genommen, so will es uns dünken. Wir blieben als Bettler zurück.

Im Tale sieht es furchtbar aus, und je mehr sich die Wasser verlieren, um so furchtbarer.

Herr Wost hat versucht, zu retten, was noch zu retten ist. Dann ist er weiter geeilt.

Ja, Liebste, fast erfüllt es mich mit der Hoffnung, daß Jesus mich entsühnen will. Du weißt, ich begann ihn zu lieben, das fühlbarer werdende Schlagen des Herzens ... soll ich Dir beschreiben, wie es begann oder wie es zugrunde ging in diesen Tagen? Wohl nicht durch meine Schuld, und so mag es meiner anderen Schuld angerechnet werden. In Wahrheit hatte meine Mutter sich getäuscht. Ich bin Herrn Wost so gleichgültig wie irgendein Sperling, der da draußen vor meinem Fenster friert.

Mein Weg ins Leben liegt voll von Dornen und hartem Gestein. Meine Füße sind schon so wund, mein Blick ist schon so glanzlos. Ich wünschte nur, der liebende Jesus nähme mich anstelle meines armen Vaters an. Ich kann nicht mehr schreiben. Dunkel zerfließt mir die Schrift vor den tränenden Augen. Tröste Deine müde Toni.“

Elisabeth ließ die Hand mit dem Brief sinken. Die Möwen draußen kreisten über den Wassern, die Flügel kaum rührend. Sie legte die Finger in ein Schälchen mit Rosenwasser und rieb sich das Gesicht ab. Der Spiegel zeigte ihr tiefe Schatten unter den Augen und über den Lidern. Sie lächelte, denn sie wußte, die Schatten würden bald vergangen sein.

Das Mädchen kam mit dem Frühstück und meldete, daß die Coiffeuse bereits warte. Elisabeth nickte zustimmend. Sie hatte den Brief vor sich liegen, solange sie trank. Essen konnte sie nicht, kein Krümchen, selbst von dem Dresdner Gebäck. Dann, ohne es recht zu bemerken, hatte sie das Blatt schon wieder in den Händen.
„Die Seitenlocken? Ja, ganz einfach, liebstes Fräulein." Das feine Spitzenhandtuch fiel ihr bis auf die bloßen Unterarme. Sie freute sich über die schlanken Rundungen der Gelenke. Elisabeth spreizte plötzlich ihre Finger, wie in lang unterdrückter Abwehr seufzend. Der Brief war voller Schuld und Tränen ... ‚Für die Muschel ist die Perle eine Qual. Mein Jesus, und für mich? Ich werde wieder lieben ... auch ich.' Wie die Möwen schrien! Elisabeths Blicke schweiften zum hohen Fenster hinaus, vom Himmel in die Linden, und von den Linden nieder zur Allee. An einem Stamm lehnte ein Gewehr. Ein Soldat lief langsam auf und ab, sah sich um, verschwand hinter einem Baum. Nach einer Weile kam er wieder hervor, die eine Hand fuhr abtastend den Hosenlatz entlang. Dann nahm er das Gewehr in den Arm und schlenderte wieder auf und nieder.
„Was soll der da draußen?" fragte Elisabeth. Die Coiffeuse konnte endlich reden. „Komtesse, ein ganzes Bataillon ist heute früh eingerückt, kriegsmäßig mit Bagage und allen Offizieren." Elisabeth schüttelte den Kopf: „Warum denn? Sollen die Bäche wegen Unbotmäßigkeit erschossen werden?"
Die Coiffeuse zog die Schleusen ihres Mundwerks voll auf: „Komtesse kennen das nicht, es ist immer so bei Hochwasser. Wegen der bösen Räuber und Plünderer, und daß die Arbeit schneller geht beim Brückenbau und solchen Sachen. Oh, dann ist es heiter hier in Warmbrunn. Alle Bürger haben Offiziere im Quartier. Morgen ist schon Konzert der Bataillonskapelle. Komtesse werden den neuen Schnitt der Uniformen bemerken, ich finde ihn excellent. *Solche* Hüften bekommen die Herren davon. Und die Gamaschen jetzt bei allen Chargen aus weißem

Leder – bis eine Handbreit über das Knie. Die Hosen noch enger, blau mit scharlachrotem Passepoil."
Elisabeth ließ sie schwelgen. Es gab, wie sie feststellte, kein Monturstück, das ausgelassen wurde. Ausgelassen wurde nur die Beschreibung der Mannschaft. Die Coiffeuse geriet in Verlegenheit: „Die Mannschaft ... ja, also alles das nicht ... eben keine Ledergamaschen und auch die Hosen viel weiter und – ach, es sind meistens dumme Kerle, und sie liegen auch nirgendwo in Quartier."
„Sie hat schon einen Schatz sicher?" lächelte Elisabeth. Die andere schmunzelte: „Komtesse, mit Permission, *einen*? Das hieße, mitten in der Ernte hungern wollen!"
Unten im Salon verabschiedete sich eben der Premierleutnant von Eckertsberg. Die Gräfin lachte beim Handkuß: „Schon große Übung, das links zu tun!" Er zog eine bedauernde Grimasse: „Nur mit dem Degen will es nicht gehen, gerade in solchen Zeiten! Sehr ärgerlich!" Sie bekam eine dröhnende Stimme: „Na, seit dem Fest, das sind doch nun schon ..."
„Fast drei Wochen", ergänzte er fest. „Aber so eine Quetschwunde nimmt keine Befehle entgegen." Die Gräfin ahnte nicht, wieso sie ihn beleidigt hatte. Sie klopfte ihm auf die Schultern: „Geduld, mein Lieber!"
Inzwischen lehnte Elisabeth am Cembalo und betrachtete Eckertsbergs Profil: die lange Oberlippe, die er gern hochzog und unter der dann die Schneidezähne weiß blitzten. Die Unterlippe hing meist spöttisch und doch eigentlich etwas kindlich lächelnd herab. Kinn und Stirn waren wie aus härtestem Gestein, die Backen straff gespannt, die Augenbrauen buschig, künstlich langgezogen und pechschwarz gefärbt. Er liebte Schminke und konnte gut mit ihr umgehen. O ja, dieses Rot: wie südliches Sommerbraun sah es aus. Die Marschuniform war offenbar eben vom Schneider gekommen, die Knöpfe spiegelten. Die weichen schneeweißen Gamaschen sogar dufteten nach einem herben Parfüm.
Warum hatte sie seine Werbung abgelehnt? Warum würde

sie es sofort wieder tun? Er war ein scharmanter Plauderer, ein begeisterter Freund der Musik. Sein Geigenspiel konnte sich überall hören lassen. Es waren nur die Falten, die unter den Augen die Haut ziseliert hatten, diese Verästelungen überreizter Äderchen, vor denen ihr angst wurde. Mag sein, zu Unrecht. Aber sie verband damit die Vorstellung geheimer Zeichen, die nur das Laster zu schreiben vermochte.

Er hatte ungeschickt um sie geworben, sehr ungeschickt. Litt er deshalb weniger unter ihrer Abweisung?! ‚Wer sollte um meinetwillen leiden müssen!?'

Seit damals, als er sie kurzerhand wie ein Taumelsüchtiger geküßt hatte – geküßt? Nein, so mag ein Polyp sich mit seinen Fangarmen um etwas schlingen, sich mit hundert Drüsen ansaugen – seit damals hatte sie ihn nicht mehr *gesehen,* mochte er auch vor ihr stehen und bitten, klagen, bereuen.

‚Niemand soll um meinetwillen leiden ...' Als er jetzt an ihr vorüberging, legte sie die Hand auf seinen Arm. Er hielt an, breitschultrig, das Kinn gesenkt, die verbundene Hand auf dem Rücken, unter dem linken Arm den Dreispitz. Aber Elisabeth wollte nicht erschrecken: „Monsieur, Sie hatten Unglück mit der Hand? Ich wünsche Ihnen baldige Genesung. Und ... und manchmal ist ein Unglück auch ein Glück; ja, das wollte ich Ihnen sagen."

Unter der Schicht von Schminke und Puder zogen sich die Augenfalten häßlich zusammen. Elisabeths Arme überzog Frost. Dabei lächelte er doch ...

Elisabeth fror noch, als er längst gegangen war. Sie fror aus Furcht vor diesem Lächeln. Draußen durch den Hofgarten schritt er jetzt eilig dem Kavalierflügel zu. Auch er fror. Seine Zunge preßte ständig Speichel durch die Zahnreihen und sog ihn heftig schnalzend wieder zurück. ‚Wo hat denn diese Hure Christi das her: Manchmal ist Unglück ein Glück?'

Im Torweg unter dem Portal stapfte ihm Nostitz entgegen. Eckertsberg salutierte. Der Alte grüßte verdrossen, er

grüßte von Tag zu Tag verärgerter. Mochte er. Das Leben war ein paar verrotzte Vorgesetztenlaunen wert.
„Heda! Von Eckertsberg!"
Jetzt müßte man das überhören. Aber da hinten die Wache? Der Gerufene wandte sich um.
„Herkommen!"
Der alte Nostitz stieß den Krückstock scharf und taktartig bei jedem Schritt in den Kies. Zwei Ellen links von ihm und eine halbe hinterher ging Eckertsberg im Gleichschritt. Nostitz marschierte dem Irrgarten zu. Die Taxuswände, im Sommer wie im Winter gleich dicht, sind übermannshoch, steil beschnitten, Pfade und Hecken für Überraschungen. Sie wecken Erinnerungen an Seide und Fleisch.
Nostitz hielt an, bohrte das Einglas in die Wülste zwischen Nase und Jochbein. Breitstelzig und mit vorgestrecktem Bauch musterte er den Premierleutnant, als sei hier ein Paradeplatz, ging um ihn herum, stand dann wieder vor ihm: „Verband runter!"
Eckertsberg wickelte nichts, löste keine Knoten. Er streifte, wie man aus einem Ärmel fährt, die Bandage ab. Seitlich des Daumenballens befand sich ein wenig Schorf, vielleicht der Rest einer Blutblase, die erbsengroß gewesen sein mochte, höchstens erbsengroß.
Der alte Oberst sagte kein Wort. Er nahm das Einglas aus dem Auge und beugte sich dicht über die Hand, als habe das Glas ihm etwas vorgetäuscht. Die Hand zitterte.
Nostitz zwinkerte nach den Wolken, senkte den Blick noch einmal. Dann setzte er sich das Glas wieder ein und stapfte davon, in Schritt und Haltung ein Mensch, der sich große Mühe gibt, einer inneren Erschütterung Herr zu werden.

XIV.

Fiebig kroch aus der Stallecke. Er reckte sich, schüttelte fröstelnd den Kopf und hauchte prüfend vor sich hin. Es mußte gegen Morgen stark gefroren haben. Dann stand er auf und säuberte seine Kleidung von Strohhalmen.

Am Bretterverschlag hing der Scherben eines Spiegels. Fiebig suchte einen kleinen Ast, wickelte die Schläfenlocken darum und feuchtete sie in einem kleinen Faß an. Dann flocht er sich den Zopf auf und kämmte ihn durch. Als er Frisur und Kleidung in Ordnung hatte, ging er um den Stall in die Baude. Eine junge Frau, behängt mit ein paar grauen Lumpen, brach Holz und warf die Stücke unter den Kessel.
„Anita?"
Sie drehte sich um, ihre Augen leuchteten: „Wo kommst du denn her so früh?"
Er küßte sie: „Gestern auf dem Weg ... Es war ni allzuweit von hier, aber tief nachts, da wollte ich dich ni erst wecken und hab im Stall kampiert."
Der Kopf der Frau sah aus wie der Schädel einer Toten, zumal sie die Augen meist geschlossen hielt. Sie mußte sich zu jeder Arbeit setzen, und Fiebig legte überall mit Hand an.
‚Ich müßte längst vermodert sein', dachte sie häufig, ‚aber es is wohl die gute Luft hier oben, die hält das so hin in der Brust, und es geht ein Jahr ums andere ...'
Sie löffelten zusammen die Wassersuppe, so heiß sie noch war. Dann sagte sie: „Der Schober will dich auf halbem Weg nach Petersdorf treffen. Wirst du wiederkommen diese Nacht? Vorige Woche war Kontrolle vom Förster hier in der Baude ... da is nu eine ganze Weile nischt, und du kannst im Jagdkabinett schlafen, ganz auf gräflich kannst du schlafen, wenn du wieder kommst." Er grinste: „Vielleicht aufs Ende der Woche. Aber heute wär's ni gut, wenn's so sein müßte, daß ich auf die Nacht schon zurück wär."
Sie seufzte. „Da mach's gut. Auf'n Frühling geht's ja nun doch zu. Und denk mir an den Spruch, du weißt: ‚Schweig, meid, leid, bis kommt deine Zeit.' Ni drängeln, du! Aber wenn's soweit is, dann ..." Sie ballte die magere Hand zur Faust: „So wie im Böhmerwald derzeit!"
Draußen auf dem steinigen Pfad das Tal hinab blieb Fiebig

noch eine Weile neben der Frau stehen. Durch dunkelgraue Wolkenballen brachen tiefblaue Flecke. Die Sonnenstrahlen tasteten sich wie Scheinwerfer über die Hügellehnen, wanderten in Täler, ließen Häuser konturscharf aufleuchten, färbten Wintersaaten smaragdgrün. Wasserflächen blitzten. Unendlich weit, schleierlos deutlich war die Sicht. Den Kamm hinauf, auf der anderen Seite, sah man beinahe die großen verdreckten Schneeflächen, die Knieholz- und Grasinseln zwischen dem Gestein.
„Sturm wird's halt wieder geben", sagte Anita, „wenn er nur möchte vom Osten her kommen. Daß alles einmal wieder trocken würde."
Fiebig schaute nach vorn: ein Krähenschwarm senkte sich kreischend auf eine Lichtung im Wald. Anita sah das jetzt häufig: „Ein Wildstück mag wieder gefallen sein. Gerippe müssen seit dem Wasser im Gebirge liegen ... sieh nur!"
Fiebig nickte ganz vertieft, und die Frau lächelte ihn an, obwohl sie eigentlich nicht mehr genug Fleisch im Gesicht hatte, um lächeln zu können.
Sie setzte sich auf einen Holzklotz und sah ihrem Mann nach, der bald im Wald verschwand. Sie saß, bis plötzlich die Krähen in die Höhe stoben und zwischen ihnen einige der mächtigen Geier.
Also war Fiebig wohl jetzt an der Lichtung ...
Im Zackental war das Bett des Baches völlig verändert. Das Wasser hatte sich mit seinen Gesteinsmassen eine neue Bahn aus den Unterwiesen herausgewaschen. Auf den Feldern, die tiefer lagen, standen große Teiche. Gestern noch bildeten sie bis Hirschberg ein System zusammenhängender Seen. Die Wintersaaten waren ersoffen. Wie es mit der Grasnarbe der Wiesen stand, würde man noch sehen. Auf den höheren Feldern lagen die Zelte. Überall wurde gehämmert, gesägt und gegraben, um Bretterbuden und Erdhöhlen zu bauen.
Am Wegrand bei den zwei Birken saß Schober. Er war klein, sehnig, hatte O-Beine und einen übermäßig großen Kopf. Ein olivgrüner Radmantel von der Mode der Groß-

väter bot ihm nicht nur Schutz gegen den aufkommenden Sturm, sondern ließ ihn auch würdig aussehen wie etwa einen alten Lehrer oder Schreiber. Sie grüßten sich fast stumm.
„Schon gegessen, Fiebig?“
Schober schnallte eine alte Ledertasche auf, nahm ein Stück Schwarzbrot heraus und ein paar Krebse. Er besah die rotgesottenen Krustentiere trübsinnig. „Gibt's auch ni gleich wieder, ein Jammer is es. Die erste Nacht, wie das Wasser fiel, haben sie in den Zweigen an den Ufern gehangen wie Laub. Aber das mußte dann auch so sein, daß is der Frost gekommen. Nu is gleich gar nischt mehr zu fressen als das Ungeziefer im Boden.“
Sie standen auf und gingen eine Weile schweigend weiter. Während auf den Höhen der Bergbaude alle Pfützen gefroren waren, war der Wind hier unten weich und frühlingshaft. Seine Kraft staute sich noch am Hang. Erst auf Hermsdorf zu, als die Landstraße eben dahinging, begann es stürmisch zu werden. Die Birken ließen sich ihre dünnen Zweige kämmen, an denen hellgrüne Knospen aus braunen Schuppenhüllen ragten. Nur der nächtliche Frost hielt sie noch vom Aufbrechen ab.
Fiebig fragte unvermittelt: „Wie steht's nun mit den Leuten von der ‚Vierten Bitte‘? Wollen sie den Nördlingen zu Rate ziehen?“
Schober zuckte mit den Schultern: „Es möchte vielleicht gehen, aber Rössler is dagegen, und die vom Drudivus doch auch. Es is ihnen ni auszureden; ein Adliger is für sie ein Adliger, fertig. Die ‚Vierte Bitte‘ hat noch sonst genug mit'm Stenzel seiner Bande auszutragen. In dem Punkt will ich sie mal unterstützen.“
Fiebig verstummte. Die letzte Viertelmeile gingen sie wortlos nebeneinander. Dann bogen sie durch einen kleinen Garten ab. Die Haustür wurde geöffnet. Stenzel kam ihnen durch die Frühbeete entgegen, breitbeinig stapfend.
Die kleinen Augen in dem fleischigen Gesicht sahen gut-

mütig auf die Ankömmlinge. Seine zum Empfang weit vorgestreckten Hände waren Tatzen, und er wußte, daß ihr Gruß leicht Wehgeschrei auslöste. Drin deckte sein Weib den Tisch, und Schober, der sie noch nicht kannte, dachte: ‚Das ganze Gegenteil von ihm. Zarte Knochen hat sie, kein bissel überflüssiges Fett ... Für dreißig Jahre ist sie eigentlich bildhübsch. Das kommt davon, daß sie immerzu lächelt – langweilig muß das auf die Dauer sein, aber besser als meine, die immerzu jammert. Ob die hier auch im Schlaf noch lächelt? Meine heult selbst dann noch.'
Der Duft von heißer Fleischbrühe durchzog das niedere Zimmer. Dazu gab es Thymianklöße mit Backpflaumen.
Stenzel brummte: „Ich hab beim Hochwasser ein Schwein herausgefischt", er blinzelte listig, „wirklich gefischt diesmal ... ich möcht's vielleicht drum auch ni essen, aber mein Weib, die versteht sich drauf, hat's nach dem Brühen gleich in Salz gegeben und dann auf acht Tage in Rauch, na Mahlzeit! Wenn die armen Luder draußen in ihren Zelten es hätten so machen können, da möcht es heute noch ni um sie stehen, daß schon's Militär da is."
Der kleine Schober stopfte sich den Mund voll Klöße. Die Frau lächelte.
Stenzel brummte: „Ich bin auf Hirschberg zu gewesen – Jesus, ihr Leute! Ich habe vom Bund die getroffen dort. Nicht einen Pfennig Geld mehr, dorfweise! Am schlimmsten soll's um Giersdorf rum sein. Dort fressen sie Rinden von den Birken und was sich an Grasspitzen bloß aus dem Boden raustraut. Wenn einer einen Frosch erwischt, is er reich. In ganzen Horden ziehen sie nachts los auf Krähennester oder suchen auf den Teichen nach Enten. Aber überall sind Posten. Es is, als wollten sie die armen Leute aushungern. Reinweg verderben."
Schober legte die Hände auf den Tisch und trommelte mit den zarten, rauchgefärbten Fingern:
„Und somit wären wir schon bei unserm Thema." Er sah niemanden an, während er das sagte. Die Stimmen wurden bei allen leiser, einfach aus Gewohnheit. Stenzel brummte

wie ein Bär: „Reinweg verderben ... nu ja. Ich bleib dabei. Und meine Leute, nu ... Ihr wißt, der Drudivus ist immer einer Meinung, immer nur einer."
„Auch immer fertig?" fragte Schober.
Stenzel, statt einer Antwort, spuckte geringschätzig in den Dielensand. Fiebig atmete ruhig:
„Die Regierung is auch fertig. Das wollte ich zuvor sagen. Jeder Soldat hat scharfe Patronen zugeteilt bekommen. Und die Soldaten selbst sind ni von hier. Kennen tut keiner das Gebirge, das is dafür ihr Nachteil. Jetzt, wie denkt ihr?"
Schober verschränkte die Arme und sah vor sich nieder. Er wartete auf Stenzel. Der räusperte sich, knurrte, kratzte sich plötzlich am Hals und beugte sich mit dem mächtigen Brustkob über die Tischplatte: „Dem Fiebig wird's ni passen, aber es is doch richtig! Was sind Soldaten ohne Führung wert! Was'n Hahn ohne Kopp is! Dafür bin ich nu mal. Sag schon, Fiebig, was dir ni passen tut!"
Fiebig sah still vor sich hin. „Ich bin doch ni uneinsichtig, Stenzel. Aber wenn morgen der Baron is tot, da kommandiert dir doch übermorgen schon ein andrer. Wo willst du denn da aufhören, Stenzel? Die Soldaten schaffst du so ni weg." Stenzel überlegte: „Wie viele solche Barone müßten's denn sein? Ich meine, wieviel hat's denn die Sorte so in Preußen?" Jetzt lachte Schober hell auf: „Mein Gott, aus jedem Leutnant können sie einen machen, wenn's sein muß! Nee, Stenzel, da hat der Fiebig recht. Hier hilft bloß, daß wir in Frieden machen, was angängig is. Du, Stenzel, hast vielleicht an fufzig Leute ..."
Stenzel grölte dazwischen: „Nu he! Vielleicht sind's gar bloß fünf! Nu he ..." Schober ließ sich nicht aus dem Eifer bringen: „Also mag's das Doppelte sein, von mir aus gern das Dreifache! Und daß ein jeder Anhang hat und Helfer ... alles draufgegeben! Gegen Militär is das nischt. Außerdem – was den Anhang anlangt, da sind die meisten in der ‚Vierten Bitte'. Und für die steh ich. Die kenn ich auch."

Fiebig benutzte die Pause, die Schober machen mußte, weil ihm der Gedanke eben abgerissen war:
„Keiner soll gering vom andern denken. Jeder muß genau erst sagen, was er will. Wenn ich mit'm Rössler handle – die Bauern, die noch halb auf uns herunter sehen, als wär's ni unsre Sache, überhaupt zu mucken –, bei denen müssen wir einig und klar auftreten, damit's ni immer wieder heißt: Nu ja, die Arbeitsleute und die Weber, die sind im Grunde selbst an ihrem Elend schuld, die können sich ja selber ni in Ordnung halten."
Stenzel war zehn, Schober gar sechzehn Jahre älter als Fiebig. Dennoch hatte er die Führung, hier wie überall in den Bergen, er hatte sogar bei Rössler Einfluß, das wußten beide. Bescheiden und wenig sicher wiederholte Stenzel sein Angebot: „Wenn du willst ... aber ich sehe, du willst ni ... da gibt's in ein paar Tagen Leichenfeiern, wo du sie haben möchtest."
Fiebig wandte sich ohne Stellungnahme an Schober. Der sagte: „Ich bin für einen Zug nach Warmbrunn. Vornweg die Weiber mit den Kindern. Dann Invaliden aus'm Krieg. Hernach die andern. Wie's jetzt aussieht, ziehn an die fünftausend mit."
„In Warmbrunn stehn allein schon zwei Kompanien", sagte Fiebig.
„Sie werden ni auf die Kinder schießen."
Stenzel lachte auf. Fiebig verwies es ihm. Schober wollte ausfällig werden, aber Stenzel brummte schon ruhiger: „Besser wär's da, du möchtest ihnen die Seuchenkranken einschleppen. Das wär noch eher eine Sache."
„Ruhig einmal!" Fiebig unterbrach ihr Gerede. Sie hörten zu. „Das alles sind mir überhaupt ni Pläne. Mit dem Zuge, Stenzel, da hat der Schober soweit recht. Auf die Kinder werden sie freilich schießen, wenn's ihnen befohlen wird. Trotzdem – der Zug, darüber muß man reden, daß der wird. Nämlich – sie laufen sonst ohne uns. Wohin man hört, da wollen sie ziehn, egal wer sie führen tut. Drum meine ich, es wäre doch ni zum Schaden gewesen, wenn ihr auch

hättet den Nördlingen angehört." Der mächtige Stenzel sah listig drein: „Und auch den andern Herrn vielleicht, den ... na, ein Künstler is er."
Fiebig schnipste geringschätzig mit den Fingern: „Der gründet mit der heiligen Elisabeth jetzt Hospitäler. Eine weiche Windel is der Kerl – so auf ‚ohne Gewalt', verstehst du?"
Schober verteidigte: „Auch Hospitäler sind gut." – „Wenn Weiber sie gründen, meinetwegen", tat Fiebig die Sache ab.
Stenzel brummte weiter:
„Das mit dem Nördlingen mußt du verstehen, Fiebig. Ich täte schon mit. Aber den andern mach ich's ni klar. Von Rössler erst gar ni zu reden – auf Verrat möchte der gleich kommen. Das is doch klar bei Bauern, daß man sich da ni in Gemeinschaft mit Aristokraten darf zeigen. Grade daß sie's dir ni übel nehmen – mehr kannst du von den Leuten ni verlangen."
„Sie wollen doch siegen, die Leute!"
„Siegen?" Beide antworteten fast zugleich: „Siegen? Wie denn? Was meinst du damit?"
„Ich meine damit, daß es den armen Leuten hernach besser geht. Für dauernd besser. Wenn man die Gauner in Warmbrunn erschlägt, oder sie kriegen die Seuche, was wird dann, he? Nischt wird dann!" Sie schwiegen, bis der bärenhafte Stenzel wieder zu knurren anhob: „Da sag's schon!"
Mit ausholenden Bewegungen und vor Eifer glühenden Augen legte Fiebig seinen eigenen Plan dar: „Das is so: Man muß den Herren etwas abfordern, das die Regierung anerkennen kann. Versteht ihr? Um so was muß man kämpfen. Zum Beispiel: Wir machen den Zug und wir bringen Forderungen mit zum Überreichen, die dem Stadtvolk und auch sonst, wo man sie hört, ni ungerecht erscheinen: daß wir Holz brauchen für die Häusel und Garn als Vorschuß, und vor allem die versprochenen Lebensmittel, die schon zehnmal da sein sollten. So muß das losgehn, alles auf ein paar Zettel geschrieben, damit sich's

die Leute können vorlesen. Und aus der alten Leinwand ein paar große Fahnen, daß die Sache Art und Herkunft zeigt. Wenn sie dann in uns sollten reinschießen, dann in drei Deibels Namen drauf los! Der Nördlingen meint sogar noch ganz andre Dinge."
Stenzel brummte überlegend vor sich hin. Schober sah zur Decke: „Hm, soweit is gut. Und was der Nördlingen meint, kannst du das ni kundtun?"
Fiebig lachte leise: „Das, wenn's ginge, wär ni dumm. Ich weiß bloß ni, es wären alle Bauern auch dazu nötig. Er is halt weit herumgekommen, der Nördlingen, und geht gleich aufs Ganze. Er möchte, daß allesamt von Scheiberhau bis Schmiedeberg nach einem Plan zur gleichen Zeit marschieren." Stenzel grunzte vor Behagen. Schober rückte unruhig herum: „Du hast leicht lustig sein dabei mit deinen paar Leuten. Und wie denkt sich der Herr denn das weiter?"
Fiebig wurde beinah unwillig: „Was ist da weiter zu denken! Wenn so viel Leute auf sind, dann muß sich das Militär verdreifachen. Und das Militär kostet Geld. Besonders in so einem großen Gebiet, wo dazu noch alles unübersichtlich is mit Stehlen und Desertieren. Wenn dann vernünftig is, was wir fordern, dann werden sie zu rechnen anfangen, was billiger kommt." Schober war noch unbefriedigt: „Bei uns marschiert doch jeder schließlich seinen Weg. Der Bauer will was andres als der Arbeitsmann, die Weber wieder extra." „Bloß will keiner beschissen werden!" fauchte Stenzel, „es gibt ja auch Gemeinsames! Sag mir, Fiebig, ob ihr mit den Waffen zieht?"
Schober hatte diese Frage längst erwartet. Vor Fiebig antwortete er noch: „Woher denn sollen die Arbeiter Waffen haben, he?"
„Nu, woher sie die Webersleute haben, Schober." Fiebig suchte ihn zu überzeugen. „Von einem Baum der Ast, von einem Feld der Stein, du kennst ja das Lied." Der Bär wurde knurrig: „Sowas kann ich ni hören, mein Schober. Keine Waffen! Das letzte Vieh auf Gottes Erde hat irgend-

eine Wehr. Und bloß deine Arbeiter wirst du so gehen lassen. Daß du mir denen keinen Rat erteilst nach dieser Art!" Schober unterbrach ihn heftig: „Soll ich etwa einen Aufstand entfesseln? Soll ich erschießen lassen, was noch ni verhungert und ersoffen is?! Sei doch ni so ein Narr, Stenzel!"
Fiebig verlangte plötzlich Ruhe und sah zum Fenster hinaus. Die andern beiden folgten seinem Blick. Auf der Straße hielt eine Extrapost mit Reisenden. Sie war von bettelnden Menschen umringt. Der Kutscher knallte mit der Peitsche, umsonst. Die Menschen ließen sich eher zertreten und überfahren.
„Brot! Um Christi willen Brot!"
Man sah, daß die Reisenden ihre Vorräte tatsächlich verteilten. Sie wiesen der Menge ihre leeren Taschen, enttäuscht begannen einige zurückzuweichen. Fiebig sah eben, wie ein älterer Herr wieder einstieg. Er streichelte dabei den Kopf eines Weberkindes, der unförmig groß auf dürren Schultern saß. Das Kind sah den Herrn ausdrucksvoll flehend an, noch gar nicht begreifend, daß auch der nichts zu essen hatte ... Da, als der Kutscher eben ‚Hü' rief, sank das eine Pferd stöhnend auf die Hinterbeine und legte sich gleich danach ganz auf die Seite, zerrte mit den Hufen im Geschirr, zuckte noch ein paarmal.
„Schurkerei!" Der Postillion war mit einem Satz vom Bock.
Das Pferd wurde ausgeschirrt. Die Reisenden schauten angsterfüllt aus dem Wagen. Da ging einer der Burschen ganz einfach mit dem Beil auf das zweite Pferd zu. Ehe der Kutscher herumspringen konnte, traf die Axt den Hals auch dieses Gauls. Der Bursche und der Postillion wälzten sich ringend in einer Lache von Blut. Niemand kümmerte sich um sie. Von allen Seiten drängte es sich über die Kadaver, schneidend, reißend, brüllend – von den Hängen liefen sie herbei und stürzten sich in den Haufen.
Fiebig wurde kalkweiß im Gesicht. „Als wie die Geier", brummte Stenzel. Seine Augen blitzten. Schober lispelte

ständig vor sich hin: „Mein Gott, bloß denen keine Waffen!“
Fiebig hörte es, sah ihn von oben bis unten an: „Dreh dich mal um, Schober.“ Der fühlte Fiebigs Hand unsanft zwischen seinen Beinen, schrie: „He du, was soll das?“ Fiebig lachte: „Nachsehen bloß, ob du trocken bist.“ Dann packte er ihn an beiden Schultern:
„Daß du es weißt: Morgen! Unweigerlich morgen!“

XV.

„Laß mich!“ Eckertsberg knurrt im Schlaf, den Steinhagen unnachgiebig zum Weichen bringt: „Es ist fünf Uhr!“
„Ich habe doch zuviel Wein ...“
„Nein, mein Lieber, ich habe dich gehütet wie einen Bruder. Zieh das Hemd aus.“ Eine Schüssel Wasser läuft an Eckertsbergs Haut hinab. Der reißt die Augen auf: „Mensch! Der Teppich!“
„Trocknet wieder. Aber die Uhr bleibt nicht stehen.“
Auf der Landstraße muß der Kutscher dauernd die Pferde mit der Peitsche antreiben, Steinhagen verlangt eiligste Fahrt. Eckertsberg lehnt müde in den Polstern und läßt sich durchschütteln. Hier und da am Wegrand hocken graue Gestalten, die mit dürren Händen im Boden stochern. Eckertsberg sieht, wie ein Junge einen Molch aus dem Wasser zieht. „Was denn? Hast du gesehen?... Frißt lebende Molche. Von der viehischen Art des Volkes macht man sich keinen Begriff, was, Steinhagen? Bruderherz, unsere Phantasie ist immer nur bei Höherem ... Frißt lebende Molche, so ein Saukerl!“
Kurz vor dem Waldweg überflutet hellster Sonnenschein die Felder. Ein großer Lichtfleck wandert vor ihnen her. Die Knospen der Sträucher leuchten gelbgrün an den saftfeuchten Zweigen. Der Wagen holpert jetzt sehr in wenig ausgefahrenen Rinnen.
„Noch was unter uns, Karl?“ Steinhagen legt die Hand auf Eckertsbergs Schultern: „Ich meine, irgend so eine be-

sondere Nachricht, falls... hm?" Eckertsberg lächelt abwesend: „Hör mal den Buchfinken. Dort sitzt er. Fliegt immer vor uns her wie ein Herold."
Steinhagen beruhigt: „Du hast im Grunde nichts zu fürchten, denke ich. Man weiß nicht, was der Gauner mit dem Degen kann – mehr als du auf keinen Fall. Dennoch mach es kurz, verstehst du?"
Sie steigen aus. Eckertsberg knöpft den Rock auf, läßt ihn lässig auf den feuchten Boden gleiten. Seine Lippen, wiewohl geschminkt, sind ohne Blut. Er holt tief Atem. Dann zieht er die Klinge aus der Scheide, biegt sie, läßt sie ein paarmal pfeifen. Steinhagen legt zwei Finger auf seine Lippen, dann auf die Degenspitze und murmelt einen Spruch. Sein Gesicht ist trotz des Puders grau. „Du abergläubischer Heide", lächelt Eckertsberg und stößt den Kameraden vergnügt vor die Brust.
„Einen halben Kopf ist er länger als du. Also paß auf! Er reicht auch weiter. Hörst du, sieh dir die Schultern bei ihm genau an, ob er aus der Kugel schlägt; es scheint mir so."
Eckertsberg sieht nach einem Baum: „Dieser Fink ... da ist er wieder. In unserm Garten war auch so einer. Jedes Jahr ... Was hat er übrigens für einen Waffenschutz?"
Steinhagen hebt die Mundwinkel: „Michailovski heißt er – so ein Pollak. Der Unparteiische ist ausgewechselt worden. Hat Nostitz befohlen. Ist ein sächsischer Oberst. Mit der Narbe am Kinn, ja, Sachse, stammt aber aus Schweden. Heißt Loest, sieben Zacken, soll ein Gut in Pommern ..."
Eckertsberg grinst: „Genügt, genügt! Und die andern?"
„Ein Husar und ein Franzose – der dort mit der alten Haut, der so gelb aussieht wie ein Gänsedreck. Also, mein Junge: Schule! Zeig, was du kannst. Komm!"
Eckertsberg geht mit festen Schritten, dennoch federnd leicht. Er kichert leise:
„Paß mal auf, ob der Buchfink wenigstens den Schnabel halten wird, solange ... He?"
Er steht jetzt allein, den Degen nach vorn geneigt. Ein

bißchen friert er in dem dünnen Seidenhemd. Warum zieht man das nicht auch aus und die Hosen dazu. Wer dran glauben muß, macht dem Arzt weniger Schererei. Die Spitzenmanschette fällt zart über den Goldgriff. Der Blick gleitet am Stahl abwärts. Die Erde ist bedeckt mit frisch grünenden Kräutern und Keimen, die ihr erstes Blätterpaar entfalten.
Das wächst und gedeiht ... er sieht nicht auf. Er hört den Finkenschlag zwischen den Stämmen, dann: „Anton Graf von Steinhagen!", ein paar Sätze französisch ...
Nun muß er doch aufsehen. Im Augenblick ist er wie verwandelt: alle Nerven und Sinne gehorchen ihm. Fertig! Aha, der kneift die Augen zu: italienische Schule ... Verdammt breit sind die Schultern für so einen hageren Kerl. Gelenke hat er wie ein englischer Hengst. Ausfallen ... ausfallen!
Steinhagen hat sich eben die Lippen blutig gebissen, jetzt verhält er den Atem: Was ist mit dem Nördlingen los?! Kann der sich überhaupt nicht decken?! Wie der Kamerad da rangeht! Er soll nur ... Himmel, ist der Nördlingen miserabel – kaum zu glauben!
Steinhagen atmet auf. Wie die weiße Seide leuchtet ... wird ja bald rot werden. Eckertsberg ist doch ein Meister, wenn es darauf ankommt. Der Nördlingen verzieht keine Miene. Muß nicht leicht sein, in so einer üblen Lage die Fresse zu beherrschen.
Eckertsberg, stoß endlich zu! Man denkt sonst, dieser lange Affe ... daß er noch lebt! Siehst du!
Die Klinge Nördlingens ist auf Eckertsbergs Unterarm gewippt, wie eine Ohrfeige hörte man sie aufklatschen, ganz flach. Tut scheußlich weh! Patsch, noch einmal! Das sieht verdammt nach Absicht aus ... Schurkerei ... Ehe er recht weiß, was er getan hat, winkt Steinhagens Arm: „Blessure, Messieurs!"
Der Oberst gibt ein Zeichen, Michailovski geht zu Nördlingen. Der atmet jetzt hörbar, sein Gesicht aber entspannt sich, wird glatt wie aus Stein.

Steinhagen hat inzwischen den Ärmel Eckertsbergs aufgerollt. Außer einer schwachen Rötung ist nichts zu sehen. Der Franzose hebt seine schweren Augenlider zu Oberst Loest. Der Husar wirft Steinhagen einen wütenden Blick zu. Der Franzose sagt höflich: „Un erreur – on a compri."
Inzwischen hat sich Eckertsbergs Arm erholt. Steinhagen hat Tränen der Wut in den Augen: ‚Mein Gott, der Eckertsberg läßt sich schon wieder auf den Arm hauen, lahm schlagen, richtig lahm schlagen! Was will dieser Aasvogel bloß? Ich kann beim besten Willen nicht noch einmal stören ... mußt dir jetzt selber helfen, Kamerad. Mein Gott!' Steinhagen sieht den Hieb, den ersten Angriff Nördlingens, Bewegung geht selbst durch die Unparteiischen. Dem Husaren quellen schier die Augen aus, er zerkaut vor Aufregung seine Schnurrbartenden. Mit eisiger Klarheit geleitet, fegt der Degen Nördlingens um Eckertsberg. Steinhagen zieht unwillkürlich seinen Hals ein, seinen ungefährdeten Hals.
Bestialisch! Eckertsberg kann nur mit abgezogenem Unterarm ... Wie Feilen wetzen die Klingen einander, und wer das kennt, ahnt ...
Steinhagen reißt den Arm hoch. Sein Ruf ist nicht mehr nötig. Ruck auf Ruck, mit der Exaktheit einer Pumpe, zischt der Blutstrahl aus der Halsschlagader. Steinhagen hält den Kopf des Kameraden. Der Arzt preßt an der Wunde, Eckertsberg stößt ihn, ausschlagend, mit dem Ellbogen vor die Nase, daß er zurücktaumelt. „Was will denn der Fink, Steinhagen? Geht es schon weiter etwa? Ich glaube, ich muß kotzen ... so verdammt übel ... Nee, es geht vorüber. Also, wenn's sein muß ... weiter ..."
Der Buchfink auf der Birke hat still neben dem wohlverborgenen Nest gesessen. Jetzt schmettert sein Schlag über die Lichtung, und der ist ein jubelndes Danklied an die unendliche Güte der Schöpfung.

XVI.

„Ja, böse Zeiten, Bruder Peter. Und nicht wahr: strengstes Geheimnis.“ Peter hätte Klatte am liebsten ausgelacht: „Was geheim ist, weiß fast jedermann. Und nur was öffentlich geschieht, ist meist geheimnisvoll, und niemand kann davon berichten. Der Berggeist beispielsweise: Offenbar hat ihn nie ein Mensch gesehen. Dennoch sind alle überzeugt davon, daß diese Wasserflut sein Rachewerk gewesen ist. Die Bataillone hingegen ziehen öffentlich herum, doch weiß niemand, wer sie hergeschickt hat. Nun also – das Geheimnisvolle?“
Klatte wartete kaum Peters Rede ab:
„Es ist an dem ... Also, der Nördlingen soll doch von uns quasi bruderhaft betreut werden. Nun hat er – sicherste Quelle, Peter –, er hat den Eckertsberg abgeschlachtet wie ein Schwein. Graf Steinhagen war hier und hat geweint, da

wo du stehst; erschütternd, einen Mann so schluchzen zu sehen. Gestern abend waren sie noch zusammen, er und der Unglückliche."

„Kann mir nicht denken, daß der Nördlingen ihn absichtlich so getroffen hat", warf Peter mit betont sachlicher Stimme ein.

„Ach so!" Klatte seufzte auf. „Doch, Bruder, das muß man verstehen. Entweder – oder! hat es da geheißen. Sie haben sich verrechnet, die um Nostitz. Erst sollten übrigens Pistolen sein. Aber da kam es auf, der Nördlingen träfe die Warze auf der Brust beim ersten Knall. Nun hat es sich gezeigt, mit dem Degen ist er ebenso gefährlich. Der Eckertsberg ist Fechtmeister im Regiment gewesen. So gut ist der! Aber, ich habe es noch von ganz anderer Seite gehört, einfach geschlachtet hat er den andern ... Man haut einen Menschen doch nicht mit voller Überlegung in den Hals. Wenn schon, dann ins Herz, nicht wahr?" Endlich ist er am Kern, dachte Peter, und um ihn zum Ende zu bringen, fragte er direkt:

„Ich habe wenig Zeit, was soll ich denn?"

Klattes Stimme stockte wieder: „Hm, es ist ein Auftrag vom Meister. Er selbst mußte nach Hirschberg. Die Leute rotten sich zusammen in der Stadt. Also ... mit der Frau Gräfin sollst du reden. Sie weiß nicht viel von der Affäre. Sie soll dem Nostitz jetzt auf die Finger sehen, am besten gleich in den Kopf. Der plant nämlich was gegen die Dörfer. Und dabei kann der Nördlingen leicht draufgehen, verstehst du?"

„Nein. Was ist gegen die Dörfer geplant?"

Klatte zog den Widerstrebenden auf einen Stuhl: „Hör zu, mein Künstler: Die Lebensmittel von der Regierung, die sind nicht aufzutreiben. Oder das Militärmagazin hat sie geschluckt. Man weiß nicht. Ich selbst bin sehr unglücklich. Denn von der Bürgerschaft aus soll ich das verwalten und die Verteilung leiten."

„Dann randalier eben, Klatte! Wenn du die Mission hast, mußt du sie erfüllen."

„Peterbruder, versteh mich doch! Wenn man uns doch von einem Tag auf den andern vertröstet."
„Mich auch, Klatte! Was soll mit Fritsches Familie geschehen? Ich habe mir den Hintern durchgeritten."
Klatte wischte sich plötzlich den Schweiß von der Stirn: „Man weiß nicht, wo anfangen. Fritsche, ja ... er war nicht versichert. Ich habe ihn stets gewarnt. Jeder! Aber er wollte neu bauen. Helfen ... ja. Du mußt mir sagen, was im Hause los ist. Sind Werte da? Die Bruderschaft muß da natürlich helfen. Kinder, was?! Der Sohn könnte vielleicht in ein Militärzöglingsheim – jetzt gibt's gute Verbindungen. Die Tochter – wie alt? Siebzehn? Hm ... Wie sieht sie aus?"
Peter stand auf und hing sich den Mantel um.
Klatte stellte sich breit vor ihn: „So höre doch mit diesen lächerlichen Aktionen auf! Morgen kann Warmbrunn ein Trümmerhaufen sein!" Er keuchte vor Erregung: „Sieh nicht so perplex an mir herab. Um Hospitäler kümmerst du dich! Gut, sehr gut! Bewilligt! Reite zu den Leuten. Sag ihnen, ich tue mit."
Peter stemmte die Hände in die Hüften, schüttelte verständnislos den Kopf: „Ei, ei, was ist das für eine Transfiguration, Bruder Klatte? Eben untersuchst du noch sozusagen aus der Ferne des Freundes Nachlaß und stiftest quasi ein Zimmer im Hospital – denn so habe ich es verstanden –, und nun schwellen dir die Stirnadern vor Aufregung, ich könnte nicht schnell genug von hinnen eilen, die frohe Mär zu verkünden. Was hast du denn?"
„Gute Augen hab ich!" Klattes Fetteile wabbeln durch das Zimmer. Unvermittelt brüllte er auf: „So geh doch endlich, in aller Teufel Namen! Wahnsinnig ist die Regierung! Vier Kompanien! Ein Idiot, ein ganz gemeingefährlicher ist dieser Nostitz! Sage der Gräfin: Sie kann bei mir wohnen in Hirschberg – am besten geht man bis Lauban oder nach Görlitz. Schau nicht so ... Hast sehr viel bei dieser Sache einzubüßen, was? Ein paar Bogen Papier, hehe! Und was wird aus den Manufakturen?! Die Äcker können sie zertrampeln, aber nicht stehlen und auch nicht verbrennen!

Weißt du, was so ein Kugelkocher kostet? Nichts weißt du, man sieht es deiner Visage an! Wie? Nein, Teuerster – nicht dumm –, vergib mir, Fratre! Nur ahnungslos! Oh, mon cheri ... so eile doch endlich, du verdammter Büffel!"
Peter, der eben grob erwidern wollte, sah, wie Klatte die Miniaturbilder seiner Eltern von der Wand riß, eine Reisetasche hereinzerrte, dann hilflos vor dem Porzellanschrank stand. Schon brüllte er wieder auf, dabei liefen ihm Tränen in die Augen, er zwinkerte sie sich in die Nasenlöcher, die darauf tropften. „Duellieren müssen sich die Herren! Schießen, stechen, hauen!... Der Satan soll sie alle ins Genick treffen. Unsere Steuern verjuxen diese Eber, statt uns zu schützen. Bürgerwehren brauchen wir. Und dann am besten gleich die ganze Adelsbrut den Webern zugetrieben: Rächt euch an denen, die sind schuld ..."
Die Tür krachte, Peter ging. Er ging dennoch ohne Eile. Die Allee zum Schloß hin war seltsam belebt. Wagen knarrten hinter Wagen, Fourage ... Heu, Stroh, Fässer, Kisten: bis an die untersten Äste ragten die Lasten. Peter bog zur Seite auf den Wegrain. Husaren trabten vorbei, voran ein Leutnant. Die Pelzmütze saß herausfordernd schief auf dem linken Ohr. Der rote Futterlappen wippte mit den weißen Fangschnüren lustig auf und nieder, genauso wie der breite, stark gekrümmte Säbel am Sattel mit der mächtigen, bestickten Tasche.
‚Wie die Türken sehen sie aus', dachte Peter. Er genoß das malerische Bild. Die zinnoberroten, mit weißem Pelz verbrämten Jacken flogen locker auf den Schultern. Das Silberzeug gleißte und klirrte, bedrohlich und beruhigend zugleich.
Peter sah sie nach der Meierei abbiegen. Er wollte eben wieder die Straße betreten, da kam es schon blau und weiß heranmarschiert, streng ausgerichtet und rhythmisch stampfend. Er eilte, die Freitreppe zu erreichen. Die Gräfin stand zwischen den Koffern. Wie eine Göttin. Sie befahl nicht viel. Trotzdem hasteten die Diener und Zofen.

„Komm Er in den grünen Salon, Peter Wost! Was hat Er mir Schlechtes zu berichten?"
Peter, sehr aufrecht, neigte ein wenig das Kinn: „Madame, man fürchtet für den Herrn von Nördlingen. Man empfiehlt ihn Ihrer besonderen Wachsamkeit."
„Man? Wer ist man?" Sie setzte sich.
„Freunde von Madame."
Sie schnupfte: „Rede Er nicht so einfältig! Ich habe keine Freunde."
„Also Feinde des Herrn von Nostitz", erklärte Peter.
Sie überlegte nicht lange: „Der Herr von Jäkelsberg verhandelt in meinem Auftrag. Ich will den Nostitz abberufen haben."
Peter wiegte besorgt den Kopf: „Madame, zur Zeit befiehlt nicht die gräfliche Verwaltung, zur Zeit befiehlt das Militär ... ‚Der Dichter Nikolaus von Nördlingen in Warmbrunn ermordet, der Volksfreund vom Volke erschlagen' – Madame, das wäre eine Post, die in ganz Deutschland ..."
„Schweig Er!" Die Gräfin schüttelte die runden Fäuste. Aber Peter schwieg nicht. „Ausländer unterstehen jetzt dem Kommandeur. Madame besitzen keine Macht, zur Zeit nicht die geringste."
Sie schrie: „Will Er sich wieder Unverschämtheiten leisten? Ich weiß, Er meistert derlei!" Er ließ sie kreischen. Dann sagte er bedauernd: „Nicht ich bin diesmal unverschämt, Madame, die Wahrheit ist es. Im übrigen entledige ich mich nur eines Auftrages. Ich selber glaube nicht, daß Herr von Nördlingen den gräflich Schaffgotschen Schutz zur Zeit benötigte, auch wenn er existent wäre – bitte keine Erregung, Madame, es ist so. Indes für späterhin ... Ich bin erfreut zu hören, daß Nostitz entlassen werden soll. Anders würden Madames Bemühungen, Warmbrunn in einen Musentempel zu verwandeln, auch kaum ..." Sie ließ ihn nicht zu Ende sprechen, fiel ihm – wie erlöst – um den Hals und nötigte ihn dann neben sich auf die Polster:
„Verzeihe und verstehe Er meine Reflexionen und Senti-

ments!“ Ihre Pulse wurden ruhiger, sie griff nach seiner Hand: „Ich bin ein altes Weib, einsam und auf der Flucht, seit ich lebe. Endlich trifft man einen, um noch ... eh bien, man will nicht mehr, als erreichbar ist: durch sein Leben eine Spur von Unvergeßbarkeit ... nicht völlig ausgelöscht sein in der Ahnengruft.“

Sie sah eine Weile vor sich nieder, schnupfte dann ein erstaunlich großes Quantum. Man wußte nicht recht, wie sie es in der zierlichen Nase unterbrachte, aber es verschwand bis auf das letzte Stäubchen. Viermal nieste sie mit ersichtlicher Hingabe, dann lächelte sie Peter an: „Ich weiß schon, ich bin die närrische Alte von Warmbrunn. Was ich einhandle ... nun, die Künstler betrügen mich, aber sie leisten etwas für den Betrug. Das Fest zum Beispiel ... das Singspiel wird bereits an sechs Bühnen aufgeführt. Der Nostitz betrügt mich, ohne etwas dafür zu leisten. Ist es so töricht, wenn man sich dann wenigstens auf amüsante Weise einseifen lassen will? Ich bin an meinem Schicksal nicht besonders schuld. Ich weiß, das ist ein gewagtes Wort.“

Sie beugte sich zurück, den Blick nach dem Plafond gerichtet, auf dem sich Liebesgötter tummelten, höher und höher steigend bis ins Unendliche. Der Salon schien keine Decke zu haben, wenigstens war es der Auftrag des Malers gewesen, sie vergessen zu machen. Er hatte es kühn angefaßt und die Götter, Bäume und Wolken perspektivisch von unten her genommen; man sah gewissermaßen allem Dargestellten unter die Sohlen. Die Wolkenbildung an der Zimmerdecke und die in ihr sich wohlig rekelnden Fleischmassen wirkten gerade durch das Fehlerfreie der Zeichnung nur um so unnatürlicher. Das Paradoxon einer vorgetäuschten Echtheit entzog dem Auge alle Maße, man taumelte in Illusionen, und mehr als ein Betrachter hätte nach der Besichtigung der Decke sich insgeheim gewundert, daß Möbel und Menschen des Salons Realitäten waren. Zu diesem Anblick paßte nicht übel, was die Fünfzigjährige jetzt mit den offenen Augen eines Kindes sagte:

„Bin ich etwa schuld am Adel meiner Geburt? Bin ich schuld an der Schlacht bei Zorndorf, die mir den Jugendfreund entriß? Bin ich schuld, daß mein Mann in geistiger Umnachtung lebt? Bin ich schuld, daß ein gewisses Hofgeschmeiß Preußen zum Greuel des Kontinents macht? Bin ich schuld, daß ich nun vor Menschen fliehen muß, in deren Mitte ich heranwuchs, stets beneidet, stets gehaßt?!"
Sie senkte den Kopf in die Hände, strich sich über den Mund und Hals, spielte dort mit der Perlenkette. Ganz leise und versonnen fuhr sie fort:
„Das habe ich noch nie erzählt, wie ich als Kind – zehn Jahre war ich wohl – bei einem Waldspaziergang etwas abseits ging, zu einem Himbeerstrauch. Dort stand ein Weberjunge mit nackten kräftigen Beinen und einem braungebrannten Gesicht und pflückte die reifen Früchte. Das ist das Märchen, dachte ich. Die Beeren leuchteten rot und dufteten nach Sonne. Schmetterlinge, einer immer bunter als der andere, schwebten über die Waldwiese. Ich fing an, still zu sammeln und wollte ihm die Beeren in sein Körbchen legen. Wenn er mir nur etwas sagen wollte ... vielleicht etwas singen. Kein Wort aber kam über seine Lippen. Da fragte ich: ‚Gefällt dir mein neues Seidenkleid?' ‚Ja', sagte er, ‚so wie mir der Glanz von Aaskäfern gefällt', spie mich unversehens an und rannte in den Wald hinein. Ich habe lange gedacht, es sei der Berggeist gewesen, der mich gefoppt habe. Ich mußte es denken; aus Verzweiflung. Menschen durften nicht so schlecht sein, Märchenträume zu zerstören. Später habe ich gewußt, er hat nicht mich angespien ... so wie nicht ich es bin, die fliehen muß. Die ‚Gräfin' flieht und reißt mich mit, die ‚Gräfin', der ich selber nicht entfliehen kann."
Peter legte den Arm auf ihre Schultern. Sie sah auf und weinte nicht, wie er gedacht hatte. Sie fragte nur mit heißer Stimme: „Wird Er dem Nördlingen davon berichten? Ich lege Wert darauf, falls ich ihn nicht mehr sehen sollte, denn", sie richtete sich auf, langsam und entschlossen, „ich werde nämlich nicht fliehen, ich habe Lust, die ‚Gräfin'

einmal meinerseits zu zwingen, hier zu bleiben und zu tun, was ich befehle."
Im Korridor krähte der Husarenleutnant vor der angetretenen Abteilung und ohrfeigte einen der Reiter. Die betreßte Jacke flederte wie vorhin im Wind. Der Mann hielt nicht einmal die Hände schützend vors Gesicht. „Klatsch. Klatsch", sagte Peter und sah zu.
Der Offizier kehrte sich ihm zu:
„Herkommen!" Peter näherte sich ihm langsam.
„Paßt Ihm das etwa nicht?!"
„Mir paßt manches nicht", knurrte Peter verdrossen und dachte: ‚Es kostet Mühe, den Geist nicht selber durch die Faust zu ersetzen.'
Beide maßen sich. Peter ballte seine Wut zusammen wie Papier und trat sie unter sich, die Hände auf dem Rücken – so: das Kinn locker, die Beine leicht spreizen, auf den Sohlen wippen ...
„Name?"
Peter entdeckte ein Stäubchen auf seinem Ärmel und strich es mit dem Finger behutsam weg.
„Name!"
Nun erst sah er den Brüllenden erstaunt lächelnd an. Gut zuredend, gleichsam kameradschaftlich besorgt, klang Peters Stimme: „Überanstrengt, was? Dummheiten sonst völlig unverständlich." Dann schüttelte er den Kopf und begann sich die Uniform des andern anzusehen, ließ scharf den Blick sogar eine Weile auf einem Knopf haften. Dazu summte er den Hohenfriedberger Marsch und schritt dann lässig grüßend davon.
Draußen brummte er vor sich: „Die preußische Sprache ist gar nicht so schwer. *Ça ira!*"

XVII.

Auf der Straße traf er Klattes Wagen mit Vorspann und hoch hinauf bepackt. Peter grinste von seinem Gaul herab bös in die Fenster hinein. Klatte, fett und grau, quälte sich

eine Entschuldigung nach der anderen aus dem Mund: „Schröder ist in Greiffenberg, soll ich ihm vielleicht was ausrichten? Lambrecht werde ich in Hirschberg treffen..."
Und plötzlich, sich vor Wut aufblasend: „Was willst du eigentlich? Ist Jäkelsberg etwa hiergeblieben, he? Soll es uns allen gehen wie Fritsche?"
Peter sagte: „Es soll euch gehen wie Maurern, die den guten Stein verhauen. Es soll euch gehen nach dem Richterspruch von Magdeburg. Denn ihr weigert die Arbeit. Ausstoßen soll man euch, in allen Hütten eure Zeichen löschen."
Er ritt grußlos davon. Oberhalb Warmbrunns mußte er ins Feld einbiegen. Die Straße war verstopft. Reisekutschen, Fuhrwerke, Postwagen standen vor der neugeschlagenen Brücke.
„Wohin soll's denn gehen?" Peter erkannte den dicken Schulzen von Stonsdorf. Er fragte: „Wie geht's denn der Frau Pastorin?"
Der Schulze trat dicht heran. Er machte eine Bewegung mit der Hand und pfiff dazu: „Unsichtbar, längst unsichtbar!" Dann, vertraulich und ernst: „Herr, laßt Euch von mir raten – ich bin kein Jämmerling, gewiß ni –, aber wagt Euch ni allzuweit ins Unbekannte heute!" Und die Hand vor den Mund legend, damit es so leise klinge wie möglich: „Es geht los jetzt ... es ist nimmer aufzuhalten. Seht Ihr ni", seine Hand fuhr über die Wagenreihe, „das schlechte Gewissen auf Rädern!"
Peter lachte, aber das Lachen war gekünstelt. Er sah die verängsteten Gesichter der Reisenden, meist Frauen und Kinder. Dazwischen auf Pferden Förster, Ortsschulzen, Vorwerkpächter. Über der Wagenreihe lag ein summender Ton, erzeugt von der Furcht, die alle Stimmen dämpfte. Plötzlich brach in der Mitte des Zuges Unordnung aus. Sie steigerte sich sofort zur Panik: hysterische Schreie, Kindergeplärr, dazwischen das Keifen von Schoßhündchen. Ein paar Gäule wurden darüber unruhig und begannen zu tänzeln. „Luder, verfluchtes!" Ein Stallbursche schlug sein

Pferd auf die Nase. Es wieherte erschrocken auf. Sofort bäumten sich die Tiere neben ihm, ohnehin beengt, und zerrten am Geschirr. Erneutes Aufschreien – jemand ganz deutlich: „So bricht doch die Deichsel!" Zehn, zwanzig schrien gellend, Peitschenhiebe, bestimmt für Pferderükken, trafen Menschen ins Gesicht. Koffer und Kisten brachen wie Gestein von bepackten Kutschen ... dann jagten die ersten Gespanne durchgehend dem Zacken zu, polterten über das Geröll der angespülten Felsenstücke und Baumstämme. Räder krachten, Speichen splitterten. An der Uferböschung türmten sich die Wagentrümmer. Stürzende Gäule rissen sich die Leiber blutig, andere rasten, kehrtmachend und noch paarweise gekoppelt, Deichselstücke, ja ganze Kutschentrümmer hinter sich herschleppend, in die aufgeweichten Felder.
Peter ritt plötzlich zu zweit. Neben ihm klopfte ein alter Kurier – oder was war er? – fortwährend seinem Pferd den Hals: „Ruhig, nur ruhig, alte Stute, meine gute Liese, das sind böse Viecher dort unten, da mischen wir uns ni ein."
Peter, noch immer den Kopf nach der Hölle am Zacken gewandt, wich wie der andere Schritt um Schritt rückwärts den Hang hinauf: „Eine sinnlose Schlacht, so kommt mir das vor, eine Schlacht, die niemand befohlen hat, die niemand leitet, niemand gewinnt."
„Nu, das wär noch ni raus, Herr!" Der Alte wog bedächtig den Kopf. „Das wär noch ni raus."
Peter betrachtete ihn zweifelnd: „Will Er jemandem unterstellen, ein solch erbarmungswürdiges Elend mit Absicht heraufbeschworen zu haben?"
Der alte Reiter wies nach Warmbrunn, dann zum Gebirgskamm: „Heraufbeschworen, Herr ... ein sauberes Wort auf die Sache, aufs Hochwasser. Und wenn Ihr möchtet das erlebt haben, zu Anfang an der Lomnitzbrücke – das war ganz ähnlich; bloß damals für die Armen. Jetzt trifft es die andere Sorte Menschen, und die trifft's härter. Heraufbeschworen ... Ja, man macht sich seine Verse. Ruhig, Liese, trab weiter, hübsch ruhig ... Nu ja, was soll

man sich ni Verse machen, wenn andere gleich ganze Opern schreiben. So kommt das eben dann. Was ich hier so gesehen habe ... ni mehr wie Ihr, Herr. Bloß, daß niemand leitet und niemand gewinnt, das gibt's wohl ni, seit Adam aus dem Paradiese is. Alles wird geleitet, vermein ich. Man muß nur Augen haben, daß man sieht, von wem! Versteht Ihr, Herr: zwei Augen hat der Mensch. Eins muß er aufs Gewesene und eins auf die Zukunft richten. Die Gegenwart is eine Art von Atemzug, mehr ni."

Sie ritten im Schritt. Der Alte sah unentwegt geradeaus, als erwartete er vom Horizont etwas. Sein Mantel war derb und mit vielen Flicken besetzt, das Haar von Natur schneeweiß. Er mochte gut an siebzig zählen. Kurier war er wohl nicht, es sei denn in eigener Sache. Auf der Straße nach Krummhübel machte er halt:

„Wollt Ihr auf Hermsdorf zu etwa?"

„Ja, ich will nach Agnetendorf."

Der Alte sah Peter von oben bis unten an. Er schien etwas sagen zu wollen. Peter kam ihm zuvor:

„Ihr wollt mich sicher warnen. Ich habe gute Freunde im Gebirge."

„Soso, hm. Nu Herr, wenn diese Freunde keine schlechten Kleider tragen, ich meine nur, auf Eure Art gekleidet, da werdet Ihr wohl keine mehr antreffen. In welcher Macht Ihr steht – ich weiß es ni –, der laßt Euch anbefohlen sein!"

Er bog mit einem freundlichen Gruß ab. ‚Ein alter Laborant wahrscheinlich', dachte Peter im Weiterreiten. ‚Diese Berge stehen voll seltsamer Gestalten, voll weiser Sonderlinge ... Gott vergeb mir: es riecht mir alles schon zu sehr nach Rosenkreuzern.'

Er schämte sich ein wenig seiner Ketzerei; dennoch, diese Nebel von Mystik und Magie erschienen ihm seit je besonders verabscheuungswürdig.

Peter grübelte weiter vor sich hin: ‚Wenn die Gewalt sich wie ein Vieh aus dem Abgrund erhebt, warum streckt dann selbst ein Geist wie Nördlingen die Waffen, indem er sich

ihrer bedient. Jawohl, er hat sich zur Gewalt bekannt. Wenn das ein Dichter tut, ein Menschheitsführer wie er ...' Peter duckte sich im Sattel zusammen. Kalte Regentropfen flogen ihm ins Gesicht.
Da, den Kopf zur Seite wendend, las Peter: „Königlich und Gräflich privilegierte Manufaktur für feine und andere Papiere." ‚Klatte ... ah, wenn der wohl wüßte, wo ich bin. Im Winter war hier alles so weiß, so anders.' Der Hof vor der Tenne war leer. Die Tore verrammelt. Jetzt peitschte der Regen wie mit nassen Schnüren. Peter zog den Kopf ein, stülpte den Mantelkragen hoch, für Minuten tobte ein Schneesturm durch die Talmulde. Es wurde fast Nacht. Blinzelnd sah er weit vorn auf der Straße einen langen grauen Wurm.

XVIII.

Die Wolkenwand am Horizont reißt jäh auf. Gelb dringt das Licht des Spätnachmittags durch die breiter und breiter klaffende Spalte. Rein leuchten alle Farben, von der Nässe zurückgeworfen und darum doppelt intensiv.
Aus dem vernichtenden Grau des Schneegestöbers ersteht die Welt wie neu.
Dicht an der Menschenmenge erst hält Peter an und treibt den Gaul auf ein Feld. Niemand ist hier beritten, so richten sich tausend Augen auf ihn. Jemand ruft seinen Namen. Er steigt ab: „Weise?"
„Was wollt ihr denn hier, Herr Wost, vielleicht den Gaul zur Küche bringen? Die meinen hat man neulich aufgefressen, ich hatte sie als Vorspann ausgeborgt. Nur zu, die Post muß sie ersetzen, wie so gar manches. Sonst sieht's hier böser aus, Herr, als es is ... die Leute sind ganz friedlich. Nach Warmbrunn zu, nu gewiß, ein bissel eine Bittprozession, bloß vor die irdische Gerechtigkeit, damit sie nachsieht, wer das Brot den Armen klaut. Nu freilich, ich geh mit. Was kann's schon schaden. Ich halt mich an der Seite, zu fahren gibt's ja doch nischt derweil ..." Sie stehen

inmitten eines Feldes. Zelte aus geflickten Tüchern umgeben sie, Erdhöhlen. Brandflecke davor, Töpfe, Unrat: eins der vielen Weberlager am Rand der Straße, am Rand des großen Zuges nach Warmbrunn.
Jetzt stehen vor allen Wohnlöchern Lumpenbündel mit heiseren Stimmen. Sie feuern den Zug an:
„Brot! Brot! ... Holt das Brot!"
Aus der sich dahinwälzenden Schlange wird der Ruf hundertfach zurückgegeben: „Brot! ... Brot! ... Kommt mit nach Brot!"
Es sind ganz kleine Lumpenbündel im Zug mit Kinderfüßchen, es sind lang hängende Lumpenfetzen, die im Straßenkot schleifen, es sind Lumpen, die an Männerhosen erinnern. Nicht zu sehen sind brennende Mägen, zerfressene Lungen, blutende Därme. Zu sehen sind Fahnenstangen, Stöcke, Wanderstäbe mit eisernen Zwingen. Nicht zu sehen sind all die Träume von Milch, Fleisch und Brot – Brot – Brot.
Der Zug wankt heran. Die grauen Leinenfahnen flattern. Weise ruft: „Seht, da hinten kommen die Agnetendorfer ... sind Bekannte darunter?" „Wo?" Peter reckt sich, kehrt sich zur Manufaktur um und schreit auf, schreit gellend und mit vor Schreck geweiteten Augen. Sein Aufschrei ist wie ein Staubkorn in einer Wolke von Geheul:
„Schießen tun sie! Schießen ...!"
Der Zug stiebt auseinander. Gegenüber der Manufaktur wälzen sich die Lumpenbündel, strecken sich. Und Blitz auf Blitz fährt aus den Fenstern der Fabrik.
Neben Peter brandet es von Menschen. Wutschreie, bestialische Flüche, jammerndes Winseln ...
Dann von irgendwo Ordnung: der ganze Zug ist von der Straße weg im Feld.
„Der Fiebig hat gesagt: Hier weiter!"
„Der Fiebig hat uns einen Scheißdreck ..."
„Oh, mein lieber Lorenz, denkst du, daß dein Schober ... nu he! Zu Hause bleiben, was?" Zischendes Lachen.
„Seht doch den Straßengraben!"

Im Graben sammeln sich Männer, immer mehr. Oberhalb der Manufaktur biegen die neuen Züge gleich ins Feld ab.
„Lorenz, was schreien die?“
„Steine!“ antwortet Peter. Sein Gesicht ist blutrot angelaufen. Im Straßengraben werden ganze Haufen von Steinen aufgeschichtet. Dann unvermittelt ein langer, heulender Schrei. Er pflanzt sich längs der Straße fort. Wo er gehört wird, wälzen sich die Lumpenmassen aus dem Graben, naß bis an den Bauch, und springen zur Fabrik hinüber. Blitze zischen ihnen entgegen, lösen Schmerzensschreie aus. Man sieht bald da, bald dort, wie Bündel hintüber stürzen, die Arme hochgeworfen oder vors Gesicht gepreßt. Gleichzeitig aber hagelt es durch alle Fenster Steine.
„Die Masse macht's“, grinst der Mann, den sie Lorenz riefen, neben Peter. „Fiebig hat doch recht.“ Dann rast auch er hinab mit andern Männern.
Die Sonne bricht schräg durch die Wolken, ein Scheinwerfer, der die tausend Einzelheiten der Szene verdeutlicht: die Männer am Tor, die mit einem Balken gegen das Schloß wuchten ... oder die Männer am Wasserrad drüben, die große Felsen mit Hebeln herabwälzen. Und überall wird geschossen, lichten sich die Reihen, drängen aber auch neue Reserven der wutentbrannten Menschen vor. Hinter Peter kreischt ein zahnloser Mund:
„Mehl is drinne! Und Wurst!“
„Und eine Kompanie Soldaten is auch drinne“, antwortet ein Mann mit verkrampftem Gesicht. Eine Kolik zerrt ihn zu Boden.
Der Sturm wird wiederholt. Schwaden von Pulverdampf umziehen die Manufaktur. Die Sonne verdunkelt sich, plötzlich und in den Pulverdampf fährt ein neuer Regenschauer – wirbelt Schnee in nebeldichtem Treiben.
Alles verkriecht sich unter Stoff. Die Augen durchstieren das Wirbeln der Flocken, die Stimmen geben Kunde:
„Kerner aus Kiesewald is tot!“
„Wer? Vater Neubert? Nee, bestimmt ni!“

„Und drinne – die sind an hundert Mann. Da wird noch mancher Weber ...“
„Kommt anders jetzt, da kennste den Fiebig eben ni, der hat's studiert wie ein Feldherr. Wenn er so ni durchkommt, dann anders.“
„Ein Elend wird's“, jammert ein junges Weib, „ni mehr als ein Elend!“
„Nee, Agathe. War's bis jetzt gut, he? Jeden Tag hast du eine Versprechung zum Kochen gehabt, Brot versprochen, Fett versprochen, Holz ...“
Wie er gekommen, so schnell zieht der Schauer ab. Und sogleich starrt alles auf die Straße. Die Toten sind verschwunden, die Gräben geräumt bis auf wenige Leute.
„Wenige? Mein Lieber, das sind auch gut ihrer hundert!“
Da raunt jemand: „Sei ihnen gnädig, das sind die vom Drudivus – hört ihr's?“
Unten im Graben erheben sich Stimmen, wie im Gesang – und doch wie getrommelt: „Dru-divus ... Dru-divus!“ Das begann leise und schwillt an, bis es rings über die Felder, Berglehnen, aus den Zelten und Erdlöchern hallt, ein faszinierender, die Nerven erschütternder Takt: „Dru-divus ... Dru-divus ...“ Peter wird kalt vor Grauen. Überall starrt er in offene Mäuler, aus denen schaumiger Speichel fliegt, in glasige Augen, aus denen das blanke Wasser läuft – und dann ist er angesteckt, und es bricht aus ihm der gleiche Schrei heraus, rhythmisch, gierig, bis zum äußersten gereizt. Bräche jetzt Blut statt des Schweißes aus seinen Poren, es würde ihn nicht verwundern. Da! da unten stehen sie auf. Einer, fünf, zwanzig, wie viele?! Schon sieht man sie die Arme schwingen, kleine Töpfe fliegen in die Fensteröffnungen. Immer rasender durchheult der Rhythmus die Luft, dann löst sich die unerträgliche Spannung in einer furchtbaren Detonation, aus der nach allen Seiten hin die grellsten Blitze schießen – verschwindet alles um die Manufaktur herum in einer schwarzgelben Pulverwolke.
Als die langsam verweht, verbreitet sich eine feierliche

Stille. Zu Tode erschöpft, mit heiseren Hälsen und schmerzenden Lungen strebt jedermann der Straße zu. Dort wird mit einer Leinwandfahne gewinkt. Die Fahne, vorhin grau, ist jetzt blutrot gefärbt.
„Genug haben sie jetzt drinne", kräht eine Stimme neben Peter. Der Mann kann nicht mehr lauter reden und macht sich halb durch Zeichen verständlich: „Auf Handgranaten haben di ni gedacht ... nu werden sie schon ...!"
Peter geht bis zur Fahne. Sie winkt und winkt. Und plötzlich ist die Stille vorbei: ein weißes Tuch weht zum Fensterloch über dem Kontor heraus.
Die Tür öffnet sich. Ein Offizier wankt heraus, die Hände vor die Augen gepreßt. Ein Soldat führt ihn von hinten, hat die Faust am Kragen des Offiziers.
Vom Straßenrand tritt Stenzel auf die Gruppe zu. Fiebig folgt ihm. Der Soldat grinst halb verlegen: „Die blinden Veteranen, die drin wohnen, haben ihm ein bissel die Augen geöffnet, weil alle Frieden machen wollten, bloß er nicht."
Fiebig herrscht den Offizier an: „Name?"
Der Offizier keucht. Stenzel brummt: „Keine Scham, Herr Leutnant, die Hände runter!" Und da der nicht gehorcht, packt er ihn bei den Armen – und weicht zurück. Peter starrt in das Gesicht des Grafen Steinhagen. Die Augen sind zwei blutende Löcher.

XIX.

Fiebig sieht Peter und lächelt erstaunt:
„Ihr?"
„Ja, ich wollte nach Agnetendorf. Ich habe Bilder dort, die ich brauche, die mir jetzt besonders wertvoll sind."
Fiebig winkt ab: „Ihr müßt zurück! Im übrigen habt keine Sorge, Käthe hat das alles aufgehoben, zuerst das mit dem Tod beim Webstuhl."
„Ein Einfall, den ich Euch verdanke!"
Fiebig merkt man an, daß ihn das freut.

„Ihr habt einen Sieg errungen, Fiebig. Seid mit den Gefangenen gnädig!“
Fiebig hat die Hände in die Hüften gestemmt. Das sommersprossige Gesicht ist noch schärfer geschnitten jetzt, die Augen sind glasklar. Hut und Zopf sitzen korrekt, am Rock ist jeder Knopf geschlossen.
‚Ein Preuße‘, denkt Peter, ‚auch der! mit angeborener Begabung für den Krieg, und von Natur aus hart zu sich.‘
Er wendet den Kopf in die gleiche Richtung wie Fiebig: Soldaten, zwei, drei, immer mehr, kommen mit hochgehaltenen Gewehren durch ein Spalier von Webern aus dem Tor. Ein Korporal voran. Fiebig will, daß Peter zuhört. Der Korporal, schwitzend, sucht sich zu entlasten: „... meist in die Luft geschossen! Der Offizier hat uns gezwungen!“
Stenzel brummt verächtlich: „Wir haben fünfunddreißig Tote.“ Da kniet der Korporal nieder und hebt die Hände, flehend, als bete er vor einem Hochaltar.
Die Soldaten werden vernommen. Der Korporal sei brav gewesen, kein Schinder. Im Grunde auch der Leutnant nicht, nein. Den Befehl zum Schießen? Nun ja, natürlich hat er den gegeben. Graf Steinhagen wird herbeigeführt. Jemand hat ihm die Augen verbunden.
„Warum habt Ihr schießen lassen?“
Steinhagen rührt sich nicht. Fiebig fragt, nicht unfreundlich: „Könnt Ihr nicht reden?“
„Ich rede nicht mit Rebellen.“
Stenzel holt aus: „Mordbube!“ Steinhagen wankt, von der mächtigen Pranke getroffen, und stöhnt. Dann steht er wieder aufrecht. Unter dem Verband sickern zwei rote Rinnsale herab.
Peter wird grau vor Entsetzen:
„Fiebig ... Gnade für einen Blessierten! Er ist kein Gegner mehr!“ Der Weberführer sieht und hört Peter nicht.
„Wer hat Euch geheißen, den friedlichen Zug zu beschießen?“ Steinhagen spuckt Fiebig an. Der faßt den Mantel des Grafen und wischt gelassen und mit großer Sorgfalt den

Speichel von seinem verschlissenen Rock, als reinige er Brokat. Währenddessen bringt ein Weber aus der Manufaktur ein Kuvert. Stenzel schaut Fiebig über die Schulter: „... und haben bei Zusammenrottung jeder Art sofort zu schießen ..."
Fiebig reicht Peter den Befehl: „Da, ein bißchen Hefe in den Teig Eurer Gewaltlosigkeit! Dem Speiteufel hier rettet es immerhin seinen Hals!"
Rötlich leuchten die Buchstaben, glühend flammt die Schrift vor Peters Auge, als suchte sie sich einzubrennen in Peters Seele. Alles um ihn her beginnt zu flackern. ‚Haben sofort zu schießen ...! Im Wasser zu ersaufen ...! Blut zu spucken ...! Als Krüppel nach Würsten zu hopsen ...!'
Brandiger Geruch beizt Peters Augen und Nase. Goldgelber Schein überflutet die Dämmerung. Peter kauert sich müde vor dem Tor, durch das er einst im Winter schritt, auf einen der ausgebrochenen Flügel. Das Feuer schlägt ins Fachwerk, bis die kleinen züngelnden Flammen die Balken aus dem Lehm herausgefressen haben. Dann zerfällt die Wand in Schutt und Asche – eine Wand, hinter der zwanzig Federn kratzten, Lampen blakten, Folianten säuerlich rochen, Tag für Tag, jahrelang. Diese Stunde löscht alles aus.
Im Umkreis Lagerfeuer – darüber brodelnde Suppen. Es sind zwei Wagen Hülsenfrüchte, ein Faß Heringe, acht Kisten Stockfisch gefunden worden; ein Nichts für die Massen, die vom Feuer in der Manufaktur wie Insekten angezogen werden. Erst jetzt bemerkt Peter, daß er nicht mehr unter denselben Leuten steht. Es ist ein ständiges Schieben an den Feuern und Töpfen vorbei, ein Strom von Menschen, der sich von den Hängen auf die Straße ergießt, ihn mitträgt. Peter hat das Gefühl, herausschwimmen zu müssen. Wo ist sein Pferd! ... Auf Händen und Füßen klettert er den Hang hinauf. Hat man sich auch über das Pferd hergemacht? Da, im Leuchten der brennenden Papiere, die durch den Sturm fledern, erkennt er es. Weise liegt neben ihm:

„Hohe Zeit, Herr! Ich habe gesagt, es wär Fiebigs Gaul."
„Aber Weise, was hat Er denn da?"
„Nischt weiter, Herr Wost, nischt weiter von Belang."
„Aber Er wollte doch ..."
„Hübsch beiseite bleiben, ja, Herr. Das war der Fehler wahrscheinlich bei solchen Sachen. Man kriegt genausoviel ab und weiß noch ni einmal wofür. Na, 's nächste Mal ..."
Peter führt das Pferd quer über den Acker, fragt einen Mann, der vorhin neben Weise stand: „Was hat er denn, der alte Fuhrmann?" „Genug vielleicht hat er", nickt der. „Er schwimmt im Blut, er merkt es bloß ni, die Wirbelsäule is ihm getroffen. Nu, mancher wird auch wieder."
Auf den Feldern klackst der lehmige Boden unter den jagenden Hufen. Nach Kiesewald zu ist der Himmel dunkelrot. Mein Gott, in Hermsdorf kommt das dritte Feuer aus! Nach einer halben Stunde hält Peter an der Zackenbrücke an, die jetzt besetzt ist. Ein Leutnant visitiert Peters Paß, dann fragt er: „Noch gerade durchgekommen, was? Neues gesehen?"
„Die Besatzung von Hermsdorf hat sich ergeben."
„Ergeben? Ein Witz, mein Herr!" Die Soldaten bekommen scharfe Ohren. Peter ruft laut:
„Natürlich, mein Herr Leutnant, ein Witz neben dem andern – den ganzen Horizont entlang!"
„Aber! Hermsdorf befehligt doch Graf Steinhagen – unmöglich kapituliert ... Herr! Habt Ihr selbst gesehen?"
„Ich ja", höhnt Peter, „aber er nicht!"
„Wieso?" forscht der Leutnant erregt. „Ist ihm was zugestoßen?" Peter zuckt mit den Schultern. Dann schüttelt es ihn plötzlich bis unter die Haare.
„Sprecht doch, Herr!"
„Er hat das Augenlicht verloren."
„Was?!" Der Offizier schreit unbeherrscht auf. Die Soldaten tuscheln. „Diese Kanaillen, diese Kanaillen!"
Peter dreht sich im Sattel um: „Das letzte, was Ihr Kamerad gesehen hat ..."

„Ja?"
„Das waren Hunderte von Webern, die sich in ihrem Blut wälzten. Sicher sind manchen auch die Augen ausgeschossen worden!"
„Heda, Herr, wie meint Ihr das?"
„So, wie ich es vor ein paar Stunden noch nicht gemeint hätte!" Der Gaul spritzt wieder Dreck und Kiesel auf. Die Soldaten grinsen dreist, als ihr Leutnant sein Fernrohr aus dem Lederfutteral nimmt. Plötzlich schnarrt er wie eine Uhrfeder: „Laden! Erstes Glied –"
Da kracht eine Salve vom Wald her. Der Leutnant streckt den Degen steil empor, macht einen Schritt nach vorn, wie der Held auf der Bühne, dann fällt er hintenüber in eine Pfütze. Ein alter Soldat kniet sich über seinen Vorgesetzten, die andern schreien: „Weg! Nach Warmbrunn!" Der Alte hastet ihnen nach, eine Nürnberger Uhr und ein paar Ringe in die Hosen stopfend. Hinter ihm wälzt es sich heran von drei Landstraßen her, die in die Brücke münden: „Brot! Brot! Brot!"

XX.

Oberst Freiherr von Nostitz-Warttemberg betritt das Parkett mit klirrenden Sporen. Die Hände hat er auf dem Rücken, der gesenkte Kopf preßt einen dreifachen Fleischwulst auf den Kragen. „Stilisiere Er das Zeug selber! – Grauenhafte Untaten... hat Er?"
„Zu Befehl!" Der Adjutant taucht die Feder ein, zieht Fusseln aus ihrer Spitze.
„In Schmiedeberg hat der Pöbel den Fabrikanten und Kaufmann – wie hieß er? – Fritsche ... hat Er? ... elendiglich ersäuft."
„Pardon!" Der Adjutant blickt auf. „Dieser Bürgersmann ist, glaube ich, zuvor..." Nostitz diktiert einfach weiter: „Graf Anton von Steinhagen, Freiherr von Kettenbach, Friedrich von Kleist: meuchlings ermordet, beraubt und verstümmelt. Hat Er?"

Der Adjutant lächelt: „Und was befehlen Sie bei Nördlingen?"
Nostitz leckt an seinen Lippen, dann nimmt er eine Prise: „Tut mir leid, Herr Kamerad, aber mit dem muß man sich einstweilen einigen. Sagte ich: einstweilen? Vergessen wir das nicht. Das andere mach Er gefälligst jetzt nach meinen Intentionen, verstanden: Feuersbrünste, Weiberschänden, was es so noch gibt. Herein!"
Der Kurier gibt eine Depesche ab. Nostitz, sie überfliegend, wird fahl, brüllt auf: „Alarm! Sie sind überm Zacken!"
Der Adjutant packt sein Schreibzeug. Schon stampft die Wache herein, schleudert die Tornister vom Rücken. Das ganze Schloß beginnt zu toben, als seien tausend Teufel eingefahren. Vom ersten Stockwerk rieseln die Fensterscheiben, von den Soldaten in Splitter zerklopft, herab.
Die Tore krachen zu, Steine werden davor gewälzt. Über die frischen Blumenbeete trampeln Stiefel, die Rasenflächen werden von Hufen zerfetzt. Vor der Freitreppe mit den Sandsteinskulpturen verschwinden die Gewehrpyramiden, der zierliche Weg zum Pavillon wird zur Heerstraße. Im Irrgarten knallen Äxte. Im blauen Salon steht die Gräfin, neben ihr Nördlingen. Er hält ihre Hand: „Sie wollen nicht weg, Madame? Auch jetzt noch nicht?"
Sie schüttelt den Kopf. Er denkt: Wie liebenswürdig und klug ist diese Frau nun – es sollte öfter Katastrophen geben. Die reichen Leute brauchen sie wie die verflohten Hunde ein Bad.
„Sie haben den Eckertsberg getötet?"
Er sieht nach dem Horizont: „Das ist eine Lüge, Madame, obgleich es wahr ist."
Auch ihre Augen hängen jetzt am Horizont, eine graue Linie flimmert dort. „Sie hätten meisterhaft gefochten, erzählte man mir."
Er bewegt keinen Muskel seines Gesichts, das ganz draußen in der Ferne ist, aber er antwortet: „Ich lege keinen

Wert darauf, daß man das sagt. Ich fechte nicht schlecht, aber ungern. Man langweilt mich mit solchen Forderungen."
Die graue Linie am Horizont ist ein dicker Strich geworden, der sich auf das Schloß zu bewegt.
„Da sind sie! Mon cher, wäre es für Sie auch langweilig, in einer Front mit diesem dicken Strich den Degen in der Hand zu schwingen?"
„Gegen das Schloß, Madame?"
„Gegen das Schloß!"
Nördlingen dreht den Habichtkopf: „Nicht langweilig, aber ... pflichtvergessen."
„Oh", sie lächelt still, „Sie haben kaum noch Pflichten, seit es um uns steht wie jetzt. Warmbrunn wird bald ein Trümmerhaufen sein."
Er sieht sie an, als wollte er im voraus um Vergebung bitten: „Ich meinte keine Pflichten gegenüber diesem Haus." Er deutet auf den Strich draußen, der zu Balkendicke herangewachsen ist: „Ich bin im Schlosse für *die* dort."
„Ah – wollen Sie als Märtyrer ...?" Er lächelt, will eben antworten, da splittert die Scheibe. Die Gräfin sieht den Dichter erschrocken an. „Wer hat Euch geschlagen?" Dann still: „Niemand hier, ich weiß. Es kam von den Bergen ..."
Nördlingen sieht, wie sich das Kleid oberhalb ihrer stoßweise atmenden Brust rötet. Er reißt die Haken des Brokatstoffes auf. Gesundes Fleisch quillt heraus. Unter dem Schlüsselbein, gegen die Achselhöhle zu liegt der Einschuß, aus dem es rot sickert. Die Kugel sitzt im Fleisch, man kann sie fühlen.
Er bettet die Gräfin auf einen Teppich, ruft nach dem Physikus und stellt sich dann neben das Fenster.
Die Amseln singen dem jungen Tag entgegen. In der Allee schlagen Finken, zirpen Meisen. Diese Kugel hat sich verirrt, natürlich hat sie sich verirrt! Was sucht sie im Fleisch dieser Matrone? Ein Stockwerk tiefer sitzen die Sklavenhalter im Anschlag. Die Kugel, ein Vorbote, muß

eine Handbreit an seiner Halsschlagader vorbeigeflogen sein. Er stand so – ja – gebückt vor der Gräfin, und hier ist das Loch in der Scheibe ... hm. Das Schlachten hat noch nicht begonnen. Aber die Gegner ziehen sich schon an wie Magnet und Eisen.
Die grauen Leinenfahnen! So wie sie der Wind jetzt hin und her reißt, so reißen ihn die inneren Stürme hin und her. Den Sieg wünscht er denen draußen, wider sein besseres Wissen um ihre Aussichten. Arme Brüder, ich möchte mit euch feiern bei Brand, Raub und Mord. Dies ist kein Aufstand, dies ist nur ein Rachenehmen wie bei den Zulus, bei den Indianern, bei den Malaien. Man hat euch die Nahrung gestohlen, ihr wollt die Diebe totschlagen, ehe ihr verreckt. Man hat euch in Erdlöcher getrieben, ihr wollt sie aus den Palästen räuchern, ehe ihr vor Grind und Ruhr die Beine langstreckt. Dies ist kein Aufstand, nein! Ein Aufstand ist ein großes Glück für alle. Dies aber ist ein Totentanz. Ich habe gewarnt – euch und die hier. Ich war wie der Prediger in der Wüste, ein Schrei ohne Echo, ein Wegweiser, den niemand beachtet. Und dennoch, eines weiß ich: Morgen werdet ihr hören. Morgen werdet ihr sehen! Morgen werdet ihr denken! Grabhügel sind die Schulbänke der Freiheitshelden ...
Stunden sind vergangen.
Der erste Ansturm brach im Kugelregen der Soldaten zusammen. Dann hob ein zielklares Feuer an. Hinter den Bäumen blitzten die Gewehre auf, hinter den Hecken, Felsgrotten und Skulpturen. Boten, die zur Gräfin wollten, meldeten: „Eingeschlossen!“, dann bald die Verluste dieses Schießens; der erste Sturm hatte nicht einen Tropfen Blut im Schloß gekostet, jetzt waren schon vier Offiziere tot und etwa zwanzig Mann. Aber gegen Mittag werden die Husaren ...
Die Schwadron sitzt gegen Mittag auf. Nostitz läßt sie sich, durch die Parkmauer gedeckt, für den Ausfall fertig machen. Nördlingen fiebert vor Erregung: ‚Wenn ihr Weber draußen alle Schüsse auf das Tor richtet – die Reiter

können doch nur zwei und zwei hindurch! Wenn sie sich draußen erst entwickeln, dann werden sie eure Leiber in Stücke zerhauen ...‘

Nostitz tritt zur Seite, hebt den Arm. Der Rittmeister kann seinen tänzelnden Gaul kaum zügeln. Wie das gleißt und blitzt an dieser Todesschwadron ... O ihr armen Leute, hütet euch vor den breiten krummen Säbeln.

Da fliegen die Tore auf, die beiden Grenadiere, die sie öffnen, überschlagen sich sofort, und dann – scheint die Erde zu bersten. Das Tor ist ein feuerspeiender Berg, Pulverrauch verschlingt die sich bäumenden Pferde, die samt den Reitern durcheinander wirbeln.

Nur eine Lösung ist Nostitz denkbar: die draußen haben Kenntnis erhalten von dem, was vorbereitet wurde, und wie erfahrene Strategen gehandelt. Freilich, zu einem Gegenangriff mit Petarden auf Kavallerie gehörten nicht nur einsichtsvolle Führer, hier mußte jeder Mann mit kalter Ungerührtheit, nervenlos, im Feuer stehen können.

‚Preußen‘, lacht es verbissen in Nördlingen. Noch immer platzen Handgranaten. Und durch das jammervolle Geschrei der sterbenden Menschen und Tiere vernimmt er jetzt ein markerschütterndes Gebrüll, urtümlich rhythmisch: „-vus, -vus“, dann überdeutlich: „Dru-divus ... Dru-divus.“ Das heult in den Lüften wie die Geister einer wilden Jagd.

Der Nachmittag vergeht mit Abwehrgefechten und zwei weiteren Stürmen auf die Mauer, die nur mit Mühe abgeschlagen werden. Gegen die Dämmerung hin fliegen plötzlich etwa dreißig Ellen dieses hartumkämpften Walls in die Luft. Frei ist nun der Weg, der Park liegt offen bis zum Portal des Schlosses. Jetzt könnten die Husaren nützlich sein, wenn sie noch zur Verfügung stünden. Nördlingen lacht auf: Dies war nicht Torgau! Nostitz ist kein Ziethen, der seine Zeit zu erwarten vermochte.

Zum Abendbrot gibt es Suppe und Wein in Rationen. Am ersten Tag schon, denn wer hätte auch gedacht, daß man belagert werden könne. Feuersbrünste leuchten zum

Essen, niemand wagt Licht zu machen. Im Schloß stinkt es nach Pulverrauch, nach Schweiß und feuchtem Leder, es stinkt nach Blut, Urin und Kot. Dazu brüllt es allerorts, kracht es, poltert Holz, reißt seidene Tapete, splittert Porzellan und Glas. Soldaten stoßen sich auf den Korridoren, schleppen sich aus den Salons, krümmen sich todmüde zusammen, strecken sich lang zu kurzen Augenblicken der Ruhe. Gegen Mitternacht endlich geschieht etwas Grauenhaftes: Von der Parkmauer her zieht ein Komet seine Bahn, flammend im Kern, mit einem Schwanz sprühender Funken. Er prallt gegen die Mauer des Schlosses, sinkt kraftlos herab auf die Portaltreppe. Aber schon zischt ein zweiter heran, ein dritter. Nun schwirren sie von allen Seiten, sausen dutzendweise in die Fensterhöhlen. Angstschreie durchbeben das Schloß: „Wasser! Wasser!" Man weiß bald nicht mehr, wo mit Löschen beginnen. Nördlingens Gesicht spannt sich, er fühlt, seine Stunde ist da. Aha, schon stapft er heran, der Herr Kommandeur.

Nostitz ist kaum zu erkennen, sein Gesicht ist von Rinnsalen zerschnitten, die der Schweiß in die dicke Schicht von Puder und Pulverrauch gewaschen hat. Er keucht, bittet unbeherrscht. Gleichwohl fällt ihm jedes Wort schwer, so nötig es jetzt ist. Nördlingen erspart ihm keine Silbe und keinen Seufzer. Erst als der alte Baron die Schultern sinken läßt und hilflos zu Boden stiert, nickt Nördlingen und geht.

Als er unten das Portal durchschritten hat, kann er es nicht unterlassen, sich die Fassade anzusehen. Auf ihren Simsen liegen die Götter geruhsam wie zuvor. Ihnen hat es keinen Schmerzenslaut entlockt, wenn sie den Arm verloren, wenn ihnen Teile des Gesichts zersplitterten. Gleich Totentüchern hängen dennoch über ihnen jetzt die weißen Laken des Waffenstillstandes – sie haben den Flug der Kugeln und Kometen beendet.

An der Mauerbresche warten zwei Männer. Nördlingen läßt sich die Augen verbinden.

Fiebig streckt ihm die Hand entgegen: „Ein Glück für die dort drinnen, daß sie solch einen Unterhändler haben.“
Nördlingen schüttelt die Hand: „Vielleicht auch ein Glück für euch!“ Neben ihm steht ein Mann, breitbeinig, mit in die Hüften gestemmten Pranken. Das Hemd klafft bis zum Nabel, der schwarze Brustbart teilt sich in der Mitte fast gescheitelt. Der Mann grunzt und brummt wie ein Bär. Der Hals und nicht minder das starkknochige, fleischige Gesicht glänzen von Rauch und Nässe: „Was haben sie drinne gesagt“, orgelt sein Baß, „wie ihnen die Leinwand is in die Fenster geflitzt? Jaja, die alten guten Waffen soll man nicht vergessen.“ Nördlingen betrachtet sachkundig, was ihm der Bär jetzt entgegenhält: das Leinen der Weber, in Streifen geschnitten und dann in Pech getaucht, Brandpfeile – aus Haselstöcken haben sie sich Bogen hergestellt, aus Buchenzweigen Pfeile. Ein untersetzter Mann von etwa fünfzig Jahren, mit runden Schultern und kurzem Hals, einer breiten Nase und aufgestülpten Lippen tritt vor. Er mustert den Dichter mit stechenden, klugen Augen: „Ihr seid der Herr von Nördlingen? Gut, bleibt hier! In zehn Minuten …“
Fiebig legt ihm die Hand auf die Schulter:
„Hör ihn erst an, Rössler!“
„Anhören, wozu?“ Die Stimme Rösslers, vom Rauch heiser, klingt gleichgültig. „Ich habe euch gesagt, verhandeln tu ich ni. Wenn ich den Fuchs im Bau hab, dann wird er ausgeräuchert, ni wahr, Stenzel?“
Der Bär brummt beifällig: „Nischt is mit freiem Abzug. Einmal muß aufgeräumt sein im Gebirg.“
Nördlingen, als hielte er all das für leeres Geschwätz, klopft mit der Hand auf den Tisch:
„Freunde, im Schloß steht es schlecht jetzt. Vor morgen früh kann kaum Entsatz da sein. Bis dahin habt ihr Zeit, die Lage auszunutzen …“
Rössler unterbricht: „So, so, es kommt noch weiteres Militär, da müssen wir ja Angst kriegen!“ Fiebig fährt in das Lachen der Männer, die im Hintergrund Rösslers Hohn

quittieren: „Genug, Brüder, man muß, was möglich is, im Auge haben. Viel Blut is nu geflossen, viel Asche is geworden." Rössler mißt inzwischen Nördlingen; jetzt höhnt er von neuem:

„Mal sehen, wo der Verrat Euch sitzt, den die andern ni sehen. Das Schloß möcht jetzt brennen, lichterloh, wenn Ihr ni hier parlamentiertet! Aber ich hab meine Bücher gelesen, Herr, ich kenn alle Bauernkriege vom Rhein bis Ungarn. Und also weiß ich, was Verrat is."

Nördlingen steht grade und grob vor dem gedrungenen Mann: „Verrat ist, einen Sieg in eine Niederlage umzuwandeln."

„Das, Brüder, müßt ihr hören!" ruft Fiebig. „Glaubt mir, dieser Mann hier hat stets das Gute gewollt!"

„Aristokraten wollen stets das Gute – für sich!"

„Hundsfott!" brüllt Fiebig den Bauernführer an, packt dann Stenzel bei den Schultern:

„Hilf mir doch! Das is ja ni so, wie's der Rössler ansieht! Natürlich wird morgen Militär dasein!" –

Endlich kann Nördlingen reden. Er bietet Öffnung der Militärmagazine von Hirschberg noch in dieser Nacht, Straffreiheit für alle am Aufruhr Beteiligten, sofortigen Abzug des Militärs, Einsetzung einer Kommission aus den Aufständischen und den Bürgern.

„Mehr ni, mehr ni?" grinst Rössler.

„Mehr könnt ihr militärisch nicht verlangen. Für euch ist vorteilhaft, daß die Regierung derzeit ungern viel Militär hier an die Grenze schafft. Wenn ihr sie übermäßig reizt, dann allerdings ...", er versucht zu lächeln, „es kann doch wohl nicht eure Absicht sein, gegen ganz Preußen Krieg zu führen. Ja, wenn das Volk überall so dächte, wie ihr hier ..."

Wieder fährt Rössler dazwischen: „Kein Mensch glaubt hier an Eure Ehrlichkeit! Macht, daß Ihr wegkommt, soll mir gleich sein, ob über die Berge nach Böhmen oder zurück ins Schloß. In fünf Minuten lasse ich stürmen!" Er macht kehrt und geht zur Tür hinaus.

Nördlingen, nun selbst fast ratlos, fragt:
„Was hat denn dieser Mensch zu sagen hier?"
„Oh, mein Gott!" Fiebig schüttelt die Fäuste. „Es sieht aus, als wär er so ein Ruhmrediger, so einer, der bloß aus dem Maul rausscheißt. Das is er leider ni. Die Bauernschaft schwört ihm zu."
Nördlingen packt Fiebig bei den Handgelenken: „Wer befiehlt bei euch?" Fiebig senkt den Blick.
„Ihr müßt doch eine Leitung haben, einen Rat!"
Fiebig zuckt hilflos mit den Achseln: „Einen? Die Weber wollen anders wie die Bauern, die Bauern anders wie die Arbeiter." Leiser dann: „Die Böhmen haben uns schon durch Käthe Hilfe angeboten. Auch das hat der Rössler uns hintertrieben." Durch die Tür drängen Bauern mit Rössler herein. Da dröhnt wie ein Orgelbaß Stenzel los:
„Das wird jetzt mit Verstand und Ordnung angehört! Sonst kann's sein, daß Drudivus sich trollt!"
Es wird augenblicklich still. Manche kauern sich ins Stroh. Nördlingen hebt die Stimme zu sachlichen Erklärungen. Sie sitzt ganz vorn jetzt, diese Stimme, und holt die Resonanz in der Nase. Dadurch wird sie befehlsähnlich: „Ich verstehe, wenn Sklaven ihre Herren totschlagen wollen. Wenn mich ein Sklave fragt: Wohin ist mein Herr geflohen?, so sage ich: Dort hält er sich verborgen."
Die letzten Geräusche verstummen. Nördlingen blickt alle der Reihe nach an:
„Seid ihr Sklaven? Nein. Ihr wart es bis gestern. Aber ihr werdet morgen wieder Sklaven sein, wenn ihr nicht dieses Angebot annehmt!"
„Nee ... nischt verstehen wir!" Vier, fünf geben Antwort. Fiebig springt auf, stampft gegen den Lehmboden: „Recht hat er – daß ihr's nur endlich begreift! Wir müssen etwas fordern jetzt! Die Fabriken sind Asche. Wir müssen fordern, daß sie Asche bleiben. Die großen Schinder sind vor uns geflohen, wir müssen fordern, daß sie außer Landes bleiben!"
„Richtig", knurrt Rössler, „richtig, ihr Leute! Bis auf das

Fordern is alles gut! Bloß statt des Forderns braucht es Taten! Die Berge sind frei bis Warmbrunn!"
Die gute Hälfte stimmt ihm zu. Es dauert minutenlang, bis Nördlingen fortfahren kann: „Rössler hat recht, Taten allein machen frei. So wie auch Taten die Freiheit vernichten können. Gebt mir jetzt Antwort: Wollt ihr denn in Zukunft als landflüchtige Banditen weiterleben?"
Der ersten Stille folgt ein Auftoben:
„Wenn's sein muß?"
„Warum ni gar?!"
Nördlingens Stimme schmettert plötzlich wie eine Trompete: „Ihr verkauft euer Erstgeburtsrecht für ein paar verkohlte Balken! Statt die Gewährung billiger, gerechter Forderungen, die jedermann begreift, zu erringen, zieht ihr im Land herum und sengt und brennt wie Marodeure."
„Die Fresse hältst du jetzt, verdammte Aasfliege!" Rössler geht auf ihn los, wie es Nördlingen erwartet hat. Stenzel packt den resoluten Bauern am Handgelenk. Der knirscht mit den Zähnen. Er würde brüllen, wäre ihm seine Stimme nicht im Pulverrauch verdorben. Als Stenzel ihn losläßt, hängt der Arm kraftlos nach unten, im Gelenk ausgekugelt. Fiebig, von der drohenden Haltung der anderen betroffen, stemmt die Tür auf. Auch vor ihr hocken Bauern. Sie sehen auf Nördlingen. Einer packt sitzend nach dessen Degenscheide. Sie ist natürlich leer, wird dennoch abgerissen und zerknickt. Fiebig tritt dem Mann mitten ins Gesicht: „Gauner muß man zertreten wie Engerlinge."
Neben der Tür ist ein Stall. Schober tritt aus ihm heraus, Tränen in den Augen: „So muß es kommen ... das is ja eine Sünd, was hier geschieht. Wo sollen die Fabrikarbeiter jetzt arbeiten? Ich war ni für den Aufstand! Für Bittgesuche war ich. Aber der Rössler reißt alles an sich. Es ist nur eine Losung bei den Bauern noch: Sieg oder Tod."
‚Die billigste aller Losungen', denkt Nördlingen. Fiebig sagt heiß und mit vertrockneter Kehle:
„Der Hunger hat unsere Pläne gefressen, die Ruhr hat unsere Waffen zerätzt. So kam es ..."

„Das wißt Ihr nicht, mein Herr“, nickt Stenzel. „Tollwut gilt jetzt als Tapferkeit. Gerippe mit Haut sind die Leute, Gerippe oben und unten aufgetriebene Bäuche. Das macht der Hunger so: die Bäuche treibt er auf, bis im Kopp kein Gedanke mehr is, Herr – bloß noch die Sucht nach Brot und Fleischernem. Und: Rache fürs Gewesene. Das ist so wie ein Rausch!“
Nördlingen friert vor Kummer, es schüttelt ihn. Er zieht den Mantel fest an sich. Daß sie ihn mitten in der Rede anfielen, ihn immer wieder wie einen Strolch beiseite schoben, daß hier ein Plan den andern kreuzt, läßt alle Hoffnungen versinken. Er rafft sich gewaltsam auf, zu retten, was der Rettung wert ist: „Fiebig, dir gehorcht der einsichtsvolle Teil der Weber. Und diesem Bären?“
Da läßt sich auch Stenzel schon vernehmen: „Wer die

Husaren zu Blutjauche zermanscht hat, das sind dem Stenzel seine Leute. Daß ihr's wißt. Die folgen. Und wenn wir abziehn, ziehn wir viele hinterher, die ohne uns den Mut verlieren. Ich stimme für Euer Angebot!"
Nördlingens Blick wird warm: „Ich muß ins Schloß zurück. Führt eure Leute von der Mauer. Ich weiß, es ist nicht eure Schuld, falls Rössler jetzt den Sieg vernichten wird. Bei Gott, es jammert mich von Herzen, daß ich euch uneins verlasse. Gebt mir die Binde. Führt mich fort, damit ihr wieder einen Freund im Schloß habt."
Er reicht Fiebig und Stenzel die Hand. Schober in seiner Ecke weint jammernd vor sich hin: „Das Volk hat sich versündigt ..."
Die zehn Schritte durch die Stube sieht Nördlingen nur geradeaus. Dann, vor der Tür, im Gewirr der Menschen, Kinder, Wagen, erblickt er für Momente Käthe. Ihre übermüdeten Augen glühen dunkel, ihre Hand streift schwer den Schaft der großen Leinwandfahne, der Fahne, die im Blut gelegen hat. Nördlingen schaut empor, schiebt Stenzel mit der Binde beiseite, greift zum Dreispitz und salutiert langsam vor dem im Winde sich bauschenden Tuch. Alle starren den ergriffenen Mann an. Schweigen ist um ihn. Erst als er geht, die Augen nun verschlossen, fliegt Wort für Wort auf und gegen ihn an. Er sucht möglichst sicher den Fuß zu setzen zwischen all dem aufspritzenden Hohn:
„Dem dürren Windhund hat's hier schlecht gerochen."
„Der Rössler meint, man hätt ihn doch erschlagen sollen!"
„Holt's nach!"
Ein Stein trifft Nördlingens Brust. Er strauchelt patschend in eine Pfütze. Hohnlachen aus hundert Kehlen. „Zieht ihm die nassen Stiefel aus, er kriegt sonst Schnupfen, der arme Aristokrat!"
„Hände weg, ihr Ackersknechte!" Um ihn ist Kampf. Faustschläge, Backenstreiche treffen ihn, Kopf und Schultern schmerzen.

Von der aufgeflogenen Parkmauer bis zur Freitreppe geht er wieder ohne Binde. Auch ohne Haarschleife. Die grauen Locken wehen ihm um die heiß pochenden Schläfen. Sein Mantel ist weg, auf den Schultern hängt dafür ein großes Stück rauher, schmutztriefender Leinwand.
Im Musiksalon wartet der Stab.
„Teufel, hat man Sie zugerichtet! Fehlt noch 'ne Dornenkrone, dann ist das Leiden Christi fertig." Nostitz streckt Nördlingen in ehrlichem Mitgefühl die Hände hin. Er ist bereit, viel zu vergessen. Aber Nördlingens Hände hängen schlaff herab. Pastor Krämer, der bei der Gräfin war, wird kreideweiß: „Ipse autem vulneratus est propter ..."
Nördlingen wird grob:
„Lamentiere Er Seinen sterbenden Soldaten etwas vor, wenn sie es wünschen. Und später draußen den armen Leuten, falls ..."
„Was – falls?" Alle suchen bei Nördlingen Trost. Sie zittern mit den Händen, die Augenlider sind entzündet. Der letzte Kaffee ist heute morgen schon vertrunken worden. Nichts ist imstande, sie noch lange wach zu halten. Schlafend wird man ihnen die Gurgel durchschneiden, falls ...
Nostitz stiert: „Straffreiheit habe ich ihnen zugesichert. Sagten Sie ihnen das nicht?"
„Ich sagte es, aber es sagt jenen nichts, Herr Oberst. Man hat zu oft betrogen, man hat zuviel geschlagen. Darum betrügen sie sich jetzt selbst dort draußen und schlagen Unterhändler."
Dem Oberst quellen die Augen aus dem Kopf vor Angst: „Was raten *Sie* mir denn?"
Nördlingen sieht ihm auf die Gamaschen. Die Offiziere schweigen, sie schwitzen ständig vor Erschöpfung. Der Oberst hat versagt, der Rittmeister ist tot. Sich ergeben? Wenn es der Nördlingen befehlen sollte, wenn er sich mit ergibt? Sie sind bereit zu tun, was er tut.
Er aber steht am Fenster, starrt unverwandt hinaus. Graue Fahnen flattern drüben, graue Schwaden ziehen nach dem

Horizont hin fort: Fiebigs und Stenzels Scharen! Und Nördlingen beginnt zu hoffen. Doch andre graue Schwaden wehen auf die Mauerbresche zu, bereit, das Rachewerk von Rössler zu vollenden.

Nördlingen strafft sich, ergreift ein Gewehr, zielt sorgfältig und schießt. Der Mann dort unten mit der rotbefleckten großen Leinwandfahne bricht zusammen, sein Herzblut färbt sie vollends rot. Nördlingen ladet, schießt ... und erst wenn die Augen vor Tränen das Ziel verwischen, dann setzt er ab und wartet, bis er wieder ganz sicher ist, zu treffen.

Dritter Teil

I.

Elisabeth sitzt im Grase und bindet einen Kranz aus Gänseblümchen. Das Gras ist saftig und hellgrün. „Wir müßten einmal auf den Kamm gehen, was meinst du, Peter?“ Ihre Augen wandern das Gebirge ab, das in der Sonne leuchtet. Von den Schneegruben sieht man bis zur Koppe. „Oben ist die Luft so klar. Und kein Mensch auf Meilen hin! Wir müssen auch nachsehen, wo dieser wilde Bach herkommt.“

Peters Kopf liegt in ihrem Schoß: „Müssen wir, Liebste?“

„Ja, denn das ist eine Landschaft, die ich noch gar nicht kenne. Nur mit dir will ich einmal dort gewesen sein. Peter, ich träume dann von dieser Landschaft, wo ich auch sein werde, in Petersburg, Paris ...“

Er seufzt lächelnd: „Dann, ja, dann müssen wir wohl!“

„Peter, ich muß dir etwas sagen, ganz leise.“

„Was?“

„Ich liebe dich mehr als du mich“, flüstert sie ernst.

„Elisabeth, du lügst!“

„Wirklich?“ Sie atmet tief: „Eine Lüge, die mich beglückt. Peter, seltsam, sich so über eine Lüge zu freuen.“

Die Bergwiese ist ein Teppich voll willkürlicher Muster. Der Löwenzahn steht in der Blüte. Solange sein sattes Gelb leuchtet, kommt keine andere Farbe recht auf.

„Warum heißt er Löwenzahn, Peter?“

Er meint, der Blätter wegen. Aber sie weiß es besser: „Als Maria und Josef flohen, auf dem Weg nach Ägypten,

war das Jesuskind unter einem Baum eingeschlafen samt seinen frommen Eltern. Da kam ein Löwe. Warum erschrickst du nicht?"
„Wie soll ich erschrecken, Elisabeth. Jesus kann ja nichts passiert sein." Sie lächelt ihn an, den Kopf nach der Seite geneigt. Und den Blick kann er nicht ertragen, er muß sie küssen. „Und wie ging das weiter mit dem Löwen?"
Elisabeth sinnt nach: „Welche Geschichte war es vom Löwenzahn? Ah, die mit der Bestie. Ich dachte schon, die mit dem Kuß des feurigen Erzengels Michael ... Also, der Löwe machte Anstalten, die heilige Familie zu zerreißen. Da sahen diese Blumen hier das kommende Unheil, und sie reiften ganz schnell heran. Im Unglück geschieht das manchmal, nicht wahr? Nun, du weißt, dann wird der Löwenzahn zur Pusteblume. Und viele Schmetterlinge eilten herzu und fächelten mit ihren Flügeln alle diese behaarten Früchtlein dem Untier in die Augen. Es sah nichts mehr und entwich mit tränenden Augen."
„Hm. Und was war der Dank für die Blumen?"
Elisabeth sinnt nach: „Eigentlich hast du recht. Es müßte noch weitergehn: Und zum Dank für diese Hilfe verlieh der himmlische Vater dieser Blume ... Aber es ist eine Geschichte ohne Dank."
„Wie meist", ergänzt Peter und blickt versonnen in die Talmulde hinab. Aus dem Walde tönt das Rauschen der Lomnitz. Sonnenlicht glitzert den Lauf des Baches entlang, der zwischen Hügeln verschwindet, wieder auftaucht, verschwindet. Ein süßherber Duft liegt in der Luft, die wärmend die beiden Menschen umspielt, die plötzlich schweigen.
„Man könnte beinahe denken, die Geschichte sei wahr. Ohne Dank ..."
„Peter!"
Er richtet sich halb auf. Seine Blicke verfolgen die Wege, die, wie Bänder durch die Fluren gezogen, Dorf mit Dorf verknüpfen, von Scheiberhau bis Schmiedeberg, von Brückenberg bis – Warmbrunn. „Was hat Nikolaus von

Nördlingen für Dank gehabt? Der Nostitz wird es nie verwinden, daß jener ihn sozusagen gerettet hat und nun seinen Strafaktionen überall entgegenwirkt. Mit deinem Hospital wird es nun auch nichts werden. Sie brauchen jetzt das Geld zum Aufbau der Fabriken."

„Muß man davon jetzt reden?" Sie sagt es leise und abwehrend. Er stützt das Kinn in die Hände, betrachtet ihren Kopf, wie er sich gegen den blauen Himmel abhebt. In ihrem Haar spielt die Sonne, läßt die Locken strahlen vom tiefsten Sepia bis zu dem lichten Rotbraun italienischer Terrakotten. Über den nackten Schultern liegt der Schleier eines Orenburger Schals, dieses Gewebe, das durchsichtig ist, obwohl man es ganz deutlich wahrnimmt, dessen Falten kein Gewicht besitzen und doch herabsinken wie flämischer Brokat. Er legt die Hand auf den Schal, schließt für Sekunden die Augen.

Die Menschen gleichen mitunter göttlichen Wesen. Besonders jene, die man liebt. Und wenn man liebt, so hat man sich verlaufen; in jenes Land, vor dem ein Engel mit dem Flammenschwert droht. Er droht indes nur. Er läßt jeden ein.

Das Paradies der Liebenden liegt im Zentrum der Hölle – Peter weiß das. Elisabeth weiß das auch. Den Liebenden ist jeder Weg zurück verlegt mit Feuerbränden. Wer durch sie flieht, ist mit dem Fluche der Erinnerung beladen. Elisabeth meint, der Fluch werde später oft zum Segen. Sie sieht ihn wieder von der Seite an. Aber er küßt sie nicht. Ernst und traurig sagt er:

„Später wird alles zum Segen, was in der Vergangenheit ruht. Denn unsere Flüche meinen auch dann noch die Zukunft, wenn sie nur Erinnerungen treffen sollen." Er springt auf, schüttelt und reckt sich, faltet die Hände hinter dem Nacken: „Komm!"

Langsam steigen sie den Hang hinauf. Der schmale Fußweg kriecht bald in den Wald. Aus dem strahlenden Mai steigen sie in den März.

Ernst ist der Bergwald im Vorfrühling. Das helle Laub sitzt

in den Knospen, der Boden trieft vor Nässe. Überall bohren sich Keime durch die braunschwarze Humusschicht, die der winterliche Schnee zu Filz gepreßt hat. Quellwasser plätschern zum Gesang der Vögel, sonst ist alles still. Nur dann und wann rauscht es geheimnisvoll und mächtig im schweren Geäst der Fichten. Elisabeths Wangen glühen. Plötzlich begreift sie, daß es auf den Kamm geht, daß Peter, ohne alle Vorbereitung, so wie sie da gelegen haben, ihren Wunsch erfüllt. Kann man denn ohne Mantel und ... überhaupt, als wenn das gar nichts Sonderliches wäre?

Der Weg wird jetzt oft sehr steil und windet sich ellenschmal zwischen Felstrümmern dahin. Oft muß man über kleine Bäche springen, auch über umgestürzte Fichtenstämme. Die Stille wird fast unheimlich. Der mächtige Wald ist zusammengeschrumpft. Unmerklich sind die Fichten immer kleiner geworden. Das große Rauschen ist dahin. Selten noch belebt ein Bergfink, eine Meise die Wildnis.

„So sah die Erde aus, als mich dein Brief erreichte, Peter; damals in Warmbrunn, weißt du?“

Er weiß es, er weiß jede Einzelheit seit damals. Er ist glücklich über dieses Wissen.

„Denke, wenn sie nun das Schloß gestürmt hätten!“ Sie faßt seinen Arm, er preßt die Lippen abwehrend zusammen: „Das muß man trennen von uns, diese Nacht – und den Morgen, da dies neue Bataillon eintraf –, laß uns das vor uns selbst verschweigen!“

Sie wiegt den schönen Kopf: „Wie kann man, wenn man so in die Vergangenheit zurückwandert. Sieh doch, nirgendwo ist es mehr Frühling. Sicher ist es bitter kalt. Nur weil wir so klettern ...“

„Wir wandern ja nur scheinbar zurück. Wir steigen in eine höhere Welt. Der Frühling wird hier noch erwartet. Aber sieh da, die kleine Blume.“

Ein unterdrückter Jubelschrei Elisabeths: am Rande eines tauenden Schneefeldes blühen Hunderte von roten Bergprimeln, zart wie Filigran und von einer Farbe, die Sehnsucht weckt.

„‚Habmichlieb' heißt man hier diese Blume, und sie gedeiht nur in der herben, klaren Luft."

Der Wald besteht nur noch aus einzelnen verkrümmten Stämmchen, die alle Zweige nach Osten strecken. Der Nordweststurm hat sie so zurechtgebogen. Geröll, von grauen Flechten überwuchert, füllt alle Senkungen, Felsenscherben, die einst dort auf dem Kamm sich zu hohen Zinnen türmten. Jahrtausende hat der Frost daran gearbeitet, die Zinnen und Grate zu sprengen, und vor Jahrtausenden schon hat er sein Werk vollbracht, die Halden gefüllt, die Hänge besät mit dem Schutt riesiger Felsen. Auf der Sohle des Hochtals hastet der Wildbach dahin. Er hat hier keine Ufer, er tränkt weder Gras noch Moos. Er ist zu Schaum zerschlagen von dem zerschlagenen Gestein, das in grotesken Formen erstarrt scheint: da der Umriß einer Gestalt – davor einer, der über dem ersten zu Sturz gekommen ist, um ihn, neben ihm – Gefallene, in rasender Flucht Gefallene ... nur alles starr.

Elisabeth erschrickt: „Die Weber im Zacken, genau wie damals, als man sie zusammenschoß, genauso leblos grau in ihren Lumpen lagen sie da!" Er legt den Arm um ihre Schultern: „Im Reich des Berggeistes erlaubt sich jeder Stein seinen Spuk. Komm weiter, hinauf!"

Sie steigen keuchend. Die Lungen füllen sich tief mit der dünnen Luft. Der Weg, längst nur ein kaum sichtbarer Pfad, ist so schmal, daß Peter voransteigt. ‚Ich kann nicht mehr lange', denkt Elisabeth, ‚ich muß mich ausruhn.'

Da bleibt Peter über ihr stehen, reicht ihr beide Hände: „Oben!"

Eine weite, fast ebene Fläche dehnt sich meilenweit zu ihren Füßen, baumlose Triften zwischen weiten Schneefeldern, sumpfig bald, bald sandig und mit Gestein besät. Ein Meer von Berganemonen neigt sich im Wind, fächelt mit den geschlitzten Blättern, trunken von Schmelzwasser und den scharfen Sonnenstrahlen.

Und dann senkt sich der Blick ins Tal. Weithin gleißt der Wildbach, er plätschert aus dem Steingeröll den grünen Matten zu und vereint sich dort mit anderen Bächen. Beide gehen schweigend zur anderen Seite des Kammes.
„Böhmen? Oh, das ist Böhmen?"
Ganz anders sieht die Bergwelt hier aus. Der lange Kamm hat weite Querausleger, die tief ins Land gewachsen sind mit wilden Hängen, Steilabstürzen und Wasserfällen. Beider Augen trinken sich satt. Oder wird der Blick immer hungriger? Feierlich wirkt die unbegreifliche Stille: allein sind sie unter dem Himmel, allein über der Erde.
Er führt sie behutsam, denn alles ist hier ungewohnt, zum Brunnbergmassiv. Unheimlich plötzlich öffnet sich der Aupakessel. Bach neben Bach stürzt in die Tiefe ab, aus der es maienhaft heraufleuchtet. Und schräg herüber ragt jetzt der gewaltige Kegel der Schneekoppe. „Wir müssen einmal hierhergehen, wenn die Wolken aus dem Aupatal heraufgetrieben werden, die Landschaft durch die Nebelfetzen blickt – bald da, bald dort –, dann wieder alles grau zusammenbrodelt, das Nichts auch dich umfängt und nur noch du da bist mit ein paar Ellen unter dir. Und plötzlich wieder reißt die Wolke, und strahlend weitet sich ringsum das Nichts in blühende Unendlichkeiten mit Felsen, Wäldern, Wasserfällen wie jetzt."
Die verdünnte Luft steigert den Herzschlag und macht die Sinne überwach. Elisabeth wird abenteuerlustig: „So nahe an der Koppe? Erklimmen wir sie auch noch!" Sie faßt Peter bei den Händen.
Aber es ist nicht so leicht, wie sie es sich gedacht hat. Bald ist man ganz im Schnee, der mit einer Eiskruste bedeckt ist. Oben, auf dem Gipfel, ist er noch ganz pulvrig. Tief sinkt man ein bei jedem Schritt. Der Fernblick aber überwältigt beide. Nach allen Seiten liegt nun die Bergwelt offen mit ihren Schlünden, Spitzen und gewölbten Kämmen. Unfaßbar weit dehnt sich das Land in den Farben des Mai, den man hier oben aus dem Winter grüßt.
‚Es ist kalt', fühlt Elisabeth. Aber sie kann nichts sagen.

So breitet sie still den Orenburger Schal aus, wickelt sich und Peter in sein Netzwerk. Fröstelnd, doch mit glühenden Wangen halten sich beide umschlungen.

II.

Erst als sie wieder auf dem Hochplateau hinunterwandern, beginnen sie zu reden.
„Welche Mühe muß das gekostet haben, dort oben die Kapelle zu erbauen."
„Vor hundert Jahren galt derlei als großer Glaubenssieg", lacht Peter, „der höchste Gipfel des Gebirges trägt ein Gotteshaus, es steht mithin noch über ihm. Einmal im Jahr, zu Sankt Laurentii, ist sogar Messe oben. Hast du übrigens das Zeichen wahrgenommen, das in die Außenwand gekratzt ist?"
Sie nickt: „Es war derselbe Stern, den wir an der Buche bei Schmiedeberg damals sahen. Ich glaube, er bedeutet das Auge Gottes."
Unter ihnen liegt Krummhübel: Nürnberger Spielzeug mit buntbemalten Häuslein, dazu eine Kirche und auf den Straßen kleine Wägelchen; zierliche Kühe auf den Wiesenhängen, an denen hinauf noch eine Schachtel aufgebaut ist: Brückenberg.
„Dort wohnen wir, dort, jenseits der Lomnitz mußt du den Blick durch den Wald wandern lassen, dann den Pfad hinauf, siehst du es nun?"
„Ja, ja. Da ist es, das Haus der Himmelsschlüssel." Sie lächelt still vor sich hin.
„Da ist der kleine Teich, Elisabeth. Komm ein wenig weiter an den großen." Unterhalb des Kammabsturzes leuchten die beiden Bergseen auf. Elisabeth starrt über die Steilabhänge:
„Ein wahrhaft wildes Land, und voll von Wunderbarem. Da wohnt man im Tal, und alle Wasser laufen zur Tiefe – so denkt man. In Wirklichkeit sind aber über uns hoch oben Seen, auf denen man in Booten fahren könnte, an deren

Ufern Schafe weiden, und“, sie macht ganz große Augen, „im Winter könnte man auf ihnen Schlittschuh laufen.“
Er küßt sie: „Wenn nicht der viele Schnee da wäre, drei Ellen, fünf, zehn Ellen hoch. Von diesem großen Teich habe ich einmal gräßlich geträumt, damals, als ich krank war.“
„... und dich diese Käthe gepflegt hat“, ergänzt sie. Er sieht sie prüfend an.
„Hast du sie gern gehabt?“
„Ja. Sehr gern.“
„Wenn ich jetzt frage: mehr als mich?“ Und dabei stockt ihr der Atem.
„Elisabeth, dann wäre ich wohl bei ihr.“
Aber sie ist nicht überzeugt: „Vielleicht, wenn sie nicht hätte fliehen müssen ...“ Dann fragt sie wie nebenher: „Weiß sie etwas von mir? Ich meine, von uns?“ Er schüttelt den Kopf: „Als ich zurückkam nach dem Aufruhr, war sie schon über die Grenze. Daß sie eine solche Rolle darin spielen würde! Den Aufmarschplan für Warmbrunn soll sie fast allein gemacht haben.“
„Wir haben vielleicht ihr Haus gesehen, Peter?“
„Vielleicht. Dort drüben unterhalb des Krkonosch liegt Spindelmühle.“
Er sagt es nur erklärend. Aber Elisabeth dreht sich ängstlich um. Neben ihnen ragt die Sturmhaube auf, fast wie die zweite Schneekoppe.
Schafherden und Ziegen treiben sich auf den Hochwiesen herum. Der Schäfer, grau und bucklig, sitzt auf einem Stein, so daß ihn die Wandernden gar nicht bemerken. Erst als sie dicht bei ihm sind, dreht er langsam den Kopf. Elisabeth zuckt heftig und krallt sich in Peters Arm. Auch Peter durchfährt der Schreck vor dem plötzlichen Leben dieses „Steinbrockens“, er faßt sich schnell und redet jenen an, fragt nach dem besten Weg.
Der Steinbrocken erhebt sich langsam. Die Kapuze seines kurzen Mantels hat er trotz des Sonnenscheins über den Kopf gezogen. Das Gesicht besteht aus einer mächtigen

blauroten Nase sowie aus Haaren, grauem ungekämmtem Haupthaar, das oberhalb und seitlich der borstigen Brauen wirr und filzig aus der Kappe ragt. Der Bart, ein Gestrüpp wie von Flachs und Baumflechten, steht breit und schräg vom Kinn ab in die Luft.

Die Augen liegen so tief wie beim Maulwurf. Doch spürt man: Diese schwarzglänzenden Knöpfe sehen alles. Rissig ist die Haut seiner Hände, in denen er einen starken Knüppel locker hält.

„Der beste Weg von hier nach Brückenberg?“ Er lacht

hintergründig, betrachtet die luftige Kleidung Elisabeths, geht um sie herum, dann erst fährt er fort, mit einem Wort und einer Handbewegung nur: „Dort!" – Als sie gegangen sind, meckert er hinter ihnen her. Peter, der sich am Waldrand noch einmal umwendet, sieht nichts mehr, nur den grauen Stein, der auf dem andern hockt.

Sie reden kein Wort. Peter denkt nur an die Fahrt von der „Buche" zurück und daß Elisabeth ihm auch jetzt nichts anmerken darf als Ruhe und Stärke.

Plötzlich aber schreit sie auf, ihre Hand faßt zum Herzen, und sie sinkt an seiner Seite nieder.

Er kann sie so nicht halten, bettet sie auf den Boden, streicht ihr mit sanfter Energie Stirn, Wangen, Hals, und da sie immer noch nicht zu sich kommt, faßt er ihre Ohren, drückt sie wie Schwämme zusammen.

Endlich bringt sie der Schmerz zu sich. Gleich starren ihre Augen wieder nach vorn:

„Peter, geh keinen Schritt weiter, dort auf dem Wege hockt er." Er dreht den Kopf nach der Richtung, die sie meint, versucht, das Gewirr zu enträtseln:

„Dort? Nein, aber warte..."

„Geh nicht, du ..."

Er ist schon fort, dreißig, vierzig Ellen weit. Sie sieht ihn sich bücken. Dann kommt er langsam zurück:

„Nichts derlei, Liebste. Aber ich muß dich ein wenig tragen. Komm, lege die Arme um meinen Hals. So. Und deine Augen, die hältst du jetzt geschlossen. Du mußt dich hüten, ihre Phantasie zu reizen. Verstehst du, gar nicht lange läßt du sie zu – gleich sind wir wieder auf den Wiesen."

Wie lange hat er sie getragen? Sie fühlt plötzlich Tropfen auf sich fallen – öffnet nun doch die Augen. Seine Stirn herab rinnen Bäche von Schweiß. Sie wehrt sich sanft, will auf die Füße. Er läßt die Arme, die sie fest umklammerten, sinken. Sie zittern wie seine Beine vor Anstrengung. Sein Gesicht ist indessen nicht rot, sondern gelbweiß wie bei Toten.

Sie bleiben eine Weile im Anblick der grünenden Täler sitzen. Um sie ist wieder Löwenzahn. Die Birke neben ihnen hängt voll wehender Zweige.
„Was war da auf dem Waldweg, Peter?"
„Nichts Lebendes", sagt er und reißt die Augen weit auf.
„Du sagst mir nicht die Wahrheit!"
„Ich habe die Wahrheit gesagt, Elisabeth." Er schließt die Lider krampfhaft. Aber nur um so deutlicher steht das Gesehene vor ihm: Weber – erschossene, erhängte, geköpfte. Halbe Skelette schon im Leben ... nun der Verwesung völlig ausgeliefert, mit leeren Augenhöhlen, bleckenden Zahnreihen, mit aufgedunsenen Bäuchen, die meisten nackt in einer schwärzlichen Jauche von süßlichem Gestank – Wolken schillernder Insekten um sich und Armeen fleißiger Waldameisen.
– Sie schreiten durch die Gräser. Elisabeth wird fröhlich, als Brückenberg nun vor ihnen liegt:
„Sieh nur, das Haus der Himmelsschlüssel!"

Von ihrem Bett aus kann sie über den Wald hin Kamm und Koppe sehen. Ihre Wangen glühen immer noch. Peter sitzt bei ihr und streichelt sie bis an die Grenze des Schlafs. Dann steht er leise auf. Aber sie zieht ihn noch einmal an sich: „Ich danke dir. Jetzt haben wir unsere eigene Landschaft. Und weißt du, was das schönste Wegstück war? Du weißt es nicht!" Ganz leise dann: „Als du mich trugst, als ich gar nichts sah – nur dein Herz schlagen fühlte. Der alte Schäfer hat es doch wohl gut mit mir gemeint, ich muß ihm dankbar sein, nicht wahr?"
„Sei dankbar. Ich ... will es auch sein."

III.

Im Garten ist eine Laube aus Kletterrosen. Nördlingen lacht, daß seine gesunden gelben Zähne blitzen:
„Sie sind an die rechte Stelle geflohen, Elisabeth. Alles voller Rosenknospen!"

Sie steht vor ihm, schlank und graziös. Ihr Kleid, aus weißem Taft, nach englischem Schnitt locker und mit fast freien Armen, ist unter der Brust durch ein weinrotes Seidenband gerafft. Der weite Ausschnitt sitzt leicht über Schulter und Busen. Sie schenkt ihm eine Tasse Kaffee ein, lächelt ebenfalls lustig: „Die Knospen haben nur viel Ungeziefer; das gedeiht in diesem Jahr besonders gut."
„Ja", brummt er, „dem Ungeziefer und den Unholden ist heuer alles gut bekommen. Das viele Wasser und das viele Blut." Die Luft ist maiwarm. Mauersegler sausen durch den Äther. Mit schrillem Schrei fegen sie dahin, hoch über dem Gebirgsmassiv.
„Herrlich, ihnen zuzusehen", sagt Elisabeth.
„Hm." Nördlingen verzieht den Mund. „Fliegen jedenfalls können sie – so gut, wie sie sich zanken. Beim ersten Morgengrauen geht es los, und mit dem letzten Sonnenstrahl erst endet es."
„Wir waren neulich auf der Koppe. Denken Sie nur, plötzlich überkam es uns!"
Er lacht: „Den Peter Wost – Sie wohl nicht. Aber den Peter überkommen alle Dinge plötzlich, scheint mir."
In den Beeten strecken sich die Tulpen. Auch hier oben wollen sie blühen. Ein quittgelber Zitronenfalter torkelt von der Wiese herein in den Garten.
„Erzählen Sie: – Wie hat es Ihnen oben gefallen?"
Elisabeth erzählt von den Trümmerfeldern, von der Eigenart der Blumen auf dem Kamm – von der atemlosen Stille und den unmeßbaren Fernen. Auch von den Bergseen und dem alten Schäfer, der vielleicht gar kein Schäfer war. Nördlingen sieht sie freundlich an, denkt, daß der Peter Wost kaum eine schönere Frau besessen haben dürfte; dann nickt er plötzlich, da sie unruhig wird:
„Ah so, der Schäfer! Franke heißt er. Er ist ein wenig – wissen Sie?" Er tippt sich an die Stirn. „Einer von der Krummhübler Sorte, hat etwas Gicht und denkt sie oben in den Bergen loszuwerden. Vermutlich sucht er auch nach Gold so nebenbei."

„So. Und Sie meinen, es war nicht ...?"
„Nein", seufzt der Dichter, „es war wieder nicht der Berggeist." Trübe sieht er vor sich hin: „Schade, auch dies Gespenst zerrinnt, wenn sich der Mensch ihm naht. Ich hätte gar nicht übel Lust, es einmal gründlich zu beschwören."
„Tun Sie das nicht!" Sie faßt nach seinem Arm. Er streichelt ihre Hand beruhigend. „Ich habe andere Geister beschworen – es gibt viel ungeklärten Spuk noch in der Welt. Europa freilich ist entgeistert."
Lächelnd dann: „Ja, die Begeisterung fehlt ihm in jeder Weise."
Er lacht mit schiefem Mund, steht auf und wandert vor der Laube hin und her, die Hände in den Taschen, den langen Gehrock nach hinten schlenkernd. ‚Wie kann man nur so lang sein', denkt Elisabeth. ‚Dabei ist er trotz aller Hagerkeit ein zäher Mensch. Man sieht es an seiner Haltung und auch am Schritt.' Plötzlich wendet er sich und fängt von vorn an:
„Das ist also das Haus der Himmelsschlüssel! Die Gräfin behauptet, der Name sei von Ihnen erfunden?"
Elisabeth wird etwas rot, aber sie stellt sich: „Weil damals Himmelsschlüssel blühten überall, wissen Sie."
Ja, er weiß, Himmelsschlüssel ist ein guter Name, nur ein bißchen sentimental. Sie wehrt nicht ab: „Lassen Sie mich doch glücklich sein. Irdische Liebe ..."
Da wird er ernst: „Also sollten Sie lieber Erdenschlüssel sagen." Das Lächeln vergeht ihr unter seinem Blick, als er sie beruhigt: „Die Erde braucht nicht erst erschlossen zu werden durch jenen Spaten, der hinter der Kirche im Haus des Totengräbers steht." Beide seufzen zugleich und müssen darüber lächeln. „Und Peter ist nicht eifersüchtig?"
Sie fragt: „Auf wen?"
„Auf Jesus."
Sie wird blaß. Er aber stemmt die Hände in die Hüften, läßt keine Ablenkung zu: „Sehen Sie, *ich* bin auf Götter

eifersüchtig, wenn ich überhaupt eifersüchtig bin. Oder soll ich's etwa auf den dicken Klatte sein?"
Sie versteht nicht. Er läßt sie absichtlich noch im unklaren, vergnügt sich an ihrem fragenden Blick und dem schiefgehaltenen Kopf. Sie ahnt wohl nicht, wie oft er diesen Kopf in Paris schon bewundert hat. Dann kommt es, fast schelmisch: „Nicht nur im Haus der Himmelsschlüssel ist man verliebt."
„Ah!" Jetzt begreift sie: „Ich kenne die Dame?"
„Mehr als mir lieb ist", knurrt er. Aber er knurrt wie ein Kater, der spielt.
„Antoinette?"
Dann, als sie vor Staunen, vor freudigem Staunen sich erhoben hat, steckt er den Arm unter ihren: „Kommen Sie, wir gehen Peter entgegen, und dabei werde ich berichten."
„Ja – aber ich weiß nicht, ob wir Peter entgegen ... Also es ist so: Er hat mich neulich ein Stück des Wegs getragen, da habe ich nichts gesehen. Und diesen Weg will er nun malen."
„Wo denn?" Er schaut den Hang hinauf.
„Dort den aus dem Wald. Aber ich mußte ihm versprechen, ihn nicht abzuholen. Vier Tage arbeitet er schon da und hat mir keinen Strich bisher gezeigt. Ich soll nun alles wirklich nur im Bilde sehen. Wir machen manchmal solche Scherze miteinander aus. Aber wir gehen hier, dann haben wir stets das Haus vor Augen. Erzählen Sie endlich!"
Der Weg ist sandig und recht trocken. Am Rand aber wachsen Kräuter und Blumen, die das Wasser anzusaugen wissen. „Erzählen Sie doch!"
Er knurrt noch einmal, platzt dann heraus: „Ich weiß nicht recht, wo beginnen, ich wirbele allerhand Anfänge in meinem Kopf herum. Der Waldweg, hm ... das ist Peters Sache. Also Antoinette. Ja, eigentlich ist nicht viel zu sagen. Nun, kurz und miserabel: Ich habe sie dem Klatte gestohlen. Es war ein regulärer Frauenraub, nur den Zeiten von heute angepaßt. Die Waffe ein Gerücht, ein Gerücht

um die Porzellanfabrik von Fritsche. Klatte hat Gelder aufgebracht, und die Manufaktur wird neu erstehen, schöner als vordem. Dr. Lambrecht, der Advokat, hat mir die Sache anvertraut. Die Logenbrüder sind entsetzt. Er wird zu reich, der Bruder Klatte, da darf man wohl erschrecken."

„Ich verstehe noch immer nicht, was hat das mit meiner kleinen Freundin zu tun?"

„Das? Ersparen wir uns die Einzelheiten! Er hat sie herausgeben müssen, der Herr Vormund Klatte. Aber die Kleine muß inzwischen Scheußlichkeiten bei ihm erlebt haben, ich weiß nur nicht, welcher Art. Jesus, sehen Sie, der ist jetzt ihr ein und alles. Das ist nicht minder scheußlich. Ich bin ihm doch ganz und gar nicht ähnlich."

Elisabeth seufzt leise. Ihr Arm hängt sehr locker in dem seinen. Still fragt er: „War ich frivol?" – Sie schüttelt den Kopf: „Eher war ich es vorhin. Ich bin keine Nonne. Jesus kann man doch nur in Gedanken untreu werden. Freilich, meine Gedanken waren früher mehr bei ihm."

Er unterbricht sie resolut: „Jesus ist, nach allem, was ich von ihm weiß, kein Heiliger gewesen wie unser wackerer Zinzendorf zum Beispiel. Lassen Sie mich austoben! Wo ich nur einen Pfaffen und eine Kirche sehe, zitiere ich Pontius Pilatus: ‚Ich finde keine Schuld an Jesus!' Hören Sie, selbst ein Päderast hat sich einmal bei mir auf den Menschensohn berufen: ‚Lasset die Kindlein zu mir kommen und wehret ihnen nicht.' Seien Sie nicht so erstaunt, auf diesen Heiland setzen heutzutage alle Teufel – und gewinnen."

Sie zieht den Arm an sich und bleibt stehen. Nördlingens lange Beine messen wieder den Weg. Er ist erregter, als sie ihn je gesehen hat. Plötzlich hält er inne, greift in die Rocktasche und holt ein fünffach versiegeltes Schreiben daraus hervor. Lachend wie ein Junge reicht er es ihr:

„Es gibt auch noch Freuden, selbst in diesen Bergen, selbst in solchen Zeiten! Was ist mein Freund und Kupferstecher Peter Wost? Nichts ist er? Oho! Nichts – ist er gewesen.

Warmbrunn hat einen Lakaien weniger. Die Gräfin, denken Sie, wußte nicht einmal, ob sie in Ohnmacht fallen oder vor Rührung Tränen vergießen sollte. Und sie weiß doch sonst stets, was sich schickt." Elisabeths Blick fällt während seiner Rede auf die Adresse. Immer von neuem liest sie: ‚An den hochwohlgeborenen Herrn Peter Wost, Mitglied der kgl. Akademie der schönen Künste zu Paris.'
„Drinnen ruht die Urkunde. Legen Sie sie ihm doch auf den Schreibtisch, oder ..." Da regt sich Elisabeth endlich: „Wir gehen ihm entgegen. Er wird das begreifen, nicht wahr? Nicht eine Stunde länger soll er ohne seinen neuen Titel sein." Sie holt rasch ihren Schal aus der Laube. „Den liebt er, also muß er dabei sein. Alles, was er liebt." Und dabei sieht sie Nördlingen an. Der geht seltsam gerührt neben der schlanken Gestalt. Sie sagt nichts, sie trägt den Brief wie eine Reliquie; am liebsten würde sie wohl einen Kranz von Blumen um ihn winden. Sie fragt nichts. Der Brief ist kein Faktum für Elisabeth – ein Wunder wahrscheinlich. Ein Faktum hat seine Geschichte, ein Faktum ist entstanden, gefädelt, gedreht ...
Dies zum Exempel ist von Jäkelsberg gedreht. Ein Strick, vielleicht nur eine Seidenschnur, gespannt von Warmbrunn nach Paris. Freimaurer spinnen lange Fäden und feste. Paris ist sicher auch noch nicht das Ende dieses Fadens. Paris ergibt noch keine Schlinge. Ah was, man konnte selbst gordische Knoten schon lösen. Freilich nur mit Gewalt. Vielleicht ist es gut, daß Peter Wost in Schlingen gerät, so lernt er es wieder, sich zu wehren. Schon hat er zu lieben begonnen, bald wird er auch hassen.
Vom Waldrand kommt ihnen eine Gestalt entgegen. Elisabeth jubelt auf. Sie will eilen. Nördlingen hält sie zurück: dieser Mensch – ein zu Tode erschöpfter, ein dem Henker entlaufener –, das ist ein Mensch, der eben aus der Hölle erlöst worden ist.
Als Peter sie sieht, strafft sich seine Gestalt gewaltsam unter einem inneren Befehl. Ein ebenso befohlenes Lächeln aber wird nur zur Grimasse. Fahl sind seine Wangen,

bläulich und blutleer selbst die sonst so roten Lippen. Elisabeth erschrickt: „Du hast dich überanstrengt, meinetwegen!"
Er lächelt sie an, hält die Mappe krampfhaft an sich gepreßt. Nördlingen streckt helfend die Hand aus: „Geben Sie! Elisabeth hat Ihnen etwas zu sagen. Und dazu werden Sie freie Arme brauchen."
„Aber nichts ansehen!" bittet ihn Elisabeth. „Nichts, bevor wir daheim sind. Bist du fertig geworden, Peter? Sonst mußt du jetzt pausieren für ein paar Tage."
Er streckt die freien Arme, dehnt sie, daß die Gelenke knacken: „Pausieren, Elisabeth? Es wäre nicht möglich gewesen. Die Stimmung ändert sich mit jedem Tag, jetzt in der Frühlingswärme."
Die letzten Worte sind schon mehr zu Nördlingen gesprochen, der Peters Blick, einen zweideutigen Blick voll Angst und Trotz und Haß, geradezu spürt. So, ja, so liebt er den Maler; endlich ist er den Maurern entwichen, den listigen, die Kerker für den Reinen bauen, Kerker in den Formen der Tempel und Dome. Jetzt endlich steht ein Ausgebrochener vor Nördlingen, doch keiner, der zur Flucht bereit ist.
Wieder treffen sich ihre Augen. Peters Blick fleht und verlangt zugleich, und der Dichter ahnt: Es muß da etwas entstanden sein in diesen Arbeitstagen, das den vor Gesundheit und Lebenslust strotzenden Menschen bis auf den Tod verwundet hat. Und dennoch hat er sich der Arbeit nicht entzogen, er hat sich ihr gestellt wie einem Feind.
Nördlingens Schritt wird langsam. Bald klingt Elisabeths stilles Jauchzen ferner. Er hat ihr zugelächelt vorhin: Seid doch ein wenig allein.
Er setzt sich unter einen Ahorn, der hellgrün in der Masse seiner Blüten leuchtet. Eine Amsel lockt und jubelt in seinem Geäst, betäubt von Duft und Licht. Man sieht ihr Nest. Die Brut reckt sich, halbnackt und voller Torheit gegenseitig sich bedrängend, Geschwister zwar nach der Geburt, aber in bitterer Feindschaft. Das Nest ist schon zu

klein und der Hunger nicht mehr erträglich. Die jungen Amseln wachsen der Freiheit entgegen und wissen es nicht. Wissen nicht, daß sie bald fliegen werden, daß ihre Not bemessen ist, daß die quälende, brennende Haut nicht Geschwüre erzeugt, sondern Schwingen – daß bald für alle das All sich erschließen wird und keines der Geschwister dem andern Nahrung und Raum abzudrängen braucht.

Das alles wissen die jungen Amseln nicht. Sie wissen auch nichts von einem hageren Menschen, der unter dem gleichen Baum Deckung gesucht hat, um nun in einer Mappe Blatt für Blatt zu wenden. ‚Ah sieh, kein Tod beim Weber mehr, hier schuf die Phantasie kein Gespenst für den Betrachter!'

„Bergfrühling" steht als einziger Titel am Anfang und für alle Blätter geltend: Da ist ein Farnkraut, das seine Wedel entrollt, dort sind Zweige voller Knospen, Anemonen, treibende Keime im Waldboden – Sonnenstrahlen, durch borkige, saftquellende Stämme leuchtend. Ja, es ist unzweifelhaft Frühling auf diesen Blättern, als Leitmotiv.

Scheu wendet Nördlingen den Kopf zurück: *Das* birgt der Wald?! Er faßt sich an den Hals, die Binde drückt ihn ... und plötzlich betrachtet er seine blätternde Hand: wie fleischern, wie voll Blut und Leben ist diese Hand!

Zwölf Blätter aus der Hölle bohren sich durch seine Augen ein in das Unvergeßbare. Hier hat ein Mensch zwölf Visionen aus dem Hades heraufbeschworen, aus einer Unterwelt hoch in den Bergen ... Diese Blätter triefen und stinken. Sie sind mit einer ätzenden Lauge gemalt. Und daß sie keine Stimmen haben, macht sie um so entsetzlicher. Ach, könnte man klagen, röcheln, geifern hören, den Anblick dieser schweigenden Fäulnis den Augen erleichtern, indem die Ohren sie mit ertragen müssen! Das hat doch alles einst geflucht, gewinselt, aufheulend sich gewälzt, das Erdreich in Krämpfen zerwühlt. Man sieht es ja, man sieht es ja!

Oh, jeder, der das sieht, wird diesen Toten seine Stimme leihen! Diese Blätter aus der Hölle, sind sie nicht Blätter

der Erlösung? Klingt hier nicht schon wütender Gesang zu heißgeschossenen Gewehren, sich bäumenden Kanonenrohren? Beginnt hier nicht schon die Sinfonie der Freiheit, der Marschtakt aller, die sich einst befreien werden? Wann? – *Wann?* – Dieser Frühling ...! Ja, die Täler sind wie frisch gestrichen. Im Grün verschwinden die Grundrisse der weggeschwemmten Bauden und verbrannten Höfe, die in die Hänge gewühlten Erdhöhlen. Im Blütenschnee der Kirschalleen, unter dem Kerzenglanz der Roßkastanien verbergen sich die neuerbauten Manufakturen. Unter der Pracht von Rosen und Flieder liegt das Gebein der im Betrieb zu Tode Gemarterten.
Achtzehnstündiger Arbeitstag! Finkenlocken, Amselgesang übertönen kraftlos gewordene Flüche. Die Singdrossel überflutet laut das matte Husten von Kindern, die nicht mehr schlafen, von Mädchen, die nicht mehr lieben, von Burschen, die nicht mehr werben, von Webern, die nicht mehr weben, von Bauern, die nicht mehr ackern ... Sie alle sind zu müde. Sie schlafen immerwährend, weil sie niemals schlafen. Und wenn einmal ein Blick von ihnen wach die Welt durchforscht, sieht er nur Peitschen, Kerker, Kettenschlösser, Galgen.
Man sieht nicht mehr den Bruder neben sich. Seit Weber und Bauern vom Hochwasser in die Fabriken gespült wurden, herrscht Angst um jeden Arbeitsplatz, irrsinnige Angst, vollends zu verrecken.
Auf den flimmernden Stein neben Nördlingen fällt etwas Unförmiges. Er wendet den Blick, aufstehend, die geschlossene Mappe unter dem Arm: eine kleine Amsel liegt auf dem Stein, den Schnabel noch zuckend aufgesperrt. Der hagere Mann hebt den Kopf, geht starr und stockgerade davon. Der Frühling macht ihn bis ins Mark der Knochen frieren. – Vor dem Haus der Rosenlaube steht Peter Wost. Er kommt dem langen Habichtkopf entgegen, lächelt seltsam bescheiden, wie es Künstler sind, die glauben, Werkzeug eines Schöpfers zu sein, der sich zufällig ihrer Hand bediente – bescheiden und doch glücklich.

Nördlingen packt Peter bei den Schultern, sieht ihn lange schweigend an. Dann fragt er, beinahe bittend: „Darf ich zu Ihrem Werk ein Vorwort schreiben?"
Peters Augen schimmern dankbar: „Ja. Ich will es stechen, sobald es der König gesehen hat."
„Der König? Wie?!"
Peter nickt: „Ich fahre nach Berlin. Niemand soll sagen dürfen, er habe nicht gewußt, was in den Bergen vorging. Verstehen Sie? Niemand!"
Nördlingen legt die Arme auf den Rücken. Er senkt den Kopf. Es könnte „ja" heißen, aber er hebt und senkt den Kopf ganz taktmäßig, – also ist es kein Ja. Es soll nur das harte Nein mildern. Nein. Da greift Peter den Zweifelnden an: „Als ich die Arbeit begann, wußte ich nicht, daß ein Mitglied der Akademie sie in Berlin vorlegen wird."
„Sie sind fest entschlossen?"
„Ich reise noch in dieser Woche. Jäkelsberg hat mich bereits an unsere Loge empfohlen. Es ist das erste und vielleicht das letzte Mal, daß ich die Brüder um einen Dienst gebeten habe. Ja, ich reise sofort, ich", und da lächelt er, „ich möchte auf Ihre Einleitung nicht allzulange warten, ich werde bald zurück sein."
Nördlingen zieht die Unterlippe in den Mund und kaut an ihr. Dann, da der andere sehr auf Antwort wartet, streckt er die Rechte aus:
„Sagen wir fortan du zueinander."

IV.

„Wieviel Uhr mag es sein?"
Rössler schnaufte von seiner Ecke her: „Elf hat's schon geschlagen. Verdammte Nacht!"
Er drehte sich auf der Strohschütte um, ließ einen lauten Wind aus dem leeren Gedärm und pustete weiter tief atmend vor sich hin.
‚Daß der schlafen kann', dachte Fiebig, ‚gestern hat er wach gelegen, zum ersten Mal in diesen zwei Monaten, heute

kann er schon wieder. Oh, der hat eigentlich nur einen Monat hier gesessen. Denn wenn man schläft, dann ist man ja überall frei!'

An der Tür watschelte der Wächter vorbei. Seine Laterne zog für Augenblicke helle Linien in die Tür, dort, wo die Bohlen aneinander gefügt sind. Wanzen dringen durch die Fugen und kalte Lüfte, die Hoffnung bleibt vor der Tür. Ihre Querbänder sind aus zölligem Eisen und stark verschraubt. Das ist wie mit dem Gitter am Fenster: Die Kälte, der Regen und der Gesang der Vögel haben dort Einlaß. Die Seufzer, die sehnenden Blicke können hinaus. Die Körper aber stecken in der gemauerten Grube. Noch ein paar Tage, und man wird den Frühling sehen. Und die Berge grüßen und viele Gesichter von Freunden, für eine kurze Wegstrecke ...

Er reckte plötzlich den Hals. Wieder durchschauerte es ihn, wieder stieg trotz der Nässe des Bodens glühende Hitze in seine Haut.

Zweiunddreißig Jahre bin ich geworden ... und zwei davon habe ich gelebt. Denn die als Kind und die am Webstuhl sind nicht zu rechnen. Rössler ist fünfzig. Der hat zwei Jungen, die an ihn denken werden. An mich wird Anita denken ... falls sie noch lebt. Dann werde ich vergessen sein. Aufrührer müssen mehr leisten als ich. Dennoch ... ein Anfang war wieder mal da. Schlafen sollte man – wie Rössler. Zumindest es probieren. Er streckte sich lang aus, zog den dreckigen Wollfetzen bis ans Kinn herauf und begann regelmäßig zu atmen. Er kam dem Schlaf sehr nahe, aber zuletzt floh er ihn immer wieder. Dafür wurden Bilder in ihm wach, oft zum Greifen klar: Anita, jung, mit runden Armen und fleischigen Hüften. Mit starken Schenkeln und einem gesunden Lachen zu jeder Tageszeit. Das war vor der Fehlgeburt ...

Unvermittelt setzte sich Rössler aufrecht:

„Du kannst auch ni?"

Rössler rieb sich die Handgelenke: „Es is ungewohnt jetzt ... so ohne Ketten. Die Glieder sind mir zu leicht.

Vorgestern noch, wenn du gelegen bist, da lagst du wie in den Boden gezogen." Dann murrte er weiter, nach einer Pause, während der er sich den Rücken kratzte: „Und erst war's umgekehrt ... vor dem Gerassel und dem Gedrücke war kein Schlaf zu finden. Ja, alles is Gewohnheit. Bloß diesmal wird's ni langen mit der Zeit, sich umzugewöhnen. Da werd ich also vor Müdigkeit dem Henker von der Leiter kippen."

Plötzlich spie er wütend in die Ecke, wo der Kotkübel stand. „Daß man ni einmal weiß, wo der den Knoten machen wird – Sauhund der!"

„Was denn?" Fiebig stützte sich auf den Ellenbogen.

„Nu, wie er gestern kam, uns das Genick auszurasieren – du warst gerade mit dem Posten im Gerede –, da hab ich's ihm gesagt, er soll ihn vornhin machen, den Knoten. Weißt du, da zappelt man ni erscht lange, da bricht's einem gleich die Wirbel im Hals. Aber die Henker von heutzutage sind so gemein. Er hat's versprochen zwar ... aber du bist ja machtlos, wenn er ni Wort hält."

„Ein schönes Gesorge hast du, Rössler. Sonst wär wohl nichts, he?"

Rössler pfiff gewichtig vor sich hin: „Sonst wär nichts, nee, Fiebig. Was ich vermanscht habe, das läßt sich nimmer ändern." Fiebig zog die Beine unters Kinn, bohrte den dünnen Hintern ins Stroh und blies den warmen Atem vorn in die Jacke. So wurde das Frieren erträglicher. Rössler schien weiterreden zu wollen, von dem, was unberührt seit diesen zwei Monaten zwischen ihnen lag. Aber Rössler brauchte viel Anlauf.

„Fiebig ... hörst du noch zu?"

„Natürlich höre ich. Rede nur."

Rössler pfiff wieder. Dann kamen die Worte langsam, stockend: „Ni viel zu reden brauch ich ... Wo du gedacht hast, ich schreib an die Liese, weißt du, – das war nur zum Schein. Geschrieben hab ich an den ‚Ersten Tag'. Das ist der Bund von uns in alten Zeiten und heißt ‚Es werde Licht'. Wir Bauern haben unsere Worte und Zeichen, die

niemand ni versteht. So hab ich's ihnen mitgeteilt: Sie sollen das ni wieder machen: Aufruhr, wo nur Rache rauskommt. Der lange Mensch, dein Freund, der Nördlingen, hat recht gehabt. Aber siehst du, man darf mir das ni so übel vermerken. So einem Aristokraten Glauben zu schenken – nu he! Die meisten sind doch und bleiben Verräter."
Fiebig wurde erregt: „Du hast vom Aufstand Lehren aufgeschrieben?" Rössler räusperte sich, es klang nicht ohne Stolz: „Ni bloß geschrieben, Fiebig – auch schon befördert. Ein jeder Mensch, der etwas auf sich hält, macht sich ein Sündenbekenntnis zurecht und danach ein Testament. Jeder auf seine Weise. Du brauchst's ni, ich weiß. Du hast die richtige Art befolgt. An dir lag's ni. Dein Testament is sozusagen, daß ich dich ins Unglück reingerissen hab, und du hast recht behalten vor allen einsichtigen Menschen. Das habe ich geschrieben und bezeugt im Brief. Und meine Leute wissen nu, was das heißt." Dann grinste er breit: „Der Pastor bringt's der Liese als letzten Gruß. Wenn er's liest, da klingt's nach Reue, nach nischt weiter. Nu he ... die Reue wird aus meinem Grabe rausstinken. Und eines Tages werden sie sich auch woandershin verziehen müssen, die reichen Schinder – so werden meine Lehren stinken."
Sein Mund klaffte lachend bis an die Backen. Der Schlaf war von ihm gewichen. Er fuhr sich übers Kinn:
„Wie das tut, was?! Erst muß man sich einen Bart wachsen lassen und hernach, zum Hängen, schaben sie ihn nach der Mode weg. Er fehlt mir richtig zum Kauen. Was meinst du, ob sie uns auch pudern werden zum letzten Gang?" Fiebig sah ihn groß an.
Der andere fühlte sich gemaßregelt.
„Na, soll ich etwa an Zuhause denken?! An die Liese? Daß sie vielleicht noch einmal tut heiraten? Nee, das wird sie mir ni antun! Und sie hat auch zwei Kinder. So eine nimmt sich keiner leicht, was, Fiebig?"
Die Stimme klang nicht sicher. Rössler seufzte laut, dann

wurde er fast flüsternd im Ton: „Was hältst du davon, Fiebig, wenn man den Aasgeiern ihren Spaß versaut. Ich meine ... ich hab so ein Stückel Blech hier ... schön kantig und an der Mauer scharf gewetzt."

Fiebig wand sich. Das Leben in ihm bäumte sich auf gegen jede Art, ausgelöscht zu werden.

„Hier", sagte Rössler. Fiebig fühlte den Druck am Handgelenk. „Hier schneidet man ein. Weh tut es überhaupt ni. Dann läufst du aus ... wirst müde und immer müder ... willst schlafen, nichts als schlafen. Was meinst du dazu, Fiebig?

Und an die Anita wirst du denken und ans Gebirge. Zuletzt, da kriegst du alles ganz deutlich vor die Augen. Ich weiß das, du ... ich lüge dir nischt vor. Ich bin beinahe verblutet mal. Richtig böse war ich, wie sie mich gefunden haben, und damals wollte ich gar ni. Freilich ... im Leben is es noch schöner. Aber wenn's nu einmal sein muß!"

Fiebig neigte den Kopf. Sein Widerstand fiel mit dem Wort Anita. „Soll ich?" Rössler kramte unter den Lumpen.

Eine fiebrige Wärme stieg in dem Gefangenen auf.

„Wir brauchen ni zu eilen, selbst wenn sie uns schon morgen hängen." Rössler rückte ganz nahe heran: „Ein guter Kamerad bist du gewesen, Fiebig, hast dich zu jeder Zeit für uns alle geschunden. Dem Schober vergeb ich ni. Er war ein Leisetreter, und siehst du, gerade den hat's auf der Flucht erwischt. Solche sollen ganz raus bleiben. Wer mag die ‚Vierte Bitte' jetzt leiten? Ach Gott ... die draußen!"

Fiebig lehnte den Kopf an die Steinwand. Seine Augen brannten: „Daß man zum Schluß doch immer wieder an den Aufruhr denkt, Rössler, immer wieder. Ich weiß, wenn es soweit ist, dann wird es ni Anita sein, was ich vor mir sehe. Sondern die rotgefärbte Leinwandfahne. Das weiß ich ... aber vielleicht, wenn ich es will, dann trägt Anita diese Fahne, runter von den Bergen, Hirschberg zu. Und es wird, es wird ..."

Er konnte nicht weiterreden. Rössler knurrte ihn an wie ein Hund, der tollwütig zu werden beginnt: „Halt dein Maul! Ich hab hier den verfluchten Scherben in der Hand – und jetzt zittern mir die Finger!"
Plötzlich sank er vor Fiebigs Füße, schluchzte auf: „Noch ni ... ich kann noch ni. Fiebig! Wo mir der Stenzel den Arm hat ausgekugelt, damals vorm Schloß, das tat ni halb so weh wie jetzt. Und damals war es ein richtiger Schmerz – jetzt is es ein Gedanke, das kann ich ni begreifen, daß ein Gedanke mich so feige macht. Erzähl das niemals einem Menschen, daß du den Rössler hast heulen gesehen."
Wie er hingesunken war, so unvermittelt erhob er sich auch wieder, atmete sich voll und grinste noch unter Tränen: „Dem Henker kannst du es ni gut berichten, daß ich so dämlich war. Nee, nee, den Tod begreift halt unsereins ni. Weil er keine Krankheit is, vielleicht. Weil's gleich vom Kerngesunden in die Kälte gehen soll, was? Nu ja ... das war halt Todesangst. Jedes Schwein hat welche. Warum auch ni der Rössler? Es is schon alles wieder in Ordnung ... bloß vorüber sollte die Sache endlich sein. Zwei Monate Tag für Tag drauf warten, das macht einen ganz albern, ni wahr, Fiebig?"
Fiebig, erbleichend, krallte die Finger ins Stroh: „Sie holen uns!"
Rössler reckte sich horchend: „Jetzt? Das kann doch gar ni sein?!" Fiebig blieb still.
„Wenn wir's nu mit unserm Scherben verpaßt haben? Nu, dann aufrecht, Fiebig, was? Sie hängen manchmal nachts jetzt, um kein Aufsehen umher zu machen ..."
Der Schlüssel fuhr laut ins Schloß, suchte torkelnd drin nach der Feder.
Der Riegel schnappte wie ein Schuß. Eine Laterne pendelte ihr Licht herein.
„Bitte gehorsamst, Herr Advokatus!"
Ein Riese trat ein – so sah es in dem trüben Licht aus, das ihn halb von unten beleuchtete und seinen Schatten über

Wand und Decke warf, den Schatten der langen schwarzen Robe und der Allongeperücke, die hochgetürmt, dreiteilig herniederflutete. Das fleischige Gesicht war kalkig gepudert, mit brennenden Backen, auf der Nase saß eine mächtige Hornbrille. Die Stimme, laut brummend, verlangte von der Wache beschützt zu werden. „Ruf Er noch seine Vertretung, verstanden! Ich habe keine Lust, mit zwei Schuften dieser Art allein zu bleiben.“

Der Wächter rief den Torhüter, der verbeugte sich: „Halten zu Gnaden, Herr, mehr Wache ist nicht zu dieser Stunde.“

Der Advokat brummte wie ein Bär. Fiebig konnte seine Augen nicht recht sehen. Sie schienen unsicher etwas zu suchen. Die große Perücke neigte sich zum Tisch unter dem Fenstergitter, packte die Reisetasche aus, stellte ein Tintenfaß zurecht, schnipselte an einer Feder, verlangte Wasser.

Der Wächter bückte sich hastig nach dem Krug, der mächtige Advokat setzte ihn an den Mund und schluckte so gierig, als habe er drei Tage durch die Wüste wandern

müssen. Den Rest des Wassers schwappte er auf den Boden, das meiste mitten in die aufgesperrte Reisetasche.
Rössler wollte gerade darüber grinsen, da ... stockte ihm der Atem. Fiebig bekam stiere Augen, die Wächter schrien laut vor Entsetzen: aus der Tasche quoll brodelnd Dampf, dichter, immer dichter ...
In wenigen Sekunden war die Kerkerzelle ein graugelber Qualm.

V.

Der Frühling geht dahin, es will Sommer werden. Elisabeth liegt im offenen Fenster. Der Morgen steigt vom Horizont her auf, das Firmament beginnt sich rot zu färben. Seit einer halben Stunde schon singen die Vögel, es ist kein Laut sonst in den Lüften.
Aus den Gründen steigen Nebel, aber der Kamm liegt ganz frei ... ‚Dort oben standen wir. Bei der Laurentius-Kapelle über dem furchtbaren Aupakessel, dem herrlichen ...'
Es will Sommer werden. Auch hier oben. Unten im Tal ist längst Sommer. Die Ährenfelder wogen blaßgrün im Morgenwind. Bald werden sie gelb sein, reif zum Schnitt.
„Wenn die Felder reif sind, bin ich zurück!" hat Peter geschrieben. Warum mußte er gehen? Jeder Tag ist verloren, jede Nacht ohne Sinn.
Elisabeth setzt sich. Sie kann nicht mehr schlafen, sie ist noch nicht wach. Nur träumen kann sie jetzt.
Kühl ist der junge Morgen. Sie wickelt sich um das Nachtgewand den Orenburger Schal – und lächelt. Sie hat ihn einmal ohne Nachtgewand umgetan, und Peter war blaß geworden. Wie mag es ausgesehen haben, das Gespinst und die Haut? Man weiß nie genau, was der andere sieht. Auch nicht, was er hört oder fühlt. Man weiß es nur ungefähr. Das macht eigentlich das Glück, daß man unerhofft in das Zentrum des anderen gerät. Urplötzlich ist man untrennbar geworden.

Man erträgt dann wieder das Alleinsein. Man ist einsichtig, man verlangt nur das Mögliche.
Elisabeth durchwandert ihr Leben. Morgen für Morgen sitzt sie am Fenster und träumt, bis ihr die Träume in die Augen steigen, träumt von der Sonne, vom Leben selbst, dem heißgeliebten Leben, das möglich wurde.
Von der Straße her winkt ein Reiter. Natürlich Nördlingen. Wie weit man den Hufschlag hört! Sie winkt zurück. Dann geht sie ins Zimmer.
Fast jeden Morgen kommt Nördlingen, und er weiß, daß er früh kommen darf, besonders früh, wenn Post gekommen ist. Er ist ohnehin zum wilden Reiter geworden. Niemand weiß, was ihn umhertreibt. Elisabeth denkt manchmal, es sei wegen Antoinette. Man weiß nicht, was Klatte ihr angetan hat. Sie kann nicht davon sprechen. Krämpfe schütteln sie, sobald an diese Wunde gerührt wird. Schwere Krämpfe, in denen sie irre redet von Jesu Leiden und höllischen Visionen, von Entsagung, Völlerei und Blutrache. Die Herrnhuter halten sie für besessen. Es fehlt nicht viel, und Pastor Krämer verschreit sie als Hexe. Sie kommt auf ihn zu sprechen und Nördlingen schmunzelt:
„Der eine ist der Feuerlöscher beim andern. Ich habe gestern den Prälaten in Hirschberg besucht. Er betet zu allen Heiligen, daß die Evangelischen endlich eine Hexe brennen möchten. Dann würde das ganze Gebirge katholisch. Und dabei hat er unsäglich geblinzelt: ‚Hexenzeiten sind das! Misere mei Deus! Krummhübel ist ein offener Eingang zur Hölle – ein Blocksberg in Permanenz. Dort wird gezaubert und beschworen, daß der Gottseibeiuns vor Wonne kreischt. Ging das mit rechten Dingen etwa zu bei der Entführung? Und dabei gibt es Brüder unter uns, die schwellen auf vor Aufklärung. Den Berggeist halten sie für existent, den Teufel für ein Vorurteil‘!“
Elisabeth lacht schallend. Nördlingen hat den Ton des Prälaten so täuschend getroffen, daß sein Kopf plötzlich ganz feist aussieht.

„Was meint er denn mit der Entfuhrung?"
Das Prälatengesicht wird wieder hager und scharf. „Oh, eine kuriose Geschichte, sie wird dich aufregen, Elisabeth."
Sie schaut beinahe ängstlich zu ihm auf. Aber da lacht er ebenso schallend wie sie vorhin: „Nein, eine gute Geschichte! Der Berggeist sei gesegnet oder unser braver Musäus, der diese Geschichte beschrieben hat, ehe sie passiert ist. Zu Hirschberg in Schlesien! An zwei armen Sündern, die, des Aufruhrs bezichtigt, schon des Henkers harrten ..." In sein lautes Deklamieren fragt sie verängstigt: „Sprichst du von Fiebig und Rössler?"
„Von denen", ruft er begeistert. „Warmbrunn ist außer sich. Der Nostitz tobt nicht mehr, er ist dem Irresein nahe, desgleichen die Gräfin. Er vor Wut, sie vor Schadenfreude. Er türmt Akten für Akten, sie schreibt Dutzende von Briefen und sendet sie in alle Welt!"
Dann endlich, als sie ihn festhält, auf die Bank zwingt, als sie fleht, ihr doch nicht die Nerven zu zerreißen, berichtet er sachlich, soweit das möglich ist: „Man weiß nur den Tatbestand genau. Ein paar Tage vor der Hinrichtung, mitten in der Nacht, kommt ein königlicher Advokat in Sondermission und wird zu den Verurteilten geführt. Danach findet man zwei Rüben im leeren Kerker. An die Wand ist ein großes Pentagramm gemalt, so ein fünfzakkiger Stern. Die Wächter liegen, anscheinend sinnlos betrunken, irgendwo auf dem Gang. Als sie vernehmungsfähig sind, erzählen sie, der Berggeist sei als Advokat gekommen und habe alles in die Luft gesprengt. Die Untersuchung ergab, daß sie nicht betrunken waren."
Elisabeth hört nur eines: Fiebig und Rössler leben. Ihre Augen wandern ins Tal, Hirschberg zu, dann hinauf in die Berge. Ein glückliches Schauern geht über ihre Haut: „Das wird Peter freuen." Nördlingen lacht sie an, dann räuspert er sich: „Um den Rössler wäre es nicht so schade gewesen, obwohl... hm..." Sie springt ein: „In manchem Räuberhauptmann steckt ein weiser Herrscher." Er nickt

langsam vor sich hin: „Ja, im Grunde hat wohl jede Dynastie einmal auf diese Art begonnen. Die Zeit für Ritter und Räuber ist nur vorüber. Die Menschheit ist urdemokratisch – nur Philosophen können Zukunftsstaaten leiten. Im übrigen glaube ich fast an den Berggeist als Advokaten. Die Wächter haben in ihrer Angst eine Geschichte erzählt, die als Sage bekannt ist. Und nichts ist glaubhafter fürs Volk als eine Sage, die sich vor seinem Auge repetiert. Ich bin so ein Stück Volk!"

Er lacht trocken, ist nicht mit sich fertig. Irgendwie sind seine Gedanken auf etwas anderes gerichtet. Elisabeth denkt abermals an Antoinette. Der Mann leidet, sie muß ihm helfen, sowie er wieder da ist mit seinen Augen. Um ihn zurückzubringen, fragt sie leise nach der Post. Er entschuldigt sich, greift in die Rocktasche.

Sie legt das große Kuvert aus Bütten auf den Gartentisch. Sie sieht sogleich, daß auch Nördlingen einen Brief von Peter hat. Er teilt gern, was er zu berichten hat, zwischen ihr und dem Freund.

Der will jetzt – wie gewöhnlich – vorlesen. Sie aber legt die Hand gleich auf die seine: „Die Schrift bleibt uns. Ich muß dich etwas bitten!" Er hält erstaunt vor ihrem Ernst inne: „Jetzt?"

„Ja, jetzt! Dich hat ein seltsames Fieber gepackt – von der Seele her. Kann ich dir helfen?!"

Wie sie teilnehmend fragt, verschwindet die leichte Ironie, die seine Mundwinkel bereits schmal gezogen hat. Er ist ehrlich verwundert:

„Sieht sich meine Seele so nach Hilfe um?"

Sie nickt. Ihre großen Augen scheinen etwas zu wissen.

„Das Mädchen wird dir noch entgegenblühen wie eine Sommerrose. Man muß nur warten. Ich habe ja auch nicht vergeblich gewartet."

Er packt ihre beiden Hände und küßt sie abwechselnd, aber nicht, als habe ihn das Mitgefühl ergriffen. Elisabeth spürt rasch, es ist der Dank fürs Menschliche schlechthin. Und schon lacht er sie an: „Glückliche Tage, die dich so reden

lassen – so sorgen! Wir atmen dieselbe Luft und bewohnen das gleiche Bergland ... und wandeln doch in zwei Welten."
Er runzelt die Stirn: „Nein, nein, der Nördlingen hat keine Arkadien der Liebe ..." „Und dennoch lebt er wie im Rausch? Ich sagte vorhin dafür Fieber!"
Da steht er aufrecht, reckt Arme und Beine zu ihrer schier übernatürlichen Länge, spannt die Finger, preßt sie zu Fäusten ... und entspannt sich wieder: „Fieber, ja Rausch? Sehr gut. Die kleine Antoinette bedarf der Zeit. Vielleicht wird sie einmal", er lacht pfiffig, „was du jetzt bist. Dann werde ich noch ein paar Jahre Zeit für sie erübrigen, hoffe ich. Und dennoch – Fieberrausch! O ja, er kommt aus der Erde, schwelt aus den Wäldern, stürzt aus den Regenwolken, strahlt vom nächtlichen Firmament."
Er sieht, wie sie verwundert aufhorcht, und fährt mit der ihm eigenen Begeisterung fort: „Ich bin nun ein Leben lang umhergeirrt, das Tor in eine bessere Welt zu suchen – und habe jeden Irrweg genau beschrieben. Es gibt sie doch in Träumen, die bessere Welt!"
Er beugt sich plötzlich vor zu ihr: „Nichts ist noch je geworden ohne Träume, verstehst du? Nein, du verstehst es nicht. Auch Peter hat es bisher nie verstanden, obwohl ihr beide herrlich zu träumen vermögt." Nun steht er auf, geht umher, als müsse er die Worte mit den Beinen sich erlaufen. Seine Stimme wird hart:
„Es gibt die hirnverbrannten Träume, die hirnverbrennenden, die jeder kennt. Sie sind es, die das Traumland in ein Narrenhaus verwandeln. Man träumt lieber nichts mehr und ist dann jederzeit im hellen Tag, so wie der Blinde jederzeit in Nacht gehüllt ist. Und doch: der Traum allein verändert die Materie. Der Traum des Weisen ebenso wie der Traum des einfachen Mannes."
Er hält inne, denn er sieht, daß sie in Verwirrung gerät, und sie fragt forschend: „Du meinst im Ernst, daß jeder Traum die Welt verändert?" Er nickt eifrig: „Den Träumenden bereits! Den zuerst! Und dann beginnen sich die Träume

einzureihen im Äther nach ihrem Gewicht. Sie steigen und versinken, vernebeln und ballen sich zusammen, toben in Gewittern untereinander. Und die klaren unter ihnen siegen und verändern das All."

„Dann könnte alles, was man träumt, zur Wirklichkeit sich formen?" Er sieht sie froh an: „Ja. Nur die Kraft des Traumes entscheidet über das, was wird."

„Und woher", fragt sie, sich ereifernd, „kommt die Kraft?"

Er lächelt sarkastisch: „Gerade davon träume ich."

Er will mich foppen, denkt Elisabeth, und das verstimmt sie. Indes fährt er fort, nicht minder erregt und als müsse er das Gesagte besonders beteuern: „Der Berggeist ist ein Traum so voller Kraft, daß er zur Wirklichkeit sich formt. Reden wir genau: bisher war alles deutbar an ihm. Aus Angst und Schwäche, Wünschen, Flüchen und derlei ist der Traum von ihm entstanden, verworren, närrisch, manchmal ganz sinnlos. Doch ist er deutlich von Anbeginn ein Helfer aller Armen gewesen, aus Traum und Kraft ist er Materie geworden, ich weiß nicht, wie. Die Dämonen der Neger fahren mitunter in die Tiere, warum soll dieser Berggeist nicht in einen Advokaten fahren?"

Sie lacht mit ihm: „Du redest jetzt mit Absicht dunkel. Du erfreust dich am Gruseln, das Warmbrunn überfallen hat."

Nördlingen bestätigt: „Ich rede dunkel, aber nicht mit Absicht. Ich wollte, es wäre hell in mir. Der Nostitz glaubt an eine Bande von Verbrechern, die sich den Aberglauben als Deckmantel umgehängt hat. Das klingt zwar sehr aufgeklärt, nur bleibt die eigentliche Kraft nicht minder dunkel in ihrem Ursprung und Ziel. Denn wie ein Feuersignal ist die Kunde durch die Dörfer gerast, durch die Friedhofsruhe der Manufakturen: Fiebig und Rössler sind frei. Sie konnten nicht gehenkt werden, sie stehen unter einem Schutzgeist, der noch gewaltiger ist als die Grafen Schaffgotsch und die Obersten der preußischen Regimenter. Fiebig, der Sieger von Hermsdorf, war längst ein Symbol

für die Armen geworden. Wenn Fiebig noch wäre ... wenn so einer wieder käme! Und nun ist er auferstanden. Siehst du, davon kommt all meine Unruhe jetzt, mein Fieber, wie du es nennst. Ich muß ihn suchen ... denn die Schlafenden beginnen zu erwachen. Das Gebein regt sich im Leichenfeld. Jetzt muß man sie alle lehren, die wüsten Phantasien auszutreiben wie Teufel, und man muß Kraft und Ziel in sie einsenken, lebendigen Odem in Erdenklöße!"
Er lacht plötzlich über sich selbst: „Elisabeth, begreife doch! Ich stehe mitten im Erkennen, das treibt mich wie im Rausch umher. Ich träume wachend, und das heißt zugleich: ich wache über meine Träume. Damit sie schwer werden, reif und voller Klarheit!"
Er sieht sie ernst an: „Es gibt nur einen Rausch noch, den ich liebe: den Rausch des Sieges."

VI.

Dann brach er den Brief auf, nach kurzem Überfliegen begann er vorzulesen:
„Es ist die vierte Woche, lieber Freund, daß man mich hinhält. Noch eine will ich aushalten, dann glaube ich mehr als meine Pflicht getan zu haben. Dann kehre ich zurück, ohne daß mir der König zu Gesicht gekommen wäre.
Bin ich ungerecht und bitter? Ich habe übergenug von den Logen. Nichts da von Weltbürgertum! Nichts da von Humanität! Nichts da von einiger Bauhütte! Im Gegenteil, es gibt Logen, die nur noch Edelleute aufnehmen, andere wieder verweigern den Juden den Zutritt, ich mag kein Wort mehr berichten, ich berichte ohnehin meinen eigenen Zusammenbruch.
Und was für einen, Freund! Ich wurde nicht umsonst Mitglied der Akademie. Es war der Brüder Werk, um mir hier – und wer weiß, wo noch – Eingang in Kreise zu verschaffen, an denen ihnen etwas liegt. Seit ich nun hier bin, bombardiert man mich mit Briefen von Hirschberg aus: Lambrecht wünscht in Regierungsdienste zu treten,

Schröder will Hoflieferant werden, Klatte sucht Erweiterung der Wasserprivilegien. Für alle war ich erfolgreich, am meisten für Jäkelsberg. Die Gründung eines Hilfsfonds für arme Weber – als ob es reiche gäbe! –, die er mir aufgetragen hat, wird ihm den Wappenbrief eintragen.

Was soll ich sonst noch beschreiben? Berlin ist von allen Städten, die ich bisher sah, die widerlichste. Und ich sah gründlich! Alle Narrheit ist hier daheim: Pietisten, Herrnhuter, Inspirierte jeder Art. Kein Kult des Altertums, der ausgelassen wäre. Man bannt und reizt die Geister, man zaubert und betrügt die Umwelt und sich selbst.

Selbst die Unzucht ist hier ohne Reiz, die Bordelle sind monopolisiert, zwölf bis fünfzehn an der Zahl. Sie reichen aus, weil jedermann, gleich welchen Standes, hier ohnehin noch kuppelt und überdies der Austausch ehelicher Gattinnen mit einer Kaltblütigkeit geübt wird, die in unserem Erdteil ohne Beispiel ist. Erzähle nur Elisabeth: Paris ist eine prüde Stadt, gemessen an diesem Berlin.

Die etwa hundertfünfzigtausend Einwohner sind nicht imstande, ein gutes Theater zu erhalten. Die Schauspieler hungern. Ich habe mir den Musentempel angesehen. Einen erbärmlicheren Ort zur Pflege der Kunst sah ich noch nie.

Schmutz und Unrat bedecken die Straßen. Bei Regenwetter bleibt man in dem Kot der engen Gassen – Hirschbergs Altstadt nicht unähnlich – einfach stecken. Doch Hirschberg ist schließlich keine Residenz und hat Bergluft. Hier riecht alles nach Fäulnis, man wird ganz krank. Die meisten Stadtviertel sehen dörflich aus mit elenden Hütten, wüsten unbebauten Plätzen, auf denen der Abfall modert. Der Dönhoffplatz wimmelt von Trödlerbuden, deren Ware meist von Einbrüchen stammt.

Völlig verwahrlost ist die Jugend, sie wächst heran frech, unwissend und roh. Die Eltern wissen sich oft keinen Rat, als die Mißratenen dem Militär zu verschreiben. Wer etwas auf sich hält, parliert französisch und will nicht als Berliner gelten.

Die Hausvogtei wimmelt von bankrotten Leuten, und der Selbstmord unter den Geschäftsinhabern ist eine alltägliche Sache. Jeder lebt in Pracht und Prahlerei, solange ihm ein Mensch was borgt. Ganz allgemein heißt es, es lohne nicht, unter diesem König zu arbeiten: Die Steuern fressen alles, und die Beamten sind Ausländer.
Furchtbar in seinem Elend ist Potsdam. Es gleicht darin fast unserem Gebirge. Leute, die Vergnügen lieben, wagen nicht, es zu betreten. Die Vororte der Manufakturarbeiter – verwahrloste Holzschuppen – werden von meist halbnackten Menschen bewohnt. Ein ständiges Wimmern nach Brot liegt über den Quartieren, durch deren Gassen die Kinder wie lebende Gerippe kriechen. In summa: Bankrott, Betrug, Unterschlagung, wo man nur hinsieht. Die Gefängnisse sind voll von allen Ständen.
Ich selbst verkehre in gehobenen Bürgerkreisen, den letzten, die etwas solide anmuten. Ihr solltet hören, wie man hier vom König zu sprechen wagt. Kein Mensch liebt ihn. Der Adel wartet nur auf seinen Tod, und auch der Bürger ist überzeugt davon, daß ihn der König ruiniert hat. Von den anderen Ständen will ich schweigen. Wo sich der Landesherr zeigt, gibt es nur eine Frage: ‚Sieht er sehr krank aus?'
Das ist die Hauptstadt Preußens! Das ist die Residenz des ruhmreichsten Fürsten Europas! Das ist ein Volk, zu dessen Nutzen er Schlesien erobert hat! Es pfeift auf diesen Nutzen, es flucht der glorreichen Armee, es haßt die Generäle!
Das ist Berlin! – Und das Land! Man sagt, wir bewohnen den ärmsten Teil und den rebellischsten. Über den Aufruhr ist man hier gut unterrichtet. Die Bürger halten allerdings dafür, daß mit Gewalt einstweilen noch nichts auszurichten ist. Doch das Volk in den Elendsquartieren ist anderer Hoffnungen voll. Als die ersten Nachrichten aus Hirschberg und Warmbrunn eintrafen, hat es Zusammenrottungen gegeben. Der Name Fiebig war in aller Mund. Die Aristokraten erklären, er sei von Habsburg bestochen

gewesen. Die Armen halten ihn für eine Art Erlöser. Man sagt mir, daß, als in jenen Tagen Schillers ‚Räuber' gegeben wurden, ein Teil des Publikums in Ovationen für Karl Moor ausbrach und schließlich schrie: ‚Es lebe Fiebig!' Daß er tot ist, darüber blutet den Armen das Herz. Das meine blutet mit. Die Kabinettsordres, soweit sie in den Gazetten stehen, tun dar, daß überall das Land in Gärung ist. Gesellenvereine werden verboten, die Bauern vor Aufwieglern gewarnt. Wer eine Waffe hat, wird eingesperrt. Die Zeitungen stehen unter scharfer Zensur, die Festungen sind überfüllt mit Sträflingen, die nichts als ihren Unmut über die Regierung laut werden ließen. Ich schließe, lieber Freund, mit einem Satz von Winckelmann, den man mir kürzlich zeigte:
‚Mein Vaterland', schreibt er, ‚drückt der größte Despotismus, welcher irgend erdacht ist. Ich denke mit Schaudern an dieses Land, es schaudert mich die Haut vom Kopf bis zu den Zehen, wenn ich an die Schinder der Völker denke.'
Inzwischen haben sich Elend und Not, Frechheit und Raubgier unermeßlich gesteigert. ‚Je schlechter es dem Staate geht, desto eher wird er Krieg führen.' Dies ist das unverschämte Dogma der alten preußischen Junker, das sie zu jeder Tageszeit verkünden. Nirgends zeigt sich Hilfe vor ihnen. Der Korporalstock schlägt selbst toten Mündern noch die Zähne ein. Verzweiflung, wo man hinsieht, und Haß, ein abgrundtiefer Haß. Ich hoffe auf die Jugend, nur noch auf sie!"
Nördlingen wog den Brief in seiner Hand. Elisabeth war rasch mit dem ihren fertig. Es waren weit weniger Zeilen, aber sie prägten ihr Gesicht in lauteres Glück um.
„Zwei Naturen sind in ihm", meinte sie kopfschüttelnd.
„Beides schreibt derselbe Mensch", bekräftigte er, „von zwei verschiedenen Ebenen aus. Der Aupakessel zeigt von der Koppe auch ein anderes Bild als vom Tal aus."
Sie nickte nur, streifte dann gleichfalls alles Quälende von sich ab und lächelte:

„Liebe macht glücklich, nur Liebe!“
„Haß macht jetzt gründlicher glücklich“, antwortete er. Sie furchte die Stirn:
„Willst du mich warnen? Wovor denn?“
Er stand auf: „Du hast doch nach Agnetendorf gewollt. Komm! Ich habe ein Pferd im Kretscham bestellt.“
„Antworte mir erst!“
Aber sie stand doch auf: „Ich will das rehbraune Reitkleid anziehen, inzwischen überlege es dir.“

VII.

Er sah in die Wolken, die weiße Figuren in das Blau des Himmels zeichneten. Es waren zersprengte Wolken, die irgendwo im Norden oder Westen Deutschlands als schwarze Gewitter getobt hatten. ‚Bis Polen werden sie noch segeln, dann sind sie völlig aufgelöst. Sie werden nicht mehr am Himmel wandern, ihr Schatten nicht mehr auf Erden.‘
Die Pferde wieherten und hatten anfangs Lust, ständig zu traben. Doch die Sonne brannte schwül, und die Pferdeschwänze fegten rechts und links nach Dasselfliegen. Die Wiesen waren so mit Blumen überladen, daß sie in Schichten wuchsen: zuunterst breite grüne Gräser, dann ein rosa Gewebe mit Glockenblumen violett durchtupft, darüber in weißen Schleiern die Dolden der wilden Möhre und des Kümmels.
Kohlweißlinge und Perlmutterfalter, leuchtende Pfauenaugen dazwischen, torkelten durch den Honigduft.
„Wovor willst du mich warnen? Vor dem Glück, das man Liebe nennt? Ich weiß, wie glücklich Haß macht.“
Er klopfte den Hals des Gauls, wandte sich ihr dabei zu: „Du willst es nicht wahr haben, und vielleicht gilt es nicht für dich. Mitten im Elend der Täler blüht dir das Glück … bei geöffneten Augen. Ich weiß, du siehst alle Not, du leidest und linderst mit. Aber du kannst nicht mehr hassen. Das habe ich gegen deine Liebe. Ein Kontinent lernt end-

lich hassen, furchtbar und fruchtbar! Und bei dir wurde alles ..."

Sie sagte still: „Du hast recht, ich kann nicht mehr hassen."

Er faßte ihre Augen, forschte unerbittlich: „Auch nicht den Bischof von Reims?" Sie wurde kreideweiß, ließ die Zügel fahren, und das Pferd stand. Dann senkte sie den Kopf, daß die Locken nach vorn flossen. Er hielt auch an, streckte den Arm aus, zog ihren Kopf in die Höhe. Sie sah ihn an, mit überweit geöffneten Augen, die doch immerwährend versuchten, an ihm vorbei zu blicken.

„Sieh, den solltest du weiter hassen und alle, die mit der Liebe Handel treiben, die selbst das Herz für eine Ware halten. Die meisten Menschen lieben viel zu wenig – du liebst zu viel."

Die Pferde waren dicht nebeneinander, der Weg war nicht mehr breit. Nun sprach sie wie befreit:

„Ich rede nicht, ohne zu wissen. Von Aphrodite und Dionysos verlangte ich das Letzte. Sie gaben, was sie zu geben vermögen: je mehr sie einen sättigen, desto näher ist man dem Hungertod. Und vor dem Tode hatte ich Angst. Jesus war das zweite große Lieben, daß mich erfüllt hat. Es ist katholisch, so zu lieben – auch bei den Evangelischen. Höre, Nikolaus von Nördlingen, das sagt dir eine Frau, die jede Art der Liebe kennt: man kann nur Menschen wirklich lieben. Es ist auf den Tod gefährlich. Aber die Liebe zu Gott oder zur Schönheit bleibt das Wesentliche schuldig: die Erde. Die Erde ist unser Glück und Grab."

„Amen", sagte Nördlingen. Sie hatte noch mehr Ironie befürchtet. Aber er lenkte ein: „Wir wissen sicher nur, daß sie uns glücklich macht, die Erde. Ob sie uns tötet ...!?" Er zuckte mit den Schultern: „Man weiß nicht einmal, was Schlaf ist. Die Todesangst kann dir kein Heiland nehmen, noch eher nimmt sie dir die Wissenschaft. Vergiß auch nicht, die Todesangst ist nur ein Teil der Lebensangst. Wer erst begriffen hat, was Leben heißt, verliert bald die Angst in jeder Form."

„Ja“, bestätigte sie, „ich habe nur faule Prasser gekannt und einen davon geliebt. Es ist mir miserabel bekommen. Jetzt liebe ich einen, der arbeitet, und das Glück hat mich überflutet, und die Angst ist in ihm ertrunken.“
Da hielt er an. Vor ihnen lag Agnetendorf mit seinen Wäldern. „Dort habe ich deinen Peter zum ersten Mal gesehen. Dort hat er zu leben begonnen.“
Er sah sie wieder an: „Ich weiß sehr wohl, was Leben bedeutet. Es fiel mir nicht leicht, den Eckertsberg zu töten. Und noch viel schwerer war es, aus dem Schloß zu schießen. Im übrigen“, er drückte die Schenkel gegen die Rippen des Gauls, „fragt man jetzt am besten wohl den Fiebig.“
„Bleib hier“, bat sie, „ich will nicht in das Dorf.“ Sie schwang sich federnd aus dem Sattel. „Ich will Agnetendorf von hier nur sehen. Er war dort glücklich – ohne mich! Schlimmer: mit jener Käthe! Schüttle nicht den Kopf, er war mit ihr glücklich.“ Sie versuchte zu lächeln: „Ich hätte nie gedacht, daß eine so erfahrene Frau noch eifersüchtig sein kann, gar auf Vergangenes.“ Dann, völlig hilflos: „Nikolaus, hast du schon jemals so geliebt?“
Er sah sie ernst an: „Ich liebe so.“
„Oh, dann weißt du auch ...“
„Ja, ich weiß auch! – Ich liebe die Unterdrückten. Man ist eifersüchtig. Zum Beispiel auf Gott, den viele Arme lieben. Und vor Liebe haßt man, zum Beispiel die Klattes.“
Sie wunderte sich: „Ist das auch Liebe?“ Da füllten plötzlich Tränen die kalten Habichtaugen: „Es ist Liebe, tiefste Liebe. Du kannst sie messen an meinem Haß, wenn nicht an anderem.“
Sie ging scheu zur Seite und verhielt den Atem. Er stand in den Anblick des Tals versunken. An einem Quellengeriesel fand sie Vergißmeinnicht, ganz dunkelblau, wie sie noch keine gesehen hatte.
Sie begann zu pflücken und dachte: Blumen hat er mit Käthe nicht pflücken können, denn es sind Eisblumen und weiße Blütensterne aus Schnee gewesen. Aber auf diesem Waldweg ist er wohl mit ihr gegangen. Bis nach Hause. Und

dann hat sie ihre Hand über seine gleiten lassen, und er mag dabei das stille Hinschmelzen aller Einsamkeit unter dem sanften Druck ihrer Finger empfunden haben.
Sie schüttelte sich heftig, sah hinauf in die Baumwipfel nach dem Himmel und schalt sich dann: er muß das alles längst bei mir vergessen haben. Sonst muß ich meine Liebe steigern, bis sie jedes Ehemals in ihm überwunden hat, wie diese dunklen Fichten hier das Unterholz.
Der Kopf sank abermals zum Quellrand, gequält von ihrer Eifersucht. Da kam ihr endlich dieses in den Sinn: ‚Ich muß jeder Kreatur danken, ja, danken, die ihn jemals beglückt hat. So ist es: Käthe, wo du auch sein magst, ich danke dir!'
Mit geneigtem Kopf sah sie, wie ein Zitronenfalter sich auf die Blüten setzte, fächelnd tänzelte, sich in den Strahlen des Sonnenflecks am Bächlein spreizte. ‚Peter, warum siehst du das nicht! Die lebendigen Farben des zarten Pastellgelb auf dem tiefblauen Samtgrund! Diese Blüten sind ruhende Träume, die Falter fliegende, die die Erinnerung mit sich fortnehmen. Peter, sieh doch; es ist so schön, daß du es von Berlin her sehen müßtest!'
Plötzlich wirft es sie steil in die Höhe. Ihre Hand fährt an die rechte Brust. Es ist ihr, als habe ein Donner den Wald erschüttert. Brennender Schmerz steigt in ihren Lungen auf. Dann steht Peter vor ihr, sie wirft ihm die Arme entgegen, sinkt auf die Knie, schließt die Augen, reißt sie noch einmal auf: da ist Peter weg; und ein Gnom – graue Lappen und zwei stierende Augen – entblößt ein paar Zahnstummel, schreit auf und rast davon.
Nach einer Weile kommt er zurück und ist sehr sanft zu ihr. Daß Gnomen so sanft sein können?! Sie will ihn freundlich ansehen, da ist er zum dritten Mal verwandelt, ist jetzt Nördlingen, der etwas fragt.
Es ist schwer zu verstehen. „Schmerzen? Ich? Nein. Oh, warte: Doch! Wenn ich mich drehe." Sie schließt wieder die Augen.
Nördlingen sieht, wie jetzt auch aus dem Mund ein feines

Blutrinnsal läuft. Er geht ein paar Schritte zurück zu einem Bündel, das am Waldrand wimmert. Er hat den Wilderer eben abgefangen, als er über den Weg sprang. Jetzt zerrt er ihn in die Höhe:
„Verstecke dein Gewehr – für bessere Zeiten und bessere Schüsse. Verstehst du! Ich reite schnell ins Dorf, du hältst einstweilen Wache." Wiesenhütter jammert: „Herr, Herr! So braun wie ein Reh – und gerade das gute Fräulein!"
„Pack dich jetzt, Alter", knurrt Nördlingen grob. Der küßt plötzlich dessen Stiefel, erntet Hohn: „Jede Minute solcher Narrheiten kostet Blut!" Und da er noch nicht aufhört, packt Nördlingen den sich Anklammernden am Zopf, reißt ihn nach hinten und jagt davon, ehe Wiesenhütter den Schmerz recht spürt. Der Alte steht torkelnd im Wald. Vor ihm, über dem Bach, jagt eine Libelle nach einem Zitronenfalter. Der Falter steigt senkrecht empor, hoch über die Wipfel.
‚Wie eine Seele', denkt der Alte. Es wird ihm eiskalt.

VIII.

Der Wind geht über die Stoppelfelder, ein leiser heißer Wind. Er führt den Geruch von Staub und trockenen Sommerblumen mit sich. Es ist sehr früh noch, aber die Glut des vergangenen Tages hat die Erde so erhitzt, daß man die Morgenkühle gar nicht wahrnimmt. Trockenes Pulver sind die Wege, grau bepudert ist das Laubwerk. Am Wegrand steht die Schafgarbe, herb duften ihre weißen Dolden.
Der sommerliche Hahnenfuß wuchert ellenhoch. In den steingefüllten Betten der Bäche sind die Königskerzen aufgeschossen, fast mannslang ragen ihre Stengel empor und leuchten den Pfauenaugen und Trauermänteln.
Peter trabt die Straße nach Hirschberg hin. Er späht vergeblich nach Wolken. Der Kamm hinter ihm gleißt dunstig: es wird heiß bleiben.
Ein roter Ziegelbau seitlich: die neue Manufaktur. Weit

größer als die verbrannte. Verbrannt sind damals auch die alten herrlichen Bäume um sie herum. Junge Bäumchen an starken Pfählen, mit rundbeschnittenen Kronen, stehen vor dem Eingang.

Als Peter vorbei will, winkt der Kontorvorsteher: „Zu Gnaden, Herr Wost ... Habt Ihr Herrn Klatte nicht gesehen? Er läßt uns seit vorgestern warten."

Peter will einfach weiter. Was geht ihn das an! Aber der Mann blickt angsterfüllt zu ihm auf. So sagt er wenigstens: „Ich will's in Hirschberg melden. Ihr scheint ihn sehr zu benötigen?"

„O je, Herr Wost. Nein, bitte sehr ... Es ist nur, weil er sich doch angesagt hat."

„Ihr schaut herum wie ein Huhn, über dem der Habicht schwebt. Ist was in der Fabrik in Unordnung? Heda, das Wasserrad wird doch nicht wieder eingefroren sein?!"

„Ach Herr, Ihr habt leicht höhnen." Der dicke Bauch wabbelt auf den dünnen Beinen, die hin und her trippeln. Die Strümpfe sind bis zu den Knieschnallen mit Staub bepudert.

„Ach Herr ..., wenn Ihr nur wüßtet, ein Pulvermagazin ist die Fabrik!"

Aber Peter winkt ab, höhnisch: „Man muß alles nur gut bewachen, mein Herr. Die Blinden hat man bei Euch doch wohl dazumal alle gehenkt?! Was besorgt Ihr noch? Das Militär liegt marschbereit in seinen Garnisonen. Die Arbeitsleute schuften achtzehn Stunden, die sind so müde, daß sie nicht einmal im Schlaf mehr fluchen können! Wenn sich noch etwas regt, dann höchstens der Embryo im Mutterleib: planlos."

„Nicht planlos, nur unheimlich", keucht der Schwitzende heiser, „sonst paßt das mit dem Embryo sehr gut, mein Herr. Schwanger ist das Gebirge. Man sieht von außen noch nicht das geringste. Wer aber etwas weiß, kann leichtlich prophezeien. Das regt sich und rumort in den Fabriken und Weberstuben wie Gewürm, das Balken benagt. Keine Unbotmäßigkeit ist mehr. Ich möchte hinzufügen, leider.

Sonst könnte man zufassen, den Wurm aus dem Gebälk ziehen. Dafür ist jetzt, Herr Wost, der Berggeist, ohne ihn reizen zu wollen, ist erschienen, um nach dem Recht zu sehen. Man könnte lachen, Herr, als Christ wie auch als aufgeklärter Mann. Der Berggeist wolle nicht, daß die Menschen achtzehn Stunden arbeiten! Der Berggeist verlange für jeden Brot und Milch! Herr Wost, der Berggeist, ohne ihn reizen zu wollen, ist doch Natur, falls er ... ich meine, ich, als aufgeklärter Christ – Ihr werdet verstehen. Seine Worte sehen vielmehr nach Rebellenarbeit aus. Von Böhmen schleppte man viele Schriften ein. Der Kaiser, Gott verhüte eine Despektierlichkeit, aber der Kaiser will ein Menschenfreund sein, wie ... nun ja, ein Freimaurer darf solche Ideale haben, das würde niemand etwas schaden. Aber ein Herrscher darf doch nicht Gesetze machen, die nur für arme Leute da sind. Ein solcher Kaiser ... oh, ich will mich nicht versündigen, aber wie soll es jemanden noch wundernehmen, wenn so ein erschreckliches Geschehen wie das mit Fiebig und Rössler – es ist in Prag gedruckt worden mit allen Einzelheiten zum Spott der preußischen Justiz. Und die Herren auf dem Hradschin haben sich gekrümmt vor Lachen, sie machen lauter Hohngedichte auf Rübezahl und den Hubertusburger Frieden. In Preußen, heißt es, werde jeder Geist in Opposition getrieben. O Herr, ich habe eine Angst!"
Der dicke Vorsteher schnauft wie am Rande eines Hitzschlags, schreit plötzlich nach Wasser, gießt das eiskalte Getränk durch die trockene Kehle und krümmt sich in einem Hustenanfall.
Peter läßt ihn stehen. Gute Nachricht ist ihm das. Elisabeth war seit acht Tagen sichtlich auf dem Wege der Genesung. Will das Gebirge auch genesen? Hat Nördlingen doch recht, daß unter Sonnenglut und Staub das Wurzelwerk nicht dorrt?! Daß nur noch ein Gewittersturm vonnöten sei, ein zündender Blitz und hallender Donner, um Gräber in Schanzen, Friedhofsmauern in Barrikaden zu verwandeln? Man sieht ihn wochenlang als Schatten nur, den wildesten

aller Reiter: da gewesen, dort verhandelt – da erwartet, dort ersehnt.
Langsam holt sich der Gaul jetzt Elle um Elle unter die Hufe. Peter achtet nicht auf seinen Trott. Die Hitze sengt ihm den Kopf. An der Grenze des Schlafs, den er zu lange entbehrt hat, hält ihm die Gewohnheit das Gleichgewicht, läßt die Hand im Zügel ruhen. Doch dann bedrängen ihn im Halbschlaf die Bilder, beklemmend und von mitleidloser Schärfe: *Berlin*...
Man muß, wenn der Palast verschlossen bleibt, sich an die Straße stellen, aufstellen dort bei den invaliden Veteranen, die Tag für Tag auf ihren König warten.
Grunzen, Schubsen, böse gerunzelte Stirnen: „Wat will denn der saubere Junge?"
„Laß mir man den Pijaukel mit die Krücke streicheln!"
Peter hält krampfhaft schweigend die Mappe unterm Arm, schaut nur nach der Richtung hin, aus welcher der König, Herr des schlesischen Gebirges, kommt.
„Zurücktreten! Was ist in der Mappe?" Peter mustert den Gendarmen: „Ce n'est pas votre affaire!" Der weicht der französischen Sprache aus, vor der ihm Respekt beigebracht wurde, und da kommt er auch schon: klein, schlank, dunkelblau mit roten Aufschlägen, links den großen silbernen Stern, am Krückstock rege schreitend: es naht Friedrich der ‚Große', der ‚alte Fritz'.
„Guter Laune, guter Laune", lispelt es zwischen den Holzbeinigen, den Armlosen. Der König hält an, mustert. Die mit verbrauchten Körpern gefüllten Uniformen straffen sich. Peter sieht die Augen des Monarchen, in pergamentene Häutchen eingefaßt: eisig und gütig, greisenhaft alt und zum Erschrecken jung, nicht wahr? Diese berühmten Augen sind weise, wissen um alle Verblendung und jeden Aberwitz! Auch um den Witz und um die Schönheit! Peter sieht Welten in diesen Augen.
„Gib ihnen!" Peter starrt auf den gefalteten Mund. Ein Leibpage wirft eilig einen Taler vor die Reihe der Krücken, deren Köpfe salutieren. Kaum ist der König ein paar

Schritte von ihnen weg, wirbelt der Staub auf: Stöcke, Glieder, Perücken überschlagen sich, wälzen sich ohne Laut, darum um so grimmiger. Hiebe, Bisse, Stöße, Zwikken und Zerren, wie damals in der Manufaktur unter den Blinden, nur grausig übersteigert durch die Schweigsamkeit, mit der dieser widerliche Zwist um einen Taler ausgetragen wird. Und dabei wiederholt sich doch die Szene jede Woche!

Da bleibt der König vor Peter stehen, ein Offizier hatte ihn angesprochen, ein alter Oberst. Die freundliche Antwort erregt Verwundern bei Peter: Welches Gedächtnis! Welche Kenntnis aller Einzelheiten durch Jahrzehnte! Der Oberst, trotz Gebrechen kerzengerade, was ihm den Schweiß auf die Stirn treibt, hört endlich den Bescheid, auf den er besorgt die ganze Zeit wartet – und dabei schüttelt ihm sein alter Kriegsherr herzlich verstehend die Hand: „Ich kann Seine Bitte verstehen, aber nicht gewähren. Wenn meine Offiziere Doktors- und Kaufmannstöchter heiraten, so werden wir bei solchen Mesalliancen bald lauter bürgerliche Offiziere kriegen." In die straffe Haltung des Obersten fährt Starre. Den Augenblick nutzen, einen Schritt vortreten, denkt Peter ... „Verdammter Kerl!" Ah, es ist ein Adjutant, zart geschminkt, mit der Haut eines jungen Mädchens, dessen Ellenbogen Peter in die Magengrube gestoßen hat. Im Angesicht des Königs den Schmerz sich verbeißend, deklamiert er: „Ew. Majestät allergehorsamster Untertan Peter Wost, Mitglied der königlichen Akademie der Künste zu Paris ..." Der Mund mit der unendlich langen Oberlippe unterbricht ihn: „Dann rede Er doch französisch!" Durch einen neuen Magenkrampf halb von Sinnen, stottert Peter etwas von einer besonderen Bildermappe über Schlesien, die Not in den Bergen – im Weiterreden schon neben dem König herlaufend. Der zartgeschminkte Adjutant will ihn wieder stoßen – noch aber scheint das Ohr des großen Friedrich zu hören. So zögert der Mädchenhafte: Gelten die Worte noch dem Künstler? „Es bleibt bei Artikel acht: Die Chefs der

Regimenter sollen dahin sehen, daß jede Kompanie zwei Drittel Ausländer hat und nur ein Drittel Landeskinder." Schon wetzt an Peters Unterschenkel ein Stiefel entlang. Peter knirscht mit den Zähnen, ballt die Fäuste. Dort vorn schreitet der Herrscher, getrennt von den Bildern aus seinem Reich, durch Paradeuniformen von Gardegrenadieren, Kürassieren und Husaren. Säbelscheiden blitzen in der Sonne zwischen ihm und Peter, nicht drohend, nein – nur trennend.

Peters Kinn schlägt auf die Brust. Im Reiten eingeschlafen? Die Augenlider brennen. Der Gaul schlendert ruhig dahin. Peter fährt mit dem Ärmel über die schweißnasse Stirn. Heiß rinnt es von ihr, doppelt heiß in der Erinnerung. Daß Nördlingen so einem Herrn in den Hals gehauen hat – Peter knirscht wieder mit den Zähnen –, oh, ich verstehe: Gewalt verlangt Gewalt. Es quälte mich bitter, daß ich nicht schlagen konnte, das Mädchengesicht mit Blut zu schminken. Daß meine Bilder in der Mappe bleiben mußten, reut mich nicht mehr. Wen denn damit ergreifen, wen? Dutzende haben sie ja gesehen, geschimpft über die Blutegel des Gebirges mit ihren viel zu wohlfeilen Arbeitslöhnen, geflucht über den schier grenzenlosen Landbesitz der Schaffgotschs, geflennt über die Hartherzigkeit, die unsere schöne Gottesnatur der Harmonie beraube. Sie haben ein wenig Geld gesammelt, sie haben ein paar Aufsätze in die Zeitungen gebracht, sie haben Peter Blätter abgekauft, natürlich keine von dem Weberkrieg. ‚Verdienstlich, verdienstlich, Herr Wost, aber das Herz würde mir brechen. Sie sehen selbst, Berlin ist mit dem eigenen Elend vollauf beschäftigt, man hofft auf den Thronfolger, begreifen Sie? Man hofft auf Jesus, man hofft auf das bessere Jenseits, in jedem Falle auf ein Wunder. Man hofft immerhin, Herr Wost, nehmen Sie diese Gewißheit mit! Man fühlt die Fäulnis mit den Händen, den ganzen Staat hat sie ergriffen – jede Familie, jedes Zuzweit, jeden für sich! Wir stöhnen im Schlaf. Wir irren angstvoll durch den Tag. Wir betäuben

unsere Sinne um jeden Preis, nur nicht um den der Hoffnung, des felsenfesten Glaubens an eine Umkehr aller Dinge. Wem dieser Glaube zusammenbricht – Herr Wost, es gibt keine Nacht, in der nicht ein Strick am Balken knarrt, in der nicht eine Kugel aus ihrem Lauf jagt!' –
Je weiter der Tag voranschreitet, desto stiller wird die gleißende Luft, desto fader riecht der Staub. Nur dann und wann noch tanzt er in kleinen Wirbeln kreiselnd auf der Straße. Über den Wiesen, die saftlos trocknen, zittert die Hitze sichtbar. In wilder Trunkenheit geigen die Grillen. Nur an den Wassergräben strotzt es von saftigen Kräutern, locken glühendbunte Blumen die Insekten. Im Schatten der graugrünen Weiden lagern Kühe, im Wiederkäuen tropft Speichel aus den Mäulern ihrer schläfrig und sorglos zum Reiter gewandten Köpfe.
Endlich im Wald! Doch Peter atmet vergebens auf: auch hier steht die Luft still. Der Boden aber hat noch Feuchtigkeit. Wie in einem Treibhaus schießt es aus ihm heraus: Kapuzinerpilze, Maronen, Täublinge. Fernhin grunzt eine Bache mit ihren Frischlingen, äugt blöd durch die Stämme und wühlt gelassen weiter. Ihr gehört die Mast des Waldes, der leuchtend gelbe Teppich der Pfifferlinge, das dunkle Blau der reifenden Heidelbeeren, sie darf zertreten und zernagen, rülpsen vor Sattheit. Wehe dem Kind eines Webers, das Schwämme sammeln, Beeren pflücken wollte! Der Wildbestand hat durch das Hochwasser im Frühjahr so gelitten, daß jedermann begreifen muß ... muß! Auch wenn die Sau, der Pilze überdrüssig, des Nachts auf den Kartoffeläckern wühlt. Denn jedermann sei untertan der Obrigkeit, die Gewalt hat über ihn in den Gefängnissen von Hirschberg.

„Von Hirschberg werden wir uns trennen."
Deshalb sitzt Peter jetzt im Studierzimmer des alten Jäkelsberg. Die Fensterläden sind geschlossen. Nach dem Ritt durch die Julihitze friert man fast, nach dem blendenden Kalk der Häuserfassaden ist die Dämmerung in diesem

Raum fast Nacht. Dann aber unterscheidet man wieder den Stich vom Straßburger Münster, die großen barocken Ledersessel, und bald löst sich auch die bunte Wandfläche auf in Hunderte von ledernen Buchrücken.
Endlich kommt Jäkelsberg im geblümten Schlafrock, die morgendliche Frisur bereits ein wenig wirr, und ruft sogleich nach kühlen Früchten. Beide Hände weit ausgestreckt: „Daß du da bist, Bruder!" Peter entwindet sich der Umarmung. Weindunst schlägt ihm entgegen. Er muß trinken helfen.
„Zum Wohl, Bruder! Dem Jahr zum Wohl! Wieviel hat es uns schon beschert?!"
„Genommen", sagt Peter, „ich trinke dem Andenken Fritsches ..." Jäkelsberg, mit gespielter Teilnahme, ergänzt sofort: „... und der vielen armen Leute, die das Hochwasser ..." Es stößt ihn vor dem Satzende so auf, daß Tränen aus den Augen rinnen. „Ich war so überrascht, Peterbruder, sowohl von deiner Ernennung als auch von – von meiner Nobilitierung, sie – hück –, verzeihe, sie nützt der Loge außerordentlich, wir haben – hück – sechs Aristokraten gewonnen, Kurgäste, denke dir, zwei Polen – hück –, einen Dänen – hück –, verzeih, der Schluckauf stößt mir das Zwerchfell durch. Trinke und gib gute Kunde, die teure Komtesse Elisabeth erholt sich unter deiner Pflege. Wie heißt der Schurke, der sie angeschossen hat? Die Räuber nehmen wieder überhand. Wer ist noch seines Lebens sicher? Erbarm sich Gott der jammervollen Zeiten! Ich weiß, kein Mensch hat im Gebirge was zu beißen. Willst du Semmeln, Bruder? Ich habe noch Kaviar da. Oder Fettammern in Gelee? Hück – ob da Stachelbeeren helfen, saure, nicht wahr?!"
Peter steht auf: „Ich kam, um meinen Austritt aus der Loge zu deklarieren." Jäkelsberg spuckt die Schale der Stachelbeere aus: „Zuviel Aristokraten für dich? Wer wird denn Vorurteile haben! Dein alter Meister ist doch selbst geadelt worden. Nein, wer ein Maurer ist, ist ... hück!" Peter nickt in das Aufschlucken. Die Pause wird peinlich.

„Meister, der halbe Hof in Berlin besteht aus Freimaurern. Mich dünkt, es werden andere Bruderschaften ans Werk gehen müssen."
Plötzlich trifft ihn aus dem greisen Gesicht ein ausfragender Blick, absolut nüchtern: „Wohl die des Herrn von Nördlingen?" Peter, die Hände in den Hüften, sagt trotzig: „Von solchen Bruderschaften weiß ich nichts."
Der Blick erlaubt sich wieder Trunkenheit: „Wenn's so ist, dann dir zum Glück, Peter Wost! Im übrigen weiß niemand etwas. Männiglich ahnt nur – ahnt allerdings viel." Sehr besorgt nun: „Wie kann ein Edelmann so sinken! Nichts da von wegen Sagen sammeln, nichts da von wegen Dialekt studieren! Vorwand! Der Herr sammelt Aufruhrkenntnisse, studiert die militärischen Gegebenheiten – er sucht ein Reich besonderer Art zu gründen, scheint mir."
Da fährt Peter auf, nicht nur scheinbar entsetzt: „Beweise, bitte Beweise!"
‚Nicht im Komplott ... noch nicht', denkt Jäkelsberg, ‚man kann ihn vielleicht retten.' Still sagt er: „Man hätte mir den Adelsbrief weit billiger verschaffen können."
„Verzeih", greift Peter ein, „ich denke, du warst völlig überrascht?"
„Natürlich, Bester!" Das wird in einem Ton gesagt, als sei es einerlei, was Peter von zwei verschiedenen Erklärungen zu denken habe. „Ich war auch völlig überrascht. Die Adelsbriefe kauft man sonst in Wien. Der Nördlingen hat freilich keine Feder für mich eingetaucht. So habe ich ihn auch nicht erst deinethalben bemüht. Ja, du hast uns viel Geld gekostet. Man hätte Fritsches Haus damit ersteigern können. Und ohne unseres lieben Bruders Klatte Hilfe ..."
Peter wird rot vor Scham: „Ich dachte, die Ernennung meiner Kunst zu danken!"
„Auch", nickt Jäkelsberg liebevoll, „auch!"
„Aufklärung verlange ich!"
Stilles Zunicken: „Jedermann will heute aufgeklärt sein. Unser Säkulum! Nun also, danke nebenher der Loge, aus

der du eben deinen Austritt meldest ... hück! Du hältst derlei vielleicht für niederträchtig? Gemein ist es, die Lebenden zu prellen! Die Toten ruhen ja im Herrn. Bleibe still und trinke. Da ist *ad exemplum* das herrliche Gemälde von Fritsches Schwiegervater, weißt du, das von der Angelika Kauffmann. Der Lambrecht hat es eingesteigert, die Witwe konnte so nach Dresden übersiedeln. O ja, wir sorgen für die Lebenden. Und nebenbei, in diesem Falle wird auch der Nördlingen ein bißchen abgestraft. Er will das Bild für Antoinette zurück, es ist ein letztes Stück aus ihrem Elternhaus – hück –, trink doch. Wir schachern mit ihm wie die lieben Viehjuden, denn für das Mädchen – er wird schon wissen, warum er sie dem Klatte weggenommen hat ... Der Klatte ist ein großer Bürger, ja. Wir müssen alle zu ihm halten. Der Kaufmann ist der wahre Herr der Berge."

– Die Tür kracht. Und da es windstill ist, überlegt Jäkelsberg, der Meister vom Stuhl: „Der ist gegangen. Die Jungen können alle nichts vertragen, vom Weine nichts und noch viel weniger von dem, was wahr ist. Künstler zumal sind meist rebellisch oder dumm, die Wirklichkeit beklemmt sie bis zur Atemnot." Mit Würde schreitet er auf seinen dünnen Beinen am Straßburger Münster vorbei über den weichen Teppich. Das Glas erhebt er zu den Ahnenbildern: „Ihr wohlgeborenen Väter, Handelsherren und Patrizier, sorgt euch nicht, das Wappen ist da. Auch der Erbe wird kommen. Es ist durchaus noch möglich, wenn ich dem Wein entsage." Er zwinkert, schüttelt den Kopf und geht zum Fenster.

Merkwürdig laut klingt es da plötzlich vom Markt herauf, unter dem Volk, dem braven, derzeit so schlecht regierten Volk.

Die Schläfen pochen, er setzt sich, die letzte Flasche in der Hand. Leutseligkeit hebt ihm den Brustkorb:

„Schimpfe nur, wackres Weib da unten, munter, munter! Wir, deine Herren von ehedem und – will es Gott – von morgen, wir werden klugerweise niemandem den Mund verschließen. In unserm Reich wird dereinst keine Gazette genieret werden, nach ihrer Façon zu schimpfen."

IX.

Das muntere Weib, das da schimpft, verkauft Käse. Der Mann, mit dem sie streitet, bietet Honig feil. Beide erstikken fast in Fliegenschwärmen. Beide beschuldigen einander, das Geschmeiß anzuziehen. „Pst! Alte, dein Gestank zieht schon die Obrigkeit an!"
„Nee, Geld will sie saugen, wie deine Bienen Honig!"
„Schnauze halten!"
Das weiße Lederzeug des Polizisten glänzt mit den Knöpfen um die Wette. „Ich allein bin berechtigt ..." Lachender Trubel schiebt ihn weg an Peter vorbei: „Holla, Auge des Gesetzes, meine Erdbeeren!" Die Sahne läuft von Peters Teller an des andern Stiefel hinab. Der hat keine Zeit, es zu bemerken, der Donnerstag ist Hauptmarkt, überall die Polizei von Wichtigkeit: Zoll, Aufgeld, Zehnter, alles will notiert sein, Schmuggelware und Gewildertes.
Die steinernen Lauben verschwinden fast unter Tuchballen, Leinenzeug, Korbwaren, Holzgeräten. Die Menschen schieben sich mit Mühe von Ausschreier zu Ausschreier. Am Brunnen erst ist etwas Ruhe zu finden. Dort hocken die alten Männer mit ihren Tonpfeifen. Die Mägde am Fischstand füllen ihre Bottiche nach. Schleie, Barsche schnappen halbbetäubt nach Luft in ihren viel zu engen Trögen. Auf dem Pflaster liegen Berge rotgesottener Krebse. Peter, nahe schon am Viehmarkt, hält sich einen Augenblick die Ohren zu: bald brüllt ein Stier, dann wieder blöken alle Kälber gleichzeitig, meckern Ziegen dazwischen, heult ein Esel auf wie ein Teufelstänzer. In die Tiergerüche mischt sich der Duft von Schmalzgebackenem, von sauren Gurken, süßen Früchten und bitterem Bier. Das Ganze liegt eingedunstet als staubiger Nebel über der bunten Menge.
Nicht weit von Peter drängt man jetzt fluchend zur Seite:

ein alter Köhler schiebt seinen Karren rücksichtslos der Marktmitte zu. Der Mann, groß und breit, scheint steinalt zu sein, ist rußgeschwärzt und riecht scharf nach Harz und Rauch. Die Kinder schreien hinter ihm her, er hat wohl ihr Spiel gestört. Sie zerren ihn an seinen verdreckten Kleidern.
„Räucherst du auch deine Läuse, he, Alter?!"
„Die Ziegen neiden dir sicher den Bart!"
„Seid still, ihr Kinder, soll er sich denn mit der Axt rasieren? Die Köhler sind zu arm selbst für den Bader!"
„Leg wenigstens den stinkigen Mantel ab, alter Grobian, es regnet heute wirklich nicht mehr."
Wortlos schiebt der Alte den Karren bis an den Brunnen. Die Pfeifenraucher sehen fachmännisch drein: „Holzkohle, oje! Das bissel für den Sommerherd – kein Geschäft ni. Schnee müßtest du brennen können, so wie die Reichen sich jetzt Fruchteis künstlich machen." Mitleidig sieht man zu, wie der Graubart am Karren hantiert. Plötzlich gellendes Geschrei! Am Brunnen stürzt alles durcheinander. Ein junges Weib fällt über den Rand, hochauf spritzt das Wasser. Aber wer soll das sehen? Es selbst sieht nur noch den Brunnenrand im pechschwarzen, alles verschlingenden Rauch, der wie eine mächtige Säule aus dem Boden emporschießt, dort, wo der Köhler eben noch stand. Das nasse Weib tastet sich heulend aus der Wolke, von der man nichts weiß, als daß sie dasteht mitten in der Windstille, umgeben von stierenden Augen und schlotternden Knien. Neugierige von weiter hinten klettern auf Fässer, Stufen, Kisten. Langsam, ganz langsam nur hebt sich die Wolke, wird oben zugleich breiter und dünner.
Was verbirgt sie? Was???
Jeder, der hinstiert, verhält den Atem für Sekunden. Und was die Augen endlich erkennen, ist abermals für eine ganze Weile kein Bild für das Hirn. Dann, erst bei einzelnen, von denen es zu den anderen gleichsam überspringt, wird dies klar: der Köhler samt dem Karren ist verschwunden, von der Kiste liegen ein paar Bretter neben seinem

grauen Bart und Mantel. Mitten aus den Trümmern aber erhebt sich ein Mensch. Vom Tageslicht geblendet, blinzelt er und wankt betäubt nach vorn. Schreie lösen sich aus der Masse: der Mensch, überaus fett, ist völlig nackt, der Kopf fast verschwunden unter einem dichten Kranz von Rübenblättern. Unter dem feisten Bauch aber, dort, wo sich der Mann vom Weib besonders unterscheidet, hängt ihm ein Kürbis, und darüber ist eine riesenhafte Gurke steil aufgerichtet. So taumelt diese Tonne aus Menschenfett Schritt für Schritt voran. Die Menge weicht entsetzt zurück. Und plötzlich begreift Peter: Klatte!
Hat er das laut gedacht? Nein, überall taucht dieser Name auf. Und das Entsetzen schlägt um in tosende Ausgelassenheit. Johlende Pfiffe, frenetisches Heulen, kreischendes Gelächter, der Markt beginnt zu toben. Das Vieh wird von dem Aufruhr angesteckt. Der Teufel mag wissen – oder der Berggeist – woher, auf einmal rennt eine Mastsau durch die Gasse, die sich vor Klatte gebildet hat. Kurz vor dem wankenden Mann schlägt sie einen Haken, rast zurück, fegt abermals heran. Wie Schwein und Mensch sich in der Farbe gleichen!
Die Sau gibt Klatte das Geleit. Die Menschen brüllen sich heiser. Man fällt sich um den Hals, wirft Hüte und Perükken in die Luft, küßt sich vor Wonne. Keiner wehrt ab, und niemand schämt sich. Das Glück, den Klatte so entehrt zu sehen, hat alle überwältigt; die Macht, die Klatte vor dem Volke hilflos preisgibt, hat alle Fesseln auch im Volk gesprengt. Man spricht nicht mehr vom Berggeist, man jubelt seinen Namen. Man preist ihn höher, als man jemals Gott gepriesen hat. Man schätzt sich selig, unter seinem Schutz zu stehen. Jemand schreit: „Wenn sich der Berggeist je ein Weib sollt wieder frein, wir stehen alle für ihn ein!"
Ein frenetischer Chor antwortet ihm. Dann hört man keine Einzelheiten mehr. Es wird an jedem Stand geschlungen und gestopft. Man sticht Fässer an, drapiert und kostümiert sich mit den feilgebotenen Stoffen, schwingt sie als Fahnentücher durch die Luft.

Es hebt ein wildes Tanzen an: Jeder faßt den nächsten bei der Hand. Lange Menschenspiralen winden sich wie Schlangen, umzingeln Klatte, der in der Marktmitte hockt, gleichsam gefangen mit der Sau, die blöd im Kreis galoppiert. Die entfesselte Menge reißt mit, was sich ihr in den Weg stellt. Die Polizisten, ratlos vor diesem Tumult, geben den Widerstand bald auf, stampfen nun selbst den Takt mit ihren schweren Stiefeln, und zwischen alten Weibern, Kindern, Männern lärmt das sich selbst überlassene Getier: Hunde, Ziegenböcke, Hammel, gackernde Hühner.

Peter beginnt es zu gruseln, das ist blankes Heidentum, jeden Hauches christlicher Tünche bar. Urtümlich faucht es aus den bleckenden, kreischenden Mäulern. Im Zentrum sitzt das Opfer des neuen, nein, des alten Gottes, des allerältesten vielleicht: ein besiegter Feind, nackt und bekränzt, und eine Sau, Symbol der geilen Fruchtbarkeit mit vielfachem Euter und prallen Schinken. Schon reißt ein Bursche sich los, noch einer. Sie springen in den Kreis, aus dem es brüllt:

„Der Klatte soll die Sau geheuen! Drauf mit ihm!"

Klatte, noch immer halb ohnmächtig, wird förmlich vergewaltigt. Sein ängstliches Stöhnen übertönt das Grunzen des Schweines, das ihn auf dem Rücken im Kreis herumschleppt. Der Anblick ist das Zeichen für den letzten Bruch gesitteter Gebräuche, der Funkentrieb einer ersten Feuersbrunst zündet in hundert brandbereiten Leibern. Schon wirbelt, animalisch schreiend, nacktes Fleisch zu Boden, wälzt sich im Staub unter umgestürzten Blumenstauden, zwischen Bottichen, Salat und Kohl. Der Brunnen wird zum öffentlichen Bad. Jemand hält das Wasserrohr zu, spritzt in die Haufen der völlerischen Fresser und Säufer. Man wirft den Mann ins Wasser. Zehn, zwanzig tauchen ihn. Prustend, tropfensprühend klimmt er an der Neptun-Säule empor, entwindet den Johlenden die behaarten Beine. Indem er höher klettert, wird er mit Würsten, Speck und Butter bombardiert, mit Eiern schließlich, die gelbschleimig an der Säule niederrinnen. Dann

steht er endlich auf dem Postament, zieht langsam die Hosen herunter, beugt den Kopf bis zu den Zehen und intoniert eine Hymne. Das Volk, als gälte es die höchste Offenbarung anzuhören, kniet reihenweise nieder und lauscht dem Mann auf der Säule, der jetzt in markerschütterndem Heulen eine Art Litanei anschließt:
„Gewaltig ist Rübezahl, der Herr unserer Berge!"
„Gewaltig ... gewaltig!" singt die Gemeinde.
„Die Mächtigen zerschmettert er und erbarmt sich der Waisen und Witwen!"
„... erbarmt sich", echot es von unten.
„Wie sich der Gerechte des Viehs erbarmt! Denn Viecher sind wir! Kyrie eleison!" Der Ketzerpriester dudelt ein melancholisches Lied. Tränen steigen in die Augen der Menge. „Armes Vieh sind wir!" Schluchzend sinken die Köpfe: „Kyrie eleison!" Trunkenheit lallt sich in den letzten Seufzern aus. Betend fällt man nieder in den Schlaf. Staub sinkt zu Staub. Nur vom Brunnen herunter klingt noch eine Weile die Melodie, sanft jetzt, in einem stillen Moll. Der Markt von Hirschberg, auf den Tod erschöpft vom Überwachsein, versinkt in abgrundtiefen Schlaf.
Der allgemeine Schlaf begann um zwei Uhr nachmittags. Als gegen fünf eine Schwadron Husaren auf schaumbedeckten Pferden einritt, bot sich ihr noch das gleiche Bild: schnarchende Knäuel von Menschen mit und ohne Kleidung, halbgetrocknete Pfützen von Bier, Wein und Schnaps, dazwischen friedlich Hühner und Enten pickend, wühlende Schweine und Kühe, die sich am Gemüse labten.
Es war die gründlichste Verwüstung, die sich je den Augen dieser kampfgewohnten Reiter bot. Vergeblich aber suchten sie nach einem Tropfen Blut. Hier waren weit tiefer liegende Adern getroffen.
Einer ahnte das, aber der saß schon im Sattel und floh: vor dem Volk, vor sich selbst, vor dem Geist dieser Berge.

X.

Auf dem Weg vor der breiten Schloßtreppe war der gelbe Sand frisch geharkt. Jeder Tritt zeichnete sich deutlich ab. Nostitz, vom Schloß kommend, sah, daß die Gräfin bereits nach dem Pavillon gegangen war.
Über den alten riesigen Linden schimmerte blendend das weiße Gebirge.
Vorm Pavillon – ehe er niederbrannte, war er eine Muschelarabeske, jetzt hat er die Form eines griechischen Tempels – floß der Schloßgraben wie ein stiller Bach. Seine Ufer, mit Huflattich, Schwertlilien und hohem Schilfrohr umsäumt, zogen sich unter dichtesten Schatten hin, grünblauen Schatten von Erlen und Weiden.
Vor dem Pavillon standen bequeme Stühle um einen Tisch mit silbernem Tablett, darauf goldgelber Tee in hauchdünnem Chinaporzellan. Die Gräfin warf Biskuit ins Wasser. Exotische Enten von unbeschreiblicher Buntheit schnatterten um die Brocken. Neben dem Seidenrock, der breit ausladend fast den halben Weg verdeckte, zitterten die überschlanken Läufe eines Rehkälbchens, das sich bemühte, mit der Nase die Hand der Dame zu erreichen. Plötzlich stellte es die Ohren auf, schnupperte und äugte; jemand kam.
Nostitz küßte artig die Hand. Die Augen der Gräfin blieben indessen bei den Enten. Sie hörte, daß Klitzing bald erscheinen werde. Und sie hoffte das gleiche von Nördlingen.
„Der Dichter? Der hat hier nichts zu suchen!"
Sie sah nun auf: „Der Dichter vielleicht nicht. Aber mein Sekretär. Herr von Nördlingen, damit Sie es ad notam nehmen, bekleidet von nun an in Warmbrunn die Stellung, die Herr von Goethe in Weimar innehat. Wir sind hier zwar nicht souverän, aber an Land und Leuten reicher als mancher westliche Potentat. Compri?! Die Souveränität kann auch noch werden, es verschiebt sich mancherlei im Lauf der Zeit, gleich dem Gewölk da oben."

Nostitz erstarrte, und plötzlich krähte er: „Das sind Reden, die Seine Majestät wohl interessieren werden!"
„Wenn er sie noch rechtzeitig erfährt, Monsieur. Die Tage Seiner Majestät sind bemessen. Der Kronprinz aber plant ..." Da hielt sie ein, denn der alte Oberst setzte sich stöhnend: „Fridericus rex, mein König und Herr, das ist der Dank! Auf deinen Tod warten sie!"
„Warten alle", ergänzte die Dame ohne Pietät und reichte dem Oberst zur Stärkung das Konfekt. Er lehnte selbstredend ab, sosehr er auch Respekt vor diesem Schokoladenzeug in ihrer Hand hatte.
„Äh, Madame, der Nördlingen steht im Verdacht ..." Wieder kam er nicht weiter. Sie unterbrach ihn scharf, und Herr von Klitzing, der eben hinzutrat, hörte es genau: „Sie verdächtigen sich nur selbst, wenn Sie den Namen des Mannes verunglimpfen, der unser Schloß gerettet hat."
Klitzing sah den Oberst getroffen – ein peinliches Bild. Und doch für einen Reiter nicht so unerfreulich: die Infanterie hat wieder mal versagt, vergöttert auf Paraden, gehätschelt selbst im Felde noch. Indessen schwieg der Reiter, er kannte die Situation nur ungefähr. ‚Am Ende ist man Kamerad und Preuße. Wenn so ein Österreicher oder Schwabe mit unseren Truppen das Schloß verteidigt haben sollte ... Ah, der dort – natürlich in Zivil!'
Nördlingen erschien, das natürlich graue Haar nur mit einer Schleife geknotet, zopflos in breiten Locken, ganz englisch – den Rock aus dunkelgrauem Tuch, hellgelb gefüttert, die Hosen auch aus Tuch, aus dunkelblauem, die Weste von blassem Weiß mit Elfenbeinknöpfen: Bild eines englischen Lords.
Klitzing drückte die Knie durch – gut, daß man Uniform trägt. Das ganze blendende Weiß der Seidlitzkürassiere erschien ihm plötzlich nötig, um diesem Habichtkopf zu imponieren. Der Harnisch, wenn man tief Luft holte, knirschte leise und kriegerisch. Den Pallasch mußte man, wie versehentlich, in die Breite drehen: das ist ein Säbel, mein Herr, kein Degen! Blau übrigens sind meine Augen

auch, und was ich selbst noch kleiner bin, das sitzt bei mir in den Schultern. Kein Nachteil, kleiner zu sein, der Kerl hat Übermaß, absolut Übermaß!
Ein Neger in Turban und Pluderhose servierte vom Pavillon her. Er hatte ängstliche Augen und katzenschnelle Glieder, war mit den Kurgästen eingetroffen, eine Novität. Ein italienischer Baron hatte ihn eingeschleppt, im Spiel versetzt und verloren. Die Gräfin hatte ihn dann gekauft. Er antwortete in greulichem Französisch, als Nostitz ihn fragte, woher er stamme. Nördlingen wandte sich zu ihm, sagte etwas in einer unbekannten Sprache. Der Neger verdrehte seine Augen, jammerte förmlich vor Freude, redete sprudelnd, dabei sehr melodisch, begann dann zu weinen und küßte die sehnigen Hände des Fragenden.
Den beiden Offizieren war die Szene unbehaglich, besonders dem Kürassier. Man konnte mit Papageien reden, mit Affen vielleicht auch. Vermutlich aber war ein Neger doch ein Mensch. In diesem Falle wäre das Benehmen Nördlingens ganz unerhört.
Inzwischen berichtete er kurz, mehr der Gräfin zugewandt, die vor Neugier schier platzte: „Er ist Bantuneger und seit zwei Jahren Sklave. Er ist als Karawanenführer ins südliche Marokko eingewandert. Bei einer großen Dürre hat er sich für einen Krug Wasser verkauft. Sein Vater war bei seinem Stamm ein großer Krieger im Range etwa eines Herzogs."
„Also ..." platzte es aus Klitzing heraus. Alles verwirrte sich bei ihm. Adel bei Negern? Vielleicht noch gar im Tierreich, wo sich ein Leithammel möglicherweise als edel empfindet? Ah was, er war doch nicht von Potsdam hierhergefahren, um die Rätsel der Zoologie zu lösen. Die Rätsel dieses schlesischen Gebirges waren dunkel genug.
Und die Dame hier packte auch schon zu: „Pardon, berichten Sie mir exakt, *exakt*, sage ich!"
Nostitz wurde amtlich. Sein ganzer Vortrag war halb zu Klitzing hin gehalten und gegen Nördlingen gerichtet: „Wir hatten völlige Ruhe hier nach dem Aufstand. Ich betone:

es regte sich kein noch so kleiner Widerstand. Majestät haben das mit Genugtuung konstatiert und in ihrer Kabinettsordre von Anfang Mai approbiert. Inzwischen aber haben die Rebellen zu einem Mittel gegriffen, das nur in dieser Landschaft erfolgversprechend sein kann."

„Spielen den Rübezahl", lächelte Klitzing. Sein knochiges, nichtssagendes Gesicht wurde unerwartet belebt und verriet Klugheit.

„Spielen?" Der Baron erhob sich. „Spielen? Herr Kamerad, ist das ein Spiel? Erst bricht man in einen Kerker ein und holt die schlimmsten Aufwiegler heraus! Das ganze Gebirge gerät in Erregung dabei, und vorige Woche erfrecht sich das Pack, am hellichten Mittag den Hirschberger Markt in ein Tollhaus zu verwandeln!"

„Mit wenig närrischem Hintergrund", warf die Gräfin ein, „bitte rascher!" Schon ergriff es sie wieder, das Blut schoß in die Wangen, die Augen glänzten auf: „Rascher!" Sie war überzeugt, noch längst nicht alles zu wissen. Nostitz räusperte sich, nahm energischen Anlauf: „Am besten berichte ich nur Tatsachen. Ein Bürger namens Klatte, Besitzer großer Manufakturen ..."

„Bekannt als Schürzenjäger", ergänzte die Gräfin.

„Tut nichts zur Sache."

„Doch", schrie sie auf. Der Baron blickte wartend zum Himmel auf. Die Sonne ließ die Wolkenränder gelbweiß erglühen.

„Also, dieser Mann, vielleicht der reichste dieser Gegend, fuhr nach dem Böhmischen mit einer größeren Summe." Die Gräfin stemmte die fleischigen Hände entgeistert in die scharf geschnürten Hüften: „Ein Bericht ist das, Baron! Größere Summe? Die bare Hypothek, die er bei Mendelssohn aufgenommen hatte. So viel Geld haben Sie noch nicht beisammen gesehen!" – Die Pause in ihrer Entrüstung nutzte Nostitz aus: „Also ein regulärer Überfall, die Einzelheiten sind absolut dunkel. Wahrscheinlich war es oben im Gebirge. Der Mann kann sich an nichts erinnern. Er ist bis zum großen Teich gekommen. Danach erfolgte

die Affäre auf dem Markt zu Hirschberg. Ein Bandit, als Köhler verkleidet, setzte eine Kiste ab, muß dann wohl eine Bombe geworfen haben, daß niemand es sehen konnte, und ist in der allgemeinen Verwirrung entkommen."
„Und Klatte? Klatte?" kommandierte die Gräfin. „Und dieser Mensch auf dem Neptunsbrunnen? Einzelheiten!"
Nördlingen lächelte, denn Nostitz begann zu stottern: „Der arme Mensch war sozusagen ..."
„Der reiche Mensch?" fragte Klitzing.
„Jawohl, der weiland reiche Mensch entstieg der Kiste in einem wahrhaft ehrenrührigen Zustand. Man soll ihn danach noch gezwungen haben, auf einem Schwein zu reiten. Dies jedenfalls, als Verhöhnung eines wackeren Bürgers, war offener Aufruhr, gleichwie die Untat eines Burschen, der, auf dem Stadtbrunnen stehend, sein entblößtes Gesäß dem Rathaus zugewandt hielt. Die übrigen Missetaten sind schwer zu paragraphieren. Die Polizei berichtete fürchterliche Orgien, von Gotteslästerung und Majestätsbeleidigung, Raub, Diebstahl, öffentlich geübter Unzucht bis zur Beamtenbestechung ist alles geschehen, was nicht zu geschehen hat. Aber ich muß raten, von der Verfolgung dieser Delikte Abstand zu nehmen. Wir würden die Gefängnisse mit Marktweibern und Bauernburschen füllen, mit Betrogenen, statt mit Betrügern. Der Lump vom Brunnen ist entwischt, genauso wie der Bandit."
Nostitz atmete hörbar, und Nördlingen beneidete ihn nicht. Da saß dieser Potsdamer Herr, in Fragen des Umgangs von offenbar unvorstellbarer Dummheit, indessen was die Administration betraf, ein gewitzter Beamter. Er wandte sich an den Baron:
„Ich danke für den sachlichen Bericht. Ich muß ein paar Fragen stellen."
„Bitte, Herr Rittmeister!" Nostitz empfand den Weißen plötzlich als Vorgesetzten.
‚Mistviecherei! Die jungen Hunde gehen seit dem Frieden glatt wie ein frischer Darmkatarrh von der Linie in die

Stäbe über. Dann schnüffeln sie in unseren Ressorts und treten auf, als seien sie französische Beamte.‘

„Sie nannten zwei Rebellen, Herr Oberst, die da irgendwo ausgebrochen sind?“

„Fiebig und Rössler“, schnarrte Nostitz.

Klitzing entsann sich dunkel einer Akte: „Fiebig, der Webergeneral?“

Nostitz wurde ärgerlich: „Den ehrenvollen Titel eines Generals im Anschluß an den Namen eines entwischten Halunken zu hören ...“

„Tut nichts“, lächelte Klitzing, „was haben Sie für Bünde festgestellt, Herr Oberst?“

„Bünde?“

Das Einglas sank aus den Augenfalten des Barons.

„Aber zwei Rebellen sind zwei Taschendiebe, wenn keine Bünde hinter ihnen stehen. Was da auf Warmbrunn zu marschiert ist ...“

„Ah ...“ Nostitz fiel ihm hastig ins Wort: „Weiß bereits, was Sie meinen, Herr Rittmeister! ’türlich! Da gab es zwei Formationen. Die eine hieß ‚Der erste Tag‘. Hauptsächlich sind das, wenn ich richtig unterrichtet bin, Bauern. Der Name ist der Heiligen Schrift entnommen und heißt so ungefähr ‚Es werde Licht‘.“

„Ach!“ Die Gräfin spitzte die Ohren, Nostitz wußte von Dingen, die er vorenthalten hatte. Büßen wird er!

„Dann gibt es noch so einen Bund der Weber, ‚Die vierte Bitte‘, hergeleitet vermutlich aus dem Vaterunser.“ Die Gräfin zählte an ihren Fingern und kreischte auf: „Unser täglich Brot gib uns heute!“ Klitzing meckerte im Fistelton verbindlich: „Bescheiden ist das Volk, Madame. Würde mir täglich was anderes wünschen!“ Dann war er wieder bei der Sache des Nostitz, die er endlich los sein wollte. Um einen Grad schärfer klang seine Stimme:

„Wieweit sind diese Bünde noch aktiv? Was sagt der Geheimdienst?“ Nostitz schnappte nach Luft, als wolle er Mücken verschlingen: „Der Geheimdienst weiß nicht das geringste. Kein Mensch gibt Anlaß einzugreifen. Oder“, er

ging unvermittelt zum Angriff über, „soll ich vielleicht die Menschen, bloß weil sie an den Berggeist glauben, einsperren? Mich vor den Kirchen lächerlich machen? Ich wiederhole: Überall ist Gärung, und nirgends offener Widerstand. Machen Sie was! Gegen eine Sage – gegen ein Gespenst!“
Da sprang der Kürassier auf. Seine Faust krachte auf die Stuhllehne: „Ein preußischer Offizier wird auch mit dem Teufel fertig, verstanden? Wo sitzt der Berggeist? Vermutlich doch in den Bergen! Also! Wozu sind Sie Infanterist?!“
Dann setzte er sich wieder, strich von dem weißen Tuch sorgfältig winzige schwarze Mücken ab, die in der Schwüle jetzt zu Tausenden erregt herumschwirrten. Man durfte sie nicht zerdrücken, denn gleich gab es häßliche Flecken. Die Gräfin schlürfte Tee, der kalt geworden war. Der abgekanzelte Oberst, krebsrot vor Pein, tat ihr jetzt leid.
Klitzing winkte befriedigt mit der Hand: „Mal durchsprechen!“ Der alte Baron nahm wieder Platz. Noch ehe er saß, meinte der Geharnischte, als sei er nur ein liebenswerter großer Junge: „Man muß den Aberglauben brechen. Dem Volke zeigen, daß alle Hoffnung auf den Berggeist sinnlos ist. Compri?! Ich schlage vor, Sie marschieren mit einem kriegsstarken Bataillon, mit wehender Fahne und Musik ins Hochgebirge und provozieren das Gespenst. Sie verstehen! Sie rufen es mit seinem gefürchteten Namen, verhöhnen es öffentlich, sein Nichterscheinen prangern Sie als Feigheit an. Am besten setzen Sie ihm auf dem Kamm ein Denkmal aus einer Ladung Rüben und lassen jeden Soldaten drauf – mit Respekt, Madame! Man muß in solchen Fällen schon einmal drastisch sein.“
Madames Straußenfedern auf dem hochgetürmten Söller ihrer Haarpracht machten eine resolute Wendung zu Nördlingen hin. Auf ihrer Oberlippe standen Schweißperlen. Sie fächelte fortwährend die schwarzen Mücken vom Dekolleté. Die Schwüle war unerträglich. Und dabei saß man im Schatten, saß am kühlenden Gewässer.

„Mon cher, was sagen Sie zu diesem Plan?"
Ehe Nördlingen antworten konnte und wollte, griff Nostitz ein:
„Ich konstatiere, daß Herr von Nördlingen hier nur private Meinungen haben kann."
„Dann Ihre amtlichen zuvor, Herr Oberst – Sie verzeihen, Monsieur!" Klitzing, vom erhitzten Metall seines Harnisches schon halb geröstet, drängte. Liebenswürdig zu Nördlingen gewandt, meinte er: „Der Herr Oberst ist im Grunde zu beneiden – mitten im Frieden eine militärische Aufgabe."
„Für Infanterie", knurrte Nostitz, der fühlte, daß der Herr aus Potsdam fort wollte. „Aller Aufruhr kommt seit je vom Gebirge, weil dort die Reiterei versagt. Ich hatte übrigens den Plan schon einmal selbst erwogen."
„Na, sehen Sie an!" Klitzing war übertrieben anerkennend. „Nun, unter diesen Umständen werden Sie wohl nicht mehr allzu lange auf den Generalsrang ..."
Er machte eine leichte Verbeugung. Nostitz straffte sich. Jugendkraft durchrann ihn. Und wie gerufen, strich ein kühlender Windstoß über den Park hin.
„Ihre Meinung, Ihre Meinung", drängte die Gräfin abermals. Nördlingen hob das Kinn.
„Ich rate von dem Unternehmen ab."
Klitzing sah neue Verwicklungen. Ehe Nostitz aufbrausen konnte, fragte er betont höflich nach den Gründen. Nördlingen spielte mit dem goldenen Knopf seines Stokkes, sprach angenehm rasch:
„Weil dieser Berggeist nicht mit einem Bataillon Soldaten zu schlagen ist."
„Hören Sie?!" hauchte die Gräfin. Die Aufforderung zu hören bezog sich zugleich auf einen fernen Donner, der träge murrend aus dem dunklen Kern der Wolken kam. Nördlingen blickte unter scheinbar geschlossenen Lidern zum Obersten, der einem Schlaganfall nahe zu sein schien. Würde er jetzt marschieren? Sicherlich.
„Sie glauben an den ... Berggeist, mein Herr?" Klitzing

stierte Nördlingen an wie ein seltenes Tier. Der sagte besonnen, ruhig und jede Übertreibung meidend:
„Ich teile den Glauben des Volkes. Das Hochwasser im Frühjahr galt ihm als Rachewerk des Gnomen für seine Verhöhnung durch eine Oper. Andere Fälle wurden bereits erwähnt, Fiebig, Klatte. Wieweit dieselbe Macht in all dem wirkt, *de facto,* meinte ich – darüber kann man diskutieren. Auf keine Weise aber läßt sich leugnen, daß für das Volk kein Unterschied mehr gilt. Es glaubt an den Berggeist wie an Gott, mehr als an Gott, denn der Berggeist hat sich ihm offenbart, er hat sich als Retter und Rächer erwiesen. Götter sind an ihrer Macht und Ohnmacht selber schuld. Ich selbst war Zeuge jenes Festes auf dem Markt. Ein simpler Taschenspielerstreich? Ein Gaunertrick? Eh bien! Aber dann nennen Sie auch Ägyptens Priester Banditen, die christlichen Apostel – kurz, jede Art von Wundertätern! Ein Wunder, meine Herren, ist noch nie von einem aus geschehen. Die Wunder bringt das Volk aus sich und nach Bedarf hervor. Ich stehe nicht an, zu erklären: Sobald es Wunder braucht, geschehen Wunder, sobald es Helden braucht, entstehen Helden. Und wenn dies Volk hier seinen Gott anruft zum Donnern und zum Blitzen, dann muß sein Gott erscheinen – ein Volksgott allerdings, ein rücksichtsloser Urrebell wie dieser Rübezahl!"
Klitzing bleckte die Zähne vor Schreck und Genuß: in Nördlingens letzte Worte zuckte ein greller Blitz, und ein vielfacher Donner krachte langsam grollend durch das Firmament. Wahrhaftig, kein Theatermeister hätte diese Szene wirkungsvoller gestalten können. Oder ... war Echtheit im Zufall?! – Die Gräfin klammerte sich an den Arm ihres Sekretärs und schrie gellend wie in Todesangst. Nostitz bot den Anblick eines tapferen Soldaten, der sich im Feuer einer Batterie zusammenschießen lassen muß. Nur einem war die Wirkung völlig unerwünscht: Nördlingen selbst. Er hatte von dem Unternehmen abgeraten, je überzeugender er dies tat, desto sicherer würde Nostitz marschieren. Nun schien der Berggeist in persona ab-

zuraten. Dem Herrn von Klitzing jedenfalls begann die Haut zu schauern. Schon glaubte Nördlingen, daß seine Kontermine nicht springen werde, schon lächelte der Kürassier fahl: „Na, überlegen Sie sich die Sache gut, Herr Oberst“, da gelang es Nördlingens Augen, den Blick des Nostitz zu treffen, und ätzender Hohn starrte in tierische Wut. Darauf spitzte der Alte die Lippen und mit kurzen harten Pfiffen intonierte er das Avanciersignal der Gardegrenadiere, pfiff noch, als jetzt ein neuer Windstoß, jäh durch den Park fegend, eine Wolke von Staub, Sand und Blättern auf die Gruppe zuwirbelte.
Da begann er, schwer keuchend zu husten.
Nachtschwarz, von einem rasenden Orkan vor sich her gepeitscht, quirlten die schwer geladenen Wolken dahin. Ockergelb schimmerte ihr Kern. Einen Augenblick drohten sie noch, dann erbrachen sie ihre Hagelmassen ...

XI.

Mitten im August – Elisabeth war sehr erstaunt – leuchtete der Kamm in blendendem Weiß. Peter stand neben ihrem Lehnstuhl. Sie streichelte seine Hand. Die Augen tasteten am Gebirge entlang: Mitten im August Schnee?
Er sagte: „Schnee kann hier in jedem Monat fallen. Er wird nur ein paar Tage liegen bleiben, denke ich. Die Jahreszeiten sind nicht leicht zu trennen. Der Winter hier ist lang, selbst in den Tälern. Der Frühling wandert bedächtig bergauf, du weißt es ja: oben ist es März, wenn unten schon das Gras geschnitten wird. Der Kamm kennt keinen Sommer, er geht vom Mai in den September und vom September in den Januar. Du siehst es kaum, weil sich die Nadelbäume nicht verfärben.“
„Aber hier bleibt der Sommer doch noch bei uns?“
Er küßte ihren Scheitel: „Und auch der Herbst währt seine Zeit, der Herbst, der tausendfarbig leuchtet, ist fast noch schöner als der Sommer. Wir werden hier vom Hause aus die Hirsche schreien hören, Nacht für Nacht.“ – „Und

werden wieder selbst jubeln, ja, Peter?" Sie breitete die Arme weit aus, legte den Kopf zurück und lächelte, den Mund halb geöffnet, so daß man die Zähne leicht schimmern sah. Sehnsüchtig lächelte sie, reifer geworden in der Entsagung dieser Wochen voller Fieberschlaf und mattem Wachsein.

„Der Jäkelsberg will deinen Austritt nicht annehmen?"

„Soll er das halten, wie er will", erwiderte Peter energisch, „man bleibt nicht, wo man so enttäuscht wurde. Ich habe übergenug von der Menschheit. Von irgendeinem Gott erhielt ich die Begabung ..." Sie unterbrach ihn: „Vielleicht gar von der Menschheit selbst?!"

„Das würde mich noch mehr empören! Denn wer auch diese Schöpfergabe schenkte, er versagte ihr zugleich den Nutzen. Ich gebe den Satten Brot, den Hungernden Steine, ich weigere den Erschöpften den Schlaf und singe dem Schläfer Schlummerlieder."

Er setzte sich müde: „Als Jungen haben wir einmal einen Bienenschwarm im Walde ausgenommen und ihm dann einen Stock im Garten aufgestellt. In der Hoffnung, daß die noch ausgeflogenen Bienen den neuen Standort finden würden, verschmierten wir ihr alten Heim mit Lehm. Ich sah da, wie die schwerbeladenen Insekten zu suchen begannen – je erfolgloser, desto hastiger. Endlich, als sie den Eingang zu den Waben nicht mehr finden konnten, erbrachen sie die mühsam eingeheimste Ernte. Der Nektar sickerte herab, verklebte den Entkräfteten die Flügel."

Elisabeth drückte seinen Arm: „Ich habe etwas gegen den Vergleich, obwohl ich ihn verstehe." – „Ich auch", triumphierte es plötzlich aus ihm. „Ich habe eine Heimat, die einzige, die ein Mensch finden kann. Ich habe – dich."

Ihre Blicke verstanden sich sogleich: Nie, nie noch waren sie so sehr eins gewesen wie jetzt. Untrennbares, nicht mehr Zerstörbares verband sie. Er sagte leise, aber sehr überzeugt: „Für dich also die Kunst! Das ist der letzte Grad der Einsicht: man sucht nur dich. Und jedes Werk, noch

so groß bemessen in der Wirkung, sagt eigentlich nur ‚Du'."
Sie blieb an ihn gelehnt. Tränen liefen über ihre Wangen: „Ich sehe es deinen Augen an, wie glücklich ich bin."
Sie legte den Arm um seinen Hals. Er trug sie behutsam. Sie wollte im Bett so sitzen, daß sie leicht durchs Fenster sehen konnte. Er zog ein Kissen aus seinem Bett und stützte ihren Rücken. Sie sagte leise: „Ich danke dir", legte die schlanke Hand, als müsse sie ihr Herz halten, auf die Brust, und ein kaum merkbares Beben lief wie ein Hauch über sie hin.

„Siehst du, wie klar die Schneekoppe, der ganze Kamm – wie herbstlich klar all das jetzt ist?"
Ihre Hand antwortete nicht. Er drückte sie fast bittend: „Du wolltest die Berge für dich und mich allein, falls du in Petersburg oder Paris ... Ah, du schläfst – wir sind trotzdem vereint ..."
Er sah sehr deutlich die Kienholzbestände, Felsbrocken, den steilen Absturz zum großen Teich und – wie schnell das Auge wandern kann – schon wieder den Gipfel der Koppe mit der Laurentiuskapelle. „Deine Hand wird kalt, Elisabeth. Ich will dir den Schal holen, den Orenburger Schal."
Er stand leise auf, nahm ihn aus der Truhe.
Einen halben Schritt vor ihr blieb er stehen, öffnete den Mund – rief kurz und rauh, aber ohne Stimme: „Elisabeth?" Dann dringender, mit sehr viel Angst: „Du!"
Was ihm noch nie geschah, die Knie schlotterten ihm. Er sank auf den Rand des Bettes, griff zugleich nach ihren Schultern – da legte sich ihr Kopf mit den herrlichen Locken sanft zur Seite. „Gott sei Dank ... eine lebendige Bewegung! Diese Lockenpracht! Du schliefst wie ... wie tot. Elisabeth!"
Er streichelte den Scheitel. Der Anblick hatte ihn so erschreckt, daß er sich wünschte, sie möchte endlich erwachen. Er brauchte Trost!

Seine Augen fanden die Hände. Sie schienen aus Wachs. Da zuckte in ihm zum zweitenmal der Gedanke auf, den nur ein Irrer haben kann, ein Wahnbefallener ... oder einer, dem die Wahrheit nichts bedeutet.

Stunden sind verronnen. Peter hat in diesen Stunden kein Glied gerührt. Vielleicht nicht einmal gedacht? Doch! Wenn man nicht atmet, wird man so ... er weiß es, wie man wird, wenn man nicht atmet: sehr bleich wird man und spricht nicht mehr mit den anderen.

An der Wand tickt leise die Uhr. Elisabeth hat sie aufgezogen. Die Uhr wird ticken bis morgen früh. Die Uhr – wie ist das? ... sie lebt doch von Elisabeth!?

Er lächelt zur Uhr. Das Lächeln schmerzt unsäglich im Herzen. Noch nie hat Peter sein Herz gefühlt. Er hofft, daß sich der Schmerz verstärken wird, ausbreiten im Körper: „Elisabeth, du kannst mich nicht allein lassen – du nicht! Du bist nicht glücklich ohne mich!“

Plötzlich, wieder nahe am Begreifen, entwindet er sich ihm sofort: „Die Uhr lebt doch auch, die Berge sind die gleichen wie vordem. Und daß es dunkel wird – mein Gott, jeden Abend wird es dunkel.“

Als das Licht brennt, beginnt Elisabeth zu leben. Die Flamme wirft vibrierende Schatten. Abermals stundenlang sieht Peter den Lichteffekten zu, umgeht das Schauerliche: begreifen zu müssen, was unbegreiflich ist.

Die Kühle des Morgens zieht ihm die Haut zusammen. Er bittet um den Orenburger Schal. Sie lächelt ihn an, nicht wahr? Denn das sieht nun wohl merkwürdig aus: der Schal um *seine* Schultern.

Im Augenblick, da ihn der Stoff berührt, kann er die Tränen nicht mehr zurückhalten. Als die Morgensonne in das Zimmer einbricht, sind die Augen außerstande, ihn weiter zu belügen.

Peter wagt nicht mehr, sie zu berühren. Das Haar nur, das lebt, wenn man es ganz vorsichtig betastet. Die Haut ist nicht mehr die ihre, schon der Farbe wegen.

Es klopft an die Tür. Er fährt auf vor Angst: ‚Nimmt man sie mir?' Er öffnet, drängt die Zofe mit dem Tablett hinaus: „Pst ..., sie ist noch so müde!"
Der Tag belebt das Haus. Die Zofe braucht Geld für das Mittagsmahl. Der Gärtner wartet wegen der neuen Beete.
„Elisabeth, wenn wir noch ein wenig beisammen sein wollen, dann – muß ich jetzt gehen."
Er ängstigt sich zunächst vor jedem Spiegel. Aber er bemerkt nichts Absonderliches an sich. Mit dem Gärtner bespricht er die Beete.
„Die gnädige Frau sagt, es sollen Astern ..."
„So? Was für welche?" Peter fragt hastig. „Astern? Ja, ich erinnere mich, sie sagte heute früh – jetzt schläft sie wieder –, sie sagte: Astern, wenn der Gärtner kommt; aber erst in einer Woche – oder schon übermorgen."
Der Gärtner begreift das wohl nicht recht.
„Geh Er nur, ich begreife auch nicht alles", meint Peter. Dann schickt er die Zofe nach Hirschberg. Sie kann dort bleiben und sich ausruhen, er wird ohnehin mit Madame verreisen.
Jetzt ist seine Kraft erschöpft. Er klimmt die Treppen hinauf, dreht den Schlüssel leise, als könne er sie wecken. Elisabeth liegt unverändert, sie schläft und scheint zu lächeln in ihrem Schlaf.
Am Abend zieht er die Uhr auf, im letzten Augenblick. Entsetzlich der Gedanke, sie wäre stehen geblieben – Kraft von Elisabeth ist doch in ihrem Werk.
Dann wird es still in ihm. Dies Licht, er weiß es jetzt, täuscht nur eine Lebende vor, Elisabeth ist zwar tot, aber er ist noch nicht völlig verlassen, er sieht sie noch. Sie wird noch tagelang da sein, auch als Tote ist sie Elisabeth.
Keine Trennung, ehe es sein muß! Ein letztes Geheimnis mit ihr haben!
Diesmal sinkt er schon vor Mitternacht in lastende Träume.
Er geht über den Kamm, an seiner Seite Elisabeth. „Du?" sagt er, und sie versteht sogleich, was er sagen will.

„Natürlich lebe ich, hast du denn wirklich glauben können, daß ich tot sei? Tote sehen anders aus. Weißt du, die Weber, die du gezeichnet hast, das waren Tote. Und Fritsche, von dem nicht einmal die Leiche aufzufinden war, der ist auch tot. Ich bin es übrigens auch. Aber du mußt nicht weinen. Wir sind ja jetzt in unserer Landschaft."
„Ja, du bist tot", jammert er plötzlich auf. Da ist sie zum Greifen, zum Küssen deutlich. Alle seine Sinne betrügen ihn zugleich und so vollkommen, daß er an ihr Leben glaubt.
Da geht sie über eine Wiese hin – nicht mehr oben auf dem Kamm. Mai ist es, Löwenzahn blüht. Er holt sie ein. Sie lacht ... plötzlich bricht unter ihm der Boden auf. Versinkend denkt er: ‚Jetzt bin ich gleich tot, und sie muß fühlen, wie das ist: verlassen zu werden mitten im Glück des gemeinsamen Lebens.'
Sie weint nicht einmal, im Gegenteil, sie lächelt sogar ein wenig. „Ich habe mich immer so vor dem Tod gefürchtet, nur immer vor dem Tod. Jesus hat ihm seinen Stachel nicht genommen. Jesus hat meine Hölle nicht besiegt – Jesus hat mich nicht erlöst. Nein, niemand kommt zum Vater, denn durch sich ...!"
Die Erde wird zu den brausenden Wassermassen der Lomnitz, die über Peter zusammenschlagen. Er ringt nach Luft, springt auf: Das Licht ist verloschen.
Der Mond scheint silberblau ins Zimmer. Er wandert auf der Tapete, läßt die zarten Blumenmuster blaß leuchten; er tastet über das Bildnis eines Kindes, das Peter für Elisabeth gezeichnet hat.
‚So ein Kind will ich haben ...' Peter stöhnt auf: „Wenn ich nun dein Kind hätte! Auch diese Hoffnung nimmst du mit ins Grab!" Nichts da von Grab! Jetzt trotzt er allem Wissen um die Trennung, sinkt gleich darauf in sein Bett, legt sich neben sie, als hätten sie sich gute Nacht gesagt und jeder müsse nun schlafen. Sein Kopfkissen fehlt: „Oh, behalte es!"
Sogleich reizen neue Träume sein Hirn: zerfahrene Ge-

sichte, bald formlos, bald überdeutlich. Einmal ist es Käthe, die hintergründig lächelt: „Versuch es nur mit deiner heiligen Elisabeth!“ Er schreit: „Deine Freunde, die Weber, haben sie getötet.“ Sie streicht ihm dafür übers Haar: „Meine Freunde werden noch viele töten, ohne es zu wollen.“ Nördlingen legt den Arm um ihre Schultern und nickt: „Ich habe den Fahnenträger getötet.“
„Und Eckertsberg!“ sucht ihn Peter zu belasten. Der Dichter schüttelt den Kopf: „Das war eine Hinrichtung.“
„Was wißt ihr denn vom Tod, ihr Lebenden“, tobt Peter. Nördlingen zuckt mit den Achseln: „Wir wissen nur, daß er nutzt und schadet.“ Da schluchzt Peter im Halbschlaf: „Und niemand kommt, mich zu trösten?!“
Fiebig zieht seine kalten Beine bis unters Kinn – ja, es ist Fiebig – und starrt durch das Fenster über ihn weg. Er sagt: „Ich fürchte, Nördlingen hat sich in Euch geirrt.“ Peter antwortet nur: „Meine Heimat ist mir gestorben.“
Das Erwachen ist ihm wie eine Erleichterung. Weil es heftig an die Haustür pocht, muß er hinunter. Er zieht den Schlafrock beinahe verkehrt an, rennt: „Wer hat mich verraten?“
Der Postbote gibt ihm einen Brief aus Warmbrunn. Peter lacht vor Erleichterung ein irres Lachen: „Niemand holt Elisabeth, niemand weiß um mein Geheimnis. Aber es ist schrecklich hell überall.“
„Wenn Sie mich heute nicht besuchen, dann komme ich zu Ihnen.“
Peter überschlägt die Stunden. Dann eilt er wieder hinauf: „Elisabeth, ich muß zur Gräfin. Ich bin – bald zurück!“ Dann holt er Blumen aus dem Garten, stellt sie ans Bett, reißt sie sogleich wieder aus der Vase:
„Das – das geht nicht! Blumen so neben dir, keine Totenblumen!“
Er kleidet sich sorgfältig an, wickelt Locken und Zopf besonders sorgfältig und verbraucht viel Puder und Schminke. Er besprüht auch das Schlafzimmer mit Parfüm, er weiß nicht, warum.

Als er nach einem qualvollen Tag, an dem er viel von Elisabeth zu berichten hatte – entschieden sei sie auf dem Weg der Besserung, sehr herzlich lasse sie grüßen –, als er nach diesem grauenvollen Ringen um den letzten Schatten der Geliebten endlich sein Zimmer betritt, ist mit Elisabeth eine Veränderung vor sich gegangen: die Nase hebt sich schärfer ab als je im Leben, der Mund hat sich geöffnet und um die Augen liegen blaurote Schatten.
„Jetzt muß es sein", haucht Peter, verhält sogleich den Atem, stürzt ans Fenster und wagt es doch nicht zu öffnen. Dann eilt er ins Dorf, kauft Gips und beginnt mit zitternden Griffen, das Antlitz der Toten abzuformen.
Zufälliger Besuch fand ihn am Abend; neben der Leiche lag er am Boden ausgestreckt ...

XII.

Auf die Heerstraße Greiffenberg–Hirschberg sengt die Mittagssonne des September. Was an Fuhrwerken jetzt verkehrt, Planwagen, Kutschen und Karren, selbst die Post, biegt an den Rand ab. Die Menschen auf den Fuhrwerken reißen die Augen auf: In langen Windungen, ohne Tritt, zieht das Band heran: weiß von unten bis zur Mitte, dann dunkelblau mit rot. Darüber erheben sich Spitzen, die spiegelnd leuchten. Im Näherkommen wird alles deutlicher: Man sieht bereits die Offiziere zu Pferd, die langen Spieße der Korporale, die Fahnenstange mit dem breiten Futteral.
„Um wie viele Meilen sind wir heute vorgerückt?"
Hensel wirft das Gewehr auf die andere Schulter: „Sag lieber, ob du Wasser hast?"
„Ja, in den Blasen meiner Füße", knurrt der dürre Krassa, „und über den Rücken runter. Der Rock ist wieder ganz durch, Jauche verfluchte!" Dängler hinter ihm pfeift. Krassa wird munterer, dreht sich um und kneift ein Auge zu.
„Dort", sagt Dängler, und sein Blick weist nach dem

Horizont. Das Gebirge wird mit jeder Stunde deutlicher. Krassa versteht, was das heißt: Dort! Dort – ist die Grenze ... „Fresse halten“, faucht der Korporal. Sein Spießschaft trifft Krassa ins Knie.
Ein Leutnant galoppiert vorbei nach vorn, noch ein paar Offiziere folgen. Rechts und links von der Straße sind Steinbrüche. Der Blick nimmt vorn nichts mehr wahr als Tornister, Zöpfe, Dreispitze.
Am Wegrand Wasserrinnsale mit Schachtelhalmen und Farnkräutern; die Hänge hinauf fahlgelbes Leinkraut, erbarmungslos das unbewölkte Stahlblau darüber.
Aber die Tage sind wenigstens schon kurz.
Kommando vorn: „Gleichschritt!“
Die Leutnants warten abgesessen am Rande der Chaussee, bis ihre Kompanien heran sind, dann ziehen sie den Degen und fassen Schritt neben ihren Zügen.
Plötzlich weitet sich der Steinbruch, sinkt gleichsam ab. Das erste Bataillon erreicht die Höhe. Vor ihm liegt – herrliche Sicht – das Hirschberger Tal, Stadt, Dörfer und das weit ausgezogene Gebirge, blaugrün schimmernd in der Sonne.
Aus den Vorstadthäusern kriechen die Menschen hervor: Handwerker, den Hobel, die Zange, das Richtscheit noch in der Hand, neben sich Weiber und Kinder.
Hell schmettern die Trompeten. In tiefem Baß stimmen mächtige Posaunen ein. Schwarz und silbern glänzen Pfeifen, Flöten, Klarinetten im Gold der großen Instrumente. Dröhnend bestimmt die Pauke den Rhythmus. Jubelnd klingt der Schellenbaum, ein Prachtwerk die Umfassung aus dicken Messinghörnern, die, lyraartig gebogen, in mächtigen Roßschweifen enden – darüber ein blitzender Preußenadler.
Major von Hippel sitzt mit strammen Schenkeln in seinem Sattel. Auf seiner Brust klirren leise die Orden. Am blauen Halsband leuchtet der ‚Pour le mérite‘.
Dichter, je näher dem Markt zu, wird das Spalier der Bürger. Die alten Lauben füllen sich, die Fenster zeigen

Kopf neben Kopf. Der große Platz allein ist menschenleer.

Die erste Kompanie zieht ein: Marschtakt, die Reihen ausgerichtet, Gewehre scharf gewinkelt. Am Brunnen stellt sich die Kapelle auf. Die Pauke echot von den Häusern her. Die in Schweiß und Staub gerösteten Kolonnen defilieren im Parademarsch der preußischen Regimenter.

Nostitz, auf einem prachtvollen Rappen, salutiert erst, als die entrollte Fahne vorbeizieht, er grüßt das alte, kugelzerfetzte Gewebe mit dem Adler seines großen Königs, vergißt die Welt um sich, ist plötzlich zwanzig Jahre jünger. Neben ihm hält die Gräfin in einem Reitkleid aus mausgrauem Taft, den kleinen Dreispitz auf der heute ganz niedrigen Frisur, die Reitgerte locker am Handgelenk. Sie ißt Süßigkeiten und schnupft. Als die Fahne vorbeikommt, muß sie ausgiebig niesen. Darauf verlangt sie von Nördlingen etwas Riechsalz und stochert mit der Gerte an des Barons Knie herum. Er dreht sich, in seiner Begeisterung tief gestört, mit schlecht verhohlenem Zorn nach ihr um und erfährt, daß an seiner Hose die Naht ausgeplatzt sei.

„Sie werden alt und schlampig, mein Herr."

Vergeblich sucht er seinen Waffenrock über die schadhafte Stelle zu zerren. Da stellt die Gräfin ebenso freundlich wie laut fest: „Es reißt noch weiter aus." Mehrere Damen des Gefolges müssen lachen. Dies geschieht, während die Grenadiere ihre Beine schmeißen – angstzitternd die Augen rechts und die Gewehre krampfhaft in die Schultern gestemmt, nach neunstündigem Marsch durch hügeliges Land unter brennender Hitze, aus allen Poren schwitzend, die Augen verklebt, die Kehlen verdorrt, die Brust jedoch vorgewölbt, das Kinn an der Binde. Eiserne Disziplin hält sie stramm in der Front, keiner bewegt sich um einen Zoll anders.

„Ein preußischer Soldat präsentiert noch im Sarg, wenn's befohlen wird", lacht Hippel, der jetzt herangeritten ist. Er sieht, daß der Oberst zufrieden ist, soweit man es als Vorgesetzter sein darf:

„Gut, Herr Major, im ganzen günstiger Eindruck. Die Kerls brauchen Ruhe jetzt, beste Quartiere."
Nostitz fühlt sich als ein gerechter Mann, er läßt seine Wut nicht an unschuldigen Soldaten aus. Nördlingen erbittet sich Urlaub, als die Parade zu Ende ist. Die Kompanien rücken ab, eine bleibt in Hirschberg, eine muß nach Warmbrunn, die vierte gar noch bis nach Hermsdorf.
Im Ballsaal des Hirschberger Rathauses jagen die Diener um die langen Tische. Die Gräfin gibt ein Essen. Nostitz hat es förmlich von ihr erzwingen müssen. Er hatte gedroht, nach Berlin zu melden, daß man in Warmbrunn alles sabotiere, was von Berlin befohlen werde. Da hat die Dame nachgegeben, doch erst nach einem langen Gespräch mit ihrem Sekretär: „Nun gut, solange der Marquis von Brandenburg noch Herr in Schlesien ist ... Ich bleibe ja im Herzen kaisertreu, verstehen Sie, für mich ist dieser Hohenzoller ein Rebell gegen die Majestät des Heiligen Römischen Reiches Deutscher Nation. Er ist ein Schadenstifter, von blindem Ehrgeiz besessen, ein Mensch von mäßiger Begabung fürs Flöteblasen. Leider ist er als Fürst geboren und so imstande, außer Konzerten auch noch blutigen Schlachtenlärm zu veranstalten!"
Nördlingen denkt anders: „Glauben Sie mir, Madame, er leidet bitter, daß er nicht mehr ist als ein Vasall der Zarin. Unfähig, dieses Joch je abzuschütteln, in das ihn seine Junkerschaft hineingezwungen hat."
„Ich kann das nur zur Hälfte akzeptieren, mein Herr. Ein König ist für mich ein König mit aller souveränen Herrlichkeit. Soll er die Junker jagen! Daß er es nicht getan hat, dafür ist freilich nun das andere sein gerechter Lohn. An Österreich hat er sich bereichert, mit Frankreichs Hilfe das deutsche Reich zerrissen, danach für England gegen Frankreich kämpfen müssen. Und als er endlich einmal selber etwas wollte, nun ja, da haben Sie recht: in Potsdam herrscht jetzt Sankt Petersburg. Bleiben Sie meinem Essen fern, es wird miserabel, ich habe die Speisekarte zusammengestellt."

So thront sie nun neben Nostitz und notiert zufrieden, was die enttäuschten Gesichter all der Offiziere dartun: Die angebrannte Suppe schmeckt nach Tischlerleim, der Fisch ist ungewürzt und der Braten viel zu klein für die Menge der zu Beköstigenden. Und das Gemüse gar erst, es besteht nur aus Rüben. Sie meint zum Oberst, dies sei dem Unternehmen angemessen, er solle noch der Rüben froh sein. In einem Kampf gegen Geister hätte sie auch eine rein spirituelle Nahrung verabreichen können: Bibelsprüche, Lobgesänge und dergleichen. Dabei schweift ihr Blick um die ganze Tafelrunde.

XIII.

Inzwischen saß Nördlingen am Hang einer Wiese bei Hermsdorf. Hinter ihm öffnete sich der Wald. Herbstlich schon, in der verspäteten Nachsommerhitze, rauschten die Wipfel, warfen das Laub ab, das weithin rostrot flammte.
Unten am Kretscham hielt ein Reiter, saß ab, trank etwas. Alles war klar und gut zu sehen. Dann schien er sich die Füße zu vertreten ... nein, er stieg den Hang hinauf. Vielleicht sah er Nördlingen schon, der das Gesicht des anderen jetzt deutlicher wahrnahm: hager, starkes Jochbein über dem scharfen Schnitt der Backen, der Kopf ein bißchen geneigt, die Augen tiefliegend, scharfsichtig.
Nördlingen stand auf, der andere ging rascher und streckte die Hand aus.
Die großen Radmäntel unter sich breitend, setzten sie sich.
„Man kann hier die ganze Straße übersehen, ein guter Platz", meinte Nördlingen.
Fiebig verschränkte die Arme unter dem Spitzenjabot und nickte: „Diese Plätze sind alle gut. Für uns. Die Herren werden das bald merken, denke ich. Ein bißchen schnell nur geht das jetzt. Du meintest doch, das Militär würde erst in vierzehn Tagen hier sein."
Nördlingen nickte: „Der Oberst will das schöne Wetter ausnützen. – Aber ‚schnell'? Meinst du?"

Fiebig lachte: „Eigentlich geht mir ja alles zu langsam. Besonders bei Rössler. Immerhin, wir sind jetzt einig in allem Wichtigen. Dein Traktat war gut. Das ging ihnen allen ein, besonders den Bauern."
Nördlingen brummte zufrieden. Dann bewunderte er Fiebigs Rock. Der sah vergnügt an sich herab:
„Käthes Vater hat von Exner die Hypothek herausgekriegt. Nun schneidert der alte Malk aus Dankbarkeit für uns. Feine Arbeit, was?!"
Dann waren sie wieder bei ihrem Thema.
Nördlingen sagte: „Ich habe, was in meiner Macht stand, getan. Hätte ich den Nostitz nicht bis aufs Blut gereizt, wäre vielleicht doch noch alles unterblieben. Weitere Hilfe kann ich nun nicht mehr leisten."
„Ist auch nicht nötig!" Fiebig klopfte sich, wie zur Bekräftigung, auf die Schenkel.
„Ich weiß, ein kriegsstarkes Bataillon – reichliche Arbeit für den Berggeist, aber die Armee des alten Fritz ist das nicht mehr."
„Vor allem, Fiebig, nicht angreifen, ehe sie marschieren!"
„Und dann auch nicht, hoffe ich." Fiebig lächelte pfiffig.
„Habt ihr denn genügend Waffen?"
„Wie man will ... die Massen sind unbewaffnet!"
Nördlingen wurde nervös: „Ihr müßt doch vom Frühjahr her wissen ..."
„Daß wir nicht mal gegen *diese* preußische Armee Krieg führen können, meinst du das?"
Nördlingen winkte abwehrend, trommelte dann mit den Fingern auf den Knien:
„Nostitz wollte ein ganzes Regiment. Das war Berlin zu teuer. Zieht diesmal daraus euren Vorteil. Man wird euch bewilligen, was unter den Kosten bleibt, die ein Aufruhr bringt. Diese Regel gilt immer."
Fiebig zerkaute einen Grashalm.
Dann deutete er nach Hermsdorf, zum roten Ziegelbau der Manufaktur:

„Die Freiheitsflamme ist kein Schadenfeuer, an dem man sich die eigene Haut versengt. Nein, unsere Arbeitsplätze werden wir nicht mehr verbrennen."
Nördlingen nickt ihm zu:
„Scharf kann jeder Scherben sein."
„Und Scherben hat es genug gegeben", sagte Fiebig und spuckte den Grashalm aus. Dann sah er den anderen an: „Da wir gerade von Scherben sprechen – was macht der Wost? Die Käthe würde es gern wissen."
Nördlingen wehrte ab: „Du gibst ihn ganz zu Unrecht verloren."
„So?" lächelte Fiebig, „will er noch einmal Himmelsschlüssel auf der Erde suchen? Ich rate ihm aber: nicht in unseren Bergen."
Nördlingen fragte prüfend: „Du magst ihn nicht. Ihr mögt ihn alle nicht, wie?"
Fiebig fand, die Frage schneide wie ein Messer: „Ich mag ihn wohl nicht. Er ist mir fremd. Menschen, die beim Z beginnen, statt beim A ..." Da griff Nördlingen ein, ruhig, aber mit dem Willen, unter allen Umständen zu überzeugen:
„Nicht jeder hat es nötig, uns zu helfen, Fiebig, nicht jeder muß bereit sein, für die Freiheit alles zu wagen. Nicht alle nämlich sind gleich unfrei. Ein Künstler macht die Welt schöner, klarer, weiter auch für uns. Er hat sowohl das Recht zu sagen: ‚Seht weg!' als auch: ‚Seht dies!' Wenn er im Kampf selbst mitficht, so bringt er oft ein großes Opfer. Darf man verlangen, daß er gleich sein Leben einsetzt? Wie ist es gar, wenn ein solcher schon zu lieben wagt, wie wir zu lieben noch nicht fähig oder willens sind?!"
Und da Fiebig ihn erstaunt anblickte:
„Glaube mir, dazu gehört die Tollkühnheit eines Seefahrers, der fremde Welten entdecken will, und die Besessenheit eines Erfinders, der den Elementen neue Bahnen weist: jederzeit gewärtig, Schiffbruch zu erleiden, immer in Gefahr, von einer Explosion zerrissen zu werden!"
Er sah starr vor sich hin, schwieg lange.

Fiebig hatte Nördlingen über derlei noch nie reden hören. „Herz", dachte er, „Herz ist da – und bei ihm so eines wie bei mir. Aber es ist bei mir vielleicht wie eine Blume, die keine Frucht ansetzt." Der Vergleich, der ihm da kam, wunderte ihn selbst. Nördlingen, als er ihn hörte, nickte, die Hand schwer auf Fiebigs Schultern: „Deshalb wächst man dennoch, und dennoch ist das Leben alles wert."

Es begann kühl zu werden. Die Sonne hatte versinkend Nebel aus den Tälern gezogen. Die stiegen über den Wiesen auf, vereinigten sich, schwebten über den Sohlen der Felder und umhüllten die Stämme der Bäume, die nur noch mit dem Gezweig aus dem milchigen Gespinst herausragten. Die Hänge indessen und Bergrücken blieben frei, deutlich wahrzunehmen in ihren dämmernden Farben.

Herniedersteigend sah man genau, wo die wogenden Nebel einen erreichen,-verschlucken werden.

„Steigen wir hinein", lächelte der Dichter, „es gärt in diesen Nebeln, braut und laugt, als seien sie ein Symbol unserer aufklärungsstolzen Epoche, in der wir halbblind um uns tappen."

„Und was soll ich nun Käthe berichten?" fragte Fiebig schon halb aus dem Nebel, „man sagt, es sei wohl Leichengift gewesen."

„Möglich. Ich glaube es nicht. Jedenfalls ist er in meinem Haus und arbeitet schon wieder. Er zeichnet Bilder von Elisabeth, ordnet ihre Briefe, sammelt Erinnerungen ... du siehst, er hat die Brücke schon gefunden."

So dicht wurde bereits das Grau, daß es trennend zwischen ihnen lag.

„Weißt du, daß der Wiesenhütter sich erhängt hat?"

„So ...?" Nördlingen durchfuhr ein Zucken.

„Und dabei ist es ihm in letzter Zeit ganz gut gegangen. Immer hat er was verkauft. Aber er wurde so komisch, trieb sich allein herum, suchte Erdbeeren, Pilze – was gerade reif war, für die kranke Komtesse. Wie er hörte, daß es ihr besser ginge, hat er sich zum erstenmal seit langem wieder besoffen. Und dann, bei ihrem Tod, hat er geheult wie ein

alter Wolf. Ein paar Tage drauf haben sie ihn gefunden, im Wald bei Agnetendorf, nicht weit ab vom Wege an einem Bach. Weißt du, ich denke manchmal, ob der Wilderer, der die Komtesse damals angeschossen hat, nicht gar ..."
„Pst!" Nördlingen stieß Fiebig weit von sich.
Gleich darauf vernahm auch der Weber Schritte knarrender Stiefel. Er hörte eine Stimme bei Nördlingen: „Den Paß, mein Herr!" Nördlingen kramte bedächtig in seinen Taschen. Der Offizier las, salutierte und ließ sich – Zeit genug für Fiebig, das Weite zu suchen – in ein längeres Gespräch verwickeln. Noch drei Patrouillen traf Nördlingen, ehe er in Warmbrunn einritt, zwei davon hatten Soldaten bei sich, waffenlos und mit verdreckten Uniformen.

XIV.

Der Markt ist in der Mitte von Fackeln erleuchtet, deren dunkler Rauch sich mit dem Nebel mischt. Auf den Gehsteigen haben sich lange Reihen von Menschen angesammelt, gutgekleidete und abgerissene, alte und junge, über denen ein beklommenes Schweigen liegt.
Im Feuerschein ist deutlich die massive Gestalt Major von Hadierskys zu sehen, die vor einem Spalier von Soldaten mit Gerten in den Händen auf und ab schreitet.
Nördlingen reitet heran, und der Major grüßt ihn mit trauriger Miene: „Man sollte es nicht für möglich halten, so eine Grenze ist wie ein Magnet für Soldatenstiefel. Heute schon, trotz ihrer strapazierten Beine, kratzten uns zwanzig ab. Fünf davon haben wir eingefangen, bloß fünf bei dem verfluchten Nebel. Die anderen werden sich die Hälse brechen."
Mit entblößtem Oberkörper steht ein junger Mensch am Ende des Spaliers, vor ihm ein Korporal. Der reißt ihm die Lippen brutal auseinander und stopft ihm eine Bleikugel in die Mundhöhle: „Tu nicht, als ob du erstickst, es nimmt dir nur die Luft zum Brüllen! Los!"

Schon zerrt er ihn an den vorn zusammengebundenen Händen in die Gasse.
Die Gerten pfeifen über das Fleisch.
„Daß euch der Satan in die Muskeln fahre!"
Der Major brüllt über den Platz: „Die Hunde schlagen nicht, Feldwebel!"
„Zu Befehl!"
Der Feldwebel salutiert.
„Wer nicht zuschlägt, den schmeiß Er aus dem Glied ... kommt gleich als nächster dran! Wir haben Zeit, die ganze Nacht!"
Der Feldwebel, um zu imponieren, packt einen beliebigen Soldaten am Genick und stößt ihn mit Fußtritten zu den Deserteuren. Jetzt schlagen die anderen, daß die Striemen gleich von Blut überquellen.
Beim zweiten Gang bricht der Gezüchtigte zusammen und wird beiseite geschleift.
Der nächste stürzt sich beim ersten Schlag auf seinen Führer, beißt ihn in den Hals, läßt sich schließlich am Boden nachschleppen, nach allen Seiten tretend. Es ist nicht zu verhindern, daß der Korporal selbst ein paar pfeifende Hiebe übers Gesicht bekommt. Sein Dreispitz fliegt ihm vom Kopf, und der Zopf verwickelt sich in eine Rute. Aber wortlos schleift der Vorgesetzte seinen Mann weiter, ans Ende zurück, und wiederum ans Ende. Dort bleibt er lange liegen, ein Mensch mit zerfetzter Haut, eingeschlagenen Zähnen, eine Muskelpuppe in einer roten Lache.
Der Korporal stößt ihr mit dem Stiefel ins Gesicht. Die Puppe bleibt bewegungslos. Jetzt tritt er ihr auf die Finger. Sie brechen, ohne daß die Gestalt am Boden sich rührt. Endlich erstattet er Meldung: „Grenadier Krassa bei der Exekution verschieden!"
Major von Hadiersky dankt brummig, dann wendet er sich gähnend an Nördlingen: „Nun wird das jedenTag so gehen. In unserer guten Garnison war es schon so weit, daß wir uns manchmal eine ganze Woche diese Prozedur ersparen konnten. Kommen Sie mit? Ich bin vom Fackelrauch ganz

ausgedörrt. Sie kennen hier die Weine und müssen mir ein bißchen gruseln machen vor dem Gespenst der Berge."
Im Ratskeller haben sie eben Platz genommen, als draußen vor dem Fenster Bewegung entsteht. Eine Bahre wird vorübergetragen, von der eine Hand herabhängt, eine vom Stiefel zertretene Hand. Nördlingen hebt sein Glas: „Voila! Der erste Tote. Fangen Sie getrost an, sich zu gruseln!"

XV.

Von Hermsdorf und Warmbrunn gleich weit entfernt wurde das Bataillon konzentriert, im gesamten Gebiet des Gebirges der Belagerungszustand verhängt. Er wurde um drei Uhr verkündet. Um sechs war die Landschaft tot, kein Mensch mehr auf den Straßen, kein Fuhrwerk auf den Chausseen, kein Schaf, kein Rind auf der Weide. Unheimliches schien vorzugehen. Die Leute hockten hinter ihren Fenstern, lauschten auf Trommeln und Trompete, auf Pferdehufe eilender Kuriere. Bald da, bald dort wurde ein Posten stationiert, Patrouillen mit aufgepflanzten Bajonetten durchstreiften die Gassen. Vom Dunkelwerden an krachten Schüsse, bald fern, bald ganz nah. Dann klirrten die Scheiben leise. Seltsam: von Haus zu Haus ging dennoch Kunde, ganze Gassen entlang:
„Bäcker Kobers großer Hund ist tot!" – „Die alte Kräuterguste haben sie auch angeschossen – die ging, weil sie von gar nichts wußte, mit ihrer Hucke auf die Grenadiere zu. Sie hätt der Rübezahl sein können vielleicht, was?!"
„Und die Soldaten, so einen Schiß! Der bei uns lag – wie der sich erkundigt hat, ob's wirklich ein Gespenst hier gäbe, auch seine Kameraden täten das behaupten, sie sollten das Gespenst gar militärisch reizen. Das um Christi willen möchten sie nie tun! Eine Schanze stürmen, wenn's sein muß – da stirbt man höchstens –, aber die ewige Seligkeit aufs Spiel setzen ... o lieber Himmel! Sie beten in allen Glaubensbekenntnissen, sie haben Eingaben gemacht, ums heilige Abendmahl zu nehmen."

„Na, was denn überhaupt soll da werden, he? Es heißt, daß sie wollen den Berggeist abschaffen! Nun da –“
In der Werkstatt grinsen die Gesellen, sowie die Sprache drauf kommt. In den Weberstuben knurren sie sich mit höhnischen Lippen dabei an. In den Manufakturen schielen sie zur Decke oder zum Boden, damit die Aufseher nichts merken. Aber Händedrücke, boshafte Worte wandern von Bank zu Bank.
„... Morgen sollen sie marschieren! ...“
„In Rübezahls Reich!“
Ein Alter schaut zum Himmel auf: „Das Wetter ist umgeschlagen, Regen gibt's.“
Alle sehen, daß der Mond einen großen Hof hat.
„Besser kann's ni sein.“ Fäuste ballen sich, Finger trommeln, Füße scharren; all das heißt: „Morgen.“
Um ihre Zelte liegen die Grenadiere. Die Hitze der beiden letzten Tage ist seit der Nebelnacht dahin. Schon am Tag ist es kühl; nachts bitter kalt. Die Quartiere hatten warme Betten.
„Husten werden wir allesamt kriegen morgen. Und dünn scheißen ...“
Am Feuer wärmen sie die klammen Finger, und die Gespräche werden leiser und leiser. Keiner kann schlafen.
„Meine Leute waren anständig. Den letzten Speck haben sie mir eingepackt. Bloß ...“
„Na!“
„Hm ... bloß mit dem Gespenst ... das ist Wahrheit – sie haben es auf dem Markt zu Hirschberg selber gesehen.“
Einer spuckt ins Feuer: „Bei uns zu Hause gibt es so was Ähnliches. Kein Hund möchte sich dort in die Leitdorfer Düne wagen, wenn der Reiter da ist ohne Kopf – aus der Wilden Jagd stammt er, aus der Heidenzeit. Wer ihn beruft, dem läßt er noch drei Tage Zeit. Drei Tage, dann bringt er ihn zu Fall oder sein Weib oder die Kinder, wie durch Zufall sterben sie: brechen auf dem Weg das Genick, rutschen auf der Brücke ins Wasser, schlafen am Ofen ein und erstikken.“

Zwei andere bestätigen es.
„Und gegen so was sollen wir mit Pulver und Blei! Kerls..."
„Pst!" zischelt es von allen Seiten.
„Der hier haust, soll den Armen nicht schlecht gesinnt sein. Sind wir reich?" Scheu sehen sie sich um. „Die erste Kompanie in Hermsdorf hat schon was erfahren."
„Gutes? He?"
Der Grenadier schiebt seinen Kopf ganz nahe ans Lagerfeuer: „Den meisten, die ihn reizen, bricht er die Knochen. Aber ... er läßt sich bannen. Er hat seine Formel, die er anerkennt."
Alle stieren sie auf den Mund des Kameraden, legen die Hand an die Ohrmuscheln. „Man soll sich, wenn er auftaucht, zu Boden schmeißen ... dann schreien, bis die Spucke Schaum wird: Drudivus!"
„Drudivus?"
„Ja, seine Gnomen, auch die Hexenmeister, die ihm verschworen sind, erkennen sich damit."
Enttäuschung bei vielen; dennoch letzte Hoffnung.
„Und wenn man sich so hinschmeißt ... unsere Offiziere?"
„Tritt sie in den Arsch, Mensch! Mit Geistern will ich nicht anbinden, ich will mal im Grab meine Ruhe ..."
Wachtposten stapfen ihre Stunden ab. Die Feuer brennen nieder, das Holz geht zur Neige. Nur der Schlaf bleibt fern. Eine Weile hängt jeder mit den Blicken in der Glut, die bei jedem Windstoß neu aufglimmt, um dann leise knisternd desto schneller zu verkohlen.
„So hat's der Herd zu Haus immer gemacht ... winters konnte man da lange zusehen ... und neben der Bank schnurrte der Kater, so ein grauer mit ganz buschigem Schwanz ..."
„Zu Hause ..."
„Wo bist du her, Kamerad?"
„Ich? Vom Hannoverschen. Und du?"
„Rheinpfalz ..."

Einer wälzt sich auf die andere Seite: „Leben daheim doch noch besser als hier. So was von Elend ...“
Der Rheinpfälzer fragt fast unverständlich: „Ist das die Wahrheit, daß die drüben niemanden ausliefern, ich meine, wenn er Deutscher ist?!“
So leise er auch gefragt hat, sofort stößt ihn sein Nebenmann.
Alle sehen nach dem Korporal bei der Wache. Aber er kann nichts gehört haben ...
Die Kälte kriecht in die Knochen. Die Grenadiere liegen eng aneinander gepreßt. In den Zelten ist es warm. Aber die Stickluft treibt die dort Liegenden immer wieder in die Höhe. Viele räumen ihre Plätze und frieren lieber, als daß sie sich die Nasenlöcher dauernd mit Staub verstopfen, die Gaumen wund trocknen lassen.
Um halb fünf rasseln die Trommeln, schmettern die Signaltrompeten. Die Feuer flammen wieder auf, und eine Weile steht das ganze Biwak im warmen Dunst der pissenden Soldaten. Zähneklappernd dann beginnen sie sich zu kämmen, Knöpfe zu putzen, Leder zu wischen. Die Korporäle sitzen reihenweise am Boden vor den sie rasierenden Friseuren. Überall kocht Wasser. Bald ist der erste Morgenbrei angebrannt, sein bitterer Geruch warnt die anderen Köche.
Feldmäßige Frisur war befohlen; die herzustellen dauert nur eine Stunde. Brennscheren klappern, Seifenschaum fliegt, Messer schaben. An Paradetagen muß man das alles am Abend vorher besorgen und mit vollendeter Frisur am Tische sitzend schlafen, das ist das Gemeinste an den Paraden; der berühmte Stechschritt ist ein Garnichts gegen diese nächtliche Schinderei.
Heute geht alles flink. Die Korporäle, bereits fertig, inspizieren die Monturen, fühlen die Backen ab, betasten die Schleifen der Zöpfe. Die ersten Flüche klingen noch brummig verschlafen. Dann heult ein Grenadier auf, er macht den Anfang derer, die heute geprügelt werden, er hat einen Knopf falsch angenäht. Bald schreit ein zweiter, ein

dritter. Der übliche Marschtag beginnt – wen soll das bekümmern ...
Seltsam! Heute scheint dies alle zu erregen. Die Geprügelten verstummen nicht. Die Nichtgeprügelten flechten Worte in ihre Reden, zum Kameraden erst, dann so, daß auch der Korporal es hören muß.
„Es war einmal ein böser Mann, der haute seinen Hund, ja Hund", singt einer. Und: „Hund, ja Hund!" ruft man sich immer lauter zu, drohend schließlich und direkt vor den Ohren der Vorgesetzten.
„Komm her, mein Hund!" Ein Stockhieb saust einem Grenadier über die linke Kopfseite. Das Ohr bricht sofort blutend auf. Gleich danach stürzt der Korporal wie ein gefällter Baum: Sobota, zu nahe an seiner Heimat, hat die Beherrschung verloren und dem Schinder die Faust unters Kinn gestoßen. Jetzt bricht ihm vor Angst der Schweiß aus mitten in der Kälte: die Freiheit vor Augen, die Freiheit, von der er nächtelang geträumt hat – *zlata Praha* ... ‚Maminka ... es soll mir nicht so gehen wie dem armen Krassa, den sie totgeprügelt haben ... Jungfrau Maria!' In irrer Verzweiflung rennt er los, bricht durch die Wache in das morgendliche Dunkel der Felder aus, zwei Posten folgen ihm hastig, schießen ... Keiner der drei kehrt zurück.
Im strahlenden Morgenrot bricht das Bataillon auf. Die Wolken, am Rand wie in gelben Gluten geschmolzen, umschweben den Sonnenball und fließen als feurige Ströme am Horizont dahin. Eine Weile scheint die Welt den Atem zu verhalten. Der Tau blitzt auf, wo nur ein Tropfen hängt: an Gräsern, Zweigen, Spinnweben. Kein Laut in den Bergen und Tälern als der dumpfe Takt der marschierenden Soldaten, das vereinsamte Klappern der Hufeisen. Dampfend steht der Atem vor jedem Gesicht und weht zum Hintermann zurück.
Oberhalb von Agnetendorf wird kurz gerastet, gegen zehn Uhr tritt der Oberst mit seinem Gefolge an, und der Rübenwagen, bis jetzt am Ende der Kompanien unter der Bagage,

fährt im Trab am angetretenen Bataillon vorbei bis an die Spitze.
Kaum ist er dort angelangt, geschieht etwas Unerhörtes: eine Feuergarbe schleudert alle Rüben empor. Dichter Qualm verdeckt Fuhrmann und Pferde, die man, als die Sicht wieder frei ist, den Hang hinabjagen sieht.
Die vorderen Glieder der ersten Kompanie sind vom Luftdruck niedergemäht, sielen sich am Boden und wagen nicht aufzuschauen. Mehrere Gäule sind mit ihren Reitern durchgegangen, ein Hauptmann hat sich den Oberschenkel gebrochen.
Major von Hadiersky keucht zum Oberst vor. Die Offiziere müssen absitzen.
„Wer hat den Rübenwagen bepackt?"
„Leutnant von Schrastatt, Herr Oberst!"
„Vors Kriegsgericht den Herrn! Kutscher muß sofort verhaftet werden! Wo ist der Kutscher?!"
Über den Kamm rollen graue Wolken, ziehen den Hang hinab in den mächtigen Wald, der vor dem Bataillon liegt.
„Die Truppe dicht aufschließen!" Befehle schnarren. Die Grenadiere straffen die schlotternden Gelenke. Stockhiebe treffen zu Langsame, zu Ängstliche, zu Laute ...
„Merde! Von wegen Gespenst! Jemand hat ein Pulverfaß unter die Rüben praktiziert, und der Kutscher hat die Zündschnur angesteckt!"
Die Grenadiere hören es, aber sie denken es nicht.
„Die grauen Nebel ... siehst du? ..."
„Die Rüben hat's schon erwischt – jetzt kommen wir dran!"
„Na warte ... bis zum Wald ..."
Die Offiziere ziehen blank, manche sehen käsig aus, manche dunkelrot. Die Korporäle umklammern ihre Spieße. Vorn wird die Fahne entrollt.
Dann schmettert das Avanciersignal. Höhnisch echot es von den Felswänden zurück, dreimal ... viermal ... Die Soldaten beginnen zu schaudern.
„Im Gleichschritt – marsch!"

Dicht aneinandergedrängt stapfen sie in den Urwald. Man lispelt nur noch.
„Morgenrot gibt schlechtes Wetter ...“
„Schlecht ... für wen?“
Hadiersky überlegt, ob er laden lassen soll. Die meisten Herren sind dafür: wer weiß, was auf dem Kamm droht. Aber Nostitz hat nie viel vom Schießen gehalten: „Die Preußen gewinnen mit dem Bajonett! Die Sache ist mir außerdem viel zu gefährlich so dicht an der Grenze. Wenn gar noch eine Panik ...“
Die Panik bricht eben in der letzten Kompanie aus. Ein junger Grenadier hat offenbar die Nerven verloren, schreit plötzlich tierisch gurgelnd:
„Der Berggeist! Dort!“
Ehe ihn ein Stockhieb niederstrecken kann, ist es geschehen: haufenweise werfen sich die Grenadiere nieder und jammern: „Drudivus, hilf!“
Der Hauptmann läßt sofort Karree formieren. Der erste Zug gehorcht, der zweite, halb schon von dem Schrecken angesteckt, versucht sich in die Front zu ordnen, als plötzlich längs des ganzen Bataillons ein stinkender Komet hinzischt. Da reißen die letzten Fesseln des Gehorsams. Was Nostitz gleich als simplen Feuerwerkskörper erkannt hat, das ist für die verängstigten Soldaten der Berggeist in Person. Und für die nicht Verängstigten der lang ersehnte Anlaß, mitsamt den andern sich davonzumachen – sie stieben nach allen Seiten auseinander, sie schlagen nieder, was sie hindert. Der Boden ist besät mit Gewehren, Patronen, Bajonetten und Tornistern ... und plötzlich beginnt sich der Wald zu beleben: bald da, bald dort im Gestein sitzt es, huscht es weg; drüben taucht ein bösartiger Riese auf, verschwindet ein grinsender Zwerg. Was ist Spuk, was Wirklichkeit in diesem dreimal verfluchten Wald? Hadiersky dankt jetzt Gott dafür, daß Nostitz das Kommando übernommen hat.
„Vorwärts! Marsch!“
Gegen hundert Mann, fast nur Chargen, schließen auf und

klimmen, dicht um die Fahne geschart, den immer steiler werdenden Hang empor; voraus Nostitz, den Degen in der Scheide, an seinem Krückstock wuchtig schreitend, den Blick geradeaus: das mag nun werden, wie es will, er wird auf den Kamm kommen – er wird dort Wache halten und jeden Deserteur niedermachen. Denn das ist so klar, wie die Wolken hier dunkel sind: alles berechneter Vorwand zur Massenflucht ... die Grenadiere tagelang verrückt gemacht mit Aberglauben und ihnen dabei das Gelobte Land vor die Augen gegaukelt, die zum Greifen nahe Grenze. Unklar ist nur eines noch: wer hat das alles ausgeheckt?! ... Marsch – vorwärts! An den unsichtbaren Feind!

Weiter aufwärts keucht die Truppe. Unter ihr liegt der Wald mit seinen Fichtenriesen, Felsenbrocken, Wolkenschwaden, vor ihr tauchen Knieholzbestände auf, Triften mit kurzem Gras; im Schutz großer Steine stehen noch Schneebatzen. Rinnsale machen den schmalen Pfad schmierig. Die Stiefel stemmen sich Elle um Elle hinauf. Vor den Kletternden rollen die Wolken, bald alles einnebelnd, bald jäh auseinanderklaffend. Dann leuchtet der Kamm, naß-blaugrau und unerbittlich steil.

„Haalt! ... Laden!" Nostitz läßt weder die Kammlinie aus den Augen noch den Wald, der unter ihnen liegt: „Sicht! Herrgott, gib mir Sicht! Achthundert Deserteure müssen doch wo stecken?"

„Im Wald können ganze Regimenter ungesehen lagern!" Hadierskys Fettbauch schwimmt in Schweiß. Dieser Nostitz ist verrückt geworden. Man hat noch zwanzig Gewehre ...

„Wenn sich die Desertierten an die Grenze machen, Herr Oberst, wenn nur die Hälfte, nur der vierte Teil dazu entschlossen ist, so schießen sie uns ab wie Spatzen."

Nostitz verzieht keine Miene. Andere Offiziere mischen sich ein, sie fühlen sich in der Einöde entsetzlich umlauert: „Was auf dem Kamm sich verbirgt?! Vielleicht gar nichts!"

„Es muß ein Feind da sein! Irgend jemand hat doch die Rakete …“
„Ich habe vorhin Gestalten dort oben bemerkt. Wahrscheinlich warten sie auf gute Schußweite!“ Major von Hadiersky riskiert das Letzte, um zu überzeugen, er tritt vor: „Rate gehorsamst zum ehrenvollen Rückzug, Herr Oberst. Wir sind an Kampfwert doch nur die Vorhut eines Bataillons.“
Nostitz, immer noch schweigend, putzt sein Einglas, klemmt es sorgfältig ins Auge und betrachtet den Pour le mérite an Hadierskys Hals.
„Salutieren Sie endlich, mein Herr!“
Hadiersky tritt ins Glied zurück.
„Abteilung marsch!“ …
Sie haben noch gute hundertfünfzig Ellen hinauf. Immer häufiger verschwindet die Gruppe jetzt in den Wolken. Der unsichtbare Feind tastet sie förmlich ab. Die Nerven sind überreizt, jedes Geräusch verzerrt sich zum Knacken eines Flintenhahns, zum unterdrückten Hohngelächter. Jeder Stein betrügt mit Fratzen, Fäusten, Fahnen.
Plötzlich zerreißt die unheimliche Spannung; Hadiersky brüllt auf: „Dort“, und er packt ein Gewehr und schießt nach oben. Verdammt, er hat den Pour le mérite für schneidige Angriffe erhalten und nicht für sinnloses Herlaufen hinter einem verblödeten Don Quichotte.
Sein Beispiel gibt das Signal. Alles feuert. Die Schüsse hallen weithin, der Pulverdampf mischt sich mit den Wolkenschwaden … Und endlich kommt die Antwort des unsichtbaren Gegners: ein Felsbrocken kollert dumpf donnernd zu Tal, vier, fünf Ellen seitlich, reißt Gestein und Erde mit sich, in einem wilden Tanz sich überschlagender, im Schlag zersplitternder Scherben.
„Losgeschossenes Zeug! Eure Schuld!“ faucht Nostitz. Da rollt der ersten Lawine schon eine zweite nach – direkt auf die Truppe. Angstgepeitscht rennen die meisten talwärts, hinter Vorsprüngen, in Mulden sich bergend. Viele erhalten dennoch Treffer, dumpfe, wuchtige Stöße in den Rücken,

die Beine, an den Kopf. Dann sinken sie stöhnend nieder oder rutschen, sich überschlagend, auf Hosen und Röcken abwärts, um mit zerschundener Haut und gebrochenen Gliedern irgendwo am Waldrand sich zu verfangen, in einem Brombeerstrauch, an Knieholz oder Fichtenstämmen.

Nostitz, der wenigen einer, die unverletzt, und der einzige, der nicht geflohen war, wirft seinen Krückstock weg, der in der Mitte zersplittert ist. Nicht weit von ihm liegt die Fahne. Er beugt sich ächzend zu ihr nieder und stemmt sie hoch. Dann streicht er sich den Rock glatt, nimmt eine Prise Tabak, während er achtlos auf die Verwüstung niederblickt – und stapft weiter, Schritt für Schritt, aufwärts.

So sieht man ihn noch eine Weile, bald in Nebel gehüllt, bald groß und deutlich, die alte ruhmreiche Fahne knattert im schneidend scharfen Wind über seinem Haupt. Er ist der letzte kampffähige Mann: Ferdinand Traugott Freiherr von Nostitz-Wartenberg, Oberst Seiner Majestät des Königs Friedrich II. von Preußen. Er wird die Fahne auf den Kamm tragen – die Fahne, die er liebt, wie manche Frauen lieben oder ihre Kinder. Sterbliche Kreaturen! Er liebt außer der Fahne seines Königs das Wappen seines Geschlechts. Was noch? Den Degen. Ja, den liebt er so, daß er ihn in der Scheide ruhen läßt. Er zückt ihn nicht gegen Gauner. Er wird sie mit Steinen und später mit Stricken ... Da rutscht er aus, wie ihm scheint – sucht vergeblich nach Halt und fällt auf den Hinterkopf ...

Bewußtlos rollt er zu Tal, bleibt endlich liegen, die Uniform in Lappen zerschlissen, die Backen aufgeschunden, blaurote Beulen von der Stirn bis zu den Beinen, in der blutenden Hand den aufgesplitterten Schaft mit den Faserresten der Fahne.

XVI.

Antoinette, in locker fallendem Kleid, saß Nördlingen gegenüber auf der Schaukel, die an langen Stricken von

einem Lindenast herabhing. Mit ihren schlanken Beinen stieß sie sich nur hin und wieder vom Boden ab. Ein wenig müde lehnte sie den Kopf an den Arm, der den rot und weiß geflochtenen Strick umspannt hielt.
Vom Pavillon kam der Neger mit einem prunkvollen Tablett und stellte starkduftenden Mokka unter die herbstliche Pracht der Bäume, die ihre gelben Blätter bei jedem Windstoß fliegen ließen.
Es mußte bald regnen. Der Kamm war zeitweise mit mächtigen Wolken bepackt. Noch aber brach hier, im weiten Tal, immer wieder die Sonne aus dem Grau und leuchtete durch die gelichteten Baumkronen, alles vergoldend, was sie traf. Dieser Mann, der so vertieft jetzt las, ihr Erlöser aus der Hölle Klattes, ihr Perseus, der den Drachen niederschlug ... ja, ein Heros war er, ein Wesen aus höheren Welten. Wie darf man sich unterstehen, an Liebe zu denken, wie darf man es wagen, sich gleich zu halten mit diesem! Und doch begeistern ihn – sie ist glücklich in diesem Wissen – ihre schlanken Glieder, ihre schmale Hand, ihre Augen ... Nicht der Abstand seiner fünfzig Jahre, nicht das schimmernde Grau seiner Locken, nicht die scharfe Gravur seiner Falten trennen ihn von ihr. Was nur, was trennt? Eine andere Frau? Ein anderer Glaube?
An einem langen Seidenband flattert der Stieglitz auf, den ihr die Gräfin geschenkt hat. Seit Tagen flattert er wie von Sinnen. ‚Man müßte ihn fliegen lassen. Er ist als Junges aus dem Nest genommen worden, er kennt die Freiheit überhaupt nicht – und doch weiß er um sie!‘ denkt das Mädchen – mit einem besorgten Blick auf Nördlingen. Was wird er sagen, wenn sie das Geschenk so ... Da sitzt der Stieglitz schon auf einem Ast, schaut nicht einmal herab. Er ist die Fessel los, Antoinette bedeutet ihm nichts mehr. Er weiß nicht, daß sie ihm die Freiheit gab, er weiß nur, daß sie seine letzte Herrin war ...
Nördlingen sieht auf und lächelt: „Endlich!“
Sie freut sich, schaukelt vor Verlegenheit und Glück und

hält plötzlich wieder an: „Danke, daß du nicht schimpfst."
Er schüttelt verwundert den Kopf. „Ich? Vielleicht – wenn du es unterlassen hättest."
Sie will besonders freundlich sein: „Du liest so vertieft!"
Er holt Atem. „Ich lese gerade, daß die Sonne nichts vermag ohne die Erde, der Mann nichts ohne das Weib. Die These sucht ihre Antithese mit Lust und Bangen, Gott kann nicht ohne Teufel, der Teufel ohne Gott nicht existieren – sie sind im Grunde eins. Wenn sie sich trennen, entsteht die Schöpfung. Sausen dir nicht schon die Ohren, Toni?"
Sie nickt lachend: „Wer schreibt das?"
„Ein Schuster namens Jakob Böhme. Er hat nicht allzu weit von hier gewohnt. – Hast du einmal von Kant etwas gehört?"
Sie sieht ihn lustig und verlegen an: „Ja, Vater hat ihm früher einmal aus Verehrung ein Porzellanservice geschenkt, ein solches Gedeck für fünfundzwanzig Personen – und einen Dankesbrief von ihm erhalten. Den hat er allen Freunden gezeigt und das Muster sehr oft verkauft daraufhin. Und bis an sein Lebensende wollte Vater von Kant was lesen, so sehr hat er für ihn geschwärmt."
Nördlingen lacht auf. Dann streicht er über das Buch auf seinen Knien: „Nun, dieser Schuster hat noch über Kant hinaus gedacht, wenn er auch nicht imstande war, sein Denken so zu formulieren."
Vom Schloß her eilt ein Lakai, viel hastiger, als seine Würde es zuließe, dem Dichter entgegen. Der steht auf und reckt die Arme, wie jemand, der eine lange verhaltene Spannung endlich sich lösen fühlt. Antoinette sieht sein Gesicht sich wandeln. Sie fühlt förmlich: er sieht mich nicht mehr – nicht mehr die Sonne, nicht die Bäume. Das, was uns trennt, hat wieder alle Macht in ihm.
Im blauen Salon thront die Gräfin in jener Erhabenheit, die sie gut und gern spielt. Vor ihr eine Deputation vom Hirschberger Magistrat, einige Herren aus Warmbrunn, der Oberforstmeister von Mecheln, zwei jüngere Offiziere,

alles Nördlingen kaum bekannte Leute – verschwitzt, verängstigt und in Hast frisiert. Die Gräfin, als Nördlingen ihr ohne Eile die Hand geküßt hat, wendet sich an Mecheln: „Jetzt können Sie anfangen."

Mecheln hat in Sprache und Haltung ein Vorbild: den Baron von Nostitz. Er sucht ihn auch jetzt zu kopieren, und so wird alles zu einem zerrissenen Schnarren und Belfern: „Expeditionskorps durch Steinlawine getroffen... Rettungsmannschaft unterwegs..." Weiter kommt er nicht, die Zunge liegt ihm vorn an den Zähnen, zuckt stotternd und sagt den Dienst auf. Die Gräfin meint nachsichtig zu Nördlingen: „Das darf man wohl den Kopf verlieren nennen", und dann schärfer, während sie sich nachpudert:

„Meine Herren Gutsbeamten, Stadtväter und was hier noch herumbibbert – von euch Teigaffen habe ich genug!!"

Sie steckt die Puderdose ein und wendet sich an ihren Sekretär: „Herr von Nördlingen, Sie werden uns wohl wieder helfen müssen! Der Oberst ist verschollen, das Offizierskorps aufgerieben, das Bataillon des Herrn von Hadiersky existiert nicht mehr. Dafür sind etwa zweitausend Weber, Arbeiter und Bauern im Anmarsch. Es können vielleicht auch viertausend sein."

Nördlingen verschränkt die Hände auf dem Rücken. Er atmet ruhig – niemand weiß, wie anstrengend das für ihn ist, denn sein Herz pocht plötzlich wild auf, tobt bis an den Hals. Er steht vor einem Gemälde, wie in seinen Anblick versunken – dreht allen den Rücken zu: Der Fiebig hat also einen Sieg errungen, weit über alles, was erwartet werden durfte.

Ängstlich hängen die Augen an seinem Rücken. Selbst die Gräfin beginnt besorgt zu werden. Aber auch sie wagt nicht, den hageren Mann da zu stören.

Endlich kehrt er sich um! Seine Hände umfassen, haltsuchend, eine geschwungene Stuhllehne. Ruhig und fest kommt die Frage: „In welcher Vollmacht soll ich verhandeln?"

Betroffenes Schweigen, unsicher schielende Augen. Nördlingen hebt die Stimme: „Oder denken Sie wieder an eine Verteidigung mit Waffen? Dann lasse ich satteln und bitte Madame, diesmal wirklich zu fliehen, und zwar sofort!“
Alle haben plötzlich Worte, und alle Worte gehen durcheinander. Jeder beteuert, daß nur Verhandeln etwas retten könne. Selbst Reiterei sei derzeit nicht genügend schnell erreichbar.
Nördlingen hebt die Hand – gleich sind alle still. Sie wollen ja nur ihn hören, ihn nur günstig stimmen.
Aber er kommt nicht mehr zu Wort. Von draußen dröhnen Schüsse herein. Nicht von Gewehren – es sind Kanonenschläge, wie sie bei Festen ausgelöst werden. Man hört Gesang. Siegesgeschrei von Menschenmassen, Hornsignale. Dann das Trampeln von Pferdehufen, das Knarren von Wagen. Die Deputierten im blauen Salon eilen entsetzt zum Fenster: Bauern füllen den Sandplatz vor der Freitreppe. Aus dem Stroh der Wagen heben sie Verwundete, mit grauem Leinen verbunden, mit dem Tuch dieser Berge. Für manche ist es schon das Leichentuch. Andere tragen es um den Kopf. Wieder anderen hält es den Arm in der Schlinge. Blut sickert durch die Fugen der Wagenbretter, sprenkelt den gelben Sand. Überall suchende Blicke, dumpfes Stöhnen, schrilles Aufheulen. Das Wundfieber glüht schon auf vielen Gesichtern.
Neben dem Portal stehen schweigend Männer, Patronentaschen über ihren ärmlichen Röcken, Messer in den Leibriemen und auf den Schultern Gewehre mit aufgepflanztem Bajonett. Ein noch junger Mensch kommt die Treppe herauf und erklärt nach einem kurzen Blick in den Salon, niemand habe ihn zu verlassen. Falls Herr von Nördlingen hier sei, solle er ihm folgen. Als der Dichter schweigend geht, bricht Herr von Mecheln in Schluchzen aus: „Gott hat uns verlassen!“
„Na, na“, sagt die Gräfin und reicht ihm ihr Spitzentuch, „quel avancement rapide pour notre poete!“

Schon in der ersten Abenddämmerung sehen die Herren im Salon Feuer aufleuchten, von allen Höhen strahlt es rot, soweit das Auge reicht: leuchtende Punkte in der Ferne, lodernde Feuer in der Nähe. Nicht weit von ihnen flammt es nun auch auf: aus pechdurchtränkten Latten gezimmert, gleißt ein mächtiger Stern auf. In der gekräuselten Fläche des Teiches sich bald spiegelnd, bald in tausend vibrierende huschende Flämmchen sich lösend. Reigen umtanzen ihn jubelnd mit seltsamem Kehrreim: Drudivus ... drudivus ...

„Wenn die dort wollen, dann hängen wir alle", sagt die Gräfin in das lastende Schweigen hinein. Dann kehrt sie sich dem Zimmer zu und weidet sich am Anblick der Herren. Bitter lacht sie auf: „Bis hierher hat uns eure Weisheit nun gebracht, ihr Quackelhähne, Dämelaks, ihr tetes de grenouilles – ihr preußischen Pomuchel! Sehr schade eigentlich, wenn ihr nicht hängen solltet, wo ohnehin die ganze Männlichkeit bei euch nichts ist als ein ewiges Gehänge, ihr dämlichen Trunkenbolde, ihr Krepierln und Aktenscheißer, ihr fritzischen!"

In den Ecken des Salons bilden sich verschiedene Gruppen. Die Gräfin, nach einigen weiteren huldvollen Bemerkungen über Preußens Glorie, vertreibt unvermittelt einige der Herren aus der Nähe des Diwans, streckt sich lang aus und beginnt zu schnarchen. Es wird ihr seltsam leicht ums Herz.

Auf dem Hradschin ist sie – neben dem Fenster steht ihre Mutter, alt und ehrwürdig, mit starker Nase und klugen, scharfen Augen. Alles in ihrem Gesicht verrät Verstand und Willensstärke, hinter der sich freilich eine tiefe Schwermut verbirgt.

„Nun, liebe Tochter, bist du auch schon über fünfzig. Findest du es immer noch in der Ordnung, daß die Männer die Welt regieren?"

„Nein, liebe Frau Mama. Aber wir Frauen würden es auch nicht können."

„Ah, mein Räudelchen, die Welt ist nicht zu regieren?"

„Wir sind vielleicht noch keine Menschen, Frau Mama."
Die schweren Augen lächeln: „Dies ist zwar unkanonisch, meine Tochter, aber es zeugt von einer edlen Gesinnung. Ich wußte immer, in dir steckt ein guter Kern, der keimen müßte."
„Und ein gutes Weib, das lieben möchte", sagt da das Räudelchen zu seiner Mutter. Die streicht ihr über das Haar: „Den Nördlingen zum Exempel?" – Die Kleine schmiegt sich an sie: „Er ist auf dem Weg, ein Mensch zu werden, auf dem einzigen: er kämpft für das Menschenrecht." Die alte Dame seufzt: „Hänge dein Herz nie an einen solchen. Sonst wird ein Schwert durch deine Seele gehen."
„Warum, Mutter?" Das Mädchen sieht zu ihr auf. Aber die Alte ist verschwunden. Ihre Stimme jedoch bleibt ihr, wenn auch leiser, deutlich im Ohr: „Weil man sie kreuzigt, wilden Tieren vorwirft, brennt und rädert."
Die Schlafende wird unruhig, lauscht nun vergebens auf die Stimme, sieht aber jetzt die herrliche Landschaft unter sich. Der nächtliche Himmel wölbt sich sternenbesät über dem weiten Tal. In der Moldau glitzern unzählige Lichter. Im Mondschein ragen die Türme der Kirchen und Tore blaßblau aus dem Wirrsal der Holz- und Ziegeldächer. Still ist es hier oben. Nur aus einer Schenke weht der nächtliche Wind ein zerfetztes Lachen. Über die Karlsbrücke rollt eine Kutsche, ganz in der Nähe hallen die Schritte der Wachtposten ... Dann dröhnt plötzlich der Stundenschlag vom Veitsdom schräg über ihr: Mitternacht. Der vibrierende Ton schwingt mahnend über alle Glocken hin, mahnend vor der Mitternacht: Geister gehen um, Tote stehen auf ... Tote?
Sie stiert nach der Tür, die aufgerissen wird. Die Kutsche von der Karlsbrücke ist an der Freitreppe angelangt, das Tapsen der Wache ist bereits im Zimmer, und da ist der Geist – nein, leider auch das Fleisch von Nostitz: Kopf, Hände und Füße in dicken Bandagen. Wie ein Tier, das aufrecht gehen muß, watschelt er durch den Salon, setzt

sich, streckt die Glieder aus, ächzt und schließt die Augen.
Der Oberforstmeister bleibt neben ihm stehen, glaubt Worte zu hören und hält das Ohr unter den grauen Schnurrbart des Obersten. Die aufgeschlagenen Lippen formen mühsam ein paar Silben: „Der Feind ... hat die ... Fahne ..."
Betont abseits halten sich die Brüder der Loge. Leise führen sie ihr Gespräch: „Die Aristokraten sollen selbst sehen, wie sie aus der Affäre kommen."
„Die? Bruder, das kennen wir doch! Auf den Gäulen kommen sie aus der Affäre. Brennen wird bei denen nur der Hintern. Unsere Habe ist es, die vernichtet wird."
„Mißregiment, vermaledeites!" Schröder sagt es lauter, als die Ängstlichen vertragen. Sogleich löst sich auch ein Offizier aus der anderen Gruppe los:
„Was sagten Sie, mein Herr?"
Schröder, breit in den Schultern, stämmig unter dem Leibgürtel, stellt sich wie ein Steinbrocken vor den Schlanken: „Ich beliebte zu sagen, was jedem hier längst klar geworden ist. Sie werden davonreiten, wir werden ruiniert. Zum zweitenmal in diesem Jahr und nun wohl endgültig. Das war ein wahres Wunderwerk aristokratischer Narrheit, dieser Marsch ins Gebirge."
Der Offizier holt aus und schlägt Schröder ins Gesicht. Lautlose Sekunden, dann greift der Freimaurer zu. Beide Arme um die Hüften des anderen, so preßt er ihn an seinen Bauch, bis des Edelmanns Kreuz nachgibt. Ehe jemand trennend eingreifen kann, haben die Posten, die vor der Tür den Fall bemerkten, das Paar bereits isoliert. Das wälzt sich auf dem Teppich. Schröder bekommt den Aristokraten unter seinen Leib, hockt sich mit seinem ganzen Gewicht auf ihn und drischt pausenlos mit beiden Fäusten auf ihn ein. „Lümmel! Einen Bürger wagst du zu ohrfeigen!? Lieber sollen mich die armen Leute nachher richten ... aber dich zahl ich aus! Du Bauernschinder, Landaussauger, erbärmliche Kreatur!"

Speichel fliegt von Schröders Lippen, Blut fließt dem Offizier aus Mund und Nase. Unter den Waffen der Weber schlägt der Bruder zu, bis sich die Augen des Unterlegenen in tiefer Ohnmacht schließen. Dann erhebt sich Schröder und schaut mit rotunterlaufenen Augen um sich. „Weiter", ruft beifällig die Gräfin, das Lorgnon in der Hand: „*Panem et circenses* – das Volk hat Anspruch darauf."

„Die Herren sind an allem schuld!" ruft einer der Freimaurer. „Wir haben das Militär nicht gerufen!" Er schreit um so lauter, je mehr Volk sich in der Tür sammelt. Laut lamentiert ein anderer dazwischen: „Ach, wären wir noch österreichisch, wären wir nur böhmisch! Die Preußen sind unser Unglück!"

Inzwischen hat sich der Geschlagene erhoben, stier um sich blickend. Schröder will sofort wieder über ihn her. Da packt ihn ein alter Weber am Arm:

„Diese Abneigung, die hättet Ihr ein bissel früher dartun sollen, mein Herr. Von mir aus könntet Ihr am gleichen Strick baumeln, an dem ihr bis dato gemeinsam gezogen habt."

In der Tür weicht alles gehorsam beiseite. Ein Bauer, aufrecht in der Haltung, mit offenem Gesicht, bewaffnet wie ein Räuber, tritt ein. In der Hand hält er ein Stück Papier, von dem er Namen abliest, lauter Bürgernamen. Jeder Vorgelesene muß „Hier!" rufen.

„Nach Hause gehen, zu Hause bleiben."

Aufatmend drängen die Gerufenen fort.

„Den andern dient das Schloß als Aufenthalt! Wachen vor die Tür!" Der Mann sieht erst jetzt den verletzten Offizier am Boden: „Warum seid Ihr nicht verbunden?" Der alte Weber erklärt: „Es war noch keine Zeit dazu – so einer von den Bürgern hat sich ihn vorgenommen." Da wendet sich der Bauer an die schadenfroh lachende Menge hinter sich: „Täuscht euch nicht in den Fäusten solcher Bürger, sie schlagen wild um sich im Sturm wie ... Wetterfahnen."

XVII.

In seinem Arbeitszimmer im Lehnstuhl ausgestreckt liegt Baron von Nostitz-Warttemberg. Neben ihm steht eine Wasserschüssel, um die feuchten Tücher zu erneuern. Die Beulen am Kopf läßt er kühlen, die am Körper sieht man nicht, und darauf kommt ihm alles an. Wie das Gesindel Spalier gestanden hat, als man ihn brachte!
Er lächelt ächzend:
„Der Rübezahl hat mich schön durchgewalkt. Na ... werden ihm schon! Jäkelsberg endlich da?"
Der Adjutant verbeugt sich: „Wartet seit einer halben Stunde." – „Was?" Nostitz braust auf: „Doch keine Zeit zu verlieren! Rein mit ihm! Und Sie sorgen dafür, daß wir – verstanden – absolut ungestört ..."
Sie beginnen einander abzutasten, kaum daß die Tür sich geschlossen hat. Was Jäkelsberg besser weiß, gibt er nur ins Gespräch, wo es ihm nützlich erscheint. Nostitz weiß, der Aufruhr ist nicht ausgebrochen, er brauchte gar nicht auszubrechen. Die Niederlage ist vollkommen und die Regierung außerstande, in kurzer Zeit genügend Truppen zu senden. Sie ist auch nicht gesonnen, es zu tun. Das Land erscheint ihr friedlich. Wie friedlich, oh! Man hat zwei Tage lang das Schloß besetzt gehalten. Jäkelsberg nickt: „Dann hat es Herr von Nördlingen frei bekommen." Nostitz verzieht das Gesicht.
„Und die sechs gefangenen Aufwiegler, die hat er auch frei bekommen, was? Und mich dafür abgesetzt."
„Besser so, als daß man Schloß und Gefängnis gestürmt hätte."
Jäkelsberg lenkt ein wenig ein:
„Im übrigen, Herr Oberst, die Loge, der zu präsidieren ich den Vorzug habe, ist mit der Tätigkeit des Herrn von Nördlingen nicht einverstanden."
„Hä?" der Oberst blickt auf, während der andere fortfährt: „... doch wird sie ihn als provisorischen Kommissar unterstützen."

„Und warum, Herr von Jäkelsberg?“ Nostitz wird scharf. Jäkelsberg hält sich zurück. Einstweilen stechen noch kleinere Karten. „Nördlingen ist zur Zeit für uns die einzige Brücke. Und zu der anderen Seite müssen wir hinüber. Er hat den Webergeneral, diesen Fiebig, fest in der Hand und Fiebig seinerseits den Stenzel mit seinen gefährlichen Banden. Die Handwerker gönnen uns von Herzen die prekäre Situation, nicht einer wird für uns die Hand rühren. Besondere Gefahren sehe ich bei Rössler. Er bildet Bauerngarden. Ich habe verläßliche Kunde, daß zwischen ihm und Fiebig der alte Gegensatz aufgerissen ist. Fiebig hat akzeptable Forderungen überreicht, sichtlich von Nördlingen beraten. Noch haben sie alle gemeinsam unterzeichnet, auch Rössler: Verbot der Nachtarbeit für Kinder, Herabsetzung der Arbeitszeit auf sechzehn Stunden, Erhöhung des Leinenpreises um drei Kreuzer pro Elle, Beschränkung der bäuerlichen Fronarbeit auf drei Tage.“

„Halunken!“ knurrt Nostitz tiefbefriedigt, „da sehen Sie es selbst!“

„Wir sind mit diesen Forderungen einverstanden, Herr Oberst.“

„Wie?“ Die Faust des Blessierten saust auf den Tisch. Aufstöhnend reibt er sie sofort: „Wie? Hörte ich, Sie sind mit diesen Forderungen einverstanden?“ Jäkelsberg nickt: „Weil wir Menschenfreunde sind.“

Nostitz legt die Hand ans Ohr: „Noch einmal, bitte!“ Jäkelsberg, lauter:

„Ich sagte: Weil wir nicht abbrennen wollen!“

„Ah, so!“ höhnt Nostitz, „nur wir Soldaten haben unsere Haut auf der Bürger Markt zu tragen.“

„Sehr wohl“, nickt Jäkelsberg. Nostitz speit neben seine Wasserschüssel. Der andere fährt unbeirrt fort: „Diese Häute aber sind schadhaft geworden – zu stark gegerbt.“ Er sieht Nostitz schonungslos an jetzt.

„Reden wir nun preußisch, mein Herr. Nördlingen ist ein konsequenter Mann. Zur Zeit sind ihm die Schaffgotschs völlig ausgeliefert. Er befehligt jetzt ein großes Stück Land und wird seine Stunde erwarten ... er hat sie stets erwarten können. Der König wird sterben – bis dahin wird Nördlingen wohl kommissarisch hier regieren. Dann vielleicht heiraten, österreichisch oder russisch, je nach Konstellation, denn Preußen hat sich überfressen an Schlesien und Polen. Im nächsten Krieg bricht es zusammen, und jedem Preußen, der noch Achtung vor den Menschenrechten hat – jawohl, ich meine es jetzt ernst –, wird es eine Genugtuung sein. Echauffieren Sie sich nicht, mein Herr, ich bin gleich fertig. Wüten Sie meinetwegen, wenn ich draußen bin. Ich habe auch meine Pläne, aber ich strebe sie mit Vernunft an. Ich bin jetzt adlig, deshalb noch lange nicht ein märkischer Sandeber! Männer wie diesen Nördlingen und mich benötigt man nicht bloß an diesem Ort und jetzt, man wird sie noch in Preußen suchen, wie der Verirrte einen Meilenstein; in unseren Zeiten gibt man lieber ein paar Menschenrechte mehr! Wenig werden es später von selbst! Mit Prügeln kann man nicht mehr regieren, ohne sie mit Zins zurück zu kriegen!"

Das ist Nostitz zuviel: „Das ... das ist die Sprache von Rebellen!"

„Pst!" lächelt Jäkelsberg, nun schon wieder der alte gütige Herr, „Rebell ist man nur *vor* und *nach* dem Machtbesitz." Und schon an der Tür: „Ich meine damit nicht unbedingt auch Sie, mein Herr."

Höfliche Abschiedsworte und verbindliche Erwiderung klingen gedämpft herein. Nostitz saust es in den Ohren. Sein Blick verschwimmt. Eiskalter Schweiß tritt ihm auf Oberlippe und Nase.

„Ullersdorff!"

Der Adjutant tritt ein, das Lächeln des letzten Gesprächs mit Jäkelsberg noch im Gesicht.

„Was quasselt Er mit diesem alten Lümmel draußen?" Da der Offizier sich ratlos umsieht, fällt er in einen kameradschaftlichen Ton zurück: „Sie meinen, einen Edelmann vor sich zu haben? Ich sage Ihnen, dieser Schuft stützt Nördlingen. Die Bürger beginnen die Herrschaft an

sich zu reißen. Vollständig! Sind Sie sich klar darüber, was das heißt?" – „Zu Befehl, Herr Oberst!"
„Das heißt, sofort zu handeln – sofort!"
Die Augen des jungen Offiziers blitzen voll Tatendrang. Er salutiert klirrend.

Vor dem Badehaus traf Nördlingen auf Rössler. Der breite, robuste Mann sah mürrisch drein: „Was is da wieder los? Vor acht Tagen sollte das Geld eintreffen, das man den Webern und Bauern bewilligt hatte. Nischt is da!"
„Wir werden randalieren", erwiderte Nördlingen, „das hilft am schnellsten, drohen, dort Geld zu holen, wo welches zu finden ist. Dann eilen diese Bürger plötzlich."
„Das billige Garn für die Weber is auch nicht eingegangen. Woran liegt das nun?!"
„Hm", fragte der Dichter, „wer hat es besorgen sollen? Heidrich? Schick ihm jemand, der soll ihm sagen, wenn die Brüder Freimaurer sabotieren wollen, sabotiere ich auch. Schick ihnen den Stenzel! Er darf toben, auch ein bis zwei Vasen zerschlagen, sag ihm das – mehr vorläufig nicht. Wenn mehr nötig ist, komme ich selbst. Das Garn hat Berlin bezahlt, das Garn ist geliefert worden. Wir werden bald wissen, wer es versteckt hält. Und dem, ich garantiere dir, wird miserabel mitgespielt werden. Ich habe gestern Vollmacht erwirkt, Landfriedensbrecher durch das Standrecht abzustrafen."
Er lächelte triumphierend: „Sie haben es mit Begeisterung bewilligt. – ‚Landfriedensbrecher ... ah, das sind Strolche, die jetzt im trüben fischen wollen. Sogleich, Herr Kommissar! Seien Sie rücksichtslos! Statuieren Sie Exempel! Wir brauchen unbedingt Ruhe an der Grenze!' Nun also, Heidrich wird sich wundern, wenn ich verstecktes Garn als Friedensbruch an Land und Leuten ahnde."
Nördlingen sah wieder ernst vor sich hin. Sein Gesicht zeigte deutlich die Spuren schlafloser Wochen. Tief lagen die Augen in geschwollenen Tränensäcken. Schärfer als je ragte die Nase aus den fleischlosen Wangen.

„Unsere Leute sind mir viel zu glücklich", brummte Rössler. „Die Bauern liefern bei der neuen Ordnung so viel Lebensmittel, daß alles wohlfeil is. Bezahlt wird die ganze Zeche von denen, die sich bis dato vollgefressen haben. Bis weit nach Schlesien und Brandenburg rein gärt's auf den Gütern. Der Adel is drunter durch – dem Bürger is das ni unbehaglich."

„Und was verstimmt Euch daran so, Rössler?"

Der Bauernführer ließ den Blick über das Land schweifen, wies mit der Hand über Täler und Hügel.

„Hier herrscht der Berggeist! Sein Reich geht bis zum Mittelpunkt der Erde. Es is tief, aber es is ni sehr breit."

Nördlingen lächelte: „Man hat euch diesmal gezwungen zu siegen, ehe ihr wolltet. Das geschieht oft bei Provokationen." Rössler nickte und spann den Gedanken fort: „Der Fiebig spricht, Gewitter ziehen sich zusammen, der ganze Kontinent harrt auf die ersten Blitze. Seht Ihr, Herr Kommissar, da drauf haben wir zuwarten gewollt, um dann den ganzen Acker zu pflügen."

„Pflügen wir inzwischen also den halben, mein Freund! Ihr seht, die Früchte gedeihen und werden Appetit erzeugen. Geduld! Die Gewitter stehen am Horizont, sie werden sich entladen mit elementarer Gewalt!"

„Was meint Ihr ... bald?" Der stiernackige Mann fragte erwartungsvoll wie ein Kind.

„Bald", sagte Nördlingen, „sehr bald. Was fragt Ihr so besorgt?!"

Rössler dröhnte wieder: „Meint Ihr denn, daß die Gegner ruhig sind? Unheimlich still ist dieser Herr von Nostitz." Dann seufzte er sich die drohenden Gedanken gleichsam von der Seele: „Na, wir sind vorbereitet auf alles, was da aus den faulen Eiern kriechen mag, die sie bebrüten. Die größte Freude hab ich jetzt am Drudivus."

Nördlingen horchte auf, fragte schließlich gradezu: „Ich weiß nur, das sind Stenzels Leute. Sie haben damals unter meinen Augen den Husaren ihre Petarden unter die Hufe geschleudert. Und Peter Wost hat mir erzählt, daß er

seinerzeit in Hermsdorf selbst in Raserei geraten ist durch diesen Kampfruf." Rössler holte tief Luft, sah dennoch Nördlingen nicht sicherer an und sprach auch nur stockend: „Ich möchte Euch erklären, gerade Euch – und kann doch ni. Nehmt Ihr's mir übel?"
Nördlingen sah zum Himmel auf. Die Hände auf dem Rücken verschränkt, wippte er auf den Sohlen: „Ich hoffe, einmal wird es so sein zwischen uns allen: Vertrauen um Vertrauen, Rössler."
„Wenn's um mich ginge", fiel der eifrig ein, bat er geradezu, „ich möchte ja grade zu Euch ... aber seht Ihr, ich bin vom Bauernstand. Ich steck in dieser bergigen Erde vom Urahn her. Und ehe unsereiner sich – daß Ihr's ni übel nehmt – einem Fremden, gar einem Aristokraten ..." Weiter kam er nicht, er stockte und sah Nördlingen hilflos an. Der klopfte ihm ruhig auf die Schultern: „Laß gut sein, Rössler! Was viele Generationen mit Vorurteilen verschüttet haben, das können zwei Menschen kaum ausscharren."
Er gab ihm die Hand und ging langsam, aber mit sicheren Schritten davon. Rössler wollte ihm nach, aber er stand wie angewurzelt: „Herr Kommissar?!"
Nördlingen wollte sich umwenden, dabei prallte er auf einen Offizier, der sofort höflich grüßte, seinerseits um Pardon bat und sich vorstellte: „Von Ullersdorff. Darf ich Sie bitten, Herr Kommissar, für einige Minuten aufs Schloß zu kommen? Die gnädige Frau Gräfin hat uns zu dritt auf die Suche nach Ihnen geschickt."
„Bitte sehr!"
Sie gingen schweigend nebeneinander. Als sie in die Allee einbogen, folgten ihnen noch zwei Offiziere. Von nicht weit her knallten plötzlich mehrere Schüsse. Nördlingen wandte sich um, aber alles blieb still. „Vom Wald her gewiß", erläuterte Ullersdorff. „Die Bauern halten mit den Webern Jagd ab."
Vor dem Portal erreichte sie ein Reiter. Er sprang, das Pferd stand noch nicht recht, vom Sattel und eilte die Freitreppe hinauf.

Gemächlich folgte Nördlingen. Neben dem blauen Salon fragte er erstaunt:
„Ist sie denn nicht hier heute?"
„Sie ist bei Herrn von Nostitz", sagte devot von Ullersdorff.
„Hm ..." Nördlingen zögerte: „Ich werde Madame hier erwarten."
„Aber Frau Gräfin wünschen ausdrücklich eine Unterredung im Beisein des Barons!"
„Davon haben Sie nichts gesagt, mein Herr, ich trage mich nicht mit der Absicht, Herrn von Nostitz ..."
Die beiden Offiziere von vorhin kamen eilig den Korridor entlang. Da trat Ullersdorff dicht an Nördlingen heran:
„Haben Sie Angst?"
Nördlingen stemmte die Fäuste in die Hüften, maß den Frechling von Kopf bis Fuß. Da sah er plötzlich nur noch Finsternis um sich, rang in einem Tuch nach Luft, stöhnte dumpf, biß in etwas Weiches, fühlte sich trotz heftigen Stoßens angehoben, dann weggeschleppt.

XVIII.

Wenige Minuten später schon stand Nördlingen in einem Wachzimmer des Stallanbaus. Er sah das Gitter vor dem Fenster, den roh gehobelten Tisch, Bänke, die weißgetünchten Wände. Das alles betrachtete er unverwandt, um Nostitz nicht zu sehen. Der lag mehr, als er saß, auf einem Ohrenstuhl und musterte Nördlingen interessiert durch sein Glas. Endlich, als dieser nichts sagte, begann er selbst, indes zu Ullersdorff gewandt:
„Sie haben schwere Arbeit gehabt, wie?" Ullersdorff verneinte geschmeichelt. Nostitz lachte breit dazwischen, während er eine Prise nahm: „Nicht Leistung verkleinern! Weit leichter, einen Bauernschlot zu überrumpeln als einen so exquisiten Fechter und brillanten Geist. Hat aber auch geklappt, das andere." Ullersdorff zeigte freudige Überraschung. Der Oberst bot ihm die Tabatiere an: „Wissen

noch nicht? Tot ist er, mausetot! Ein Knall, ein Blitz – aus mit der Herrlichkeit von Satans Gnaden. Ich habe soeben den Belagerungszustand verhängt."
Ullersdorff beglückwünschte: „Gratuliere zu durchschlagendem Erfolg, Herr Oberst!" Beide behielten Nördlingen im Auge. Durch das Fenster sah man Jäger und Forstbeamte mit Gewehren patrouillieren.
„Na, und Sie, mein Herr?"
Nördlingen gab keinen Laut von sich.
„Hm", Nostitz strich über die zerschundenen, aber endlich wieder rasierten Backen: „Machen wir uns keine Schwierigkeiten, Herr von Nördlingen. Etwas überraschend, dieser schnelle Wechsel!? War er seinerzeit auch für mich. Sie reisen in, sagen wir: einer Stunde – unauffällig. Bis angespannt ist, plaudern wir. Ich denke: über Rübezahl. Ich habe da so verschiedene Fragen, zum Beispiel zu dieser Gefangenenbefreiung, dann die Klatte-Affäre, zum Rübenwagen und dieser vermaledeiten Rakete. Wie haben Sie diese Zauberstückchen ausgeführt, und wer hat Ihnen Assistenz geleistet?"
Nördlingen sah ihm plötzlich in das rote Gesicht: „Sie glauben im Ernst, daß ich Ihnen in diesem Raum auch nur ein Wort antworten werde?" Nostitz stand auf, so gut er konnte: „Es wäre eine Chance gewesen für Sie – dieser Raum." Dann zu Ullersdorff: „Also in den Keller!"
Er drehte sich um und stapfte eine Treppe hinunter. Kaum war er verschwunden, kamen zwei Männer, nur mit Hemd und Hosen bekleidet. Über den Köpfen trugen sie Kapuzen mit breiten Augenschlitzen. Nördlingen wich alles Blut aus den Lippen. Ullersdorff stieß ihn mit dem Fuß ins Gesäß: „Runter!"
Der hagere Mann torkelte nach vorn und hatte große Mühe, nicht zu stürzen. Wie er so haltsuchend um sich griff, kam er sich selbst lächerlich und würdelos vor. Kaum hörte er das Kichern hinter sich, stand er schon wieder sicher, vor sich die zwei maskierten Burschen. Dann fiel die Tür ins Schloß.

Nördlingen war für Augenblicke wirklich fassungslos. Dumpfig und kalt roch die Luft, in der eine brennende Laterne alles noch gespenstischer machte, als es ohnehin schon war.
„Werden Sie in diesem Raum antworten?“ Der Oberst fragte aus einem offenbar zuvor hierhergeschafften Polstersessel. Das fiel Nördlingen erst jetzt auf, und damit gewann er seine Fassung wieder:
„Sie wissen so gut wie ich, daß in Preußen die Folter abgeschafft ist. Und ich weiß so gut wie Sie, was derlei Verbote *in praxi* bedeuten... für Euereinen.“
„Dann“, unterbrach ihn Nostitz, „würde ich reden.“
Nördlingen sah ihn höhnisch an: „Möglich, daß *Sie* reden würden!“ Der Oberst unternahm noch einen Versuch:
„Ich habe alle Gewalt zurück. Sie hörten bereits: Rössler ist tot, Fiebig, wie Sie wissen, auf Reisen, Militär, wie Sie noch nicht wissen, im Anmarsch. Ich wünsche nur zu erfahren, was es mit diesem Geheimbund auf sich hat. Was Sie uns sagen, wird kein Mensch mehr gegen Sie benutzen können, dafür will ich sorgen.“
„Sind Sie zu Ende?“ fragte Nördlingen. Da traten zwei von den Kerlen auf ihn zu, um ihn zu packen. Der eine brach sofort mit einem Jammerschrei zusammen – dann folgte ein wildes Ringen am Boden. Ullersdorffs Uniform hing in Fetzen herab, desgleichen Nördlingens Rock. Doch hatte er jetzt Fesseln um alle Gelenke und wurde – wehrlos wie er war – über einen Tisch gezerrt. Hemd und Hosen zog man ihm, sie mit Messern aufschneidend, herunter wie ein Fell. Lange, feuchtgehaltene Gerten pfiffen erst versuchsweise neben ihm durch die Luft.
„Wollen Sie reden?“ Nördlingen spie auf die Erde. Da zuckte der erste Hieb auf seine Haut. Ein wahrer Hagel folgte. Es brannte so fürchterlich, daß der sehnige Mann an seinen Fesseln riß, obwohl sie ihm nur um so tiefer ins Fleisch schnitten. Er wollte keine Schwäche zeigen, aber er begann zu keuchen. Der Schweiß rann ihm von der Stirn, sickerte aus allen Poren der Haut. Immer hastiger ging sein

Atem, formte Worte wider Willen. Aber wenn er jetzt auch kaum mehr Sinnvolles denken konnte, fühlte er doch deutlich eine Macht in sich, die ihm den Mund verschloß. Und diese Macht war zuverlässig. Sie zog ihre Kraft aus tiefen Regionen, die nicht vom Schmerz betroffen wurden. Im übrigen ließ die Pein bereits nach, das Ärgste lag hinter ihm: die ersten hautzerstörenden Hiebe. Jetzt neigte sich der Kopf zur Seite. Der Speichel lief ihm im Mund zusammen, tropfte ihm von den blutleeren Lippen.

Der Trieb zur Abwehr ermattete ...

„Aufhören!" schrie der Oberst besorgt, „Ihr schlagt ihn mir ja tot!"

Zu seinem Opfer meinte er ermunternd: „Nördlingen, wir sind nicht hier, um zu martern, sondern um zu verhören – verstehen Sie?!"

Der Geschlagene sah fahl aus, um die Augen lagen violette Schatten. Blutleer stach die Nase hervor, an der Spitze gelbweiß, der Mund stand halb offen.
„Verstehen Sie?"
„Das Schwein simuliert", erklärte Ullersdorff. Nördlingen dachte: ‚Ja, weiter simulieren, als tue es nicht weh. Es kann nicht mehr so weh tun, was sie auch noch probieren werden, nichts mehr ... nichts mehr.'
Hinter ihm rasselte Metall. Gewinde knirschten. Er riß die entfesselten Hände an sich, wurde sofort wieder ausgespannt, lag aber nun auf dem zerfleischten Rücken. Brüllend drang es an seine Ohren: „Was wissen Sie von Rübezahl???"
Dann lief ein Zittern von seinen Händen in die Arme. Die Schulterblätter zuckten und zerrten an ihren Bändern. Der Schmerz ging von den Daumen aus, die, in klobige Instrumente eingeschraubt, langsam zerquetscht wurden. Plötzlich brüllte Nördlingen auf, heiser und rauh. Sein Kopf schlug hintenüber auf den Tisch. Mit aufgerissenen Augen lag er da und spürte nichts mehr. Der Oberst erhob sich, ihm wurde übel. Er schnupfte ausgiebig und nieste tobend: „Aufhören heute, hat keinen Zweck mehr."
Dann kletterte er mühsam die Treppe hinauf und schnupfte noch einmal. Aber der Tabak, zu heftig emporgezogen, fuhr durch die Nase bis zum Gaumen, und nun mußte er sich doch noch erbrechen. Es war ein schweres Würgen, die Stirnadern schwollen ihm auf, die Augen füllten sich mit Tränen. Der sauer riechende Mund stöhnte: „Mein Gott, hab Erbarmen mit mir!"

XIX.

Kahl reckten die Bäume ihre Äste gen Himmel. Tief trieben Wolken, schwerfällig und voller Feuchtigkeit. Krähen zogen in dichten Schwärmen und in langsamem Flug von den Bergwäldern ins Tal. Tagelang sah man nichts vom Gebirge als seinen Fuß mit den Massen der dunklen Fich-

ten, die sich in den Wolken verloren. Die Schindeldächer troffen, die Äcker lagen braunschwarz aufgerissen, vom Pflug zerfurcht; die Wiesen neben ihnen in ihrem schmutzigen Grün waren besät mit dunklen Maulwurfshaufen. In den Ästen, unter Dachvorsprüngen hockten ganze Scharen von Sperlingen. Wenn der Regen nachließ, flogen sie zu den Ebereschen, deren zinnoberrote Beerenbüschel jetzt wie Signale leuchteten, und schilpten weithin.
Unter dem Schutzdach des Kontorhauses saß die Wache. Zwei Gewehrpyramiden standen neben der Holzbank. Ein Posten wanderte auf der Straße, den dicken Mantelkragen hochgeschlagen. Der alte Dreispitz tropfte an den Rändern. Der Mann buchstabierte mühevoll: „Ma-nu-faktur vooon Klattes Er-ben ... die kleine Schrift kann ich noch nicht lesen, was heißt denn das Ganze?"
Auf der Bank nahm ein Alter die Tonpfeife aus dem Mund: „Wo bist du denn her?"
„Ich? Aus Spindelmühle." Der Alte brummte: „Dann müßtest du das wissen, denk ich. Von hier aus fing's doch an im Frühjahr ... krach bum ... die ganze Bude flog in die Luft."
Der Junge sah sich die Fabrik jetzt mit anderen Augen an. „Wir haben's drüben schon gehört. Aber es waren nur so Namen. Der Klatte ... is das der, wo auf der Sau ...?" Die andern grinsten:
„Aber Junge hat sie ni geworfen! Schade, was?!"
„Und selber, he, was macht er jetzt?"
Der Alte kicherte vor sich hin: „Tülsch is er geworden, verrückt! Schon weil er soviel Geld verloren hat dabei, und dann von dem Verdruß auf dem Markt. Er hat's danach nur noch mit Viechern treiben wollen – weißt du, zuvor, da war er so ein Weiberjäger. Nu hat's ihm keine Ruhe mehr gegeben, auf Säue besonders, auch Schafe und Ziegen. Wenn er noch reich gewesen wäre, da hätte er's ja vielleicht zu Hause abmachen können, warum ni ... so aber is mein Klatte, weil er schon zweimal is in Schweineställe eingestiegen des Nachts, da is er halt ins Narrenhaus ge-

kommen. Seit neuestem soll er sich für Nebukadnezar halten, der König is das, wo auf allen vieren gekrochen kam."
Ein Reiter näherte sich. Der junge Weber nahm das Gewehr von der Schulter: „Haaalt!" Die andern auf der Bank sahen hoch, dann lachten sie: „Den ni, dem kannst du sogar beste Reise wünschen." Dann grüßten sie selbst: „N'Abend, Herr Wost!" Peter winkte zurück und trabte rasch weiter.
„Aber immer ordentlich", sagte der mit der Tonpfeife. „Seht ihr, wir haben die böhmischen Freischärler gut angelernt." Der Bursche, seine Freude über das Lob verbergend, fragte zurück: „Is das der Wost, der euch damals auf Warmbrunn zu geführt hat?"
„Das nu ni grade!" Der Alte machte sich zur Ablösung bereit, denn die Reihe war an ihm. Dazwischen gab er weiter Bericht: „Es is an dem, daß dieser Wost – er hatte Unglück mit seiner Frau oder was sie so war – sie is ihm eingegangen. Das hat ihn zuerst so geärgert, daß er is ganz für sich gewesen, um keinen Menschen wollt er sich mehr bekümmern. Nu ja!" Der Alte seufzte dazwischen: „Was so eine Herzenssache is, darüber haben dir manche schon einen Strick genommen oder sie sind ins Wasser. Bloß wie der Hundsfott, dieser Nostitz, seinen Streich hat gemacht, und der Nördlingen war weg, da war bei dem Wost halt das Maß voll, und es is übergelaufen. Daß sie den Rössler auf offener Straße erschossen hatten, das brauchte er gar ni noch zu hören – ohne Verzug is er ins Gebirge, und wen er traf, den hat er aufgerufen." Bei der Bank stießen sie sich an:
„Er hat wieder einen zum Erzählen, oje!"
„Aus'm Grab wird er noch Bericht erstatten. Na, laß ihn, man hört's ja selber ni gerade ungern. Gib Karten aus!"
Der Alte sah sich brummend um: „Ich hab jahrelang für unseren Kampf gebetet und gespart. Das könnt ihr ni ermessen, wie's einen da würgt. Man muß dem jungen Volk das dartun. Gib lieber eine Prise Tabak! So ... danke schön! Das brennt wie Feuer damals auf den Bergen – Gesundheit

wünsch ich! Erst hieß es, Militär is gekommen, Husaren, der Nördlingen hätt uns verraten. Das war ja möglich, indem er is doch von Geburt ein Aristokrat. Der Stenzel hat seine Leute in zwei Stunden da gehabt. Jeden Gaul und jeden Wagen hat der requiriert, wie im Kriege die Soldaten. Bis morgens hat sich alles im Gebirge aufgemacht. Leider – ein paar Ludereien sind mit unterlaufen. Eine Fabrik is abgebrannt. Dann in Agnetendorf, der Forstgehilfe Tschapek, der hatte so ein Schreiben in der Tasche, wo draus hervorging, daß nun alle Forstleute sollten auf Warmbrunn ziehen und sich versammeln zu einer Truppe. Der Weise-Fuhrmann hat's verraten, den hatten sie mit solchen Schreiben weggeschickt, und da hat er sie alle zu Stenzel hingeschafft. Und weil er auf'm Wege war, der Tschapek, nachher auch noch ein paar andere, haben sie sie aufgehängt. Nu, sie haben ni lange gelitten. Aber es wär vielleicht ni nötig gewesen. Bloß, keiner hat sich ausgekannt vor Wut mehr, zumal nu rauskam, daß der Rössler tot war. In Warmbrunn waren dann kaum mehr als ein paar Dutzend Förster – die sind, als wir kamen, gerannt und geklettert und geschwommen. Wir haben keinen mehr gesehen."
Ein starker Regenschauer zog verdunkelnd über die Fluren. Die beiden stellten sich unter das Dach. Die Kartenspieler schlugen ihre Trümpfe auf die Bank. Dann pochte einer lachend ans Fenster des Kontors: „Die Vesper!"
Der Vorsteher drin fuhr zusammen: „Sofort, meine Verehrten, aber sogleich doch, ihr Tapferen, ihr Braven! Weißbrot mit Butter und Käse! Dazu Bier! Hell oder dunkel? Auch Stonsdorfer, aber natürlich! Eine wahre Gottesgabe bei diesem Regenwetter." Die Posten lachten. Früher galt Schnaps als Elixier der Hölle ... „Jetzt, wo der da drin vor Angst nicht mehr schlafen kann, säuft er selber flaschenweise, und schon hat der Himmel was damit zu schaffen."
Der junge Böhme kaute mit starken Zähnen am Schwarzbrot: „Nachher, Alter, erzählst du mir fertig!"

„Nu, ich wär eigentlich am Ende, Kamerad. Wo ihr uns seid zu Hilfe gekommen, da war unsere Ordnung beinahe schon wieder hergestellt."
„Und die im Schloß, was haben die getan?"
Der Alte pfiff: „Hui ... hui, mein Sohn, das lieber ni zu laut, das wär mein Geschmack auch ni gewesen. Es is zudem ni klar, was vorging. Den Nostitz haben sie in die Jauchgrube geschmissen, der Satan muß ihn später wieder rausgeangelt haben. Ein Offizier war tot, bevor sie ihn ... Die andern? So ein Herr von Ullersdorff und seine Kumpanei, alles adlige Herren ..." Er zog den Böhmen ein paar Schritte weiter, denn eine große Erregung überkam ihn. „Gefoltert hatten die den Herrn von Nördlingen. Du mußt wissen, wir sind in einem Land, in dem die Gesetze für die Katz sind. Die Folter is ja verboten und abgeschafft, das Spießrutenlaufen aber wird öffentlich geübt. So is das in Preußen. Nu, und weil sie etwas wissen wollten, das sie aus unserm Herrn Kommissar ni rausbrachten, da haben sie sich heimlich drangemacht mit solchen alten Instrumenten. Und unsere Leute, wie sie kamen, die haben noch das frische Blut gesehen."
Der Alte zitterte bei dem, was er erzählte: „Du weißt doch von der Weberflucht, das Stückel Weg dort hinten nach dem Kamm zu, wo sie im Frühjahr die armen Leute hingemordet haben. Erst war der Weg verboten. Dann später haben wir beerdigt, was die Wildschweine und die Krähen hatten übrig gelassen, auch einen Felsblock drauf gewälzt. Und siehst du, da drauf, auf dem Grabstein, hat man sie hingemacht, die Schinder. Ihr Blut is zu den Toten reingeflossen in die Erde wie zur Sühne." Er machte eine Pause. Der Bursche nickte vor sich hin, hochrot: „Sie hätten mehr verdient!" Der Alte schüttelte den Kopf: „Von uns ni, wir sind keine Abdecker ni. Der Teufel mag mit ihnen in der Hölle seine Lüste treiben. – Komisch is bloß, daß in Warmbrunn kein Hahn nach ihnen kräht. Da ist doch so ein Kerl gekommen von Berlin, der sommers schon mal dagewesen is, ein Kürassier, von Klitzing heißt er – der hat

im Schloß den Oberst angebrüllt, daß es der letzte Küchenjunge hören konnte, Wort für Wort, wie oft er noch nach Warmbrunn reisen solle wegen dem Unverstand im Regiment hier. Er möge sich bloß wegmachen, der Nostitz, am besten überhaupt gleich raus aus Preußen. Der König tät auf seine Dienste scheißen. Nu weiß er ni, wohin, der alte Baron. Die Herren sind ein bissel unbeliebt in dieser Welt. Mit allen Nachbarn haben sie sich Kriege angezettelt."

Der Regen trieb sie jetzt unter das Dach. Mit neuer Heftigkeit prasselte er in die Novemberdämmerung. Der nahe Wald rauschte im stürmischen Nordwest. Doch in den Weberstuben knisterte das Feuer. Niemand sparte Holz. Und in der abendlichen Wassersuppe glänzte ein Batzen Fett wie ein flüssiger Spiegel, in dem der Webstuhl blinkerte, der nun drei Kreuzer mehr pro Elle wirkte. Derselbe Webstuhl, an dem man zuvor mit steifgefrorenen Fingern die alten Rinden aus dem Wasser klaubte, derselbe Webstuhl nährte jetzt Mann und Weib, weil in der Ofenecke die Flinte hing, weil draußen auf den Straßen die Bauern, Arbeiter und Weber in Einigkeit auf Wache standen.

„Frau! Bring den Posten einen Schnaps raus!" hieß es da wohl in mancher Stube. „Den Posten? Mann ... säufst du denn etwa, wenn du dran bist? Da möcht dich dein eignes Weib anzeigen! Hernach könnt es gar heißen: die Freiheit is im Schnaps ersoffen."

„Wo du das her hast, Weib", sinnierte er.

Sie brachte zwei Gläser, stieß lachend mit ihm an: „Daß du eher ins Bett findest, brauchst ja ni mehr die halbe Nacht durch schuften." Er drehte sich ihr zu: „Es is bloß, weil ich denke, zum Frühjahr könnt ich mir ein Ferkel erstehen. Oder ein paar gute Leghennen. Eine davon mag brüten auf Ostern zu, daß gelbe Schippel rumlaufen, was, Mutter?!"

Er setzte das Glas ab: „Man möchte wieder mit sachten Bauer werden, so einen kleinen Streifen Ackerland; bloß daß man sich fühlt. Und wenn der neue Kommissar ein

bissel Wort halten tut, der Herr von Jäkelsberg, der is im Grunde doch ein Bürgerlicher, bloß so geadelt, weißt du ... also prost, Mutter, auf daß er Wort hält!"
Die Frau zögerte, drehte den Kopf zur Ofenecke: „Wort hält er, Vater, wenn die Flinte dort ni Rost ansetzt." Dann schob sie das neugefüllte Glas klingend an seines: „Prost auf die Schippel, die uns deine Henne brüten soll!"
Der Webstuhl klapperte wie je, es trommelte der Regen, wie er immer trommelt. Und die patschenden Schritte der Straßenwache klangen, als hätte ihr sicherer Takt stets in die Landschaft gehört.

XX.

Durch das Fenster sah man den alten Teil des Parks. Nördlingen lag so gebettet, daß er alles vor sich hatte: das große Becken aus Sandstein, in dem jetzt gelbe Blätter schwammen, herabgerieselt von den alten Linden, der Nymphe in den Krug geweht, aus dem sie sonst das helle Bergwasser fließen ließ. Vergeblich reckte der Triton in ihrem Rücken die Arme gen Himmel, seinem Horn entstieg keine perlende, in Regenbogenstaub zerfallende Fontäne mehr. Regenfeucht glitzerten die gemeißelten Glieder wie alles um sie her: die Stämme mit ihrer schwärzlichen Rinde, das tiefbraune Farnkraut und auch die kleine Herde zierlichen Damwilds, die sich dem Schlosse näherte, langsam, Schritt für Schritt, den Kopf am Boden oder mit graziösen Drehungen des Halses klug und ein wenig traurig nach allen Seiten witternd.
Die Furchen in Nördlingens Antlitz waren wie eingraviert, viele um Augen und Lippen neu gezogen, kleine Risse und Kerben entstellten auch den Hals, die Handflächen – vom Schmerz vorgezeichnet, vom Wundfieber unvergänglich geprägt. – Daß man lebte, daß man dennoch lebte!
Neben ihm legte jemand ein Buch zur Seite: ‚Ja doch, Fiebig hat mich besucht. Und ich habe inzwischen schon wieder geschlafen.'

Fiebig beugte sich nun vor, besorgt: „Du bist viel schwächer, als man mir gesagt hat, sonst ..."
„... wärst du noch nicht zu mir gekommen, wie? Wenn Peter mich nicht unterrichtet hätte ..." Er kehrte sich zur Seite: „Ach, ihr verdammten Volkstribunen – die Perücken gedeihen euch schon! Ich werde die Gräfin bitten, euch zu beschimpfen! Was siehst du dir da an? Den Fruchtkorb? Ja, ja, der ist von ihr, und dieser gelbe Klumpen ist sozusagen eine Edelrübe. Nimm und schneide sie auf, ich ..." Er hob die dick verbundenen Daumen hoch.
Der Duft der geschälten Ananas erfüllte das ganze Zimmer. Fiebig mußte eine Büchse gestoßenen Zucker vom Tisch reichen, dann kauten sie, und Nördlingen erfreute sich an Fiebigs Gesicht: „Da schaust du anders drein als bei den bösen Nachrichten damals."
Fiebig, den Mund voll Fruchtfleisch, winkte entsetzt ab, schluckte und stellte den Teller hin:
„Das waren böse Stunden, sehr bittere. Und wiederum auch gute. Kraft hat das Volk jetzt!"
„Mißtrauen braucht es ebenso. Du siehst, beinahe wäre es dem Nostitz geglückt. Die Bürger hätten schnell gekuscht."
„Ich weiß, wieviel auf die Verlaß ist", nickte Fiebig, „soviel, wie überall auf Menschen, wenn es den Vorteil gilt. Auch bei den armen Leuten ist das so. Ein paar, die Ideale haben, die gehen frei ins Feuer und werden meist darin verbrannt. Die Freiheit muß ein Vorteil sein, der Vorteil möglichst aller."
„Das ist sie auch", ergänzte Nördlingen, „die Raubtierfreiheit ausgenommen." Er aß schon recht geschickt mit Zeige- und Mittelfinger.
„Drum ist ja das Mißtrauen da", sagte Fiebig, und lächelnd: „Die Schlauheit auch, verstehst du?"
„Ich verstehe gar nichts", neckte Nördlingen, „im Gegenteil, der Rössler hat mir noch kurz vor seinem Ende mitgeteilt, daß mich euer Berggeist im Grunde nichts anginge."

Fiebigs Gesicht wurde ernst: „Er kam nicht leicht von einer Lehre los, der wackere Rössler, und den Adel hat der Bauer verabscheut wie die Pest."
„Und deine Meinung, Fiebig?"
„Ich?" Er seufzte: „Er hat uns zwei Dinge voraus, der Adel, gut erzogen ist er und schnell bei der Waffe."
„Hm", brummte Nördlingen, „ich habe im Grunde auch nur eines gegen diese Institution: sie dürfte nicht erblich sein. Über alles andere ließe sich handeln."
Fiebig räumte ein: „Der Rössler möcht heute auch nicht mehr zu dir sprechen wie vordem. Er möchte dir bestimmt jetzt selber offen sagen, was das mit unserem Berggeist auf sich hat."
Da wurde Nördlingen aufmerksam: „Wie? Das Geheimnis?"
„Kannst du wissen", nickte Fiebig und neckte halb: „Vielleicht, daß dich der Rübezahl noch selber braucht."
Nördlingen lachte: „Siehst du die Flasche dort? Da ist ein guter Wein drin, vom neuen Herrn Kommissar. Ja, dieser Jäkelsberg versteht sich auf Karrieren und Wein. Nun diese Gläser – schöne Gläser macht ihr im Gebirge – zum Wohle, Fiebig! Allen Helfern zum Wohl! Trink und berichte!"
Fiebig trank den Wein, als wäre es Stonsdorfer Bitter. Er kippte das Glas in den Mund und schluckte zweimal, dann schaute er verdutzt auf Nördlingen, der immer noch trank.
„Na?"
Fiebig goß sich neu ein und begann:
„Das ist so einfach nicht mit unserem Rübezahl. Erst, weißt du, war es nur Gerede, eine Ausgeburt der Phantasie, der mitunter so ein Zufall wie bei Exner dazumal mit dem Ziegenbock zupasse kam. Aber die Leute haben dran geglaubt, daß eine Macht hier in den Bergen wohnt, die ihnen irgendwie hilft."
Er trank noch einmal, nun aber vorsichtig wie Nördlingen, ehe er fortfuhr: „Siehst du, wie das Frühjahr kam, dieser Hungeraufstand und das schreckliche Elend, da waren die

armen Leute nicht mehr zumute zu bringen. Wir haben zusammen gesessen und geratschlagt von früh bis spät. Bis wir auf das gekommen sind: Menschen brauchen einen Glauben. Die Klügsten glauben heute an das Menschenrecht und die Vernunft, die einmal siegen müssen. Um's kurz zu machen, eines Tages haut der Stenzel mit seiner Bärenpranke auf den Tisch und brummt: ‚Wenn nichts mehr zieht, dann muß man schieben!' Ein paar Tage darauf haben sie durch einen dummen Zufall Rössler und mich geschnappt. Das war der tiefste Punkt, und alles schien verloren. Wie er's im einzelnen gemacht hat, der Stenzel, das ist seine Sache, die er ni rausgeben wird. Wie halt solche alten Räuber sind: Der Strick, der sie dauernd am Halse kitzelt, macht ihre Gedanken hell und ihre Hände flink."

„Räuber ist der Stenzel?" fragte Nördlingen verwundert. „Er wohnt doch, denke ich ..."

Fiebig kniff ein Auge zu:

„Du denkst und die Behörden denken – und mancher Bauersmann denkt eben auch. Wenn dir das herrschaftliche Wild zu oft die Saaten abgefressen hat, wenn so ein Eber, der dir die Kartoffeln ausgräbt, der Grafschaft mehr gilt als das Leben deiner Kinder, da stehst du eines Tages da vor deinem aufgewühlten Acker und deine Spucke wird zu giftigem Schaum vor Wut. Du kennst dich plötzlich nicht wieder. Man kann auch sagen, du kennst dich erst jetzt genau, und daß dein Recht nur in der Waffe sitzt, so wie die Glut im Schmiedeeisen. Dann fängst du an, dein Glück zu schmieden – manchmal wird's freilich nur dein eigenes Richtschwert. Im ganzen leben unsere Räuber ziemlich ungeschoren, sind Weber, Bauern, Arbeiter, Volksfreunde allesamt, in jedem Dorfe haben sie Gehilfen ... Bei unseren Bauern ging meist alles durcheinander. Der Rössler wollte so, der Schober so, und der Stenzel war der Schlaue. Er ging in jeder Sache mit uns, die erreichbar war, sonst blieb er draußen. Aber sein Grundsatz war: ich bin nicht eine Stunde länger Räuber, als ich es sein muß. Und danach hat er gehandelt. Ich habe viel von ihm gelernt, er drängte stets zur Einigkeit. Und gut gemacht hat er die Sache mit dem Rübezahl, das muß man sagen. Er hat mir später mal die Angelegenheit mit Exner erzählt, und daß der Nostitz das so ernst nahm und amtlich untersuchen ließ, das hat ihn auf den Weg gebracht. Später, den Überfall auf Klatte, den haben wir gemeinsam ausgeheckt und auch den Kriegsplan gegen den Baron."

Nördlingen wiegte lange den Kopf: „Ich habe große Sorgen damals ausgestanden. Das Wetter war euch äußerst günstig. Mir ist das heute noch wie ein Wunder. Gegen ein ganzes Bataillon!" Der Weber protestierte: „Wir haben uns doch auf den Berggeist ni verlassen. Wir haben mit ihm doch bloß einschüchtern und den Soldaten helfen wollen, zu desertieren. In Wahrheit war der ganze Kamm besetzt, Schütze neben Schütze, mit vielen ausgerissenen Grenadieren drunter. Die großen Felsen hatten alle Minen. Im schlimmsten Falle hätte es eine Schlacht gegeben. Auch die wär kurz gewesen."

Die Dämmerung stieg hinter den Parkbäumen auf, blauschwarz und undurchsichtig wurde alles draußen. Aus dem Salon der Gräfin klang gedämpfte Musik: ein Cembalo und eine Flöte. Sie lauschten beide einer barocken Fuge, die in weitgeschwungenen Ornamenten eine liebliche Melodie jagte und diese, kaum gefangen, freigab – in schwerem Moll noch jubilierend, im hellen Jubel noch voll Tränen.

„Wer spielt die Flöte?"

„Antoinette", lächelte Nördlingen. „Das Mädchen nehme ich mir mit. Der Rübezahl hat sie so *en passant* ja auch gesund gemacht."

Das Dunkel füllte langsam auch den Wohnraum.

Zögernd kam Fiebigs Frage: „... daß du wirklich weg willst!?"

Nördlingen schloß lächelnd die Augen: „Ihr schlagt eure Schlachten jetzt ohne mich. Wenn ihr auf eurer Hut seid, kann euch nicht viel geschehen, meine ich. Die Berge sind von jeher Brutstätten der Freiheit. Jetzt aber müssen ganze Länder sich erheben. Ich habe viel bei euch hinzugelernt. Ihr wartet auf das große Wetter. Ich muß dorthin, wo seine ersten Blitze zucken werden. Ich muß nach Frankreich! Denn wenn die Freiheit aufbricht, dann muß sie Brücken finden – am Rhein."

Sie schwiegen beide lange der Novembernacht entgegen.

„Und wirst du dann einmal wiederkommen? Zu uns hier?"

Nördlingen errötete. Echte Freundschaft verrät sich so:

„Ja, Fiebig, gebt mir dann ein kleines Haus an einem Hang beim Wald." Er schloß die Augen halb.

„Und ein Wildbach soll daneben zu Tal rauschen. Dort will ich dann schreiben und schlafen. Mach Licht jetzt, Fiebig, ich will dir deinen Rübezahl deuten."

XXI.

Die Kerzen leuchteten auf wie flackernde Sterne. Goldene Rahmen, braune Polituren, Seide und Silber begannen zu schimmern. Draußen tanzte der Wind mit den Blättern seine Wirbel, trieb sie an den Fenstern hoch, klebte sie wohl auch – regennaß – an die Scheiben: herzförmige Lindenblätter, gewelltes Eichenlaub und die gezackten Handteller des Ahorn. Hier im Park gab sich der Wind nur spielend, in den Bergen tobte er als Sturm heulend über die Kammwiesen und Geröllhalden, fauchte in den Kesseln und jagte die Steilhänge entlang, Schnee in den Gruben speichernd, Fichten eingrabend, Wasserfälle zerblasend.

„Und du als Fremder wirst mir nun den Geist meiner eigenen Heimat schildern?" – Nördlingen seufzte nur.

„Hast du wieder Schmerzen?"

„Gar keine, Fiebig."

„Warum hast du so geatmet?"

„Hm, manchmal stutze ich bei einem Wort. Fremder? Und dabei sprechen wir die gleiche Sprache. Aber ich bin vom Rhein und mußte viele Grenzen überschreiten, um bis zur Elbe vorzudringen."

„Man weiß so wenig voneinander", sagte Fiebig, wie um Verzeihung bittend. Nördlingen sah ihn freundlich an: „Was willst du wissen? Art und Herkunft? Da ist nicht viel zu berichten: die Nördlingens sitzen seit langem am Niederrhein, Stadtadel, Patrizier, weißt du, wie hier der Jäkelsberg. Streng reformiert, das ist man dort schon wegen der lutherischen Preußen. Mein Vater war Bürgermeister. Um seine vier Kinder hat er sich nie im Leben gekümmert, es sei denn bei repräsentativen Anlässen, bei solchen dann um so mehr. Wir saßen jeden Sonntag in der kahlen Kirche, der Vater mit den beiden Söhnen rechts, die Mutter mit den Töchtern links in der Bank, und ehrten einen Gott mit Furcht und Gähnen, der einen Teil der Menschheit schon von Anbeginn der Schöpfung zur Verdammnis ausersehen hatte. Denn bei dem Gott der Reformierten gibt es keine Gnade mit dem Geschirr, das dieser Töpfer herstellt. Dies Dogma ist probat und allen Herrschern wohlbekömmlich. Die Gnadenwahl heißt das bei Augustin. Es gab die gleiche Weltanschauung schon bei alten Philosophen, und heute gibt es bei Naturgelehrten ganz denselben Unflat: der Mensch – ein Mechanismus ohne Macht und Willen, nichts kann er ändern, alles ist vorherbestimmt. Entschuldige, die Teufelei erregt mich immer wieder, sie ist die größte Unverschämtheit, die je der Menschenwürde zugemutet werden konnte."
Dann lachte er bitter auf: „Gott hatte *ad exemplum* vorherbestimmt, daß meine Mutter einen Menschen wiedersah, der, was das Herz anlangt, wohl manches Recht an ihr besaß. Kurzum, allein dies Wiedersehen galt bereits als Ehebruch, und meine Mutter mußte Kirchenbuße tun. Mein Vater hatte sie dazu verurteilt. Starr und bleich saß er auf seiner Bank inmitten der Gemeinde. Aber kein Haar der hohen Perücke zitterte, es bebte keine Falte der feingestärkten Halskrause. Als Mutters Stimme am Altar versagte, weinten meine Schwestern laut auf. Mein Bruder neigte sich mit spitzer Nase zu mir: ‚Gott ist ein Schuft', sagte er fast laut, denn die unterdrückten Schluchzer

rauhten ihm den Hals auf. Die Glaubensstarre meines Vaters trug reiche Früchte. Die Mutter sprach mit ihm nur noch in tiefer Unterwürfigkeit, die immer routinierter wurde. Am Tage seines Todes leuchteten ihre Augen. Obwohl sie dem Greisenalter nicht mehr fern war, fuhr sie sofort zu ihrem Jugendfreund – sie heirateten. Meinem Papa hatte Gott noch allerlei vorherbestimmt, ehe er die Augen schloß: die eine Tochter ging zu Zinzendorf, die Jüngste floh mit einem Bürger und ließ sich heimlich und katholisch trauen, mein Bruder fiel als Fähnrich in jungen Jahren, und ich ging in die weite Welt, sobald ich flügge war. Das alles hat der Alte noch erlebt, seinen Starrsinn aber habe ich geerbt." Er betrachtete lächelnd seine entstellten Hände, suchte offenbar nach einem Übergang, nach einem Wort vielleicht nur. Schließlich entschloß er sich zu fragen: „Fiebig, was heißt das: ‚Drudivus'?"
Fiebig sah verwundert auf: „Die einen sagen, er mache kugelfest, die anderen, der Feind werde davon gelähmt. Die Räuber rufen es von alters her, und mancher, der den Weg verloren hat, probiert es aus. Mehr weiß ich nicht. Kein Mensch weiß mehr. Du etwa? Sag!"
Der Dichter lächelte, er legte die Hände ineinander.
„Der Neger hier weiß einiges."
„Der?" Fiebigs Mund blieb vor Überraschung eine Weile offen.
„Seit wann habt ihr den Berggeist hier?" Der Weber überlegte nicht lange, die Frage war den Bergbewohnern schon oft gestellt worden. „Auch das weiß niemand."
„Und seit wann heißt er Rübezahl?"
Achselzucken: „Noch nicht allzulange wohl. Ich weiß von meinem Großvater viel seltsame Geschichten von Riebenschwanz, Ruebsagel, Rouzival. Ein alter Doktor von der Prager Universität hat sich mit einem polnischen Gelehrten mal darum gestritten. Das Ganze wäre überhaupt kein deutscher Name, wahrscheinlich sei er slawisch, dann hieße es sowas wie ‚Leidenwender'."
„Wahrscheinlich?" Der Dichter sann eine Weile nach,

endlich erklärte er dem aufhorchenden Fiebig: „Dieser Bantuneger also rief in einem Wettersturm nach dem Dämonen Druth. Druth ist ein Urgott offenbar; was ihr mit Drudivus beschreit, das heißt vermutlich Drudenfuß. Das Pentagramm jedoch ist überall der Stern des Leidenwenders. Ihr kennt die Herkunft des Symbols zwar nicht, doch malt und meißelt ihr es, schneidet es in Rinden. Du hast es selbst, wie Peter Wost mir sagte, schon öfter vor dich hin gezeichnet.“ Fiebig nickte: „Ich weiß, man sieht es auf alten Felsen als Walenzeichen. Es soll die bösen Geister bannen, den guten ein Zeichen und ein Zuruf sein.“
„Zur Hilfe, nicht wahr?“
Immer erstaunter bejahte der andere: „Du meinst, es hat etwas mit Rübezahl gemeinsam?“
„Hm“, Nördlingen setzte sich bequem: „Jetzt muß ich dir etwas erzählen, das sich im September hier zugetragen hat. Damals machte hier ein Fremder von sich reden, ein übles Subjekt; glatt, geldgierig und dumm dabei, trotz aller Raffiniertheit, mit der er sich in Szene setzte. Er gab sich als Adepten aus, trieb Zauberwerk und Geisterseherei, und seine Attraktion war ein sibirischer Schamane, der sich mit Fliegenpilzabsud in Raserei versetzte und dann angeblich magische Kräfte besaß. Da Fliegenpilze hier in Hülle und Fülle gediehen, so machte ich – zum Scherze mehr – der Gräfin den Vorschlag, im Schloß eine ‚Séance‘ abzuhalten. Nun, erst war alles reichlich albern. Der Herr Adept war ein armseliger Taschenspieler, so ein Tropf, der schon für einen Groschen die Nase in den eigenen Hintern steckt. Begeistert war von ihm nur der Schamane, der keinen Trick durchschaute und jede Schwindelei für einen großen Zauber hielt. Die Einfalt dieses Heiden war rührend anzusehen. Was der dünnbärtige, pelzverhüllte Mongole aber zeigte, war mindestens so echte Zauberei, wie sie mir in Afrika zu Gesicht gekommen ist. Er trank das Gift vor unseren Augen, schäumte dann, röchelte und verdrehte die Augäpfel. Hiernach war er scheinbar wieder bei Vernunft, wenn auch in tiefer Bewußtlosigkeit. Er tauchte die Hände

in kochendes Wasser. Er spickte sich die Brust mit langen Nadeln, er hörte zu atmen auf und brachte sein Herz zum Stillstand. Er brachte auch eine Wanduhr zum Stillstand, von seinem Sessel aus, und spielte auf einer Flöte, die Nostitz währenddessen in der anderen Ecke des Zimmers hielt, sechs Ellen von ihm weg, eine schwermütige dudelnde Melodie.

Nun ergriff der Gaukler seinen Vorteil und ließ an Tote Fragen richten, die er dann nach Belieben übersetzte. Der wackere Schamane ahnte nicht einmal, welchem Trug er diente. Als mich nun die Reihe des Fragens traf, wandte ich mich direkt an den Mongolen und rief ein einziges Wort: ‚Druth!'

Etwas Seltsames geschah: den Schamanen überlief ein heftiges Zittern, er sah erregt und fragend nach der Stelle, wo ich saß. ‚Druth' rief ich ein zweites Mal, leise, wie bekräftigend. Da ging er Schritt für Schritt wie ein Schlafwandler hinaus auf den Altan, die Augen starr leuchtend auf die Berge gerichtet, und zog mit den Fingern eine Figur über sich, so wie die Katholiken ein Kreuz schlagen. Es war aber kein Kreuz, es war das Pentagramm."

Fiebig suchte das Dunkel des nächtlichen Parks zu durchdringen. Windstöße fegten noch immer die Regenschauer an die Scheiben. „Nun?"

Die Frage führte in die Wirklichkeit zurück.

Zögernd meinte er: „Wir haben vielleicht eine Macht beschworen, von deren Dasein wir nichts ahnten. Man könnte jetzt beinahe Angst bekommen. Glaubst du an Geister?"

Nördlingen zuckte mit den Schultern: „Das Wort ist vieldeutig geworden, und so bedeutet es fast nichts mehr." Dann fuhr er fort, nachdrücklich und mit einem feinen Lächeln: „An manche Geister glaube ich. An diesen Rübezahl zum Beispiel. Jahrhunderte verbringt er unsichtbar im Innern seines Reiches. Plötzlich, wenn eine Wende im Geschick der Menschen eintritt, ist er da, bereit, den Leidenden zu helfen, bereit, den Bösen Böses zu tun. Er ist wohl die Sehnsucht des Bergvolkes, und diese Sehn-

sucht findet immer Körper. Wundere dich nicht, noch jeder wahre Gott ist Mensch geworden. Die Aufklärung ficht solche Geister wenig an. Sie wandelt nur die Kräfte um."
Er hielt inne, die Augen geschlossen. Es schien, als werde er einschlafen. Dann seufzte er in der Stille: „Ich bin für die Aufklärung. Ich bin ja auch für den Totschlag, wenn er nötig ist. Ich nehme für das Wohl der Menschheit jede Widerwärtigkeit in Kauf, verstehst du: *jede*!" Und – nach einer Weile des Zögerns: „Nein, ich möchte manchmal dieser Peter Wost sein, den Zwang nicht immer fühlen: auslöschen zu müssen, einzureißen, niederzutrampeln, den Weg der Freiheit bauen zu müssen ... Du weißt, daß jeder Pflasterstein ein Totenschädel ist ... Ruhen möcht ich können."
Zuredend meinte Fiebig: „Dann bleibe doch hier. Wir haben in den Bergen jetzt das Ärgste hinter uns." Ein bitteres Lachen ließ ihn sofort verstummen:
„Bist du denn hintersinnig, Fiebig?! Ach, allein an unschuldigem Blut werden noch Ströme fließen, allein mit notwendiger Aufklärung werden noch Generationen sich wie Narrenhäusler abquälen. Schuldiges Blut und Wahnsinnslehren will ich nicht einmal rechnen. Und wenn von Mensch zu Mensch die Brücke einst geschlagen sein wird, oh, lieber Freund: der Mensch der Zukunft wird mit Schaudern an uns denken. Er wird die Ehrfurcht vor uns in der Schule lernen unter dem Kapitel: ‚Als unsere Vorfahren noch reißende Bestien waren.' Er wird kaum mehr ahnen, wie einem Kinde heut zumute ist, das sehen muß, wie man die Bauern peitscht, und hört, daß Menschen sich aus Nahrungsnot das Leben nehmen."
Es klopfte an die Tür, zweimal und wohlerzogen.
„Für Herrn Fiebig", bestellte der Lakai.
Fiebig überflog den Brief, er unterdrückte eine übergroße Freude: „Jäkelsberg bittet mich, ich möchte doch in Sondermission nach Leipzig reisen und in die Lieferungen Ordnung bringen. Was meinst du, werden wir zusammen fahren?"

Nördlingen zögerte: „Mir scheint fast, daß der Jäkelsberg das wünscht. Eh bien!"

XXII.

Ein wenig müde – dabei ist es vormittags – steigt Peter die Freitreppe hinauf. Verwundert stellt er bei sich fest: alles sieht hier aus, als sei es nie anders gewesen in diesem Jahr. Die Diener gehen devot herum, wie sie schon unter Nostitz zu gehen hatten, die Einschlaglöcher sind verputzt, der Rasen ist ein glatter Teppich – alles ist vernarbt.
Als er im Kabinett des ersten Stockwerkes steht, wandert sein Blick über die Parkmauer zum Teich und zu der Lindenallee. Die Aussicht aus dem Fenster ist noch die gleiche, doch Elisabeths Zimmer ist nun Privatkanzlei geworden, und Herr Regierungskommissar von Jäkelsberg empfängt hier. Kalte bleifarbene Schwaden hängen über den Bergen. Die Erde liegt wie mit verhaltenem Atem unter dem Gewölk, erwartet ihr winterliches Schicksal.
Die Tür geht still auf. Still dem öffnenden Schreiber dankend, schreitet Jäkelsberg über den dicken Teppich und streckt Peter beide Hände entgegen, während der Kammerdiener eine Mappe ablegt und lautlos verschwindet. „Viellieber Bruder", lächelt der Kommissar. Er lächelt traurig. Peter denkt an den nächtlichen Besuch bei ihm, beim Meister, denkt an die Chronik, an die mystischen Gespräche: im Anfang war das Wort! Nein, nein, dies ist die Hälfte eines Anfangs, im Anfang war der Widerspruch – denkt dies und sagt tonlos: „Du hast mich herbestellt."
„Denn du kommst nicht von selbst", bestätigt der Alte. Er wird noch trauriger, er liebt den Maler irgendwo in seinem Innern. Das war seit je so, und der Alte wunderte sich nicht: ihm fehlt der Sohn. Peter hält die Traurigkeit für unecht:
„Du warst ein Bürger, Meister, du hast den Adel verhöhnt." Das „du" ist geblieben aus jenen Tagen. Der Alte freut sich darüber.
Schon nickt er, als verstünde sich alles andere von selbst:

„Ein geadelter Bürger vermag Doppeltes. Zu mir kommt jetzt der Grundherr wie der Fabrikant." Peter bittet ihn auch zu sagen, wer wegbleibt, und Jäkelsberg schließt die Augen für schmerzliche Sekunden: „Alle um dich verlassen mich."

Wie der Alte das versteht, das Regieren! Den Partner ungewiß zu machen, den Boden, auf dem man zu stehen glaubt, in Moor zu verwandeln – Hoffnung zu säen, auszurupfen, umzupflanzen. Peter entgegnet deshalb schärfer:

„Ist es nicht so, daß du uns verläßt? Der Brotpreis ist um ein Viertel gestiegen."

„Die Bauern sind es zufrieden", sagt der Kommissar und zuckt mit den Schultern, als begreife er nicht den Sinn der Frage. Peter fällt darauf herein:

„Und die Weber? Und die Arbeiter?"

„Es bleibt ihnen unbenommen, zu achtzehn Stunden Tätigkeit zurückzukehren, mehr zu verdienen. Alles hat seine Grenzen in der Natur, mein Peter. Das englische Leinen ist billiger geworden als das unsrige. Nun, sollen sie doch dort rebellieren, die Arbeitsleute. Dann kann ich hier diktieren – kann Tore öffnen, Riegel zuschieben." Jetzt steht er auf, erregt:

„Den einen bin ich ein Hemmschuh, den andern eine Peitsche und allen zusammen ein Heuchler. Daß auch du mir Vorwürfe machst! Nun, einmal muß ich wohl dawiderwerfen! In meinem Alter wirft man nicht mehr weit, doch man trifft gewöhnlich." Er holt Atem, richtet sich sehr gerade auf.

„Wo ist der Herr von Nostitz? Nachdem er Preußens Fahne hier verunglimpft hat, drillt er in Petersburg Rekruten für den Zaren, ich will noch nicht sagen, gegen den eigenen König. Wo ist Nördlingen, der Mann der kühnen Theorien? Die Praxis hat ihm beide Daumen eingeklemmt. Wo ist Fiebig, der Volksheld? Im Leipziger Gefängnis!"

Peter springt auf. Blut schießt ihm ins Gesicht. Das war der Griff nach seiner Gurgel, und Jäkelsberg läßt nicht fahren, was er gepackt hat: „Wessen er beschuldigt wird? Ich bemühe mich seit einer Woche selbst, es zu erfahren. Vielleicht war nur sein Paß nicht in Ordnung. Du weißt, wie hinterhältig die Beamten sind. Ein Geheimzeichen, und man wird verhaftet. Es ist leichter, eine Rübe durch ein Schlüsselloch zu stopfen, als durch fremde Kerkergitter einen Blick zu werfen. Mir sind Fälle bekannt, wo solche Schikanen erst aufgedeckt wurden, nachdem der Inhaftierte längst auf einem Festungsbau den Karren schob und ihm die Auszehrung angeprügelt worden war. Gott bewahre unsern Fiebig, den ich sehr nötig brauche – schon dieses Stenzels wegen!"

Peter zuckt wie unter einem Schlag zusammen. Des Alten Stimme wird rauh und gequält: „Galgen will er – eine Straße lang von Galgen, der Stenzel! Du denkst: Gerede?! O mein Gott, die Offiziere, die den Nördlingen gefoltert ..., der Stenzel hat sie hingerichtet... auf einem Opferstein!"

Das war ein Fehlgriff. Peter atmet sogleich tief, gewinnt neue Kraft und nutzt sie: „Kann ich die Akten über Stenzel sehen?" – „Die Akten?" Jäkelsberg läßt die Erregung fahren, trommelt dafür lächelnd auf die Mappe.

„Weil sie gefälscht sind", konstatiert Peter. Der andere schiebt die Unterlippe vor. Es entstehen kleine Fältchen um die Mundwinkel: „Gefälschte Akten, mein Peter, sind immer der Extrakt von echten." Dann hebt er, wie beschwörend, beide Hände:

„Willst du mich nun auch verlassen? Du, der du selbst verlassen bist wie keiner hier?!" Und er rechnet sorgsam auf: „Elisabeth de Launay – vernichtet von den Stürmen des Gebirges. Nördlingen? Nicht einmal die Gräfin kehrt zurück. Solange die Propheten nicht zu ihren Bergen kommen, wird sie in Weimar bleiben. Die Brüder Maurer meiden dich, seit deine Kunst die Schönheit meidet. Und deine Freunde im Volk?" – „Werden mit Aktenstaub erstickt", nickt Peter und stellt sich hilflos. Kaum sieht das der Alte, da tauchen schon, gewaltigen Vögeln gleich, seine Pläne auf, umkreisen Peter, und er muß nach ihnen

schauen, denn ihr Flügelschlag ist voller Macht, und ihr Schatten deckt vieles zu. Großer Visionen ist der Meister fähig. Warmbrunn wird neu erstehen, die Bäder werden umgebaut, und ein Theater wird errichtet werden.
„Steine statt Brot?“ Der Alte beschwört den Jungen, den er wirklich liebt: „Was wir planen, bleibt für die Jahrhunderte. Die Armen sterben, auch wenn wir sie dreimal täglich speisen lassen!“ Sein Blick ist ohne Falsch. Das sieht Peter und macht sich daran, das Falsche woanders aufzuspüren: „Was nutzen mir die Bauten?!“ Kaum gesagt, denkt er, das war zu plump. Er irrt aber. Der Kommissar schellt. Ein Diener breitet die Baupläne aus. Und Peter sieht in den Kolonnen der Zahlen und Namen den seinen eingezeichnet. Er hört: „Wir dachten, das, was uns mit unserm Volk verbindet an Sagen, Märchen und Legenden, durch große Fresken ... du kennst Musäus, Herder ... in ihrem Sinne, weißt du, in ihrer tiefen Liebe zum schlichten, poesieerfüllten Volk ... Besonders müßtest du den Rübezahl in einer Folge von Gemälden ...“
„Kein schlechter Preis, selbst für ein gutes Gewissen“, brummt Peter fragend. Der andre merkt nichts in seiner Begeisterung: „Ich habe allen widerstanden, die deiner Weberbilder wegen dich verdammen wollten.“
Peter ist erstaunt und dennoch froh, daß es so ausgeht. Dankend und wirklich herzlich lächelt er: „Stand es so schlimm um mich?“ Statt einer Antwort greift Jäkelsberg in die Mappe und hält ein großes Kuvert in den runzligen Händen. Bei dessen Anblick erinnert sich Peter jenes glücklichen Tages, da er erschöpft aus dem Wald trat, von schrecklicher Arbeit verzehrt. Da kam Elisabeth ihm entgegen, mit einem Briefumschlag gleich diesem. Das Kuvert enthielt die Urkunde, die ihn heraushob aus den vielen Namenlosen. – Und dieser Brief?
„Deine Ausweisung aus Preußen, Peter! Du wirst statt ihrer jetzt den Auftrag für die Wandgemälde empfangen. Wirst arbeiten für deinen Ruhm, wirst Fiebig, Stenzel und was sonst war, vergessen.“

Peter sieht wie konsterniert bald auf den Umschlag, bald auf die Pläne. Sein Herz ist durch das Wort „Vergessen“ alarmiert, es wagt noch nicht zu hämmern. Der Alte hält genauso abwartend den Briefumschlag zurück: „Sieh, dein Verkehr mit Nördlingen war ... nun, der Dichter Nikolaus von Nördlingen war selbstverständlich kein Verschwörer. Wenn du mit ihm im Meinungsaustausch bleiben willst ... Wer würde wagen, ihn in einem Atemzug mit Fiebig ...“
„Den Wisch her, Alter!“ Peter reißt dem Erstarrenden den Brief aus der Hand.

Als Peter die Freitreppe hinabgeht, beginnt sein Herz zu rasen. Eine Weile glaubt er, seine Beine versagten ihm den Dienst, so zittern sie. Sanft lösen sich aus den trächtigen Wolken die Flocken, da tanzt eine, dort, schon sind es Tausende – es schneit. Blasser wird das Grün der Wiesen, immer leuchtender das winterliche Weiß. Leer wie ein Vogelnest im kahlen Geäst liegt der Pavillon. Graue Vorhänge verhüllen seine hohen Fenster, die Tür ist mit Holz verschalt. Im nächsten Frühjahr wird hier Herr von Jäkelsberg den Tee einnehmen und der braven Gräfin Schaffgotsch ihre Rente säuberlich berechnen. Stiller wird Peters Puls, während er dahinwandert, hinaus durch das Parktor, das hohe schmiedeeiserne. Wir haben eine Schlacht gewonnen, sonst nichts, einstweilen.
Bald steht er auf dem kleinen Friedhof von Warmbrunn am Grab Elisabeths, nimmt Abschied auch hier. Noch einmal liest er jenen Satz des Angelus Silesius, den sich die Sterbende als Inschrift wünschte: „Mensch, was du liebst, in das wirst du verwandelt.“
‚In was, Elisabeth, verwandelt deine Liebe mich?‘
Er zuckt mit den Schultern: ‚Ich kann mir einreden, ein Held zu sein. In vierundzwanzig Stunden ist die Frist, in meinem Vaterland zu leben, für mich abgelaufen. Von da ab könnte jeder Nachfolger des Forstgehilfen Tschapek mich abschießen wie – einen Marder.
Und jenseits des Kamms?

Er ist ein guter Fürst, ein Menschenfreund, der Kaiser. Dennoch: auch sein Reich ist von dieser Welt. Jeder Tropf, der Quacksalben auf Jahrmärkten feilbietet, wenn er nur einen Staatspaß mit dem Doppeladler hat, wird den Gendarmen weniger verdächtig sein als das paßlose Mitglied einer königlichen Akademie der schönen Künste zu Paris.
Gehe ich dahin, gehe ich dorthin – es ist gleich. Nur zu verweilen ist mir nicht erlaubt.
Es ist Zeit zu gehen, Elisabeth, ich gehe. Nur so kann ich bleiben, bei dir – bei mir.'

XXIII.

Dunkel rollen die Wolkenmassen über den schlesischen Kamm, füllen das Hochtal von Sankt Peter, wälzen sich weiter dahin, vom Grat des Ziegenrückens herunter durch die sieben Gründe. Im grauen Nichts liegt Spindelmühle.
Die Baudenstube, in der Peter arbeitet, steht voller Bottiche und Becken. Auf dem Fenstertisch, unter einem Schirm von Ölpapier, leuchtet rot die Kupferplatte. Seine Linke dreht sie auf einem Lederkissen, der Rechten entgegen. Die pflügt Furche um Furche. Feine Späne ringeln sich sanft knirschend als scharfe Spiralen vor dem ziselierenden Grabstichel.
Dies ist jetzt die Arbeit geübter Hände, stundenlang, tagelang schon. Die Gedanken haben inzwischen Zeit gehabt. Und sie brauchen diese Zeit.
Sie brauchen sie nicht mehr zur Flucht an ein Grab. Elisabeth lebt längst, wie Tote mit uns leben. Man spricht mit ihnen, geht an ihrer Seite, man tastet über ihr Bild hin. Man fragt: was hältst du von meiner Arbeit? Sie ist nicht so wie die, die du gekannt hast. Man fragt: Bist du zufrieden mit der Frau, mit der ich lebe? Und weiß, sie ist zufrieden, weil man es selber ist. Man weiß auch und sagt es manchmal laut: so glücklich kann man nicht mehr werden, aber es war kein Fehler, so glücklich zu sein. Und dann schimmern die

Augen eine Weile. Dicht wirbeln die Flocken vor den Fenstern. Das Jahr geht zur Neige.
Man lebt hier fast wie in Agnetendorf beim Exner. Man hat weniger Geld, aber mehr Freiheit. Jäkelsberg wäre zu danken für diese Freiheit, wenn man ihn nicht erwürgen müßte. Säuberlich hat er Masche um Masche an seinem Schlagnetz geknüpft, jedem ein leutseliger Menschenfreund, o ja. Wie tiefbesorgt gab er sich, als Fiebig, den er so ehrend weggeschickt hatte, in Leipzig wegen Unterschlagung verhaftet worden war. Stenzel hatte den braven Jäkelsberg furchtbar bedroht, als man den Arbeitstag erneut auf achtzehn Stunden brachte – bei mehr Verdienst, das möge zugegeben sein. Doch als der Brotpreis sehr bald stieg, kam es zu neuen Szenen mit diesem Bären, der große Neigung zeigte, sein altes Leben als Räuber wieder aufzunehmen. Und eines Tages war der alte Ratsherr und neue Kommissar weinend in Peters Arm gelegen: „Wen in Berlin hast du als Feind, o Bruder? Ich werde alles in Bewegung setzen, um deine Ausweisung zu annullieren!“ Peter weiß heute auch, wie falsch es war, der Loge den Rücken zu kehren. In ihr hätte er den Jäkelsberg bekämpfen müssen, Klatte, Lambrecht – fast alle!
Man muß jetzt Papier einweichen. Peter sucht Büttenbogen hervor, dick in der Faser und doch geschmeidig, mit einem goldgelben Ton. Behutsam legt er Blatt für Blatt ins Wasser. Noch eine Stunde Arbeit, und das leuchtende Kupfer wird schwarz auf weiß ausweisen, was er in seinen Spiegel gegraben und geätzt hat. Elf Platten hat er schon geätzt. Er ist kein stolzer Stecher mehr. Säuren läßt er das Metall zerfressen, in rauhen, gefaserten Furchen – läßt ganze Flächen zernagen, baut um andere Dämme von Wachs gegen die Zerstörungen des beizenden Vitriols, hockt fiebernd über die Schale gebeugt, wie ein Alchimist, und vertreibt mit verhaltenem Atem die giftigen Dämpfe, die aus dem Kampf der Elemente aufsteigen. Vorbei sind jene Schöpfertage, in denen er in ebenmäßigen, sanft schwellenden Kurven alle Formen rhythmisch umspannte.

Hendrik Lough hat recht behalten: der kühle Stahl allein hat nichts mehr vermocht. Als das Leben selbst Gestalt verlangte, mußten alle Mächte auf die Platten wirken, die Gestalten schaffen.
Plötzlich sieht Peter im polierten Metall, dort, wo es nicht geätzt ist, sein Antlitz gespiegelt. Ein Auge mit seinem Faltenwerk, den halben Mund und die Kinnhälfte, darüber Stirn und Haaransatz. Und in dem einen großen Menschengesicht zugleich, es gleichsam ergänzend, die Massen stürmender Arbeitsleute mit wehenden Leinwandfahnen, gefällten Bajonetten, erhobenen Dreschflegeln, Sensen, Zuschlaghämmern, Brecheisen.
Diese zwölfte Platte zeigt den Sturm des Bergvolkes.
Leise kommt Käthe durch die Tür. Sie legt den Arm auf Peters Schultern, starrt auf die Kupferplatte, sieht das fertige Werk: „Wann wirst du drucken?"
„Bald, Käthe."
Sie lehnt sich in den breiten Sessel, greift zur Mappe und breitet schweigend die Blätter aus: Nebel, Stücke von gespaltenen Stämmen, aufgebrochenes Wurzelwerk, Sturzbäche, zwischen Felstrümmern sich Bahn schaffend. Webstühle, gespanntes Fadenwerk, ausgemergelte Greise, zerbrochene Töpfe. Stroh mit halbverhungerten Kindern ...
Tauschnee, heranstapfende, bis über den Kopf bepackte Weiber, zu Tal wankend mit der Last schlafloser Nächte, mit zu Krallen gefrorenen Fingern, vor Hunger aufgetriebenen Bäuchen, welk von sinnlosen Schwangerschaften. Die Leinenbürde, die das Rückgrat lähmt, bedeutet zwei Brote, eine Schale Fett, ein Maß Kartoffeln. Was noch? Vielleicht einen Hering? ...
Lichterschimmer, Gnomentanz am sprudelnden Muschelbecken. Der Berggeist, um ein nacktes Mädchen tanzend. Elfen, Wälderdunkel, Blütenpracht, Harfen, Flöten und Posaunen; dazwischen Gespinste Brabants, Seiden Lyons, Pelzwerke Moskaus, Chinas Porzellan ... Jauchzen und seliges Träumen ...

Weiter!
Wasserströme stürzen aus den Wolken und brechen aus der Erde, zermalmen die Buden der Armen, treiben die nassen Lumpen in Erdlöcher. Das Chaos aus Leibern seufzt, schreit, heult um Brot! Käthe wendet das Blatt:
Bergnebel werden zu Pulverrauch, Leinen zu Fahnen, Hände zu Waffen. Ein Wasserrad zerbirst unter rollendem Gestein – aus Fenstern schlagen Flammen ...
Es wird nicht mehr um Brot geschrien! Es wird um Brot gekämpft! Es wird gekämpft, gegen das Brot: die Husaren mit schon gezückten Säbeln fliegen vom Sattel, Pferdeleiber reißen auf. Nicht mehr Wasser, Blut rinnt aus den Wolken, die der Pulverdampf jetzt bildet.
Weiter!
Die Weberflucht: Waldesdunkel, Quellenrauschen, Blütenpracht! Totes Fleisch wie Marionetten am Strick, zwischen leuchtenden Blumen abgeschlagene Köpfe, auf dunkelgrünem Moos Verwesung ... Verwesung ...
Wenden!
Das Leiden wenden, um Christi willen – in aller Heiligen, wenn sie nicht helfen, in aller Teufels Namen! Kein Gott, kein Heiliger, kein Teufel erlöst aus diesem Elend. Das Volk muß selbst zu Gott und Teufel werden. Und seine Sehnsucht ward zu Fleisch und wohnte mitten unter ihm. Da glaubte das Volk an sich.
Das Leiden entdeckt die Gewalt für sich, übt Vergeltung, raubt das Geraubte, schändet den Schänder, vernichtet die Vernichter. Die einst im Weberblut gefärbte Leinwandfahne weht jetzt vom Kamm. Im Kessel unter ihr liegt schmutzig und zerfetzt das Seidentuch des räuberischen Adlers.
Peter knetet die Farbe mit dem breiten Spachtel. Wie Honig fließt der gelbe Leinölfirnis. Käthe steht neben ihm, den Kopf geneigt, die Arme verschränkt. Der Firnis wird sämig wie schwarz glänzendes Pech.
Peter prüft die Konsistenz, dann trägt er aufatmend die Platte zum Herd, paßt den Hitzegrad sorgsam ab und nimmt

sie behutsam mit der Zange auf. Jetzt wischt der Farbbrei sich ganz weich in alle Fugen, die geschnittenen und geätzten. Sanft streichen Werg und Lappen den Überschuß herunter und putzen die rote Fläche blank.
Dann bettet er sie auf den Druckschlitten, deckt sie mit einem Bogen zu. „Wie ein Neugeborenes", denkt Käthe und reicht ihm die flaumige Filzdecke. Sie sieht, wie Peters starke Arme die oberen Speichen des schweren Hebelrades fassen, während das rechte Bein stemmend in die unteren tritt. Zoll um Zoll gleitet der eiserne Schlitten durch die mächtigen Walzen, Zoll um Zoll wird unter ihrem Druck das Papier geprägt, und langsam schiebt es sich nun jenseits hervor. Peter steht still, läßt einen Augenblick die Hände hängen.
Es ist eine beklemmende Feierlichkeit, die jeden übermannt, wenn er das erste Blatt von der Platte abheben soll. Denn schon beim nächsten Atemzug wird offenbar, ob man in Hunderten von Arbeitsstunden in halber Blindheit wirklich das schuf, was sich die Phantasie erträumt und dem Kupfer anvertraut hat!
Er überspielt, das weiß Käthe, gern diesen Augenblick, als koste es ihn keine Überwindung, das Werk zu entblößen. Jetzt, indem er zufaßt, fragt er leichthin: „Hast du den Brief von Nördlingen gelesen?" – Schon strecken sie beide, schweigend vor Erregung, die Köpfe vor. Da ... da ... ist der Sturm, schwarz quillt in unendlichen Massen das Arbeitsvolk der Berge. Geglückt! Geglückt wie der Sturm selbst! Schärfer noch heben sich die Waffen ab, lodernder wehen die Fahnen. Kein milderndes Kupferrot vermittelt jetzt mehr Übergänge. Gezackt sind die Sensen, bleischwer hängen die Dreschflegel, nadelspitz bohren sich die Bajonette aus dem Dunkel. Tiefer liegen die Augenhöhlen mit ihren wutglimmenden Blicken, breiter sind die knochigen Hände und entschlossener noch die Zuschlaghämmer gehoben.
Geglückt!
„... und doch mißglückt", sagt Peter. Er setzt sich. Trübe

schaut er zum Fenster hinaus. Die Arme hängen schwarz befleckt zwischen den Knien.
Käthes Hand streicht über seinen Scheitel, legt sich ihm dann auf die Schulter.
„Ein gutes Stück Weg zur Freiheit ist neu gepflastert worden“, sagt sie.
„Mit Totenschädeln, wie der Dichter meinte“, ergänzt er, „ist es nicht blinder Zufall nur, daß nicht auch unsere, deiner, meiner, Nördlingens darunter sind?“
Sie schweigen. Den Flocken gleich, die sich vom Himmel niedersenken, spinnt sich Gedanke an Gedanke. Der Zukunftstraum wird zur Erinnerung weiß eingesenkt. Begraben?! Nein, denn die Erinnerung wird wiederum zur Zukunft: – sie weiß vom Föhn, vom Tauwetter, von alles aufreißenden Stürmen, vom Aufruhr, der Mauern zersprengt ... Und sie weiß vom Verrat, der wieder kittet und kalkt. Unermüdlich ist der Verräter, hart, listig und nie verzweifelt.
„Seien wir ihm mindestens gleich!“ Peter steht auf, wäscht seine Hände lange und gründlich. Er spreizt die Finger, ballt sie, dehnt die Arme. Und mit den Armen dehnt er sich die Lungen frei. Dann, indem er Blatt neben Blatt legt zur Übersicht des ganzen Werkes, spricht er noch einmal von dem Brief des Nördlingen, den sie noch nicht gelesen hat. Seltsam, der Name Elisabeths spielt in ihm eine neue Rolle: ein de Launay befehligt derzeit die Besatzung der Bastille. Er dürfte, wenn in Paris das Wetter umschlägt, die Wut des Volkes am eigenen Leibe kennenlernen. Beachtliche Verwandte hätte man da bekommen.
„Du mußt es selber lesen. Er schreibt, das Echo des Gewitters, das sich bald entladen werde, wird auch in unsern Bergen donnernd widerhallen.“
Aufs neue tasten Peters Blicke die Blätter ab. „Und wenn das Volk von Frankreich, und wenn Europas Völker alle Kerker stürmen, und wenn sie alle Kronen schmelzen, wer lehrt sie danach, die Verräter aufzuspüren?! Wie sagte ich vorhin? Listig sind sie, hart, niemals verzweifelt; Tugenden

sind scheinbar ihre Waffen, und gute Werke panzern sie, denn immer weisen sie Verdienste vor, die niemand leugnen kann."

Käthe, am Tisch sitzend, hat die Ellbogen aufgestützt. Die Hand spielt mit den Haarsträhnen.

„Sag etwas, Käthe", bittet er. „Wieder macht mir der Zweifel die Finger lahm, scheint mir alles so sinnlos."

Sie blickt gradeaus, redet langsam, wie zu sich selbst: „Flocke schichtet sich auf Flocke. Als der erste Schnee fiel, sah man überall die Erde hindurch. Wenn er taut, sinkt Tropfen um Tropfen. Lange wird es sein, als nähme er nicht ab – ja, Fröste und neue Schneegestöber werden seine Herrschaft immer wieder verlängern. Dennoch ... dennoch ..." Dann – unvermittelt ist der Übergang – berichtet sie: „Fiebig ist nicht mehr in Paris. Ich habe ihn gestern getroffen. Er hat mir seine Flucht erzählt. Er hält sich zur Zeit noch mit Stenzel verborgen."

Peter sieht sich erstaunt um.

„Er will auch dich bald sprechen. Er hat dort in Paris nützliche Studien getrieben, sagt er. Die Wissenschaft war einmal sein Glaube, nun war er an ihren Quellen. – Auch unsere Sterne waren einmal Götter. Sie dünken uns nicht weniger erhaben, seitdem sie Welten wurden. Im Gegenteil, sie sind uns näher, liebenswerter und tröstlicher." Dann lächelt sie mit all ihren Grübchen: „Das ist so wie mit unserem Berggeist. Erst wenn ein Gott zum Menschen wird, beginnt man ihn zu lieben. Sie schnitzen ihn in allen Bauden, den Rübezahl. Jäkelsberg, heißt es, will diese Schnitzereien verbieten, so wie er deine Bilder schon verboten hat."

Peter überkommt eine grimmige Freude, und seine Augen glänzen. Die Hand greift nach dem Rötelstift:

„Endlich weiß ich den Titel für meine Bilderfolge!"

Auf den leeren Deckel der Mappe zeichnet er in schweren Buchstaben: „Rübezahl", und über den Mensch gewordenen Gott setzt er das Pentagramm, das Zeichen des empörten Geistes. Dann lacht er auf: „Hat unser Nördlingen

nicht recht! Der Berggeist paßt sich neuen Formen an, verwandelt seine Kraft, sein Wesen aber bleibt das gleiche: ein Alpdruck den Reichen, ein Freund den Armen – ewig bereit, die Guten zu beglücken, ewig bereit, den Bösen Böses zu tun!“
„Komm“, sagt er nach einer Weile leise zu Käthe.

„Hinaus?“ fragt sie und zieht die Schultern fröstelnd zusammen. Sie haben über ihrer Arbeit den Ofen vergessen. Da geht er zu einem Schrank, entnimmt ihm ein seltsam glänzendes Gewebe, umhüllt ihr Kopf und Schultern.
„Das ist ein Orenburger Schal. Er ist für mich ein Heiligtum. Darum soll er dem Leben gehören.“
Sie sieht ihn mit weiten Augen an, weiß, daß sie nun hoffen darf: was noch an Liebe in ihm ist, wird er ihr geben.
Sie schreiten im knirschenden Schnee den Elbegrund hinauf. Der Sturm braust in den Fichten. Zwischen Eis und Felsblöcken rauscht der schäumende Fluß, er läßt sich nicht von Frösten fesseln. Der frühe Abend senkt sich ins Tal.
Schweigend, Arm in Arm, verlassen sie die letzten Häuser von Spindelmühle. Kaum vernimmt man noch das Klappern der Webstühle. Kalt und rein ist die Luft.
Aus der werdenden Nacht vor ihnen tönt ein Schrei: herrisch und klagend zugleich.
„Der Vogelhändler Balzer hat einen jungen Falken.“
Sie zögern lauernd vor der Baude. Die hölzernen Läden sind verschlossen. Seltsame Schreie! Denkt der Falke an den goldenen Herbst? Gilt sein Ruf dem fernen Frühling?
Käthe atmet tief: „Der Freiheit gilt sein Schrei.“
Peter schauert zusammen, lauscht: wild und wehmütig pflanzt sich das Echo an den Felsen fort, sehnsuchtsvoll hallt es über den Tälern.
„Komm weiter“, sagt Peter und nimmt Käthes Hand, „man darf nicht stehen bleiben!“
Sie nickt beglückt: „Ja – weiter ...“

Nachwort

„Bücher haben ihre eigenen Schicksale." Diese vielzitierte Sentenz des Terentianus Maurus trifft wie kaum auf ein zweites Werk auf den nachgelassenen Roman des Maler-Schriftstellers Johannes Wüsten zu, den der Greifenverlag – 25 Jahre nach der Niederschrift – erstmals der Öffentlichkeit vorstellte.
Bücherschicksale sind Autorenschicksale – die Geschichte der Emigrationsliteraturen aller Zeiten und Länder weiß davon zu berichten. Und da bei Johannes Wüsten kämpferisches Leben und streitbare Kunst absolut kongruent sind, überrascht die weithin anzutreffende Unkenntnis seines vielseitigen Schaffens nicht. Als einer der Pioniere des sozialen Fortschritts ausgesperrt und verfolgt vom faschistischen Deutschland, in Prag, später in Paris das gehetzte Leben eines Emigranten führend, mußte für ihn – zumal nach der 1940 erfolgten Verhaftung durch die Gestapo – die Vervielfältigung und Verbreitung seiner aufrüttelnden Grafiken, die Drucklegung seiner zahlreichen Manuskripte Wunschtraum bleiben. Nur ein kleiner Teil seines literarischen Schaffens, darunter der hier vorgelegte Roman „Rübezahl", konnte von Freunden aus dem Keller eines französischen Bauernhauses geborgen werden. Die Rettung anderer Zeugnisse seiner Kunst verdanken wir seiner tapferen Lebensgefährtin, der Malerin Dorothea Wüsten, die, in quälender Ungewißheit über das Schicksal ihres Mannes, in London Zuflucht vor dem Zugriff der Faschisten gefunden hatte.

Johannes Wüsten gehörte zu jener kleinen Gruppe von Intellektuellen, die in den zwanziger Jahren, unter bewußtem Bruch mit ihrer bürgerlichen oder kleinbürgerlichen Herkunft, den Anschluß an die erstarkende Arbeiterbewegung suchte. Erste Berührung mit ihr hatte er freilich schon vor dem ersten Weltkrieg, da er als Tischlerlehrling in Dresden arbeitete, und dieser Kontakt riß nie mehr ab, sosehr Johannes Wüsten im inflationistischen Kunstbetrieb der Nachkriegsjahre auch um die bloße Existenz zu ringen hatte.

Zweifellos zeigt sich schon im Werdegang des Malers, des Grafikers der Protest gegen den seelenlosen bürgerlichen Akademismus: in der Pilgerfahrt des 18jährigen Studenten zu Otto Modersohn in das stille Worpswede, in der – nach schwerem Kriegserleben an beiden Fronten – aktiven Mitbegründung der „Neuen Sezession“ in Hamburg und schließlich, gegen Ende des Dezenniums, das man später fälschlich zu den „goldenen“ zwanziger Jahren aufwertete, in der bewußten Erneuerung des Kupferstichs, jener Technik der altdeutschen Meister, die keine Verschwommenheit, kein Verwischen der Aussage duldet. Die wiederentdeckte Form wird in den Dienst des sozialen Engagements gestellt, wird ihm nutzbar gemacht. Neue thematische Bereiche erschließen sich dem Künstler: neben einer Fülle gesellschaftskritischer Blätter, Themen aus dem deutschen Bauernkrieg oder dem tragischen Weberaufstand variierend, treten Motive aus der schlesischen Folklore. Richtiger noch: Die sozialkritische und die folkloristische Komponente seines Schaffens durchdringen einander so innig, daß sie stilbildend wirken, die unverwechselbare Handschrift Wüstens prägen, die, von der Kunst Albrecht Dürers kommend, doch zugleich etwas von der satirischen Kraft eines George Grosz besitzt.

War Wüstens erste literarische Arbeit, die Novelle „Yvon“, dem expressionistisch-neuromantischen Trend jener Jahre verpflichtet, auch schon 1921 in Hamburg erschienen, so bedurfte es ebenfalls doch erst der Konfrontation mit dem bewegten politischen Tagesgeschehen, um ihn das künstlerische Wort als Waffe erkennen und handhaben zu lassen. So ist der aktuelle Bezug bei den 1932 entstandenen dramatischen Erstlingen „Die Verrätergasse" und „Das heilige Grab" unübersehbar, sogenannten „Heimatspielen", als deren Charakteristikum ähnlich dem vieler grafischen Blätter die Verbindung von folkloristischen, heimatgeschichtlichen Motiven mit angriffsfreudiger gesellschaftskritischer Tendenz gelten kann. Namentlich das Spiel um die „Verrätergasse" wurde, von einer Görlitzer Arbeiterbühne in vielen Städten der Lausitz aufgeführt, sofort als historisch verschlüsselter Angriff auf die Hitlerpartei gewertet und war eine der Ursachen der Verfolgung des Autors durch die Nazis. Das Stück wurde – nach Wüstens eigenem Zeugnis – zum Wendepunkt seiner Entwicklung, und so überrascht es nicht, sein Atelier nach Hitlers Machtantritt als ein Zentrum illegaler Arbeit zu sehen, das sich auf Grund guter Kontakte mit Prag besonders um den Vertrieb antifaschistischer Druckerzeugnisse bemühte.

Prag war denn auch die erste Emigrationsstation Wüstens, die ihn der drohenden Verhaftung und dem Prozeß um die „Verrätergasse" entgehen ließ. Hier arbeitete er u. a. für die „Arbeiter-Illustrierte-Zeitung" und die „Deutsche Volkszeitung", zeichnete für den „Simpl" und schrieb Kurzgeschichten und agitatorische Stücke gegen den Terror in Nazideutschland. 1936 erlebte hier sein Drama „Bessie Bosch" die Uraufführung, ein erschütternder Einakter, der den inneren Kampf einer deutschen Frau gestaltet, deren Mann von den braunen Henkern hingerichtet wird.

Sosehr Wüstens Kraft auch der politischen Tagesaufgabe – dem Wirken gegen die verhaßte Diktatur – gehörte, es blieb ihm doch Zeit, neben kleineren Pressearbeiten (von H. D. Tschörtner in der 1976 bei Volk und Welt erschienenen Anthologie „Tannhäuser" erstmalig wieder veröffentlicht) einige seit längerem konzipierte größere Vorhaben zu beginnen: eine Folge von historischen Miniaturen über fünfzehn große Maler der Vergangenheit (später in Paris beendet) sowie den Roman „Rübezahl", dessen baldige Drucklegung ihm besonders am Herzen lag. Der Kriegsausbruch machte diesen Plan zunichte, und Wüsten, der nach dem verhängnisvollen Münchener Abkommen in Paris Zuflucht gesucht hatte, wurde, wie alle Antifaschisten, vom „unholden Frankreich" interniert. Fand er zuvor noch Kraft und innere Ruhe zur Vollendung einiger reifer novellistischer Arbeiten, von denen zwei in den Emigrationszeitschriften „Maß und Wert" (In den Tagen des Menschensohns) und „Das Wort" (Die drei Nächte des Johann Bockelsohn) Aufnahme fanden, so begann nun im wahrsten Sinne das Leben eines Gehetzten.

Nach dem Einmarsch der faschistischen Wehrmacht versuchte er – gleich Heinrich Mann, Leonhard Frank und Lion Feuchtwanger – die Flucht nach Südfrankreich in unbesetztes Gebiet. Sie mißlang, und Wüsten tauchte erneut in Paris unter, wo die Faschisten den eben erst von längerer Krankheit Genesenen im Januar 1941 verhafteten und über Prag nach Berlin schafften. Im März 1942 fand sein Prozeß vor dem Schandgericht Freislers statt. „15 Jahre Zuchthaus" lautete das Urteil, „im Namen des Volkes" gesprochen gegen einen, der doch einer der besten Söhne dieses Volkes war. Aber selbst diese schreckliche Leidensfrist mochte man dem aufrechten Antifaschisten nicht mehr zugestehen. Kaum ein Jahr später starb er, zu spät ins Lazarett eingeliefert und hilflos der Tuberkulose preisgegeben, im Zuchthaus Brandenburg-Görden. –

„Bücher haben ihre Schicksale." Ein Vierteljahrhundert brauchte es, ehe das nicht nur umfangreichste, sondern auch gewichtigste literarische Zeugnis Johannes Wüstens seinen Weg in die Öffentlichkeit nahm. Denn darüber besteht kein Zweifel: Dieser Roman, dem des Dichters besondere Mühe und Liebe galt, nimmt in seinem literarischen Gesamtwerk den Platz ein, der der stattlichen Gruppe der großartigen Kupferstiche im Œuvre seines bildnerischen Schaffens zukommt. Um so schmerzlicher mußten ihn die politischen Ereignisse treffen, die 1938 die Drucklegung des Werkes im gleichfalls nach Prag emigrierten Malik-Verlag verhinderten. Und wie mochte der auf Frankreichs Straßen vom faschistischen Mob Gejagte um das Schicksal gerade dieses Manuskripts gebangt haben! Seine Rettung verdanken wir zwei einfachen französischen Menschen – einem Weinbauern und einem Postangestellten – und seinem Freunde Martin, dem er den „Rübezahl" zusammen mit anderen Arbeiten übergab und auftrug: „Wenn ich nicht mehr da sein sollte, sorge dafür, daß sie herauskommen. Ich möchte doch, daß die Deutschen sie kennenlernen."

Beachtlich ist, wie sich Wüsten, der bisher nur in der kleinen Form sowie im dramatischen Genre gearbeitet hatte, die Form des großen Romans zu eigen zu machen verstand, so souverän, daß die vorgelegte Bearbeitung des Werkes auf konzeptionelle Eingriffe absolut verzichten konnte. Abgesehen von einer Kapitelstreichung erschöpfte sich die Redaktion in einigen, von der Witwe des Autors ausdrücklich gebilligten Textkürzungen sowie in Faktenprüfung und notwendiger stilistischer Überarbeitung.

Freilich konnte der Autor auch auf einer profunden Stoffkenntnis aufbauen. „Historische Studien über die Lausitz und Schlesien" zählen zu seinen frühen Görlitzer Arbeiten, und die Witwe des Autors weiß von umfangreichen Archivstudien, vor allem in den Dokumenten und Urkunden der gräflichen Linie Schaffgotsch, zu berichten. Die aufrüttelnden Schriften des „Kasematten-Wolff", des Marx-Freundes und Mitstreiters in der „Neuen Rheinischen Zeitung", waren ihm sicher ebenso zugänglich wie die Berichte Schneers und Schöns über die Lage der arbeitenden Klassen in Schlesien. In Mehrings „Aufsätzen zur preußisch-deutschen Geschichte" endlich bot sich dem Marxisten Wüsten jene noch immer unerreichte historisch-materialistische Interpretation der Fakten, die ihn zu künstlerischer Umsetzung drängte.

Waren die vorliegenden dokumentarischen Berichte aber vor allem dem Weberelend in den dreißiger und vierziger Jahren gewidmet, so suchte Wüsten, angeregt durch die Lektüre Mehrings und eigenes Quellenstudium, nach den historischen und gesellschaftlichen Wurzeln jenes schrecklichen Pauperismus, der schließlich – 1844 – zu dem tragischen Aufstand von Langenbielau und Peterswaldau führte. Das bedeutete aber, in die Anfänge der ursprünglichen Akkumulation des Kapitals zurückzugehen, die Handlung des Romans in die Zeit der letzten Regierungsjahre Friedrichs II. zu verlegen. Mehring nannte das von Friedrich annektierte Schlesien „in gewisser Beziehung das klassische Land des ostelbischen Feudalismus". Hatte sich doch hier seit dem Aufblühen der Leinenindustrie etwa seit der Mitte des 17. Jahrhunderts nichts geändert. Der Charakter einer ländlichen Hausindustrie in Dörfern mit mageren Flurerträgen, die feudale Grundlage blieben erhalten. Die Organisation des schlesischen Leinengewerbes wurzelte in der alten Gutsherrlichkeit, und nur eine geringe Minderheit „freier" Weber hatte den Gutsherren allein den Weberzins zu entrichten, die große gutsuntertänige Mehrheit der Weber mußte zusätzlich die feudalen Abgaben und Dienste leisten. Damit nicht genug! „Indem die Gutsherren ihren Untertanen das Recht verkauften, das Weben als Warenproduktion zu betreiben, dachten sie aber nicht etwa an die Pflicht, für den Absatz der Waren zu sorgen. Im Gegenteil, sie ließen das Garn, das ihnen als Naturalabgabe von den hörigen Flachsspinnern massenhaft zuströmte, durch Händler an die Weber vertreiben, die von ihnen besteuerten Gewerbetreibenden wurden ihnen ein sicherer Absatzmarkt für ihren Überfluß an Garn. Wo aber die Weber mit ihrem etwaigen Überschuß an produzierter Leinwand blieben, das war ihre Sache und ging die Gutsherrschaft nichts an. Sie mußten losschlagen zu jedem Preis des Marktes oder zu dem, was ihnen die Leinenhändler als solchen Preis anzugeben für gut befanden. Die von jeher sprichwörtliche

Not der Weber erklärt sich hinlänglich daraus, daß sie gleichzeitig vom Feudalismus wie vom Kapitalismus in holdem Wetteifer gerupft wurden." (Mehring)
Bei solcher feudal-gutsherrlichen Organisation der Produktion, zu der sich bald auch der produktionstechnische Rückstand des Gewerbes gesellte (vermochte doch hier das Spinnrad nicht einmal die Handspindel zu verdrängen!), mußte die schlesische Leinenindustrie in der zweiten Hälfte des 18. Jahrhunderts der britisch-irischen Konkurrenz weichen. Daran konnte auch die merkantilistische Wirtschaftspolitik Friedrichs mit ihren zahllosen Reglements, Statuten und drakonischen Maßnahmen nichts ändern. Die Gutsuntertänigkeit der Spinner und Weber, die durch Leibeigenschaft, Hörigkeit und physisches Elend geistig und körperlich verkrüppelte Menschen schuf, verdarb mit dem Arbeiter auch die Arbeitsleistung. Die irischen und schottischen Weber arbeiteten bald nicht nur rationeller, sondern lieferten auch die bessere Qualität.
Eben diese gesellschaftlich-ökonomische Situation in dem durch den Siebenjährigen Krieg ausgepowerten Land ist es, die uns Wüsten in seinem Roman plastisch vor Augen führt. Er zeigt aber auch, wie dem königlichen Zunftzwang zum Trotz die erstarkenden Gewerbe und Manufakturen eine Form der Ausbeutung durch die andere, verhüllte, aber nicht weniger wirksame ersetzten, wie neben das gleichsam „patriarchalische" Elend der Weber das nackte Elend der Fabrikarbeiter tritt. So dient das in der Logenideologie sich geistig manifestierende, gegen das friderizianische Preußen gerichtete Bündnis, das die neureichen Manufakturkapitalisten mit dem städtischen Patriziat zusammenführt, am Ende auch nur der Durchsetzung skrupelloser Erwerbsgier, der der zunehmende Einfluß pietistischer Strömungen und anderer christlicher Sekten nur recht sein kann, weil er das darbende Volk von seinen realen, irdischen Interessen ablenkt.
Der eigentliche „Held" des Romans aber ist gerade das Volk, sind die entrechteten und ausgepowerten Weber,

Bauern und Manufakturarbeiter, deren Leid und deren Kampf Wüsten niemals mit der Unbeteiligtheit des Chronisten aufzeichnet, sondern dem er mit heißem Herzen und leidenschaftlicher Anteilnahme nachspürt. In der Tat findet man in der deutschsprachigen Literatur – abgesehen von den klassischen Gestaltungen Heines und Hauptmanns und der dokumentarischen Wucht der Enthüllungen Wilhelm Wolffs – nichts, was den ergreifenden Szenen des Weberelends, den herzzerreißenden Schilderungen der Kinderarbeit, des allgemeinen Pauperismus an die Seite zu stellen ist.

Doch Wüsten wäre kein Marxist, glaubte er nicht an die sich noch im tiefsten Elend offenbarende potentielle geschichtsbildende Kraft der Massen. Und so zeigt er die machtvollen, freilich noch ergebnislosen Aktionen der Weber, Arbeiter und Bauern der schlesischen Berge nicht mehr nur als aus nackter Verzweiflung geborene spontane Erhebungen, sondern als eine Bewegung, der bereits „Kraft und Ziel eingesenkt“ ist. Dazu bedient er sich eines durchaus legitimen Kunstgriffs. Er geht auf das folkloristische Erbe der alten Rübezahllegende zurück und stellt dem rebellierenden Volk den Berggeist gewissermaßen als mythischen Verbündeten an die Seite. So gelingt ihm auf überzeugende Weise die Säkularisierung des Mythos, die soziale Umdeutung der Legende. Der Berggeist erscheint nun geradezu als Inkarnation, als Vollstrecker des Volkswillens, als mythisch-legendäre Schöpfung des Volkes aus größter Drangsal und Bedrückung heraus. Wüsten legt seine Rübezahl-Interpretation einer seiner Romangestalten in den Mund: „Der Berggeist ist ein Traum so voller Kraft, daß er zur Wirklichkeit sich formt. Reden wir genau: Bisher war alles deutbar an ihm. Aus Angst und Schwäche, Wünschen, Flüchen und derlei ist der Traum von ihm entstanden, verworren, närrisch, manchmal ganz sinnlos. Doch ist er deutlich von Anbeginn ein Helfer der Armen gewesen, aus Traum und Kraft ist er Materie geworden, ich weiß nicht, wie ...“ Und an anderer

Stelle: „Wunder sind noch nie von einem ausgegangen – das Volk bringt sie aus sich und nach Bedarf hervor. Ich stehe nicht an, zu erklären: Sobald es Wunder braucht, geschehen Wunder, sobald es Helden braucht, erwachsen Helden. Und wenn das Volk seinen Gott anruft, zum Donnern und Blitzen, dann muß und wird er erscheinen – ein Volksgott, ein rücksichtsloser Urrebell wie Rübezahl!"
Es ist der Baron von Nördlingen, der diese Worte spricht, ein schriftstellernder Utopist und radikaler Republikaner, dem man gern glaubt, daß sein Platz in der nahenden Französischen Revolution diesseits der Barrikaden sein wird. Hat er, dessen Bild in manchen Zügen an die leuchtende Gestalt des rheinischen Revolutionärs Georg Forster erinnert, schon längst den Weg an die Seite des Volkes gefunden – Peter Wost, Maler und Kupferstecher, muß ihn sich erst durch ein Gestrüpp von Vorurteilen und Irrtümern bahnen. Am Ende aber erkennt auch er, den die Liebe eines einfachen Mädchens zu sich finden läßt, daß er der verlogenen Arkadien-Malerei abschwören muß, wenn seine Kunst Kraft und Ziel bekommen soll.
Wie steht es nun bei all dem um die historische Echtheit der Fakten? Unser Geschichts- und Literaturwissen hat uns so ausschließlich auf den tragischen Weberaufstand von 1844 orientiert, daß die von Wüsten bereits in den achtziger Jahren des 18. Jahrhunderts angesiedelten Rebellionen auf den ersten Blick noch nicht glaubhaft erscheinen wollen. Sehen wir näher zu, finden sich aber doch – unabhängig von den oben erwähnten Schaffgotsch-Akten – eine Reihe von Belegen, die das revolutionäre Aufbegehren der ausgehungerten, unterdrückten Volksmassen dokumentieren.
„Das Volk im schlesischen Gebirge ist zu besänftigen. Es ist von übelgesinnten Menschen, besonders über die Grenze her, aufgewiegelt und zum Aufruhr gereizt worden. Die Schulzen, besonders im Gebirge, müssen scharf vigilieren, wenn sich etwa fremdes Gesindel oder solche Vagabunden sehen lassen, die Zusammenkünfte halten und

dem gemeinen Volk allerlei Dinge in den Kopf setzen", heißt es zum Beispiel in einer königlichen Kabinetts-Ordre von 1788, die dann bezeichnenderweise fortfährt: „Außerdem wird das mehrste zur Beruhigung der Leute beitragen, da sie doch im Gebirge meistens evangelisch sind, wenn ihre Prediger ihnen zureden und sie ermahnen, den Geboten Gottes gehorsam zu sein und Folge zu leisten, denn es heißt: ‚Im Schweiße deines Angesichtes sollst du dein Brot essen!' und wiederum: ‚Seid unterthan und gehorsam der Obrigkeit, die über dich zu gebieten hat!' Das wird immer von dem besten Effekt sein." Und Franz Mehring berichtet in seinen „Historischen Aufsätzen zur preußisch-deutschen Geschichte" von Revolten aus dem Jahre 1792, die er nun freilich schon als ein fernes, mattes Echo auf die Ereignisse der Französischen Revolution werten kann. In großen Gruppen zogen damals die Weber, ihre Säcke symbolisch über die linke Schulter geworfen, aus den Bergen in die Städte, um die Garnhändler zu billigerem Verkauf des Garns und die Leinenhändler zu teurerem Ankauf des Leinens zu zwingen. Dabei ging es nicht ohne tätliche Auseinandersetzungen ab, die noch unterstützt wurden durch gleichzeitige Bauernunruhen und einen Tumult der Handwerksgesellen in Breslau.

Diese zwei Quellen stehen stellvertretend für manche anderen Zeugnisse über erste revolutionäre Bewegungen unter den Webern und Manufakturarbeitern zu Ende des 18. Jahrhunderts. Zweifellos haben wir es in Wüstens Roman mit einer bewußten, die verschiedenen verbürgten Geschehnisse verbindenden und konzentrierenden dichterischen Überhöhung einer historischen Phase zu tun, die gerade, indem sie von peripheren, im Sinne des historischen Gesamtverlaufs mehr oder minder zufälligen Ereignissen abstrahiert, den typischen revolutionären Ablauf in einer konkreten geschichtlichen Situation in seiner Dialektik deutlich zu machen weiß.

Denn das steht außer Frage: Der historische Roman kann weder Wissenschaftsersatz noch bloße Illustration der

Geschichtswissenschaft sein. So gewiß viele Ergebnisse fachhistorischer Arbeit und geschichtsphilosophischer Bemühung in ihn eingegangen sind, so selbstverständlich hat er doch – als eine spezifische Form der künstlerischen Bewältigung der Vergangenheit – begrifflich-abstraktes Wissen in konkrete menschliche Problematik umzusetzen. Das wird zwangsläufig immer vom Standpunkt des „Heute und Hier“ aus geschehen, und der historische Romancier darf nicht weniger auf der Höhe seiner Zeit stehen als der Autor von Gegenwartsthemen. Johannes Wüsten, als Marxist ein Kenner der Gesetzmäßigkeiten großer historisch-gesellschaftlicher Prozesse, hat in der Gestaltung seines Stoffes jene echte Aktualität erreicht, von der ein so berufener Meister des historischen Genres wie Lion Feuchtwanger einmal sagte:

„Der Autor, der es unternimmt, einen ernsthaften historischen Roman zu schreiben, ... weiß: die Kräfte, welche die Völker bewegen, sind die gleichen, seitdem es aufgezeichnete Geschichte gibt. Sie bestimmen die Geschichte der Gegenwart ebenso, wie sie die der Vergangenheit bestimmt haben. Diese unveränderten und unveränderlichen Gesetze in ihren Auswirkungen zu gestalten, ist wohl das höchste Ziel, das ein historischer Roman erreichen kann. Ihm strebt der Autor zu, der heute an einem ernsthaften historischen Roman schreibt. Er will die Gegenwart darstellen. Er sucht in der Geschichte nicht die Asche, er sucht das Feuer.“

Horst Wandrey